अंतिम दलील

लेखक

डॉ. रवीन्द्र पस्तोर

प्रकाशन विवरण

प्रकाशक: करमा सेतु संस्थान

WB 09, Sakar Building

योजना 94

इंदौर – 45201

भारत

प्रथम संस्करण: 2025

कवर डिज़ाइन: मोहिनी नागरा

वाक्यांश: डॉ.रवीन्द्र पस्तोर

क्रम

मृगतृष्णाः दिल के अंधेरे	4 - 255
विश्वास का जादू	256 - 331
अंतिम दलील	332 - 453
विश्वासघात की परछाइयां	454 - 641

मृगतृष्णा

दिल के अंधेरे

प्रस्तावना 8

भाग 1: रक्तरंजित दोपहर **11**

अध्याय 1 एम पी नगर की सुबह और गोली की आवाज 11

अध्याय 2 भीड़, खून और पहली नज़र 18

अध्याय 3 पहली नज़र - जुनून की गंध 23

अध्याय 4 खून के पैटर्न की भाषा 29

अध्याय 5 सच के टुकड़े 34

अध्याय 6 धुंध में छिपा चेहरा 39

अध्याय 7 अधूरी पहचान 43

अध्याय 8 बंद दरवाज़ों के पीछे 47

अध्याय 9 शंका के साये 51

अध्याय 10 टूटा हुआ सच 56

भाग 2: यादों की बेड़ियाँ **61**

अध्याय 11 सच की दिशा 61

अध्याय 12 जांच और सच के टुकड़े 66

अध्याय 13 डिजिटल लाइफ – मिटाए गए निशान 72

अध्याय 14 अतीत की परछाइयाँ 77

अध्याय 15 बंधन या बंधन का भ्रम 81

अध्याय 16 कानून की लकीर 86

अध्याय 17 टूटन का शहर 90

अध्याय 18 सफर में मिला अंधेरा 95

अध्याय 19 अंधेरे का सौदा 99

अध्याय 20 आखिरी पीछा 103

अध्याय 21 साये का सवाल 108

भाग 3: जुनून का अंधकार **113**
अध्याय 22 दिमाग की फाइल 113
अध्याय 23 अधूरी कहानी का साया 118
अध्याय 24 अनजान कॉल 123
अध्याय 25 काले बाज़ार की गूंज 128
अध्याय 26 बंद अलमारी का सच 133
अध्याय 27 तीसरा एंगल - कोचिंग सेंटर 139
अध्याय 28 पियूष का ब्रेकडाउन 145
अध्याय 29 फॉरेंसिक री-एग्जामिनेशन 149
अध्याय 30 बड़ा ट्विस्ट - साजिश की परतें 155
अध्याय 31 नार्को और साइको-एनालिसिस 160
भाग 4: जांच की सुई
(The Investigation Deep-Dive) **166**
अध्याय 32 पूछताछ कक्ष (The Mind Games) 166
अध्याय 33 डिजिटल फुटप्रिंट का पोस्टमार्टम 172
अध्याय 34 गवाहों का डगमगाना 178
अध्याय 35 क्राइम सीन रिकंस्ट्रक्शन 184
अध्याय 36 अंतिम कड़ी की तलाश 189
भाग 5: सच, अदालत और अंतिम खुलासा
(Justice and Truth) **195**
अध्याय 37 चार्जशीट का निर्माण 195
अध्याय 38 कोर्टरूम ड्रामा शुरू 202
अध्याय 39 फॉरेंसिक एक्सपर्ट की गवाही 208
अध्याय 40 डायरी का सच 214
अध्याय 41 CCTV एन्हांसमेंट का चमत्कार 220

अध्याय 42 असली मास्टरमाइंड का खुलासा 226
अध्याय 43 अंतिम क्रॉस-एग्जामिनेशन 231
अध्याय 44 फैसला (Judgment Day) 238
अध्याय 45 सजा और पश्चाताप 245
अध्याय 46 उपसंहार - अंधा प्रतिशोध 251

प्रस्तावना

मृगतृष्णा - दिल के अंधेरे

"प्यार स्वतंत्रता है, जुनून एक अनकही कैद।"

मानव मन की गहराइयाँ किसी असीमित महासागर की तरह है, जहाँ सतह पर उठती लहरें अक्सर शांत और सुंदर दिखती हैं, लेकिन उनके गर्भ में छिपे 'अंधेरे' किसी भी हँसते-खेलते जीवन को निगलने की भयानक क्षमता रखते हैं। उपन्यास 'मृगतृष्णा: दिल के अंधेरे' की रचना इसी विचार के धरातल पर हुई है।

'मृगतृष्णा' का शाब्दिक अर्थ है, रेगिस्तान में दिखने वाला वह भ्रमित जल, जिसकी तलाश में प्यासा मृग अपनी पूरी ऊर्जा और अंततः अपनी जान गँवा देता है। हमारे समकालीन समाज में 'प्रेम' और 'जुनून' के बीच की लकीर अक्सर बहुत धुंधली हो जाती है। जब किसी व्यक्ति का स्नेह, 'अधिकार' (Possession) में बदलने लगता है और उसकी भावनाएँ 'डेल्यूजनल डिसऑर्डर' का रूप ले लेती हैं, तब वह स्नेह नही रह जाता, बल्कि एक आत्मघाती और घातक हथियार बन जाता है। पियूष और सिया की यह कहानी महज़ एक मर्डर मिस्ट्री नहीं है, बल्कि यह उन मानसिक विकारों, अनकहे सामाजिक दबावों और मानवीय व्यवहार के अंधेरे कोनों का विश्लेषण है, जिन्हें हम अक्सर अपनी व्यस्त जीवनशैली में नज़रअंदाज़ कर देते हैं।

भोपाल... झीलों का वह शहर जहाँ मेरा हृदय बसता है, इस उपन्यास की पृष्ठभूमि मात्र नहीं है, बल्कि स्वयं में एक जीवित पात्र है। पुराने शहर की संकरी गलियों में दफन ऐतिहासिक राज़ और नए भोपाल की शीशे वाली इमारतों की चमचमाती आधुनिकता के बीच यह कहानी बुनी गई है। एक ओर जहाँ नवाबी तहज़ीब की खामोशियाँ हैं, वहीं दूसरी ओर 'एमपी नगर'

के कोचिंग संस्थानों में पलते युवाओं के सपने और उन पर लदा अंतहीन मानसिक बोझ है।

इस उपन्यास को लिखते समय मेरा मुख्य उद्देश्य केवल एक रोमांचक कहानी सुनाना नहीं था, बल्कि पाठकों को आधुनिक अपराध जाँच की उन तकनीकी और वैज्ञानिक परतों से परिचित कराना था जहाँ जीएसआर (GSR), बैलिस्टिक मैचिंग, 3D क्राइम सीन रिकंस्ट्रक्शन और एआई एन्हांसमेंट जैसे आधुनिक उपकरण झूठ के सबसे मज़बूत नकाब को उतारने में सक्षम हैं। विज्ञान जब अपराध की गवाही देता है, तो वह निष्पक्ष और अकाट्य होता है।

जांच अधिकारी डीसीपी श्रीकृष्ण का चरित्र उन सभी प्रहरियों का प्रतिनिधित्व करता है जो समाज में न्याय और व्यवस्था बनाए रखने के लिए न केवल अपराधियों से, बल्कि अपने स्वयं के अतीत के सायों और मानवीय संवेदनाओं से भी लड़ते हैं। यह उपन्यास हमें यह सोचने पर मजबूर करता है कि क्या हमारी सुरक्षा प्रणालियाँ चाहे वे कानूनी हों या सामाजिक किसी 'सिया' को बचाने के लिए पर्याप्त हैं? या क्या हम अनजाने में एक ऐसे समाज का निर्माण कर रहे हैं जहाँ एक स्त्री की 'ना' (No) को स्वीकार करना पुरुष के अहं के लिए एक असंभव चुनौती बन गया है?

इस शोध यात्रा के दौरान मैंने फॉरेंसिक लैब की ठंडी खामोशी और कोर्टरूम के उस भारी तनावपूर्ण माहौल को बहुत करीब से महसूस किया है जहाँ शब्दों और सबूतों की ज़ंग होती है। मुझे पूरी उम्मीद है कि 'मृगतृष्णा' केवल आपकी जिज्ञासा को शांत नहीं करेगी, बल्कि आपके भीतर संवेदना, जागरूकता और सामाजिक उत्तरदायित्व के नए द्वार भी खोलेगी।

यह उपन्यास उन सभी सपनों को समर्पित है जो किसी के अंधेरे जुनून की भेंट चढ़ गए, और उन सभी योद्धाओं को जो अंधेरे में सच की मशाल जलाए खड़े हैं।

सादर,

डॉ. रवींद्र पस्तोर
इंदौर, मध्य प्रदेश

भाग 1: रक्तरंजित दोपहर

अध्याय 1
एम पी नगर की सुबह और गोली की आवाज

भोपाल की सुबह हमेशा दो चेहरों के साथ जागती है।

एक चेहरा, पुराने शहर का, जहाँ मस्जिदों की अज़ान, संकरी गलियाँ और ठंडी हवाएँ रात की नमी को अपने साथ लिए रहती हैं। वहाँ वक़्त थोड़ा ठहर कर चलता है, जहाँ चाय की केतली की सोंधी महक और पुराने ढाबों का शोर एक रवायत जैसा लगता है।

दूसरा चेहरा, नए भोपाल का, जहाँ शीशे की आलीशान इमारतें, नामी कोचिंग इंस्टिट्यूट्स के बड़े-बड़े होर्डिंग्स, और आधुनिक कॉफी शॉप्स से आती 'एस्प्रेसो' की खुशबू एक अलग ही अंधी दौड़ का संकेत देती हैं। यह वह भोपाल है जो कभी सोता नहीं, बस अपनी रफ़्तार बदलता रहता है।

और इन दोनों चेहरों के बीच की सीमा है एम पी नगर। यहाँ सुबह का मतलब सुकून नहीं, बल्कि भागती भीड़, जल्दी में बढ़ते कदम और कंधों पर लदा सपनों का भारी बोझ है।

समय: सुबह 10:20 बजे

सिया अपनी कोचिंग क्लास से बाहर निकली। उसके एक हाथ में भारी-भरकम नोट्स थे, बैग कंधे पर एक तरफ झुका हुआ था, और उसकी आँखों में गहरी थकान के साथ एक अजीब-सी बेचैनी तैर रही थी। आज भी उसने क्लास में 'थर्मोडायनामिक्स' के पेचीदा समीकरणों पर ध्यान केंद्रित करने की पूरी कोशिश की थी, लेकिन हर बार जब वह किसी

सवाल की गहराई में उतरना चाहती, एक धुंधला चेहरा उसके सामने आ जाता।

उसने ज़ोर से अपना सिर झटका। "नहीं... वह यहाँ नहीं हो सकता... वह तो बहुत दूर है..." उसने खुद को दिलासा देने की कोशिश की। लेकिन उसका दिल इस झूठ को मानने को तैयार नहीं था।

सिया पिछले कुछ महीनों से एक अदृश्य, दमघोंटू दबाव में जी रही थी। यह 'स्टॉकिंग ट्रॉमा रिस्पांस' (Stalking Trauma Response) पीछा किए जाने के कारण उत्पन्न मानसिक आघात का क्लासिक पैटर्न था। उसे हर पल लगता था कि कोई उसे देख रहा है। कभी-कभी सुनसान गलियों में उसे अपने कदमों के पीछे किसी और के जूतों की आहट सुनाई देती, और भीड़भाड़ वाले बाज़ार में भी उसे एक तीखी नज़र अपनी पीठ पर महसूस होती। उसने यह बात कभी किसी से नहीं कही, शायद इसलिए क्योंकि वह इसे खुद का वहम साबित करना चाहती थी।

एम पी नगर का कोलाहल

सड़क पर ज़िंदगी अपने पूरे शोर के साथ मौजूद थी। ऑटो वालों की कर्कश आवाज़ें - "मैडम, कोचिंग? बोर्ड ऑफिस? ज्योति टॉकीज?" - हवा में तैर रही थीं। चाय की दुकानों पर छात्रों के झुंड 'समोसे' और 'पॉलिटिक्स' पर चर्चा कर रहे थे। एक तरफ आधुनिक 'कैफे कॉफी डे' की चमक थी, तो दूसरी तरफ सड़क किनारे लगे पुराने ढाबे। भोपाल की असली पहचान यहीं टकराती थी।

सिया रोज़ की तरह उसी रास्ते से अपने हॉस्टल की तरफ बढ़ रही थी। लेकिन आज की हवा में कुछ भारीपन था। उसे बार-बार लग रहा था कि कोई उसका पीछा कर रहा है। उसने अचानक पीछे मुड़कर देखा। भीड़

थी। सिर्फ बेनाम चेहरों की भीड़। लेकिन फिर भी... उसके दिल की धड़कन किसी इंजन की तरह तेज़ हो गई।

उसने अनजाने में ही अपने कदम तेज़ कर दिए। बैग को कसकर पकड़ लिया और अपना मोबाइल निकालकर कान से ऐसे लगा लिया जैसे वह किसी बहुत ज़रूरी बात में मसरूफ हो। यह सब 'सबकॉन्शियस सेल्फ-डिफेंस' (Self-defense subconscious reactions) की निशानियाँ थीं।

दूसरी तरफ...

सड़क के उस पार, बिजली के एक खंभे की ओट में वह खड़ा था। पियूष। उसकी नज़रें स्थिर थीं, जैसे किसी शिकारी ने अपने शिकार को लॉक कर लिया हो।

पियूष के दिमाग के भीतर एक अलग ही दुनिया बस चुकी थी। वह 'डेल्यूजनल डिसऑर्डर के इरोटोमेनिक टाइप' (Delusional Disorder, Erotomanic) की अवस्था में था। यह वह मानसिक स्थिति है जहाँ व्यक्ति को लगता है कि कोई उससे प्यार करता है, जबकि वास्तविकता ऐसी नहीं होती। उसे पूरा यकीन था कि सिया अब भी उससे बेपनाह प्यार करती है, लेकिन यह ज़ालिम दुनिया और उसके परिवार वाले उसे उससे दूर कर रहे हैं। उसके मन में एक ही विचार गूँज रहा था, "तुम भाग क्यों रही हो सिया? मैं तो हमेशा तुम्हारे साथ था... तुम मुझे छोड़कर क्यों चली गई?"

उसकी आँखों में न कोई गुस्सा था, न कोई डर। वहाँ सिर्फ एक भयानक 'जुनून' था। उसके लिए, अगर सिया उसकी नहीं है, तो वह किसी और की भी नहीं हो सकती थी। उसकी जेब में एक छोटा सा देसी कट्टा

(Country-made pistol) छुपा हुआ था। उसकी उंगलियाँ बार-बार उसके ठंडे ट्रिगर को महसूस कर रही थीं।

समय: 10:27 सुबह

सिया अब सड़क के एक अपेक्षाकृत सुनसान हिस्से में पहुँच गई थी। यहाँ भीड़ कम थी और किनारे की कुछ दुकानें अभी बंद थीं। अचानक सिया रुक गई। एक ठंडी लहर उसकी रीढ़ की हड्डी से होकर गुज़री। उसने फिर पीछे मुड़कर देखा।

इस बार, वह दिख गया।

दोनों की नज़रें मिलीं। समय जैसे थम गया। सिया का मन चिल्ला उठा, "ये... ये यहाँ कैसे? नहीं... यह कोई बुरा सपना है... यह कभी खत्म क्यों नहीं होता?"

वहीं पियूष के चेहरे पर एक विकृत मुस्कान आई। "देखा... तुम मुझे पहचानती हो... तुमने मुझे कभी छोड़ा ही नहीं..."

पियूष धीरे-धीरे आगे बढ़ा। एक-एक कदम नपा तुला। सिया बदहवास होकर पीछे हटने लगी।

"तुम मुझे छोड़कर क्यों चली गई, सिया?" पियूष का स्वर धीमा लेकिन खतरनाक था।

"प्लीज़... पियूष... दूर रहो मुझसे... जाने दो मुझे..." सिया की आवाज़ कांप रही थी।

उस पल, पियूष के भीतर कुछ टूट गया। उसका जो थोड़ा-बहुत वास्तविकता से संपर्क था, वह खत्म हो गया।

गोलीबारी का तांडव

धाय!!!

पहली आवाज़ ने पूरे एम पी नगर को हिला दिया। पियूष के कांपते हाथों की वजह से पहली गोली मिस हो गई।

पूरे इलाके में भगदड़ मच गई। दुकानों के शटर गिरने लगे, लोग चीखते हुए इधर-उधर भागने लगे। लेकिन पियूष अब करीब आ चुका था।

धाय!!!

इस बार निशाना अचूक था। पियूष बिल्कुल करीब (Close range) आ चुका था। गोली सिया के सीने के बाईं ओर (Entry wound: left chest) जा लगी। फॉरेंसिक बारीकियों के अनुसार, इतनी नज़दीकी से गोली चलने के कारण सिया के कपड़ों पर 'गन शॉट रेजिड्यू' (GSR) (Gunshot Residue) नज़दीकी फायरिंग के कारण कपड़ों पर जमने वाला बारूद के निशान साफ़ तौर पर उभर आए थे। खून का फव्वारा (Forward + Downward spatter) सड़क पर फैल गया।

सिया धीरे-धीरे ज़मीन पर गिर गई, जैसे कोई विशाल पेड़ जड़ों से कट गया हो। पियूष अब नियंत्रण खो चुका था। यह अब सिर्फ हत्या नहीं थी, बल्कि एक 'साइकोटिक ब्रेकडाउन' (Psychotic breakdown) था।

धाय!!!

उसने एक तीसरी गोली चलाई। ज़मीन पर गिरती सिया ने उसे आखिरी बार देखा। उसकी आँखों में मौत का डर नहीं था, बस एक निशब्द सवाल था - "क्यों?"

पियूष उसके ऊपर झुका और किसी गहरी समाधि में बड़बड़ाया, "अब तुम कहीं नहीं जाओगी, सिया..."

अचानक उसे होश आया। आसपास की चीखें, सायरन की आवाज़ और खून की महक ने उसके 'भ्रम' को तोड़ दिया। वह कट्टा फेंककर भीड़ में ओझल हो गया।

10:35 सुबह – पुलिस कंट्रोल रूम में फोन बजा। "सर, एम पी नगर में दिनदहाड़े फायरिंग हुई है! एक लड़की को गोली लगी है!"

डिप्टी कमिश्नर पुलिस, श्रीकृष्ण ने फोन रखा। उनकी आँखों में एक अनुभवी अधिकारी की चमक थी। उन्होंने सिर्फ इतना कहा, "सीन को सील करो। किसी भी चीज़ को हाथ मत लगाना। मैं पहुँच रहा हूँ।"

जब श्रीकृष्ण घटनास्थल पर पहुँचे, तो पीली टेप (Crime Scene Seal) लग चुकी थी। डॉ. अनिरुद्ध अपनी टीम के साथ झुककर सबूत इकट्ठा कर रहे थे। "कोई कुछ नहीं छुएगा। एविडेंस खुद बोलेगा," डॉ. अनिरुद्ध ने अपनी टीम को हिदायत दी।

वहाँ से बैलिस्टिक मैचिंग के लिए बुलेट शेल्स, खून के नमूने और फुटप्रिंट्स की मैपिंग की जा रही थी। पास की एक दुकान से CCTV फुटेज रिकवर किया गया। श्रीकृष्ण ने स्क्रीन पर दिख रही धुंधली आकृति को गौर से देखा। उन्होंने एक चीज़ नोटिस की: शूटर भागने से पहले एक पल के लिए रुका और उसने विक्टिम के चेहरे को देखा।

श्रीकृष्ण ने एक गहरी सांस ली और डॉ. अनिरुद्ध की ओर मुड़े। "यह कोई रैंडम मर्डर नहीं है, डॉक्टर... यह बहुत ज़्यादा पर्सनल है।"

एम्बुलेंस सिया के शरीर को लेकर जा चुकी थी, लेकिन सड़क पर पसरा

खून और हवा में गूँजती गोलियों की आवाज़ एक लंबी और खौफनाक दास्तां की शुरुआत कर रही थी।

अध्याय 2
भीड़, खून और पहली नज़र

समय: सुबह 10:28 बजे

(तीसरी गोली चलने के ठीक बाद)

समय जैसे किसी टूटे हुए शीशे की तरह बिखर गया था। सिया का शरीर, जो कुछ सेकंड पहले सपनों और संघर्षों से भरा था, अब गुरुत्वाकर्षण और मौत के क्रूर खिंचाव के सामने हार मान रहा था। वह धीरे-धीरे, लगभग 'स्लो मोशन' में ज़मीन की ओर झुकी। पहले उसके घुटने मुड़े, फिर उसके हाथ हवा में किसी अदृश्य सहारे को पकड़ने की नाकाम कोशिश में कांपे, और फिर, धप्प! उसका कोमल शरीर एम पी नगर की उस खुरदरी और ठंडी सड़क पर गिर गया। गिरते ही उसकी वह भारी 'फ्लुइड मैकेनिक्स' की किताब उसके हाथ से छिटक कर दूर जा गिरी, जैसे वह अब इस दुनिया के किसी भी विज्ञान से आज़ाद हो चुकी हो।

खून का फव्वारा और फॉरेंसिक साक्ष्य

जैसे ही वह सड़क से टकराई, उसके सीने के घाव से खून तेज़ी से बाहर की ओर फूट पड़ा। यह सिर्फ एक बहाव नहीं था; यह मौत का एक भयावह फव्वारा था। हर धड़कन के साथ लाल गर्म लहू एक लय में बाहर निकल रहा था, पल्सेटिंग (Pulsating), अनियमित और पूरी तरह बेकाबू।

फॉरेंसिक विज्ञान के नज़रिए से यह 'आर्टेरियल ब्लीडिंग' (Arterial Bleeding) मुख्य धमनी कटने पर होने वाला लयबद्ध रक्तस्राव, का स्पष्ट संकेत था। पियूष की दूसरी गोली ने संभवतः सिया की मुख्य रक्तवाहिनी (Aorta या Pulmonary Artery) को क्षतिग्रस्त कर दिया था। सड़क

पर बनता खून का वह पैटर्न, जिसे विशेषज्ञ 'प्रोजेक्टेड ब्लड स्पैटर' (Projected Blood Spatter) कहते हैं, बता रहा था कि दिल अपनी आखिरी ताक़त लगाकर शरीर को ज़िंदा रखने की कोशिश कर रहा था, लेकिन हर धड़कन उसे मौत के और करीब ले जा रही थी।

भीड़ की प्रतिक्रिया (Crowd Psychology)

पहले दो सेकंड तक वहाँ एक ऐसा सन्नाटा रहा जिसे सुना जा सकता था। फिर, अचानक जैसे किसी ने शोर का स्विच ऑन कर दिया हो। चीखें, भागते कदमों की आवाज़ और गिरते हुए शटरों का शोर हवा में घुल गया।

भीड़ का व्यवहार तीन स्पष्ट मनोवैज्ञानिक हिस्सों में बँट गया:

फ्लाइट रिस्पांस (Flight Response): लगभग 70% लोग अपनी जान बचाने के लिए विपरीत दिशा में भागने लगे। यह 'सर्वाइवल इंस्टिंक्ट' था: "पहले खुद बचो, बाद में देखेंगे।" यह खतरे के समय मस्तिष्क की स्वाभाविक प्रतिक्रिया है।

फ्रीज़ रिस्पांस (Freeze Response): कुछ छात्र और दुकानदार अपनी जगह पर जड़ होकर रह गए। उनकी आँखें फटी हुई थीं और शरीर लकवे की स्थिति में था। वे देखना चाहते थे, लेकिन हिल नहीं पा रहे थे।

हेल्प रिस्पांस (Help Response): केवल दो-तीन लोग हिम्मत जुटाकर आगे बढ़े, लेकिन लहू का वह समंदर और हाथ में कट्टा लिए भागते पियूष के खौफ ने उनके कदम वहीं रोक दिए।

"दीदी... उठो... प्लीज़ उठो!" एक कोचिंग की छात्रा, जो शायद सिया की जूनियर रही होगी, भागकर उसके पास आई। उसके हाथ बुरी तरह कांप रहे थे। उसने सिया को छूने के लिए हाथ बढ़ाया, लेकिन खून की वह चिपचिपाहट और कानूनी पचड़ों का डर (Legal fear) उसे पीछे खींच ले

गया। आम लोग अक्सर पीड़ित को छूने से कतराते हैं, सिर्फ खून से नहीं, बल्कि इस डर से कि कहीं पुलिस उन्हें ही न फँसा ले।

चश्मदीद गवाह और मानसिक आघात

सड़क के किनारे खड़े एक चाय वाले के हाथ में कांच का कप था, जो अब थरथरा रहा था। उसने सब देखा था, पियूष का वह चेहरा, वह नफरत और वह आखिरी नज़र। लेकिन उसका दिमाग अब 'शॉक मोड' में था। वह सोच रहा था, "क्या मुझे सच बताना चाहिए? अगर वह लड़का वापस आ गया तो?" यह 'विटनेस साइकोलॉजी' (Witness Psychology) का वह हिस्सा है जहाँ प्रतिशोध का डर (Fear of retaliation) न्याय की आवाज़ को दबा देता है।

सिया की अंतिम चेतना (Clinical Signs)

सिया की साँसें अब उथली (Shallow breathing) हो चुकी थीं। भारी मात्रा में रक्त की हानि के कारण उसका शरीर 'हाइपोवोलेमिक शॉक' (Hypovolemic Shock) शरीर में खून या तरल पदार्थ की अत्यधिक कमी से होने वाला शॉक, की चपेट में था। उसकी उंगलियाँ ज़मीन की धूल को पकड़ने की कोशिश कर रही थीं, जैसे वह भागती हुई ज़िंदगी की आखिरी डोरी को थामना चाहती हो। उसकी आँखों के सामने अब सब धुंधला था। आवाज़ें दूर कहीं पाताल से आती हुई लग रही थीं।

उसकी आखिरी चेतना में बस एक चेहरा उभरा, उसकी माँ का। और फिर... अंधेरा।

तभी ज़मीन पर गिरे उसके मोबाइल की स्क्रीन जल उठी। उस पर नाम चमक रहा था, "Ajay Calling..."। यह एक क्रूर प्रतीक (Symbolism) था; एक तरफ ज़िंदगी पुकार रही थी, और दूसरी तरफ मौत ने अपना जवाब दे दिया था।

आधुनिक वास्तविकता और फॉरेंसिक महत्व

डर के बीच ही कुछ लोगों ने अपने मोबाइल कैमरे ऑन कर लिए थे। 3-4 लोग अलग-अलग एंगल से सिया की तड़प का वीडियो बना रहे थे। यह आज की 'डिजिटल वॉयरिज्म' (Digital Voyeurism) की सच्चाई थी। लेकिन डॉ. अनिरुद्ध जैसे विशेषज्ञों के लिए ये वीडियो 'रियल-टाइम एविडेंस' बनने वाले थे, जिनसे शूटर के भागने की दिशा और भीड़ की पहली प्रतिक्रिया का नक्शा तैयार किया जा सकता था।

10:36 AM – एम्बुलेंस और घोषणा

आख़िरकार, एक युवक की कॉल पर 108 एम्बुलेंस पहुँची। पैरामेडिक्स ने तेज़ी से सिया की नब्ज जाँची। एक पैरामेडिक ने दूसरे की तरफ देखा और धीमी आवाज़ में अपना सिर हिला दिया, "She's gone..."

भीड़ में एक बार फिर सन्नाटा छा गया। कुछ लोग अब भी वीडियो बना रहे थे, जैसे वे इस मौत को 'अपलोड' करने की जल्दी में हों।

डिप्टी कमिश्नर ऑफ़ पुलिस श्रीकृष्ण की पहली नज़र

सायरन की आवाज़ धीरे-धीरे तेज़ होती गई, तभी सायरन की गूँज के साथ पुलिस की गाड़ियाँ पहुँचीं। सायरन की आवाज अचानक एक तीखे मोड़ के साथ थम गई। पुलिस की जीप रुकी, दरवाज़ा खुला और बाहर उतरे डिप्टी कमिश्नर ऑफ़ पुलिस श्रीकृष्ण। उनकी नज़रें सबसे पहले सड़क पर बने 'ब्लड पूल' (Blood Pool) पर गईं। उन्होंने एक अनुभवी शिकारी की तरह घटनास्थल को स्कैन किया।

उन्होंने कुछ नहीं कहा। बस अपनी आँखों से उस पूरे मंज़र को सोख लिया। सड़क पर फैला हुआ गहरा लाल खून, पीली टेप से घिरा हुआ एक सीमित क्षेत्र, दहशत में कांपती भीड़, और उस घेरे के बीचों-बीच पड़ा...

एक बेजान शरीर। उनकी आँखें स्थिर थीं, लेकिन उनका दिमाग एक कॉग्निटिव स्कैन (Cognitive Scan) कॉग्निटिव स्कैन - घटनास्थल का मानसिक और तार्किक विश्लेषण। कर रहा था। श्रीकृष्ण अक्सर कहते थे, "सीन टेल्स अ स्टोरी... (Scene tells a story) अगर तुम उसे सुन सको।"

जमीन पर पड़ा खाली खोखा, सिया की खून से सनी किताब, और भीड़ की आँखों में छिपा हुआ डर। श्रीकृष्ण ने भीड़ की ओर मुड़कर अपना पहला सवाल दागा, "किसी ने कुछ देखा?"

पूरी भीड़ चुप थी। सैकड़ों आँखें गवाह थीं, लेकिन ज़ुबान पर ताला था। श्रीकृष्ण समझ गए कि यहाँ 'डर की खामोश' (Silence of fear) बोल रही है।

तभी डॉ. अनिरुद्ध अपनी टीम के साथ दाखिल हुए। "सीन को फ्रीज़ करो (Freeze the scene)!" Evidence Markers: अपराध स्थल पर सबूतों को चिह्नित करने के लिए इस्तेमाल किए जाने वाले नंबर वाले कार्ड। उनके आदेश के साथ ही एविडेंस मार्कर्स रखे जाने लगे। जहाँ आम जनता भावनाओं के भंवर में थी, वहीं विज्ञान अब शांत भाव से अपना काम शुरू कर चुका था।

एम्बुलेंस सिया के ठंडे पड़ चुके शरीर को लेकर जा रही थी, लेकिन सड़क पर वह लहू अभी भी गवाही दे रहा था। सच वहाँ मौजूद था, लेकिन उसे देखने के लिए आँखों की नहीं, फॉरेंसिक सबूतों की ज़रूरत थी।

“भीड़ ने सब देखा... लेकिन किसी ने सच नहीं देखा।”

अध्याय 3
पहली नज़र - जुनून की गंध

समय: सुबह 10:42 बजे

स्थान: एमपी नगर, भोपाल

कॉर्डनिंग ऑफ: सुरक्षा और साक्ष्य

डीसीपी श्रीकृष्ण ने बिना समय गंवाए कड़क आवाज़ में आदेश दिया, “पूरे एरिया को सील करो। कॉर्डनिंग ऑफ (Cordoning Off) घेराबंदी।का दायरा बढ़ाओ। कोई भी अंदर-बाहर नहीं जाएगा।”

तुरंत पुलिस टेप को और पीछे खींचा गया। 50 मीटर के रेडियस (Radius) में एक घेरा बना दिया गया और एंट्री/एग्जिट पॉइंट (Entry/Exit Point) को सिंगल कर दिया गया। एक कांस्टेबल वहीं खड़ा होकर लॉग एंट्री (Log Entry) लिखने लगा। श्रीकृष्ण जानते थे कि फॉरेंसिक (Forensic) महत्ता के लिए यह ज़रूरी है; अगर सीन कन्टामिनेट (Contaminate) हुआ, तो फुटप्रिंट्स (Footprints) नष्ट हो जाएंगे, डीएनए (DNA) मिक्स हो जाएगा और अहम एविडेंस (Evidence) हमेशा के लिए खो जाएंगे।

उनके मन में एक विचार कौंधा, "अपराधी से ज़्यादा खतरनाक यह भीड़ होती है, जो अनजाने में सबूतों को कुचल देती है।"

बॉडी के पास: विजुअल फॉरेंसिक एनालिसिस

वह धीरे-धीरे सिया के शरीर के पास पहुँचे। वह झुके नहीं, उसे छुआ नहीं,

बस देखते रहे। उनका विजुअल फॉरेंसिक एनालिसिस (Visual Forensic Analysis) शुरू हो चुका था।

चेस्ट वुंड (Chest Wound): साफ़ तौर पर क्लोज रेंज (Close range) फायरिंग का संकेत था।

ब्लड पूलिंग (Blood Pooling): तेज़ी से हुए रक्तस्राव की गवाही दे रही थी।

डायरेक्शनल स्पैटर (Directional Spatter): बता रहा था कि शूटर (Shooter) ठीक सामने खड़ा था।

उनकी पहली इंस्टिंक्ट (Instinct) ने कहा, “यह रैंडम शूटिंग नहीं है।” उन्होंने आसपास गौर किया। कोई स्ट्रगल मार्क्स (Struggle marks) नहीं थे, पर्स और मोबाइल पास ही पड़े थे और इंटैक्ट (Intact) थे। निष्कर्ष साफ़ था: यह रॉबरी (Robbery) नहीं, बल्कि एक टारगेटेड अटैक (Targeted attack) था।

उन्होंने सिया के चेहरे को देखा। वहाँ खौफ था, लेकिन साथ में एक कड़वी 'पहचान' भी। श्रीकृष्ण ने फुसफुसाते हुए कहा, "विक्टिम न्यू द अटैकर... (Victim knew the attacker)."

डॉ. अनिरुद्ध का प्रवेश

“गुड मॉर्निंग सर,” पीछे से डॉ. अनिरुद्ध की आवाज़ आई।

श्रीकृष्ण ने हल्का सिर हिलाया, “क्या कहते हैं सबूत, डॉक्टर?”

डॉ. अनिरुद्ध ने सिया के जख्मों का बारीकी से मुआयना किया और कहा,

“सर, प्रिलिमिनरी ऑब्जर्वेशन (Preliminary observation) कहता है, क्लोज रेंज फायरिंग। संभवतः 2 से 3 शॉट।”

श्रीकृष्ण ने पूछा, “जीएसआर (GSR)?”

डॉ. अनिरुद्ध ने जवाब दिया, “विक्टिम के कपड़ों पर जीएसआर (Gunshot Residue) जीएसआर, बारूद के अवशेष। मिल सकता है। शूटर बहुत करीब था। इसके कणों में लेड (Lead), बेरियम (Barium) और एंटीमनी (Antimony) के पार्टिकल्स होने की पूरी संभावना है, जिससे हम फायरिंग की सटीक दूरी का अंदाज़ा लगा सकेंगे।”

श्रीकृष्ण ने अपना नोट लिखा, "शूटर इमोशनली चार्ज्ड (Emotionally charged) था।"

सीसीटीवी और टेक-यूज़

सब इंस्पेक्टर ने आकर जानकारी दी, “सर, आईविटनेस (Eyewitness) कह रहे हैं कि एक लड़का भागते हुए दिखा।” श्रीकृष्ण ने सवाल किया, “कैसा लड़का?” जवाब मिला, “सर, विरोधाभासी बयान हैं। कोई काला शर्ट बता रहा है, कोई नीला।”

श्रीकृष्ण ने ठंडी सांस ली। बिहेवियरल एनालिसिस (Behavioral Analysis) कहता है कि शॉक मेमोरी (Shock memory) हमेशा अनरिलायबल (Unreliable) होती है। तभी सीसीटीवी टीम ने सूचना दी कि पास की दुकान का फुटेज (Footage) मिल गया है।

एक छोटा सा स्क्रीन लगाया गया। वीडियो में सिया चलती दिख रही है, तभी पीछे से एक परछाईं (Shadow) आती है और शूटर अप्रोच (Shooter approach) करता है। श्रीकृष्ण ने फ्रेम को पॉज़ कराया और

सीसीटीवी एनहांसमेंट एआई (CCTV Enhancement AI) का उपयोग करने का आदेश दिया।

“फ्रेम एनहांस (Enhance) करो... चेहरा आइसोलेट (Isolate) करो... और इसकी गेट एनालिसिस (Gait Analysis): चाल ढाल का विश्लेषण करो,” उन्होंने आदेश दिया। उन्होंने मोशन ट्रैकिंग (Motion Tracking) और एआई शार्पनिंग (AI Sharpening) के ज़रिए शूटर की चाल को परखा।

उनका ऑब्जर्वेशन सटीक था, “देखो उसकी चाल... वह नर्वस नहीं है, वह डिटरमिन्ड (Determined) है। पहली गोली मिस हुई, यह उसके इम्पेशेंस (Impatience) को दिखाती है। दूसरी गोली बिल्कुल करीब से, यह उसके एंगर पीक (Anger peak) को दर्शाती है।”

निष्कर्ष साफ़ था, यह प्लान्ड (Planned) भी था और इमोशनल (Emotional) भी। यह प्यार नहीं, बल्कि कंट्रोल (Control) की चाहत थी। श्रीकृष्ण ने धीरे से कहा, “यह जुनून का अपराध (Crime of Passion) है।” इरोटोमेनिक डेल्यूजन (Erotomanic Delusion): वह भ्रम जिसमें अपराधी को लगता है कि पीड़ित उससे प्यार करता है।

मोबाइल और अजय का सुराग

सिया का फोन उठाया गया। स्क्रीन पर एक ही नाम चमक रहा था, "Ajay (5 missed calls)". श्रीकृष्ण की आँखें सिकुड़ गईं। “अजय कौन है?” उन्होंने पूछा।

सब इंस्पेक्टर ने बताया, “सर, उसका दोस्त लगता है।” श्रीकृष्ण ने तुरंत आदेश दिया, “इसका सीडीआर (CDR Analysis) सीडीआर, कॉल डेटा रिकॉर्ड का विश्लेषण निकालो। पिछले 72 घंटों की कॉल फ्रीक्वेंसी (Call frequency) और लोकेशन मैपिंग (Location mapping) चाहिए। हर कहानी में एक तीसरा व्यक्ति ज़रूर होता है।"

क्राइम सीन रिकंस्ट्रक्शन

श्रीकृष्ण ने घटनास्थल पर एक इमेजिनरी लाइन ड्रॉ की। शूटर पोजीशन (Shooter position), विक्टिम मूवमेंट (Victim movement) और बुलेट पाथ (Bullet path) को जोड़ते हुए उन्होंने क्राइम सीन रिकंस्ट्रक्शन (Crime Scene Reconstruction) किया।

फॉरेंसिक टीम ने मार्कर (Markers) लगाए। एक सेट भागते हुए पैरों का पैटर्न था और दूसरा सामान्य। श्रीकृष्ण ने निष्कर्ष निकाला, "शूटर भागते वक्त पैनिक (Panic) हुआ, लेकिन शिकार करते वक्त वह एक शिकारी था।"

तभी डॉ. अनिरुद्ध ने एक शेल केसिंग (Shell casing) दिखाई। "सर, कंट्री-मेड वेपन (Country-made weapon) लगता है।" श्रीकृष्ण ने कहा, "हथियार सस्ता है, लेकिन मकसद बहुत महंगा। इसकी बैलिस्टिक मैचिंग (Ballistic matching) गोली और हथियार का वैज्ञानिक मिलान के लिए लैब भेजो।"

अतीत का साया

श्रीकृष्ण ने ऊपर देखा। एक तरफ आधुनिक कांच की इमारतें और दूसरी तरफ पुरानी भोपाल की दुकानें। शहर बदल गया था, लेकिन इंसान का ऑब्सेशन (Obsession) और रिजेक्शन ट्रॉमा (Rejection trauma) नहीं।

एक पल के लिए श्रीकृष्ण की आँखें खाली हो गईं। उनके चेहरे पर एक पुराना दर्द उभरा। उन्हें लगा जैसे वह खुद भी सालों पहले इसी तरह किसी

सड़क पर खड़े थे। उन्होंने तुरंत खुद को संभाला और आदेश दिया, “बॉडी को पोस्टमार्टम (Postmortem) के लिए भेजो।”

जैसे ही एम्बुलेंस सिया के शरीर को लेकर रवाना हुई, श्रीकृष्ण ने उसे जाते हुए देखा और बुदबुदाए, “तुम्हारी कहानी मैं पूरी करूँगा... मैं सच खोज निकालूँगा।”

जाँच का रुख तय हो चुका था। साइकोलॉजिकल प्रोफाइलिंग (Psychological Profiling) और डिजिटल एविडेंस (Digital Evidence) अब उस 'जुनून' की गंध का पीछा करने वाले थे जिसने सिया की जान ली थी।

“खून सूख जाएगा... लेकिन जुनून के निशान नहीं।”

अध्याय 4
खून के पैटर्न की भाषा

समय: सुबह 11:05 बजे

स्थान: एमपी नगर, क्राइम सीन (Crime Scene - अब पूरी तरह सील)

भीड़ अब हट चुकी थी। पुलिस की पीली टेप के बाहर कौतूहल था, लेकिन अंदर एक भारी सन्नाटा पसर गया था। एमपी नगर की वह सड़क, जो कुछ देर पहले शोर-शराबे से भरी थी, अब एक खामोश गवाह की तरह मौजूद थी। लेकिन यह सन्नाटा खाली नहीं था; यह सबूतों से भरा हुआ था। पीली टेप के भीतर हर कंकड़, हर खून की बूंद अब एक कहानी कह रही थी। और उस खूनी कहानी को पढ़ने के लिए खड़े थे डॉ. अनिरुद्ध।

डॉ. अनिरुद्ध का पहला सिद्धांत

डॉ. अनिरुद्ध ने अपने हाथों में नीले रंग के नाइट्राइल दस्ताने (Nitrile Gloves) पहनते हुए धीरे से कहा, "लोग झूठ बोल सकते हैं... लेकिन खून नहीं।"

फॉरेंसिक जांच की प्रक्रिया (Forensic Protocol) अब अपने सबसे गंभीर दौर में थी। टीम ने व्हाइट कवरऑल्स (White coveralls) और शू कवर्स (Shoe covers) पहन रखे थे ताकि दृश्य दूषित न हो। डॉ. अनिरुद्ध ने अपनी एविडेंस किट्स (Evidence kits) खोलीं और फोटोग्राफी टीम को इशारा किया।

फोटोग्राफी चरण (Documentation Phase): एक-एक एंगल से फोटो लिए गए, वाइड शॉट (Wide shot) से लेकर मिड-रेंज

(Mid-range) और फिर क्लोज-अप (Close-up) तक। डॉ. अनिरुद्ध का नियम साफ़ था: किसी भी चीज़ को छूने से पहले उसे कैमरे में कैद करो।

ब्लड स्पटर एनालिसिस: खून की गवाही

डॉ. अनिरुद्ध उस जगह रुके जहाँ सिया गिरी थी। सड़क पर फैला हुआ खून अब धीरे-धीरे जमने लगा था। उन्होंने नीचे झुककर रोशनी के एक विशेष कोण से उस लाल धब्बे को देखा।

“यह सिर्फ खून नहीं... यह एक टाइमलाइन (Timeline) है,” उन्होंने अपनी टीम से कहा। उनका ब्लड स्पैटर एनालिसिस (Blood Spatter Analysis) शुरू हो चुका था।

सेंट्रल पूल (Central pool): जहाँ सिया का शरीर गिरा और खून का मुख्य जमाव हुआ।

रेडिएटिंग स्पैटर (Radiating spatter): गोली लगने के प्रभाव (Impact force) से निकले छींटे।

डायरेक्शनलिटी (Directionality): खून की बूंदों की पूंछ बता रही थी कि हमलावर ठीक सामने खड़ा था।

निष्कर्ष साफ़ था, सिया खड़ी थी, उसे गोली लगी, और वह उसी दिशा में गिरी जहाँ हमलावर का दबाव उसे ले गया।

आर्टेरियल स्प्रे पैटर्न (Arterial Spray Pattern)

पास की एक दुकान के शटर पर खून के छोटे-छोटे अर्धवृत्ताकार (Arc) निशान बने थे। डॉ. अनिरुद्ध ने उसकी ओर इशारा किया, “देखो ये पैटर्न... यह आर्टेरियल स्प्रे (Arterial spray) है।” उन्होंने समझाया कि यह धड़कन के साथ तालमेल बिठाते हुए निकलता है। इसका मतलब था कि

सिया की कोई मुख्य धमनी कटी थी और वह गोली लगने के कुछ सेकंड बाद तक जीवित थी।

बैलिस्टिक और जीएसआर (Ballistic & GSR)

सड़क की एक दरार में धातु का एक छोटा सा टुकड़ा चमका। टीम के सदस्य ने चिल्लाकर कहा, "सर, शेल केसिंग (Shell casing) मिला है!" डॉ. अनिरुद्ध ने उसे उठाया नहीं, पहले उसकी स्केल के साथ मैक्रो फोटोग्राफी (Macro photography) की।

हथियार एक कंट्री-मेड (Country-made) कट्टा था, जिसकी फिनिशिंग रफ (Rough finish) थी। अब बारी थी जीएसआर (Gunshot Residue) की। डॉ. अनिरुद्ध ने अपनी किट से कॉटन स्वैब (Cotton swab) निकाला और सिया के कपड़ों व आस-पास की सतहों से नमूने लिए।

"अगर शूटर करीब था, तो ये लीड (Lead), बेरियम (Barium) और एंटीमनी (Antimony) के कण सिया पर ज़रूर मिलेंगे," उन्होंने स्पष्ट किया। हर नमूने को सावधानी से जीएसआर-01 (बॉडी), जीएसआर-02 (ग्राउंड) जैसे कोड दिए गए और चेन ऑफ कस्टडी (Chain of Custody) बनाए रखने के लिए उन्हें सील किया गया।

पदचिह्न विश्लेषण (Footprint Analysis)

सड़क पर मिट्टी के कुछ हल्के निशान थे। डॉ. अनिरुद्ध ने उन पर खास पाउडर छिड़का, जिससे जूते के प्रिंट्स उभर आए। स्ट्राइड लेंथ (Stride length) और पैरों के कोण से उन्होंने निष्कर्ष निकाला कि हमलावर पहले नियंत्रित था, लेकिन हत्या के बाद वह घबराहट (Panic) में भागा।

तभी सीसीटीवी टीम ने फुटेज दिखाया। डॉ. अनिरुद्ध ने फुटप्रिंट्स को डिजिटल ओवरले (Digital overlay) के ज़रिए फुटेज से मैच किया। "सेम व्यक्ति... कोई शक नहीं," उन्होंने आत्मविश्वास से कहा।

डिजिटल फॉरेंसिक और मनोवैज्ञानिक मोड़

सिया का फोन दस्ताने पहनकर उठाया गया। स्क्रीन पर अजय के मिस कॉल्स अभी भी दिख रहे थे। "डिजिटल भी फॉरेंसिक है," डॉ. अनिरुद्ध ने डीसीपी श्रीकृष्ण की ओर देखते हुए कहा। उन्होंने सिया के नाखूनों के नीचे से नेल स्क्रेपिंग्स (Nail scrapings) भी लीं, हालांकि कोई स्ट्रगल (Struggle) नहीं हुआ था। इसका मतलब था कि सिया पूरी तरह से असावधान थी।

डीसीपी श्रीकृष्ण ने पूछा, "क्या लगता है डॉक्टर?"

डॉ. अनिरुद्ध का फॉरेंसिक इंस्टिंक्ट (Forensic instinct) स्पष्ट था, "सर, यह एक इमोशनली ड्रिवन होमिसाइड (Emotionally driven homicide) है। क्लोज रेंज, मल्टीपल शॉट्स और कोई लूटपाट नहीं... यह व्यक्तिगत रंजिश और जुनून है।"

श्रीकृष्ण ने धीरे से दोहराया, "जुनून... दिल का सबसे गहरा अंधेरा।"

अंतिम निष्कर्ष

फॉरेंसिक टीम ने आखिरी बार पूरा घेरा चेक किया। सब कुछ सील्ड (Sealed) और लॉग्ड (Logged) था। बाहर भोपाल का ट्रैफिक फिर से रफ़्तार पकड़ रहा था, लेकिन इस छोटे से घेरे में वक्त अभी भी थमा हुआ था।

डॉ. अनिरुद्ध ने अपनी किट समेटते हुए कहा, "अब लैब बोलेगी... खून का

एक-एक कतरा सच उगलेगा।"

अध्याय का निष्कर्ष:

खून ने घटनाक्रम बताया, जीएसआर ने दूरी बताई, पदचिह्नों ने भागने का तरीका बताया और सीसीटीवी ने सच की पुष्टि की।

अंतिम पंक्ति: "जिसने गोली चलाई... उसने सोचा था कहानी खत्म हो गई, लेकिन असली कहानी अब शुरू हुई थी।"

अध्याय 5
सच के टुकड़े

समय: दोपहर 12:25 बजे

स्थान: एमपी नगर पुलिस स्टेशन, भोपाल

पुलिस स्टेशन के भीतर उमस भरी गर्मी थी। सीलिंग फैन अपनी पूरी रफ़्तार से घूम रहा था, लेकिन वह केवल गर्म हवा को ही एक कोने से दूसरे कोने तक पहुँचा पा रहा था। कमरे के बीचों-बीच एक पुरानी लकड़ी की मेज़ थी, जिस पर तीन कुर्सियाँ रखी थीं। दीवार पर टंगी घड़ी की 'टिक-टिक' आज असामान्य रूप से तेज़ लग रही थी, जैसे वह हर बीतते सेकंड के साथ सच के और करीब पहुँचने की चेतावनी दे रही हो।

डीसीपी श्रीकृष्ण बीच वाली कुर्सी पर बैठे थे। उनके सामने दो लोग थे, दो आँखें जिन्होंने एक ही खूनी मंज़र को देखा था, लेकिन उनके पास दो अलग-अलग कहानियाँ थीं। श्रीकृष्ण जानते थे कि इंसान की याददाश्त किसी टूटे हुए आईने की तरह होती है, जिसमें सच तो दिखता है, लेकिन दरारों के साथ।

गवाह 1: रमेश (चाय वाला)

पहला गवाह रमेश था, जिसकी उम्र लगभग 45 साल थी। वह घटनास्थल से महज 20 मीटर दूर अपनी चाय की गुमटी लगाता था। उसके हाथ अभी भी कांप रहे थे, और वह बार-बार अपने पसीने से भीगे कुर्ते को झाड़ रहा था।

“रमेश, शांत हो जाओ। जो देखा, उसे बिना डरे साफ़-साफ़ बताओ,”

श्रीकृष्ण ने अपनी आवाज़ को जितना हो सके उतना धीमा रखा।

रमेश ने एक लंबी सांस ली। उसकी आँखें ऊपर छत की ओर देखने लगीं, जैसे वह उस भयानक पल को फिर से जी रहा हो। “साहब... वह लड़का... वह अचानक आया। लड़की अपनी धुन में चल रही थी। तभी मैंने देखा, उसने पीछे से गोली मारी... लड़की भाग रही थी साहब, वह जान बचाकर भागना चाहती थी...”

श्रीकृष्ण ने अपनी डायरी में नोट किया: शूटर पीछे था... विक्टिम भाग रही थी।

रमेश आगे बोला, “पहली गोली लगने के बाद वह नीचे गिर गई। फिर वह लड़का उसके पास गया... और उसने दो गोलियाँ और मारीं।”

यहाँ श्रीकृष्ण के दिमाग में एक फॉरेंसिक मिसमैच (Forensic Mismatch) का संकेत मिला। सीसीटीवी फुटेज में साफ़ दिखा था कि सिया रुकी थी, लेकिन रमेश की यादों में वह 'भाग' रही थी। श्रीकृष्ण समझ गए कि यह कॉग्निटिव डिस्टॉर्शन (Cognitive Distortion) मस्तिष्क द्वारा वास्तविकता को तोड़-मरोड़ कर देखना है।का मामला है; अत्यधिक डर के कारण रमेश के मस्तिष्क ने उन खाली जगहों (Gaps) को अपनी कल्पना से भर दिया था।

गवाह 2: निखिल (छात्र)

रमेश को बाहर भेजने के बाद 19 साल के निखिल को बुलाया गया। निखिल का आत्मविश्वास रमेश के बिल्कुल उलट था। वह डरा हुआ नहीं, बल्कि 'अति-आत्मविश्वासी' लग रहा था।

“सर, मुझे सब कुछ याद है... बिल्कुल साफ़,” निखिल ने कहा।

श्रीकृष्ण ने रिकॉर्डर ऑन किया। "बताओ निखिल, तुमने क्या देखा?"

"सर, वह लड़का सामने से आया था। वह लड़की के बिल्कुल सामने खड़ा हो गया। दोनों के बीच कुछ बातचीत (Interaction) हुई... ऐसा लगा जैसे वे एक-दूसरे को जानते हों। फिर अचानक उस लड़के ने बंदूक निकाली और गोली मार दी।"

श्रीकृष्ण ने नोट किया: शूटर सामने था... विक्टिम खड़ी थी... बातचीत हुई।

यह बयान सीसीटीवी के साथ फॉरेंसिक मैच (Forensic Match) कर रहा था, लेकिन अगला बयान फिर से उलझाने वाला था।

निखिल ने बड़े यकीन से कहा, "सर, उसने सिर्फ एक ही गोली मारी और फिर वह भाग गया।"

अब एक बड़ा विरोधाभास खड़ा हो गया था। रमेश ने 3 गोलियाँ देखी थीं, जबकि निखिल को सिर्फ 1 सुनाई दी। जबकि घटनास्थल से कई खाली खोखे (Multiple shell casings) मिले थे और ब्लड पैटर्न भी कई प्रहारों की गवाही दे रहा था।

मनोवैज्ञानिक विश्लेषण: 'इम्पफेक्ट सेंसर'

श्रीकृष्ण ने दोनों गवाहों के बयानों को अपनी मेज़ पर रखा। उनके सामने अब एक जटिल पहेली थी:

रमेश (चाय वाला): डर हावी था (Fear dominant)। उसने घटना दूर से देखी, इसलिए उसके दिमाग ने अपनी असुरक्षा के अनुसार विवरण गढ़ लिए। उसे लगा कि लड़की भाग रही थी क्योंकि मौत के सामने हर कोई भागता है।

निखिल (छात्र): उसका ध्यान केंद्रित था, लेकिन वह ओवरकॉन्फिडेंस (Overconfidence) का शिकार था। उसने अपनी याददाश्त को सरल (Memory simplification) मेमोरी सिंपलीफिकेशन जटिल घटनाओं को आसान यादों में बदल लिया था, इसलिए उसे केवल एक ही गोली याद रही।

श्रीकृष्ण ने धीरे से कहा, "आईविटनेस इज़ ऐन इम्पफेक्ट सेंसर (Eyewitness = imperfect sensor)। इंसान अपनी धारणाओं के हिसाब से सच बदल देता है।"

स्केच और विरोधाभासी विवरण

श्रीकृष्ण ने एक और सवाल पूछा, "उसकी शर्ट का रंग क्या था?"

रमेश ने कहा, "नीली..."

निखिल ने कहा, "काली..."

अब तीसरा विरोधाभास। श्रीकृष्ण ने आखिरी सवाल पूछा, "उसके जूते कैसे थे?"

दोनों चुप रहें। श्रीकृष्ण को इनसाइट (Insight) मिल गई। विवरण जितना छोटा होता है, याददाश्त उतनी ही कमज़ोर होती है। उन्होंने स्केच आर्टिस्ट को बुलाया और निखिल के विवरण के आधार पर चेहरा बनाना शुरू किया।

श्रीकृष्ण जानते थे कि यह चेहरा सच भी हो सकता है और एक भ्रम भी।

डिजिटल एविडेंस और 'अजय' का लिंक

तभी एक कांस्टेबल अंदर आया। "सर, सिया के फोन का डेटा

एक्सट्रैक्शन (Data Extraction) शुरू हो गया है। डिजिटल उपकरणों से जानकारी निकालना। सीडीआर एनालिसिस (CDR Analysis) में एक अजीब पैटर्न मिला है।"

श्रीकृष्ण ने स्क्रीन की ओर देखा। एक नंबर ऐसा था जिससे पिछले 24 घंटों में बार-बार कॉल किए गए थे, 'अजय'।

"अजय... आखिरी कॉल, लगातार मिस कॉल्स और घटना के वक्त उसकी लोकेशन," श्रीकृष्ण ने अपनी उंगलियां मेज़ पर थपथपाईं। "अजय को बुलाओ। हर कहानी में एक तीसरा व्यक्ति होता है, और शायद अजय वही तीसरा कोना है।"

अब कहानी तीन अलग-अलग रास्तों पर बंट चुकी थी, फॉरेंसिक सच (Forensic truth), चश्मदीदों का भ्रम (Eyewitness confusion), और भावनात्मक मकसद (Emotional motive)।

बाहर एमपी नगर की सड़कों पर ज़िंदगी फिर से सामान्य हो गई थी, गाड़ियाँ दौड़ रही थीं, छात्र चाय पी रहे थे। लेकिन पुलिस स्टेशन के उस कमरे में सच अभी भी अधूरा था। श्रीकृष्ण ने खुद से कहा, "गवाह सच नहीं बताते... वे सिर्फ 'अपना' सच बताते हैं।"

उन्होंने फाइल बंद की और ठंडी सांस ली। "यह केवल एक हत्या नहीं है... यह एक पेचीदा कहानी है।"

"और हर कहानी में... सच सबसे आख़िर में सामने आता है।"

अध्याय 6
धुंध में छिपा चेहरा

समय: शाम 4:10 बजे

स्थान: साइबर सेल लैब, भोपाल पुलिस मुख्यालय

साइबर सेल का कमरा बाहर की दुनिया से पूरी तरह कट चुका था। यहाँ की खिड़कियाँ भारी पर्दों से ढकी थीं, जिससे कमरे में एक गहरा अंधेरा था। इस अंधेरे को केवल कंप्यूटर स्क्रीन की नीली और सफेद रोशनी चीर रही थी। बड़े-बड़े हाई-डेफिनिशन मॉनिटर्स पर एमपी नगर का वह खौफनाक फुटेज 'फ्रीज़' (Freeze) होकर रुका हुआ था।

डीसीपी श्रीकृष्ण और डॉ. अनिरुद्ध लैब के भीतर दाखिल हुए। उनके सामने साइबर फॉरेंसिक एक्सपर्ट अपनी मशीनों पर झुके हुए थे। यहाँ भावनाओं का कोई स्थान नहीं था; यहाँ केवल डेटा (Data), पिक्सल्स और एल्गोरिदम का साम्राज्य था।

"यही है वह..." श्रीकृष्ण ने स्क्रीन पर दिख रही उस धुंधली आकृति की ओर इशारा करते हुए कहा।

एक्सपर्ट ने कीबोर्ड पर हाथ चलाया। "सर, यह रॉ फुटेज (Raw footage) बहुत ही लो-रेजोल्यूशन (Low resolution) का है। लेकिन हम एआई एनहांसमेंट (AI Enhancement) तकनीक का इस्तेमाल करके इसे साफ़ करेंगे।"

सीसीटीवी एनहांसमेंट एआई: छह वैज्ञानिक चरण

लैब में तकनीक का तांडव शुरू हुआ। एक्सपर्ट ने एक-एक करके चरणों का विवरण दिया:

चरण 1: फ्रेम एक्सट्रैक्शन (Frame Extraction):

सबसे पहले, पूरे वीडियो को हज़ारों फ्रेम्स (Frames) में तोड़ा गया। एक्सपर्ट ने बताया कि वे लगभग 240 विशेष फ्रेम्स का विश्लेषण करेंगे ताकि हमले के हर सूक्ष्म पल को पकड़ा जा सके।

चरण 2: नॉइज़ रिडक्शन (Noise Reduction):

वीडियो की झिलमिलाहट और 'ग्रेन' (Grain) को हटाया गया। पिक्सल्स को स्टेबलाइज़ (Stabilize) किया गया ताकि छवि स्थिर दिखे। धीरे-धीरे वह काली धुंध कम होने लगी।

चरण 3: सुपर रेजोल्यूशन (Super Resolution):

एक शक्तिशाली एआई मॉडल (AI Model) चलाया गया। एक्सपर्ट ने समझाया, "सर, हम मल्टीपल फ्रेम्स को कंबाइन (Combine) करके क्लैरिटी बढ़ा रहे हैं।" स्क्रीन पर दिखने वाली छवि अब शार्प होने लगी थी और किनारों (Edges) की बनावट साफ़ दिखने लगी।

चरण 4: मोशन ट्रैकिंग (Motion Tracking):

सब्जेक्ट आइसोलेशन (Subject Isolation) के ज़रिए हमलावर को बैकग्राउंड से अलग किया गया। अब पूरा फोकस केवल उस साए पर था जो सिया का पीछा कर रहा था।

गेट एनालिसिस: चाल और इरादा

छवि साफ़ होने के साथ ही श्रीकृष्ण की नज़रें हमलावर की चाल पर जम

गईं। एआई ने उसकी गेट एनालिसिस (Gait Analysis) के चलने के तरीके का वैज्ञानिक विश्लेषण शुरू किया।

“सर, यह कोई सामान्य पैदल चलना नहीं है,” एक्सपर्ट ने कहा। स्ट्राइड लेंथ (Stride length) और कंधे की हलचल साफ़ बता रही थी कि हमलावर के भीतर एक 'कैलकुलेटेड जुनून' था।

श्रीकृष्ण ने गौर किया, “वह नर्वस नहीं है। वह पहले से ही फैसला ले चुका था। उसका पीछा करना (Stalking) एक पैटर्न में है। वह एक खास दूरी बनाए रखता है और सही पल का इंतज़ार करता है। यह इम्पल्सिव (Impulsive) हत्या नहीं है, यह सोच-समझकर किया गया कत्ल है।”

अंतिम खुलासा: पियूष शर्मा

चरण 5 और 6: फेशियल रिकंस्ट्रक्शन (Facial Reconstruction):

एआई ने चेहरे की परछाइयों को हटाया, कॉन्ट्रास्ट बढ़ाया और चेहरे के 'कंटूर्स' (Contours) को डिफाइन किया। तभी फायरिंग से ठीक पहले का एक फ्रेम 'फ्रीज़' हुआ।

अटैकर सीधे सिया को देख रहा था। श्रीकृष्ण के लिए यह एक इंसाईट (Insight) थी, “यह केवल हत्या नहीं है, यह एक 'कन्फ्रंटेशन' (Confrontation) है।” एक पल के लिए श्रीकृष्ण की आँखों में उनके अपने अतीत की छाया उभरी। उन्होंने महसूस किया कि हमलावर का दिल शायद टूट चुका था, लेकिन उसका दिमाग पूरी तरह साफ़ और घातक था।

राहुल ने उस चेहरे को आईडी डेटाबेस (ID Database) और क्रिमिनल रिकॉर्ड्स से क्रॉस-मैच किया। स्क्रीन पर 'सर्च' का आइकन तेज़ी से घूमने

लगा। कुछ सेकंड के सन्नाटे के बाद एक नाम उभरा, “पियूष शर्मा” (Piyush Sharma)।

“मिल गया...” श्रीकृष्ण ने धीरे से कहा।

एआई मैचिंग ने 72% समानता दिखाई थी। हालांकि यह अंतिम कानूनी प्रमाण नहीं था, लेकिन पुलिस की जाँच को एक ठोस नाम मिल चुका था। इसी बीच, सीडीआर (CDR) और सेल टॉवर मैपिंग (Cell Tower Mapping) ने पुष्टि कर दी कि पियूष का नंबर भोपाल में ही एक्टिव था।

सीसीटीवी ने चेहरा दिखाया, एआई ने पहचान बनाई और डेटा ने नाम दिया। पियूष अब केवल एक धुंधली परछाईं नहीं था, वह एक नाम बन चुका था और श्रीकृष्ण जानते थे कि हर नाम के पीछे एक खौफनाक कहानी छिपी होती है।

बाहर शाम ढल चुकी थी और शहर की लाइटें जल गई थीं, लेकिन उस लैब के भीतर का अंधेरा अब और भी गहरा और कड़वा हो गया था।

“वह अब सिर्फ एक परछाई नहीं था... वह एक नाम बन चुका था और हर नाम के पीछे एक कहानी होती है।”

अध्याय 7
अधूरी पहचान

समय: रात 8:15 बजे

स्थान: हमीदिया अस्पताल, भोपाल

हमीदिया अस्पताल की सफेद दीवारें आज और भी ठंडी और बेजान लग रही थीं। गलियारों में फिनाइल की तेज़ गंध और खामोशी का राज था। मुर्दाघर के बाहर की पीली रोशनी बार-बार झिलमिला रही थी, जैसे वह भी उस सच को देखने से कतरा रही हो जो भीतर एक सफेद चादर के नीचे ढका पड़ा था।

सिया अब केवल एक नाम नहीं, बल्कि एक 'केस फाइल' बन चुकी थी। डीसीपी श्रीकृष्ण उस ठंडे कमरे में खड़े थे। उनकी नज़रें उस मेज़ पर रखी वस्तुओं पर जमी थीं जो सिया के पास से बरामद हुई थीं, एक बैग, एक टूटा हुआ मोबाइल फोन, इंजीनियरिंग के नोट्स की एक कॉपी और एक छोटा सा लेदर का पर्स।

पहचान की प्रक्रिया और डिजिटल साक्ष्य

डॉ. अनिरुद्ध ने नीले दस्ताने पहनकर धीरे से सिया का पर्स खोला। अंदर से एक कार्ड निकला। "आधार कार्ड मिल गया है, श्रीकृष्ण," उन्होंने कार्ड को एक एविडेंस बैग में डालते हुए कहा। "नाम: सिया वर्मा, उम्र: 19 वर्ष, पता: सिविल लाइन्स, कानपुर।"

श्रीकृष्ण ने धीरे से दोहराया, “सिया...”। यह नाम अब केवल एक पहचान नहीं था, यह उस खूनी दास्तान की पहली आधिकारिक कड़ी थी। उन्होंने

सिया के मोबाइल की ओर इशारा किया। साइबर टीम ने पहले ही उसे 'अनलॉक' कर लिया था।

“डाटा क्या कहता है?” श्रीकृष्ण ने पूछा। “पैटर्न बहुत साफ़ है, सर,” साइबर एक्सपर्ट ने टैबलेट दिखाते हुए कहा। “पिछले कुछ घंटों में उसके पिता के कई फोन आए हैं। 'अजय' नाम के लड़के से हाल ही में बातचीत हुई है। लेकिन सबसे चौंकाने वाला है एक अननोन नंबर (Unknown Number) जिससे पिछले तीन महीनों में हज़ारों कॉल्स और मैसेज किए गए हैं। यह क्लासिक स्टॉकिंग पैटर्न (Stalking Pattern) है।”

हॉस्टल ट्रेस: खौफ की गूँज

रात 9:30 बजे श्रीकृष्ण अपनी टीम के साथ एमपी नगर के उसी गर्ल्स हॉस्टल पहुँचे जहाँ सिया रहती थी। हॉस्टल की वार्डन बदहवास थी। उसने बताया कि सिया एक बहुत ही शांत लड़की थी।

“क्या उसका किसी से झगड़ा था? या कोई उसे परेशान कर रहा था?” श्रीकृष्ण ने अपनी डायरी खोलते हुए पूछा।

वार्डन ने हिचकिचाते हुए जवाब दिया, “वह किसी से कुछ कहती तो नहीं थी सर... लेकिन वह डरी रहती थी। मैंने उसे कई बार रात को सोते समय दरवाज़ा दो बार चेक करते देखा था। वह बाहर बहुत कम निकलती थी और पिछले एक महीने में उसने दो बार अपना फोन नंबर बदला था।”

श्रीकृष्ण ने नोट किया, 'डरती थी...'। यह केवल डर नहीं था, यह पीछा किए जाने का मनोवैज्ञानिक आघात (Stalking Trauma Response) था। पियूष ने उसे भोपाल में भी चैन की सांस लेने नहीं दी थी।

पिता को सूचना और टूटी हुई उम्मीदें

श्रीकृष्ण ने भारी मन से सिया के पिता को फोन मिलाया। उधर से एक थकी हुई आवाज़ आई, “हेलो... सिया? बेटा कहाँ हो तुम? फोन क्यों नहीं उठा रही?”

श्रीकृष्ण एक पल के लिए खामोश रहे। “मैं भोपाल पुलिस से डीसीपी श्रीकृष्ण बोल रहा हूँ... क्या मैं श्री वर्मा जी से बात कर रहा हूँ?”

सन्नाटा छा गया। फिर एक टूटी हुई, कांपती आवाज़ आई, “जी... मेरी बेटी को क्या हुआ?”

अगली सुबह भोपाल रेलवे स्टेशन पर एक आदमी उतरा। चेहरा बिखरा हुआ, आँखें लाल और कदम डगमगाते हुए। वह सिया का पिता था। हमीदिया अस्पताल पहुँचते ही जब चादर हटाई गई, तो वह जैसे पत्थर बन गए। “यह मेरी सिया नहीं हो सकती... मेरी फूल जैसी बच्ची...” उनकी चीखें अस्पताल की दीवारों से टकराकर वापस लौट रही थीं।

अतीत का दरवाज़ा: पियूष का इतिहास

ब्रेकडॉन (BREAKDOWN) के कुछ घंटों बाद, श्रीकृष्ण ने उन्हें पानी पिलाया और धीरे से पूछा, “क्या सिया किसी से डरती थी? क्या कानपुर में कोई था?”

पिता ने अपनी गीली आँखों से श्रीकृष्ण की ओर देखा और धीरे से बोले, “हाँ... पियूष।”

कमरे में जैसे बिजली कौंध गई। श्रीकृष्ण ने ध्यान से सुनना शुरू किया। पिता ने बताया कि “पियूष सिया का सहपाठी था। वह उससे शादी करना चाहता था, लेकिन उसका प्यार एक 'बीमारी' जैसा था। वह लगातार सिया का पीछा करता, उसे गंदे मैसेज भेजता और घंटों उसके घर के बाहर खड़ा रहता।” इसे मनोविज्ञान की भाषा में 'ऑब्सेसिव लव डिसऑर्डर'

(Obsessive Love Disorder) कहते हैं, जहाँ अपराधी को लगता है कि पीड़िता केवल उसकी है।

"हमने कानपुर में शिकायत की थी साहब, लेकिन पियूष के परिवार का रसूख था। मामला दबा दिया गया। पियूष को लगा कि उसने जंग जीत ली है और उसका जुनून और बढ़ गया।"

श्रीकृष्ण ने महसूस किया कि कड़ियाँ जुड़ रही थीं। सीडीआर (CDR), सीसीटीवी (CCTV) और अब यह पास्ट हिस्ट्री (Past history), सब कुछ पियूष की ओर इशारा कर रहा था। सिया भोपाल भागकर आई थी ताकि वह नई ज़िंदगी शुरू कर सके, लेकिन उसे नहीं पता था कि उसका अतीत (अंधा जुनून) पहले से ही यहाँ उसका इंतज़ार कर रहा था।

सिया की पहचान हो चुकी थी। उसका परिवार अब न्याय की गुहार लगा रहा था। पियूष का मकसद (Motive) अब पूरी तरह स्पष्ट था, अधिकार की वह भयानक बीमारी जो प्यार का चोला पहनकर आई थी।

श्रीकृष्ण ने खिड़की से बाहर देखा। भोपाल की झील पर सूरज ढल रहा था, लेकिन पियूष के दिल का अंधेरा अब पूरे शहर को अपनी चपेट में लेने वाला था।

श्रीकृष्ण ने मन ही मन में कहा,"वह भोपाल आई थी भागने... लेकिन कुछ कहानियाँ शहर नहीं बदलतीं, वे सिर्फ और खतरनाक हो जाती हैं।"

अध्याय 8
बंद दरवाज़ों के पीछे

समय: सुबह 11:20 बजे

स्थान: गर्ल्स हॉस्टल, एमपी नगर, भोपाल

एमपी नगर की उस संकरी गली में स्थित 'विदुषी गर्ल्स हॉस्टल' के कॉरिडोर में आज एक भारी सन्नाटा पसरा था। कल तक जहाँ लड़कियों की खिलखिलाहट, कपड़ों के सूखने की गंध और परीक्षाओं की चर्चा होती थी, आज वहाँ केवल खौफ की गूँज थी। कमरा नंबर 214 सिया का कमरा, अब पुलिस की पीली टेप से सील किया जा चुका था।

डीसीपी श्रीकृष्ण ने धीरे से दरवाज़ा खोला और अंदर कदम रखा। उनके पीछे डॉ. अनिरुद्ध अपनी फॉरेंसिक टीम के साथ थे। कमरे के भीतर की हवा अभी भी सिया के इत्र की हल्की महक और बंद कमरों की उमस से भरी थी।

कमरे का अवलोकन (Room Observation)

श्रीकृष्ण की पारखी नज़रें हर चीज़ को पढ़ रही थीं। बिस्तर बिल्कुल व्यवस्थित था, चादर पर एक भी शिकन नहीं थी। मेज़ पर किताबें करीने से रखी थीं और दीवार पर चिपका हुआ 'टाइमटेबल' सिया के अनुशासित जीवन की गवाही दे रहा था।

“कंट्रोल... डिसिप्लिन (Control & Discipline),” श्रीकृष्ण ने धीरे से कहा। “लेकिन इस व्यवस्था के पीछे एक गहरा केओस (Chaos) आंतरिक मानसिक उथल-पुथल छिपी है।”

डॉ. अनिरुद्ध ने अपना फॉरेंसिक स्वीप (Forensic Sweep) शुरू किया। यह अपराध स्थल से सूक्ष्म साक्ष्यों को इकट्ठा करने की प्रक्रिया है । "सर, यहाँ स्ट्रगल (Struggle) के कोई निशान नहीं हैं। इसका मतलब है कि वह अपने इस निजी दायरे में खुद को सुरक्षित महसूस करती थी। वह खतरे को अपने दरवाज़े तक पहुँचते हुए पहचान नहीं पाई।"

टीम ने बिस्तर से हेयर स्ट्रैंड्स (Hair strands), दरवाज़े के हैंडल से फिंगरप्रिंट्स (Fingerprints) और सिया की एक पुरानी नोटबुक को साक्ष्य के तौर पर इकट्ठा किया।

पूछताछ: डरी हुई गवाहियाँ

समय: दोपहर 12:15 बजे हॉस्टल के कॉमन रूम में चार लड़कियाँ बैठी थीं। उनके चेहरों पर हवाइयाँ उड़ रही थीं। श्रीकृष्ण ने अपनी टोपी मेज़ पर रखी और नरम लहज़े में कहा, "रिलैक्स... हमें बस सच जानना है ताकि सिया को इंसाफ़ मिल सके।"

सिया की रूममेट रिया सबसे पहले बोली। "सर... सिया बहुत अलग थी। वह बहुत कम बोलती थी और किसी पर भी आसानी से भरोसा नहीं करती थी। उसका फोन हमेशा साइलेंट (Silent) मोड पर रहता था।"

श्रीकृष्ण ने नोट किया, ट्रस्ट इश्यूज़ (Trust issues)। यह किसी भी स्टॉकिंग ट्रॉमा (Stalking Trauma) में लगातार पीछा किए जाने के कारण उत्पन्न मानसिक तनाव, पीड़ित का पहला लक्षण होता है।

दूसरी छात्रा, प्रिया ने बताया, "वह हमेशा डरी रहती थी। जब भी हम बाहर जाते, वह हर दो मिनट में पीछे मुड़कर देखती थी। अगर किसी अनजान नंबर से कॉल आता, तो उसके चेहरे का रंग उड़ जाता था।"

अजय: कहानी का नया कोना

तभी तीसरी लड़की, मुस्कान, जो अब तक चुप थी, धीरे से बोली, "सर... एक लड़का था। अजय।"

कमरे में अचानक सन्नाटा छा गया। श्रीकृष्ण की आँखें चमक उठीं। "कौन अजय?"

मुस्कान ने बताया कि अजय लाइब्रेरी में सिया की मदद करता था। वे अक्सर नोट्स शेयर करते थे और कभी-कभी हॉस्टल के पास वाले कैफे में कॉफी भी पीते थे। "सिया उसे पसंद करने लगी थी, सर। अजय उसके लिए उस खौफनाक अतीत से निकलने का एक रास्ता था।"

"लेकिन वह डरती भी थी," रिया ने बीच में टोकते हुए कहा। "उसे लगता था कि अगर वह अजय के करीब गई, तो वह उसे (पियूष को) पता चल जाएगा। वह अक्सर कहती थी, वह हमें देख रहा है।"

श्रीकृष्ण ने गहरी सांस ली। ट्रॉमा और उम्मीद (Trauma + Hope) के बीच का यह संघर्ष सिया को मानसिक रूप से तोड़ रहा था।

एक महत्वपूर्ण मोड़: तीन दिन पहले का झगड़ा

"क्या अजय को पियूष के बारे में पता था?" श्रीकृष्ण ने पूछा।

"हाँ, सर," प्रिया ने खुलासा किया। "तीन दिन पहले अजय और सिया के बीच इसी बात को लेकर झगड़ा हुआ था। अजय चाहता था कि सिया पुलिस में जाए, लेकिन सिया पियूष के पागलपन से वाकिफ थी। वह नहीं चाहती थी कि अजय की जान खतरे में पड़े।"

साइबर सेल की सीडीआर रिपोर्ट (CDR Analysis) भी इसी बात की पुष्टि कर रही थी। पिछले तीन दिनों में अजय और सिया के बीच कॉल्स की

संख्या बढ़ गई थी, जबकि उस 'अननोन नंबर' (पियूष) से आने वाले धमकियों भरे मैसेज भी अपनी चरम सीमा पर थे।

नोटबुक का राज: ही इज़ वाचिंग मी

तभी डॉ. अनिरुद्ध ने श्रीकृष्ण को सिया की वह नोटबुक दिखाई जो कमरे से मिली थी। उसके आखिरी पन्ने पर बड़े और कांपते हुए अक्षरों में लिखा था: “He is watching me... (वह मुझे देख रहा है)”

यह कोई डेल्यूजन (Delusion) नहीं था, यह सिया की कड़वी हकीकत थी। पियूष केवल उसके फोन में नहीं, बल्कि उसकी परछाईं बनकर भोपाल की गलियों में घूम रहा था।

जाँच ने अब एक नया रुख ले लिया था। सिया की छिपी हुई ज़िंदगी और अजय का किरदार अब पुलिस के सामने साफ़ था। श्रीकृष्ण समझ गए थे कि यह कोई लव ट्रायंगल (Love Triangle) नहीं था, बल्कि दो विपरीत विचारधाराओं का टकराव (Collision) था। इम्पैक्ट पैटर्न (Impact pattern): साक्ष्य पर पड़े बाहरी प्रभाव का निशान। एक तरफ सुरक्षा देने की कोशिश करता अजय, और दूसरी तरफ अधिकार जताने वाला पागल पियूष।

बाहर एमपी नगर की सड़कों पर फिर से भीड़ उमड़ पड़ी थी, लेकिन उस हॉस्टल के कमरे नंबर 214 में अभी भी एक मासूम लड़की के अनकहे डर की गंध बाकी थी।

श्रीकृष्ण ने मन में सोचा, “वह अकेली नहीं थी... लेकिन फिर भी अकेली थी, क्योंकि डर किसी के साथ नहीं बंटता।”

अध्याय 9
शंका के साये

समय: रात 10:40 बजे

स्थान: एमपी नगर पुलिस स्टेशन, भोपाल

एमपी नगर की सड़कें अब शांत हो चुकी थीं। इक्का-दुक्का ऑटो और पुलिस की गश्त लगाती गाड़ियाँ ही उस रात के सन्नाटे को तोड़ रही थीं। लेकिन पुलिस स्टेशन के भीतर का मंज़र इसके बिल्कुल उलट था। यहाँ तनाव चीख रहा था। दीवारों पर लगी ट्यूबलाइट्स की नीली रोशनी में डीसीपी श्रीकृष्ण के चेहरे की लकीरें और भी गहरी दिख रही थीं।

उनके सामने मेज़ पर एक फाइल खुली थी, जिसमें एक ही केस के दो संदिग्धों के नाम थे, अजय और पियूष।

श्रीकृष्ण ने खिड़की से बाहर देखा और मन ही मन सोचा, "सच कभी सीधा नहीं होता... वह हमेशा दो चेहरों के बीच छिपा होता है। एक वह जो हम देखते हैं, और दूसरा वह जो सबूत हमें दिखाते हैं।"

इंटर्रोगेशन रूम - 1: अजय का सच

इंटर्रोगेशन रूम (Interrogation Room) पूछताछ का विशेष कमरा, के भीतर की हवा ठंडी और भारी थी। मेज़ के उस पार अजय बैठा था। उसकी आँखें लाल थीं, चेहरा थका हुआ और हाथ लगातार कांप रहे थे। यह किसी ऐसे व्यक्ति की हालत थी जिसने कुछ घंटों पहले अपने किसी बहुत करीबी को खोया हो।

श्रीकृष्ण ने कमरे में प्रवेश किया और अजय के ठीक सामने बैठ गए। उन्होंने कोई भूमिका नहीं बनाई, सीधे मुद्दे पर आए। "तुम सिया को कब से जानते थे, अजय?"

अजय ने बिना सोचे जवाब दिया, "तीन महीने से सर।"

श्रीकृष्ण ने उसकी आँखों में झाँका। बिहेवियरल एनालिसिस (Behavioral Analysis) के अनुसार, बिना सोचे दिया गया जवाब अक्सर सच होता है, लेकिन कभी-कभी यह 'रिहर्स' (Rehearsed) भी हो सकता है।

"तुम उसे पसंद करते थे?" श्रीकृष्ण ने एक इमोशनल प्रोब (Emotional Probe) फेंका। यह गवाह की भावनाओं को उकसाकर सच जानने की तकनीक है।

अजय कुछ सेकंड के लिए खामोश रहा। फिर उसने धीरे से अपना सिर झुकाया और कहा, "हाँ... मैं उसे पसंद करता था। वह बहुत बहादुर लड़की थी सर।"

"और वह? क्या वह भी तुम्हें पसंद करती थी?"

अजय की आवाज़ और भी धीमी हो गई। "वह... वह डरी हुई थी सर। वह किसी पर भी आसानी से भरोसा नहीं कर पा रही थी। वह हमेशा कहती थी कि कोई उसका पीछा कर रहा है। वह 'उससे' (पियूष से) बहुत ज़्यादा डरती थी।"

पहला झटका: सीडीआर और लोकेशन

श्रीकृष्ण ने अपनी मेज़ पर रखी एक रिपोर्ट उठाई। यह सीडीआर

एनालिसिस (CDR Analysis) की रिपोर्ट थी। "तुमने कहा था कि हत्या के समय तुम अपनी कॉलेज लाइब्रेरी में थे, है ना?"

अजय ने सिर हिलाया। "जी सर।"

"लेकिन सेल टॉवर मैपिंग (Cell Tower Mapping) मोबाइल सिग्नल के आधार पर अपराधी की लोकेशन कुछ और कह रही है, अजय," श्रीकृष्ण का स्वर अचानक कठोर हो गया। "दोपहर 11:58 बजे, हत्या के ठीक दो मिनट पहले, तुम्हारे फोन की लोकेशन क्राइम स्पॉट (Crime Spot) के पास मिली है। तुम वहाँ क्या कर रहे थे?"

अजय के चेहरे का रंग उड़ गया। उसके गले में जैसे कुछ फंस गया हो। "मैं... मैं बस उससे मिलने गया था, सर।"

"झूठ!" श्रीकृष्ण ने मेज़ पर मुक्का मारा। "तुम वहाँ थे। तुमने हमें गुमराह क्यों किया?"

अजय बुरी तरह घबरा गया। उसकी सांसें तेज़ हो गईं; यह साइकोलॉजिकल ब्रेकडाउन (Psychological Breakdown) की शुरुआत थी। "सर, मुझे पियूष का मैसेज आया था। उसने मुझे धमकी दी थी कि वह सिया को मार देगा। मैं उसे वार्न (Warn) करने गया था... लेकिन जब मैं वहाँ पहुँचा, तो सब कुछ खत्म हो चुका था। मैं डर गया था कि पुलिस मुझे ही अपराधी मान लेगी।"

बॉडी लैंग्वेज और गिल्ट

श्रीकृष्ण अजय की हर हरकत को गौर से देख रहे थे। उसकी उंगलियों की थरथराहट (Fingers twitch), नज़रों का चुराना और तेज़ सांस लेना... ये सब संकेत गिल्ट (Guilt) के थे, लेकिन क्या यह 'क्राइम' का गिल्ट था या उसे 'न बचा पाने' का?

श्रीकृष्ण ने मन ही मन एक समीकरण बनाया:

अजय: जो उसे बचाना चाहता था, लेकिन उसने पुलिस से सच छुपाया।

पियूष: जो उसे पाना चाहता था और जिसके पास हत्या का ठोस मकसद (Motive) और सबूत (CCTV) थे।

"तो तुम जानते थे कि पियूष भोपाल में है और वह हमला करने वाला है?" श्रीकृष्ण ने पूछा।

अजय ने रोते हुए कहा, "अगर मैंने पहले ही पुलिस को बता दिया होता, तो शायद वह आज ज़िंदा होती।"

टेंशन पीक: पियूष की तलाश

तभी कमरे का दरवाज़ा खुला और एक कांस्टेबल अंदर आया। "सर, पियूष की लोकेशन ट्रेस (Location Trace) हो गई है। वह पुराने शहर की एक बस्ती में छिपा हुआ है। उसका फोन अभी-अभी ऑन हुआ है।"

श्रीकृष्ण तुरंत अपनी कुर्सी से उठे। "टीम तैयार करो! हमें उसे पैनिक (Panic) करने से पहले पकड़ना होगा।"

उन्होंने अजय की ओर एक आखिरी नज़र डाली। अजय अब एक संदिग्ध से ज़्यादा एक महत्वपूर्ण गवाह (Witness) बन चुका था। श्रीकृष्ण समझ गए थे कि पियूष ने केवल सिया की जान नहीं ली थी, बल्कि उसने अजय की ज़िंदगी को भी अपराधबोध (Survivor's Guilt) किसी घटना में बच जाने के बाद होने वाला आत्म-ग्लानि का अहसास के अंधेरे में धकेल दिया था।

रात का भोपाल

बाहर निकलते समय श्रीकृष्ण ने महसूस किया कि भोपाल अब दो हिस्सों में बँट चुका था। पुराने शहर की खामोश गलियाँ जहाँ पियूष छिपा था, और नए शहर की चमचमाती लाइटें जहाँ सिया के सपने बिखरे पड़े थे।

पियूष अब 'प्राइमरी सस्पेक्ट' (Primary Suspect) था। फॉरेंसिक सबूत (GSR, Ballistic) और डिजिटल साक्ष्य सब उसकी ओर इशारा कर रहे थे। शिकारी और शिकार, दोनों अब एक ही शहर के घेरे में थे।

श्रीकृष्ण ने सोचा, "सच अब भाग नहीं सकता था... क्योंकि शिकारी और शिकार, दोनों एक ही शहर में थे।"

अध्याय 10
टूटा हुआ सच

समय: रात 1:15 बजे

स्थान: एमपी नगर पुलिस स्टेशन, भोपाल

रात अब अपने सबसे गहरे पड़ाव पर थी। एमपी नगर की सड़कें, जो दिन में सपनों की मंडी लगती थीं, अब एक ठंडी खामोशी की चादर ओढ़े सो रही थीं। लेकिन पुलिस स्टेशन के भीतर नींद का नामोनिशान नहीं था। दीवारों पर लगी ट्यूबलाइट्स की नीली रोशनी में डीसीपी श्रीकृष्ण के चेहरे की लकीरें किसी चट्टान की तरह सख्त दिख रही थीं। वे पियूष की लोकेशन ट्रैक होने का इंतज़ार कर रहे थे, लेकिन तभी जो हुआ, उसने सबको स्तब्ध कर दिया।

पुलिस स्टेशन का भारी लोहे का दरवाज़ा धीरे से खुला। सायों के बीच से एक आकृति उभरकर सामने आई। एक दुबला-पतला नौजवान, जिसकी आँखें सूज़ी हुई थीं और जिसके कपड़ों पर धूल जमी थी। वह भागा नहीं, उसने विरोध नहीं किया। वह खुद चलकर आया था।

पियूष शर्मा ने खुद को कानून के हवाले कर दिया था।

आत्मसमर्पण: एक असामान्य शांति

श्रीकृष्ण की आँखें सिकुड़ गईं। वे जानते थे कि जो अपराधी खुद चलकर आता है, वह या तो पूरी तरह टूट चुका होता है या फिर वह एक ऐसी कहानी लेकर आता है जो सच को और भी पेचीदा बना देती है। श्रीकृष्ण ने

अपनी डायरी बंद की और धीरे से कहा, "इसे इंटरोगेशन रूम में ले जाओ।"

कमरे के भीतर की हवा ठंडी थी। पियूष कुर्सी पर बैठा था, असामान्य रूप से शांत। न कोई डर, न पछतावा, न ही पकड़े जाने की घबराहट। उसके चेहरे पर महज़ एक गहरा, अंतहीन खालीपन था।

"तुम्हें पता है तुम्हें यहाँ क्यों लाया गया है?" श्रीकृष्ण ने अपनी आवाज़ को स्थिर रखते हुए पूछा।

पियूष के होठों पर एक बहुत ही हल्की, लगभग अदृश्य मुस्कान उभरी। "हाँ साहब... मुझे पता है।"

पियूष, "उसने मुझे मार दिया था"

श्रीकृष्ण ने सीधा वार किया। "क्या तुमने सिया को मारा?"

कमरे में कुछ सेकंड के लिए एक ऐसा सन्नाटा छा गया जिसे महसूस किया जा सकता था। श्रीकृष्ण पियूष की बॉडी लैंग्वेज (Body Language) को गौर से देख रहे थे। वह अपनी उंगलियाँ नहीं चटका रहा था, न ही उसकी सांसें तेज़ थीं।

"नहीं, साहब," पियूष ने धीमी लेकिन साफ़ आवाज़ में कहा।

वहाँ मौजूद कांस्टेबल एक-दूसरे का चेहरा देखने लगे। श्रीकृष्ण ने अपनी भौहें तान लीं। "नहीं? सीसीटीवी फुटेज, चश्मदीदों के बयान और तुम्हारी लोकेशन, सब कुछ तुम्हारे खिलाफ है, पियूष।"

पियूष ने सिर ऊपर किया और सीधे श्रीकृष्ण की आँखों में देखा। "साहब,

मैंने उसे आज नहीं मारा... उसने तो मुझे चार साल पहले ही मार दिया था।"

मनोवैज्ञानिक परतः जुनून और भ्रम

श्रीकृष्ण को समझ आ गया कि यह कोई साधारण कबूलनामा नहीं है। यह पियूष के भीतर पल रहे डेल्यूजनल डिसऑर्डर (Delusional Disorder) वास्तविकता से हटकर एक काल्पनिक सच को ही हकीकत मान लेना की पराकाष्ठा थी।

"चार साल पहले?" श्रीकृष्ण ने पूछा। "मतलब?"

"जब उसने मुझे छोड़ा, तब मैं मर गया था, साहब," पियूष की आवाज़ में एक अजीब सा दर्द उभरा। "मैं उसके लिए जिया, उसके लिए सब कुछ कुर्बान कर दिया। मैं क्लास का टॉपर था, लेकिन मेरे दिमाग में सिर्फ वही थी। और उसने क्या किया? उसने मुझे ठुकरा दिया। जैसे मैं कोई कूड़ा हूँ। उसने मेरी रूह निकाल ली थी, साहब। चार साल से मैं केवल एक ज़िंदा लाश की तरह घूम रहा हूँ।"

इसे क्रिमिनोलॉजी की भाषा में 'पॉसेसिव डेल्यूजन' (Possessive Delusion) कहते हैं, यह मानना कि पीड़ित केवल अपराधी की संपत्ति है। पियूष के दिमाग में रिजेक्शन (Rejection) एक 'मौत' के समान था। उसके लिए सिया की स्वतंत्रता एक 'धोखा' थी।

सच और भ्रम के बीच की रेखा श्री कृष्ण ने दबाव बढ़ाया। "तुम भोपाल क्यों आए? तुमने उसका पीछा किया, उसे डराया, और आखिरकार उस पर गोलियाँ चला दीं।"

"मैं उसे वापस लेने आया था, साहब," पियूष ने ठंडे स्वर में कहा। "मुझे

लगा वह मान जाएगी। लेकिन वह बदल गई थी। वह उस 'अजय' के साथ घूम रही थी। वह मुझे पहचान ही नहीं रही थी।"

"और अगर वह नहीं मानती तो?"

पियूष के चेहरे पर एक भयावह शांति छा गई। उसने धीरे से कहा, "तो फिर वह किसी और की भी नहीं हो सकती थी। मैंने तो बस उस अधूरी कहानी को पूरा किया है जो उसने चार साल पहले शुरू की थी।"

फॉरेंसिक सुराग और संदिग्ध सच

श्रीकृष्ण ने सीसीटीवी के स्क्रीनशॉट मेज़ पर फेंके। "तुम यहाँ साफ़ दिख रहे हो। तुमने उससे बात की, और फिर उसे गोली मार दी।"

पियूष मुस्कुराया। "हाँ, मैं था। मैंने उससे बात की। वह डर रही थी... उसे डरते हुए देखना मुझे अच्छा लगा क्योंकि तब उसे अहसास हुआ कि मैं अब भी उसकी ज़िंदगी में हूँ। लेकिन साहब, मैंने उसे गोली नहीं मारी।"

श्रीकृष्ण को पियूष के इस बयान पर शक हुआ। क्या यह 'रिएलिटी डिस्टॉर्शन' (Reality Distortion) था या पियूष कोई बड़ा खेल खेल रहा था? पियूष की स्थिर आँखों और नियंत्रित सांसों ने श्रीकृष्ण को सोचने पर मजबूर कर दिया। पियूष के पास ऑब्सेसिव लव डिसऑर्डर (OLD) के सारे लक्षण थे। किसी व्यक्ति के प्रति जुनून की हद तक अधिकार जताना। लेकिन क्या वह इतना शातिर था कि खुद सरेंडर करके भी हत्या से इनकार कर दे?

"हथियार कहाँ है, पियूष?"

"फेंक दिया साहब... जहाँ सब कुछ खत्म हुआ था, वहीं फेंक दिया।"

रात का भोपाल और अधूरा सच

पियूष को लॉकअप में भेज दिया गया। श्रीकृष्ण अकेले अपनी मेज़ पर बैठे रहे। उन्हें महसूस हुआ कि पियूष कोई साधारण अपराधी नहीं था। उसका दिमाग सच और भ्रम की एक ऐसी भूलभुलैया में फँसा था जहाँ उसे खुद नहीं पता था कि उसने क्या किया है।

"कुछ लोग अपराध करते नहीं, श्रीकृष्ण," डॉ. अनिरुद्ध ने पीछे से आकर कहा। "वे उसे अपना अधिकार मानते हैं। और वही उन्हें सबसे खतरनाक बनाता है।"

श्रीकृष्ण ने खिड़की से बाहर देखा। पियूष का आत्मसमर्पण जीत नहीं थी, बल्कि एक बहुत बड़े षड्यंत्र की शुरुआत लग रही थी। कट्टा अभी तक बरामद नहीं हुआ था, और पियूष का यह कहना कि 'मैंने उसे नहीं मारा' श्रीकृष्ण के कान में गूँज रहा था। इंटर्रोगेशन (Interrogation): वैज्ञानिक और मनोवैज्ञानिक तरीके से की गई पूछताछ समाप्त हुई।

डॉ. अनिरुद्ध ने सोचा, “कुछ लोग अपराध करते नहीं, वे उसे सही मानते हैं... और वही उन्हें सबसे खतरनाक बनाता है।”

भाग 2: यादों की बेड़ियाँ

अध्याय 11
सच की दिशा

समय: सुबह 10:05 बजे

स्थान: स्टेट फॉरेंसिक साइंस लैब (SFSL), भोपाल

स्टेट फॉरेंसिक साइंस लैब (SFSL) के भीतर का वातावरण बाहर के भोपाल से बिल्कुल अलग था। बाहर की सड़कों पर शोर था, धूल थी और भावनाओं का सैलाब था, लेकिन यहाँ केवल एक 'क्लीनिकल खामोशी' थी। यहाँ हवा में फिनाइल और रसायनों की गंध थी। यहाँ कोई भी चीज़ भावना के आधार पर तय नहीं होती थी; यहाँ केवल 'डेटा' (Data) और 'तथ्य' (Facts) का साम्राज्य था।

डीसीपी श्रीकृष्ण लैब के मुख्य मेज़ के सामने खड़े थे। उनके सामने डॉ. अनिरुद्ध थे, जिन्होंने अपने सफेद लैब कोट के बटन बंद किए और एक नीली फाइल श्रीकृष्ण की ओर बढ़ाई।

"सर... यह अब केवल एक कहानी नहीं रही," डॉ. अनिरुद्ध ने गंभीर स्वर में कहा। "यह अब शुद्ध विज्ञान (Science) है। और विज्ञान कभी अपनी गवाही नहीं बदलता।"

1. गनशॉट रेजिड्यू (GSR) एनालिसिस

डॉ. अनिरुद्ध ने पहली स्लाइड प्रोजेक्टर पर चलाई। "हमने सिया के कपड़ों

और घटनास्थल से लिए गए सैंपल्स का जीएसआर (GSR - Gunshot Residue) टेस्ट पूरा कर लिया है। परिणाम सकारात्मक (Positive) हैं।"

उन्होंने स्क्रीन पर मौजूद कणों की ओर इशारा किया। "ये लेड (Lead), बेरियम (Barium) और एंटीमनी (Antimony) के कण हैं। इनकी सघनता (Density) यह साबित करती है कि फायरिंग क्लोज रेंज (Close Range) से हुई थी। पियूष और सिया के बीच की दूरी 5 फीट से भी कम थी। यह कोई दूर से चलाया गया निशाना नहीं था; यह आमने-सामने का टकराव था।"

2. ब्लड स्पैटर और प्रक्षेपवक्र (Trajectory) विश्लेषण

अगली स्लाइड में खून के धब्बों का एक डिजिटल मानचित्र (Digital Map) था। "सर, ब्लड स्पैटर एनालिसिस (Blood Spatter Analysis) से हमें 'हाई वेलोसिटी इम्पैक्ट स्पैटर' (High velocity impact spatter) तेज़ रफ़्तार के प्रहार से बने खून के छोटे छींटे मिले हैं। सिया जब खड़ी थी, तब पहली गोली लगी। खून का बहाव और छीटों की दिशा (Directional flow) बताती हैं कि शूटर ठीक उसके सामने खड़ा था।"

डॉ. अनिरुद्ध ने एक 3D मॉडल एक्टिवेट किया। कमरे की लाइटें धीमी हो गईं और लेज़र लाइट ने हवा में एक रेखा खींची।

"हमने ट्रैजेक्टरी एनालिसिस (Trajectory Analysis) गोली के हवा में तय किए गए पथ को जानने के लिए गणितीय समीकरणों का उपयोग किया है," अनिरुद्ध ने बताया। "अगर हम गोली के रास्ते को एक सीधी रेखा के रूप में देखें, तो उसे हम इस फॉर्मूले से समझ सकते हैं:

$y = mx + b$

$m = 1.0$

b = 5.0

जहाँ y गोली की ऊँचाई है, m प्रक्षेपवक्र की ढलान (Slope) है, और x वह क्षैतिज दूरी (Horizontal distance) है जो गोली ने तय की है। हमारे डेटा के अनुसार, शूटर की लंबाई लगभग पियूष के बराबर है, और गोली का 'एंट्री पॉइंट' सीने के बाईं ओर था, जो एक मामूली नीचे की ओर झुके हुए कोण (Slight downward angle) पर शरीर में घुसी।"

फॉरेंसिक विज्ञान के अनुसार, गोली की 'ट्रेजेक्टरी' (Trajectory) गोली के चलने का कोणीय रास्ता, थोड़ी ऊपर की ओर थी और शूटर की दूरी लगभग 8 से 10 फीट थी।

3. बैलिस्टिक मैचिंग (Ballistic Matching)

"सर, सबसे महत्वपूर्ण सबूत यह है," डॉ. अनिरुद्ध ने एक पारदर्शी पैकेट में रखा हुआ पीतल का खोखा दिखाया। "हमने रिकवर की गई गोली और शेल केसिंग की बैलिस्टिक मैचिंग (Ballistic Matching) गोली पर मौजूद निशानों से हथियार की पहचान की है। माइक्रोस्कोप के नीचे 'स्ट्रिएशन मार्क्स' (Striation marks) का मिलान 98% सटीक है। जिस कट्टे का जिक्र पियूष ने किया था, यह गोली उसी के 'सिग्नेचर' (Signature) से मेल खाती है।"

श्रीकृष्ण ने ध्यान से सुना। फॉरेंसिक साक्ष्यों की यह चेन पियूष को अपराध स्थल पर मजबूती से खड़ा कर रही थी।

4. डीएनए और डिजिटल फुटप्रिंट (DNA & CDR)

"डीएनए एनालिसिस (DNA Analysis) में हमें सिया के कपड़ों पर अज्ञात पुरुष के डीएनए ट्रेसेस मिले हैं। हमने इसे पियूष के प्रोफाइल से

मैच करने के लिए भेज दिया है," डॉ. अनिरुद्ध ने फाइल के अगले पन्ने पलटें।

"लेकिन सर, सबसे बड़ा खुलासा सीडीआर (CDR - Call Data Records) में है। पियूष केवल सिया का पीछा नहीं कर रहा था; वह उसे 'ट्रैक' (Track) कर रहा था। घटना से ठीक 15 मिनट पहले पियूष की लोकेशन और सिया की लोकेशन एक ही 'सेल टावर' के दायरे में थी। वह साए की तरह उसके पीछे था।" सेल टावर मैपिंग (Cell Tower Mapping) मोबाइल सिग्नल से स्थान का निर्धारण है।

श्रीकृष्ण का संदेह: सच की दूसरी परत

श्रीकृष्ण ने रिपोर्ट बंद की और एक गहरी सांस ली। "अनिरुद्ध, फॉरेंसिक की दुनिया में सब कुछ साफ़ दिख रहा है। पियूष का अपराध स्थल पर होना, हथियार का मिलान, और ट्रैकिंग, सब कुछ उसे दोषी साबित करने के लिए काफी है।"

"फिर समस्या क्या है, श्रीकृष्ण?" डॉ. अनिरुद्ध ने पूछा।

"समय और समर्पण (Timing & Surrender)", श्रीकृष्ण ने धीमी आवाज़ में कहा। "अगर यह हत्या इतनी सुनियोजित (Planned) थी, तो उसने सरेंडर क्यों किया? और उसने यह क्यों कहा कि 'मैंने उसे नहीं मारा'? एक जुनूनी प्रेमी (Obsessive Lover) अक्सर अपना गुनाह गर्व से स्वीकार करता है। लेकिन पियूष का व्यवहार... वह कुछ छुपा रहा है। विज्ञान ने हमें हत्यारा तो दे दिया, लेकिन उसने हमें अभी तक 'मास्टरमाइंड' या 'मोटिव' का पूरा सच नहीं दिया है।"

फॉरेंसिक रिपोर्ट ने कहानी को तकनीकी रूप से सुलझा दिया था। पियूष का शामिल होना अब कोई संदेह नहीं था। लेकिन श्रीकृष्ण जानते थे कि सबूत केवल 'क्या हुआ' बताते हैं, 'क्यों हुआ' और 'किसके कहने पर हुआ'

का जवाब अक्सर इंसानी यादों की उन बेड़ियों में छिपा होता है जिन्हें खोलना अभी बाकी था।

जाँच की दिशा अब पियूष के उस अतीत की ओर मुड़ रही थी जहाँ 'मेधावी छात्र' से 'हत्यारा' बनने के बीच का काला पन्ना छिपा था।

डॉ. अनिरुद्ध ने कहा, "सबूत झूठ नहीं बोलते... लेकिन कभी-कभी वे पूरा सच भी नहीं बताते।"

अध्याय 12
जांच और सच के टुकड़े

समय: सुबह 9:40 बजे

स्थान: स्टेट फॉरेंसिक साइंस लैब (SFSL), भोपाल

स्टेट फॉरेंसिक साइंस लैब (SFSL) के भीतर का वातावरण बाहर के भोपाल से बिल्कुल अलग था। बाहर की सड़कों पर शोर था, धूल थी और भावनाओं का सैलाब था, लेकिन यहाँ केवल एक 'क्लीनिकल खामोशी' थी। यहाँ हवा में फिनाइल और रसायनों की गंध थी। यहाँ कोई भी चीज़ भावना के आधार पर तय नहीं होती थी; यहाँ केवल 'डेटा' (Data) और 'तथ्य' (Facts) का साम्राज्य था।

डीसीपी श्रीकृष्ण कांच की खिड़की के पार लैब के भीतर चल रही गतिविधियों को देख रहे थे। सफेद एप्रन पहने वैज्ञानिक मशीनों के साथ एक अनकही जुगलबंदी में मसरूफ थे। डीसीपी श्रीकृष्ण ने बताया कि अभी तक की प्रोग्रेस जानने के लिए पुलिस कमिश्नर आने बाले है। श्रीकृष्ण ने धीरे से कहा, “डॉ. अनिरुद्ध... अब यह केस आपका है।”

डॉ. अनिरुद्ध ने अपनी आँखों से चश्मा उतारा और एक हल्की मुस्कान के साथ जवाब दिया, “नहीं सर... अब यह केस सबूतों का है। और सबूत कभी झूठ नहीं बोलते।”

पुलिस कमिश्नर के आते ही श्रीकृष्ण ने उन्हें सल्यूट किया और डॉ. अनिरुद्ध ने झुककर नमस्कार। सभी अंदर एक मेज पर बैठे। मेज़ पर तीन अलग-अलग सीलबंद नमूने (Samples) रखे गए थे, सिया के कपड़े,

घटनास्थल की मिट्टी और उस संदिग्ध क्षेत्र के स्वैब्स जहाँ से फायरिंग हुई थी।

1. जीएसआर (GSR - Gunshot Residue) रिपोर्ट
डॉ. अनिरुद्ध ने माइक्रोस्कोप को ज़ूम किया। डिजिटल स्क्रीन पर कुछ बारीक कण चमके। "सर, ये जीएसआर (GSR) पार्टिकल्स हैं। इसमें लेड (Pb), बेरियम (Ba) और एंटीमनी (Sb) का मिश्रण साफ़ दिख रहा है।"

उन्होंने ग्राफ की ओर इशारा किया। "इन कणों की सघनता और उनके फैलने का पैटर्न बताता है कि फायरिंग क्लोज रेंज (Close range) यानी 3 से 6 फीट के बीच से हुई है।"

श्रीकृष्ण ने धीरे से दोहराया, "मतलब... सीधा आमना-सामना।"

2. ब्लड स्पैटर एनालिसिस (Blood Spatter Analysis)

स्क्रीन पर दीवार और सड़क पर बिखरे खून के धब्बों की उच्च-गुणवत्ता वाली तस्वीरें उभरीं। लाल रंग के छोटे-छोटे छींटे एक विशिष्ट दिशा में थे।

"यह हाई वेलोसिटी इम्पैक्ट स्पैटर (High Velocity Impact Spatter) है," अनिरुद्ध ने समझाया। "खून के छींटों का यह फॉरवर्ड प्रोजेक्शन (Forward projection) बताता है कि यह कोई हादसा नहीं था। यह एक नियंत्रित फायरिंग (Controlled firing) थी। शूटर जानता था कि वह क्या कर रहा है।"

3. गोली की प्रक्षेपवक्र (Trajectory Analysis)

लैब की लाइटें धीमी कर दी गईं और एक विशाल 3D मॉडल स्क्रीन पर उभरा। यह सिया के शरीर का एक 'वर्चुअल' प्रतिरूप था। तभी एक लेज़र जैसी अदृश्य रेखा हवा में खिंच गई, यह गोली का रास्ता था।

डॉ. अनिरुद्ध ने बोर्ड पर एक गणितीय समीकरण लिखा:

$y = mx + b$

$m = 1.0$

$b = 5.0$

उन्होंने श्रीकृष्ण की ओर देखते हुए विस्तार से बताया, “सर, हमने इस समीकरण के ज़रिए गोली की ऊंचाई और उसके रास्ते की ढलान (Slope) का विश्लेषण किया है। यहाँ y गोली की ऊर्ध्वाधर स्थिति (Vertical position) है, m प्रक्षेपवक्र की ढलान है, x क्षैतिज दूरी (Horizontal distance) है और b वह शुरुआती ऊंचाई है जहाँ से फायर किया गया है।”

विश्लेषण के मुख्य बिंदु:

एंट्री पॉइंट (Entry): बायां सीना (Left chest)

एग्जिट डेविएशन (Exit deviation): लगभग 12 डिग्री ऊपर की ओर।

निष्कर्ष: शूटर की ऊंचाई लगभग सिया की ऊंचाई के समान थी और दूरी महज़ 4-5 फीट थी।

श्रीकृष्ण ने पुलिस कमिश्नर से कहा, "सर! “यह गुस्सा नहीं था... यह 'कैलकुलेटेड' (Calculated) था।”

4. बैलिस्टिक मैचिंग (Ballistic Matching)

टेबल पर अब एक रिकवर की गई गोली और एक खाली खोखा (Shell

casing) रखा था। डॉ. अनिरुद्ध ने तुलनात्मक माइक्रोस्कोप (Comparison Microscope) का उपयोग किया।

“हर बंदूक की नली के भीतर रायफलिंग मार्क्स (Rifling marks) और स्ट्रिएशन पैटर्न्स (Striation patterns) अलग होते हैं। वे बंदूक के फिंगरप्रिंट की तरह होते हैं,” अनिरुद्ध ने कहा।

डिजिटल स्क्रीन पर गोली के 'ग्रूव्स' (Grooves) का मिलान किया गया। नतीजा साफ़ था, गोली और खोखा एक ही हथियार से निकले थे।

5. डीएनए और डिजिटल साक्ष्य (DNA & CDR)

“सिया के नाखूनों और कपड़ों से हमें अज्ञात पुरुष के डीएनए (Unknown male DNA) ट्रेसेस मिले हैं। हमने इसे पियूष के प्रोफाइल से मैच करने के लिए डेटाबेस में डाल दिया है,” अनिरुद्ध ने अगली फाइल खोली।

तभी सीडीआर (CDR - Call Data Records) की टाइमलाइन स्क्रीन पर उभरी। पियूष की लोकेशन और सिया की लोकेशन पिछले तीन दिनों से लगातार ओवरलैप (Overlap) हो रही थी। देर रात किए गए 'साइलेंट कॉल्स' और लगातार ट्रैकिंग (Tracking) पियूष के पागलपन की गवाही दे रहे थे।

6. सीसीटीवी एनहांसमेंट एआई (CCTV Enhancement AI)

धुंधली सीसीटीवी फुटेज को एआई के ज़रिए साफ़ किया गया। हेलमेट के भीतर का चेहरा अब पहचाने जाने योग्य था, वह पियूष ही था।

डॉ. अनिरुद्ध ने पियूष के मनोवैज्ञानिक पतन के चरणों (Stages of Obsession) को बोर्ड पर लिखा:

आकर्षण (Attraction) → रिजेक्शन (Rejection) → निगरानी (Surveillance) → भ्रम (Delusion) → नियंत्रण (Control) एवं विनाश (Destruction)

"सर... यह प्यार नहीं था," अनिरुद्ध ने रुककर कहा। "यह ओनरशिप (Ownership) यानी मालिकाना हक जताने की एक खौफनाक कोशिश थी।"

क्राइम सीन रिकंस्ट्रक्शन (Reconstruction)

3D सिमुलेशन के ज़रिए घटना का क्रम फिर से जीवित हो उठा। पुलिस कमिश्नर ने अपनी आँखों से देखा कि कैसे पियूष सामने आता है, सिया पीछे हटती है, उनके बीच एक संक्षिप्त मौखिक टकराव (Verbal confrontation) होता है, और फिर पियूष बिना किसी हिचकिचाहट के ट्रिगर दबा देता है।

"उसने उसे मरते हुए देखा... और वह एक पल के लिए भी नहीं रुका," पुलिस कमिश्नर ने भारी आवाज़ में कहा।

एविडेंस चेन (Final Evidence Chain) - साक्ष्य (Evidence), निष्कर्ष (Conclusion), GSR क्लोज रेंज फायरिंग की पुष्टि। Trajectory आमने-सामने की स्थिति (Face-to-face)। Ballistic हथियार का मिलान (Same weapon)। DNA घटनास्थल पर मौजूदगी (Physical presence)। CDR पीछा करने (Stalking) की पुष्टि। CCTV विज़ुअल शिनाख्त।

सबसे बड़ा सवाल

सब कुछ साफ़ था। फॉरेंसिक विज्ञान ने पियूष को पूरी तरह से घेर लिया

था। लेकिन पुलिस कमिश्नर के मन में एक गहरा संदेह अभी भी बाकी था।

“अनिरुद्ध, अगर यह इतना परफेक्ट प्लान था...” पुलिस कमिश्नर रुके। “तो उसने आत्मसमर्पण (Surrender) क्यों किया?”

लैब में एक गहरा सन्नाटा छा गया। डॉ. अनिरुद्ध भी कुछ पल के लिए सोच में पड़ गए। पियूष का खुद चलकर आना गिल्ट (Guilt) था या किसी बहुत बड़े खेल का हिस्सा?

बाहर पुराने भोपाल की संकरी गलियों में चाय की दुकानों पर भीड़ थी, जबकि नए भोपाल की कांच की इमारतें और नीयन लाइटें अपनी रफ़्तार में थीं। श्रीकृष्ण समझ गए कि हर शहर की तरह यहाँ भी सच दो हिस्सों में बंटा है, एक जो विज्ञान दिखाता है, और दूसरा जो यादों के अंधेरे में छिपा है।

हत्या वैज्ञानिक रूप से सिद्ध हो चुकी थी। पियूष का शामिल होना तय था। लेकिन कत्ल के पीछे का असली मकसद (Motive) अभी भी एक पहेली था।

पुलिस कमिश्नर ने श्रीकृष्ण से कहा, “सच सामने आ चुका है... लेकिन उसकी जड़ें अब भी अंधेरे में हैं।”

अध्याय 13
डिजिटल लाइफ – मिटाए गए निशान

समय: रात 11:20 बजे

स्थान: साइबर सेल यूनिट, भोपाल

कमरा अंधेरे में डूबा था, लेकिन दर्जनों मॉनिटर्स की नीली रोशनी ने वहाँ एक रहस्यमयी माहौल बना दिया था। यहाँ हवा में एक अजीब सी खामोशी थी, जिसे केवल सर्वर्स की धीमी गुनगुनाहट और कीबोर्ड की 'टिक-टिक' तोड़ रही थी। डेटा... यहाँ लाखों लाइनों में फैला हुआ था। वह डेटा, जो इंसानी झूठ को बेनकाब करने की ताक़त रखता था।

डीसीपी श्रीकृष्ण साइबर सेल के इंचार्ज के पीछे खड़े थे। उनकी नज़रें स्क्रीन पर तेज़ी से भागते हुए कोड्स और लॉग्स पर टिकी थीं। उन्होंने धीरे से कहा, “लोग अक्सर भूल जाते हैं... लेकिन यह डिजिटल दुनिया कुछ भी नहीं भूलती। हम जो मिटा देते हैं, वह भी कहीं न कहीं अपनी परछाईं छोड़ जाता है।”

सीडीआर (CDR - Call Data Records) एनालिसिस

स्क्रीन पर सिया के मोबाइल नंबर की पूरी टाइमलाइन खुली हुई थी। पिछले 30 दिनों का कच्चा चिट्ठा (Raw data)।

“सर, सिया के नंबर पर इनकमिंग और आउटगोइंग का पैटर्न देखिए,” टेक ऑफिसर ने इशारा किया। “एक विशेष नंबर से पिछले एक महीने में 73 मिस कॉल्स आए हैं। और सबसे डरावनी बात, 41 'साइलेंट कॉल्स'

(Silent Calls) हैं। यानी कॉल उठाया जाता, लेकिन दूसरी तरफ सन्नाटा रहता। औसतन कॉल की अवधि महज़ 12 सेकंड की होती थी।”

श्रीकृष्ण ने अपनी डायरी में नोट किया। “यह बात करने की कोशिश नहीं थी। यह अपनी 'प्रेजेंस' (Presence) दिखाने की कोशिश थी। पियूष उसे यह अहसास दिलाना चाहता था कि वह हर पल, हर जगह उसके साथ है।”

लोकेशन ट्रैकिंग (Location Tracking)

जब सेल टॉवर मैपिंग (Cell Tower Mapping) का नक्शा स्क्रीन पर उभरा, तो श्रीकृष्ण की आँखें सिकुड़ गईं।

“सर, सिया का फोन जिस टॉवर से 'पिंग' (Ping) करता था, ठीक उसी समय पियूष का फोन भी उसी टॉवर को हिट करता था। लाइब्रेरी, कोचिंग, यहाँ तक कि हॉस्टल के पास वाला कैफे भी। पियूष एक परछाईं (Shadow) की तरह उसका पीछा कर रहा था। यह क्लासिक 'प्रॉक्सिमिटी स्टॉकिंग' (Proximity Stalking) का मामला है।”

स्टॉकिंग चरणों का विश्लेषण (Stalking Phase Breakdown)

श्रीकृष्ण ने पियूष के व्यवहार को तीन मनोवैज्ञानिक चरणों में विभाजित किया:

चरण 1: निगरानी (Monitoring): सोशल मीडिया चेक करना, स्टेटस देखना, 'लास्ट सीन' ट्रैक करना।

चरण 2: ट्रैकिंग (Tracking): लोकेशन मैचिंग और साइलेंट कॉल्स के ज़रिए डर पैदा करना।

चरण 3: नियंत्रण (Control): सीधे सामने आना और टकराव (Confrontation) पैदा करना।

मिटाए गए संदेशों की रिकवरी (Deleted Messages Recovery)

साइबर फॉरेंसिक टूल अपना काम कर रहा था। प्रोग्रेस बार धीरे-धीरे बढ़ रहा था - 50%... 70%... 100%। अचानक स्क्रीन पर सिया के फोन से मिटाए गए संदेश उभरने लगे।

"प्लीज़ मेरा पीछा करना छोड़ दो... (Please stop following me...)"

"मैं पुलिस में शिकायत कर दूँगी... (I will complain...)"

"तुम मुझे डरा रहे हो... (You are scaring me...)"

श्रीकृष्ण ने गहरी सांस ली। "वह डर रही थी... और वह उसके इस डर को अपनी जीत और अपना 'प्यार' समझ रहा था। इसे 'डेल्यूजनल इरोटोमेनिया' (Delusional Erotomania) कहते हैं, जहाँ अपराधी को लगता है कि पीड़िता की ना में भी हाँ छिपी है।"

सोशल मीडिया और फेक एकाउंट्स

जाँच में पता चला कि पियूष ने सिया पर नज़र रखने के लिए एक दर्जन से ज़्यादा 'फेक एकाउंट्स' बनाए थे।

"सर, इन सभी एकाउंट्स का आईपी एड्रेस (IP Address) पियूष के लैपटॉप से मैच करता है। वह सिया की हर पोस्ट, हर लाइक और हर कमेंट को एनालाइज़ करता था। वह उसकी ज़िंदगी जी रहा था, बिना उसकी अनुमति के। यह उसकी निजता (Privacy) का पूर्ण उल्लंघन था।"

अजय का कनेक्शन (The Ajay Connection)

डिलीट किए गए चैट्स में अजय का ज़िक्र भी मिला। पियूष ने अजय को भी कई बार धमकी भरे संदेश भेजे थे।

“उससे दूर रहो... (Stay away from her...)”

“तुम उसके लायक नहीं हो... (You don’t deserve her...)”

श्रीकृष्ण समझ गए कि यह कोई 'लव ट्रायंगल' नहीं था। यह एक सनकी का अपनी 'प्रॉपर्टी' को बचाने का जुनून था। पियूष के लिए सिया एक इंसान नहीं, एक वस्तु (Object) थी जिस पर केवल उसका अधिकार था।

सीसीटीवी और डिजिटल सिंक (Digital Sync)

जब सीसीटीवी फुटेज और कॉल टाइम को सिंक किया गया, तो एक खौफनाक पैटर्न सामने आया। पियूष पहले सिया को कॉल करता, यह सुनिश्चित करता कि वह फोन देख रही है, और फिर ठीक उसी समय उसके सामने या उसके पीछे सीसीटीवी में दिखाई देता। वह उसके दिमाग के साथ खेल रहा था।

अपराध की टाइमलाइन (Crime Build-Up Timeline):

दिन -7: लगातार स्टॉकिंग और निगरानी।

दिन -3: सीधे टकराव वाले धमकी भरे संदेश।

दिन -1: "अंतिम चेतावनी" का लहज़ा।

दिन 0 (हत्या का दिन): एक आखिरी मैसेज जो रिकवर हुआ, “अगर तुम मेरी नहीं हो... तो किसी की भी नहीं होगी...”

भोपाल: डिजिटल बनाम वास्तविकता

श्रीकृष्ण ने खिड़की से बाहर देखा। भोपाल का पुराना शहर अपनी बातों को दिल में छुपा लेता है, जहाँ राज़ गलियों में दफन हो जाते हैं। लेकिन नया भोपाल, यह डेटा का शहर है, जहाँ हर क्लिक एक सबूत है।

"उसने पियूष के मैसेज तो डिलीट कर दिए थे," श्रीकृष्ण ने अपनी डायरी बंद करते हुए कहा, "लेकिन वह उस डर को नहीं मिटा पाई जिसने उसे अंदर से खोखला कर दिया था। और वही डर आज उसकी आखिरी सच्चाई बन गया।"

पियूष की स्टॉकिंग और हत्या का इरादा (Intent) अब डिजिटल रूप से सिद्ध हो चुका था। डेटा ने वह सब उगल दिया था जो पियूष इंटर्रोगेशन रूम में छुपा रहा था।

श्रीकृष्ण ने कहा "उसने उसके मैसेज डिलीट किए थे... लेकिन डर नहीं मिटा पाई... और वही डर उसकी आखिरी सच्चाई बन गया।"

अध्याय 14
अतीत की परछाइयाँ

समय: 8 साल पहले

स्थान: सरकारी स्कूल, पुराना कानपुर

पुराने कानपुर की गलियों का अपना एक अलग ही शोर है। यहाँ समय मानो कछुए की रफ़्तार से चलता है, जहाँ पत्थरों की दीवारों पर उखड़ा हुआ रंग और संकरे रास्तों पर बिखरी हुई धूल आज भी किसी पुराने किस्से की याद दिलाती है। यहाँ का 'राजकीय उच्च माध्यमिक विद्यालय' अपनी जर्जर इमारत के साथ खड़ा था। हवा में बच्चों की हँसी, बेंचों के घिसने की आवाज़ और कभी-कभी उन गलियारों में छुपकर की जाने वाली क्रूरता की गूँज थी।

सिया: खामोश शिकार

आठ साल पहले की सिया आज की सिया से बिल्कुल अलग थी। वह डरी हुई, सहमी हुई और अपनी ही दुनिया में सिमटी रहने वाली लड़की थी। कक्षा के सबसे आखिरी कोने में बैठी वह अक्सर अपनी किताब खोलकर रखती, लेकिन उसकी आँखें पन्नों पर नहीं, बल्कि कक्षा के दरवाज़े पर टिकी रहती थीं। उसे डर था उन तीन लड़कों का राजू, निखिल और सोनू जो स्कूल के 'बुली' (Bully) कहे जाते थे। बुलीइंग (Bullying) मानसिक या शारीरिक रूप से किसी कमज़ोर को तंग करना है।

“अरे देखो... गाँव से आई है...” राजू का मज़ाक पूरे हॉल में गूँजता। “इसे तो ठीक से हिंदी भी नहीं आती, इंजीनियरिंग क्या खाक करेगी?”

सिया चुप रहती। उसकी यह चुप्पी उन लड़कों के लिए ईंधन का काम करती। एक दिन लंच ब्रेक के दौरान जब सिया अकेली बैठी थी, राजू ने उसका टिफिन ज़मीन पर पटक दिया। खाना धूल में मिल गया और सिया की आँखों में आँसू आ गए, लेकिन आवाज़ फिर भी नहीं निकली।

पियूषः 'रक्षक' के रूप में प्रवेश

तभी दरवाज़े पर एक आकृति उभरी। पतला शरीर, आँखों पर चश्मा और चेहरे पर एक अजीब सी शांति। वह पियूष था। पियूष उस समय स्कूल का सबसे मेधावी छात्र था, जिससे शिक्षक प्यार करते थे और सहपाठी सम्मान।

“बस करो, राजू,” पियूष की आवाज़ धीमी थी, लेकिन उसमें एक वजन था।

तीनों लड़के रुके। “तू कौन होता है बीच में आने वाला? जा अपना होमवर्क कर,” सोनू ने धक्का देते हुए कहा। पियूष की किताब ज़मीन पर गिर गई, लेकिन वह पीछे नहीं हटा।

“जो सही है, वही कर रहा हूँ। अगर फिर से सिया को तंग किया, तो प्रिंसिपल सर को तुम्हारी कल की करतूतों के बारे में सब बता दूँगा,” पियूष ने सीधे राजू की आँखों में देखकर कहा। राजू और उसके साथी बड़बड़ाते हुए वहाँ से चले गए।

सिया ने पहली बार ऊपर देखा। उसकी नज़रें पियूष से मिलीं। उस एक पल में, सिया के मन में पियूष के प्रति सुरक्षा और राहत का जो बीज पड़ा, उसने आगे चलकर एक ज़हरीले पेड़ का रूप ले लिया।

दोस्ती या 'ट्रॉमा बॉन्डिंग'?

उस दिन के बाद से पियूष सिया का साया बन गया। वे साथ बैठने लगे, साथ पढ़ने लगे और स्कूल के बाद साथ घर जाने लगे। सिया के लिए पियूष उसका 'मसीहा' था, जिसने उसे उस नर्क से निकाला था। पियूष, सेवियर कॉम्प्लेक्स (Savior Complex) खुद को दूसरों का एकमात्र रक्षक समझने की मानसिक स्थिति का शिकार हो गया था।

“थैंक यू, पियूष...” सिया ने एक दिन पार्क में बैठे हुए कहा।

“अब तुम्हें कोई तंग नहीं करेगा, सिया। मैं हूँ ना,” पियूष का जवाब था।

डीसीपी श्रीकृष्ण ने वर्तमान में पियूष की पुरानी फाइल बंद करते हुए डॉ. अनिरुद्ध की ओर देखा। “अनिरुद्ध, यहीं से सब शुरू हुआ था। पियूष के लिए सिया कोई दोस्त नहीं थी, वह उसकी 'क्रिएशन' (Creation) थी। उसने उसे बचाया, इसलिए उसे लगा कि अब उस पर केवल उसका अधिकार है।”

डॉ. अनिरुद्ध ने सिर हिलाया। “सर, यह क्लासिक 'ट्रॉमा बॉन्डिंग' अत्यधिक तनाव या डरावनी स्थितियों के दौरान उपजा एक अस्वास्थ्यकर भावनात्मक जुड़ाव है।

सिया भावनात्मक रूप से उस पर निर्भर हो गई थी, और पियूष को उस 'कंट्रोल' (Control) का नशा हो गया था।”

खतरे के शुरुआती संकेत (Red Flags)

पियूष की डायरी, जो जाँच के दौरान कानपुर से बरामद हुई थी, उस समय के उसके मानसिक बदलावों की गवाही देती थी।

“सिया आज उस दूसरी लड़की के साथ हँस रही थी। उसे समझना चाहिए

कि केवल मैं ही उसे समझ सकता हूँ। वे लोग उसे फिर से चोट पहुँचाएंगे।"

पियूष सिया को दूसरों से अलग (Isolate) करने लगा था। आइसोलेशन (Isolation) पियूष सिया को उसके सामाजिक दायरे से काटकर अकेला कर देना चाहता था ।वह नहीं चाहता था कि सिया किसी और से बात करे या नया दोस्त बनाए। जब सिया ने पहली बार अपनी सीमा (Boundary) खींचनी चाही, तो पियूष का चेहरा बदल गया।

"तुमने कहा था कि तुम हमेशा मेरे साथ रहोगी सिया..."

"मैंने ऐसा कभी नहीं कहा, पियूष, हम सिर्फ अच्छे दोस्त हैं।"

यही वह 'रियलिटी क्रैक' था जहाँ पियूष का जुनून प्रतिशोध में बदलने लगा।

पुराना स्कूल आज भी खड़ा है, लेकिन उसके भीतर जो मासूमियत और 'रक्षक' की भूमिका शुरू हुई थी, वह आज एक हत्यारे के कबूलनामे तक पहुँच चुकी थी। श्रीकृष्ण समझ गए थे कि पियूष का अपराध अचानक नहीं हुआ था; इसकी जड़ें आठ साल पहले की उस धूल भरी दोपहर में छिपी थीं।

डॉ. अनिरुद्ध ने मन ही मन सोचा, "कभी-कभी जो हमें बचाता है... वही हमें सबसे ज्यादा कैद कर लेता है।"

अध्याय 15
बंधन या बंधन का भ्रम

समय: 5 - 6 साल पहले

स्थान: पुराना भोपाल → नया भोपाल (संक्रमण काल)

भोपाल बदल रहा था। पुराने शहर की संकरी गलियों और नवाबी तहज़ीब के साये से निकलकर एक नया शहर अंगड़ाई ले रहा था, 'न्यू भोपाल'। यहाँ की चौड़ी सड़कें, नीयन लाइटें और एम पी नगर के कोचिंग संस्थानों के बोर्ड एक अलग ही रफ़्तार का संकेत दे रहे थे। यह वह दौर था जब पुराने भोपाल की रूढ़ियाँ और नए भोपाल की आधुनिकता आपस में टकरा रही थीं।

सिया भी बदल रही थी। अब वह छोटी सहमी हुई लड़की नहीं थी जिसे स्कूल के कोनों में डराया जाता था। उसकी आँखों में अब 'इंजीनियर' बनने का एक ठोस सपना था। लेकिन, इस बदलाव के बीच एक चीज़ थी जो पत्थर की लकीर की तरह अटल थी, पियूष की मौजूदगी।

अहसान का बोझ (The Debt of Emotion)

सिया के लिए पियूष केवल एक दोस्त नहीं था। वह उसका 'रक्षक' था। जब भी वह पीछे मुड़कर देखती, उसे वह दिन याद आता जब पियूष ने उन बुलीज से उसे बचाया था।

“उसने मुझे बचाया था... अगर वह नहीं होता, तो शायद मैं स्कूल छोड़ चुकी होती,” यह विचार सिया के मन में एक बीज की तरह बो दिया गया था। लेकिन धीरे-धीरे, यह कृतज्ञता एक बोझ में बदलने लगी। मनोविज्ञान

में इसे 'इमोशनल डेट' (Emotional Debt) कहते हैं। इमोशनल डेट किसी के द्वारा किए गए उपकार के कारण उत्पन्न मानसिक दबाव। सिया को लगने लगा कि उसकी हर सफलता, उसका हर सुख पियूष की 'उधार' दी हुई ज़िंदगी है। वह उसे ठुकरा नहीं सकती थी, वह उसे 'ना' नहीं कह सकती थी।

पियूष: रक्षक से स्वामी तक

पियूष अब कॉलेज का टॉपर था। शांत, मेधावी और सुलझा हुआ। लेकिन उसके भीतर एक खतरनाक 'ओनरशिप' (Ownership) यानी मालिकाना हक की भावना बढ़ रही थी। उसने सिया को उस दिन नहीं बचाया था क्योंकि वह सही काम करना चाहता था; उसने उसे इसलिए बचाया था ताकि वह उसे 'पा' सके।

डीसीपी श्रीकृष्ण ने वर्तमान में पियूष की प्रोफाइल को अपडेट करते हुए नोट किया, "पियूष के लिए सिया कोई इंसान नहीं थी, वह एक 'पुरस्कार' (Reward) थी जिसे उसने अपनी बहादुरी से जीता था।"

कोचिंग के दिन और पहली दरार

एम पी नगर का इलाका छात्रों की भीड़, हॉर्न के शोर और कचौड़ी की खुशबू से भरा रहता था। सिया यहाँ अपनी कोचिंग क्लासेज के लिए आती थी। वह नए दोस्त बना रही थी, हँस रही थी और ज़िंदगी को आज़ादी से जीने की कोशिश कर रही थी।

एक शाम, सिया अपनी सहेलियों के साथ एक कैफे से बाहर निकल रही थी, तभी उसकी नज़र पियूष पर पड़ी। वह सड़क की दूसरी ओर खड़ा उसे ही देख रहा था। उसकी आँखों में वह पुरानी कोमलता नहीं, बल्कि एक अजीब सी जाँच-परख थी।

“तुम आज मेरे साथ लाइब्रेरी नहीं आई, सिया,” पियूष ने पास आकर कहा। उसका स्वर धीमा था, लेकिन उसमें एक अदृश्य दबाव था।

“पियूष, मैं दोस्तों के साथ थी। थोड़ा वक़्त उनके साथ भी बिताना ज़रूरी है,” सिया ने सामान्य रहने की कोशिश की।

“मैं भी तो तुम्हारा दोस्त हूँ... सबसे पुराना,” पियूष ने सीधे उसकी आँखों में देखा।

यह केवल एक वाक्य नहीं था, यह 'गिल्ट ट्रिपिंग' (Guilt Tripping) थी। गिल्ट ट्रिपिंग, दूसरे व्यक्ति को अपराधी महसूस कराकर उसे नियंत्रित करना। वह सिया को यह अहसास दिलाना चाहता था कि जब वह दूसरों के साथ खुश होती है, तो वह पियूष के साथ 'अन्याय' कर रही है।

मनोवैज्ञानिक द्वंद्व: बंधन का भ्रम

पियूष के दिमाग में एक 'रिलेशनशिप इल्यूज़न' (Relationship Illusion) बन चुका था। रिलेशनशिप इल्यूजन, एकतरफा रूप से यह मान लेना कि आप किसी के साथ रिश्ते में हैं। उसे लगता था कि वे दोनों एक रिश्ते में हैं, जबकि सिया के लिए यह केवल एक गहरी दोस्ती और अहसान का रिश्ता था।

“हम एक-दूसरे के लिए बने हैं, सिया,” पियूष ने एक दिन ज़बरदस्ती उसका हाथ थामते हुए कहा।

सिया ने झटके से हाथ पीछे खींच लिया। “हमने ऐसा कब कहा, पियूष? हम सिर्फ अच्छे दोस्त हैं।”

पियूष मुस्कुराया, एक ऐसी मुस्कान जिससे सिया की रूह कांप गई।

“कहने की ज़रूरत नहीं होती। जो मैंने तुम्हारे लिए किया है, उसके बाद हम सिर्फ दोस्त नहीं रह सकते।”

यही वह बिंदु था जहाँ 'पॉसेसिवनेस' (Possessiveness) ने 'जुनून' का रूप ले लिया। पियूष ने अब सिया की हर गतिविधि पर नज़र रखना शुरू कर दिया।

“किससे बात कर रही थी?”

“फोन इतनी देर बिज़ी क्यों था?”

“ऑनलाइन थी, तो मैसेज क्यों नहीं किया?”

यह प्यार नहीं था, यह 'डिजिटल सर्विलांस' (Digital Surveillance) की शुरुआत थी। यह पियूष द्वारा प्रॉक्सिमिटी स्टॉकिंग (Proximity Stalking) सिया के भौतिक दायरे में लगातार बने रहने की शुरुआत थी

अजय की एंट्री (The Contrast)

इसी बीच, लाइब्रेरी के खामोश कोनों में सिया की मुलाकात अजय से हुई। अजय पियूष से बिल्कुल अलग था। वह शांत था, लेकिन पियूष की तरह 'दमघोंटू' नहीं था।

“तुम ठीक हो, सिया? बहुत परेशान लग रही हो,” अजय ने एक दिन बिना किसी अधिकार के पूछा।

सिया को पहली बार लगा कि कोई उसे 'ऑब्जेक्ट' की तरह नहीं, बल्कि एक इंसान की तरह देख रहा है। अजय उसे 'स्पेस' देता था, जबकि पियूष उसकी सांसों तक को नियंत्रित करना चाहता था।

लेकिन पियूष ने उन्हें साथ देख लिया था। उस दिन पियूष के भीतर की

'मृगतृष्णा' और भी भड़क उठी। उसने सिया को कोने में ले जाकर वह वाक्य कहा जिसने उसे हमेशा के लिए डरा दिया,

"याद रखना सिया, अगर मैं नहीं होता, तो तुम आज यहाँ नहीं होती। मैंने तुम्हें बनाया है, और मैं ही तुम्हें खत्म भी कर सकता हूँ।"

श्रीकृष्ण ने फाइल बंद करते हुए खिड़की से बाहर देखा। पुराना कानपुर, बंधन का प्रतीक। नया भोपाल, आज़ादी की उम्मीद। सिया इन दोनों के बीच फँसी हुई थी। वह उस अहसान के बोझ तले दबी थी जिसे पियूष ने एक सुनियोजित 'कैद' बना दिया था।

सिया सोचती थी, "कभी-कभी प्यार नहीं... अहसान सबसे खतरनाक कैद बन जाता है।"

अध्याय 16
कानून की लकीर

समय: 4 साल पहले

स्थान: कानपुर - सिया का घर

कानपुर की शामें आमतौर पर शांत होती हैं, लेकिन सिया के घर के भीतर एक अलग ही भारीपन व्याप्त था। ड्राइंग रूम की दीवारों पर टंगी पेंटिंग्स खामोश थीं, लेकिन हवा में एक अनकहा डर तैर रहा था। सिया सोफे के कोने में दुबक कर बैठी थी, उसके हाथ में उसका मोबाइल फोन था जिसकी स्क्रीन बार-बार पियूष के संदेशों से जल उठती थी।

संदेश (पियूष): "अगर तुमने आज फोन नहीं उठाया, तो मैं खुद तुम्हारे घर आ जाऊँगा। तुम जानती हो मैं क्या कर सकता हूँ।"

सिया के लिए अब यह प्यार या अहसान का मामला नहीं रहा था; यह शुद्ध 'आतंक' था। उसकी उंगलियाँ कांप रही थीं। वह पियूष के 'डेल्यूजनल इरोटोमेनिया' (Delusional Erotomania) के जाल में बुरी तरह फंस चुकी थी। उसे लगता था कि वह जहाँ भी जाएगी, पियूष की आँखें उसका पीछा करेंगी।

पिता का हस्तक्षेप

सिया के पिता, श्री वर्मा, एक सख्त और अनुभवी व्यक्ति थे। उन्होंने पिछले कुछ दिनों से सिया के व्यवहार में बदलाव नोटिस किया था, उसका अचानक चौंक जाना, फोन छिपाना और रातों को रोना।

"सिया, ये किसका फोन है?" उनके कड़क स्वर ने कमरे के सन्नाटे को चीर दिया।

सिया चुप रही, उसने फोन की स्क्रीन नीचे कर दी।

"मैं पूछ रहा हूँ, कौन है ये लड़का जो तुम्हें इस वक़्त मैसेज कर रहा है?" पिता का स्वर अब और भी भारी हो गया था।

सिया का संयम टूट गया। वह फूट-फूट कर रो पड़ी और सारा सच उगल दिया। सिया ने पियूष के व्यवहार की शिकायत अपनी माँ से की। माँ ने पिता जी से बात की। पियूष का पीछा करना, धमकियां देना और उसका हर पल का नियंत्रण। वर्मा जी का चेहरा गुस्से से तमतमा उठा। "अब यह घर का मामला नहीं रहा, सिया। अब कानून बोलेगा।"

पुलिस स्टेशन: पहला आधिकारिक दस्तावेज़

स्थान: कानपुर शहर थाना

पुराने पंखे की आवाज़, धूल भरी फाइलों की सोंधी गंध और पुलिसकर्मियों की ठंडी, तटस्थ नज़रें। सिया के पिता उसे लेकर थाने पहुँचे।

"साहब, मेरी बेटी को एक लड़का परेशान कर रहा है। वह उसका जीना मुहाल कर चुका है," वर्मा जी ने ड्यूटी ऑफिसर से कहा।

वहाँ मौजूद सब-इंस्पेक्टर ने सिया का बयान दर्ज करना शुरू किया। सिया ने कांपते हाथों से अपनी शिकायत पर हस्ताक्षर किए। एफआईआर (FIR) दर्ज हुई। तकनीकी रूप से पियूष पर धारा 354D (Stalking), 506 (Criminal Intimidation) और 509 (Harassment) के तहत मामला दर्ज किया गया। धारा 354D (Stalking) किसी महिला का

उसकी इच्छा के विरुद्ध पीछा करना या उसे डिजिटल माध्यम से ट्रैक करना। यह पियूष के खिलाफ पहला कानूनी दस्तावेज़ था।

पियूष का 'रियलिटी चेक' और अहंकार

जब पुलिस पियूष के घर पहुँची, तो उसे कोई पछतावा या डर नहीं था। उसके चेहरे पर एक अजीब सा गुस्सा था।

“सिया ने मेरे खिलाफ शिकायत की?” पियूष ने पुलिस की गाड़ी में बैठते समय खुद से पूछा। उसके दिमाग में एक 'कॉग्निटिव डिस्टॉर्शन' (Cognitive Distortion) चल रहा था। उसे लग रहा था कि सिया उससे प्यार करती है, लेकिन उसके पिता ने उसे भड़काया है।

पूछताछ के दौरान उसने जो कहा, उसने पुलिस को भी हैरान कर दिया। “साहब, मैं उसका पीछा नहीं कर रहा था। मैं उसकी हिफ़ाज़त (Protection) कर रहा था। वह भोली है, उसे दुनिया की समझ नहीं है।” पियूष के लिए वह एक 'रक्षक' था, जबकि कानून की नज़र में वह एक 'स्टॉकर' था।

दो परिवारों की दुश्मनी

यह केस केवल पियूष और सिया तक सीमित नहीं रहा। यह दो परिवारों की इज़्ज़त का सवाल बन गया। पियूष के माता-पिता, जो समाज में अपना एक रसूख रखते थे, इसे अपनी तौहीन मान रहे थे।

“मेरा बेटा ऐसा नहीं है। तुम्हारी बेटी ने ही उसे उकसाया होगा,” पियूष की माँ ने पुलिस स्टेशन के बाहर सिया के पिता से कहा।

“अपनी बेटी को संभालो वर्मा जी, आज के ज़माने में लड़कियाँ ही लड़कों

को गुमराह करती हैं," पियूष के पिता के इन शब्दों ने आग में घी का काम किया।

दो परिवारों के बीच की यह नफरत अब कानपुर के समाज में चर्चा का विषय बन गई थी। 'सोशल सेटलमेंट' (Social Settlement) के दबाव में पुलिस ने पियूष को एक सख्त चेतावनी देकर और बॉन्ड भरवाकर छोड़ दिया। बॉन्ड (Bond): पुलिस द्वारा आरोपी से लिखवाया गया हलफनामा कि वह दोबारा अपराध नहीं करेगा।

कोई काउंसलिंग नहीं हुई, कोई मनोवैज्ञानिक निगरानी (Monitoring) नहीं रखी गई।

डीसीपी श्रीकृष्ण ने वर्तमान में पियूष की फाइल को मेज़ पर पटका। "डॉ. अनिरुद्ध, कानून ने उस दिन केस बंद कर दिया था, लेकिन पियूष के भीतर का जुनून उस दिन और भी हिंसक हो गया। उसे लगा कि सिया ने उसे 'धोखा' दिया है। यहीं से प्यार, प्रतिशोध (Revenge) में बदल गया।" पियूष कॉग्निटिव डिस्टॉर्शन (Cognitive Distortion) का शिकार रहने लगा। क्रिमिनल इंटिमिडेशन (Criminal Intimidation) पियूष सिया को डराकर या धमकाकर अपनी बात मनवाने की कोशिश में लग गया। उसका मस्तिष्क सूचनाओं को गलत तरीके से प्रोसेस करना, जिससे व्यक्ति खुद को हमेशा सही मानता है।

पियूष के मन में एक नया मंत्र घर कर गया, "अगर वह मेरे खिलाफ जा सकती है, तो वह मेरी नहीं रही। और जो मेरा नहीं, उसे इस दुनिया में रहने का कोई हक नहीं।"

"उस दिन केस बंद हो गया था... लेकिन असली कहानी वहीं से शुरू हुई थी।"

अध्याय 17
टूटन का शहर

समय: 3 साल पहले

स्थान: भोपाल - पुराने शहर से नए शहर की ओर

भोपाल... झीलों का वह शहर जो ऊपर से जितना शांत दिखता है, उसके भीतर उतने ही गहरे तूफान छिपे होते हैं। यहाँ की आबोहवा में नवाबी तहज़ीब भी है और आधुनिकता की अंधी दौड़ भी। पुराने शहर की संकरी गलियाँ जहाँ राज़ दफन हो जाते हैं, और नया भोपाल जहाँ शीशे की इमारतों के पीछे कई कहानियाँ दम तोड़ देती हैं।

सिया का पलायन: एक नई शुरुआत का भ्रम

हबीबगंज रेलवे स्टेशन (अब रानी कमलापति स्टेशन) पर ट्रेन की रफ़्तार धीरे-धीरे धीमी हुई। सिया ने अपना बैग कसकर पकड़ा। जब वह ट्रेन से नीचे उतरी, तो उसके साथ केवल उसका सामान नहीं था; उसके साथ एक भारी सपना, एक धुंधली उम्मीद और एक गहरा, अनकहा डर भी था।

उसने भोपाल को इसलिए चुना था क्योंकि यहाँ की भीड़ उसे वह 'गुमनामी' दे सकती थी जिसकी उसे तलाश थी। वह कानपुर के उस खौफनाक अतीत को पीछे छोड़ देना चाहती थी जहाँ पियूष की आँखें उसका हर पल पीछा करती थीं।

“यहाँ सब नया होगा... यहाँ वह मुझे नहीं ढूंढ पाएगा,” उसने खुद को दिलासा दिया।

नया भोपाल, एम पी नगर के बड़े-बड़े कोचिंग संस्थान, बोर्ड ऑफिस की भीड़, और मार्केट की चमक। सिया ने खुद को पढ़ाई में झोंक दिया। उसकी दिनचर्या अब इंजीनियरिंग के नोट्स, लाइब्रेरी की खामोशी और देर रात तक किए जाने वाले रिवीज़न के इर्द-गिर्द सिमट गई थी। वह खुद को 'इलाज' (Healing) नहीं, बल्कि 'पुनर्निर्माण' (Rebuilding) कर रही थी।

पियूष: मेधावी छात्र का अकादमिक पतन

लेकिन सिक्के का दूसरा पहलू बहुत ही भयावह था। पियूष का कमरा अब किताबों का घर नहीं, बल्कि एक 'जुनून की प्रयोगशाला' बन चुका था। मेज़ पर इंजीनियरिंग की भारी किताबें खुली थीं, लेकिन पियूष का दिमाग उन पन्नों पर नहीं, बल्कि सिया के उन 'डिलीट' किए गए मैसेज और पुरानी तस्वीरों पर टिका था।

वह पियूष, जो कभी अपनी कक्षा का 'टॉपर' हुआ करता था, अब 'डिस्ट्रैक्टेड' (Distracted) और अस्थिर हो गया था। उसके दिमाग में एक ही लूप चल रहा था, "उसने मुझे छोड़ दिया... उसने मेरे खिलाफ केस किया... वह वहाँ भोपाल में खुश होगी... बिना मेरे?"

स्ट्रेन थ्योरी (Strain Theory) और पियूष का मानसिक बदलाव

डीसीपी श्रीकृष्ण ने वर्तमान समय में पियूष की प्रोफाइल फाइल को देखते हुए डॉ. अनिरुद्ध से कहा, "अनिरुद्ध, पियूष यहाँ क्रिमिनोलॉजी की 'स्ट्रेन थ्योरी' (Strain Theory) का क्लासिक उदाहरण बन रहा था। स्ट्रेन थ्योरी, लक्ष्य प्राप्त न होने पर समाज के खिलाफ होने वाली मानसिक स्थिति। जब कोई व्यक्ति समाज द्वारा निर्धारित लक्ष्यों (जैसे सफलता और प्यार) को हासिल नहीं कर पाता, तो उसके भीतर की निराशा

(Frustration) उसे विचलन (Deviance) और अपराध की ओर ले जाती है।"

पियूष के साथ भी यही हो रहा था। उसका लक्ष्य था सफलता और सिया। जब दोनों हाथ से फिसलने लगे, तो उसका 'एग्रेशन' (Aggression) और 'ऑब्सेशन' (Obsession) चरम पर पहुँच गया।

परीक्षा का दिन:

पियूष परीक्षा हॉल में बैठा था। उसके सामने प्रश्न पत्र था, लेकिन उसे केवल सिया का वह चेहरा दिख रहा था जो उसे 'ना' कह रहा था। उसके हाथ कांपने लगे। वह एक शब्द भी नहीं लिख पाया। परिणामस्वरूप, वह फेल हो गया। उसकी ज़िंदगी, जो कभी उसके कंट्रोल में थी, अब बिखर रही थी। वह अकादमिक कोलैप्स (Academic Collapse) का शिकार हो गया। जिसमें मानसिक तनाव के कारण पढ़ाई में पूरी तरह विफल होना था।

मनोवैज्ञानिक पतन (Psychological Breakdown)

फेल होने के बाद पियूष ने खुद को दुनिया से अलग कर लिया। इन्सोम्निया (Insomnia) यानी नींद न आना उसकी स्थायी बीमारी बन गई। इन्सोम्निया मानसिक व्याकुलता के कारण नींद न आने की समस्या का परिणाम था। वह रातों को उठकर दीवारों पर सिया की तस्वीरें लगाता और उनसे काल्पनिक बातें (Imaginary conversations) करता। इमेजिनरी कन्वर्सेशन वास्तविकता से कटकर काल्पनिक संवाद करना। यह 'डेल्यूजनल डिसऑर्डर' का वह चरण था जहाँ उसे लगने लगा था कि सिया उसे छोड़ नहीं सकती, वह बस उसे 'परख' रही है।

उसने डिजिटल स्टॉकिंग (Digital Stalking) के दूसरे चरण में प्रवेश

किया। कई 'फेक एकाउंट्स' के ज़रिए वह सिया की हर हरकत को ट्रैक करने लगा।

डॉ. अनिरुद्ध ने बाद में विश्लेषण किया, “सर, पियूष ने उस दौरान कई सिम कार्ड्स का उपयोग किया। वह सिया की लोकेशन के साथ अपनी लोकेशन का मिलान करता है। वह अपराधी बनने से पहले एक 'शिकारी' (Hunter) बन चुका था जो अपने शिकार की हर कमज़ोरी को जान लेना चाहता था।”

विरोधाभासी जीवन (The Parallel Lives)

सिया भोपाल की लाइब्रेरी में अजय के साथ बैठी थी। “तुम अब पहले से बेहतर लग रही हो, सिया,” अजय ने धीरे से कहा। सिया ने हल्की मुस्कान दी। वह 'हीलिंग' की ओर बढ़ रही थी।

वहीं दूसरी ओर, पियूष आईने के सामने खड़ा खुद को देख रहा था। उसकी आँखें खाली थीं। “तुमने मुझे बनाया है, सिया... अब तुम ही मुझे खत्म करोगी,” उसने फुसफुसाकर कहा। उसके दिमाग में पहली बार 'हिंसा' (Violence) का विचार आया। वह अब केवल सोच नहीं रहा था, वह 'प्लान' कर रहा था।

उसने इंटरनेट पर ऐसी चीज़ें सर्च करना शुरू किया जिन्हें देखकर श्रीकृष्ण भी दंग रह गए:

“गनशॉट डिस्टेंस (Gunshot distance) से क्या प्रभाव पड़ता है?”

“जीएसआर टेस्ट (GSR test) से कैसे बचें?”

“लोकेशन कैसे छिपाएं?”

श्रीकृष्ण ने गहरी सांस ली। “यहाँ से... वह महज़ एक आशिक नहीं रहा था। वह एक ऐसा खतरा बन गया था जिसकी जड़ें उस 'टूटन' में थीं जो उसने खुद अपने लिए चुनी थी।”

सिया ने सोचा था कि शहर बदलकर वह आज़ाद हो गई है, लेकिन पियूष ने उसके चारों ओर एक 'डिजिटल घेरा' बना रखा था। भोपाल की झीलें ऊपर से शांत थीं, लेकिन पियूष का जुनून उस गहराई में डूब चुका था जहाँ से वापसी का कोई रास्ता नहीं था।

सिया गर्ल्स होस्टल में बैठकर सोचती रहती, “वह शहर बदल गई... लेकिन वह उसे अपने दिमाग से निकाल नहीं पाया।”

अध्याय 18
सफर में मिला अंधेरा

समय: 2.5 साल पहले

स्थान: ट्रेन - भोपाल की ओर

रेल की पटरियों पर लोहे की रगड़ से पैदा होने वाली वह लयबद्ध आवाज़ अक्सर लोगों को सुला देती है, लेकिन पियूष के लिए यह शोर उसके दिमाग के भीतर चल रहे तूफ़ान की गूँज थी। ट्रेन अंधेरे को चीरती हुई भोपाल की ओर बढ़ रही थी। खिड़की के बाहर फैले हुए काले खेत और छोटे-छोटे स्टेशनों की पीली लाइटें एक धुंधली फिल्म की तरह पीछे छूट रही थीं।

पियूष ऊपर की बर्थ पर लेटा था। उसकी आँखें खुली थीं, लेकिन वह देख कुछ नहीं रहा था। उसके दिमाग में एक 'इनफिनिट लूप' (Infinite Loop) चल रहा था, सिया की हँसी, उसका 'ना' कहना, और फिर उसका भोपाल भाग जाना।

“वह खुश होगी... वह मुझे भूल गई होगी... वह किसी और के साथ होगी...” ये विचार उसके सीने में जलते हुए कोयले की तरह थे।

राघव: एक ज़हरीली मुलाकात

तभी नीचे की बर्थ से एक आवाज़ आई। “पियूष...?”

पियूष चौंका। उसने नीचे देखा, एक जाना-पहचाना लेकिन रफ चेहरा। वह राघव था, उसके पुराने स्कूल का दोस्त। राघव स्कूल में एक औसत छात्र

था, लेकिन वह हमेशा से 'स्ट्रीट स्मार्ट' और विवादों में रहने वाला लड़का था।

“तू यहाँ?” राघव ने मुस्कुराते हुए पूछा। उसकी आवाज़ में एक अजीब सी बेतकल्लुफ़ी थी।

“हाँ... भोपाल जा रहा हूँ,” पियूष ने धीरे से कहा।

पियूष और राघव में ज़मीन-आसमान का अंतर था। पियूष जहाँ एक टूटा हुआ और भावुक छात्र था, वहीं राघव आत्मविश्वास से भरा और दुनिया के दांव-पेच समझने वाला इंसान था।

दरवाज़े के पास: प्रतिशोध का बीजारोपण

ट्रेन के दरवाज़े के पास खड़े होकर दोनों हवा के तेज़ झोंकों का सामना कर रहे थे। राघव ने सिगरेट जलाई और पियूष की ओर गौर से देखा। “काफी बदल गया है तू पियूष। आँखों के नीचे काले घेरे, यह उदासी... लड़की का चक्कर है क्या?”

पियूष एक पल के लिए रुका, फिर बोला, “वह मेरी थी राघव... लेकिन उसने मुझे छोड़ दिया।”

राघव ज़ोर से हँसा। “थी...? भाई, ऐसी चीज़ें 'थी' नहीं होतीं। उन्हें 'लेना' पड़ता है। अगर कोई तुझसे छीन ले, तो उसे वापस छीनना ही असली मर्दानगी है।”

यह एक सामान्य मज़ाक हो सकता था, लेकिन पियूष के बीमार दिमाग (Obsessed Mind) के लिए यह एक 'दिव्य ज्ञान' जैसा था। राघव ने पियूष के 'सेल्फ-पिटी' (Self-pity) को 'प्रतिशोध' (Revenge) की चिंगारी दे दी थी।

रणनीतिक बदलाव: इमोशन से स्ट्रैटेजी तक

“वह कहाँ है अब?” राघव ने पूछा।

“भोपाल...”

“तो सही जगह जा रहा है तू। लेकिन देख भाई, सीधा प्यार अब काम नहीं करेगा। उसने तुझ पर केस किया है, यानी वह तुझसे डरती नहीं, नफरत करती है। अब तुझे दिल से नहीं, दिमाग से खेलना होगा।” यही व्यक्ति कैटालिस्ट एजेंट (Catalyst) बन कर पियूष की जिन्दगी में आया। यही वह व्यक्ति था जिसने घटना को गति दी, जो अपराध की प्रक्रिया को गति देती है।

राघव ने पियूष को एक 'मैनिपुलेशन फ्रेमवर्क' (Manipulation Framework) देना शुरू किया। मैनिपुलेशन फ्रेमवर्क दूसरे व्यक्ति को नियंत्रित करने की मानसिक योजना थी -

“उसकी कमज़ोरी (Weakness) ढूंढें।”

“उसकी दिनचर्या (Routine) को समझें।”

“उसके आस-पास के लोगों पर नज़र रख। कोई न कोई तो होगा जो उसकी ज़िंदगी में नया होगा।”

डीसीपी श्रीकृष्ण ने वर्तमान में इस घटना का विश्लेषण करते हुए डॉ. अनिरुद्ध से कहा, “अनिरुद्ध, हर अपराधी को एक 'ट्रिगर' मिलता है। पियूष के लिए वह ट्रिगर राघव था। राघव ने उसे प्यार से निकालकर 'रणनीति' (Strategy) की दुनिया में धकेल दिया। यहीं से उसकी स्टॉकिंग 'सिस्टमैटिक' होने वाली थी।”

खतरनाक रेखा: "अगर मेरी नहीं, तो किसी की भी नहीं"

राघव ने पियूष के कंधे पर हाथ रखा और ठंडे स्वर में कहा, "एक बात याद रख पियूष, अगर वह तेरी नहीं बनी... तो उसे किसी और की भी नहीं होना चाहिए। यही इंसाफ़ है।"

ट्रेन उस समय एक गहरी सुरंग से गुज़र रही थी। पूरा वातावरण अंधेरे में डूब गया था। पियूष ने कुछ नहीं कहा, लेकिन उसके दिमाग में उस 'अंधेरे' ने घर कर लिया था। उसने राघव के साथ अपना नंबर बदला। यह भविष्य में होने वाली 'कोऑर्डिनेशन' और 'बर्नर कॉल्स' (Burner Calls) की पहली कड़ी थी। बर्नर कॉल्स (Burner Calls) पहचान छिपाने के लिए इस्तेमाल किए जाने वाले अस्थायी सिम कार्ड हैं।

डॉ. अनिरुद्ध ने नोट किया, "अपराधी कई बार अकेला अपराध करता है, लेकिन उसे तैयार करने में कई और हाथ भी होते हैं। राघव ने पियूष को केवल हथियार नहीं, बल्कि वह 'मानसिकता' दी जिससे वह हत्या कर सके।"

जब ट्रेन भोपाल के प्लेटफॉर्म पर रुकी, तो कोलाहल, लाइट्स और भीड़ के बीच पियूष नीचे उतरा। लेकिन इस बार वह वह लड़का नहीं था जो सिया की याद में रो रहा था। वह अब एक 'प्लानर' था। उसने उस दिन सिर्फ शहर नहीं बदला था, उसने अपने इरादे बदल दिए थे। उसके अंदर एक इमोशनल टू स्ट्रैटेजिक शिफ्ट हो गया था। जो भावनाओं से निकलकर आपराधिक योजना की ओर बढ़ रहा था।

राघव ने सोचा, "पियूष ने उस दिन सिर्फ शहर नहीं बदला... उसने अपने इरादे बदल दिए।"

अध्याय 19
अंधेरे का सौदा

समय: 2 साल पहले

स्थान: पुराना भोपाल

पुराने भोपाल की रातें किसी रहस्यमयी किताब के पन्नों जैसी होती हैं। यहाँ की संकरी गलियाँ, जहाँ दो लोग एक साथ ठीक से नहीं चल सकते, रात के समय पीली स्ट्रीट लाइटों की रोशनी में और भी डरावनी लगने लगती हैं। यहाँ की हवा में आज भी इतिहास की गंध है, लेकिन उन्हीं गलियों के अंधेरे कोनों में अब नए दौर के गुनाह पनप रहे थे।

पियूष धीरे-धीरे चल रहा था। उसने अपने चेहरे को एक मफलर से आधा ढका हुआ था। उसकी आँखों में अब वह पुरानी मेधावी चमक नहीं थी; वहाँ केवल एक ठंडी और जमी हुई ज़िद थी। उसने एक निर्णय ले लिया था, और अब वहाँ से वापसी का कोई रास्ता नहीं था।

पियूष के दिमाग के भीतर एक खतरनाक मनोवैज्ञानिक बदलाव (Psychological Shift) आ चुका था। अब वह यह नहीं सोच रहा था कि वह जो करने जा रहा है वह गलत है। इसके बजाय, उसका बीमार दिमाग उसे यह समझा रहा था कि यह 'न्याय' है। "अगर सिया ने मेरा जीवन बर्बाद किया है, तो उसे इसकी कीमत चुकानी होगी।" यह 'डेल्यूजनल जस्टिफिकेशन' (Delusional Justification) का वह स्तर था जहाँ अपराधी खुद को 'पीड़ित' समझने लगता है। डेल्यूशनल जस्टिफिकेशन के कारण वह अपने गलत काम को सही ठहराने के लिए मनगढ़ंत तर्क देता है।

विश्वास का कत्ल: पैसों का इंतजाम

दो दिन पहले, पियूष अपने घर के ड्रॉइंग रूम में बैठा था। उनके पिता, श्री शर्मा, चश्मा लगाए अखबार पढ़ रहे थे। पियूष के लिए यह एक कठिन क्षण था, लेकिन उसका 'जुनून' उसे धक्का दे रहा था।

"पापा... मुझे कुछ पैसे चाहिए थे," पियूष की आवाज़ थोड़ी कांपी, लेकिन उसने तुरंत खुद को संभाल लिया।

"किसलिए बेटा? पढ़ाई के लिए कुछ चाहिए?" पिता ने अखबार नीचे करते हुए पूछा। उनकी आवाज़ में ममता और गर्व था।

"नहीं पापा... मैं सोच रहा था कि क्यों न एक छोटा सा रेडीमेड कपड़ों का बिजनेस शुरू करूँ। भोपाल के थोक बाज़ार से कपड़े लाकर यहाँ बेच सकता हूँ। इससे घर की आर्थिक स्थिति में भी मदद होगी," पियूष ने वह झूठ बोला जो उसने रात भर बैठकर तैयार किया था। रेडीमेड क्लोदिंग डिसेप्शन, पैसों के लिए घरवालों से बोला गया व्यावसायिक झूठ था।

पियूष की 'बॉडी लैंग्वेज' (Body Language) उस समय एक कुशल अपराधी जैसी थी। उसने अपनी नज़रें झुका ली थीं ताकि पिता उसका झूठ न पढ़ सके। पिता को पियूष की पढ़ाई के फेल होने का दुख तो था, लेकिन उन्हें लगा कि शायद उनका बेटा अब सुधरना चाहता है।

"कितने पैसे लगेंगे?"

"पचास हज़ार से काम शुरू हो जाएगा, पापा।"

पिता एक पल के लिए रुके, फिर अलमारी की ओर बढ़े। उन्होंने अपनी जीवन भर की कमाई में से पचास हज़ार रुपये पियूष के हाथ में रख दिए। "संभालकर इस्तेमाल करना पियूष। यह केवल पैसे नहीं, मेरी उम्मीदें हैं।"

पियूष ने पैसे पकड़ लिए। उसे एक पल के लिए अपराधबोध (Guilt) महसूस हुआ, लेकिन अगले ही पल सिया का चेहरा उसकी आँखों के सामने घूम गया। उसने उन पैसों से भविष्य नहीं, बल्कि एक 'अंधेरा' खरीदने का फैसला कर लिया था।

पुराने शहर का अंडरवर्ल्ड और हथियार का सौदा

राघव ने उसे एक नंबर दिया था और एक पता, पुराने भोपाल के कसाईपुरा इलाके के पीछे की एक सुनसान गली।

पियूष वहाँ पहुँचा। गली के अंत में एक पुरानी, खस्ताहाल इमारत थी। वहाँ एक आदमी खड़ा था जिसका चेहरा छाया में था। पियूष का दिल तेज़ धड़क रहा था, लेकिन उसके कदम पीछे नहीं हटे।

“सामान लाए हो?” उस आदमी की आवाज़ भारी और कड़क थी।

पियूष ने नोटों की गड्डी उसकी ओर बढ़ा दी। उस आदमी ने पैसे गिने और अपनी जेब से एक भारी, ठंडी चीज़ निकालकर पियूष के हाथ में रख दी।

वह एक कंट्री-मेड कट्टा (.315 बोर का देसी कट्टा) था। कंट्री-मेड कट्टा, स्थानीय स्तर पर निर्मित अवैध हथियार को कहते हैं।

जैसे ही पियूष की उंगलियों ने उस ठंडी धातु को छुआ, उसे लगा जैसे उसके भीतर का इंसान हमेशा के लिए मर चुका है। उसने सिर्फ एक हथियार नहीं उठाया था, उसने एक 'अपराध' को अपने गले में लगा लिया था। अब वह महज़ एक स्टॉकर नहीं था, वह एक 'पोटेंशियल किलर' (Potential Killer) बन चुका था।

फॉरेंसिक लिंक: हथियार की गवाही

डीसीपी श्रीकृष्ण ने वर्तमान में पियूष के कबूलनामे के इस हिस्से को सुनते हुए डॉ. अनिरुद्ध की ओर देखा। "डॉक्टर, उसने कट्टा पुराने शहर से लिया था। क्या बैलिस्टिक रिपोर्ट (Ballistic matching) से हम उस सप्लायर तक पहुँच सकते हैं?"

डॉ. अनिरुद्ध ने सिर हिलाया। "सर, भले ही यह देसी हथियार है, लेकिन इसकी नली के भीतर के 'स्ट्रिएशन मार्क्स' (Striation marks) एक डिजिटल सिग्नेचर की तरह काम करते हैं। स्ट्रिएशन मार्क्स, हथियार की नली के भीतर के वे निशान जो गोली पर अंकित हो जाते हैं। इसके अलावा, फायरिंग के समय निकलने वाले GSR (Gunshot Residue) के माइक्रो-पार्टिकल्स अपराधी के कपड़ों पर सालों तक रह सकते हैं अगर उन्हें ठीक से न धोया जाए। पियूष को लगा होगा कि उसने सौदा अंधेरे में किया है, लेकिन विज्ञान उस अंधेरे को भी देख सकता है।"

पियूष वापस अपने कमरे में आया। उसने वह कट्टा अपनी मेज़ की दराज में छुपा दिया। उस रात वह सोया नहीं। वह बस उस कट्टे को देख रहा था जैसे वह उसकी सारी समस्याओं का 'समाधान' हो।

उधर नए भोपाल में, सिया झील के किनारे अजय के साथ बैठी ठंडी हवा का आनंद ले रही थी। उसे लगा था कि वह सुरक्षित है, लेकिन उसे नहीं पता था कि पुराने शहर के किसी अंधेरे कोने में उसकी मौत का सौदा तय हो चुका है।

“पियूष ने उस रात सिर्फ एक सौदा नहीं किया... उसने अपने अंदर के इंसान को बेच दिया।”

अध्याय 20
आखिरी पीछा

समय: हत्या का दिन (दोपहर 10:20 बजे)

स्थान: एमपी नगर, नया भोपाल

भोपाल की वह सुबह किसी भी सामान्य सुबह जैसी थी। एमपी नगर की सड़कें छात्रों की भीड़, ऑटो के शोर और समोसे-कचौड़ी की महक से भरी हुई थीं। सूरज की तेज़ रोशनी शीशे की इमारतों से टकराकर आँखों को चुंधिया रही थी। किसी को अंदाज़ा नहीं था कि इस कोलाहल के बीच एक ज़िंदगी अपने अंतिम पड़ाव की ओर बढ़ रही है।

सिया: उम्मीद की आखिरी किरण

सिया आज खुश थी। उसका इंजीनियरिंग का टेस्ट अच्छा गया था और उसने शाम को अजय के साथ झील के किनारे टहलने का प्लान बनाया था। उसे लगा था कि वह 'सुरक्षित' है। उसने पियूष के नंबर ब्लॉक कर दिए थे, पुलिस में शिकायत की थी और शहर बदल लिया था। उसे लगा था कि उसने अपनी आज़ादी वापस पा ली है।

“शायद अब सब ठीक हो रहा है...” उसने खुद से मुस्कुराते हुए कहा।

लेकिन उसे नहीं पता था कि सड़क की दूसरी ओर, एक खंभे की ओट में पियूष खड़ा था। उसकी आँखें सिया पर जमी थीं, स्थिर, ठंडी और घातक।

पियूष और आरजेडी (Rejection Sensitive Dysphoria)

पियूष के दिमाग के भीतर एक भयानक युद्ध चल रहा था। वह केवल 'ऑब्सेसिव लव' का शिकार नहीं था, वह 'रिजेक्शन सेंसिटिव डिस्फोरिया' (Rejection Sensitive Dysphoria - RSD) की चरम सीमा पर था। RSD अस्वीकृति के प्रति अत्यधिक भावनात्मक और शारीरिक संवेदनशीलता। RSD से पीड़ित व्यक्ति के लिए किसी का 'ना' कहना महज़ एक अस्वीकृति नहीं, बल्कि एक शारीरिक और मानसिक प्रहार होता है जो उसे भीतर से तोड़ देता है।

जब उसने सिया को हँसते हुए और फोन पर अजय से बात करते देखा, तो उसके दिमाग में एक 'धमाका' हुआ। उसे लगा कि सिया की खुशी उसके वजूद का अपमान है।

“वह खुश है... मेरे बिना? उसने मुझे ठुकराया ताकि वह किसी और के साथ हँस सके?” पियूष के लिए यह 'असहनीय दर्द' (Extreme Pain) था। उसका 'सैवियर कॉम्प्लेक्स' (Savior Complex) अब एक 'डिस्ट्रक्टिव फोर्स' में बदल चुका था।

पीछा और फॉरेंसिक साक्ष्य (CCTV & CDR)

पियूष ने पीछा करना शुरू किया। सीसीटीवी फुटेज (CCTV Enhancement AI) ने बाद में इस 'मूवमेंट पैटर्न' की पुष्टि की। मूवमेंट पैटर्न: सीसीटीवी के ज़रिए अपराधी के चलने और पीछा करने के तरीके का विश्लेषण।

फ्रेम 1: सिया कोचिंग से बाहर निकलती है।

फ्रेम 2: पियूष लगभग 20 फीट की दूरी बनाए रखते हुए उसके पीछे चलता है।

फ्रेम 3: जैसे ही सिया एक अपेक्षाकृत सुनसान मोड़ पर पहुँचती है, पियूष

अपनी रफ़्तार बढ़ाता है।

साइबर सेल की रिपोर्ट (CDR Analysis) के अनुसार, पियूष ने इस दौरान एक 'बर्नर फोन' से सिया को कॉल करने की कोशिश की थी, लेकिन सिया ने अनजान नंबर देखकर फोन नहीं उठाया। यही वह 'अंतिम रिजेक्शन' था जिसने पियूष के भीतर के ज्वालामुखी को फोड़ दिया।

आखिरी संवाद और विस्फोट

सिया अचानक रुकी। उसे अपने पीछे किसी की मौजूदगी का अहसास हुआ। उसने पीछे मुड़कर देखा और पियूष को सामने खड़ा पाया।

"तुम... तुम यहाँ?" सिया की आवाज़ में खौफ और घृणा का मिश्रण था।

"तुम खुश लग रही हो, सिया," पियूष ने बहुत ही शांत, लगभग मशीनी आवाज़ में कहा।

"पियूष, प्लीज़... अब यह सब बंद करो। चले जाओ यहाँ से वरना मैं फिर पुलिस को बुला लूँगी," सिया ने अपनी पूरी हिम्मत जुटाकर कहा।

यह 'पुलिस' का ज़िक्र पियूष के लिए अंतिम वार था। उसे लगा कि वह फिर से उसे अपमानित (Humiliate) कर रही है। उसका RSD Collapse शुरू हो गया। दुनिया उसके लिए धीमी (Slow Motion) हो गई। आवाज़ें म्यूट हो गईं।

उसने अपनी जेब से वह ठंडी धातु निकाली। देसी कट्टा।

घटना: टूटे हुए दिमाग का विस्फोट

धाय!!!

पहली गोली मिस हुई। पियूष के हाथ कांप रहे थे। सिया भागने की कोशिश करने लगी, लेकिन पियूष अब एक 'शिकारी' की तरह उस पर झपटा।

धाय!!!

दूसरी गोली सिया के सीने के बाईं ओर लगी। डॉ. अनिरुद्ध ने बाद में बैलिस्टिक ट्रैजेक्टरी (Ballistic Trajectory) से सिद्ध किया कि पियूष ने 4 फीट की दूरी से फायर किया था।

धाय!!!

तीसरी गोली तब चली जब सिया ज़मीन पर गिर रही थी। खून का फव्वारा सड़क पर फैल गया, 'आर्टेरियल स्प्रे' (Arterial Spray)। आर्टेरियल स्प्रे: मुख्य धमनी कटने पर होने वाला विशिष्ट रक्तस्राव।

पियूष वहीं खड़ा रहा। वह भाग नहीं रहा था। वह बस सिया को देख रहा था। उसके दिमाग में एक अजीब सी शांति थी। उसे लगा कि उसने उस 'रिजेक्शन' को हमेशा के लिए मार दिया है जिसने उसे चार साल से तड़पाया था।

फॉरेंसिक रिकंस्ट्रक्शन

डीसीपी श्रीकृष्ण ने घटनास्थल का मुआयना करते हुए डॉ. अनिरुद्ध से कहा, “अनिरुद्ध, यह हत्या नहीं थी। यह एक टूटे हुए दिमाग का विस्फोट था।” साइकोटिक ब्रेकडाउन: वास्तविकता से संबंध टूट जाना और हिंसा की ओर मुड़ना।

टीम ने वहाँ से GSR (Gunshot Residue) के नमूने लिए, खून के धब्बों की मैपिंग की और पियूष के जूतों के निशान (Shoe prints) बरामद

किए। पियूष का अपराध अब वैज्ञानिक रूप से पूरी तरह 'रीक्रिएट' हो चुका था।

उधर, अजय का फोन सिया के गिरे हुए हैंडसेट पर बज रहा था। सड़क पर बिखरा खून और बजता हुआ फोन, भोपाल की उस दोपहर की सबसे कड़वी सच्चाई थी।

पियूष सोच रहा था, "उसने उसे मार दिया... लेकिन असल में, वह उस रिजेक्शन को मारना चाहता था जो उसके अंदर ज़िंदा था।"

अध्याय 21
साये का सवाल

समय: हत्या के अगले दिन (सुबह 09:15 बजे)

स्थान: एमपी नगर, भोपाल (क्राइम सीन / पुलिस कंट्रोल रूम)

भोपाल की वही सड़क, जहाँ कल दोपहर मौत का तांडव हुआ था, आज एक अजीबोगरीब खामोशी में डूबी थी। पीली पुलिस टेप (Police Tape) अभी भी हवा में लहरा रही थी, जो आने-जाने वालों को उस 'कत्लगाह' की याद दिला रही थी। सड़क पर मौजूद खून के गहरे लाल धब्बे अब भूरे पड़ चुके थे, लेकिन वे अभी भी एक अनसुलझे सवाल की तरह वहाँ मौजूद थे।

डीसीपी श्रीकृष्ण घटनास्थल पर अकेले टहल रहे थे। उनकी नज़रें ज़मीन पर गड़ी थीं। वे अपराध के हर सेकंड को अपने दिमाग में 'रीक्रिएट' (Re-create) कर रहे थे।

"सिंगल शूटर... क्लोज रेंज... दिशा स्थिर," उन्होंने खुद से बुदबुदाते हुए कहा। लेकिन उनके मन के किसी कोने में एक शंका की घंटी बज रही थी। क्या पियूष जैसा 'इमोशनली अनस्टेबल' (Emotionally unstable) लड़का इतना परफेक्ट मर्डर कर सकता है?

फॉरेंसिक विसंगति: तीसरा पदचिह्न

डॉ. अनिरुद्ध अपनी टीम के साथ फिर से जाँच के लिए पहुँचे थे। वे ज़मीन पर घुटनों के बल झुककर कुछ देख रहे थे। "श्रीकृष्ण, इधर आओ," उन्होंने इशारा किया।

वहाँ ज़मीन पर डस्ट-लिफ्टिंग तकनीक (Dust-lifting technique) के ज़रिए कुछ पदचिह्न (Footprints) उभारे गए थे। फुटप्रिंट एनोमली (Footprint Anomaly): घटनास्थल पर मिले ऐसे पदचिह्न जो मुख्य संदिग्ध या पीड़िता के नहीं हैं। "सर, यहाँ देखो। ये पियूष के जूतों के निशान हैं, बाएं पैर पर ज़्यादा दबाव, जैसा कि गेट एनालिसिस (Gait Analysis) में दिखा था। और ये सिया के सैंडल के निशान हैं।"

डॉ. अनिरुद्ध ने एक तीसरे निशान की ओर इशारा किया, जो सड़क के किनारे बिजली के खंभे के पास था। "यह फुटप्रिंट न तो सिया का है और न ही पियूष का। इसका 'ट्रेड पैटर्न' (Tread pattern) बहुत अलग है, यह किसी भारी बूट या फॉर्मल जूतों का लग रहा है। और इसकी गहराई बताती है कि यहाँ खड़ा व्यक्ति काफी देर तक स्थिर (Static) रहा था।"

श्रीकृष्ण की आँखें चमक उठीं। "मतलब... कोई तीसरा व्यक्ति भी वहाँ मौजूद था? कोई जो केवल देख रहा था?"

एआई का नया खुलासा: दूसरा साया

दोपहर 12:30 बजे

स्थान: भोपाल पुलिस कंट्रोल रूम

कंट्रोल रूम के भीतर, सीसीटीवी एनहांसमेंट एआई (CCTV Enhancement AI) फिर से चलाया जा रहा था। इस बार श्रीकृष्ण ने पियूष पर नहीं, बल्कि बैकग्राउंड में होने वाली हर छोटी हलचल पर ध्यान केंद्रित करने को कहा था।

एक्सपर्ट राहुल ने 'मोशन ट्रैकिंग' (Motion Tracking) मोड ऑन किया। "सर, फ्रेम नंबर 60 को गौर से देखिए," राहुल ने इमेज को 'डी-नॉइज़' (De-noise) करते हुए कहा।

स्क्रीन पर सिया और पियूष के संघर्ष के पीछे, सड़क के ठीक दूसरी ओर एक और आकृति उभर रही थी। यह महज़ एक साया (Shadow) था, लेकिन एआई ने उसके 'कंटूर' (Contour) साफ़ कर दिए थे। वह साया हिल नहीं रहा था। जब पियूष ने पहली गोली चलाई, वह साया वहीं था। जब सिया गिरी, वह साया तब भी वहीं था। और जैसे ही पियूष भागा, वह साया भी विपरीत दिशा में ओझल हो गया।

"यह कौन है?" श्रीकृष्ण ने कठोर स्वर में पूछा।

"सर, फ्रेम इंटरपोलेशन (Frame Interpolation) से पता चल रहा है कि यह व्यक्ति पियूष की हर हरकत को ऑब्जर्व कर रहा था। जैसे वह उसे 'कवर' दे रहा हो या उसे गाइड कर रहा हो," राहुल ने विश्लेषण किया। फ्रेम इंटरपोलेशन (Frame Interpolation): वीडियो फ्रेम्स के बीच के अंतराल को भरकर साफ़ तस्वीर प्राप्त करना।

चश्मदीदों का विरोधाभास: कौन सच बोल रहा है?

श्रीकृष्ण ने उन तीनों चश्मदीदों को फिर से बुलाया।

गवाह 1 (चाय वाला): "मैंने सिर्फ उस लड़के को देखा, साहब... वह अकेला था।"

गवाह 2 (छात्र): "सर, मुझे लगा जैसे किनारे पर कोई और भी खड़ा था, लेकिन गोलियों की आवाज़ सुनकर मैं डर गया था।"

गवाह 3 (दुकानदार): "मुझे कुछ साफ़ नहीं दिखा, सर, बस भगदड़ मची थी।"

श्रीकृष्ण ने अपने माथे पर हाथ रखा। विटनेस साइकोलॉजी (Witness Psychology) यहाँ फेल हो रही थी। इंसान की आँखें केवल उस पर

ध्यान देती हैं जो 'सेंटर ऑफ अट्रैक्शन' हो, यानी बंदूक वाला लड़का। किनारे खड़े उस खामोश साये को किसी ने नोटिस नहीं किया।

"सच दो हिस्सों में बंट गया है, वर्मा," श्रीकृष्ण ने अपने जूनियर से कहा। "सीसीटीवी साए दिखा रहा है, लेकिन गवाह केवल पियूष को देख रहे हैं।"

मनोवैज्ञानिक शतरंज (Psychological Chess)

पियूष लॉकअप में बैठा था। वह अभी भी असामान्य रूप से शांत था। श्रीकृष्ण उसके पास पहुँचे। "तुम अकेले थे ना, पियूष? उस दिन एमपी नगर में तुम्हारे साथ और कौन था?"

पियूष ने अपनी आँखें ऊपर कीं और एक हल्की, रहस्यमयी मुस्कान दी। "आपको क्या लगता है साहब? क्या मैं इतना कमज़ोर हूँ कि मुझे किसी की ज़रूरत पड़ेगी?"

श्रीकृष्ण समझ गए कि पियूष झूठ बोल रहा है या फिर उसका 'डेल्यूज़नल प्राइड' (Delusional Pride) उसे सच बोलने से रोक रहा है। उन्होंने सीडीआर (CDR Analysis) फिर से चेक करवाई। उस दिन, मर्डर के ठीक 5 मिनट पहले, पियूष को एक 'इंटरनेट कॉल' आई थी। उसे ट्रेस करना नामुमकिन था, लेकिन उसका 'लोकेशन पिंग' उसी टावर से था।

"राघव..." श्रीकृष्ण ने धीरे से नाम लिया। "वह ट्रेन वाला दोस्त... क्या वह सिर्फ एक विचार दे रहा था, या वह उस दिन वहीं खड़ा पियूष को 'एग्जीक्यूट' करते हुए देख रहा था?"

फॉरेंसिक सबूत (Footprint) और डिजिटल एविडेंस (CCTV Shadow) अब एक ही दिशा में इशारा कर रहे थे; पियूष अकेला नहीं था। क्या राघव पियूष का 'बैकअप' था? या क्या पियूष महज़ एक मोहरा था और असली शिकारी कोई और था?

जाँच अब केवल एक मर्डर केस नहीं, बल्कि एक गहरी साजिश (Conspiracy) की ओर बढ़ रही थी। श्रीकृष्ण जानते थे कि पियूष ने गोली चलाई थी, लेकिन उस गोली के पीछे का 'हाथ' शायद किसी और का था। बैकअप प्रेजेंस (Backup Presence): अपराध के समय अपराधी की सहायता या निगरानी के लिए किसी और की मौजूदगी। डिलीब्रेट साइलेंस (Deliberate Silence): गवाहों या अपराधी द्वारा जानबूझकर सच छुपाने की स्थिति भी थी।

श्रीकृष्ण ने सोचा, “उस दिन गोली एक ने चलाई थी... लेकिन क्या उस हत्या में सिर्फ एक ही शामिल था?”

भाग 3: जुनून का अंधकार

अध्याय 22
दिमाग की फाइल

समय: हत्या के 3 दिन बाद

स्थान: भोपाल – सेंट्रल जेल / साइकोलॉजिकल इवैल्यूएशन रूम (Psychological Evaluation Room)

कमरा सफेद था। बहुत ज़्यादा सफेद। दीवारों पर सफेदी की ऐसी परत थी कि किसी भी इंसान के लिए यहाँ अपने अंदर के अंधेरे से भागना नामुमकिन था। बीच में एक लोहे की मेज़ थी, और उसके ऊपर एक तेज़ रोशनी वाला लैंप, जो सीधे अपराधी के चेहरे पर केंद्रित था।

मेज के एक तरफ डीसीपी श्रीकृष्ण और शहर की जानी-मानी मनोचिकित्सक डॉ. मीरा बैठे थे। दूसरी तरफ पियूष था। पियूष के चेहरे पर कोई पछतावा नहीं था, कोई घबराहट नहीं थी। उसकी आँखों में एक ऐसी शांति थी, जो किसी लाश के चेहरे पर होती है, ठंडी और बेजान।

संवाद: "समझना आसान नहीं है"

डॉ. मीरा ने अपनी नोटबुक खोली और पियूष की ओर गौर से देखा। "पियूष... हम यहाँ तुम्हें सज़ा देने नहीं आए हैं। हम बस तुम्हें समझना चाहते हैं। जो कुछ हुआ, उसके पीछे की वजह जानना चाहते हैं।"

पियूष ने धीरे से अपना सिर उठाया। उसके होठों पर एक बहुत ही सूक्ष्म मुस्कान आई। "समझना आसान नहीं है डॉक्टर साहिबा... क्योंकि समझने

के लिए आपको उस आग में जलना होगा, जिसमें मैं पिछले चार सालों से जल रहा हूँ।"

श्रीकृष्ण ने अपनी आँखें सिकोड़ीं। उनका बिहेवियरल एनालिसिस (Behavioral Analysis) शुरू हो चुका था। पियूष के हाथ मेज़ पर स्थिर थे, उसकी पलकें बहुत कम झपक रही थीं (Blink rate), और उसकी आवाज़ में एक अजीब सा ठहराव था।

"तुमने सिया को मार दिया, पियूष," श्रीकृष्ण ने कठोर स्वर में कहा।

"मैंने उसे बचाया है, सर," पियूष का जवाब तुरंत और स्पष्ट था।

कमरा कुछ सेकंड के लिए बिल्कुल जम गया। डॉ. मीरा ने श्रीकृष्ण की ओर एक इशारा किया। यह 'डेल्यूजनल डिस्टॉर्शन' (Delusional Distortion) का क्लासिक मामला था। पियूष की वास्तविकता में, हत्या का मतलब अंत नहीं, बल्कि 'संरक्षण' (Protection) था।

मनोवैज्ञानिक प्रोफाइलिंग (Criminal Profiling)

डॉ. मीरा ने पियूष के व्यवहार को चार श्रेणियों में विभाजित किया:

Verbal Response Pattern: संक्षिप्त और निश्चित उत्तर, जो भ्रम की गहराई को दर्शाते हैं।

Body Language: अत्यधिक नियंत्रण (Control), जो समाज से पूरी तरह कटे होने का संकेत है।

Emotional Trigger: 'सिया' और 'अजय' का नाम सुनते ही पुतलियों का फैलना (Pupil dilation)।

"पियूष, क्या तुम सिया से प्यार करते थे?" डॉ. मीरा ने पूछा।

"करता हूँ," पियूष ने सुधारा। "प्यार कभी खत्म नहीं होता। वह तो एक रूहानी बंधन है।"

डायग्नोसिस: 'ऑब्सेसिव लव डिसऑर्डर' (OLD)

डॉ. मीरा ने अपनी रिपोर्ट में 'ऑब्सेसिव लव डिसऑर्डर' (Obsessive Love Disorder) दर्ज किया। उन्होंने पियूष के जुनून के चरणों को बोर्ड पर श्रीकृष्ण के लिए फिर से स्पष्ट किया:

स्टेज 1: आकर्षण (Attraction): सिया को एक 'परफेक्ट इमेज' के रूप में देखना।

स्टेज 2: फिक्सेशन (Fixation): उसकी हर गतिविधि पर नज़र रखना (Social Media Stalking)।

स्टेज 3: कंट्रोल नीड (Control): यह मानना कि वह केवल उसकी है।

स्टेज 4: डेल्यूजन (Delusion): काल्पनिक यादों को सच मान लेना।

स्टेज 5: कोलैप्स (Collapse): जब सिया ने अजय को चुना, तो पियूष का 'अधिकार' टूट गया और हिंसा का जन्म हुआ।

बड़ा ट्विस्ट: "हमारी"

"सिया अजय के साथ खुश थी पियूष। तुम्हें यह बात मान लेनी चाहिए थी," श्रीकृष्ण ने दबाव बढ़ाया।

पियूष की आँखें अचानक चमक उठीं। उसने अपनी गर्दन थोड़ी टेढ़ी की। "अजय? वह तो सिर्फ एक धूल का कण था सर। सिया ने उसे कभी नहीं चुना। वह तो मुझे सिग्नल्स (Signals) देती थी। उसकी मुस्कान, उसकी वह आखिरी नज़र... वह मुझे पुकार रही थी।"

"पियूष, वह तुम्हें पुकार नहीं रही थी, वह तुमसे डरती थी। वह तुम्हें अपनी ज़िंदगी से बाहर निकालना चाहती थी," डॉ. मीरा ने हस्तक्षेप किया।

पियूष हँसा। एक ऐसी हँसी जो कमरे की दीवारों से टकराकर डरावनी लग रही थी। "आप समझ नहीं सकते। सिया मेरी थी ही नहीं..." वह रुका और फिर बहुत धीमे स्वर में बोला, "वह हमारी थी।"

श्रीकृष्ण अपनी कुर्सी से थोड़ा आगे झुके। "हमारी? तुम्हारी और किसकी?"

पियूष फिर से खामोश हो गया। उसने अपनी नज़रें झुका लीं और बस मुस्कुराता रहा।

फॉरेंसिक और मनोवैज्ञानिक तालमेल

डॉ. मीरा ने श्रीकृष्ण को बाहर ले जाकर कहा, "श्रीकृष्ण, यह लड़का 'परसीक्यूटरी और इरोटोमेनिक डेल्यूजन' (Persecutory & Erotomanic Delusion) के मिश्रण से गुज़र रहा है। इरोटोमेनिक डेल्यूजन (Erotomanic Delusion): यह मानना कि पीड़ित आपसे प्यार करता है, भले ही कोई सबूत न हो।

लेकिन उसके द्वारा इस्तेमाल किया गया शब्द 'हमारी' मुझे परेशान कर रहा है। या तो उसके दिमाग में कोई 'स्प्लिट पर्सनालिटी' (Split Identity) है, या फिर वाकई कोई दूसरा व्यक्ति है जो इस पूरे जुनून को हवा दे रहा था।" ट्रॉमा बॉन्डिंग (Trauma Bonding): अहसान और डर का एक अस्वस्थ मेल।

श्रीकृष्ण के दिमाग में सीडीआर (CDR) और सीसीटीवी (CCTV) के वे 'दूसरे साये' घूम रहे थे। राघव का नंबर और वह अनसुना 'इंटरनेट कॉल'।

"हमें इसका नार्को एनालिसिस (Narco Analysis) करना होगा," श्रीकृष्ण ने कहा। नार्को एनालिसिस (Narco Analysis): दवाओं के ज़रिए अपराधी के अवचेतन मन से सच उगलवाने की प्रक्रिया। प्यूपिल डाइलेशन (Pupil Dilation): भावनाओं के तीव्र होने पर आँखों की पुतलियों का फैलना।

"यह खतरनाक हो सकता है, सर," डॉ. मीरा ने चेतावनी दी। "उसका दिमाग पहले से ही कांच की तरह दरक रहा है। नार्को उसे पूरी तरह पागल कर सकता है।"

भोपाल का पुराना शहर अपनी तंग गलियों में कई राज़ छुपाए बैठा है, और नया शहर अपनी चमक-धमक में उन राज़ों को दबा देता है। पियूष का दिमाग भी इन दोनों शहरों जैसा था, बाहर से शांत, लेकिन अंदर एक संकरी, अंधेरी भूलभुलैया।

श्रीकृष्ण ने कमरे में दोबारा प्रवेश किया और पियूष से आखिरी सवाल पूछा। "पियूष, क्या तुम उस दोपहर एमपी नगर में अकेले थे?"

पियूष ने श्रीकृष्ण की आँखों में सीधे झाँका और ठंडे स्वर में कहा, "साहब, इस दुनिया में कभी कोई अकेला नहीं होता... साये हमेशा साथ चलते हैं।"

श्रीकृष्ण ने धीरे से कहा, “उसके दिमाग में सिर्फ जुनून नहीं था... वहाँ कोई और भी रहता था या शायद... सच में कोई और था।”

अध्याय 23
अधूरी कहानी का साया

समय: उसी रात

स्थान: भोपाल - वीआईपी रोड (VIP Road) / बड़ा तालाब किनारा

रात के दो बज रहे थे। भोपाल का प्रसिद्ध वीआईपी रोड, जो शाम को शोर-शराबे और कपल्स की भीड़ से भरा रहता है, अब एक रहस्यमयी सन्नाटे में डूबा था। बड़े तालाब का शांत पानी रात के चाँद की रोशनी को परावर्तित कर रहा था। ठंडी हवाएँ चेहरे पर पड़ रही थीं, लेकिन डीसीपी श्रीकृष्ण के भीतर एक अलग ही बेचैनी सुलग रही थी।

वे अपनी सरकारी जीप से कुछ दूर अकेले खड़े थे। उनके हाथ में एक पुरानी, कोनों से मुड़ी हुई ब्लैक-एंड-वाइट फोटो थी। फोटो में एक लड़की थी, हल्की मुस्कान, आँखों में बुद्धिमानी की चमक और हवा में उड़ते हुए बाल।

"कुछ केस केवल फाइलें नहीं होते, पियूष," श्रीकृष्ण ने अंधेरे में फुसफुसाते हुए कहा। "वे हमारी आत्मा का हिस्सा बन जाते हैं।"

फ्लैशबैक: 15 साल पहले (अतीत की आहट)

स्थान: पुराना भोपाल - इतवारा की संकरी गलियाँ

पंद्रह साल पहले का श्रीकृष्ण आज जैसा सख्त अधिकारी नहीं था। वह एक मेधावी छात्र था, जो सिविल सेवा की तैयारी कर रहा था। उसके पास

आदर्श थे, सपने थे और एक नाम था जो उसकी दुनिया का केंद्र था, अनामिका।

अनामिका पुराने शहर की उन लड़कियों में से थी जो अपनी शर्तों पर जीना जानती थीं। वह श्रीकृष्ण से बिल्कुल अलग थी, चंचल, स्वतंत्र सोच वाली और बेहद निडर।

"तुम हमेशा इतने सीरियस (Serious) क्यों रहते हो श्रीकृष्ण?" इतवारा की एक चाय की दुकान पर बैठते हुए अनामिका ने पूछा था। "IAS बन भी गए तो क्या हँसना छोड़ दोगे?"

श्रीकृष्ण ने अपनी चश्मा ठीक करते हुए जवाब दिया था, "क्योंकि दुनिया में समस्याएं बहुत हैं अनामिका, और समाधान के लिए गंभीरता चाहिए।"

"और मैं?" उसने अपनी चाय की चुस्की लेते हुए आँख मारी थी।

"तुम... तुम मेरी दुनिया को थोड़ा कम गंभीर और थोड़ा ज़्यादा रहने लायक बनाती हो।"

वह प्यार मासूम था। नोट्स शेयर करना, शाम को बड़े तालाब के किनारे घंटों बैठना और भविष्य के सपने देखना। लेकिन फिर, एक काली दोपहर ने सब कुछ बदल दिया।

मोड़: वो रहस्यमयी गायब होना

एक दिन, अनामिका अचानक गायब हो गई।

न कोई फिरौती का कॉल, न कोई गवाह, और न ही कोई सुराग। श्रीकृष्ण ने अपनी पूरी जान लगा दी। वह हर थाने गया, हर गली छानी। उस समय वह पुलिस में नहीं था, इसलिए वह केवल एक 'असहाय नागरिक' बनकर

रह गया था। पुलिस की फाइल पर 'Missing' का ठप्पा लगा और समय के साथ धूल जमती गई।

"ऐसे केस मिलते नहीं हैं, श्रीकृष्ण," तब के एक बूढ़े इंस्पेक्टर ने कहा था। "पुराना शहर बहुत बड़ा है, और इसके राज़ उससे भी गहरे।"

श्रीकृष्ण ने उस दिन खुद से वादा किया था कि वह अब कभी 'पावरलेस' (Powerless) नहीं रहेगा। उसने खाकी पहनी ताकि वह सच ढूंढ सके, लेकिन अनामिका का सच आज भी कहीं दफन था। इमोशनल बायस (Emotional Bias): अतीत की घटनाओं के कारण जाँच की दिशा प्रभावित होना।

वर्तमान में वापसी: एक फॉरेंसिक विस्फोट

तभी श्रीकृष्ण के फोन की वाइब्रेशन ने उनकी यादों का सिलसिला तोड़ दिया। डॉ. अनिरुद्ध का कॉल था।

"श्रीकृष्ण, तुम्हें तुरंत लैब आना होगा," अनिरुद्ध की आवाज़ में एक अजीब सी उत्तेजना थी।

"क्या बात है अनिरुद्ध? कोई नई अपडेट?"

"हाँ। हमने घटनास्थल पर मिले उन अतिरिक्त पदचिह्नों और सतह से लिए गए स्वैब्स (Swabs) का विस्तृत DNA Analysis किया है। श्रीकृष्ण, यह बहुत बड़ा मोड़ है।" DNA Traces: घटनास्थल पर मिले जैविक साक्ष्य (बाल, त्वचा के कण आदि)।

श्रीकृष्ण अपनी जीप की ओर दौड़े। "साफ-साफ बताओ।"

"क्राइम सीन पर पियूष और सिया के अलावा एक और DNA Trace मिला है। यह किसी अज्ञात पुरुष का है। और सबसे चौंकाने वाली बात

यह है कि यह ट्रेसेज़ (Traces) सिया के नाखूनों के नीचे और उसके बैग की पट्टी पर मिले हैं। इसका मतलब है कि हमलावर पियूष अकेला नहीं था, या पियूष के अलावा वहाँ कोई और था जिससे सिया का सीधा शारीरिक संपर्क (Physical Contact) हुआ था।"

श्रीकृष्ण के पैरों तले ज़मीन खिसक गई। "दूसरा DNA? क्या वह राघव का हो सकता है?"

"हमने राघव का सैंपल अभी नहीं लिया है, लेकिन यह साक्ष्य बता रहा है कि पियूष की वह 'हमारी' वाली बात सच हो सकती है।"

मनोवैज्ञानिक अंतर्द्वंद्व और पुराना कनेक्शन

जीप तेज़ी से लैब की ओर बढ़ रही थी। श्रीकृष्ण के दिमाग में अनामिका का केस और सिया की हत्या आपस में टकरा रहे थे।

"क्या अनामिका के गायब होने के पीछे भी ऐसा ही कोई 'जुनून' था? क्या पियूष केवल एक मोहरा है?" श्रीकृष्ण ने खुद से सवाल किया। अब यह केस केवल एक 'इन्वेस्टिगेशन' नहीं रहा था, यह उनके अपने अतीत का पश्चाताप बन गया था।

उन्होंने वायरलेस पर आदेश दिया, "राघव को तुरंत उठाओ! मुझे फर्क नहीं पड़ता कि वह कहाँ है। और इंस्पेक्टर वर्मा, मुख्यालय के रिकॉर्ड रूम से 15 साल पुराने 'Missing Cases' की फाइलें निकालो।" Missing Person Protocol: लापता व्यक्तियों की जाँच की आधिकारिक प्रक्रिया।

"सर... कौन सा साल?" वर्मा की आवाज़ हैरान थी।

"2011, इतवारा और पुराने शहर के सभी अनसुलझे केस। मुझे एक पैटर्न

ढूंढना है।" सबकॉन्शियस ट्रिगर (Subconscious Trigger): किसी वर्तमान घटना द्वारा अतीत की यादों का सक्रिय होना।

भोपाल की झील अब भी शांत थी, लेकिन श्रीकृष्ण जानते थे कि सतह के नीचे तूफान आ चुका है। सिया की हत्या की जड़ें शायद उन पुरानी फाइलों में छिपी थीं जिन्हें समाज भूल चुका था। श्रीकृष्ण अब केवल एक डीसीपी नहीं थे, वे एक ऐसे शिकारी थे जो 15 साल पुरानी अपनी हार का बदला लेने निकले थे।

श्रीकृष्ण जानते थे, “यह केस सिर्फ सिया का नहीं रहा... यह अब एक अधूरी कहानी का बदला था, जो 15 साल से इंतजार कर रही थी।”

अध्याय 24
अनजान कॉल

समय: हत्या के 5 दिन बाद

स्थान: भोपाल - साइबर सेल / पुलिस कंट्रोल रूम

साइबर सेल का कमरा पूरी तरह अंधेरे में डूबा था। केवल कंप्यूटर स्क्रीन की नीली और सफेद रोशनी वहाँ मौजूद चेहरों पर एक अजीब सी चमक बिखेर रही थी। डेटा की हज़ारों लाइनें स्क्रीन पर तेज़ी से भाग रही थीं। यहाँ शब्दों से ज़्यादा 'नंबर्स' (Numbers) और 'लॉग्स' (Logs) सच उगलते थे।

डीसीपी श्रीकृष्ण साइबर एक्सपर्ट नवीन के पीछे खड़े थे। उनकी आँखें थकान से लाल थीं, लेकिन उनका दिमाग पहले से कहीं ज़्यादा सतर्क था।

"सर... हमने पियूष के पिछले 15 दिनों का पूरा CDR (Call Data Records) खंगाल लिया है," नवीन ने माउस क्लिक करते हुए कहा।

सीडीआर विश्लेषण: बर्नर नंबर का रहस्य

"कुछ असामान्य मिला?" श्रीकृष्ण ने पूछा।

नवीन ने स्क्रीन को ज़ूम किया। एक विशिष्ट नंबर को पीले रंग से हाईलाइट (Highlight) किया गया था। "सर, इस नंबर को देखिए। हत्या वाले दिन पियूष को इस नंबर से तीन बार कॉल किया गया था। और सबसे अजीब बात यह है कि ये कॉल्स ठीक उसी 'टाइम विंडो' (Time window) में हुए जब हत्या हुई थी।"

श्रीकृष्ण ने नंबर नोट किया। "यह नंबर किसके नाम पर रजिस्टर्ड है?"

नवीन ने अपनी गर्दन हिलाई। "यही तो समस्या है, सर। यह एक 'बर्नर नंबर' (Burner Number) है। बर्नर नंबर (Burner Number): पहचान छिपाने के लिए इस्तेमाल किया जाने वाला अस्थायी फोन नंबर। फेक आईडी पर लिया गया एक अस्थायी सिम कार्ड, जो केवल कुछ घंटों के लिए इस्तेमाल किया गया और फिर हमेशा के लिए बंद कर दिया गया।"

श्रीकृष्ण ने एक गहरी सांस ली। "इसका मतलब है कि कोई पियूष को 'रीयल-टाइम' (Real-time) गाइड कर रहा था। टावर डंप (Tower Dump) क्या कहता है?" टावर डंप (Tower Dump): किसी विशेष क्षेत्र और समय में सक्रिय सभी मोबाइल नंबरों का डेटा।

"सर, इस नंबर की लोकेशन हत्या के दौरान क्राइम सीन के ठीक पास थी। कुल 18 मिनट तक यह नंबर उसी टावर से पिंग (Ping) करता रहा। यह व्यक्ति वहीं खड़ा था... उसने पूरी घटना को अपनी आँखों से देखा है।"

पूछताछ: पियूष का मनोवैज्ञानिक खेल

स्थान: भोपाल सेंट्रल जेल - पूछताछ कक्ष

श्रीकृष्ण फिर से पियूष के सामने थे। इस बार उनके पास डिजिटल साक्ष्य की ताक़त थी।

"यह नंबर किसका है, पियूष?" श्रीकृष्ण ने मेज़ पर सीडीआर की कॉपी पटकी।

पियूष ने उस कागज़ को देखा और फिर श्रीकृष्ण की आँखों में झाँका।

उसके चेहरे पर एक फीकी मुस्कान थी। "हर चीज़... एक्सप्लेन (Explain) नहीं होती, साहब। कुछ राज़ अंधेरे में ही अच्छे लगते हैं।"

"तुम्हारे सीडीआर में इस नंबर से पिछले दो दिनों में पाँच कॉल हुए हैं। वह व्यक्ति घटनास्थल पर मौजूद था। वह तुम्हें देख रहा था," श्रीकृष्ण ने दबाव बढ़ाया।

पियूष की उंगलियां मेज़ पर कस गईं। उसकी बॉडी लैंग्वेज (Body Language) बदल रही थी , जबड़ा खिंच गया था और साँसें थोड़ी तेज़ हो गई थीं। यह एक सेंसिटिव ट्रिगर था।

"वह वहाँ था..." पियूष ने धीरे से कहा। "आप लोग बहुत देर से आए, साहब।"

"कौन था वो? क्या वह राघव था?"

पियूष हँसा, लेकिन उसकी आँखों में एक खौफ था। "आप जानते हैं साहब... आप सब जानते हैं। बस मानना नहीं चाहते।"

पुराने भोपाल का अंडरवर्ल्ड लिंक

साइबर सेल ने IMEI ट्रैकिंग के ज़रिए उस बर्नर फोन का अंतिम लोकेशन ट्रेस किया, पुराना भोपाल। IMEI ट्रैकिंग: मोबाइल हैंडसेट की विशिष्ट पहचान संख्या के ज़रिए उसे ढूंढना।

श्रीकृष्ण अपनी टीम के साथ पुराने शहर की उन संकरी गलियों में पहुँचे जहाँ सूरज की रोशनी भी मुश्किल से पहुँचती थी। यहाँ का हर कोना एक रहस्य था। उन्होंने अपने मुखबिरों (Informers) को सक्रिय किया।

एक पुराने चाय के खोखे के पास एक मुखबिर ने श्रीकृष्ण को महत्वपूर्ण

सूचना दी। "साहब... एक लड़का आया था दो दिन पहले। उसने एक नया सिम कार्ड लिया था। नाम तो फेक था, और हुलिया भी उसने छुपाया हुआ था। लेकिन साहब, एक चीज़ मैंने नोटिस की..."

"क्या?"

"उसके दाएं हाथ की कलाई पर एक टैटू (Tattoo) था। कोई बिच्छू जैसा डिज़ाइन।"

श्रीकृष्ण के दिमाग में बिजली कौंधी। राघव। पियूष का वह दोस्त जिसने उसे ट्रेन में हथियार और बदले का रास्ता दिखाया था।

फॉरेंसिक क्रॉस-मैच: डीएनए की पुष्टि

डॉ. अनिरुद्ध ने लैब से कॉल किया। "श्रीकृष्ण, वह जो अज्ञात DNA Trace मिला था, वह पियूष से मैच नहीं करता, लेकिन वह उसी ग्रुप का है। यह पक्का है कि घटनास्थल पर पियूष अकेला नहीं था। वह 'दूसरा साया' कोई और नहीं, बल्कि राघव ही था जो पियूष को मानसिक और शारीरिक रूप से इस अपराध के लिए तैयार कर रहा था।"

श्रीकृष्ण ने वायरलेस पर आदेश दिया, "राघव के सभी ठिकानों पर दबिश दो! अब यह सिर्फ एक सनकी प्रेमी की हत्या का मामला नहीं है। यह एक सोची-समझी कॉन्स्पिरसी (Conspiracy) है। पियूष केवल ट्रिगर दबाने वाला हाथ था, दिमाग कहीं और है।" कॉन्स्पिरसी (Conspiracy): किसी अपराध को अंजाम देने के लिए दो या दो से अधिक लोगों की मिलीभगत।

कॉल छोटा था, लेकिन उसने साबित कर दिया कि सिया की हत्या में पियूष केवल एक मोहरा था। राघव, वह रहस्यमयी साया, अब पुलिस की रडार पर था। श्रीकृष्ण जानते थे कि अगर वे राघव तक पहुँच गए, तो

शायद वे उन 15 साल पुराने राज़ों तक भी पहुँच जाएंगे जो अनामिका के गायब होने से जुड़े थे।

श्रीकृष्ण ने सोचा, "कॉल छोटा था... लेकिन उसने साबित कर दिया कि इस कहानी में एक और आवाज़ थी... जो अब तक खामोश थी।"

अध्याय 25
काले बाज़ार की गूंज

समय: हत्या के 6 दिन बाद - रात 11:45 बजे

स्थान: पुराना भोपाल (इतवारा, चौक बाज़ार के आसपास)

भोपाल का पुराना शहर दिन में जितना जीवंत और व्यापारिक लगता है, रात के सन्नाटे में वह उतना ही रहस्यमयी और डरावना हो जाता है। यहाँ की संकरी गलियाँ, जहाँ दो लोग एक साथ ठीक से नहीं चल सकते, रात के समय सायों का घर बन जाती हैं। ऊपर लटकते हुए बिजली के तारों का जाल और पुरानी हवेलियों की उखड़ी हुई दीवारें किसी पुरानी कहानी के गवाह की तरह खड़ी थीं।

डीसीपी श्रीकृष्ण अपनी क्राइम ब्रांच टीम के साथ सादे कपड़ों में एक पुरानी गली के मुहाने पर खड़े थे। यहाँ खाकी वर्दी पहनना 'अलर्ट' जारी करने जैसा था। श्रीकृष्ण ने धीरे से अपने साथियों से कहा, "यहाँ कानून की किताबें नहीं चलतीं... यहाँ सिर्फ डर की भाषा चलती है। और हमें उस डर के स्रोत तक पहुँचना है।"

अंडरवर्ल्ड कनेक्शन और मुखबिर की सूचना

मुखबिर 'रहमान' से मिली जानकारी सटीक थी। इतवारा की एक पुरानी लकड़ी के गोदाम के पीछे एक अवैध हथियारों का बाज़ार चलता है, जिसका संचालन 'चाचा' नाम का एक व्यक्ति करता है। चाचा वह शख़्स है जो बिना किसी पहचान के सालों से भोपाल और उसके आसपास के इलाकों में 'देसी कट्टे' और 'अवैध कारतूस' सप्लाई कर रहा है।

"सर... पियूष ने कट्टा यहीं से लिया था। कसाईपुरा के उस सीसीटीवी फुटेज में पियूष के साथ जो साया दिखा था, वह चाचा के अड्डे की ओर ही मुड़ा था," सब-इंस्पेक्टर वर्मा ने धीमी आवाज़ में श्रीकृष्ण को जानकारी दी।

श्रीकृष्ण ने अपनी रिवॉल्वर चेक की। "कोई गोली नहीं चलेगी जब तक कि स्थिति काबू से बाहर न हो जाए। हमें जानकारी चाहिए, लाश नहीं। पियूष केवल एक मोहरा है, हमें उस 'हाथ' को पकड़ना है जिसने उसे यह हथियार थमाया था।"

दबिश: पुरानी हवेली का रहस्य

पुलिस टीम ने खामोशी से घेराबंदी की। गोदाम का दरवाज़ा पुराना था, लेकिन भीतर से मज़बूत। श्रीकृष्ण के इशारे पर दो जवानों ने एक साथ वार किया और दरवाज़ा चरमराकर खुल गया। भीतर तेल और जंग लगे लोहे की एक तीखी गंध हवा में घुली हुई थी।

"पुलिस! कोई हिलेगा नहीं!" श्रीकृष्ण की कड़क आवाज़ ने सन्नाटे को चीर दिया।

भीतर कुछ लकड़ी के बॉक्स रखे थे, और एक मेज़ पर लोहे को तराशने के औज़ार बिखरे थे। कोने में एक बुजुर्ग व्यक्ति बैठा था, जिसकी आँखें चिलम के धुएं के पीछे शांत और चालाक थीं। वह 'चाचा' था।

"इतनी रात में मेहमान? हमने तो सुना था कि पुलिस एमपी नगर के मर्डर केस में उलझी है," चाचा ने मुस्कुराते हुए कहा, जैसे उसे पुलिस के आने का अंदाज़ा पहले से था।

ऑन-स्पॉट पूछताछ: मनोवैज्ञानिक युद्ध

श्रीकृष्ण ने मेज़ पर से एक अधबना कट्टा उठाया। "यह एमपी नगर वाला ही मामला है, चाचा। कट्टा किसे बेचा था?"

चाचा ने अपनी आँखों को सिकोड़ा। "साहब, मैं तो सिर्फ कबाड़ का काम करता हूँ... लोहा बेचता हूँ।"

श्रीकृष्ण ने चाचा की बॉडी लैंग्वेज (Body Language Analysis) को गौर से देखा। उसकी आँखें स्थिर थीं, स्वर नियंत्रित था, यह किसी मंझे हुए अपराधी के लक्षण थे जो जानता है कि पुलिस के पास अब तक कोई ठोस सबूत नहीं है।

"तुम्हे पता है, चाचा, उस कट्टे से एक 19 साल की लड़की की जान गई है? यह होमिसाइड (Homicide) का केस है। होमिसाइड (Homicide): मानव हत्या। अगर तुमने सहयोग नहीं किया, तो इस उम्र में जेल की सलाखें बहुत सख्त लगेंगी," श्रीकृष्ण ने साइकोलॉजिकल टैक्टिक (Psychological Tactic) का इस्तेमाल किया।

"और हाँ," श्रीकृष्ण ने आगे कहा, "तुम्हारा वह क्लाइंट... वह तो जेल में है, लेकिन उसका जो साथी था, वह अब तुम्हें भी फँसाने की फिराक में है। उसने हमें तुम्हारे बारे में सब बता दिया है।" (यह एक झूठ था, लेकिन अपराधी को तोड़ने के लिए ज़रूरी था)।

चाचा की आँखों में हल्की-सी हलचल हुई। उसके चेहरे पर पसीना उभरने लगा। यह 'फर्स्ट क्रैक' था।

फॉरेंसिक लिंक: बैलिस्टिक मैचिंग

तभी श्रीकृष्ण के फोन पर डॉ. अनिरुद्ध का मैसेज आया। उन्होंने लैब में सिया के शरीर से निकाली गई गोली और पियूष द्वारा बताए गए ठिकाने से बरामद कट्टे की बैलिस्टिक मैचिंग (Ballistic Matching) शुरू कर

दी थी। बैलिस्टिक मैचिंग (Ballistic Matching): गोली और बंदूक के निशानों का वैज्ञानिक मिलान।

"श्रीकृष्ण, बंदूक की नली के भीतर के 'राइफलिंग मार्क्स' (Rifling marks) और गोली पर मौजूद 'स्ट्रिएशन पैटर्न्स' (Striation patterns) का प्रारंभिक मिलान हो गया है। राइफलिंग मार्क्स (Rifling marks): बंदूक की नली के भीतर के घुमावदार निशान। कट्टा स्थानीय स्तर पर निर्मित है, लेकिन इसकी बोर (Bore) और फायरिंग पिन का प्रभाव (Firing pin impression) चाचा के यहाँ से पहले बरामद हुए नमूनों से मेल खा रहा है। यह कट्टा यहीं बना है," डॉ. अनिरुद्ध ने फोन पर पुष्टि की।

बड़ा खुलासा: "वह अकेला नहीं था"

चाचा ने आखिरकार मुँह खोला। "साहब... एक लड़का आया था। दुबला-पतला, डरा हुआ। पियूष नाम था उसका शायद। लेकिन साहब, वह अकेला नहीं था।"

श्रीकृष्ण की साँसें थम गईं। "दूसरा कौन था?"

"नाम नहीं पता, लेकिन वह मंझा हुआ खिलाड़ी लग रहा था। सारा मोल-भाव उसी ने किया। पियूष तो सिर्फ पैसे दे रहा था। वह दूसरा आदमी पियूष को ऐसे निर्देश दे रहा था जैसे वह उसका मालिक हो। और साहब... उसके हाथ पर एक बिच्छू का टैटू था।"

राघव! श्रीकृष्ण के दिमाग में वह नाम गूँज उठा।

चाचा ने आगे बताया, "पैसे भी उसी दूसरे आदमी ने दिए थे। पियूष तो पसीने से तर-बतर था, जैसे वह पहली बार मौत को देख रहा हो। लेकिन वह टैटू वाला लड़का... उसके चेहरे पर कोई शिकन नहीं थी। उसी ने कट्टे को लोड करना सिखाया।"

मनोवैज्ञानिक विश्लेषण: 'मैनिपुलेटेड पॉन' (Manipulated Pawn)

श्रीकृष्ण ने महसूस किया कि कड़ियाँ अब साफ़ हो रही थीं। पियूष महज़ एक 'पोटेंशियल किलर' नहीं था, वह एक 'मैनिपुलेटेड पॉन' (मोहरा) था। मैनिपुलेटेड पॉन (Manipulated Pawn): वह व्यक्ति जिसे किसी और द्वारा अपराध के लिए उकसाया गया या इस्तेमाल किया गया हो। राघव ने पियूष के 'डेल्यूजनल डिसऑर्डर' का फायदा उठाकर उसे एक हथियार में बदल दिया था।

"वह टैटू वाला लड़का कहाँ मिलेगा?" श्रीकृष्ण ने चाचा का कॉलर पकड़कर पूछा।

"साहब, वह सामने नहीं आता। वह लोगों के पीछे छुपता है... जैसे शतरंज में राजा। उसने पियूष को आगे किया ताकि खुद बच सके," चाचा ने धीमी आवाज़ में कहा।

दबिश सफल रही थी। पुलिस को गोदाम से कई और अवैध हथियार और साक्ष्य मिले। जीएसआर (GSR) के नमूनों ने साबित कर दिया कि पियूष ने जहाँ से कट्टा लिया था, वहाँ राघव की मौजूदगी के निशान थे। फॉरेंसिक लैब ने पुष्टि कर दी कि यही वह 'मर्डर वेपन' है जिसने सिया की जान ली थी।

लेकिन श्रीकृष्ण के मन में अब एक और गहरा सवाल था: राघव का मकसद क्या था? क्या वह केवल पियूष का दोस्त था, या उसका सिया और श्रीकृष्ण के अतीत से कोई पुराना रिश्ता था?

श्रीकृष्ण के मन में ख्याल आया, “पियूष ने गोली चलाई थी... लेकिन ट्रिगर दबाने के पीछे, किसी और का दिमाग था।”

अध्याय 26
बंद अलमारी का सच

समय: हत्या के 7 दिन बाद - सुबह 10:15 बजे

स्थान: गर्ल्स हॉस्टल, एमपी नगर, भोपाल

भोपाल का नया शहर सुबह की धूप में चमक रहा था। चौड़ी सड़कें, व्यवस्थित चौराहे और आधुनिकता की चकाचौंध। लेकिन इसी शहर के एक व्यस्त कोने में स्थित 'विदुषी गर्ल्स हॉस्टल' का कमरा नंबर 214 एक खामोश कब्रिस्तान बना हुआ था। दरवाजे पर लगी पीली पुलिस सील पर लिखा था: "CRIME SCENE - DO NOT OPEN"।

डिप्टी कमिश्नर ऑफ़ पुलिस श्री कृष्ण धीरे-धीरे उस गलियारे में आगे बढ़े। उनके जूतों की आवाज़ खाली कॉरिडोर में गूँज रही थी। उनके साथ महिला कॉन्स्टेबल सरिता और फॉरेंसिक एक्सपर्ट डॉ. अनिरुद्ध अपनी टीम के साथ थे।

"यह सिर्फ एक कमरा नहीं है अनिरुद्ध," श्रीकृष्ण ने दस्ताने पहनते हुए कहा। "यह सिया की वह आखिरी दुनिया है जिसे उसने अपने हाथों से सजाया था, और जिसे पियूष के जुनून ने उजाड़ दिया।"

दृश्य 1: कमरे की जमी हुई खामोशी

सील तोड़ी गई और दरवाजा एक कराह के साथ खुला। कमरे के अंदर की हवा स्थिर थी, जिसमें पुराने कागज़ों, कपड़ों और सिया के पसंदीदा चमेली के इत्र की हल्की महक घुली हुई थी। बिस्तर पर चादर का एक कोना मुड़ा हुआ था, जैसे वह अभी-अभी उठकर गई हो। मेज़ पर इंजीनियरिंग के

नोट्स और दीवार पर चिपका एक बड़ा चार्ट जिस पर लिखा था - "लक्ष्य: IIT 2026"।

डॉ. अनिरुद्ध ने अपनी टीम को निर्देश दिए, "सावधानी से। हर इंच को स्कैन करो। लैपटॉप और पेनड्राइव का डिजिटल इमेजिंग (Digital Imaging) करो। मुझे इस कमरे के हर ट्रेस एविडेंस (Trace Evidence) की रिपोर्ट चाहिए।" लेटेंट प्रिंट्स (Latent Prints): नग्न आँखों से न दिखने वाले उंगलियों के निशान।

श्रीकृष्ण की नज़रें कमरे को मनोवैज्ञानिक चश्मे से देख रही थीं। "यह एक ऑर्गनाइज्ड पर्सनैलिटी (Organized Personality) का कमरा है, अनिरुद्ध। चीज़ें करीने से रखी हैं। लेकिन इस व्यवस्था के पीछे एक गहरा केओस (Chaos) छिपा है।"

दृश्य 2: अलमारी का छिपा हुआ सच

तलाशी के दौरान श्रीकृष्ण की नज़र पुरानी लकड़ी की अलमारी पर टिकी। उसका ताला बंद था।

"सर, इसकी चाबी बरामद सामान में नहीं मिली है," कॉन्स्टेबल सरिता ने जानकारी दी।

"कुछ सच... बिना तोड़े नहीं मिलते। इसे काटो," श्रीकृष्ण का स्वर कठोर था।

कटर की मदद से ताला काटा गया। अलमारी के अंदर सिया के करीने से तह किए हुए कपड़े थे। श्रीकृष्ण ने कपड़ों के पीछे हाथ डाला। उनके हाथ एक ठंडे, धातु के बक्से से टकराए। बक्सा बाहर निकाला गया। उसके अंदर कुछ फाइलें थीं और सबसे नीचे छिपी थी, एक नीले कवर वाली डायरी।

डॉ. अनिरुद्ध तुरंत आगे आए, "रुकिए! पहले फिंगरप्रिंट लिफ्टिंग (Fingerprint Lifting) होगी।"

उन्होंने पाउडर डस्टिंग (Powder dusting) शुरू की। माइक्रोस्कोपिक कैमरे के नीचे कुछ लेटेंट प्रिंट्स (Latent prints) उभरे।

"प्राइमरी प्रिंट्स सिया के हैं... लेकिन रुकिए," अनिरुद्ध की आँखें सिकुड़ीं। "यहाँ कुछ स्मज्ड सेकेंडरी प्रिंट्स (Smudged secondary prints) भी हैं। किसी और ने भी इस डायरी को हाथ लगाया है।"

दृश्य 3: डायरी - सिया की खामोश चीख

श्रीकृष्ण ने मेज़ पर बैठकर डायरी खोली। पहला पन्ना सादा था, जिस पर बस उसका नाम लिखा था - सिया।

श्रीकृष्ण ने पन्ने पलटने शुरू किए। जैसे-जैसे वह पढ़ रहे थे, कमरे का तापमान मानो गिरता जा रहा था।

प्रविष्टि 1 (3 महीने पहले):

"मुझे लगता है कोई मुझे देख रहा है। शायद मैं ओवरथिंकिंग कर रही हूँ... लेकिन जब मैं लाइब्रेरी से लौटती हूँ, तो वह अहसास मेरी रीढ़ में सिहरन पैदा कर देता है। पियूष? क्या वह भोपाल आ गया है?"

डॉ. अनिरुद्ध ने विश्लेषण किया, "यह इनिशियल पैरानोइया (Initial Paranoia) है। स्टॉकिंग का पहला चरण तब होता है जब शिकार को आभास होता है कि वह अकेला नहीं है।"

प्रविष्टि 2 (1 महीना पहले):

"वह हर जगह है। आज वह कैंटीन में था। उसने कुछ नहीं कहा, बस दूर खड़ा होकर मुझे देख रहा था। उसकी आँखों में वह पुराना अधिकार था। वह मुझे 'ओन' (Own) करना चाहता है। मुझे भोपाल में भी चैन नहीं है।"

श्रीकृष्ण ने नोट किया, ऑब्सेसिव लव डिसऑर्डर (OLD)। पियूष के लिए सिया एक इंसान नहीं, एक 'प्रॉपर्टी' बन चुकी थी।

दृश्य 4: ब्लैकमेलिंग का काला अध्याय

डायरी के बीच के पन्नों पर लिखावट अचानक बदल गई थी। अक्षर कांप रहे थे।

प्रविष्टि 3 (15 दिन पहले):

"लेकिन... सिर्फ पियूष ही मेरी समस्या नहीं है। एक अनजान नंबर से कॉल आ रहे हैं। वह मुझे डरा रहा है। वह कहता है कि वह मेरे कानपुर वाले अतीत के बारे में सब जानता है। अगर मैंने उसकी बात नहीं मानी, तो वह मेरे हॉस्टल और कोचिंग में सबको वह 'सच' बता देगा। मैं क्या करूँ? पियूष एक तरफ से मुझे बाँध रहा है, और यह अनजान शख्स दूसरी तरफ से मेरा गला घोंट रहा है।"

कमरे में सन्नाटा छा गया।

"ब्लैकमेल?" श्रीकृष्ण ने नवीन (साइबर एक्सपर्ट) को कॉल लगाया। "नवीन, पियूष के CDR (Call Data Records) में उस अननोन नंबर को फिर से चेक करो। वह नंबर सिर्फ पियूष से नहीं, सिया से भी जुड़ा है।"

अंतिम प्रविष्टि (हत्या से एक रात पहले):

"कल वह मुझसे मिलने के लिए बुला रहा है। उसने धमकी दी है कि अगर मैं नहीं आई, तो वह पियूष को भड़का देगा। पियूष पहले से ही पागल हो

रहा है। मुझे डर है कि पियूष कुछ कर बैठेगा। अगर मुझे कुछ हो जाए... तो समझना मैं भाग नहीं रही थी। मैं लड़ रही थी।"

दृश्य 5: फॉरेंसिक और मनोवैज्ञानिक प्रोफाइलिंग

डॉ. अनिरुद्ध ने डायरी पर इंक डेटिंग एनालिसिस (Ink Dating Analysis) और प्रेशर मार्क्स (Pressure Marks) का अध्ययन किया।

प्रेशर मार्क्स (Pressure Marks): कागज पर पेन का दबाव, जो लेखक के तनाव को दर्शाता है।

"सर, आखिरी पन्नों पर पेन का दबाव 2.5 N/m^2 से ज़्यादा है। यह एक्यूट एंग्जायटी (Acute Anxiety) और स्ट्रेस (Stress) का स्पष्ट संकेत है। लिखावट के 'स्लैंट' (Slant) का बदलना बताता है कि पीड़िता मानसिक रूप से टूट रही थी।" एक्यूट एंग्जायटी (Acute Anxiety): अत्यधिक मानसिक व्याकुलता।

श्रीकृष्ण ने अपनी डायरी में लिखा, "सिया दो शिकारियों के बीच फँसी थी। एक जो उसे प्यार के भ्रम में मारना चाहता था, और दूसरा जो उसे ब्लैकमेल के जाल में इस्तेमाल कर रहा था।"

दृश्य 6: पियूष का भ्रम और वास्तविकता

श्रीकृष्ण सीधे जेल पहुँचे जहाँ पियूष सलाखों के पीछे बैठा था। वह अभी भी अपनी उसी शांत, डेल्यूजनल दुनिया में था।

"तुम्हें पता था, पियूष, कि सिया किसी और से भी डरती थी?" श्रीकृष्ण ने डायरी का पन्ना उसके सामने रखा।

पियूष ने उसे पढ़ा। उसकी आँखों की पुतलियाँ फैलीं (Pupil Dilation)।

"नहीं... वह सिर्फ मेरी थी। उसे किसी और की ज़रूरत नहीं थी। मैं उसका प्रोटेक्टर (Protector) था।"

"तुम प्रोटेक्टर नहीं थे, पियूष, तुम उसके लिए एक और खतरा थे," श्रीकृष्ण ने कड़क कर कहा। "तुम्हारे डेल्यूजनल डिसऑर्डर ने तुम्हें इतना अंधा कर दिया कि तुमने उस ब्लैकमेलर का काम आसान कर दिया। उसने तुम्हें उकसाया, और तुमने ट्रिगर दबा दिया।"

पियूष के हाथ कांपने लगे। उसका 'संरक्षक' होने का भ्रम पहली बार टूटने लगा। इसे मनोवैज्ञानिक रूप से 'रियलिटी कोलैप्स' (Reality Collapse) कहते हैं। रियलिटी कोलैप्स (Reality Collapse): जब भ्रमित व्यक्ति का भ्रम वास्तविकता से टकराकर टूट जाता है।

भोपाल का दोहरा चेहरा

बाहर निकलते समय श्रीकृष्ण ने भोपाल की झील की ओर देखा।

पुराना भोपाल अपनी संकरी गलियों में राज़ छुपाता है, और नया भोपाल अपनी चमक में डर को दबा देता है। सिया इन दोनों के बीच एक 'मृगतृष्णा' की तरह खो गई थी।

श्रीकृष्ण ने खुद से कहा, “उसकी डायरी में लिखा हर शब्द... एक सबूत नहीं, बल्कि एक खामोश चीख थी, जिसे सुनने में कानून ने बहुत देर कर दी।”

अध्याय 27
तीसरा एंगल - कोचिंग सेंटर

समय: हत्या के 8 दिन बाद - दोपहर 01:20 बजे

स्थान: एमपी नगर (एम पी नगर), भोपाल - कोचिंग हब

भोपाल का एमपी नगर इलाका सपनों की एक विशाल मंडी है। यहाँ की गलियों में हज़ारों छात्र अपनी आँखों में इंजीनियरिंग और मेडिकल के सपने लिए घूमते हैं। बड़ी-बड़ी इमारतों पर चमकते हुए होर्डिंग्स दावा करते हैं - "IIT Rank 1 Produced Here"। लेकिन इस चमक-धमक वाली 'ज्ञान की नगरी' के पीछे एक अंधेरी दुनिया भी है, जहाँ प्रतिस्पर्धा का दबाव और शोषण के साये साथ-साथ चलते हैं।

डीसीपी श्रीकृष्ण अपनी जीप की खिड़की से बाहर देखते हुए सोच रहे थे कि सिया भी इसी भीड़ का हिस्सा थी। वह यहाँ पढ़ने आई थी, लेकिन वह नहीं जानती थी कि यहाँ 'टीचर्स' (Teachers) के वेश में कुछ ऐसे शिकारी भी हैं जो कमज़ोर कड़ियों की तलाश में रहते हैं।

दृश्य 1: साइबर सेल की बड़ी सफलता

स्थान: पुलिस कंट्रोल रूम - डिजिटल लैब

"सर, सीडीआर (CDR Analysis) की रिपोर्ट में एक नया 'लूप' (Loop) मिला है," साइबर एक्सपर्ट नवीन ने स्क्रीन की ओर इशारा करते हुए कहा।

स्क्रीन पर डेटा की हज़ारों लाइनें थीं, लेकिन एक नंबर को लाल रंग से

मार्क किया गया था। "यह वही 'अननोन नंबर' है जो सिया की डायरी में दर्ज ब्लैकमेलिंग वाले हिस्से से मेल खाता है। हमने इसका आईएमईआई (IMEI) मैपिंग किया है। आईएमईआई मैपिंग (IMEI Mapping): मोबाइल हैंडसेट की डिजिटल ट्रैकिंग। यह नंबर किसी के नाम पर रजिस्टर्ड नहीं है, लेकिन इसकी लोकेशन पिछले तीन महीनों से लगातार एक ही सेल टावर (Cell Tower) को हिट कर रही है।"

श्रीकृष्ण ने नज़दीक आकर देखा। "लोकेशन कहाँ की है?"

"एमपी नगर, ज़ोन-2, 'एक्सेल फिजिक्स एकेडमी' (Excel Physics Academy) के ठीक पीछे वाला टावर। यह नंबर रात के 11 बजे से 2 बजे के बीच सबसे ज़्यादा एक्टिव रहता था," नवीन ने जानकारी दी।

श्रीकृष्ण ने डॉ. अनिरुद्ध की ओर देखा। "डॉक्टर, स्टॉकर (पियूष) तो सामने था, लेकिन यह ब्लैकमेलर इसी कोचिंग के आसपास मौजूद है। यह कोई 'स्टैटिक यूजर' (Static user) है।"

दृश्य 2: एक्सेल फिजिक्स एकेडमी में दबिश

कोचिंग सेंटर के भीतर क्लास चल रही थी। बोर्ड पर क्वांटम मैकेनिक्स के पेचीदा समीकरण लिखे जा रहे थे।

तभी श्रीकृष्ण और उनकी टीम ने कमरे में प्रवेश किया। "क्लास सस्पेंड (Suspend) करो," श्रीकृष्ण की भारी आवाज़ ने सन्नाटे को चीर दिया।

बोर्ड पर लिख रहा शिक्षक धीरे से मुड़ा। नाम: राघव मिश्रा। उम्र लगभग 35 वर्ष, चश्मा, साफ़-सुथरे कपड़े और चेहरे पर एक अजीब सी, अत्यधिक नियंत्रित शांति।

"डीसीपी साहब? कोई समस्या?" राघव ने बहुत ही सहज लहज़े में पूछा।

डॉ. अनिरुद्ध ने राघव की बॉडी लैंग्वेज (Body Language) को तुरंत नोट करना शुरू किया। राघव की आँखों में डर नहीं था, बल्कि एक नार्सिसिस्टिक कॉन्फिडेंस (Narcissistic Confidence) था। उसकी उंगलियाँ चॉक को ज़ोर से दबा रही थीं, यह हिडन एंग्जायटी (Hidden anxiety) का संकेत था।

दृश्य 3: स्टाफ रूम में मनोवैज्ञानिक टकराव

स्टाफ रूम को खाली करा लिया गया था। श्रीकृष्ण और राघव आमने-सामने थे।

"सिया वर्मा तुम्हारी स्टूडेंट थी?" श्रीकृष्ण ने मेज़ पर सिया की फोटो रखी।

"जी सर। बहुत ही ब्राइट (Bright) स्टूडेंट थी। दुख हुआ उसके बारे में सुनकर," राघव ने स्थिर आवाज़ में जवाब दिया।

"सिर्फ ब्राइट थी या कुछ और भी?" श्रीकृष्ण ने अचानक अपना फोन निकाला और वह 'अननोन नंबर' डायल किया। राघव की मेज़ की दराज में रखा एक दूसरा फोन थरथराया।

कमरे में सन्नाटा छा गया। राघव का चेहरा एक सेकंड के लिए जम गया। यह 'माइक्रो-एक्सप्रेशन' था जिसे श्रीकृष्ण ने पकड़ लिया।

"यह नंबर तुम्हारे पास क्या कर रहा है राघव? वही नंबर जिससे सिया को ब्लैकमेल किया जा रहा था," श्रीकृष्ण का स्वर अब गरज रहा था।

मनोवैज्ञानिक विश्लेषण: 'कंट्रोल और ग्रूमिंग' (Grooming)

डॉ. अनिरुद्ध ने हस्तक्षेप किया। "राघव, मनोविज्ञान में इसे 'पावर डायनेमिक्स' (Power Dynamics) कहते हैं। तुम जानते थे कि सिया का

कानपुर में एक पास्ट (Past) है। तुमने उसका इस्तेमाल उसे 'कंट्रोल' करने के लिए किया।"

राघव ने अपनी कुर्सी पर पीछे की ओर झुकते हुए एक ठंडी मुस्कान दी। "कंट्रोल? नहीं डॉक्टर। मैं तो उसे गाइड (Guide) कर रहा था। वह स्पेशल थी। बाकी भेड़ों की तरह नहीं। उसे मेरी ज़रूरत थी।"

श्रीकृष्ण ने मेज़ पर मुक्का मारा। "उसे तुम्हारी ज़रूरत नहीं थी! तुम उसे अपनी 'ग्रूमिंग' (Grooming) का शिकार बना रहे थे। ग्रूमिंग (Grooming): किसी को भावनात्मक रूप से प्रभावित करके उसे शोषण के लिए तैयार करना। तुम उसे डरा रहे थे कि तुम पियूष को उसका पता बता दोगे, और दूसरी तरफ तुम पियूष को भड़का रहे थे। तुमने एक 'ट्रैप' (Trap) तैयार किया था।"

दृश्य 4: डिजिटल साक्ष्य का पोस्टमार्टम

साइबर टीम ने राघव के 'सिक्योर फोल्डर' (Secure Folder) को क्रैक कर लिया था।

"सर, इसमें सिया की कुछ ऐसी तस्वीरें और पुराने कॉल रिकॉर्ड्स हैं जो उसके कानपुर वाले केस से जुड़े हैं। राघव इन चीज़ों का इस्तेमाल उसे मानसिक रूप से तोड़ने के लिए कर रहा था। वह उसे बार-बार यह अहसास दिलाता था कि समाज उसे कभी स्वीकार नहीं करेगा," नवीन ने रिपोर्ट दी।

इसे मनोविज्ञान की भाषा में 'नार्सिसिस्टिक अब्यूज' (Narcissistic abuse) कहा जाता है, जहाँ अपराधी पीड़ित को इतना अकेला कर देता है कि उसे अपराधी ही अपना एकमात्र सहारा लगने लगता है। नार्सिसिस्टिक अब्यूज: आत्म-मुग्धता के विकार से ग्रस्त व्यक्ति द्वारा किया जाने वाला मानसिक शोषण।

बड़ा खुलासा: "मैं अकेला नहीं था"

पूछताछ के दबाव में राघव आखिरकार टूटा, लेकिन उसने जो कहा, उसने केस को एक नए मोड़ पर खड़ा कर दिया।

"मैंने उसे नहीं मारा सर। पियूष तो सिर्फ एक 'ट्रिगर' था। मैंने बस पियूष को वह रास्ता दिखाया जो वह पहले से ढूंढ रहा था। पियूष उसे 'पाना' चाहता था, और मैं उसे 'चलाना' चाहता था। लेकिन पियूष के पीछे एक और साया था... वह ट्रेन वाला दोस्त, राघव (छोटा राघव)," राघव मिश्रा ने खुलासा किया।

श्रीकृष्ण ने महसूस किया कि कड़ियाँ अब और पेचीदा हो रही थीं। एक तरफ पियूष का 'डेल्यूजनल डिसऑर्डर' था, दूसरी तरफ शिक्षक का 'कंट्रोलिंग मैनिपुलेशन'। सिया इन दोनों पाटों के बीच पिस रही थी। ट्रैजेक्टरी (Trajectory): यहाँ इसका उपयोग पियूष के अपराध की दिशा और राघव के प्रभाव के संदर्भ में किया गया है।

एमपी नगर की रोशनी अब श्रीकृष्ण को और भी डरावनी लग रही थी। हर सफल छात्र के पीछे न जाने कितने ऐसे संघर्ष और शोषण की कहानियाँ छिपी थीं।

"सबूत साफ़ हैं सर," डॉ. अनिरुद्ध ने कहा। "जीएसआर (GSR) पियूष के हाथों पर मिला है, लेकिन इस हत्या की पटकथा इस कोचिंग सेंटर के भीतर राघव मिश्रा ने लिखी थी। वह 'एबेटर' (Abettor) है।"

श्रीकृष्ण ने राघव मिश्रा की ओर देखा। "तुमने शिक्षा के मंदिर को कत्लगाह में बदल दिया। सिया तुम्हें गुरु मानती थी, और तुमने उसे एक वस्तु (Object) समझा।"

श्रीकृष्ण ने खुद से कहा, “एक उसे प्यार के नाम पर पकड़ रहा था... एक उसे डर के नाम पर दबा रहा था... और सिया... दोनों के बीच दम तोड़ रही थी।”

अध्याय 28
पियूष का ब्रेकडाउन

समय: हत्या के 9 दिन बाद - रात 02:30 बजे

स्थान: पुराना भोपाल - पुलिस स्टेशन, पूछताछ कक्ष

रात का सन्नाटा गहरा चुका था। पुराने भोपाल की तंग गलियों में जहाँ सन्नाटा पसरा था, वहीं थाने के उस छोटे से 'इंटर्रोगेशन रूम' में तनाव की चिंगारियां फूट रही थीं। कमरे की पीली रोशनी सीधे पियूष के चेहरे पर गिर रही थी, जिससे उसकी आँखों के नीचे के काले घेरे और भी डरावने लग रहे थे।

डीसीपी श्रीकृष्ण मेज़ के उस पार बैठे थे। उनके हाथ में पियूष की मनोवैज्ञानिक रिपोर्ट और फॉरेंसिक फाइलों का ढेर था। डॉ. अनिरुद्ध बगल के 'ऑब्जर्वेशन रूम' से एक तरफ़ा शीशे (One-way mirror) के पीछे खड़े पियूष की हर हरकत को रिकॉर्ड कर रहे थे।

"पियूष... नौ दिन हो गए हैं। नींद नहीं आ रही न?" श्रीकृष्ण की आवाज़ धीमी लेकिन भेदने वाली थी।

पियूष ने अपना सिर उठाया। उसके होंठ सूखे थे और उसकी उंगलियाँ लगातार मेज़ के कोने को खुरच रही थीं। यह 'स्लीप डेप्रिवेशन' (Sleep deprivation) और अत्यधिक मानसिक दबाव का संकेत था। स्लीप डेप्रिवेशन (Sleep Deprivation): लंबे समय तक न सोने के कारण होने वाला मानसिक असंतुलन।

पियूष, "वह मुझसे दूर जा रही थी"

"हम फिर से शुरू करेंगे पियूष। उस दोपहर, एमपी नगर में... तुमने उसे देखा। फिर क्या हुआ?" श्रीकृष्ण ने बिहेवियरल एनालिसिस (Behavioral Analysis) के अनुसार एक खुला प्रश्न पूछा।

पियूष की आवाज़ किसी फटे हुए पुराने टेप जैसी निकली। "वह... वह मुझसे दूर जा रही थी साहब। वह हँस रही थी। वह ऐसे चल रही थी जैसे मैं कभी उसकी ज़िंदगी में था ही नहीं।"

"क्या तुम्हें गुस्सा आया?"

"नहीं... मुझे डर लगा," पियूष की आँखों में आँसू भर आए। "डर कि वह हमेशा के लिए मुझे छोड़ देगी। वह उस टीचर... उस राघव मिश्रा की बातों में आ गई थी। उसने कहा था कि सिया मुझे इस्तेमाल कर रही है।"

रिजेक्शन और डेल्यूजन

डॉ. अनिरुद्ध ने माइक्रोफोन में फुसफुसाते हुए नोट किया, "पियूष यहाँ 'रिजेक्शन सेंसिटिव डिस्फोरिया' (RSD) के चरम पर है। RSD (Rejection Sensitive Dysphoria): अस्वीकृति के प्रति अत्यधिक संवेदनशीलता। उसके लिए सिया की आज़ादी एक 'विश्वासघात' (Betrayal) थी। उसका 'डेल्यूजनल डिसऑर्डर' उसे यह यकीन दिला रहा था कि वह सिया को मार नहीं रहा, बल्कि उसे दुनिया के 'बुरे प्रभावों' से बचा रहा है।"

स्मृति पुनर्निर्माण: "मुझे याद नहीं"

श्रीकृष्ण ने मेज़ पर झुकते हुए पूछा, "फिर तुमने गन निकाली। तुमने ट्रिगर दबाया। क्यों?"

पियूष अचानक चिल्लाने लगा। उसने अपना सिर दोनों हाथों से पकड़

लिया। "मैंने उसे मारना नहीं चाहा! मैं बस उसे रोकना चाहता था! राघव ने कहा था कि अगर वह नहीं मानी, तो उसे डराना पड़ेगा। मैंने कट्टा निकाला... उसने मुझे देखा... उसकी आँखों में नफरत थी साहब। प्यार नहीं था!"

"फिर तुमने गोली चलाई?"

"मैंने... मैंने ट्रिगर दबाया," पियूष सिसकने लगा। "लेकिन उसके बाद सब धुंधला है। मुझे पहली गोली की आवाज़ याद है, लेकिन बाकी... मुझे याद नहीं। ऐसा लगा जैसे कोई और मेरे हाथ चला रहा हो।"

इसे फॉरेंसिक मनोविज्ञान में 'डिसोसिएटिव एम्नेशिया' (Dissociative Amnesia) कहते हैं, जहाँ अपराधी अपराध के सबसे हिंसक क्षणों को अपने दिमाग से मिटा देता है ताकि वह उस सदमे को बर्दाश्त कर सके। डिसोसिएटिव एम्नेशिया: सदमे के कारण किसी विशिष्ट घटना की स्मृति का खो जाना।

फॉरेंसिक बनाम मनोवैज्ञानिक सच

डॉ. अनिरुद्ध ने मेज़ पर फॉरेंसिक रिपोर्ट रखी। "पियूष, तुम्हारे हाथों पर GSR (Gunshot Residue) के निशान मिले हैं। बैलिस्टिक मैचिंग साबित करती है कि गोली उसी कट्टे से चली थी जो तुम्हारे पास था। 3D रिकंस्ट्रक्शन दिखाता है कि तुमने जानबूझकर निशाना साधा था।"

"नहीं! वह सच नहीं है!" पियूष चीखा। "मैंने निशाना नहीं साधा! मैं तो बस... मैं बस चाहता था कि वह मेरी तरफ देखे!"

श्रीकृष्ण समझ गए कि पियूष का सच 'पूरा सच' नहीं था। पियूष ने गोली चलाई थी, यह वैज्ञानिक तथ्य था। लेकिन वह गोली चलाने के पीछे का असली 'हाथ' राघव मिश्रा का मैनिपुलेशन था।

बड़ा खुलासा: राघव का प्रभाव

"राघव ने तुम्हें कट्टा कहाँ से दिलाया?" श्रीकृष्ण ने अंतिम वार किया।

"उसने नहीं दिलाया... उसने बस मुझे उस 'चाचा' का पता दिया था। उसने कहा था कि हथियार के बिना कोई तुम्हारी बात नहीं सुनेगा। उसने मुझे हर रोज़ कॉल किया। वह मुझे बताता था कि सिया आज किसके साथ थी, कहाँ थी। वह मुझे पल-पल की जानकारी देता था।"

श्रीकृष्ण को वह रहस्यमयी CDR (Call Data Records) याद आया। राघव मिश्रा केवल एक टीचर नहीं था, वह एक 'पपेट मास्टर' था जो पियूष के जुनून की डोर हिला रहा था। पपेट मास्टर (Puppet Master): वह व्यक्ति जो पर्दे के पीछे रहकर दूसरों को नियंत्रित करता है।

पियूष पूरी तरह टूट चुका था। वह अब एक 'कोल्ड-ब्लडेड किलर' नहीं, बल्कि एक मानसिक रूप से बीमार मोहरा लग रहा था। श्रीकृष्ण ने पूछताछ कक्ष से बाहर निकलकर ठंडी हवा में सांस ली।

"क्या इसका बयान कोर्ट में टिकेगा?" डॉ. अनिरुद्ध ने पूछा।

"वैज्ञानिक रूप से वह कातिल है," श्रीकृष्ण ने झील की ओर देखते हुए कहा। "लेकिन मनोवैज्ञानिक रूप से, सिया की हत्या उस दिन कोचिंग सेंटर में ही हो गई थी जब राघव ने पियूष के दिमाग में ज़हर घोला था। पियूष ने गोली चलाई, लेकिन साजिश किसी और की थी।"

श्रीकृष्ण को यह रहस्य समझना था कि "पियूष ने गोली चलाई... यह सच था... लेकिन उसने क्यों चलाई, यह अब भी एक रहस्य था जो उसे खुद भी नहीं पता था।"

अध्याय 29
फॉरेंसिक री-एग्जामिनेशन

समय: रात 01:45 बजे

स्थान: स्टेट फॉरेंसिक साइंस लैब (SFSL), भोपाल

भोपाल का नया शहर गहरी नींद में सो चुका था। बड़े तालाब के किनारे वीआईपी रोड पर सन्नाटा पसरा था, जहाँ केवल झील की लहरों के टकराने की धीमी आवाज़ आ रही थी। लेकिन शहर के दूसरे छोर पर स्थित फॉरेंसिक साइंस लैब की दूसरी मंज़िल की खिड़कियों से आती नीली और सफेद रोशनी गवाही दे रही थी कि यहाँ सच की तलाश में कोई अब भी जाग रहा है।

डॉ. अनिरुद्ध अपनी मेज़ पर झुके हुए थे। उनकी आँखों में थकान की लालिमा थी, लेकिन दिमाग बिजली की तरह दौड़ रहा था। उनके सामने 'तुलनात्मक सूक्ष्मदर्शी' (Comparison Microscope) रखा था। मेज़ पर सिया के शरीर से बरामद हुए बुलेट फ्रैग्मेंट्स (Bullet fragments), घटनास्थल से मिले खोखे और पियूष का वह कट्टा रखा था जिसे 'मर्डर वेपन' मान लिया गया था।

"कुछ तो है जो गणित में फिट नहीं बैठ रहा," अनिरुद्ध ने बुदबुदाते हुए एक और स्लाइड बदली।

दृश्य 1: बैलिस्टिक विसंगति (Ballistic Anomaly)

डॉ. अनिरुद्ध ने डिजिटल स्क्रीन पर दो अलग-अलग बुलेट इमेजेस को 'ओवरलैप' (Overlap) किया। बाईं ओर पियूष के कट्टे से लैब में

टेस्ट-फायर की गई गोली की तस्वीर थी, और दाईं ओर वह धातु का टुकड़ा था जो सिया की रीढ़ की हड्डी के पास से निकाला गया था।

अचानक, वे अपनी कुर्सी से पीछे हट गए। उनके माथे पर पसीना उभर आया।

"यह नामुमकिन है!"

उन्होंने फिर से लेंस के ज़रिए देखा। हर बंदूक की नली के भीतर 'राइफलिंग मार्क्स' (Rifling marks) यानी वे घुमावदार खांचे जो गोली पर अपनी पहचान छोड़ते हैं, वे इस दूसरे टुकड़े से मेल नहीं खा रहे थे। लैंड्स एंड ग्रूव्स (Lands & Grooves): बंदूक की नली के भीतर के वे हिस्से जो गोली को घुमाव देते हैं। स्ट्रिएशन पैटर्न्स (Striation Patterns): गोली पर नली के घर्षण से बनने वाले विशिष्ट निशान। पियूष के देसी कट्टे में छह दाहिने घुमाव (6 Right-hand twists) थे, लेकिन इस टुकड़े पर 'स्ट्रिएशन पैटर्न्स' (Striation patterns) की चौड़ाई और गहराई अलग थीं।

इसका वैज्ञानिक मतलब साफ़ था: सिया को एक नहीं, बल्कि दो अलग-अलग हथियारों से गोलियाँ लगी थीं। और वह दूसरी गोली पियूष के कट्टे से नहीं चली थी।

दृश्य 2: आधी रात की आपातकालीन बैठक

स्थान: डीसीपी श्रीकृष्ण का कार्यालय

डीसीपी श्रीकृष्ण अपने ऑफिस के सोफे पर लेटे ही थे कि डॉ. अनिरुद्ध बिना दस्तक दिए अंदर आए। उनके हाथ में एक टैबलेट था जिस पर 3D ग्राफिक्स चल रहे थे।

"श्रीकृष्ण, हमें पूरी थ्योरी बदलनी होगी। हमने एक बहुत बड़ी और घातक चूक की है," अनिरुद्ध की आवाज़ में एक अजीब सी उत्तेजना थी।

श्रीकृष्ण तुरंत सतर्क होकर उठ बैठे। "क्या मतलब? पियूष ने सरेंडर किया है, उसने कबूल किया है, कट्टा बरामद है, और उसके हाथों पर GSR (Gunshot Residue) पॉजिटिव आया है। केस तो क्लोज-एंड है।"

"नहीं," अनिरुद्ध ने टैबलेट मेज़ पर रखा। "पियूष ने गोली चलाई, यह सच है। लेकिन सिया के शरीर पर मिले ज़ख्मों का हिसाब गलत है। हमने सोचा कि पियूष की गोलियों के 'एंट्री और एग्जिट' पॉइंट्स की वजह से तीन घाव हैं। लेकिन बैलिस्टिक मैचिंग चीख-चीख कर कह रही है कि सिया के शरीर के भीतर जो 'फेटल फ्रैग्मेंट' मिला, वह पियूष के कट्टे का है ही नहीं।"

दृश्य 3: 3D रिकंस्ट्रक्शन और 'ब्लाइंड स्पॉट'

श्रीकृष्ण और अनिरुद्ध ने 'क्राइम सीन रिकंस्ट्रक्शन' (Crime Scene Reconstruction) सॉफ्टवेयर चालू किया। कमरे की लाइटें बंद हुईं और सिया का डिजिटल मॉडल हवा में तैरने लगा।

"यहाँ देखो," अनिरुद्ध ने लेज़र पॉइंटर से इशारा किया। "पियूष सामने खड़ा था। उसकी गोली का ट्रैजेक्टरी (Trajectory) कोण सीधा था। बैलिस्टिक ट्रैजेक्टरी: गोली के चलने का कोणीय और गणितीय मार्ग। लेकिन यह दूसरी गोली... इसका इम्पैक्ट एंगल (Impact angle) लगभग 15 डिग्री तिरछा है। यह किनारे के उस बिजली के खंभे के पीछे से आई थी।"

श्रीकृष्ण की आँखों में वह धुंधली सीसीटीवी फुटेज घूमने लगी। वह 'दूसरा साया' जो खंभे के पास खड़ा था। "मतलब उस साए के पास भी बंदूक थी? और उसने उसी पल फायर किया जब पियूष ने ट्रिगर दबाया?"

"सिर्फ बंदूक नहीं, श्रीकृष्ण, वह एक प्रोफेशनल था। उसने पियूष के धमाके की आवाज़ का फायदा उठाया। गोलियों की आवाज़ें एक-दूसरे में मिल गईं, इसलिए किसी चश्मदीद को दो धमाके सुनाई नहीं दिए। पियूष को लगा कि उसने सिया को मार दिया, लेकिन असल में सिया को गिराने वाली गोली किसी और की थी।"

दृश्य 4: ब्लड स्पैटर का नया विश्लेषण

अनिरुद्ध ने खून के धब्बों की हाई-डेफिनिशन तस्वीरें दिखाईं। "ब्लड स्पैटर एनालिसिस (Blood Spatter Analysis) में हमें दो अलग-अलग 'प्रेसर पॉइंट्स' मिले हैं। एक सामने से, जिसने सिया को पीछे धकेला, और दूसरा किनारे से, जिसने उसके शरीर को एक अजीब कोण पर घुमा दिया। इसे हम फॉरेंसिक में 'काइनेटिक एनर्जी ट्रांसफर' (Kinetic Energy Transfer) का विरोधाभास कहते हैं। काइनेटिक एनर्जी ट्रांसफर: गोली के टकराने पर शरीर की गतिशीलता में होने वाला बदलाव। दो दिशाओं से आए फोर्स ने सिया के शरीर को किसी कठपुतली की तरह नचा दिया था।"

श्रीकृष्ण ने अपने हाथ कस लिए। "तो पियूष महज़ एक 'डिस्ट्रैक्शन' (Distraction) था? असली कातिल ने पियूष के 'डेल्यूज़नल डिसऑर्डर' का फायदा उठाया ताकि वह खुद अंधेरे में रहकर अपना काम कर सके।"

दृश्य 5: मनोवैज्ञानिक युद्ध - राघव से फिर सामना

श्रीकृष्ण सीधे इंटर्रोगेशन रूम पहुँचे जहाँ राघव मिश्रा (शिक्षक/मैनिपुलेटर) बैठा था।

"राघव, तुमने पियूष को हथियार दिलाया, तुमने उसके दिमाग में ज़हर घोला। लेकिन क्या तुमने उसे यह भी बताया था कि उस दिन वहाँ तुम्हारे

पास एक 'बैकअप प्लान' भी था?" श्रीकृष्ण ने मेज़ पर झुककर राघव की आँखों में झाँका।

राघव के चेहरे पर एक पल के लिए घबराहट की लकीर उभरी, एक 'माइक्रो-एक्सप्रेशन' जिसे केवल एक अनुभवी अधिकारी ही पकड़ सकता था। लेकिन उसने तुरंत अपनी पुरानी मुस्कान वापस पहन ली। "साहब, आप फॉरेंसिक के जादूगर हैं, कहानियाँ अच्छी बनाते हैं।"

"कहानियाँ नहीं राघव, कैलिबर (Caliber) बोल रहा है। गोलियाँ दो अलग बंदूकों की हैं," श्रीकृष्ण ने टैबलेट उसकी ओर घुमाया। "अब बताओ, वह टैटू वाला लड़का, छोटा राघव, वह सिर्फ पियूष का हौसला बढ़ाने नहीं आया था ना? वह हाथ में दूसरी बंदूक लेकर खड़ा था।"

राघव मिश्रा खामोश रहा। उसका यह मौन अब उसकी ढाल नहीं, बल्कि उसकी स्वीकारोक्ति बन रहा था।

दृश्य 6: पियूष का मानसिक बिखरना (Memory Fragmentation)

श्रीकृष्ण ने पियूष को बुलाया। पियूष अब पूरी तरह 'डिसोसिएटिव एम्नेशिया' (Dissociative Amnesia) की स्थिति में था, जहाँ उसका दिमाग सदमे की वजह से सच और कल्पना के बीच की लकीर भूल चुका था। डिसोसिएटिव एम्नेशिया: सदमे के कारण किसी घटना के हिस्सों को भूल जाने की मानसिक स्थिति।

"पियूष, क्या तुम्हें उस दिन दो धमाके सुनाई दिए थे? ध्यान से सोचो।"

पियूष ने अपनी आँखें बंद कीं। उसके चेहरे पर मांसपेशियों में खिंचाव था। "आवाज़... शोर... सिया की चीख... और... और एक गूँज। हाँ साहब, एक गूँज थी। मुझे लगा वह मेरी ही गोली की प्रतिध्वनि है जो इमारतों से टकराकर वापस आई।"

श्रीकृष्ण ने डॉ. मीरा की ओर देखा। "डॉक्टर, इसका दिमाग उस दूसरी गोली को स्वीकार नहीं कर पा रहा क्योंकि पियूष को लगता है कि सिया को मारना उसका 'अधिकार' था। वह इस जुर्म की पूरी 'ओनरशिप' (Ownership) चाहता है।"

भोपाल का प्रतीक

श्रीकृष्ण ने खिड़की से पुराने भोपाल की ओर देखा। संकरी गलियाँ अब भी अपने सीने में कई राज़ छुपाए थीं।

"पियूष ने गोली चलाई, यह वैज्ञानिक सच है। लेकिन सिया को मारने वाली गोली किसी और की थी, यह फॉरेंसिक सच है। अब हमें उस दूसरी बंदूक तक पहुँचना होगा।"

रहस्य,"पहली गोली ने सिया को घायल किया... लेकिन दूसरी गोली उस साजिश की थी, जिसने न केवल सिया को मारा, बल्कि पियूष को भी एक ऐसा गुनहगार बना दिया जिसे खुद नहीं पता कि उसने क्या किया।"

अध्याय 30
बड़ा ट्विस्ट - साजिश की परतें

समय: सुबह 04:30 बजे

स्थान: पुलिस मुख्यालय - स्पेशल टास्क फोर्स वॉर रूम

भोपाल की रात अपने अंतिम पहर में थी। शहर के ऊपर छाई धुंध धीरे-धीरे छंट रही थी, लेकिन डीसीपी श्रीकृष्ण के सामने फैली फाइलों और डिजिटल मैप्स की धुंध और भी गहरी होती जा रही थी। कमरे के बीचों-बीच स्थित बड़ी स्क्रीन पर 'एमपी नगर' का 3D मैप चमक रहा था। चारों तरफ सन्नाटा था, जिसे केवल कंप्यूटर के कूलिंग फैन्स की हल्की आवाज़ और कॉफी मशीन की 'हिस्स' तोड़ रही थी।

डॉ. अनिरुद्ध और श्रीकृष्ण मेज़ के चारों ओर खड़े थे। मेज़ पर तीन मुख्य संदिग्धों की तस्वीरें थीं: पियूष, राघव मिश्रा (शिक्षक), और वह रहस्यमयी साया जिसका टैटू वाला हाथ सीसीटीवी में कैद हुआ था, छोटा राघव।

"हमने अब तक जो सोचा, अनिरुद्ध, वह केवल हिमशैल का सिरा (Tip of the iceberg) था," श्रीकृष्ण ने अपनी आँखें मलते हुए कहा। "पियूष ने गोली चलाई, यह सच है। लेकिन वह गोली सिया को मारने के लिए नहीं, बल्कि हमें गुमराह करने के लिए इस्तेमाल की गई थी।"

दृश्य 1: 'परफेक्ट मर्डर' का गणित

डॉ. अनिरुद्ध ने स्क्रीन पर 3D Reconstruction मॉडल लोड किया। "सर, फॉरेंसिक विज्ञान में एक अवधारणा है, कन्स्ट्रक्टेड क्राइम (Constructed Crime)। यह एक ऐसा अपराध है जिसे किसी फिल्म

की पटकथा की तरह लिखा जाता है। इसमें एक 'क्लियर सस्पेक्ट' (पियूष) होता है, एक 'क्लियर मोटिव' (जुनून) होता है, और 'क्लियर एविडेंस' (CCTV और चूँकि पियूष ने खुद सरेंडर किया) होते हैं।"

"लेकिन असली कातिल अदृश्य रहता है," श्रीकृष्ण ने बात पूरी की।

अनिरुद्ध ने मॉडल को घुमाया। "यहाँ देखिए। पियूष की गोली का काइनेटिक इम्पैक्ट (Kinetic Impact) इतना शक्तिशाली नहीं था कि वह तुरंत मौत का कारण बने। पियूष का कट्टा पुराना और उसकी नली (Barrel) घिसी हुई थी। लेकिन वह दूसरी गोली... वह एक हाई-वेलोसिटी वेपन (High-velocity weapon) से आई थी। वह गोली सिया की रीढ़ की हड्डी को चीरती हुई गुजरी। वह 'फेटल शॉट' था।" हाई-वेलोसिटी वेपन: आधुनिक पिस्तौल जो अत्यधिक ऊर्जा के साथ वार करती है।

दृश्य 2: सीसीटीवी और शैडो एनालिसिस (AI Enhancement)

"नवीन, उस फुटेज को फिर से प्ले करो," श्रीकृष्ण ने आदेश दिया।

साइबर टीम ने CCTV Enhancement AI का उपयोग करके फुटेज को 4K रेजोल्यूशन पर एनहांस किया। इस बार उन्होंने फ्रेम इंटरपोलेशन (Frame Interpolation) तकनीक का उपयोग किया ताकि पिक्सल्स के बीच के खाली स्थानों को भरा जा सके। फ्रेम इंटरपोलेशन: एआई तकनीक जो धुंधले वीडियो को साफ़ करने के लिए नए पिक्सल्स जनरेट करती है।

"सर, यहाँ देखिए," नवीन ने पॉइंटर से इशारा किया। "पियूष सामने खड़ा है। लेकिन सड़क के किनारे, उस बिजली के खंभे की परछाईं के साथ एक और आकृति (Silhouette) हिल रही है। जैसे ही पियूष ने पहली गोली चलाई, यह साया भी हरकत में आया। यह सिंक्रोनाइज्ड फायरिंग (Synchronized Firing) थी।" सिंक्रोनाइज्ड फायरिंग

(Synchronized Firing): एक ही समय पर दो अलग-अलग दिशाओं से गोली चलाना ताकि आवाज़ एक ही लगे।

एआई ने उस आकृति के हाथों के मूवमेंट को ट्रैक किया। वह व्यक्ति एक पेशेवर की तरह बंदूक थामे हुए था। "यह मसल मेमोरी (Muscle memory) है सर। यह व्यक्ति अनुभवी है।"

दृश्य 3: अंडरवर्ल्ड रेड - 'काले मिस्त्री' का खुलासा

स्थान: पुराना भोपाल - इतवारा की तंग गलियाँ

दोपहर के समय, श्रीकृष्ण और क्राइम ब्रांच की टीम ने पुराने भोपाल की एक जर्जर इमारत पर दबिश दी। यहाँ का माहौल नए भोपाल से बिल्कुल अलग था, बंद दरवाज़े, संकरी गलियाँ और हर कोने में छिपे राज़।

वहाँ से 'काले उर्फ़ मिस्त्री' को उठाया गया, जो अवैध हथियारों का बड़ा सप्लायर था।

इंटरोगेशन रूम में श्रीकृष्ण ने मेज़ पर मुक्का मारा। "दो कट्टे किसे बेचे थे? पियूष के साथ और कौन था?"

मिस्त्री कांपने लगा। "साहब... दो लोग आए थे। एक वह चश्मे वाला लड़का (पियूष) जो बहुत नर्वस था। लेकिन दूसरा आदमी... वह बहुत ठंडा था। उसने पियूष के लिए कट्टा खरीदा और अपने लिए एक .32 बोर की पिस्टल। उसने कहा था कि उसे 'बैकअप' की ज़रूरत है।"

"उसका चेहरा?"

"साफ नहीं देखा, साहब... लेकिन उसके हाथ पर बिच्छू का टैटू था।"

दृश्य 4: राघव मिश्रा - 'गॉड कॉम्प्लेक्स' का साक्षात्कार

श्रीकृष्ण फिर से राघव मिश्रा (कोचिंग टीचर) के सामने थे। राघव के चेहरे पर अब भी वही नार्सिसिस्टिक शांति थी।

"तुम्हें लगा कि तुम भगवान हो, राघव?" श्रीकृष्ण ने धीरे से पूछा। "तुमने पियूष के 'ऑब्सेसिव लव डिसऑर्डर' को हथियार बनाया। तुमने उसे यकीन दिलाया कि सिया को मारना उसे 'आज़ाद' करना है।"

राघव मिश्रा हँसा। "पियूष? वह तो एक टूटी हुई मशीन था श्रीकृष्ण। मैंने बस उसे 'प्रोग्राम' किया। असली मज़ा तो उस 'परफेक्ट मर्डर' को डिज़ाइन करने में था जहाँ कानून को वही दिखे जो मैं दिखाना चाहता था।"

डॉ. मीरा (मनोचिकित्सक) ने खिड़की के पीछे से देखा। "यह नार्सिसिस्टिक पर्सनैलिटी डिसऑर्डर (NPD) और गॉड कॉम्प्लेक्स (God Complex) का मिश्रण है। गॉड कॉम्प्लेक्स (God Complex): एक मानसिक स्थिति जहाँ व्यक्ति खुद को दूसरों की किस्मत का फैसला करने वाला समझता है। राघव मिश्रा को सिया की मौत से ज़्यादा अपनी 'बुद्धिमत्ता' के प्रदर्शन में दिलचस्पी थी।"

राघव ने आगे कहा, "सिया ने मुझे रिजेक्ट किया था। वह मेरी 'प्रॉपर्टी' नहीं बनना चाहती थी। तो मैंने तय किया कि वह किसी की नहीं रहेगी। पियूष को लगा वह उसे 'बचा' रहा है, जबकि वह सिर्फ मेरा मोहरा था।"

दृश्य 5: पियूष का मानसिक कोलैप्स (Identity Collapse)

जब पियूष को बताया गया कि वह अकेला कातिल नहीं था, तो उसकी प्रतिक्रिया देखने लायक थी।

"मतलब... मैंने उसे नहीं मारा?" पियूष की आवाज़ फटी हुई थी। "मैंने ट्रिगर दबाया था... मैंने आवाज़ सुनी थी..."

"तुमने ट्रिगर दबाया, पियूष, लेकिन तुम्हारी गोली मिस हो गई थी या केवल कंधे को छूकर निकली थी," श्रीकृष्ण ने टैबलेट पर Ballistic Matching दिखाई। "वह 'फेटल शॉट' राघव (छोटे राघव) का था। उसने तुम्हें इस्तेमाल किया ताकि पुलिस तुम्हें पकड़ ले और वह भाग जाए।"

पियूष ज़मीन पर गिर पड़ा। उसकी पूरी दुनिया उसका वह 'महान बलिदान' एक भद्दा मज़ाक बन गया था। उसका डेल्यूजन (Delusion) टूट चुका था। इसे मनोविज्ञान में 'ईगो डेथ' (Ego Death) कहते हैं। उसका अपनी 'ओनरशिप' का भ्रम अब एक कड़वी हकीकत में बदल गया था; वह सिर्फ एक 'पपेट' (कठपुतली) था। ईगो डेथ (Ego Death): जब किसी व्यक्ति की पूरी पहचान और आत्म-विश्वास अचानक नष्ट हो जाता है।

भोपाल की दो दुनिया

श्रीकृष्ण ने खिड़की से वीआईपी रोड की ओर देखा। झील का पानी अब नीला दिख रहा था।

"पुराना शहर राज़ बुनता है, और नया शहर उन्हें अंजाम देता है," श्रीकृष्ण ने मन ही मन सोचा। "साजिश की परतें खुल चुकी हैं, लेकिन वह 'दूसरा शूटर' अभी भी आज़ाद है। राघव मिश्रा ने उसे कहाँ छुपाया है?"

जाँच अब उस 'तीसरे साये' की ओर मुड़ गई थी, जिसने गोली चलाई और साये की तरह गायब हो गया।

श्रीकृष्ण ने त सोचा, “उस दिन दो गोलियाँ चली थीं... लेकिन असली वार उस दिमाग ने किया था जिसने इस पूरे खूनी खेल को एक 'मृगतृष्णा' बना दिया था।”

अध्याय 31
नार्को और साइको-एनालिसिस

समय: सुबह 05:20 बजे

स्थान: स्टेट फॉरेंसिक न्यूरो-साइकियाट्री लैब, भोपाल

भोपाल की बड़ी झील के ऊपर सुबह की धुंध किसी मखमली चादर की तरह लिपटी हुई थी। वीआईपी रोड पर सन्नाटा था, जिसे केवल पुलिस की गाड़ियों के सायरन की हल्की गूँज ही तोड़ रही थी। नया भोपाल अभी गहरी नींद में था, लेकिन 'स्टेट फॉरेंसिक लैब' के भीतर का वातावरण किसी युद्ध क्षेत्र जैसा था। यहाँ आज एक इंसान के दिमाग की उन परतों को खोला जाना था, जहाँ सच और भ्रम के बीच की लकीर मिट चुकी थी।

डीसीपी श्रीकृष्ण, डॉ. अनिरुद्ध और मनोचिकित्सक डॉ. मीरा लैब के भीतर 'ऑब्जर्वेशन रूम' में खड़े थे। एक तरफा शीशे (One-way mirror) के उस पार पियूष एक सफेद स्ट्रेचर पर लेटा हुआ था। उसके शरीर पर कई सेंसर लगे थे, हृदय गति, श्वसन दर और मस्तिष्क की तरंगों (EEG) को मापने के लिए। EEG (Electroencephalogram): मस्तिष्क की विद्युतीय गतिविधि को मापने वाला यंत्र।

"क्या हम तैयार हैं?" श्रीकृष्ण ने धीमी आवाज़ में पूछा। उनके चेहरे पर थकान थी, लेकिन आँखों में एक शिकारी की चमक।

"मेडिकल क्लियरेंस मिल चुका है," डॉ. अनिरुद्ध ने टैबलेट पर ग्राफ़्स चेक करते हुए कहा। "सोडियम पेंटोथल (Sodium Pentothal) का डोज़ तैयार है। सोडियम पेंटोथल (Sodium Pentothal): इसे 'ट्रुथ सीरम' भी

कहा जाता है, जो चेतना को कम करके सच उगलवाता है। पियूष इस समय 'हाइप्नोटिक स्टेट' (Hypnotic State) में जाने के लिए फिट है।"

दृश्य 1: 'सत्य का रस' (Sodium Pentothal)

लैब के भीतर मेडिकल ऑफिसर ने पियूष की बांह में सुई लगाई। पियूष की साँसें तेज़ हुईं, फिर धीरे-धीरे एक स्थिर लय में आ गईं। उसकी आँखें अधखुली थीं, लेकिन वे किसी चीज़ को देख नहीं रही थीं। वह अब 'कॉन्शियस कंट्रोल' (Conscious Control) खो चुका था।

"पियूष... क्या तुम मुझे सुन सकते हो?" डॉ. मीरा ने माइक पर बहुत ही कोमल स्वर में पूछा।

पियूष के होठों में हल्की हलचल हुई। "हाँ..." उसकी आवाज़ भारी और धीमी थी।

"सिया कौन थी?"

"मेरी..." पियूष ने उत्तर दिया। "वह... मेरी रूह थी।"

श्रीकृष्ण ने डॉ. मीरा की ओर देखा। पियूष का 'ऑब्सेसिव लव डिसऑर्डर' (OLD) उसके अवचेतन मन में भी उतनी ही गहराई से जमा हुआ था। उसके लिए सिया कोई स्वतंत्र इंसान नहीं, बल्कि उसकी 'प्रॉपर्टी' थी।

दृश्य 2: डेल्यूजन और वास्तविकता का टकराव

"क्या सिया तुमसे प्यार करती थी?" डॉ. मीरा ने अगला सवाल दागा।

पियूष एक पल के लिए खामोश रहा। उसके चेहरे पर मांसपेशियों में खिंचाव (Muscle twitching) हुआ। मस्तिष्क की तरंगों (EEG) पर अशांति साफ़ दिखने लगी।

"...नहीं..." पियूष के गले से एक दर्दनाक आवाज़ निकली। "वह... वह मुझसे डरती थी।"

यह पहली बार था जब पियूष ने स्वीकार किया था कि उसका 'प्यार' एकतरफा था। उसका 'डेल्यूजनल डिसऑर्डर' ड्रग्स के प्रभाव में टूटने लगा था।

"क्यों डरती थी?"

"क्योंकि... मैं उसे देखता रहता था। हर जगह। राघव ने कहा था... उसे पता चलना चाहिए कि मैं आस पास हूँ। डर उसे मेरे पास लाएगा।"

श्रीकृष्ण ने अपनी डायरी में नोट किया: राघव मिश्रा - मनोवैज्ञानिक मैनिपुलेशन (Psychological Manipulation)।

दृश्य 3: हत्या का दिन - 'री-लिविंग द क्राइम'

अब वह समय था जिसके लिए यह पूरा परीक्षण किया जा रहा था। डॉ. अनिरुद्ध ने कमरे की लाइटें और धीमी कर दीं।

"पियूष, उस दोपहर को याद करो। एमपी नगर। गर्मी थी। सिया तुम्हारे सामने थी।"

पियूष के शरीर में कंपन शुरू हो गया। सेंसर की बीप तेज़ होने लगी। "भीड़... बहुत शोर है... सिया... वह भाग रही है। नहीं, वह रुक गई। वह चिल्ला रही है, 'चले जाओ, पियूष!'"

पियूष ने हवा में अपना दाहिना हाथ उठाया, जैसे वह बंदूक थामे हुए हो। "मैंने गन निकाली। राघव ने कहा था... उसे रोकना है। अगर वह मेरी नहीं, तो किसी की नहीं।"

"क्या तुमने गोली चलाई?" श्रीकृष्ण ने माइक छीना।

"हाँ..." पियूष की आवाज़ कांप रही थी। "धमाका... बहुत तेज़ था। मेरा हाथ कांप गया। पहली गोली... मुझे लगा वह मिस हो गई। मैंने फिर से दबाया ट्रिगर..."

"कितनी बार?"

"सिर्फ एक बार..." पियूष ने रोते हुए कहा। "मुझे... मुझे डर लगा। मैंने उसे गिरते देखा।"

श्रीकृष्ण और अनिरुद्ध ने एक-दूसरे की ओर देखा। पियूष केवल एक गोली चलने की बात कर रहा था, जबकि बैलिस्टिक रिपोर्ट में दो अलग-अलग हथियारों के साक्ष्य मिले थे।

दृश्य 4: दूसरी आवाज़ और 'परफेक्ट मर्डर'

"क्या वहाँ कोई और आवाज़ थी, पियूष? ध्यान से सुनो।"

पियूष का चेहरा पसीने से भीग गया। उसके अवचेतन मन की गहराई से एक दबी हुई याद बाहर आने की कोशिश कर रही थी। "गूँज... एक और धमाका। पियूष, क्या तुमने दो बार चलाया? नहीं। मुझे... खंभे के पीछे कुछ दिखा। एक साया। वह मुस्कुरा रहा था।"

"चेहरा कैसा था?"

"नहीं पता... लेकिन हाथ पर... बिच्छू। बिच्छू चमक रहा था।"

राघव (छोटा राघव)! श्रीकृष्ण को अब पक्का यकीन हो गया था। छोटा राघव केवल पियूष का हौसला बढ़ाने नहीं आया था, वह यह सुनिश्चित

करने आया था कि सिया की मौत हो जाए। पियूष ने गोली चलाई, लेकिन 'फेटल शॉट' (Fatal Shot) उस दूसरे साये ने लिया था।

दृश्य 5: राघव मिश्रा की 'कंडीशनिंग'

"राघव मिश्रा ने तुमसे क्या कहा था, पियूष?"

पियूष की आवाज़ अब और भी धीमी हो गई थी। "उसने कहा... तुम मेधावी हो पियूष। तुम उसे 'आज़ाद' कर सकते हो। दुनिया गंदी है। अजय उसे खराब कर देगा। उसे मारना... उसे बचाना है। उसने मुझे कट्टा दिया। उसने कहा, 'मैं तुम्हारे पीछे खड़ा रहूँगा। डरो मत'।"

डॉ. मीरा ने विश्लेषण किया, "सर, यह 'क्लासिकल कंडीशनिंग' और 'गैसलाइटिंग' का मामला है। गैसलाइटिंग (Gaslighting): किसी को मानसिक रूप से इस कदर प्रभावित करना कि वह अपनी वास्तविकता पर शक करने लगे। राघव मिश्रा ने पियूष की मानसिक अस्थिरता का फायदा उठाकर उसे एक जैविक हथियार (Biological weapon) की तरह इस्तेमाल किया।"

दृश्य 6: परीक्षण का अंत और कड़वा सच

परीक्षण खत्म हुआ। पियूष को 'रिकवरी रूम' में ले जाया गया। लैब के बाहर सुबह का सूरज अब पूरी तरह निकल चुका था, लेकिन वह धूप भी इस केस के अंधेरे को कम नहीं कर पा रही थी।

"नार्को ने सब साफ़ कर दिया, श्रीकृष्ण," डॉ. अनिरुद्ध ने मेज़ पर मुक्का मारते हुए कहा। "पियूष का इरादा (Intent) हत्या का था, लेकिन वह केवल एक 'डिस्ट्रैक्शन' था। डिस्ट्रैक्शन थ्योरी: पुलिस को गुमराह करने के लिए एक मुख्य संदिग्ध का उपयोग करना ताकि असली कातिल बच

सके। असली हत्यारा वह 'साया' है और मास्टरमाइंड राघव मिश्रा हैं। उन्होंने पियूष को अपनी ढाल बनाया।"

श्रीकृष्ण ने खिड़की से बाहर देखा। "पियूष को अपनी करनी की सज़ा मिलेगी, लेकिन वह असली कातिल... वह अभी भी भोपाल की गलियों में आज़ाद घूम रहा है। राघव मिश्रा ने उसे कहाँ छुपाया है?"

डॉ. मीरा ने धीरे से कहा, "श्रीकृष्ण, पियूष के दिमाग में 'गिल्ट' नहीं है, वहाँ केवल 'भ्रम' है। और वह भ्रम ही उसे कोर्ट में बचा सकता है। हमें उस दूसरी बंदूक तक पहुँचना ही होगा।"

पियूष के नार्को और साइको-एनालिसिस ने कानून के सामने एक नई पहेली खड़ी कर दी थी। क्या पियूष का भ्रम उसे सज़ा से बचाएगा? या क्या पुलिस उस 'दूसरे शूटर' को पकड़ पाएगी जिसने पियूष के धमाके की आड़ में सिया की जान ली? सब-कॉन्शियस अनलॉकिंग: अवचेतन मन में दबी हुई स्मृतियों को बाहर निकालना।

जाँच की सुई अब उन 'डार्क नेट' लिंक्स और पुराने शहर के ठिकानों की ओर मुड़ गई थी जहाँ राघव मिश्रा का 'दूसरा सिपाही' छिपा था।

डॉ. मीरा ने धीरे से कहा, “सच उसकी ज़ुबान पर था, लेकिन उस सच का रिमोट किसी और के हाथ में था जो अभी भी सायों के पीछे मुस्करा रहा था।”

भाग 4: जांच की सुई

अध्याय 32
पूछताछ कक्ष (The Mind Games)

समय: रात 11:40 बजे

स्थान: एमपी नगर पुलिस स्टेशन, भोपाल - पूछताछ कक्ष

पूछताछ कक्ष की हवा में एक अजीब सा भारीपन था। छत पर लगा पुराना पंखा एक धीमी, कर्कश आवाज़ के साथ घूम रहा था, जैसे वह भी इस कमरे के भीतर दबे राज़ों से ऊब चुका हो। कमरे के बीचों-बीच एक साधारण लोहे की मेज़ थी, और उसके ऊपर एक मटमैली पीली रोशनी वाला लैंप, जो सीधे पियूष के चेहरे पर केंद्रित था।

बाहर नया भोपाल अपनी रफ़्तार में भाग रहा था, लेकिन इस बंद दरवाज़े के पीछे समय जैसे ठहर गया था।

पियूष सामने बैठा था। उसके हाथ मेज़ पर खुले थे, लेकिन उसका दिमाग अब भी उन यादों और भ्रमों की कैद में था जिन्हें उसने पिछले चार सालों से पाला था। डीसीपी श्रीकृष्ण कमरे में दाखिल हुए। उन्होंने कोई शोर नहीं किया, कोई कागज़ नहीं पटका। वे बस चुपचाप पियूष के सामने बैठ गए।

दृश्य 1: खामोशी की रणनीति (The Silence Technique)

अगले पाँच मिनट तक कमरे में कोई शब्द नहीं बोला गया। श्रीकृष्ण बस पियूष को देख रहे थे। यह एक सोची-समझी इंटर्रोगेशन तकनीक थी।

अपराधी जब खामोशी का सामना करता है, तो उसका दिमाग खुद ही शोर मचाने लगता है।

बिहेवियरल एनालिसिस (Behavioral Analysis):

पियूष की उंगलियां मेज़ पर एक अनियमित लय में थाप देने लगी थीं। उसकी सांसें धीरे-धीरे गहरी हो रही थीं और वह बार-बार अपने सूखे होठों पर जीभ फेर रहा था।

"तुम्हें पता है पियूष," श्रीकृष्ण ने आखिरकार खामोशी तोड़ी। उनकी आवाज़ शांत लेकिन भारी थी। "खामोशी सबसे ज़्यादा बोलती है। तुम्हारी उंगलियां मुझे बता रही हैं कि तुम घबरा रहे हो।"

पियूष ने एक फीकी मुस्कान दी। "तो सुन लीजिए साहब... मैं चुप हूँ, क्योंकि मेरे पास कहने को कुछ नहीं बचा।"

"झूठ," श्रीकृष्ण ने धीरे से कहा। "डिफेंसिव सारकैज्म (Defensive sarcasm) अक्सर सच को छुपाने की एक कमज़ोर ढाल होता है।"

दृश्य 2: बॉडी लैंग्वेज और 'बेसलाइन कंपैरिजन'

श्रीकृष्ण पियूष की हर सूक्ष्म प्रतिक्रिया को नोट कर रहे थे। बेसलाइन कंपैरिजन (Baseline Comparison): संदिग्ध के सामान्य व्यवहार और तनावपूर्ण व्यवहार के बीच तुलना।

आई कॉन्टैक्ट (Eye Contact): स्थिर था, जो दिखाता था कि वह अब भागने की कोशिश नहीं कर रहा।

नेक मसल्स (Neck Muscles): तनाव के कारण खिंची हुई थीं।

लेफ्ट लेग (Left Leg): मेज़ के नीचे लगातार हिल रहा था।

"तुमने गोली चलाई, यह तुमने नार्को में भी स्वीकार किया और यहाँ भी," श्रीकृष्ण ने पियूष की आँखों में झाँका। "लेकिन तुमने दो गोलियाँ नहीं चलाईं।"

माइक्रो-एक्सप्रेशन (Micro-expression):

पियूष की आँखें एक सेकंड के अंश के लिए चौड़ी हुईं (Pupil dilation)। उसकी सांस रुकी और उसकी नज़रें बाईं ओर (Memory recall zone) गईं।

"मैंने... मैंने सिर्फ एक ही धमाका सुना था," पियूष ने फुसफुसाते हुए कहा। "उसके बाद सब धुंधला हो गया।"

दृश्य 3: डेल्यूजनल डिसऑर्डर का गहरा अध्ययन

"तुम उसे अपना मानते थे, है ना?" श्रीकृष्ण ने पियूष के 'जुनून' को छुआ।

"वह मेरी थी, साहब!" पियूष अचानक चिल्लाया। उसकी आवाज़ में एक डरावनी तीव्रता थी। "उसने कभी मुझसे 'ना' नहीं कहा। वह बस दुनिया से डरती थी।"

श्रीकृष्ण ने डॉ. मीरा के साथ किए गए विश्लेषण को याद किया। यह इरोटोमेनिया (Erotomania) का चरम था। इरोटोमेनिया (Erotomania): एक मानसिक विकार जहाँ व्यक्ति को लगता है कि कोई उससे प्यार करता है। पियूष ने सिया की खामोशी को सहमति मान लिया था और उसके डर को प्यार। पियूष के लिए सिया एक स्वतंत्र व्यक्ति नहीं, बल्कि उसके डेल्यूजन का एक हिस्सा थी। डिसोसिएटिव स्टेट (Dissociative State): जब व्यक्ति वास्तविकता से कटकर अपने ही ख्यालों में खो जाता है।

"तुमने उसका पीछा किया, उसकी लोकेशन ट्रैक की, उसे 'प्रोटेक्ट' करने के नाम पर उसे कैद कर लिया," श्रीकृष्ण ने मेज़ पर सीडीआर (CDR) और हॉस्टल लॉग्स की फाइल पटकी। "हर जगह तुम थे। यह प्रोटेक्शन नहीं है, पियूष, यह सिस्टमैटिक स्टॉकिंग (Systematic Stalking) है।"

दृश्य 4: डिजिटल फुटप्रिंट और बर्नर फोन का जाल

श्रीकृष्ण ने एक छोटा सा कागज़ आगे बढ़ाया जिस पर वह रहस्यमयी 'बर्नर नंबर' लिखा था। "यह नंबर किसका है?" बर्नर फोन (Burner Phone): पहचान छुपाने के लिए इस्तेमाल किया जाने वाला अस्थायी मोबाइल।

पियूष के माथे पर पसीने की बूंदें चमकने लगीं। उसने नज़रें चुरा लीं। "मुझे नहीं पता..."

"गलत जवाब," श्रीकृष्ण ने मेज़ पर झुककर कहा। "इस नंबर से तुम्हारी हत्या से दो घंटे पहले बात हुई थी। 'काले मिस्त्री' ने बताया है कि तुम्हारे साथ जो आदमी आया था, उसी ने यह फोन इस्तेमाल किया था। वह कौन था? क्या वह राघव था?"

पियूष की सांसें तेज़ हो गईं। वह टूटने के करीब था। "राघव... वह... वह मेरा मार्गदर्शक था। उसने कहा था कि सिया खतरे में है। उसने कहा था कि मुझे उसे 'आज़ाद' करना होगा।"

श्रीकृष्ण ने नोट किया कि पियूष अब 'प्रोटेक्टर' से 'विक्टिम' (Victim of manipulation) की श्रेणी में आ रहा था।

दृश्य 5: क्राइम सीन रिकंस्ट्रक्शन - अंतिम वार

श्रीकृष्ण ने मेज़ पर एक 3D मॉडल रखा जो क्राइम सीन रिकंस्ट्रक्शन

(Crime Scene Reconstruction) का हिस्सा था। उन्होंने लेज़र पॉइंटर से सिया और पियूष की पोजीशन दिखाई।

"देखो पियूष। यह तुम्हारी गोली की ट्रैजेक्टरी (Trajectory) है। यह सिया के कंधे को छूकर निकल गई। तुमने उसे नहीं मारा।" ट्रैजेक्टरी मैचिंग (Trajectory Matching): गोली के मार्ग का वैज्ञानिक मिलान।

पियूष की आँखें फटी की फटी रह गईं। "क्या?"

"लेकिन यह दूसरी गोली," श्रीकृष्ण ने किनारे से एक और लाल रेखा खींची। "यह एक प्रोफेशनल शूटर की थी। इसने सिया के दिल को निशाना बनाया। वह साया, जो बिजली के खंभे के पीछे खड़ा था, उसने ट्रिगर दबाया। तुमने सिर्फ माहौल बनाया, कत्ल किसी और ने किया।"

पियूष का शरीर सुन्न पड़ गया। उसकी पहचान, उसका वह 'महान प्रेमी' होने का गर्व, सब कुछ मिट्टी में मिल गया। "तो... उसने मुझे इस्तेमाल किया? राघव ने मुझे मोहरा बनाया?"

पियूष अब मेज़ पर सिर रखकर सुबकने लगा था। उसका मनोवैज्ञानिक कवच (Psychological Shield) पूरी तरह ढह चुका था। श्रीकृष्ण ने कमरे की लाइट बंद की और बाहर निकल आए।

डॉ. अनिरुद्ध बाहर इंतज़ार कर रहे थे। "क्या मिला?"

"पियूष अब कातिल नहीं, एक गवाह है," श्रीकृष्ण ने गहरी सांस ली। "उसने गोली चलाई, लेकिन हत्या राघव के 'दूसरे हाथ' ने की। हमें उस 'बिच्छू के टैटू' वाले लड़के को ढूंढना होगा। वह इस पूरी पहेली की अंतिम कड़ी है।"

रात के अंधेरे में पुराना भोपाल अपने राज़ों के साथ सो रहा था, लेकिन

श्रीकृष्ण जानते थे कि अब शिकारी का चेहरा साफ़ हो चुका है।

आँखें जो सच बोलती है, “सच हमेशा शब्दों में नहीं मिलता... कभी-कभी वह उस खौफ में छिपा होता है जो एक अपराधी की आँखों में अपने आका के लिए दिखता है।”

अध्याय 33
डिजिटल फुटप्रिंट का पोस्टमार्टम

समय: सुबह 09:30 बजे

स्थान: साइबर फॉरेंसिक लैब, भोपाल पुलिस मुख्यालय

साइबर फॉरेंसिक लैब का वातावरण बाहर के भोपाल से बिल्कुल अलग था। बाहर की सड़कों पर 'पोहे-जलेबी' की खुशबू और ट्रैफिक का शोर था, लेकिन इस लैब के भीतर केवल मशीनों की गुनगुनाहट और सर्वर की ठंडी हवा थी। यहाँ की बड़ी-बड़ी एलईडी स्क्रीन पर डेटा की हज़ारों लाइनें कोड के रूप में तैर रही थीं। यहाँ सच लहू के कतरों में नहीं, बल्कि 'बाइनरी कोड्स' (Binary Codes) और 'मेटाडेटा' (Metadata) में छिपा होता है। मेटाडेटा (Metadata): डेटा के बारे में डेटा (जैसे फाइल कब बनी या एडिट हुई)। मेटाडेटा एनालिसिस: डिजिटल सबूतों के समय और स्थान की वैज्ञानिक जाँच।

डीसीपी श्रीकृष्ण, डॉ. अनिरुद्ध और साइबर एक्सपर्ट निधि एक मेज़ के चारों ओर खड़े थे, जिस पर पियूष का वह लैपटॉप रखा था जो उसके कमरे से बरामद किया गया था। यह महज़ एक मशीन नहीं थी; यह पियूष के उस बीमार दिमाग का डिजिटल दर्पण था, जिसने पिछले चार सालों से सिया को अपनी 'मृगतृष्णा' बना रखा था।

दृश्य 1: डेटा एक्सट्रैक्शन और क्लोनिंग

"सर, हमने इस लैपटॉप का एक 'बिट-बाय-बिट' (Bit-by-bit) क्लोन बना लिया है। डिस्क इमेजिंग (Disk Imaging) की प्रक्रिया पूरी हो चुकी

है ताकि असली डेटा के साथ कोई छेड़छाड़ न हो," निधि ने माउस क्लिक करते हुए समझाया। डिस्क इमेजिंग (Disk Imaging): किसी हार्ड ड्राइव का हूबहू डिजिटल क्लोन बनाना।

श्रीकृष्ण ने स्क्रीन की ओर गौर से देखा। "क्या मिला, निधि?"

"सर, पियूष ने बहुत सावधानी बरती थी। उसने कई फाइलें 'वाइप' (Wipe) कर दी थीं, लेकिन वह यह भूल गया कि डिजिटल दुनिया में 'डिलीट' (Delete) का मतलब हमेशा के लिए खत्म होना नहीं होता। हमने फॉरेंसिक रिकवरी टूल्स (Forensic Recovery Tools) का उपयोग करके एक छिपा हुआ फोल्डर ढूंढ निकाला है।"

फोल्डर का नाम था “S_Project”।

दृश्य 2: "S_Project" - एक सनकी का म्यूजियम

जैसे ही फोल्डर खुला, कमरे में एक भारी सन्नाटा छा गया। यह फोल्डर किसी 'प्रोजेक्ट' के बारे में नहीं था, बल्कि यह सिया की ज़िंदगी का एक डिजिटल म्यूजियम था।

Photos: हज़ारों तस्वीरें। कुछ सिया की सोशल मीडिया प्रोफाइल से ली गई थीं, लेकिन कई तस्वीरें 'कैंडिड' (Candid) थीं, लाइब्रेरी में पढ़ते हुए, बस स्टॉप पर इंतज़ार करते हुए, यहाँ तक कि हॉस्टल की खिड़की से ली गई ज़ूम की हुई तस्वीरें।

Videos: छोटे-छोटे क्लिप्स, जिनमें सिया अनजाने में चल रही थी। यह एडवांस्ड स्टॉकिंग (Advanced Stalking) का सबसे भयानक रूप था।

निधि ने फोल्डर के भीतर की संरचना (Folder Structure) दिखाई:

Day 1: “First Sight” (पहली मुलाकात)

Day 15: “She smiled” (उसने मुस्कराया)

Day 40: “She ignored me” (उसने मुझे नज़रअंदाज़ किया)

Day 75: “She lied” (उसने झूठ बोला)

डॉ. अनिरुद्ध ने विश्लेषण किया, "श्रीकृष्ण, यह पियूष के डेल्यूजनल डिसऑर्डर की मैपिंग है। यहाँ प्यार धीरे-धीरे 'अधिकार' (Possession) और फिर 'नफरत' (Hate) में बदल रहा है। यह आइडियलाइज़ेशन टू डीवैल्यूएशन (Idealization to Devaluation) का क्लासिक मामला है।"

दृश्य 3: चैट लॉग्स और इमोशनल मैनिपुलेशन

लैपटॉप से सिया के साथ किए गए चैट्स भी रिकवर हुए। सिया के जवाब केवल 'सीन' (Seen) थे या बहुत संक्षिप्त 'प्लीज़ छोड़ दो'। लेकिन पियूष के संदेशों की बाढ़ थी।

“तुम रिप्लाई क्यों नहीं कर रही? मैं तुम्हारे लिए सब कर सकता हूँ।”

“तुम्हें पता है मैं तुम्हारे हॉस्टल के बाहर खड़ा हूँ। तुम पीले सूट में अच्छी लग रही हो।”

धीरे-धीरे संदेशों का लहज़ा बदल गया:

“तुम मुझे इग्नोर नहीं कर सकती। तुम्हें समझना होगा कि तुम मेरी हो।”

“अगर तुम मेरी नहीं हो सकती, तो तुम किसी की नहीं रहोगी।”

श्रीकृष्ण ने नोट किया, यह रिलेशनल इंट्रूजन (Relational Intrusion) अब 'डेथ थ्रेट' (Death Threat) में तब्दील हो चुका था। रिलेशनल

इंट्रूजन (Relational Intrusion): किसी की निजी ज़िंदगी में ज़बरदस्ती दखल देने का मनोवैज्ञानिक विकार।

दृश्य 4: डार्क वेब और हत्या की योजना

"सर, पियूष की ब्राउज़र हिस्ट्री (Browser History) में हमें TOR (The Onion Router) के निशान मिले हैं," निधि ने एक नई स्क्रीन खोली। TOR (The Onion Router): डार्क वेब तक पहुँचने के लिए इस्तेमाल होने वाला गुप्त ब्राउज़र। "वह डार्क वेब पर अवैध हथियारों के फोरम (Illegal weapon forums) और 'अनट्रेसेबल शॉट्स' (Untraceable shots) के बारे में सर्च कर रहा था।"

पियूष ने एक फाइल बनाई थी जिसका नाम था "Plan.docx"।

इस दस्तावेज़ में हत्या का पूरा खाका (Blueprint) था:

Location: एमपी नगर (भीड़भाड़ वाला इलाका ताकि भागना आसान हो)।

Timing: सुबह 10:20 (जब कोचिंग की छुट्टी होती है)।

Escape Route: पुराने शहर की तंग गलियों का नक्शा।

दस्तावेज़ की एक पंक्ति ने श्रीकृष्ण को चौंका दिया: "Chaos will hide everything. Backup will ensure the end." (अराजकता सब कुछ छुपा देगी। बैकअप अंत सुनिश्चित करेगा।)

दृश्य 5: फॉरेंसिक लिंक और 'बैकअप' शूटर

"बैकअप?" श्रीकृष्ण ने फुसफुसाते हुए कहा। "तो पियूष को पता था कि उस दिन कोई दूसरा भी गोली चलाएगा?"

डॉ. अनिरुद्ध ने मेज़ पर बैलिस्टिक रिपोर्ट और पियूष के लैपटॉप से मिले 3D रिकंस्ट्रक्शन मॉडल को एक साथ रखा। "पियूष ने अपने कंप्यूटर पर एक सिमुलेशन सॉफ्टवेयर (Simulation Software) इंस्टॉल किया था, जिसमें उसने सिया की हत्या का वर्चुअल अभ्यास किया था। उस सिमुलेशन में भी दो शूटर एंगल्स दिखाए गए थे।"

पियूष के ईमेल ट्रेल से एक 'अनॉनिमस' (Anonymous) मेल मिला, जो किसी "Unknown ID" को भेजा गया था।

“Everything ready. Trigger will react. Finish it clean.” (सब तैयार है। ट्रिगर प्रतिक्रिया देगा। इसे सफाई से खत्म करो।)

"यह ईमेल राघव मिश्रा (टीचर) या उस टैटू वाले लड़के का हो सकता है," श्रीकृष्ण ने अपनी टीम को निर्देश दिया। "पियूष केवल एक 'मैनिपुलेटेड वेपन' था। असली 'डिजिटल प्लानर' कोई और था।"

डिजिटल अपराधबोध

लैब की ठंडी रोशनी में पियूष का लैपटॉप अब एक ताबूत की तरह लग रहा था जिसमें सिया की आज़ादी दफन थी।

"इंसान झूठ बोल सकता है, श्रीकृष्ण, लेकिन उसका डेटा नहीं," डॉ. अनिरुद्ध ने कहा। "पियूष ने सिर्फ गोली नहीं चलाई थी, उसने डिजिटल दुनिया में पहले ही सिया का कत्ल कर दिया था। उसने एक ऐसी दुनिया बना ली थी जहाँ सिया उसकी कैदी थी, और उस दुनिया को बनाए रखने के लिए उसने हकीकत में उसकी जान ले ली।"

श्रीकृष्ण ने खिड़की से पुराने भोपाल की संकरी गलियों की ओर देखा, जहाँ शायद वह 'मास्टरमाइंड' अब भी अपने डिजिटल पदचिह्न मिटाने की कोशिश कर रहा था।

डॉ. अनिरुद्ध ने कहा, “उसने सिर्फ गोली नहीं चलाई थी... उसने पहले ही एक दुनिया बना ली थी, जहाँ सिया उसकी थी... और उस दुनिया में मर्डर पहले ही हो चुका था।”

अध्याय 34
गवाहों का डगमगाना

समय: सुबह 11:20 बजे

स्थान: भोपाल पुलिस मुख्यालय - डीसीपी श्रीकृष्ण का कार्यालय

भोपाल का नया शहर आज सामान्य दिख रहा था। डीबी मॉल के बाहर युवाओं की भीड़ थी, अरेरा हिल्स की सड़कें गुलज़ार थीं और लोग अपने रोज़मर्रा के कामों में व्यस्त थे। लेकिन शहर की इस चमक-धमक वाली सतह के नीचे एक ज़हरीला साया फैल रहा था। वह साया जो उन लोगों को निगल रहा था जिन्होंने सच बोलने की हिम्मत की थी।

डीसीपी श्रीकृष्ण अपने कार्यालय की खिड़की से बाहर देख रहे थे। उनके मेज़ पर गवाहों की वह सूची पड़ी थी जो अब धीरे-धीरे छोटी होती जा रही थी। हर बीतते घंटे के साथ एक नया नाम 'मुकर जाने' (Hostile) की श्रेणी में जुड़ रहा था। होस्टाइल विटनेस (Hostile Witness): वह गवाह जो अदालत या पुलिस के सामने अपने बयान से पलट जाए।

दृश्य 1: पहला झटका - रिक्शा चालक रमेश

कमरे में भारी सन्नाटा था जब इंस्पेक्टर सीमा एक फाइल लेकर अंदर आईं। उनके चेहरे पर गुस्सा और निराशा साफ़ झलक रही थी।

"सर, रमेश मुकर गया," सीमा ने फाइल मेज़ पर पटकते हुए कहा।

रमेश वह रिक्शा चालक था जो हत्या के समय महज़ दस फीट की दूरी पर खड़ा था। उसने पहले पुलिस को दिए बयान में साफ़ कहा था, "साहब, मैंने

दो गोलियों की आवाज़ सुनी थी और एक दूसरे आदमी को भागते देखा था।" लेकिन आज सुबह जब वह आधिकारिक बयान दर्ज कराने आया, तो उसके सुर बदल चुके थे।

बॉडी लैंग्वेज एनालिसिस (Body Language Analysis):

पूछताछ कक्ष में रमेश की हालत दयनीय थी। वह श्रीकृष्ण की आँखों में देख नहीं पा रहा था। उसके माथे पर पसीने की बूंदें थीं, हालाँकि कमरा एयर-कंडीशन्ड था। वह बार-बार अपनी कमीज़ के कोने को मरोड़ रहा था और उसकी आवाज़ में एक अजीब सी थरथराहट थी।

"रमेश, तुमने पहले कहा था कि वहाँ दो लोग थे," श्रीकृष्ण ने बहुत ही शांत लहजे में पूछा।

"नहीं साहब... मैं... मैं गलत था। धूप बहुत तेज़ थी, शायद मुझे भ्रम हुआ होगा। मैंने सिर्फ उस चश्मे वाले लड़के (पियूष) को देखा," रमेश ने हकलाते हुए कहा।

श्रीकृष्ण ने नोट किया, यह 'फियर-इंड्यूस्ड मेमोरी डिनायल' (Fear-induced memory denial) का मामला था। रमेश सच भूल नहीं गया था, उसे सच भूलने पर मजबूर किया गया था।

दृश्य 2: धमकी का दस्तावेज़

जाँच के दौरान रमेश के घर की तलाशी ली गई। उसकी टूटी हुई खटिया के नीचे से एक सादा कागज़ मिला। उस पर नीली स्याही से सिर्फ एक लाइन लिखी थी, "जो देखा है, उसे भूल जा... वरना दुनिया तुझे भूल जाएगी।"

यह कोई मामूली धमकी नहीं थी। यह एक सुनियोजित 'विटनेस इंटिमिडेशन' (Witness Intimidation) का हिस्सा था। विटनेस इंटिमिडेशन (Witness Intimidation): गवाहों को डराना-धमकाना।

दृश्य 3: दूसरा गवाह - कोचिंग का छात्र

कोचिंग स्टूडेंट निखिल, जो पहले बहुत उत्साहित था, अब पुलिस का फोन उठाने से भी डर रहा था। जब सीमा उसके हॉस्टल पहुँची, तो उसने साफ़ मना कर दिया।

"मैडम, मुझे कुछ याद नहीं है। मेरे एग्जाम हैं, प्लीज़ मुझे इसमें मत घसीटिए," निखिल ने दरवाज़े के पीछे से कहा।

मनोवैज्ञानिक रूप से, यह 'सोशल प्रेशर' और विनाश के डर का परिणाम था। अपराधी ने गवाहों की कमज़ोरियों को पहचान लिया था, रमेश के लिए उसकी जान और निखिल के लिए उसका भविष्य।

दृश्य 4: पुलिस टीम के भीतर मतभेद

स्थान: वॉर रूम

जाँच टीम के भीतर अब तनाव अपनी चरम सीमा पर था। इंस्पेक्टर सीमा का धैर्य जवाब दे रहा था।

"सर, हम अपने गवाहों को सुरक्षित नहीं रख पा रहे हैं! अगर ऐसे ही चलता रहा तो चार्जशीट (Charge sheet) कोर्ट में कचरे के डिब्बे में जाएगी!" सीमा ने चिल्लाकर कहा।

श्रीकृष्ण ने उनकी ओर देखा। "पैनिक (Panic) करने से केस सॉल्व नहीं होगा, सीमा। हमें यह समझना होगा कि गवाह क्यों डर रहे हैं।"

"वजह साफ़ है, सर! सूचना लीक हो रही है," सीमा ने कड़वाहट के साथ कहा। "अपराधी को पता है कि हम किससे कब मिल रहे हैं। या तो कोई बहुत ताकतवर सिस्टम के बाहर बैठा है... या फिर हमारे बीच ही कोई गद्दार है।"

कमरे में एक बर्फीली खामोशी छा गई। इंटरनल कॉन्फ्लिक्ट (Internal Conflict) ने टीम के भरोसे की नींव हिला दी थी। हर कोई एक-दूसरे को संदिग्ध नज़रों से देख रहा था।

दृश्य 5: सीडीआर और डिजिटल साक्ष्य का नया मोड़

साइबर एक्सपर्ट नवीन ने स्क्रीन पर नया डेटा दिखाया। "सर, गवाहों के फोन रिकॉर्ड (CDR Analysis) चेक करने पर पता चला है कि रमेश और निखिल, दोनों को एक ही 'अननोन बर्नर नंबर' से कॉल आए थे। और लोकेशन वही है - पुराना भोपाल।"

श्रीकृष्ण की आँखें सिकुड़ गईं। "मतलब वह 'साया' अभी भी एक्टिव है।"

बिहेवियरल प्रोफाइलिंग (Mastermind Profile):

श्रीकृष्ण ने बोर्ड पर मास्टरमाइंड का प्रोफाइल बनाया:

इंटेलिजेंट: पुलिस की कार्यप्रणाली को जानता है।

कैलकुलेटेड: केवल उन्हीं गवाहों को डरा रहा है जो 'दूसरे शूटर' की पुष्टि कर सकते हैं।

सिस्टम अवेयर: उसे पता है कि पुलिस की फाइल में क्या है।

दृश्य 6: डिजिटल ऑडिट और गद्दारी की आहट

श्रीकृष्ण ने गुपचुप तरीके से पुलिस सिस्टम का डिजिटल ऑडिट (Digital Audit) करवाया। आईटी सेल की रिपोर्ट चौंकाने वाली थी। डिजिटल ऑडिट: कंप्यूटर सिस्टम में हुई गतिविधियों की आधिकारिक जाँच।

"सर, कल रात 2:30 बजे मुख्यालय के सर्वर से 'कॉन्फिडेंशियल' फोल्डर एक्सेस किया गया था। वह लॉगिन आईडी... हमारी ही टीम के एक अधिकारी की है," नवीन ने फुसफुसाते हुए बताया। बर्नर नेटवर्क: पहचान छुपाने के लिए इस्तेमाल किए जाने वाले कई अस्थायी सिम कार्ड्स का जाल।

श्रीकृष्ण का दिल बैठ गया। टीम के भीतर का दरार अब एक गहरी खाई बन चुका था। अपराधी सिर्फ बाहर नहीं था, वह उनके बहुत करीब था।

दृश्य 7: सीसीटीवी एनहांसमेंट - वह रहस्यमयी साया

CCTV Enhancement AI ने एक नई चीज़ पकड़ी। पुलिस स्टेशन के बाहर लगे कैमरे में एक आदमी पिछले तीन दिनों से हर उस वक्त दिखाई दे रहा था जब कोई गवाह बयान देने आता था। वह आदमी हमेशा हेलमेट पहने रहता था, लेकिन उसकी गेट एनालिसिस (Gait Analysis) एक ही व्यक्ति की ओर इशारा कर रही थी।

वह साया गवाहों का पीछा करता था। वह उन्हें उनके घर तक ट्रैक करता था।

दृश्य 8: पियूष का मानसिक कोलैप्स

जब पियूष को जेल में बताया गया कि गवाह मुकर रहे हैं, तो वह पागलों की तरह हँसने लगा। "मैंने कहा था साहब... वह जीत जाएगा। वह

भगवान है। उसने मुझे बनाया है, और वह मुझे बचा भी लेगा... या खत्म कर देगा।"

पियूष का 'डेल्यूशनल डिसऑर्डर' अब एक धार्मिक उन्माद जैसा लग रहा था। उसके लिए राघव मिश्रा (टीचर) अब एक अपराधी नहीं, बल्कि एक 'विधाता' बन चुका था। फियर-इंड्यूस्ड मेमोरी डिनायल: अत्यधिक डर के कारण मस्तिष्क द्वारा किसी घटना को याद रखने से इनकार करना।

भोपाल का धुंधला सच

पुराना भोपाल अपनी तंग गलियों में उन सायों को छुपाए बैठा था जो न्याय का गला घोंट रहे थे। नया भोपाल अपने डिजिटल जाल में उलझा था।

श्रीकृष्ण ने अपनी डायरी में लिखा, "मर्डर सॉल्व करना आसान है, लेकिन उस डर को हराना सबसे मुश्किल है जो कानून की आँखों में धूल झोंकता है।"

जाँच अब एक ऐसे मोड़ पर थी जहाँ सच अकेला पड़ चुका था। श्रीकृष्ण जानते थे कि अगर उन्हें यह जंग जीतनी है, तो उन्हें अपनों पर शक करना होगा और उस साये को रौशनी में लाना होगा।

सच की कीमत, “जब गवाह डरने लगते हैं, तो सच अकेला हो जाता है... और इस केस में, सच अब अपनी आखिरी साँसें ले रहा था।”

अध्याय 35
क्राइम सीन रिकंस्ट्रक्शन

समय: रात 11:45 बजे

स्थान: एमपी नगर, भोपाल - घटनास्थल (The Sealed Zone)

भोपाल का एमपी नगर दिन में जितना शोर-शराबे से भरा होता है, रात के सन्नाटे में उतना ही भयावह लगता है। सड़क की पीली लाइटें एक ठंडी रोशनी फैला रही थीं। आज इस जगह को फिर से उस दोपहर के खूनी मंज़र में तब्दील किया जाना था।

डीसीपी श्रीकृष्ण और डॉ. अनिरुद्ध अपनी पूरी टीम के साथ वहाँ मौजूद थे। उनके साथ 3D स्कैन इंजीनियर्स का एक दल था जो अपने साथ आधुनिक LiDAR (Light Detection and Ranging) उपकरण और हाई-टेक कैमरों का ज़खीरा लेकर आया था। LiDAR (Light Detection and Ranging): लेज़र किरणों के ज़रिए दूरी मापने और 3D मैप बनाने की तकनीक।

"आज हम कोई अंदाज़ा नहीं लगाएंगे, अनिरुद्ध," श्रीकृष्ण ने अपनी घड़ी देखते हुए कहा। "आज हम विज्ञान की आँखों से देखेंगे कि उस दिन वास्तव में क्या हुआ था।" ब्लाइंड स्पॉट: वह क्षेत्र जो कैमरों या आँखों की नज़र से बाहर हो।

दृश्य 1: LiDAR स्कैनिंग और डिजिटल मैपिंग

डॉ. अनिरुद्ध ने निर्देश दिया, "स्कैनर ऑन करो!"

सड़क के बीचों-बीच रखे गए 3D लेज़र स्कैनर से हरी रोशनी की लाखों किरणें निकलकर आसपास की हर चीज़ से टकराने लगीं। दीवारों के खुरदुरेपन से लेकर बिजली के खंभों के कोण तक, हर चीज़ का डेटा कंप्यूटर में रिकॉर्ड हो रहा था।

इंजीनियर ने लैपटॉप स्क्रीन घुमाई। "सर, हमने पूरे घटनास्थल का 'पॉइंट क्लाउड' (Point Cloud) बना लिया है। पॉइंट क्लाउड (Point Cloud): 3D स्कैनर द्वारा कैप्चर किए गए लाखों बिंदुओं का समूह।

सड़क, फुटपाथ और किनारे की इमारतों का यह डिजिटल जुड़वां (Digital Twin) अब 0.5 mm की सटीकता के साथ तैयार है।"

दृश्य 2: डेटा इंटीग्रेशन और डिजिटल अवतार

अब असली जादू शुरू हुआ। साइबर टीम ने सीसीटीवी एनहांसमेंट एआई से प्राप्त डेटा, GSR रिपोर्ट और बैलिस्टिक मैचिंग के परिणामों को इस 3D मॉडल में 'इंजेक्ट' (Inject) करना शुरू किया।

स्क्रीन पर चार डिजिटल आकृतियाँ उभरीं:

सिया (पीड़िता)

पियूष (पहला शूटर)

भीड़ (अस्थिर आकृतियाँ)

रहस्यमयी साया (संभावित दूसरा शूटर)

दृश्य 3: सेकंड-दर-सेकंड पुनर्निर्माण (The Timeline)

डॉ. अनिरुद्ध ने सिमुलेशन को 'T = 0' पर सेट किया।

T = 00 सेकंड:

सिया अपनी कोचिंग से बाहर निकलती है। वह अपने नोट्स देख रही है।

मनोवैज्ञानिक विश्लेषण: "वह बेखबर थी। उसका 'फाइट या फ्लाइट' रिस्पांस सक्रिय नहीं था," डॉ. अनिरुद्ध ने नोट किया।

T = 05 सेकंड:

पियूष पीछे से नज़दीक आता है। सिया उसे देखती है। दोनों के बीच बहस होती है।

पियूष के दिमाग में 'रिजेक्शन ट्रॉमा' का एक तेज़ झटका (Spike) लगता है।

T = 07 सेकंड:

पियूष अपनी जेब से कट्टा निकालता है।

बैलिस्टिक डेटा: पियूष की दूरी सिया से ठीक 6.2 फीट थी।

T = 08 सेकंड (पहली गोली):

पियूष ट्रिगर दबाता है। गोली सिया के कंधे को छूकर निकलती है।

3D मैप: गोली पीछे की दीवार पर 12° के कोण पर टकराती है।

T = 09 सेकंड:

अराजकता फैलती है। लोग भागने लगते हैं। धुआं और शोर।

दृश्य 4: क्रिटिकल मोमेंट - दूसरा ट्रिगर

T = 11 सेकंड:

तभी स्क्रीन पर एक लाल रेखा खिंची। यह 'ट्रैजेक्टरी मैपिंग' थी।

"रुको!" श्रीकृष्ण चिल्लाए। "फ्रेम पॉज़ करो!"

सिमुलेशन में पियूष घबराया हुआ था, वह दूसरी गोली चलाने की कोशिश कर रहा था, लेकिन वह अभी भी अपनी पोज़ीशन बदल रहा था। ठीक उसी समय, एक दूसरी गोली किसी और दिशा से आती है।

विश्लेषण:

दूरी: 14.8 फीट

कोण: थोड़ा ऊंचा (Slightly elevated)

दिशा: सिया के पीछे की बाईं ओर से।

"यह है हमारा असली कातिल," अनिरुद्ध ने लेज़र पॉइंटर से किनारे के एक बिजली के खंभे के पीछे इशारा किया। "3D मॉडल दिखा रहा है कि वह शूटर खंभे के ब्लाइंड स्पॉट में खड़ा था। उसने भीड़ के शोर और पियूष की गोली के धमाके का इस्तेमाल किया ताकि उसकी बंदूक की आवाज़ छिप जाए।

दृश्य 5: सिंक्रोनाइज्ड एक्जीक्यूशन (Synchronized Execution)

श्रीकृष्ण ने गहरी सांस ली। "यह कोई आवेश में किया गया मर्डर नहीं था। यह एक सिंक्रोनाइज्ड एक्ज़ीक्यूशन था। सिंक्रोनाइज्ड एक्जीक्यूशनः दो या दो से अधिक लोगों द्वारा एक साथ किया गया हमला। पियूष को सिर्फ 'ट्रिगर' (Trigger) के तौर पर इस्तेमाल किया गया था ताकि पुलिस का

सारा ध्यान उस पर रहे, जबकि असली 'किलिंग शॉट' किसी और ने लिया।"

फॉरेंसिक साक्ष्य की पुष्टि:

सीडीआर सिन्क्रोनाइज़ेशन: हत्या के ठीक 5 सेकंड पहले एक फोन कॉल पिंग हुआ था, शायद 'गो' (Go) सिग्नल। ट्रैजेक्टरी मैपिंग: गोली के रास्ते का गणितीय और दृश्य विश्लेषण।

DNA और ट्रेस: खंभे की सतह से मिले पसीने के निशान और जूते की मिट्टी अब इस नए 'शूटर लोकेशन' से मैच कर रही थी।

परदे के पीछे का सच

सिमुलेशन खत्म हुआ। एमपी नगर की वही सड़क अब एक नई कहानी कह रही थी। पियूष अब केवल एक सनकी प्रेमी नहीं रहा था, वह एक बहुत बड़े षड्यंत्र का हिस्सा बन चुका था जिसे वह खुद भी नहीं समझ पा रहा था।

"सच हमेशा मौजूद होता है, अनिरुद्ध," श्रीकृष्ण ने अपना लैपटॉप बंद करते हुए कहा। "बस हमें उसे सही एंगल से देखना होता है। पियूष ने गोली चलाई, लेकिन सिया को उस 'साये' ने मारा जो राघव मिश्रा का असली हथियार था।"

सच का 3D मॉडल, "उस दिन सिर्फ एक नहीं, दो ट्रिगर दबे थे... लेकिन असली दिमाग अब भी परदे के पीछे से मुस्कुरा रहा था।"

अध्याय 36
अंतिम कड़ी की तलाश

समय: सुबह 10:15 बजे

स्थान: भोपाल - पुराने और नए शहर का संगम

भोपाल की सुबह आज धुंधली थी। ऊपरी झील (Bada Talab) से उठती नमी ने पूरे शहर को एक रहस्यमयी चादर में लपेट लिया था। एक तरफ नया भोपाल था, जहाँ शीशे के दफ्तरों में डिजिटल सबूतों का पोस्टमार्टम हो रहा था, और दूसरी तरफ पुराना भोपाल, जहाँ की तंग गलियाँ आज भी सदियों पुराने राज़ अपने सीने में दबाए बैठी थीं। इन दोनों दुनियाओं के बीच एक अदृश्य धागा (Invisible thread) था, वह धागा जो अब जुड़ने ही वाला था।

डीसीपी श्रीकृष्ण अपनी जीप में बैठे पुराने शहर की ओर बढ़ रहे थे। उनके दिमाग में डॉ. अनिरुद्ध की वह बात गूँज रही थी, "हथियार सिर्फ लोहे का टुकड़ा नहीं होता, वह अपराधी के व्यक्तित्व का विस्तार होता है।"

दृश्य 1: फॉरेंसिक लैब - दूसरी गोली का सूक्ष्म विश्लेषण

स्थान: स्टेट फॉरेंसिक साइंस लैब (SFSL), भोपाल

लैब के भीतर डॉ. अनिरुद्ध एक शक्तिशाली इलेक्ट्रॉन माइक्रोस्कोप के नीचे उस दूसरी गोली के टुकड़े (Bullet fragment) का विश्लेषण कर रहे थे जो सिया की रीढ़ के पास से मिला था। मेज़ पर ग्राफ़्स और डेटा की भरमार थी।

"सर, यह कोई साधारण कट्टा नहीं है," अनिरुद्ध ने स्क्रीन की ओर इशारा करते हुए कहा।

बैलिस्टिक विश्लेषण के मुख्य बिंदु

Rifling Pattern: पियूष के कट्टे से बिल्कुल अलग। इसके 'लैंड्स और ग्रूव्स' (Lands and Grooves) अधिक गहरे और तीखे थे।

Groove Depth: यह 0.22 mm थी, जो स्थानीय स्तर पर बने हथियारों के मानक से अधिक परिष्कृत (Refined) थी। लोकली मॉडिफाइड वेपन (Locally Modified Weapon): अवैध रूप से सुधारे गए हथियार।

Firing Pin Impression: यह निशान एक विशिष्ट 'डिज़ाइन' की ओर इशारा कर रहा था।

"निष्कर्ष यह है कि यह बंदूक 'लोकली मॉडिफाइड' (Locally modified) है। किसी ने एक साधारण देसी पिस्तौल को एक प्रोफेशनल स्नाइपर टूल में तब्दील किया है। यह किसी मंझे हुए 'गन मेकर' का काम है," अनिरुद्ध ने स्पष्ट किया।

दृश्य 2: अंडरवर्ल्ड लिंक - 'मिस्त्री' का दोबारा सामना

स्थान: पुराना भोपाल - इतवारा की संकरी गली

श्रीकृष्ण ने 'काले उर्फ मिस्त्री' को दोबारा इंटरॉगेशन रूम में नहीं, बल्कि उसी की दुकान पर घेरा। पुलिस की दबिश देख मिस्त्री के हाथ-पांव फूल गए।

"मिस्त्री, तुमने कट्टा अरेंज किया था, यह तुमने मान लिया। लेकिन वह दूसरी मॉडिफाइड गन कहाँ से आई?" श्रीकृष्ण का स्वर किसी बर्फीली हवा की तरह ठंडा और चुभने वाला था।

"साहब... कसम खाकर कहता हूँ, वह मेरे पास नहीं बनी थी," मिस्त्री घबराकर बोला। "मैंने सिर्फ सामान अरेंज किया था। असल में वह लड़का... वह टैटू वाला... वह खुद अपनी गन लाया था। उसने बस उसे थोड़ा 'ट्यून' (Tune) करने के लिए कहा था। पुराने शहर में एक ही आदमी है जो ऐसे खतरनाक काम करता है।"

"कौन?"

"हकीम... कबाड़खाने वाली गली में पुरानी लोहे की दुकान है उसकी।"

दृश्य 3: हकीम की दुकान - जहाँ मौत को धार दी जाती है

पुराने शहर की एक ऐसी गली, जहाँ सूरज की रोशनी भी मुश्किल से पहुँचती थी। एक पुरानी दुकान, जिसका शटर आधा झुका हुआ था। अंदर वेल्डिंग की चिंगारियाँ और लोहे के पिटने की आवाज़ें आ रही थीं।

अंदर एक बूढ़ा आदमी, 'हकीम', अपनी चश्मे को ठीक करते हुए एक लोहे की पाइप को तराश रहा था।

"हकीम, तुम हथियार मॉडिफाई करते हो?" श्रीकृष्ण ने अंदर कदम रखते हुए पूछा।

हकीम एक पल के लिए रुका, फिर फीकी हँसी हँसा। "पुराने भोपाल में सब कुछ रिपेयर (Repair) होता है साहब... नीयत से लेकर लोहे तक।"

"यह रिपेयर नहीं, मर्डर (Murder) है हकीम। और उस मर्डर में तुम्हारी बनाई गन इस्तेमाल हुई है," श्रीकृष्ण ने मनोवैज्ञानिक चाल चली। "तुम्हारे 'क्लाइंट' ने सब उगल दिया है। अगर तुम सच नहीं बोलोगे, तो अगली रात जेल के लोहे को रिपेयर करते हुए गुज़रेगी।"

हकीम का चेहरा सफेद पड़ गया। उसने धीरे से हाथ जोड़े। "साहब... एक लड़का आया था। पढ़ा-लिखा लग रहा था, ज़ुबान बहुत साफ़ थी उसकी। उसने कोई कट्टा नहीं, बल्कि एक .32 बोर की विदेशी मैगज़ीन वाली पिस्तौल को 'साइलेंट' करने के लिए कहा था। उसने पैसे की कोई कमी नहीं रखी, बस एक ही शर्त थी: गन क्लीन होनी चाहिए, नो ट्रेस।"

दृश्य 4: फॉरेंसिक और डिजिटल साक्ष्य का मिलन

श्रीकृष्ण ने हकीम की दुकान के 'टूल-बेंच' से कुछ धातु के बुरादे और पसीने के नमूने लिए।

लैब रिपोर्ट:

DNA Trace: गन बैरल के अवशेषों से एक आंशिक डीएनए (Partial DNA) मिला। हालांकि यह डेटाबेस से सीधे मैच नहीं हुआ, लेकिन इसने एक नए संदिग्ध की 'जैविक मौजूदगी' को पुख्ता कर दिया। ट्रेस एविडेंस (Trace Evidence): सूक्ष्म सबूत जैसे पसीने के कण या धातु का बुरादा। लैंड्स एंड ग्रूव्स (Lands & Grooves): गोली पर बने सूक्ष्म निशान जो बंदूक की नली की पहचान होते हैं।

CCTV Enhancement: एआई ने हकीम की दुकान के बाहर लगे एक धुंधले कैमरे के फुटेज को एनहांस किया। उस साये का चेहरा अब 40% स्पष्ट था।

"सर, सीडीआर ओवरलैप (CDR Overlap) देखिए," साइबर एक्सपर्ट नवीन ने टैब दिखाया। सीडीआर ओवरलैप (CDR Overlap): दो संदिग्धों के कॉल रिकॉर्ड और लोकेशन का एक ही समय पर मिलना। "जिस वक्त वह साया हकीम की दुकान पर था, ठीक उसी वक्त राघव मिश्रा (शिक्षक) के बर्नर नंबर से उसे एक कॉल गया था। टावर लोकेशन 15 मीटर के दायरे में मैच कर रही है।"

दृश्य 5: पियूष के भ्रम का अंतिम अंत

श्रीकृष्ण जेल पहुँचे और पियूष को वह एनहांस्ड फोटो दिखाई। साइकोलॉजिकल प्रोब (Psychological Probe): पूछताछ के दौरान अपराधी के डर को उकसाने की तकनीक।

पियूष ने फोटो देखी और उसके चेहरे पर खौफ की लहर दौड़ गई। उसकी पुतलियाँ फैल गईं (Pupil dilation) और सांस तेज़ हो गई।

"तुम इसे पहचानते हो?" श्रीकृष्ण ने पूछा।

पियूष हकलाने लगा। "यह... यह तो कोचिंग में था। राघव सर के साथ अक्सर आता था। सर कहते थे यह उनका 'मैनेजर' है। उसने ही मुझे कट्टा लोड करना सिखाया था... उसने कहा था कि अगर मैं डर गया, तो वह पीछे खड़ा रहेगा।"

शॉक! श्रीकृष्ण को अब पूरी तस्वीर साफ़ दिख रही थी।

दृश्य 6: षड्यंत्र का अंतिम ब्लूप्रिंट (The Conspiracy)

जाँच टीम के सामने अब पूरी 'क्राइम चेन' (Crime Chain) थी:

पियूष: 'इमोशनल ट्रिगर' और 'बलि का बकरा' (Scapegoat)। उसे लगा कि वह कत्ल कर रहा है।

राघव मिश्रा (मास्टरमाइंड): उसने पियूष के 'डेल्यूजनल डिसऑर्डर' को खाद दी और 'परफेक्ट मर्डर' की स्क्रिप्ट लिखी।

छोटा राघव (प्रोफेशनल शूटर): राघव मिश्रा का वफादार। उसने यह सुनिश्चित किया कि सिया की मौत हो जाए, जबकि पुलिस का ध्यान पियूष पर रहे।

"खेल पूरा हो गया, अनिरुद्ध," श्रीकृष्ण ने अपनी डायरी बंद की। "मदद और जुनून के नाम पर राघव ने दो ज़िंदगियाँ तबाह कर दीं।"

न्याय की ओर कदम

पुराना भोपाल आज भी खामोश था, लेकिन हकीम की दुकान अब सील हो चुकी थी। नया भोपाल अपने डिजिटल जाल में कातिल को जकड़ चुका था। श्रीकृष्ण जानते थे कि अब बस उस उंगली को पकड़ना बाकी है जिसने असली ट्रिगर दबाया था।

दूसरी बंदूक का सच, "दूसरी बंदूक मिल गई थी, उसका राज भी खुल गया था... अब बस उस उंगली को पकड़ना बाकी था, जिसने ट्रिगर दबाया था।"

भाग 5: सच, अदालत और अंतिम खुलासा

अध्याय 37
चार्जशीट का निर्माण

समय: रात 02:45 बजे
स्थान: भोपाल पुलिस मुख्यालय - डीसीपी श्रीकृष्ण का कार्यालय

भोपाल की रात अब अपने सबसे शांत और ठंडे पहर में थी। शहर का एक हिस्सा, 'नया भोपाल', जहाँ पुलिस मुख्यालय की तीसरी मंज़िल की खिड़कियों से आती दूधिया रोशनी अंधेरे को चुनौती दे रही थी। यहाँ सन्नाटा तो था, लेकिन वह नींद वाला सन्नाटा नहीं था; वह 'तैयारी' और 'रणनीति' का सन्नाटा था। मेज़ों पर रखे कॉफी के कप ठंडे हो चुके थे, कंप्यूटर स्क्रीन्स पर हज़ारों पन्ने बाइनरी कोड और पीडीएफ फाइलों के रूप में खुले थे। चारों तरफ फाइलों का अंबार लगा था, जो इंसाफ़ की प्रतीक्षा में ज़ब्त किए गए दस्तावेज़ों की गवाही दे रहे थे।

वहीं, पुराने भोपाल की संकरी गलियों में एक अलग तरह की खामोशी व्याप्त थी। ताज-उल-मसाजिद की मीनारें चांदनी में सफेद संगमरमर की तरह चमक रही थीं, लेकिन इतवारा और चौक बाज़ार के लोग अब भी उस 'साये' के खौफ में थे, जिसकी चर्चाएँ शहर की हर चाय की दुकान पर दबी ज़ुबान में हो रही थीं।

डीसीपी श्रीकृष्ण अपने केबिन में अकेले बैठे थे। उनके सामने मेज़ पर पाँच मुख्य फाइलें रखी थीं, GSR रिपोर्ट, DNA एनालिसिस, बैलिस्टिक चार्ट, CDR लॉग्स और 3D रिकंस्ट्रक्शन स्नैपशॉट्स। उन्होंने धीरे से अपनी

फाउंटेन पेन उठाई और एक गहरी सांस लेकर बुदबुदाए, “अब यह सिर्फ एक कहानी नहीं है श्रीकृष्ण... अब इसकी हर लाइन एक 'एविडेंस' (Evidence) होगी। अगर एक भी कड़ी ढीली रही, तो कानून की ये बारीकियाँ इन दरिंदों को बाइज्जत बरी करा देंगी।”

पुलिस की भूमिका और कानूनी ज़िम्मेदारी

एक 'जांच अधिकारी' (Investigating Officer - IO) के रूप में श्रीकृष्ण की ज़िम्मेदारी अब 'सच' को 'साबित' करने में बदल गई थी। भारतीय दंड संहिता (IPC) और दंड प्रक्रिया संहिता (CrPC) के तहत चार्जशीट (आरोप पत्र) का निर्माण करना किसी जटिल गणितीय समीकरण को हल करने जैसा है। इसमें घटना का सूक्ष्म विवरण, गवाहों के बयान (धारा 161 CrPC के तहत), फॉरेंसिक विशेषज्ञों की राय और बरामदगी (धारा 27 भारतीय साक्ष्य अधिनियम के तहत) का सटीक मिलान होना अनिवार्य है।

तभी केबिन का दरवाज़ा धीरे से खुला और सरकारी वकील (Public Prosecutor) एडवोकेट विमल और फॉरेंसिक प्रमुख डॉ. अनिरुद्ध अंदर आए। उनके चेहरों पर थकान थी, लेकिन आँखों में एक मिशन पूरा करने का संतोष।

दृश्य 1: फॉरेंसिक और वैज्ञानिक स्तंभ (Scientific Pillars)

डॉ. अनिरुद्ध ने टैबलेट पर अंतिम फॉरेंसिक समरी स्लाइड की। “सर, हमने Exhibit A से लेकर Exhibit Z तक सब कुछ डिजिटल रूप से टैग कर दिया है। यह केस तीन मुख्य वैज्ञानिक स्तंभों पर टिका है।”

1. बैलिस्टिक मैचिंग और जीएसआर (GSR):

“अदालत में डिफेंस लॉयर यह दावा करेगा कि पियूष ने गोली नहीं मारी।

लेकिन हमारे पास GSR (Gunshot Residue) डेटा है। पियूष के दाएं हाथ के अंगूठे और तर्जनी के बीच 'एंटीमनी' और 'बेरियम' के सूक्ष्म कण मिले हैं। यह वैज्ञानिक प्रमाण है कि उसने ट्रिगर दबाया था। वहीं, दूसरी गोली जो .32 बोर की थी, उसके स्ट्रिएशन मार्क्स (Striation Marks) हकीम की दुकान से बरामद उस 'लोकली मॉडिफाइड' गन से 100% मैच करते हैं।"

2. डीएनए साक्ष्य (DNA Analysis):

"सिया के नाखूनों के नीचे से बरामद त्वचा की कोशिकाएं (Skin Cells) और उसके बैग की पट्टी पर मिला पसीना उस 'दूसरे शूटर' (छोटा राघव) के डीएनए प्रोफाइल से 99.99% मेल खाता है। यह 'प्रॉक्सिमिटी एविडेंस' है जो साबित करता है कि कातिल सिया के बेहद करीब था और उनके बीच संघर्ष हुआ था।"

3. 3D रिकंस्ट्रक्शन (3D Reconstruction):

डॉ. अनिरुद्ध ने सिम्युलेशन प्ले किया। "यह 3D मॉडल दिखाएगा कि पियूष की गोली ने केवल घायल किया था, जबकि मौत उस 'सिंक्रोनाइज्ड' दूसरी गोली से हुई। यह IPC 120B (आपराधिक षड्यंत्र) को साबित करने के लिए हमारा सबसे बड़ा हथियार है।"

दृश्य 2: डिजिटल फुटप्रिंट और 'मास्टरमाइंड' लिंक

साइबर एक्सपर्ट निधि ने अपनी रिपोर्ट पेश की। डिजिटल एविडेंस रूम में स्क्रीन्स पर राघव मिश्रा और पियूष के बीच के व्हाट्सएप चैट्स और डार्क वेब सर्च हिस्ट्री एक जाल की तरह बिछी थी।

"सर, CDR (Call Data Records) ने पूरे खेल को बेनकाब कर दिया है। राघव मिश्रा (शिक्षक) ने पियूष को लगातार 'मेंटल ट्रिगर' दिया। हत्या के

ठीक 10 मिनट पहले, राघव के फोन से उस 'बर्नर नंबर' पर कॉल गया था, जिसे पियूष ने 'मैनेजर' बताया है। यह 'क्रिमिनल कॉन्स्पिरसी' का सबसे पुख्ता सबूत है।"

निधि ने आगे बताया, "पियूष के लैपटॉप से रिकवर किया गया Plan.docx और सिम्युलेटेड मर्डर वीडियो यह साबित करते हैं कि यह 'हीट ऑफ द मोमेंट' में किया गया अपराध नहीं, बल्कि एक 'कोऑर्डिनेटेड हिट' थी।"

दृश्य 3: मनोवैज्ञानिक प्रोफाइलिंग (The Motive)

चार्जशीट के एक विशेष खंड में पियूष के मानसिक विकार का ज़िक्र करना अनिवार्य था ताकि उसका 'इरादा' (Intent) साफ हो सके।

डॉ. मीरा ने अपनी मनोवैज्ञानिक रिपोर्ट पेश की। "पियूष 'डेल्यूजनल इरोटोमेनिया' का शिकार था। उसके लिए सिया की 'ना' एक व्यक्तिगत अपमान थी जिसे उसका अहं बर्दाश्त नहीं कर सका। उसका स्टॉकिंग पैटर्न, जिसमें उसने 15 फेक सोशल मीडिया आईडी बनाई थीं, यह उसकी 'गिल्टी माइंड' (Mens Rea) की गहराई को दर्शाता है। राघव मिश्रा ने पियूष की इसी असुरक्षा को हथियार बनाया।" Mens Rea (गिल्टी माइंड): अपराध करने का आपराधिक इरादा, जिसे साबित करना कानूनी रूप से अनिवार्य है।

दृश्य 4: कोर्टरूम की आहट (District and Sessions Court)

अगली सुबह। भोपाल जिला एवं सत्र न्यायालय।

कोर्ट परिसर के बाहर भारी पुलिस सुरक्षा थी। मीडिया के कैमरों की फ्लैशलाइट्स और काले कोट पहने वकीलों की भीड़ के बीच डीसीपी श्रीकृष्ण अंदर दाखिल हुए। कोर्टरूम नंबर 3 का माहौल गंभीर और

तनावपूर्ण था। लकड़ी के ऊंचे मंच पर माननीय न्यायाधीश बैठे थे, जिनके पीछे दीवार पर 'सत्यमेव जयते' का स्वर्ण चिन्ह चमक रहा था।

एक तरफ सरकारी वकील एडवोकेट विमल अपनी फाइलों के साथ तैयार थे, और दूसरी तरफ शहर के सबसे महंगे और शातिर डिफेंस लॉयर एडवोकेट मल्होत्रा अपनी चिर-परिचित मुस्कान के साथ खड़े थे। मल्होत्रा को 'कानून की दरारों' से मुजरिमों को बाहर निकालने का उस्ताद माना जाता था।

श्रीकृष्ण ने अपनी वर्दी ठीक की और विटनेस बॉक्स (गवाह स्टैंड) के पास खड़े हुए। उन्होंने 500 पन्नों की वह विस्तृत चार्जशीट जज साहब के सामने पेश की।

एडवोकेट विमल: “महोदय, यह केवल एक साधारण हत्या का मामला नहीं है। यह एक मासूम लड़की के स्वतंत्र विचारों और उसके भविष्य का गला घोंटने की एक सुनियोजित और वैज्ञानिक साजिश है। हमारे पास साक्ष्य हैं जो पियूष शर्मा को 'हाथ' और राघव मिश्रा को इस अपराध का 'दिमाग' साबित करते हैं।”

एडवोकेट मल्होत्रा (खड़े होते हुए): “ऑब्जेक्शन माई लॉर्ड! पुलिस की यह पूरी चार्जशीट विज्ञान कम और विज्ञान-कथा (Science-fiction) ज़्यादा लगती है। 'दो बंदूकें', 'एक ही पल में दो गोलियाँ' यह सब मेरे मुवक्किल पियूष को फँसाने के लिए गढ़ा गया एक काल्पनिक नाटक है। पियूष केवल एक भावुक प्रेमी है जिसे पुलिस अपनी नाकामी छुपाने के लिए बलि का बकरा बना रही है।”

श्रीकृष्ण ने मल्होत्रा की आँखों में सीधे झाँका। उन्हें पता था कि असली कानूनी जंग अब शुरू हुई है। अदालत के उस कमरे में अब भावनाओं की

नहीं, बल्कि तथ्यों और 'बियॉन्ड रीज़नेबल डाउट' (Beyond reasonable doubt) की लड़ाई होने वाली थी।

पुलिस की धाराएं और औपचारिक आरोप (The Formal Charges)

चार्जशीट में पियूष और राघव मिश्रा के खिलाफ निम्नलिखित धाराएं दर्ज की गई थीं:

IPC 302 (हत्या): सिया की हत्या के लिए पियूष और दूसरे शूटर पर प्राथमिक आरोप।

IPC 120B (आपराधिक षड्यंत्र): इस पूरी साजिश को रचने के लिए राघव मिश्रा मुख्य आरोपी।

IPC 354D (स्टॉकिंग): सिया का पीछा करने और डिजिटल निगरानी रखने के लिए।

Arms Act Section 25/27: अवैध और मॉडिफाइड हथियारों के उपयोग और खरीद-बिक्री के लिए।

IT Act Section 66E: निजता के उल्लंघन और डिजिटल डेटा के गलत इस्तेमाल के लिए।

Chain of Custody: साक्ष्यों के संकलन से लेकर अदालत तक पहुँचने की वह प्रमाणित प्रक्रिया जो सबूतों की शुद्धता सुनिश्चित करती है।

Circumstantial Evidence: परिस्थितिजन्य साक्ष्य जो प्रत्यक्ष गवाह न होने पर भी कड़ियों को जोड़कर अपराधी तक पहुँचते हैं।

जैसे ही कोर्ट की कार्यवाही उस दिन के लिए स्थगित हुई, सूरज की पहली

किरण ने भोपाल की बड़ी झील के पानी को छुआ। श्रीकृष्ण कोर्ट की सीढ़ियों से नीचे उतरे। उनके हाथ में अब वह भारी फाइल नहीं थी, लेकिन उनके दिमाग में इंसाफ़ का एक स्पष्ट नक्शा बना हुआ था।

पियूष को जब जेल की वैन की ओर ले जाया जा रहा था, उसने एक पल के लिए पीछे मुड़कर श्रीकृष्ण की ओर देखा। उसकी आँखों में अब वह पुराना 'जुनून' नहीं था, बल्कि एक ठंडा खौफ और हार की आहट थी। श्रीकृष्ण समझ गए कि चार्जशीट के कागज़ों ने अपना काम कर दिया है, लेकिन अंतिम फैसला अब न्याय की तराजू पर टिका है।

जब सच कागज़ पर गवाही देता है, “अदालत की दीवारें भले ही खामोश थीं, लेकिन चार्जशीट में लिखा हर शब्द चीख-चीख कर इंसाफ़ की गुहार लगा रहा था।”

अध्याय 38
कोर्टरूम ड्रामा शुरू

समयः सुबह 10:30 बजे

स्थानः भोपाल जिला एवं सत्र न्यायालय (District and Sessions Court)

भोपाल की सुबह आज न्याय की प्रतीक्षा में थी। पुराने शहर की तंग गलियों से निकले ऑटो और नए भोपाल की चमचमाती कारों का संगम आज कोर्ट परिसर के बाहर हो रहा था। वीआईपी रोड से होते हुए वकीलों की काली गाड़ियाँ तेज़ी से कोर्ट की ओर बढ़ रही थीं। परिसर के बाहर मीडिया के कैमरों का हुजूम था और पुलिस की भारी घेराबंदी। हर कोई उस 'एमपी नगर शूटआउट' के मुख्य अभियुक्त पियूष शर्मा और मास्टरमाइंड राघव मिश्रा को देखने के लिए उत्सुक था।

डीपीपी श्रीकृष्ण अपनी टीम के साथ कोर्ट की सीढ़ियाँ चढ़ रहे थे। उनके हाथ में फॉरेंसिक रिपोर्टों का वह पुलिंदा था जिसे उन्होंने रातों की नींद हराम करके तैयार किया था। उनके ठीक पीछे डॉ. अनिरुद्ध थे, जो वैज्ञानिक साक्ष्यों के साथ गवाही देने के लिए तैयार थे।

दो दुनिया फिर आमने-सामने थीं, पर इस बार मैदान सड़क नहीं, बल्कि न्याय का मंदिर था।

दृश्य 1: कोर्टरूम का सजीव चित्रण

कोर्टरूम नंबर 3 का वातावरण भारी और गंभीर था। ऊँची छतें, दीवारों पर लटके पुराने पंखे जो एक लय में कचर-कचर की आवाज़ कर रहे थे,

और लकड़ी की लंबी बेंचेस जिन पर जनता और पत्रकार खचाखच भरे थे। सबसे ऊपर महोगनी की लकड़ी से बने ऊँचे मंच पर माननीय न्यायाधीश न्यायमूर्ति आर.के. त्रिपाठी विराजमान थे। उनके सामने 'सत्यमेव जयते' का सुनहरा प्रतीक चिन्ह उनके दायित्व की याद दिला रहा था।

कटघरे (Witness Box) के पास पियूष खड़ा था। उसका चेहरा उतरा हुआ था, लेकिन आँखों में अब भी वही पुरानी शांति थी, एक ऐसी शांति जो केवल उन लोगों के पास होती है जो अपनी बनाई 'काल्पनिक दुनिया' में ही सच ढूंढ लेते हैं। उसके ठीक बगल में राघव मिश्रा खड़ा था, जिसका आत्मविश्वास अब भी डगमगाया नहीं था।

दृश्य 2: कानूनी योद्धाओं का प्रवेश

सरकारी वकील (Public Prosecutor) अभिषेक मेहरा ने अपनी फाइल मेज़ पर रखी। मेहरा अपने 'मेथोडिकल' (Methodical) और सबूतों पर आधारित दृष्टिकोण के लिए जाने जाते थे। वे शांत थे, जैसे किसी लंबी ज़ंग की तैयारी कर रहे हों।

वहीं दूसरी ओर, बचाव पक्ष के वकील विक्रम खन्ना थे। खन्ना को कानून की दुनिया का 'शार्क' कहा जाता था। वे आक्रामक थे, तीखे और मनोवैज्ञानिक चालों में माहिर। उनके महंगे सूट और चमचमाते टैबलेट यह साफ़ बता रहे थे कि वे इस केस को केवल एक मर्डर नहीं, बल्कि अपनी प्रतिष्ठा का सवाल मान रहे हैं।

कार्यवाही का आगाज़

कोर्ट क्लर्क ने कड़क आवाज़ में पुकारा: “केस नंबर 417/21 - स्टेट बनाम पियूष एवं अन्य। धारा 302, 120B और 354D।” Cognizance (संज्ञान): वह कानूनी प्रक्रिया जब न्यायाधीश पुलिस की रिपोर्ट के आधार पर मामले की सुनवाई को आधिकारिक तौर पर शुरू करते हैं।

न्यायमूर्ति त्रिपाठी ने चश्मा ठीक करते हुए कहा, "अभियोजन पक्ष (Prosecution), अपना पक्ष रखें।"

दृश्य 3: ओपनिंग स्टेटमेंट - सच का ब्लूप्रिंट

अभिषेक मेहरा अपनी जगह से उठे और जज साहब के सामने खड़े हुए।

"महोदय, यह मामला केवल एक साधारण हत्या का नहीं है। यह एक मासूम लड़की, सिया वर्मा, के स्वतंत्र विचारों और उसके सुरक्षित भविष्य की हत्या का मामला है। यह मामला एक ऐसे जुनून का है जो बीमारी की हद तक पहुँच गया था (Obsessive Love Disorder), और एक ऐसी साजिश का है जिसे मास्टरमाइंड राघव मिश्रा ने बहुत ही ठंडे दिमाग से लिखा था।"

मेहरा ने उंगली उठाकर पियूष की ओर इशारा किया। "अभियुक्त पियूष शर्मा ने महीनों तक मृतका का पीछा किया, जिसे हम धारा 354D के तहत 'स्टॉकिंग' साबित करेंगे। लेकिन चौंकाने वाला मोड़ यह है कि घटनास्थल पर सिर्फ एक नहीं, बल्कि दो गोलियाँ चली थीं। हमारे पास 3D Reconstruction और Ballistic Matching के प्रमाण हैं जो साबित करेंगे कि यह एक 'कोऑर्डिनेटेड हिट' थी।"

दृश्य 4: डिफेंस का पहला प्रहार

विक्रम खन्ना ने मेज़ पर मुक्का मारकर मेहरा की बात काटी। "ऑब्जेक्शन माई लॉर्ड! सरकारी वकील यहाँ एक अपराध कथा (Crime Fiction) सुना रहे हैं, सबूत नहीं। महोदय, पियूष शर्मा एक मेधावी छात्र रहा है जो सिया से प्रेम करता था। पुलिस ने अपनी नाकामी छुपाने के लिए 'दो बंदूकें' और 'षड्यंत्र' की यह मनगढ़ंत कहानी रची है।"

खन्ना ने पियूष की ओर देखते हुए कहा, "क्या किसी चश्मदीद ने पियूष को

गोली चलाते देखा? नहीं! सारा केस सर्कमस्टैंशियल एविडेंस (Circumstantial Evidence) यानी परिस्थितियों पर टिका है। Circumstantial Evidence: परिस्थितिजन्य साक्ष्य। और महोदय, परिस्थितियाँ झूठ बोल सकती हैं, लेकिन इंसान नहीं।"

दृश्य 5: फॉरेंसिक एक्सपर्ट की गवाही

अभिषेक मेहरा ने पहले गवाह के रूप में डॉ. अनिरुद्ध को बुलाया। डॉ. अनिरुद्ध ने पवित्र ग्रंथ पर हाथ रखकर शपथ ली।

मेहरा: "डॉक्टर, क्या आप कोर्ट को बता सकते हैं कि पियूष के हाथों पर मिले GSR (Gunshot Residue) का क्या अर्थ है?"

GSR (Gunshot Residue): गोली चलने के बाद निकलने वाले बारूद के अवशेष।

अनिरुद्ध: "सर, जीएसआर के परीक्षण में हमें पियूष के 'वेब स्पेस' (अंगूठे और उंगली के बीच) में एंटीमनी और बेरियम के सूक्ष्म कण मिले हैं। यह वैज्ञानिक रूप से सिद्ध करता है कि या तो पियूष ने गोली चलाई, या वह फायरिंग के 2 फीट के दायरे में मौजूद था।"

खन्ना (जिरह करते हुए): Cross-Examination (जिरह): विरोधी पक्ष के वकील द्वारा सरकारी गवाहों से की जाने वाली तीखी पूछताछ। गवाह की विश्वसनीयता की जाँच के लिए विरोधी वकील द्वारा की गई पूछताछ। "डॉक्टर, क्या यह संभव नहीं है कि पियूष केवल सिया को बचाने गया हो और किसी और की गोली से निकलने वाला जीएसआर उसके ऊपर 'सेकेंडरी ट्रांसफर' (Secondary Transfer) के ज़रिए आ गया हो?" Secondary Transfer: किसी साक्ष्य का प्रत्यक्ष स्रोत के बजाय किसी तीसरी चीज़ के माध्यम से पहुँचना।

अनिरुद्ध ने शांति से जवाब दिया, "कणों की सघनता C = k/d2} के अनुसार दूरी के साथ घटती है। पियूष पर मिले कणों की मात्रा केवल 'प्रॉक्सिमिटी' से नहीं, बल्कि 'एक्शन' से ही संभव है।"

दृश्य 6: मनोवैज्ञानिक जाल और डेल्यूजन

अगली गवाह शहर की वरिष्ठ मनोचिकित्सक थीं। उन्होंने पियूष के 'डेल्यूजनल डिसऑर्डर' पर रोशनी डाली।

"पियूष एक ऐसी मानसिक स्थिति में था जहाँ वह रिजेक्शन (Rejection) को स्वीकार नहीं कर पा रहा था। उसके लिए सिया की 'ना' केवल एक परीक्षा थी। उसने एक ऐसी दुनिया बना ली थी जहाँ वह सिया का रक्षक था। पियूष का स्टॉकिंग पैटर्न, जिसमें उसने 15 फेक आईडी बनाई थीं, यह उसके 'गिल्टी माइंड' (Mens Rea) और नियंत्रण की चाहत को दर्शाता है।" Mens Rea: अपराध करने का मानसिक इरादा।

खन्ना ने पलटवार किया, "डॉक्टर, क्या जुनून रखना कोई अपराध है? क्या प्यार करना इस देश में गैर-कानूनी है? जब तक पुलिस यह साबित नहीं करती कि उस जुनून ने 'एक्ट' (Act) का रूप लिया, यह केवल एक मानसिक अवस्था है, हत्या नहीं।"

दृश्य 7: कानूनी पेचीदगियाँ और तनाव

कोर्टरूम में सन्नाटा छा गया जब मेहरा ने सीडीआर (CDR Analysis) की रिपोर्ट पेश की।

"महोदय, राघव मिश्रा और पियूष के बीच हत्या के दिन सुबह 9:15 बजे एक बर्नर नंबर से बात हुई थी। ठीक उसी समय, उस बर्नर नंबर की लोकेशन एमपी नगर के उसी टावर के पास थी। यह धारा 120B (आपराधिक षड्यंत्र) का सबसे बड़ा सबूत है।"

न्यायमूर्ति त्रिपाठी ने गहराई से नोट लिया। कोर्टरूम की हवा में तनाव इतना साफ़ था कि उसे महसूस किया जा सकता था। श्रीकृष्ण ने खिड़की से बाहर देखा, जहाँ भोपाल का पुराना शहर अपने राज़ों के साथ खामोश खड़ा था।

दिन भर की तीखी बहस के बाद कोर्ट स्थगित (Adjourn) हुई। श्रीकृष्ण कोर्ट से बाहर निकले तो मीडिया ने उन्हें घेर लिया, लेकिन उनके मन में एक ही बात चल रही थी: खन्ना ने 'उचित संदेह' (Beyond Reasonable Doubt) के बीज बो दिए थे। **Beyond Reasonable Doubt:** वह कानूनी मानक जिसके तहत सजा के लिए सबूतों का पूरी तरह से स्पष्ट होना अनिवार्य है।

पियूष को वापस ले जाया जा रहा था। उसने एक पल के लिए श्रीकृष्ण की ओर देखा और उसके होठों पर एक रहस्यमयी मुस्कान आई।

कानून बनाम नैतिकता, "सच अदालत में खड़ा तो था, लेकिन हर सच साबित होने से पहले केवल एक कहानी होता है और आज उस कहानी को कानून के तराजू पर तौला जाना था।"

अध्याय 39
फॉरेंसिक एक्सपर्ट की गवाही

समय: सुबह 11:00 बजे

स्थान: भोपाल जिला एवं सत्र न्यायालय - कोर्ट रूम नंबर 3

भोपाल की सुबह आज अधिक तनावपूर्ण थी। कोर्ट के बाहर मीडिया की ओबी वैन (OB Vans) की लंबी कतारें लगी थीं। कैमरों के फ्लैश और रिपोर्टर्स की चिल्लाहट ने माहौल को किसी युद्ध क्षेत्र जैसा बना दिया था। लोग आपस में फुसफुसा रहे थे, "आज डॉ. अनिरुद्ध की गवाही है, आज ही तय होगा कि पियूष बचेगा या फँसेगा।"

अंदर, कोर्ट रूम नंबर 3 खचाखच भरा था। न्यायाधीश न्यायमूर्ति आर.के. त्रिपाठी अपनी ऊँची कुर्सी पर विराजमान थे। कटघरे में पियूष खड़ा था, जिसके चेहरे पर घबराहट और एक अजीब सा 'डेल्यूजनल' भरोसा था। उसके बगल में राघव मिश्रा शांत और लगभग भावहीन खड़ा था। डीसीपी श्रीकृष्ण पीछे की बेंच पर बैठकर हर सूक्ष्म हलचल को अपनी डायरी में नोट कर रहे थे।

कार्यवाही शुरू हुई।

कोर्ट क्लर्क ने बुलंद आवाज़ में पुकारा: "गवाह नंबर 4, फॉरेंसिक एक्सपर्ट डॉ. अनिरुद्ध शर्मा को हाजिर किया जाए!"

दरवाज़ा खुला और डॉ. अनिरुद्ध ने औपचारिक सूट में, आत्मविश्वास के साथ प्रवेश किया।

दृश्य 1: विशेषज्ञ का प्रवेश और शपथ

डॉ. अनिरुद्ध विटनेस बॉक्स (Witness Box) में पहुँचे। उन्होंने पवित्र ग्रंथ पर हाथ रखकर शपथ ली: "मैं जो कहूँगा सच कहूँगा, सच के सिवा कुछ नहीं कहूँगा।"

सरकारी वकील अभिषेक मेहरा अपनी जगह से उठे। "डॉक्टर, कृपया कोर्ट को अपनी योग्यता और इस केस में अपनी भूमिका के बारे में बताएं।"

"मैं राज्य फॉरेंसिक विज्ञान प्रयोगशाला (SFSL) का वरिष्ठ विश्लेषक हूँ। इस केस में मैंने क्राइम सीन रिकंस्ट्रक्शन (Crime Scene Reconstruction), बैलिस्टिक परीक्षण और डीएनए विश्लेषण का नेतृत्व किया है," अनिरुद्ध की आवाज़ कोर्ट रूम के सन्नाटे में गूँजी।

दृश्य 2: बैलिस्टिक मैचिंग का प्रदर्शन (The Physics of Crime)

अभिषेक मेहरा ने इशारा किया और कोर्ट में लगी बड़ी एलईडी स्क्रीन जल उठी।

"Your Honour, हमने घटनास्थल से बरामद दो गोलियों का तुलनात्मक सूक्ष्मदर्शी (Comparison Microscope) के नीचे विश्लेषण किया," अनिरुद्ध ने लेज़र पॉइंटर से स्क्रीन पर उभरे निशानों की ओर इशारा किया।

"यहाँ देखिए। गोली नंबर 1 पर जो रायफलिंग मार्क्स (Rifling marks) हैं, वे पियूष के लाइसेंस प्राप्त कट्टे से पूरी तरह मैच करते हैं। स्ट्रिएशन मार्क्स (Striation Marks): बंदूक की नली द्वारा गोली पर छोड़े गए विशिष्ट सूक्ष्म निशान। लेकिन गोली नंबर 2 के स्ट्रिएशन पैटर्न्स

(Striation patterns) बिल्कुल अलग हैं। इसके खांचे (Grooves) अधिक गहरे और अनियमित हैं, जो एक लोकली मॉडिफाइड अवैध हथियार का संकेत हैं।"

कोर्ट रूम में कानाफूसी होने लगी। अनिरुद्ध ने आगे कहा, "यह साबित करता है कि उस दोपहर वहाँ दो अलग-अलग हथियारों का इस्तेमाल हुआ था। यह एक सिंक्रोनाइज्ड फायरिंग (Synchronized Firing) थी।" सिंक्रोनाइज्ड फायरिंग: दो या अधिक शूटरों द्वारा एक ही समय पर गोली चलाना।

एग्जिबिट (Exhibit): अदालत में पेश किए गए आधिकारिक सबूत।

दृश्य 3: डीएनए और संघर्ष के प्रमाण

मेहरा ने अगला साक्ष्य पेश किया। "डॉक्टर, डीएनए रिपोर्ट (Exhibit C) क्या कहती है?"

अनिरुद्ध ने गंभीर स्वर में कहा, "मृतका सिया वर्मा के नाखूनों के नीचे से हमें अज्ञात पुरुष की त्वचा कोशिकाएं (Skin cells) मिली हैं। DNA Analysis के अनुसार, ये कोशिकाएं अभियुक्त राघव के सहयोगी (छोटा राघव) के प्रोफाइल से 99.99% मैच करती हैं। इसके अलावा, अभियुक्त पियूष के शर्ट की आस्तीन पर मिले सूक्ष्म रक्त के धब्बे सिया के ब्लड ग्रुप और प्रोफाइल से मेल खाते हैं। यह 'फिजिकल इंटरैक्शन' (Physical Interaction) का पुख्ता वैज्ञानिक प्रमाण है।" प्रॉक्सिमिटी एविडेंस: किसी घटना स्थल पर आरोपी की भौतिक मौजूदगी का प्रमाण।

दृश्य 4: जीएसआर (GSR) की वैज्ञानिक व्याख्या

"डॉक्टर, क्या आप कोर्ट को जीएसआर (Gunshot Residue) के बारे में बता सकते हैं?" मेहरा ने पूछा।

"निश्चित रूप से। जब कोई हथियार चलाया जाता है, तो बारूद के जलने से लेड, बेरियम और एंटीमनी के सूक्ष्म कण निकलते हैं। पियूष के हाथों से लिए गए स्वैब्स में इन कणों की सघनता बहुत अधिक पाई गई है। यह केवल उपस्थिति नहीं है, बल्कि यह साबित करता है कि अभियुक्त ने ट्रिगर दबाया था," अनिरुद्ध ने वैज्ञानिक दृढ़ता से कहा।

दृश्य 5: क्रॉस-एग्जामिनेशन (डिफेंस का कड़ा प्रहार)

बचाव पक्ष के वकील विक्रम खन्ना अपनी कुर्सी से झटके से उठे। उनकी आँखों में एक चुनौती थी।

"डॉक्टर, क्या आप जानते हैं कि जीएसआर (GSR) का सेकेंडरी ट्रांसफर (Secondary Transfer) भी संभव है?" खन्ना ने जिरह (Cross-examination) शुरू की। सेकेंडरी ट्रांसफर (Secondary Transfer): साक्ष्य का एक वस्तु से दूसरी वस्तु पर बिना सीधे संपर्क के पहुँचना।

अनिरुद्ध: "जी हाँ, संभव है।"

खन्ना: "तो क्या यह संभव नहीं है कि मेरा मुवक्किल पियूष केवल सिया को बचाने के लिए पास गया हो और हवा में मौजूद कण उसकी त्वचा पर जमा हो गए हों? क्या आप 100% गारंटी दे सकते हैं कि उसने ट्रिगर दबाया था?"

अनिरुद्ध: "विज्ञान में हम सघनता (Density) देखते हैं। पियूष पर मिले कणों की मात्रा 200 particles/cm^2 से अधिक थी, जो केवल सीधा फायर करने पर ही संभव है।"

खन्ना ने मुस्कुराते हुए न्यायाधीश की ओर देखा। "महोदय, डॉक्टर साहब

'संभावना' की बात कर रहे हैं, 'पूर्ण निश्चितता' की नहीं। कानून 'उचित संदेह' पर चलता है, और यहाँ संदेह की गुंजाइश है।"

दृश्य 6: 3D रिकंस्ट्रक्शन - दृश्य प्रमाण

कार्यवाही के अंतिम चरण में, अनिरुद्ध ने 3D Crime Scene Simulation चलाया। स्क्रीन पर डिजिटल अवतारों ने पूरी घटना को फिर से जीवंत कर दिया। दो लाल रेखाएं (Trajectories) अलग-अलग कोणों से सिया के शरीर की ओर बढ़ीं।

"Your Honour, यह सिमुलेशन दिखाता है कि पियूष की गोली ने केवल घायल किया था, जबकि घातक शॉट (Fatal shot) उस बिजली के खंभे के पीछे छिपे दूसरे शूटर ने लिया था। यह एक Planned Execution था," अनिरुद्ध ने अपनी बात पूरी की।

दृश्य 7: न्यायाधीश का संज्ञान (The Judge's Observation)

न्यायमूर्ति त्रिपाठी ने नोट्स लेते हुए अपना चश्मा ठीक किया। "डॉक्टर, आपका डेटा बहुत ही विस्तृत है। लेकिन कोर्ट को यह समझना होगा कि क्या पियूष को पता था कि कोई दूसरा भी गोली चला रहा है?"

बचाव पक्ष के वकील खन्ना ने तुरंत ताली ठोकी। "सटीक सवाल, माई लॉर्ड! अगर पियूष को दूसरे शूटर के बारे में पता ही नहीं था, तो धारा 120B (साजिश) लागू नहीं होती।"

कोर्ट रूम में एक भारी सन्नाटा छा गया। पियूष ने पहली बार सिर उठाकर डॉ. अनिरुद्ध की ओर देखा। उसकी आँखों में अब वह पुराना भ्रम (Delusion) टूटने लगा था। उसे अहसास हो रहा था कि जिस 'प्यार' को वह अपना अधिकार समझ रहा था, उसे किसी और ने अपनी 'साजिश' का हथियार बना लिया था।

जैसे ही कार्यवाही उस दिन के लिए स्थगित हुई, डॉ. अनिरुद्ध विटनेस बॉक्स से उतरे। श्रीकृष्ण ने उनके पास जाकर धीरे से कहा, “तुमने अपना काम बखूबी किया अनिरुद्ध। अब गेंद कानून के पाले में है।”

बाहर मीडिया फिर से सक्रिय हो गया। पियूष को वैन की ओर ले जाया जा रहा था। समाज बँटा हुआ था, कोई उसे 'सनकी आशिक' कह रहा था, तो कोई 'साजिश का शिकार'।

जब विज्ञान बनता है गवाह, “विज्ञान ने अपना सच बता दिया था... अब कानून को तय करना था कि क्या वह सच किसी की सज़ा बन सकता है या फिर शब्दों के जाल में उलझकर रह जाएगा।”

अध्याय 40
डायरी का सच

समय: सुबह 10:45 बजे

स्थान: भोपाल जिला एवं सत्र न्यायालय - कोर्ट रूम नंबर 3

आज की सुबह भोपाल की हवा में एक अजीब सी बेचैनी थी। कोर्ट परिसर के बाहर 'अरेरा हिल्स' की सड़कों पर भारी भीड़ जमा थी। एक तरफ "Justice for Siya" के पोस्टर लिए छात्र संगठन खड़े थे, तो दूसरी तरफ समाज का वह रूढ़िवादी हिस्सा जो दबी ज़ुबान में पीड़िता के चरित्र पर सवाल उठा रहा था। मीडिया के कैमरे हर उस चेहरे को पकड़ना चाहते थे जो इस केस से जुड़ा था।

अंदर, कोर्ट रूम नंबर 3 में असामान्य शांति थी। पियूष आज कटघरे में झुका हुआ खड़ा था। कल की फॉरेंसिक गवाही ने उसके 'संरक्षक' (Protector) होने के भ्रम को हिलाकर रख दिया था। राघव मिश्रा की आँखें आज भी स्थिर और ठंडी थीं, जैसे वह अभी भी अपने अगले 'चाल' की योजना बना रहा हो।

कार्यवाही शुरू हुई।

सरकारी वकील अभिषेक मेहरा अपनी जगह से उठे। उनके हाथ में एक नीले कवर वाली छोटी सी डायरी थी, जो प्लास्टिक के एविडेंस बैग में सील थी।

दृश्य 1: कानूनी दांव-पेच और स्वीकार्यता (Admissibility)

“Your Honour, अब तक हमने वैज्ञानिक साक्ष्यों, जीएसआर, डीएनए और बैलिस्टिक रिपोर्ट के ज़रिए यह साबित किया है कि हत्या कैसे हुई। लेकिन यह साबित करना भी ज़रूरी है कि हत्या 'क्यों' हुई और मृतका किन परिस्थितियों से गुज़र रही थी। मैं अदालत की अनुमति से विक्टिम सिया वर्मा की निजी डायरी को सबूत के तौर पर पेश करना चाहता हूँ।”

बचाव पक्ष के वकील विक्रम खन्ना बिजली की रफ़्तार से खड़े हुए। “Objection माई लॉर्ड! यह डायरी एक 'हियरसे एविडेंस' (Hearsay Evidence) है। हियरसे एविडेंस (Hearsay Evidence): सुनी-सुनाई बातें, जो आमतौर पर कोर्ट में सबूत नहीं मानी जातीं। हम नहीं जानते कि ये शब्द सिया के हैं या किसी ने उसे मजबूर किया। यह निजता (Privacy) का उल्लंघन है और अभियुक्त को बदनाम करने की कोशिश है।”

न्यायमूर्ति त्रिपाठी ने मेहरा की ओर देखा।

मेहरा ने दृढ़ता से कहा, “महोदय, भारतीय साक्ष्य अधिनियम की धारा 32(1) के तहत, एक मृत व्यक्ति के बयान, जो उसकी मृत्यु के कारणों या उन परिस्थितियों से संबंधित हों जिनमें उसकी मृत्यु हुई, पूरी तरह अड्मिसिबल (Admissible) हैं। धारा 32(1) (Indian Evidence Act): मृत व्यक्ति के उन कथनों की स्वीकार्यता जो उसकी मृत्यु से जुड़े हों। यह सिया की 'डाइंग वॉयस' (Dying voice) है।”

जज साहब ने सिर हिलाया। “अनुमति दी जाती है। लेकिन डिफेंस को जिरह का पूरा मौका मिलेगा।”

दृश्य 2: पन्नों में कैद खौफ

मेहरा ने दस्ताने पहनकर डायरी खोली। उन्होंने उन पंक्तियों को पढ़ना शुरू किया जो सिया ने अपनी मौत से दो महीने पहले लिखी थीं।

प्रविष्टि 1 (60 दिन पहले):

“आज फिर वह मेरे पीछे आया। भोपाल के इस नए शहर में भी मैं सुरक्षित नहीं हूँ। मैंने उसे साफ़ मना किया था कि पियूष, हमारे बीच कुछ नहीं हो सकता। लेकिन उसकी आँखों में वह जुनून मुझे डराता है। वह कहता है कि मैं उसकी हूँ... पर मैं तो उसे जानती भी नहीं। क्या अहसान का बदला मौत होता है?”

कोर्ट रूम में सन्नाटा छा गया। पियूष की आँखें झुक गईं। श्रीकृष्ण ने नोट किया कि यह 'डेल्यूजनल इरोटोमेनिया' का शिकार पियूष अब अपनी ही 'मृगतृष्णा' के सच से टकरा रहा था।

प्रविष्टि 2 (स्टॉकिंग का चरम):

“आज लाइब्रेरी में उसने मेरे बैग में एक चिट डाली, 'अजय से बात मत करना, वह बुरा लड़का है।' उसे कैसे पता कि मैं अजय से नोट्स लेती हूँ? क्या वह मुझे हर पल देख रहा है? हॉस्टल की खिड़की के बाहर रात भर एक साया खड़ा रहता है। समाज कहता है कि लड़कियाँ ज़्यादा सोचती हैं, पर क्या मेरा डर सिर्फ एक वहम है?”

दृश्य 3: डिजिटल और फॉरेंसिक मिलान (Corroboration)

मेहरा ने डायरी के पन्ने को डिजिटल स्क्रीन पर प्रोजेक्ट किया। कोरोबोरेशन (Corroboration): एक सबूत की पुष्टि दूसरे सबूत (जैसे डिजिटल डेटा) से करना।

“महोदय, यह सिर्फ एक लड़की के जज्बात नहीं हैं। गौर कीजिए प्रविष्टि की तारीख 14 मार्च। हमारे द्वारा पेश की गई CDR (Call Data Records) रिपोर्ट के अनुसार, 14 मार्च की रात पियूष का मोबाइल

लोकेशन हॉस्टल के ठीक सामने वाले टॉवर पर 150 मीटर की रेंज में पिंग (Ping) कर रहा था। यानी जो डर सिया लिख रही थी, वह वैज्ञानिक रूप से सच था।”

डॉ. अनिरुद्ध ने पीछे से श्रीकृष्ण को इशारा किया। Handwriting Analysis और Ink Dating ने पहले ही प्रमाणित कर दिया था कि यह डायरी सिया की ही थी और पन्ने उसी समय लिखे गए थे। इंक डेटिंग (Ink Dating): स्याही की उम्र की वैज्ञानिक जाँच जिससे पता चलता है कि लिखावट कितनी पुरानी है।

दृश्य 4: समाज की बेड़ियाँ और अंतिम संघर्ष

डायरी का आखिरी पन्ना सबसे ज़्यादा भावुक और कानूनी रूप से मज़बूत था।

अंतिम प्रविष्टि (हत्या से एक रात पहले):

“कल उसने मुझे मिलने के लिए बुलाया है। उसने धमकी दी है कि अगर मैं नहीं आई, तो वह कानपुर में मेरे घरवालों को नुकसान पहुँचाएगा। मैं स्ट्रॉन्ग (Strong) बनना चाहती हूँ, पर यह समाज मुझे कमज़ोर बना देता है। अगर मुझे कल कुछ हो गया, तो शायद कोई यकीन भी नहीं करेगा कि मैं अपनी आज़ादी के लिए लड़ रही थी, भाग नहीं रही थी।”

अदालत में मौजूद कई महिलाओं की आँखों में आँसू आ गए। यहाँ तक कि न्यायाधीश त्रिपाठी का चेहरा भी गंभीर हो गया।

मेहरा ने तेज़ आवाज़ में कहा, “Your Honour, यह डायरी साबित करती है कि पियूष के दिमाग में चल रहा 'पॉसेसिव डेल्यूजन' सिया के लिए एक जीता-जागता नर्क बन चुका था। राघव मिश्रा ने इसी डर का इस्तेमाल

करके पियूष को 'ट्रिगर' किया। यह कोई 'क्राइम ऑफ पैशन' नहीं, यह एक 'सिस्टमैटिक मर्डर' है।"

दृश्य 5: डिफेंस का आखिरी दांव

विक्रम खन्ना फिर खड़े हुए। "Your Honour, डायरी में कहीं भी यह नहीं लिखा कि पियूष उसे मारना चाहता था। यह सब एक भावुक लड़की की कल्पना भी हो सकती है। मनोवैज्ञानिक रूप से, सिया शायद खुद भी अस्थिर थी।"

मेहरा ने मेज़ पर मुक्का मारा। "विक्टिम शेमिंग (Victim Shaming) बंद कीजिए, खन्ना जी! विक्टिम शेमिंग (Victim Shaming): पीड़िता के चरित्र पर सवाल उठाकर उसे ही दोषी ठहराने की कोशिश। फॉरेंसिक रिपोर्ट, सीसीटीवी और यह डायरी एक ही दिशा में इशारा कर रहे हैं। Beyond Reasonable Doubt, अभियुक्त ने सिया का जीवन नरक बना दिया था।"

विवेक की अदालत

कोर्ट की कार्यवाही दोपहर 4 बजे स्थगित हुई। श्रीकृष्ण जब बाहर निकले, तो उन्होंने देखा कि भीड़ अब पहले से ज़्यादा शांत लेकिन दृढ़ थी। डायरी के पन्नों ने इस केस को वैज्ञानिक तथ्यों से निकालकर 'मानवीय न्याय' के स्तर पर पहुँचा दिया था।

श्रीकृष्ण ने अपनी डायरी में एक पंक्ति लिखी, "सच हमेशा फाइलों में नहीं होता, कभी-कभी वह उन दराजों में दबा होता है जहाँ एक मासूम ने अपनी आखिरी चीखें कागज़ पर उतारी होती हैं।"

पियूष को वैन में ले जाते समय उसके चेहरे पर पहली बार अपराधबोध

(Guilt) के निशान दिखे। उसका 'प्यार' अब एक 'अपराध' के रूप में पूरी दुनिया के सामने नग्न खड़ा था।

जब खामोशी गवाही बन गई, “सिया अब इस दुनिया में नहीं थी... लेकिन उसकी आवाज़ हर पन्ने में ज़िंदा थी... और आज पूरी अदालत ने उस खामोश चीख को सुना था जो इंसाफ़ माँग रही थी।”

अध्याय 41
CCTV एन्हांसमेंट का चमत्कार

समय: रात 01:20 बजे

स्थान: साइबर फॉरेंसिक लैब, भोपाल पुलिस मुख्यालय

भोपाल की रात आज खामोश थी, लेकिन पुलिस मुख्यालय की तीसरी मंज़िल पर स्थित साइबर लैब के भीतर हलचल अपने चरम पर थी। यहाँ का वातावरण किसी 'डाटा के कैथेड्रल' जैसा था, ठंडी हवा, सर्वर्स की हल्की गुनगुनाहट और दर्जनों हाई-एंड मॉनिटर्स की नीली रोशनी।

डीसीपी श्रीकृष्ण लैब के बीचों-बीच खड़े थे। उनकी आँखों में पिछले कई दिनों की थकान थी, लेकिन उनका ध्यान स्क्रीन पर चल रही पिक्सल्स की उस ज़ंग पर था, जो एक धुंधली हकीकत को साफ करने की कोशिश कर रही थी। उनके बगल में साइबर विशेषज्ञ रिया अपने कीबोर्ड पर तेज़ी से उंगलियां चला रही थीं।

“सर, यह साधारण ज़ूम नहीं है,” रिया ने समझाते हुए कहा। “हमने इस फुटेज को हमारे नए AI Enhancement Engine में डाल दिया है। यह इंजन 'जेनरेटिव एडवरसैरियल नेटवर्क्स' (GANs) और 'सुपर रेजोल्यूशन' एल्गोरिदम का उपयोग कर रहा है।”

दृश्य 1: पिक्सल्स का पुनर्जन्म (The AI Process)

स्क्रीन पर एमपी नगर की वह बदनाम दोपहर फिर से जीवित हो उठी। फुटेज ग्रेनी (Grainy) थी, और दूर खड़े उस 'दूसरे साये' का चेहरा महज़ चंद पिक्सल्स का एक ढेर था।

श्रीकृष्ण ने धीरे से कहा, "रिया, मुझे सिर्फ एक चेहरा नहीं चाहिए। मुझे वह सच चाहिए जो कानून की आँखों में धूल झोंक रहा है।"

रिया ने सिर हिलाया और कमांड टाइप किया। "सर, हम यहाँ 'फ्रेम इंटरपोलेशन' (Frame Interpolation) तकनीक का उपयोग कर रहे हैं। Frame Interpolation: वीडियो की गति और स्पष्टता बढ़ाने के लिए फ्रेम्स के बीच डेटा जोड़ना। सीसीटीवी कैमरा 15 फ्रेम प्रति सेकंड (FPS) पर रिकॉर्ड कर रहा था, लेकिन हमारा एआई उनके बीच के अंतराल को भरकर इसे 60 FPS पर ले जा रहा है। इससे 'मोशन ब्लर' खत्म हो जाएगा।"

जैसे-जैसे प्रोसेसिंग बार आगे बढ़ा, स्क्रीन पर जादू होने लगा। धुंधली आकृति अब एक स्पष्ट मानव शरीर में तब्दील हो रही थी। पिक्सल्स ने अपनी जगह ली, और परछाइयाँ ठोस चेहरों में बदल गईं। AI Enhancement: कृत्रिम बुद्धिमत्ता के ज़रिए निम्न-गुणवत्ता वाली छवियों को स्पष्ट करना। Pixel Integrity: डिजिटल साक्ष्य की मूल संरचना को बनाए रखना। Metadata: डेटा के बारे में डेटा (जैसे फुटेज कब और किस कैमरे से ली गई)।

खुलासा: दूसरा शूटर और वह अनोखी चीज़

अचानक, श्रीकृष्ण की साँसें थम गईं। स्क्रीन पर उस 'दूसरे शूटर' का चेहरा 40% तक स्पष्ट हो चुका था। वह पियूष नहीं था। वह कोई और था, ठंडा, शांत और पेशेवर।

"यहाँ रुकिए!" श्रीकृष्ण चिल्लाए। "फ्रेम नंबर 1422 को फ्रीज़ करो और शूटर के दाहिने हाथ पर ज़ूम करो।"

रिया ने कर्सर घुमाया। स्क्रीन पर शूटर का हाथ बड़ा हुआ। उसने बंदूक थामी हुई थी, लेकिन एआई ने जिस चीज़ को एनहांस (Enhance) किया

था, वह बंदूक नहीं थी। उसके दाहिने हाथ की कलाई पर एक खास ब्रेसलेट (Customized Wristband) चमक रहा था।

यह एक चमड़े का बैंड था जिस पर धातु का एक छोटा सा बिच्छू (Scorpion) बना था। लेकिन वह साधारण नहीं था; उस धातु पर एक विशिष्ट नक्काशी थी जिसे 'गिल्ड क्राफ्ट' कहा जाता है।

दृश्य 2: एविडेंस लिंक और मास्टरमाइंड का चेहरा

“सर, यह ब्रेसलेट यूनिक है,” रिया ने डेटाबेस सर्च शुरू करते हुए कहा। “यह कोई मास-प्रोड्यूस्ड चीज़ नहीं है। इसे कस्टमाइज़ कराया गया है।”

श्रीकृष्ण ने तुरंत अपनी पुरानी फाइलों को स्कैन करना शुरू किया। उनके दिमाग में एक बिजली कौंधी। उन्होंने राघव मिश्रा (शिक्षक) की वह फोटो निकाली जो उन्होंने हॉस्टल की एक 'सोशल गैदरिंग' से रिकवर की थी।

फोटो को ज़ूम किया गया। राघव मिश्रा मंच पर भाषण दे रहे थे। उनके हाथ में माइक था। और उनकी कलाई पर... वही बिच्छू वाला ब्रेसलेट था।

“शॉक!” श्रीकृष्ण की आवाज़ में एक अजीब सी गूँज थी। “राघव मिश्रा सिर्फ मास्टरमाइंड नहीं था... वह उस दिन वहाँ मौजूद था। वह पियूष के पीछे खड़ा होकर खुद खेल को अंजाम दे रहा था।”

दृश्य 3: पियूष का मनोवैज्ञानिक पतन (Identity Collapse)

अगली सुबह श्रीकृष्ण पियूष से मिलने जेल पहुँचे। उन्होंने उसके सामने वह एनहांस्ड फोटो रख दी।

पियूष ने फोटो देखी। उसकी पुतलियाँ फैल गईं (Pupil Dilation) और

उसका शरीर कांपने लगा। उसका वह 'महान रक्षक' होने का डेल्यूजन (Delusion) उस एक फोटो ने तोड़ दिया था।

“उसने कहा था... वह मेरी मदद करेगा,” पियूष फुसफुसाया। “उसने कहा था कि वह बैकअप है ताकि सिया सुरक्षित रहे। उसने मुझे इस्तेमाल किया?”

“उसने तुम्हें सिर्फ इस्तेमाल नहीं किया पियूष, उसने तुम्हें कातिल बनाया ताकि वह खुद बच सके,” श्रीकृष्ण ने कठोर स्वर में कहा। “वह जिसे तुम प्यार समझ रहे थे, वह एक सोची-समझी 'परफेक्ट मर्डर' साजिश थी।”

पियूष का 'ईगो कोलैप्स' (Ego Collapse) शुरू हो गया। Ego Collapse: जब किसी व्यक्ति का पूरा विश्वास तंत्र और आत्म-छवि अचानक नष्ट हो जाती है। वह ज़मीन पर बैठकर रोने लगा। उसे अहसास हुआ कि उसने न केवल सिया को खोया, बल्कि वह उस आदमी का मोहरा बन गया जिसे वह अपना 'गुरु' मानता था।

दृश्य 4: कोर्टरूम का धमाका (AI Evidence Admissibility)

दोपहर 12:45 बजे

स्थान: भोपाल जिला एवं सत्र न्यायालय

सरकारी वकील अभिषेक मेहरा ने नई फुटेज कोर्ट के सामने पेश की। कोर्ट रूम में सन्नाटा पसर गया जब बड़ी स्क्रीन पर राघव मिश्रा की कलाई का वह ब्रेसलेट और शूटआउट के समय का ब्रेसलेट एक साथ 'साइड-बाय-साइड' दिखाया गया।

डिफेंस लॉयर विक्रम खन्ना तुरंत खड़े हुए। “Objection माई लॉर्ड! यह डिजिटल हेराफेरी है। एआई किसी भी चीज़ को गढ़ सकता है। हम इस

फुटेज को सबूत के तौर पर स्वीकार नहीं कर सकते। यह 'मैनिपुलेटेड एविडेंस' है।"

श्रीकृष्ण को विटनेस बॉक्स में बुलाया गया। उन्होंने वैज्ञानिक दृढ़ता से जवाब दिया। "Your Honour, हमने 'ट्रांसपेरेंसी रिपोर्ट' जमा की है। यह ऑल्टरेशन (Alteration) नहीं, एन्हांसमेंट (Enhancement) है। ओरिजिनल फुटेज के मेटाडेटा (Metadata) और पिक्सल इंटिग्रिटी (Pixel Integrity) को छेड़ा नहीं गया है। हमने केवल डेटा को 'इंटरपोलेट' किया है।"

साइबर एक्सपर्ट रिया ने तकनीकी गवाही दी। "सर, हमने 'डिजिटल हैश वैल्यू' (Hash Value) का मिलान किया है। Hash Value: एक अद्वितीय डिजिटल फिंगरप्रिंट जो डेटा की शुद्धता सुनिश्चित करता है। फुटेज की प्रमाणिकता 100% है। यह एआई द्वारा बनाया गया चेहरा नहीं है, बल्कि उसी धुंधलेपन के पीछे छिपा सच है।"

दृश्य 5: राघव का गिरता हुआ मुखौटा

न्यायमूर्ति त्रिपाठी ने चश्मा ठीक करते हुए राघव मिश्रा की ओर देखा। राघव, जो अब तक शांत था, उसके चेहरे पर पहली बार पसीने की बूंदें चमक रही थीं। उसकी उंगलियाँ कांप रही थीं, एक 'माइक्रो-एक्सप्रेशन' जिसने उसके अपराध को स्वीकार कर लिया था।

मेहरा ने तेज़ आवाज़ में कहा, "Your Honour, यह ब्रेसलेट राघव मिश्रा की 'फिंगरप्रिंट' है। यह साबित करता है कि वह न केवल साजिशकर्ता था, बल्कि वह 'प्रिंसिपल ऑफेंडर' (मुख्य अपराधी) के रूप में घटनास्थल पर मौजूद था। उसने पियूष की मानसिक बीमारी का फायदा उठाया ताकि वह अपना पुराना बदला ले सके।"

जैसे ही कोर्ट की कार्यवाही स्थगित हुई, भोपाल की मीडिया में 'एआई चमत्कार' की खबरें फैल गईं। पियूष अब कातिल से एक 'मुख्य गवाह' की श्रेणी में आ रहा था। श्रीकृष्ण जानते थे कि टेक्नोलॉजी ने वह कर दिखाया था जो इंसानी आँखें नहीं कर पाई थीं।

धुंधले पिक्सल्स ने सच बोल दिया था।

जब पिक्सल्स ने सच बोल दिया, "धुंधले पिक्सल्स में छिपा सच अब साफ दिख रहा था... और उस सच ने एक मास्टरमाइंड के चेहरे से मासूमियत का आखिरी नकाब भी नोंच लिया था।"

अध्याय 42
असली मास्टरमाइंड का खुलासा

समय: सुबह 10:30 बजे

स्थान: भोपाल जिला एवं सत्र न्यायालय - खचाखच भरा कोर्टरूम

भोपाल की सुबह आज तूफ़ान से पहले की शांति जैसी थी। कोर्ट परिसर के बाहर मीडिया का ऐसा हुजूम था कि पुलिस को लाठीचार्ज की नौबत आ गई थी। नए भोपाल की सड़कों पर लगे टीवी स्क्रीन पर लाइव कवरेज चल रही थी। पुराने भोपाल की तंग गलियों में फुसफुसाहटें थीं, "आज पियूष को सज़ा होगी या राघव मिश्रा को?"

लेकिन सचाई उस 'परफेक्ट मर्डर' के ब्लूप्रिंट से कहीं ज़्यादा गहरी थी।

अदालत का कमरा नंबर 3 आज न्याय का सबसे बड़ा मंच बना हुआ था। न्यायाधीश त्रिपाठी ने अपनी गद्दी संभाली। कटघरे में पियूष और राघव मिश्रा खड़े थे। श्रीकृष्ण पीछे की बेंच पर डॉ. अनिरुद्ध के साथ बैठे थे, उनकी नज़रें एक ऐसे व्यक्ति की तलाश में थीं जो अब तक परदे के पीछे से खेल रहा था।

दृश्य 1: अभियोजन पक्ष का रणनीतिक मोड़

सरकारी वकील अभिषेक मेहरा ने अपनी फाइल खोली। "Your Honour, आज अभियोजन पक्ष इस केस में एक नया मोड़ लाना चाहता है। अब तक हमने पियूष को 'हाथ' और राघव मिश्रा को 'हथियार' के रूप में देखा। लेकिन हमारे नए फॉरेंसिक और डिजिटल विश्लेषण ने एक 'तीसरे दिमाग' (Third Conspirator) को उजागर किया है।"

कोर्टरूम में सन्नाटा छा गया। बचाव पक्ष के वकील खन्ना के माथे पर चिंता की लकीरें उभरीं।

"महोदय," मेहरा ने तेज़ आवाज़ में कहा, "यह हत्या केवल एकतरफा प्यार का नतीजा नहीं थी। यह एक सुनियोजित 'इकोसिस्टम' था। हम कोर्ट की अनुमति से एक नए संदिग्ध को गवाह के स्टैंड पर बुलाना चाहते हैं।"

दृश्य 2: तीसरे खिलाड़ी का प्रवेश

"अभियोजन पक्ष अर्पित वर्मा को गवाह के तौर पर बुलाता है!" मेहरा ने घोषणा की।

दरवाज़ा खुला और एक लंबा, सुगठित युवक अंदर दाखिल हुआ। अर्पित वर्मा, चेहरा शांत, आँखें आत्मविश्वास से भरी और चाल ऐसी जैसे वह किसी कॉर्पोरेट ऑफिस में जा रहा हो। पियूष ने जैसे ही उसे देखा, उसकी आँखें खौफ से फैल गईं।

श्रीकृष्ण ने धीरे से डॉ. अनिरुद्ध से कहा, "यही है वह 'प्रोफेशनल टच' अनिरुद्ध। अर्पित का शांत होना ही उसकी सबसे बड़ी अपराधी पहचान है।"

दृश्य 3: डिजिटल और वित्तीय साक्ष्यों का विस्फोट

मेहरा ने स्क्रीन पर सीडीआर (Call Data Records) की नई रिपोर्ट दिखाई।

"Your Honour, गौर कीजिए। पियूष और राघव के बीच जो 'बर्नर फोन' कॉल्स हुए थे, उन सभी कॉल्स के ठीक 5 मिनट बाद एक तीसरा नंबर एक्टिव होता था। यह नंबर अर्पित वर्मा का है। हमने IMEI ट्रैकिंग और

टावर डंप के ज़रिए पाया कि अर्पित हर उस लोकेशन पर मौजूद था जहाँ पियूष और राघव ने साजिश रची थी।"

मेहरा ने अगला साक्ष्य पेश किया: वित्तीय लेनदेन (Financial Link)।Financial Forensics: बैंक लेनदेन के माध्यम से साजिश की कड़ियों को जोड़ना। "अर्पित वर्मा ने राघव मिश्रा के एक गुप्त बैंक खाते में पिछले छह महीनों में 12 लाख रुपये ट्रांसफर किए थे। यह रकम 'कोचिंग फीस' नहीं थी, यह एक 'कॉन्ट्रैक्ट' की पहली किश्त थी।"

दृश्य 4: मनोवैज्ञानिक प्रोफाइल - अर्पित का बदला

डॉ. मीरा (मनोचिकित्सक) ने अर्पित के मनोवैज्ञानिक प्रोफाइल पर गवाही दी।

"अर्पित वर्मा एक 'मैकियावेलियन' (Machiavellian) व्यक्तित्व का स्वामी है। Machiavellian Personality: दूसरों को अपने फायदे के लिए इस्तेमाल और मैनीपुलेट करने की प्रवृत्ति। वह भावनाओं का उपयोग नहीं करता, वह उन्हें 'मैनीपुलेट' करता है। अर्पित और सिया कानपुर में एक ही कॉलेज में थे। अर्पित ने सिया को प्रपोज़ किया था, लेकिन सिया ने न केवल उसे रिजेक्ट किया, बल्कि सार्वजनिक रूप से उसके व्यवहार की आलोचना की थी।"

"यह 'नार्सिसिस्टिक इंजरी' (Narcissistic Injury) थी," डॉ. मीरा ने आगे कहा। Narcissistic Injury: जब किसी व्यक्ति के अहंकार को गहरी चोट पहुँचती है और वह प्रतिशोध की ओर बढ़ता है। "अर्पित का अहंकार टूट गया था। उसने सीधे हमला नहीं किया। उसने पियूष के 'डेल्यूजनल डिसऑर्डर' को पहचाना। उसने पियूष को यकीन दिलाया कि सिया को मारना ही उसे 'आज़ाद' करना है। अर्पित ने पियूष के पागलपन को हवा दी

और राघव को 'बैकअप' शूटर के रूप में काम पर लगाया।" Abetment (धारा 109): किसी को अपराध के लिए उकसाना या सहयोग करना

दृश्य 5: कोर्टरूम में पियूष का ब्रेकडाउन

पियूष अचानक चिल्लाने लगा, "अर्पित भाई... आपने तो कहा था कि आप उसे बचाने में मेरी मदद कर रहे हैं! आपने कहा था कि अगर मैं डर गया तो आप बंदूक चलाएंगे ताकि सिया 'शांति' पा सके!"

यह पियूष का 'रियलिटी कोलैप्स' था। उसे समझ आ गया था कि वह जिसे अपना हमदर्द मान रहा था, वह दरअसल उसका कसाई था।

मेहरा ने अंतिम प्रहार किया। "Your Honour, अर्पित वर्मा ने सिंक्रोनाइज्ड फायरिंग की तकनीक का सुझाव दिया था। उसने पियूष को 'बलि का बकरा' बनाया ताकि पुलिस का सारा ध्यान पियूष पर रहे और अर्पित का पुराना बदला पूरा हो जाए। यह IPC 120B और धारा 302 का सबसे क्रूर उदाहरण है।"

दृश्य 6: अर्पित का ठंडा कबूलनामा

अर्पित वर्मा धीरे से हँसा। एक ऐसी हँसी जिसने कोर्टरूम के तापमान को मानो गिरा दिया हो।

"प्यार? पियूष जैसे बेवकूफ प्यार करते हैं," अर्पित ने कटघरे में खड़े होकर ठंडे स्वर में कहा। "मेरे लिए यह केवल मेरा 'ईगो' (Ego) था। सिया ने मुझे रिजेक्ट करके अपनी मौत के वारंट पर साइन कर दिए थे। मैंने बस उस वारंट को तामील करने के लिए एक टूटे हुए आशिक और एक लालची टीचर का इस्तेमाल किया।"

पूरा कोर्ट स्तब्ध था। न्यायमूर्ति त्रिपाठी ने तुरंत आदेश दिया, "अर्पित वर्मा

को हिरासत में लिया जाए। यह केस अब तीन मुख्य अभियुक्तों के खिलाफ चलेगा।"

न्याय की धुंधली सुबह

Charge Framing: अभियुक्तों पर औपचारिक रूप से आरोप तय करना। कोर्ट स्थगित हुई। श्रीकृष्ण जब बाहर निकले, तो उन्होंने देखा कि मीडिया के कैमरे अब अर्पित वर्मा के चेहरे पर केंद्रित थे।

"अनिरुद्ध," श्रीकृष्ण ने अपनी टोपी ठीक करते हुए कहा, "जुनून ने हत्या की, लेकिन बदले ने उसे दिशा दी। पियूष का पागलपन सिर्फ एक मोहरा था, असली खिलाड़ी वह दिमाग था जिसने भावनाओं का गणित लगाया था।"

भोपाल की बड़ी झील पर सूरज की किरणें अब साफ दिख रही थीं, लेकिन श्रीकृष्ण जानते थे कि इंसान के मन के अंधेरे कभी पूरी तरह साफ नहीं होते।

जुनून, बदला और एक तीसरा दिमाग, "जुनून ने हत्या की... लेकिन बदले ने उसे दिशा दी... और उस दिशा के पीछे, एक ठंडा, गणनात्मक दिमाग था जो अब कानून के शिकंजे में था।"

अध्याय 43
अंतिम क्रॉस-एग्जामिनेशन

समय: सुबह 10:45 बजे

स्थान: भोपाल जिला एवं सत्र न्यायालय - कोर्ट रूम नंबर 3

भोपाल की सुबह आज भारी थी। नया भोपाल, जहाँ कोर्ट परिसर के बाहर मीडिया का ऐसा सैलाब था कि पुलिस को बैरिकेडिंग लगानी पड़ी थी। रिपोर्टर्स के कैमरों की लेंस उस एक सच को पकड़ने के लिए बेताब थे जो पिछले कई महीनों से फाइलों में दबा था। वहीं, पुराने भोपाल की संकरी गलियों में एक अजीब सा सन्नाटा था, जैसे लोग सांस रोककर किसी अनहोनी का इंतज़ार कर रहे हों।

अदालत का कमरा नंबर 3 आज न्याय का अंतिम रणक्षेत्र बना हुआ था। न्यायाधीश न्यायमूर्ति आर.के. त्रिपाठी अपनी ऊँची महोगनी की कुर्सी पर विराजमान थे। कटघरे के दाहिनी ओर पियूष शर्मा खड़ा था, उसका शरीर झुक गया था, आँखें सूखी और लाल थीं, और चेहरा किसी ज़िंदा लाश जैसा लग रहा था। उसके बगल में अर्पित वर्मा खड़ा था, शांत, सुगठित और चेहरे पर एक ऐसी कृत्रिम मुस्कान, जो केवल एक कुशल अपराधी ही पहन सकता है।

डीसीपी श्रीकृष्ण पीछे की बेंच पर डॉ. अनिरुद्ध के साथ बैठे थे। श्रीकृष्ण की नज़रें अर्पित की सूक्ष्म हरकतों (Micro-expressions) को पढ़ रही थीं। उन्हें पता था कि आज केवल सबूत नहीं, बल्कि 'अहंकार' (Ego) और 'बीमारी' (Delusion) का भी फैसला होना है।

कार्यवाही शुरू हुई।

सरकारी वकील अभिषेक मेहरा अपनी जगह से उठे। उनकी आवाज़ में आज एक अलग ही धार थी। "Your Honour, आज हम इस केस की अंतिम कड़ियों को जोड़ेंगे। आज हम सिर्फ एविडेंस नहीं दिखाएंगे, बल्कि सच और झूठ का सीधा सामना कराएंगे।"

दृश्य 1: पियूष का मनोवैज्ञानिक बिखराव (Psychological Breakdown)

"अभियोजन पक्ष पियूष शर्मा को कटघरे में बुलाना चाहता है," मेहरा ने घोषणा की।

पियूष भारी कदमों से स्टैंड तक पहुँचा। मेहरा ने उसकी आँखों में सीधे झाँका।

"पियूष, क्या तुम सिया से प्यार करते थे?" मेहरा का पहला सवाल बहुत ही सरल था।

"हाँ... वह मेरी दुनिया थी," पियूष ने धीमी आवाज़ में कहा।

"प्यार?" मेहरा ने तंज कसते हुए कहा। "पियूष, मनोविज्ञान में इसे प्यार नहीं, 'डेल्यूज़नल इरोटोमेनिया' कहते हैं। क्या तुम जानते हो कि सिया ने तुम्हारे खिलाफ शिकायत क्यों की थी? क्योंकि उसे तुम्हारे प्यार से डर लगता था। तुम उसे 'ओन' (Own) करना चाहते थे, उसे एक वस्तु की तरह नियंत्रित करना चाहते थे।"

पियूष चुप रहा। उसके हाथ कटघरे की लकड़ी को कसकर पकड़े हुए थे।

"तुम्हें किसने बताया कि सिया खतरे में है? तुम्हें किसने वह कट्टा दिया?" मेहरा ने अचानक आवाज़ ऊँची की।

पियूष की नज़रें अनायास ही अर्पित वर्मा की ओर उठीं। अर्पित के चेहरे पर कोई भाव नहीं था।

“अर्पित भाई ने...” पियूष फुसफुसाया। “उन्होंने कहा था कि वह मेरी मदद कर रहे हैं। उन्होंने कहा था कि अगर मैं डर गया, तो वह पीछे से गोली चलाएंगे ताकि सिया को 'आज़ादी' मिल सके।”

कोर्ट में कानाफूसी शुरू हो गई। मेहरा ने पियूष की ओर देखते हुए कहा, “पियूष, तुम कातिल तो बने ही, लेकिन तुम एक मोहरा (Pawn) भी थे। तुम्हारी गोली ने सिया को नहीं मारा था। वह गोली अर्पित वर्मा के आदमी ने चलाई थी। अर्पित ने तुम्हारे 'जुनून' को अपनी 'साजिश' का ढाल बनाया।”

पियूष अचानक चिल्लाने लगा, उसकी आवाज़ में एक भयावह दर्द था। “नहीं! मैंने उसे बचाया है! अर्पित भाई ने कहा था... उन्होंने कहा था...” वह फूट-फूट कर रोने लगा। यह एक 'ईगो कोलैप्स' और वास्तविकता का कड़वा साक्षात्कार था।

दृश्य 2: अर्पित वर्मा - मास्टरमाइंड का सामना

मेहरा अब अर्पित वर्मा की ओर मुड़े। “अर्पित वर्मा, कटघरे में आएं।”

अर्पित बड़ी शालीनता से स्टैंड पर आया। उसने अपनी शर्ट के कफ्स ठीक किए और मुस्कुराया। “Your Honour, मुझे पियूष की मानसिक स्थिति पर सहानुभूति है, लेकिन उसका यह बयान पूरी तरह निराधार है।”

मेहरा ने अपनी मेज़ से एक फ़ाइल उठाई। “निराधार? चलिए तथ्यों की बात करते हैं।”

1. वित्तीय फॉरेंसिक (Financial Link):

“अर्पित, आपने अभियुक्त राघव मिश्रा के खाते में पिछले छह महीनों में 12,50,000 रुपये ट्रांसफर किए। क्या आप बता सकते हैं कि एक छात्र अपने शिक्षक को इतनी बड़ी रकम 'कोचिंग फीस' के नाम पर क्यों देता है?”

अर्पित के चेहरे की मांसपेशियों में खिंचाव आया। “वह एक व्यक्तिगत निवेश था।”

2. डिजिटल फुटप्रिंट और सीडीआर (CDR Analysis):

मेहरा ने स्क्रीन पर कॉल डेटा का नक्शा दिखाया। “हत्या के ठीक 10 मिनट पहले, आपके फोन से राघव के बर्नर नंबर पर एक कॉल गया। और लोकेशन? आप घटनास्थल से महज़ 200 मीटर दूर एक कैफे में थे। प्रॉक्सिमिटी एविडेंस: घटनास्थल के पास आरोपी की मौजूदगी का डिजिटल या भौतिक प्रमाण। पियूष को 'गो' सिग्नल किसने दिया था, अर्पित?”

अर्पित की मुस्कान अब फीकी पड़ने लगी थी। उसकी उंगलियां मेज़ पर एक अनियमित लय में बजने लगी थीं। श्रीकृष्ण ने नोट किया, 'नार्सिसिस्टिक एंग्जायटी' के संकेत।

3. सीसीटीवी और वह ब्रेसलेट:

मेहरा ने AI Enhancement वाली वह फुटेज स्क्रीन पर चलाई। शूटर का हाथ और उस पर चमकता बिच्छू वाला ब्रेसलेट। “Your Honour, हमने अर्पित के घर की तलाशी में वही ब्रेसलेट बरामद किया है जिस पर अर्पित के पसीने के DNA ट्रेसेस मिले हैं। यह ब्रेसलेट अर्पित की 'फिंगरप्रिंट' है।”

दृश्य 3: अहंकार का विस्फोट (The Mask Off)

विक्रम खन्ना (डिफेंस लॉयर) खड़े हुए। “Objection माई लॉर्ड! यह सब परिस्थितिजन्य है। अर्पित का सिया को मारने का कोई मकसद नहीं था।”

मेहरा ने एक तीखी मुस्कान दी। “मकसद? Your Honour, मनोविज्ञान में एक शब्द है, 'नार्सिसिस्टिक इंजरी'। नार्सिसिस्टिक एंग्जायटी (Narcissistic Anxiety): अहंकार को चोट पहुँचने पर होने वाली बेचैनी। अर्पित और सिया कानपुर में साथ थे। अर्पित ने सिया को प्रपोज़ किया था और सिया ने उसे सरेआम ठुकरा दिया था। अर्पित जैसे व्यक्ति के लिए 'रिजेक्शन' एक मौत की सज़ा जैसा था। उसने सीधे हाथ से खून नहीं किया, उसने पियूष के 'पागलपन' को हथियार बनाया।”

अर्पित अचानक हँसा। एक ठंडी, डरावनी हँसी।

“मकसद जानना चाहते हो, मेहरा?” अर्पित ने कटघरे की बाड़ पर झुकते हुए कहा। उसकी आवाज़ अब बहुत भारी थी। “हाँ, मैंने ही पियूष को उकसाया। पियूष जैसे बेवकूफ प्यार करते हैं, मेरे लिए यह सिर्फ मेरा 'ईगो' (Ego) था। ईगो कोलैप्स (Ego Collapse): जब किसी व्यक्ति की पूरी पहचान और आत्म-विश्वास अचानक नष्ट हो जाता हैं। सिया ने मुझे रिजेक्ट करके अपनी किस्मत लिख दी थी। मैंने बस उसे खत्म करने के लिए एक टूटे हुए आशिक का इस्तेमाल किया। और देखो, मैंने उसे ऐसी मौत दी कि उसे मारने वाला भी वही था जो उसे प्यार करता था। यह मेरा 'परफेक्ट मर्डर' था!”

पूरा कोर्ट सन्न रह गया। पिन-ड्रॉप साइलेंस। अर्पित ने अपनी ही जीत के नशे में अपना जुर्म कबूल कर लिया था। इसे कानून की भाषा में 'जुडिशियल कंफेशन' कहा जाता है, हालांकि यह आवेश में दिया गया था। जुडिशियल कंफेशन (Judicial Confession): अदालत के भीतर न्यायाधीश के सामने किया गया अपराध स्वीकारोक्ति। धारा 120B

(Criminal Conspiracy): किसी अपराध को अंजाम देने की साझा योजना का हिस्सा होना।

दृश्य 4: श्रीकृष्ण का अंतिम बयान

न्यायमूर्ति त्रिपाठी ने श्रीकृष्ण को गवाह के स्टैंड पर बुलाया।

श्रीकृष्ण ने शांत भाव से कहा, “Your Honour, यह केस दिखाता है कि जब एक 'बीमार दिमाग' (पियूष का डेल्यूजन) और एक 'ठंडा दिमाग' (अर्पित का प्रतिशोध) मिलते हैं, तो समाज के लिए एक घातक स्थिति पैदा होती है। पियूष दोषी है क्योंकि उसने अपराध का इरादा रखा, और अर्पित दोषी है क्योंकि वह इस पूरी तबाही का रचयिता था। विज्ञान ने हमें रास्ता दिखाया, लेकिन सच इन दोनों की आँखों के पीछे छुपा था।”

समापन: सुरक्षित भविष्य की ओर

न्यायमूर्ति त्रिपाठी ने अपने नोट्स बंद किए। “दोनों पक्षों की बहस पूरी हुई। अदालत ने फॉरेंसिक साक्ष्यों, 3D रिकंस्ट्रक्शन, और अभियुक्तों के बयानों को संज्ञान में लिया है। फैसला सुरक्षित (Judgment Reserved) रखा जाता है।”

अदालत स्थगित हुई। श्रीकृष्ण जब बाहर निकले, तो उन्होंने देखा कि मीडिया के कैमरे अब शांत थे। अर्पित वर्मा को हथकड़ियों में ले जाया जा रहा था, और पियूष अभी भी अपनी सीट पर बैठा ज़मीन को देख रहा था।

डॉ. अनिरुद्ध ने श्रीकृष्ण के कंधे पर हाथ रखा। “हमने सच ढूंढ लिया, श्रीकृष्ण।”

श्रीकृष्ण ने खिड़की से भोपाल की झील को देखा, जहाँ सूरज ढल रहा था। “सच तो मिल गया अनिरुद्ध, लेकिन उस लड़की के सपने अब कभी

वापस नहीं आएंगे। मृगतृष्णा खत्म हो गई, लेकिन उसका अंधेरा बहुत गहरा है।”

सच का सामना - जुनून बनाम साजिश, “एक ने प्यार को जुनून बना दिया, दूसरे ने उस जुनून को हथियार... और आज दोनों को अपने ही बुने हुए जाल के सच का सामना करना पड़ा।”

अध्याय 44
फैसला (Judgment Day)

समय: सुबह 10:15 बजे

स्थान: भोपाल जिला एवं सत्र न्यायालय - कोर्ट परिसर

भोपाल की सुबह आज किसी भारी पत्थर की तरह ठहरी हुई थी। 'अरेरा हिल्स' की ओर जाने वाली सड़कों पर पुलिस के बैरिकेड्स लगे थे। नया भोपाल, जहाँ न्यूज़ चैनलों की ओबी वैन (OB Vans) की लंबी कतारें लगी थीं और रिपोर्टर्स चिल्ला-चिल्लाकर "सदी के फैसले" की उम्मीद जता रहे थे। वहीं, पुराने भोपाल की संकरी गलियों में, चाय की दुकानों पर लोग रेडियो और मोबाइल पर कान लगाए बैठे थे। चर्चा एक ही थी, "क्या आज उस बेगुनाह लड़की को इंसाफ़ मिलेगा? क्या 'जुनून' को सज़ा होगी?"

डीसीपी श्रीकृष्ण अपनी सरकारी गाड़ी से नीचे उतरे। उनके चेहरे पर एक गंभीर शांति थी। उन्होंने डॉ. अनिरुद्ध की ओर देखा, जो हाथ में फॉरेंसिक डेटा का अंतिम ब्रीफकेस लिए खड़े थे। श्रीकृष्ण ने मन ही मन सोचा, "आज कागज़ बोलेंगे, आज विज्ञान गवाही देगा, और आज समाज का भ्रम टूटेगा।"

पूरा शहर एक ऐसे सवाल के जवाब का इंतज़ार कर रहा था जो प्यार और अपराध के बीच की धुंधली लकीर को साफ करने वाला था।

दृश्य 1: कोर्टरूम का सन्नाटा और गंभीरता

कोर्टरूम नंबर 3 खचाखच भरा हुआ था। लकड़ी की बेंचों पर बैठे वकीलों, पत्रकारों और आम जनता की सांसों की आवाज़ तक सुनाई दे रही थी।

सबसे ऊपर न्यायाधीश की ऊँची महोगनी की कुर्सी किसी दैवीय सिंहासन की तरह लग रही थी।

कटघरे में पियूष शर्मा खड़ा था, उसकी आँखें अब सूख चुकी थीं, चेहरा पीला पड़ गया था, जैसे उसने अपनी हार स्वीकार कर ली हो। उसके बगल में अर्पित वर्मा खड़ा था, जिसका आत्मविश्वास अब दरक चुका था। उसके चेहरे पर पसीने की बूंदें साफ़ देखी जा सकती थीं।

न्यायलय के अर्दली ने ज़ोर से पुकारा, "माननीय न्यायालय हाज़िर हों!"

पूरी अदालत एक साथ खड़ी हुई। न्यायमूर्ति आर.के. त्रिपाठी ने धीमी और सधी हुई चाल के साथ अपनी गद्दी संभाली। उन्होंने चश्मा ठीक किया और मेज़ पर रखी 1500 पन्नों की उस केस फाइल को देखा, जिसमें सिया वर्मा की मौत का एक-एक कतरा दर्ज था।

दृश्य 2: साक्ष्यों का अंतिम पुनरावलोकन (Forensic Chain)

न्यायमूर्ति त्रिपाठी ने अपना फैसला पढ़ना शुरू किया। उनकी आवाज़ शांत लेकिन गूँजने वाली थी।

"यह मामला केवल एक जघन्य हत्या का नहीं है... यह समाज की सोच, मानसिक विकारों की जटिलता और आधुनिक कानून की सीमाओं का एक कठिन परीक्षण है। अभियोजन पक्ष (Prosecution) ने विज्ञान और तकनीक का ऐसा ताना-बना पेश किया है जिसे अनदेखा करना न्याय की हत्या होगी।"

न्यायाधीश ने एक-एक करके फॉरेंसिक स्तंभों का ज़िक्र किया:

GSR (Gunshot Residue): "दोनों अभियुक्तों के हाथों पर एंटीमनी और

बेरियम के निशान यह सिद्ध करते हैं कि घटनास्थल पर दो अलग-अलग सक्रियताएँ (Activity) हुई थीं।"

Ballistic Matching: "दो अलग हथियारों और दो अलग प्रक्षेपवक्र (Trajectories) का होना यह साबित करता है कि यह कोई क्षणिक गुस्सा नहीं, बल्कि एक Synchronized Execution था।" Synchronized Execution: दो या अधिक अपराधियों द्वारा एक ही समय पर सुनियोजित हमला।

DNA Analysis: "मृतका के नाखूनों में अर्पित वर्मा की त्वचा कोशिकाओं का मिलना उनके बीच हुए शारीरिक संघर्ष और अर्पित की प्रत्यक्ष मौजूदगी का अकाट्य प्रमाण है।"

CCTV AI Enhancement: "एआई द्वारा साफ की गई फुटेज में अर्पित की कलाई का वह विशिष्ट ब्रेसलेट इस साजिश की सबसे महत्वपूर्ण कड़ी बन गया।"

दृश्य 3: मनोवैज्ञानिक विश्लेषण - प्यार बनाम जुनून

जज साहब अब पियूष की ओर मुड़े। "पियूष शर्मा, अदालत ने तुम्हारी मनोवैज्ञानिक रिपोर्ट का गहराई से अध्ययन किया है। तुम 'डेल्यूज़नल इरोटोमेनिया' और 'रिजेक्शन सेंसिटिव डिस्फोरिया' (RSD) के शिकार थे। लेकिन मानसिक विकार अपराधी को अपराध करने का लाइसेंस नहीं देता।"

अदालत में सन्नाटा और गहरा हो गया।

"कानून की नज़र में प्यार और जुनून के बीच एक बहुत स्पष्ट विभाजन है," न्यायाधीश ने स्पष्ट किया। "प्यार (Love) स्वतंत्रता देता है, वह व्यक्ति के विकास में सहायक होता है। लेकिन जुनून (Obsession) नियंत्रण

(Control) चाहता है। पियूष, तुमने स्टॉकिंग (धारा 354D) के उन चरणों को पार किया जहाँ 'आकर्षण' पहले 'अधिकार' में बदला और फिर 'विनाश' (Destruction) में। तुमने सिया को एक इंसान नहीं, बल्कि अपनी 'मृगतृष्णा' की वस्तु समझ लिया।"

चार्जशीट में पियूष और राघव मिश्रा के खिलाफ निम्नलिखित धाराएं दर्ज की गई थीं:

IPC 302 (हत्या): सिया की हत्या के लिए पियूष और दूसरे शूटर पर प्राथमिक आरोप।

IPC 120B (आपराधिक षड्यंत्र): इस पूरी साजिश को रचने के लिए राघव मिश्रा मुख्य आरोपी।

IPC 354D (स्टॉकिंग): सिया का पीछा करने और डिजिटल निगरानी रखने के लिए।

Arms Act Section 25/27: अवैध और मॉडिफाइड हथियारों के उपयोग और खरीद-बिक्री के लिए।

IT Act Section 66E: निजता के उल्लंघन और डिजिटल डेटा के गलत इस्तेमाल के लिए।

दृश्य 4: अर्पित वर्मा - ठंडे दिमाग का मास्टरमाइंड

जज की नज़रें अब अर्पित वर्मा पर जमी थीं। "अर्पित वर्मा, तुम्हारा मामला पियूष से कहीं ज़्यादा संगीन है। तुमने पियूष की मानसिक बीमारी का उपयोग एक हथियार की तरह किया। तुमने अपनी 'नार्सिसिस्टिक इंजरी' का बदला लेने के लिए एक निर्दोष लड़की और एक मानसिक रूप से

अस्थिर युवक की बलि चढ़ा दी। यह धारा 120B (साजिश) और धारा 109 (उकसाना) का सबसे क्रूर उदाहरण है।"

दृश्य 5: अंतिम निर्णय (The Sentencing)

न्यायमूर्ति त्रिपाठी ने अपनी कलम उठाई। पूरे कोर्टरूम की धड़कनें जैसे एक साथ रुक गईं।

"अभियुक्तों के कृत्यों, साक्ष्यों की अटूट श्रृंखला और अपराध की क्रूरता को ध्यान में रखते हुए, यह अदालत निम्नलिखित निर्णय सुनाती है -"

पियूष शर्मा (Accused No. 1):

"पियूष, तुम्हारी गोली ने सिया को घायल किया, लेकिन तुम्हारी मानसिक स्थिति और प्रारंभिक अपराध स्वीकारोक्ति को ध्यान में रखते हुए, तुम्हें भारतीय दंड संहिता की धारा 302 के तहत आजीवन कारावास (Life Imprisonment) की सज़ा सुनाई जाती है। तुम्हें मरते दम तक सलाखों के पीछे रहना होगा।" आजीवन कारावास (Life Imprisonment): आरोपी के शेष प्राकृतिक जीवन तक जेल में रहना।

पियूष अपनी जगह पर ढह गया। वह सुबकने लगा, लेकिन उसकी आँखों में अब कोई पश्चाताप नहीं था, केवल एक खालीपन था।

अर्पित वर्मा (Accused No. 2):

न्यायाधीश का स्वर और भी कठोर हो गया। "अर्पित, तुमने न केवल हत्या की योजना बनाई, बल्कि उसे एक 'परफेक्ट मर्डर' का रूप देने के लिए सिस्टम के साथ खिलवाड़ किया। तुमने सिया की हत्या की। तुम्हारा यह कृत्य 'रेयरेस्ट ऑफ रेयर' की श्रेणी में आता है क्योंकि तुमने एक शिक्षित होकर समाज के भरोसे का कत्ल किया है। तुम्हें धारा 302 और 120B के

तहत मृत्युदंड (Death Penalty) की सज़ा सुनाई जाती है। तुम्हें तब तक फांसी पर लटकाया जाए जब तक तुम्हारी मृत्यु न हो जाए।"

मृत्युदंड (Death Penalty): दुर्लभतम से दुर्लभ मामलों में दी जाने वाली फांसी की सज़ा। रेयरेस्ट ऑफ रेयर (Rarest of Rare): वह कानूनी सिद्धांत जिसके आधार पर फांसी की सज़ा तय की जाती है। निब तोड़ना (Breaking the Nib): मृत्युदंड का फैसला सुनाने के बाद न्यायाधीश द्वारा कलम की निब तोड़ने की प्रतीकात्मक परंपरा।

राघव मिश्रा (Accused No. 3):

राघव किसी की हत्या करने का ठेका लेना बहुत संगीन अपराध है। लेकिन तुमने शिक्षक होते हुए अपने लालच में यह काम किया। पियूष को साजिश का शिकार बनाया और तुम्हारी प्लानिंग से सिया की मौत हुई अतः तुम्हें आजीवन कठोर दंड की सजा सुनाई जाती है।

पूरे कोर्टरूम में एक सामूहिक सिसकी गूँज उठी। अर्पित का चेहरा सफेद पड़ गया और वह वहीं बेहोश होकर गिर पड़ा।

दृश्य 6: बाहर का माहौल और श्रीकृष्ण का अंतर्मन

जैसे ही जज साहब ने अपनी कलम की 'निब' तोड़ी, कोर्ट रूम के बाहर मीडिया में धमाका हो गया। न्यूज़ चैनल हेडलाइंस चलाने लगे, "मृगतृष्णा केस: मास्टरमाइंड को फांसी, आशिक को उम्रकैद!"

डीसीपी श्रीकृष्ण कोर्ट से बाहर निकले। सूरज की तेज़ रोशनी उनकी आँखों में चुभ रही थी। पियूष को वैन में ले जाया जा रहा था। जब वह श्रीकृष्ण के पास से गुज़रा, उसने रोते हुए पूछा, "साहब... क्या वह अब मेरी हो गई?"

श्रीकृष्ण ने उसकी आँखों में देखा और बहुत ही शांत लेकिन भारी स्वर में कहा, "पियूष, प्यार कभी किसी की जान नहीं लेता। तुमने जिसे प्यार समझा, वह केवल तुम्हारी बीमारी थी। और उस बीमारी ने एक बेगुनाह के सपनों को हमेशा के लिए दफन कर दिया।"

भोपाल की खामोशी

रात को श्रीकृष्ण भोपाल की बड़ी झील के किनारे अकेले खड़े थे। नया भोपाल अपनी रोशनी में चमक रहा था, और पुराने भोपाल की गलियाँ खामोश थीं। न्याय हो चुका था, लेकिन सिया की वह 'मृगतृष्णा' वाली नोटबुक के शब्द अब भी श्रीकृष्ण के कानों में गूँज रहे थे, "He is watching me..."

श्रीकृष्ण ने एक गहरी सांस ली और झील के शांत पानी की ओर देखते हुए बुदबुदाए, "कानून ने तो फैसला सुना दिया... लेकिन समाज को अभी भी फैसला करना बाकी है, कि हम अपनी बेटियों को आज़ादी देंगे या उन्हें जुनून के सायों में जीने को मजबूर करेंगे।"

कानून की नजर में प्यार और जुनून, "न्याय की जीत तो हुई, लेकिन जुनून के उस अंधेरे ने एक हँसती-खेलती ज़िंदगी को हमेशा के लिए एक 'फाइल' बना दिया था।"

अध्याय 45
सजा और पश्चाताप

समय: शाम 06:30 बजे

स्थान: भोपाल सेंट्रल जेल - सेल नंबर 14

भोपाल की शामें अक्सर खुशनुमा होती हैं, लेकिन सेंट्रल जेल की ऊँची दीवारों के भीतर हवा का एक-एक कतरा भारी महसूस होता है। यहाँ सूरज की रोशनी भी सलाखों से छनकर आती है, जैसे वह भी अपराधी को छूने से कतरा रही हो। नया भोपाल अपनी रफ़्तार में भाग रहा था, पुराने भोपाल की गलियों में जीवन अपनी लय में था, लेकिन इन दोनों दुनियाओं से दूर एक तीसरी दुनिया थी, जहाँ समय जैसे लोहे की बेड़ियों में जकड़ा हुआ था।

पियूष शर्मा, जिसे अब 'कैदी नंबर 3021' के नाम से जाना जाता था, अपनी छोटी सी कोठरी के कोने में बैठा था। उसके सामने पत्थर की दीवार पर खरोंच के अनगिनत निशान थे, शायद उससे पहले रहने वाले कैदियों की अधूरी कहानियाँ। मेज़ पर रखे एक लोहे के लोटे में पानी स्थिर था, बिल्कुल पियूष की ज़िंदगी की तरह।

दृश्य 1: दो दुनिया और एक नंबर

जेल का गार्ड भारी जूतों की आवाज़ के साथ गलियारे में गुज़रा। “कैदी नंबर 3021! खाना ले लो।”

पियूष ने कोई जवाब नहीं दिया। उसकी आँखें शून्य में जमी थीं। वह अब वह मेधावी छात्र नहीं था जिसकी चर्चा कॉलेज में होती थी, न ही वह

'रक्षक' था जिसे वह अपनी कल्पनाओं में जीता था। वह अब केवल एक 'सांख्यिकीय आंकड़ा' (Statistical data) था।

उसकी कोठरी में एक पतली सी चटाई और दीवारों पर जमी सीलन के अलावा कुछ नहीं था। यह वह स्थान था जहाँ 'सेंसरी डिप्रिवेशन' (Sensory Deprivation) इंसान को अपने ही दिमाग की आवाज़ें सुनने पर मजबूर कर देती है। सेंसरी डिप्रिवेशन (Sensory Deprivation): बाहरी उत्तेजनाओं की कमी से होने वाली मानसिक स्थिति। और पियूष के दिमाग में इस समय एक ही आवाज़ गूँज रही थी, सिया की आखिरी चीख।

दृश्य 2: मनोवैज्ञानिक फ्लैशबैक - जुनून का पोस्टमार्टम

रात के सन्नाटे में पियूष ने अपनी आँखें बंद कीं। उसके अवचेतन मन ने पियूष के 'डेल्यूजनल डिसऑर्डर' का फिर से पोस्टमार्टम करना शुरू किया।

स्टेज 1: अट्रैक्शन (Attraction): उसे याद आया कॉलेज का वह पहला दिन जब उसने सिया को देखा था। वह मासूमियत, वह मुस्कान। उस समय वह प्यार था या केवल एक 'आइडियलाइजेशन'?

स्टेज 2: ऑब्सेशन (Obsession): धीरे-धीरे वह आकर्षण एक निगरानी में बदल गया। सीडीआर (CDR) के वे हज़ारों लॉग्स, वे साइलेंट कॉल्स। उसे लगने लगा कि वह सिया के बिना साँस नहीं ले सकता।

स्टेज 3: डेल्यूज़न (Delusion): "वह मुझसे प्यार करती है, वह बस डर रही है।" पियूष ने सालों तक इस झूठ को सच मानकर पाला था। उसने अपनी वास्तविकता को विकृत (Distort) कर लिया था।

स्टेज 4: रिजेक्शन टू वायलेंस (Violence): जब वास्तविकता ने उसके

भ्रम को तोड़ा, तो पियूष का अहं (Ego) ज्वालामुखी बन गया। उसे लगा कि सिया ने उसे 'धोखा' दिया है।

पियूष ने अपना सिर दीवार से टिका दिया। “वह प्यार नहीं था... वह केवल मेरा अधिकार था।” पहली बार उसके मुँह से सच निकला, और उसके साथ ही उसकी आँखों से आँसू बह निकले।

दृश्य 3: फॉरेंसिक गूँज और हार

उसे कोर्ट रूम में पेश किए गए वे सारे वैज्ञानिक सबूत याद आए। डॉ. अनिरुद्ध की आवाज़ उसके कानों में गूँजी - “जीएसआर (GSR) पॉजिटिव है, बैलिस्टिक मैचिंग सटीक है, डीएनए (DNA) ने तुम्हारी मौजूदगी साबित कर दी है।”

पियूष ने फुसफुसाते हुए कहा, “विज्ञान ने मुझे नहीं फँसाया...राघव के कहने में आ कर मैंने खुद को इस जाल में फँसाया था। मैंने सोचा था कि मैं 'परफेक्ट मर्डर' का हिस्सा हूँ, लेकिन मैं तो केवल एक मोहरा (Pawn) था जिसे अर्पित ने अपनी बिसात पर चलाया।”

उसे अहसास हुआ कि उसकी हर चाल, हर मैसेज और हर स्टॉकिंग पैटर्न पुलिस के लिए एक 'डिजिटल फुटप्रिंट' बन गया था। वह जितना भागना चाहता था, सबूतों की ज़ंजीरें उतनी ही कसती गईं।

दृश्य 4: अर्पित की खबर और अंतिम झटका

तभी गार्ड फिर से आया। “3021, तुम्हारे वकील का संदेश आया है। अर्पित वर्मा की 'मर्सी पिटीशन' खारिज हो गई है। मर्सी पिटीशन (Mercy Petition): राष्ट्रपति या राज्यपाल से फांसी की सज़ा कम करने की अपील।उसकी फांसी की तारीख तय हो गई है।”

पियूष सन्न रह गया। अर्पित, वह मास्टरमाइंड जिसने उसे यकीन दिलाया था कि वे साथ मिलकर सिया को 'आज़ाद' कर रहे हैं, अब खुद मौत के मुहाने पर था। पियूष को आजीवन कारावास मिला था, एक ऐसी सज़ा जो मौत से भी बदतर थी क्योंकि उसे हर दिन अपनी गलती के साथ जीना था।

“वह मर जाएगा... और मैं? मैं अपनी यादों की जेल में सड़ता रहूँगा,” पियूष ने दीवारों की ओर देखते हुए कहा।

दृश्य 5: डायरी और पश्चाताप (The Penance)

जेल के साइकिएट्रिस्ट (Psychiatrist) ने पियूष को एक डायरी और पेन दिया था ताकि वह अपने विचारों को कागज़ पर उतार सके। यह 'कैथार्सिस' (Catharsis) की एक प्रक्रिया थी।कैथार्सिस (Catharsis): भावनाओं को व्यक्त करके मन को शुद्ध करने की प्रक्रिया।

पियूष ने कांपते हाथों से लिखना शुरू किया:

“आज मुझे समझ आया कि प्यार कभी किसी की जान नहीं लेता। प्यार तो उसे उड़ने के लिए आसमान देता है। मैंने सिया को प्यार नहीं किया, मैंने उसकी आज़ादी से नफरत की थी। मैंने उसके 'ना' को नहीं, बल्कि उसके वजूद को मिटाना चाहा था। समाज कहता है कि जुनून प्यार की पराकाष्ठा है, लेकिन सच तो यह है कि जुनून प्यार का सबसे बड़ा दुश्मन है।”

उसने डायरी के पन्ने पर एक बूँद आँसू गिराया। यह पश्चाताप की पहली बूँद थी। साइकोलॉजिकल कोलैप्स: जब अपराधी का मानसिक रक्षा तंत्र पूरी तरह टूट जाता है। इगो कोलैप्स (Ego Collapse): अपने झूठे आत्मविश्वास और पहचान का नष्ट होना।

दृश्य 6: अंतिम मुलाकात - डीसीपी श्रीकृष्ण

अगले दिन, डीसीपी श्रीकृष्ण जेल के मुलाकाती कमरे (Visition Room) में पियूष के सामने बैठे थे। बीच में एक मोटा कांच था।

“कैसा महसूस कर रहे हो पियूष?” श्रीकृष्ण ने बहुत ही शांत स्वर में पूछा।

पियूष ने धीरे से सिर उठाया। “साहब, आपने उस दिन मुझसे पूछा था कि क्या वह अब मेरी हो गई? आज मेरे पास जवाब है।” पियूष रुका और एक लंबी सांस ली। “वह कभी मेरी नहीं थी। वह केवल अपनी थी। और मैंने उसे छीनकर खुद को भी खत्म कर लिया।”

श्रीकृष्ण ने उसकी आँखों में देखा। वहाँ अब वह 'मृगतृष्णा' वाली चमक नहीं थी, बल्कि एक गहरा ठहराव था। “देर से ही सही, लेकिन तुमने सच देख लिया पियूष। प्यार कभी छीनता नहीं, वह केवल देता है।”

“साहब, क्या वह मुझे माफ़ करेगी?” पियूष ने एक मासूम बच्चे की तरह पूछा।

श्रीकृष्ण अपनी कुर्सी से उठे और जाने से पहले कहा, “इसका जवाब तुम्हें अब कभी नहीं मिलेगा पियूष। और यही तुम्हारी सबसे बड़ी सज़ा है।”

भोपाल की रात और सन्नाटा

रात के समय जेल की कोठरी में चाँद की रोशनी एक लंबी छाया बना रही थी। पियूष सलाखों को पकड़कर बाहर देख रहा था। उसे पुराने भोपाल की वह अज़ान और नए भोपाल की वह रोशनी याद आ रही थी।

उसे अहसास हुआ कि उसने एक बेगुनाह लड़की के सपनों का गला केवल इसलिए घोंट दिया क्योंकि वह उसके 'अहंकार' (Ego) में फिट नहीं बैठती थी।

सलाखों के पीछे का सच, "सजा अदालत ने सुनाई थी, लेकिन पश्चाताप उसकी आत्मा हर दिन सुनाएगी... क्योंकि सलाखों के बाहर की दुनिया उसने खुद अपने हाथों से जला दी थी।"

अध्याय 46
उपसंहार - अंधा प्रतिशोध

समय: शाम 06:45 बजे

स्थान: भोपाल - बड़ी झील (Bada Talab) / वीआईपी रोड

भोपाल की शाम अपनी पूरी खूबसूरती के साथ ढल रही थी। सूरज की आखिरी किरणें बड़ी झील के शांत पानी पर पड़कर उसे पिघले हुए सोने जैसा बना रही थीं। क्षितिज पर नारंगी और गहरे बैंगनी रंग की परतें एक-दूसरे में सिमट रही थीं।

एक तरफ 'नया भोपाल' था, वीआईपी रोड पर दौड़ती गाड़ियाँ, किनारे के कैफे से आता संगीत, रोशनी और आधुनिकता का शोर। दूसरी तरफ 'पुराना भोपाल' था, जहाँ मस्जिदों से अज़ान की गूँज उठ रही थी और संकरी गलियाँ अपनी सदियों पुरानी खामोशी को ओढ़े खड़ी थीं। इन दोनों दुनियाओं के बीच, झील की मुंडेर पर अकेले खड़े थे डीसीपी श्रीकृष्ण।

उनकी आँखें झील के पानी पर टिकी थीं, लेकिन उनका दिमाग इस शहर के उन अंधेरे कोनों में घूम रहा था जहाँ पिछले कुछ महीनों में एक खौफनाक दास्तान लिखी गई थी।

दृश्य 1: यादों के टुकड़े (Flash Fragments)

श्रीकृष्ण ने अपनी जेब से एक सिगरेट निकालने की सोची, फिर रुक गए। उन्हें याद आया कि उन्होंने यह आदत सालों पहले छोड़ दी थी। लेकिन आज का बोझ कुछ ऐसा था कि उन्हें एक सहारा चाहिए था। उनके दिमाग में यादों के टुकड़े किसी फॉरेंसिक स्लाइड की तरह तैरने लगे:

सिया का वह मासूम चेहरा, जो खून के फव्वारे के बीच सड़क पर गिर गया था।

पियूष की वह पागलपन भरी चीख - "वह मेरी है!"

अर्पित वर्मा की वह ठंडी, गणनात्मक मुस्कान जब उसे फांसी की सजा सुनाई गई।

डॉ. अनिरुद्ध के लैब की नीली रोशनी और वह चमकता हुआ ब्रेसलेट।

दृश्य 2: विज्ञान की गवाही और सत्य

श्रीकृष्ण ने धीरे-धीरे उन शब्दों को दोहराया जो इस केस की बुनियाद बने थे।

“जीएसआर (GSR)... बैलिस्टिक मैचिंग (Ballistic matching)... डीएनए एनालिसिस (DNA Analysis)... सीडीआर लॉग्स (CDR logs)... सीसीटीवी एआई (CCTV AI)...”

उन्होंने महसूस किया कि विज्ञान ने अपना काम पूरी ईमानदारी से किया था। हर पिक्सल, हर धातु का टुकड़ा और हर कोशिका एक ही सच चीख रही थी। लेकिन क्या सच सिर्फ विज्ञान में था? श्रीकृष्ण ने गहरी सांस ली। नहीं, असली सच तो उन इंसानों के भीतर था जो अपनी भावनाओं को नियंत्रित नहीं कर पाए।

दृश्य 3: मनोवैज्ञानिक विश्लेषण - दो अपराधी, एक अंत

उन्होंने पियूष और अर्पित के व्यक्तित्वों का तुलनात्मक अध्ययन (Comparative Study) किया।

पियूषः उसका 'प्यार' पहले 'जुनून' में बदला, फिर वह जुनून 'भ्रम' (Delusional Disorder) बन गया। उसने सिया को एक स्वतंत्र लड़की नहीं, बल्कि अपनी जागीर समझा। उसकी स्टॉकिंग (Stalking) के चरण - आकर्षण, अधिकार, और अंततः विनाश, एक क्लासिक पैटर्न थे। डेल्यूजनल एस्केलेशन: भ्रम की स्थिति का लगातार बढ़ते हुए हिंसा तक पहुँचना। सिस्टमैटिक स्टॉकिंग: योजनाबद्ध तरीके से किसी की निगरानी और पीछा करना।

अर्पितः उसका 'अहं' (Ego) उसे ले डूबा। उसे लगी वह चोट, जिसे उसने बदला बना दिया। ईगो इंजरी (Ego Injury): अहंकार को ठेस पहुँचना जो अक्सर प्रतिशोध का कारण बनती है। उसने पियूष की मानसिक बीमारी को एक हथियार की तरह इस्तेमाल किया। वह एक 'मैकियावेलियन' मास्टरमाइंड था, जिसने भावनाओं का गणित लगाया था। मैकियावेलियन (Machiavellian): दूसरों को अपने स्वार्थ के लिए इस्तेमाल करने वाला चतुर व्यक्तित्व।

दोनों अलग थे, दोनों के रास्ते अलग थे, लेकिन दोनों का अंत एक ही था - विनाश।

दृश्य 4: झील और खामोश सवाल

पानी में उठती लहरें जैसे हर पल एक नई कहानी सुना रही थीं। श्रीकृष्ण ने अपनी आँखें बंद कीं। उन्हें सिया की आवाज़ सुनाई दी, वही आवाज़ जो उन्होंने उसकी डायरी में पढ़ी थी।

"सर... मैं बस जीना चाहती थी... मैं बस अपनी आज़ादी चाहती थी..."

कमरे में सन्नाटा छा गया। श्रीकृष्ण ने खुद से पूछा, "क्या हम वाकई एक सुरक्षित समाज बना पाए हैं? क्या हम अपने बेटों को यह सिखाते हैं कि 'ना' का मतलब 'ना' होता है? या हम अब भी प्यार को एक अधिकार की

तरह पेश करते हैं?"

भोपाल की ये दो तस्वीरें, नया और पुराना, आज एक ही सवाल के घेरे में थीं। आधुनिकता के बावजूद क्या हमारी सोच आज भी उन्हीं संकरी गलियों में फँसी है जहाँ औरत की पसंद को 'चुनौती' समझा जाता है?

दृश्य 5: अंतिम संदेश (The Final Verdict)

श्रीकृष्ण ने झील की ओर देखते हुए बहुत ही धीमे लेकिन भारी स्वर में कहा, जैसे वह इस पूरे शहर को चेतावनी दे रहे हों:

"अंधा जुनून... कभी न्याय नहीं लाता। वह सिर्फ और सिर्फ विनाश लाता है। जब प्यार नियंत्रण की चाहत बन जाए, तो वह प्यार नहीं, एक हत्यारा बन जाता है।"

सूरज अब पूरी तरह डूब चुका था। चारों ओर अंधेरा था, लेकिन वह अंधेरा डरावना नहीं था, वह शांत था। श्रीकृष्ण ने अपनी डायरी निकाली और उस पर आखिरी दस्तखत किए।

केस स्टेटस: क्लोज्ड। साइकोलॉजिकल क्लोजर (Psychological Closure): किसी दर्दनाक घटना के बाद मानसिक शांति और निष्कर्ष की प्राप्ति।

भोपाल का सच

श्रीकृष्ण अपनी गाड़ी की ओर बढ़े। उन्होंने मुड़कर आखिरी बार झील को देखा। पियूष अब सलाखों के पीछे पश्चाताप की आग में जल रहा था, अर्पित अपनी मौत का इंतज़ार कर रहा था, और सिया... सिया अब इस शहर की हवाओं में एक चेतावनी बनकर बस गई थी।

झील की खामोशी और सच की गूंज, "हर शहर में एक कहानी होती है, और हर कहानी में एक कड़वा सच, कि प्यार तब तक खूबसूरत है जब तक वह आज़ाद है। और जुनून तब तक खतरनाक, जब वह अंधा होकर किसी के वजूद को मिटाने की ज़िद बन जाए।"

यह कहानी खत्म नहीं होती, क्योंकि यह सिर्फ एक केस नहीं था। यह हमारे समाज का वह आईना है जिसे हम अक्सर देखना नहीं चाहते। 'मृगतृष्णा' उस मृग की प्यास है जो उस पानी की तलाश में भागता है जो है ही नहीं, और इस दौड़ में वह अपनी ज़िंदगी गँवा देता है।

सलाखों के पीछे का सच, "प्यार स्वतंत्रता है, जुनून कैद है।"

विश्वास का जादू

प्रस्तावना 258

अध्याय 1 स्मृतियों का घेरा 263

अध्याय 2 जड़ों से विस्थापन 267

अध्याय 3 पाठशाला और फिसलन 273

अध्याय 4 सपनों का महल 279

अध्याय 5 कड़वा मोड़ 283

अध्याय 6 माँ की मूक साधना 288

अध्याय 7 घर की दहलीज पर अपमान 396

अध्याय 8 हबीबगंज की वह काली रात 302

अध्याय 9 अनजाना भरोसा 312

अध्याय 10 कानून का शिकंजा 317

अध्याय 11 अंतरात्मा की जागृति 321

अध्याय 12 सच की ताकत 326

अध्याय 13 विश्वास की जीत 328

प्रस्तावना

जीवन की यात्रा अक्सर सीधी पगडंडियों पर नहीं, बल्कि उन टेढ़े-मेढ़े रास्तों पर चलती है जहाँ हर मोड़ पर एक नया चुनाव खड़ा होता है। कभी-कभी ज़िंदगी हमें ऐसे चौराहे पर लाकर खड़ा कर देती है, जहाँ सही और गलत के बीच की रेखा इतनी धुंधली पड़ जाती है कि इंसान को समझ नहीं आता कि उसका एक कदम उसे उजाले की ओर ले जाएगा या अंधेरे की गहरी खाई में धकेल देगा।

उस क्षण, न तो हमारी डिग्रियाँ काम आती हैं और न ही समाज द्वारा रटाई गई नैतिकता की परिभाषाएँ। उस पल केवल एक ही चीज़ काम आती है, हमारी अंतरात्मा की वह धीमी आवाज़, जिसे हम अक्सर दुनिया के शोर में अनसुना कर देते हैं।

यह उपन्यास, 'विश्वास का जादू', उसी अनसुनी आवाज़ और एक साधारण लड़के के असाधारण परिवर्तन की कहानी है। इस कहानी का नायक, मोहन लाल, कोई महान व्यक्तित्व नहीं है। वह हमारे बीच का ही एक चेहरा है, जिसे हम रोज़ाना चाय की टपरियों पर, रेलवे स्टेशनों की भीड़ में या बड़े बंगलों के पीछे बनी छोटी कोठरियों में देखते हैं।

मोहन एक ऐसा युवक है जो परिस्थितियों के थपेड़ों से हार चुका है। वह कोई जन्मजात अपराधी नहीं है, लेकिन गरीबी, भूख और लगातार मिलने वाले अपमान ने उसके भीतर की मासूमियत को सुखा दिया है। मोहन की कहानी हमें यह सिखाती है कि कोई भी इंसान पूरी तरह से 'बुरा' नहीं होता। बुराई अक्सर उन अभावों की उपज होती है जहाँ इंसान को अपनी

बुनियादी जरूरतों, जैसे भोजन और सम्मान, के लिए संघर्ष करना पड़ता है।

जब मोहन अपनी भूख मिटाने के लिए चोरी का रास्ता चुनता है, तो वह केवल एक बैग नहीं चुरा रहा होता, बल्कि वह अपने संस्कारों और अपने माता-पिता के विश्वास की बलि चढ़ा रहा होता है। उपन्यास की पृष्ठभूमि भोपाल शहर है, जहाँ 'अरेरा कॉलोनी' की वैभवशाली चमक और उसके पीछे छिपी 'झुग्गियों' की बदहाली एक-दूसरे के आमने-सामने खड़ी हैं।

यह केवल दो भौगोलिक स्थानों का अंतर नहीं है, बल्कि यह दो मानसिकताओं का संघर्ष है। एक तरफ वह दुनिया है जहाँ लोग अपनी सुख-सुविधाओं के लिए करोड़ों खर्च करते हैं, और दूसरी तरफ मोहन जैसे लोग हैं जो एक पक्के शौचालय और गरिमापूर्ण जीवन के लिए तरस जाते हैं।

यह सामाजिक असमानता मोहन के भीतर एक 'अदृश्य जहर' की तरह काम करती है। वह देखता है कि कैसे पैसे की ताकत लोगों को सम्मान दिलाती है, और कैसे गरीबी इंसान को संदिग्ध बना देती है। यही वह बिंदु है जहाँ से एक सामान्य युवक 'शॉर्टकट' के रास्ते तलाशने लगता है।

इस उपन्यास का सबसे महत्वपूर्ण तत्व है, 'विश्वास'। हम अक्सर सोचते हैं कि विश्वास एक कमज़ोरी है, लेकिन मोहन की कहानी यह साबित करती है कि विश्वास दुनिया की सबसे बड़ी शक्ति है।

रेलवे स्टेशन के प्लेटफॉर्म पर बीते वे पंद्रह मिनट मोहन के जीवन के सबसे बड़े पंद्रह मिनट थे। एक अजनबी का उस पर भरोसा करना, बिना किसी पहचान के अपनी पूरी संपत्ति उसके हवाले कर देना, यह कोई छोटी घटना नहीं थी। यह एक ऐसा 'साइकोलॉजिकल शॉक' था जिसने मोहन के बरसों से जमे हुए अपराधी मानस को हिलाकर रख दिया।

जब कोई आप पर भरोसा करता है, तो वह आपके सामने एक आईना रख देता है। वह आईना आपको बताता है कि दुनिया आपको किस रूप में देख रही है। उस अजनबी ने मोहन में एक चोर नहीं, बल्कि एक 'रक्षक' देखा। और इसी भरोसे ने मोहन के भीतर उस 'मानुस' को जगा दिया जो शायद बरसों पहले मर चुका था। विश्वास इंसान को उस ऊँचाई पर बिठा देता है जहाँ से गिरना उसे स्वयं की मृत्यु से भी ज्यादा भयानक लगता है।

इस पुस्तक के लेखन में मैंने केवल भावनाओं का ही नहीं, बल्कि मानव मनोविज्ञान और शरीर विज्ञान का भी सहारा लिया है। हम जो महसूस करते है, चाहे वह डर हो, तनाव हो या विश्वास, उसका एक वैज्ञानिक आधार होता है।

मोहन के माध्यम से हम समझते हैं कि कैसे 'कॉर्टिसोल' का स्तर उसे तनाव और विद्रोह की ओर ले जाता है, और कैसे 'ऑक्सीटोसिन' का संचार उसे नैतिकता और भरोसे से जोड़ देता है। यह समझना जरूरी है कि हमारे निर्णय अक्सर हमारे भीतर चल रहे रसायनों के युद्ध का परिणाम होते हैं। लेकिन अंततः, हमारी 'चेतना' ही वह शक्ति है जो इन रसायनों को नियंत्रित कर सकती है।

मोहन के जीवन में उसके माता-पिता दो अलग-अलग ध्रुवों की तरह हैं। एक तरफ उसके पिता रामलाल हैं, जिनकी महत्वाकांक्षा और कठोरता ने अनजाने में मोहन को विद्रोही बना दिया। दूसरी तरफ उसकी माँ पार्वती है, जिसकी 'मूक साधना' और संतोष ने मोहन के भीतर नैतिकता की एक दबी हुई लौ को बचाए रखा।

माँ का वह छोटा सा 'पूजा कोना' और उसकी सफेद साड़ी, अभावों के बीच भी उसकी शांति, ये मोहन के लिए एक अबूझ पहेली थे। लेकिन अंततः, वही शांति मोहन का संबल बनती है। यह कहानी हमें याद दिलाती है कि हमारे माता-पिता द्वारा दिए गए संस्कार कभी व्यर्थ नहीं जाते; वे हमारे

भीतर उस बीज की तरह होते हैं जो सही समय पर 'विश्वास' की बारिश मिलते ही अंकुरित हो जाते हैं।

उपन्यास का अंतिम हिस्सा कोतवाली और हेड कांस्टेबल के इर्द-गिर्द घूमता है। यह हिस्सा हमारे कानून के उस चेहरे को उजागर करता है जो अक्सर गरीबी को अपराध का पर्याय मान लेता है। लेकिन साथ ही, यह उस हेड कांस्टेबल के माध्यम से आशा की एक किरण भी दिखाता है जो वर्दी के नीचे दबी 'इंसानियत' को मरने नहीं देता।

सच की ताकत क्या होती है? क्या सच केवल शब्दों में होता है? नहीं, सच उस साहस में होता है जहाँ आप अपनी गलतियों को स्वीकार करते हैं और सजा भुगतने के लिए तैयार रहते हैं। मोहन का हेड कांस्टेबल के सामने अपनी पूरी कहानी उगल देना, उसके 'पुनर्जन्म' की शुरुआत थी।

प्रिय पाठकों, यह कहानी केवल पढ़ने के लिए नहीं है, बल्कि महसूस करने के लिए है। जब आप मोहन के साथ प्लेटफॉर्म पर बैठेंगे, तो उसकी भूख को महसूस कीजिएगा। जब वह अजनबी उस पर भरोसा करेगा, तो उस 'जादू' को महसूस कीजिएगा। आज के इस दौर में जहाँ हर कोई एक-दूसरे को शक की नज़रों से देख रहा है, जहाँ भरोसे की दीवारें दरक रही हैं, वहाँ यह कहानी एक उम्मीद की तरह है। यह हमें सिखाती है कि:

इंसान को सुधारने के लिए केवल डंडा या जेल काफी नहीं है; कभी-कभी उसे बस एक 'मौके' और 'भरोसे' की ज़रूरत होती है। गरीबी शरीर को लाचार कर सकती है, पर आत्मा की शुद्धता आपके अपने निर्णयों पर टिकी होती है। 'विश्वास' वास्तव में एक जादू है, जो एक पल में अपराधी को संत और पत्थर को इंसान बना सकता है।

मैं चाहता हूँ कि इस उपन्यास को पढ़ने के बाद, आप जब भी किसी 'मोहन' जैसे युवक को सड़क पर देखें, तो आपकी नज़रों में केवल शक न

हो, बल्कि एक संभावना भी हो। क्या पता, आपका एक छोटा सा 'भरोसा' किसी की उजड़ती हुई ज़िंदगी में फिर से फूल खिला दे?

आइए, मोहन की इस यात्रा में शामिल हों और स्वयं अनुभव करें कि कैसे 'विश्वास का जादू' पूरी दुनिया को बदलने की ताकत रखता है।

लेखक

डॉ रवीन्द्र पस्तोर

अध्याय 1
स्मृतियों का घेरा

रात के तीसरे पहर की वह खामोशी किसी भारी पत्थर की तरह मोहन लाल के सीने पर धरी थी। भोपाल की वह रात, जो बाहर झीलों की लहरों पर थिरक रही होगी, यहाँ कोतवाली के इस छोटे से लॉकअप में दम तोड़ रही थी। हवा में एक अजीब सी सड़ांध थी, पुरानी सीलन, पसीने की तीक्ष्ण गंध और बरसों से दीवारों पर जमी धूल की मिली-जुली महक।

मोहन ने करवट बदली। सीमेंट का वह ठंडा फर्श उसकी पसलियों में चुभ रहा था। फर्श पर बिखरी धूल ने उसके कपड़ों को मटमैला कर दिया था, लेकिन उसे इसकी परवाह नहीं थी। उसके अस्तित्व का सबसे बड़ा दुश्मन इस वक्त उसकी अपनी 'भूख' थी। तीन दिन। बहत्तर घंटे से भी ज्यादा का समय बीत चुका था जब उसने आखिरी बार चाय के साथ एक सूखा बिस्कुट खाया था।

उसका पेट जैसे भीतर से खुद को ही खा रहा था। एक अजीब सी मरोड़ उठती है, जो उसकी रीढ़ की हड्डी तक बिजली की तरह दौड़ जाती है। उसने अपनी आँखें जोर से मींच लीं।

"क्या इंसान इतना गिर सकता है कि एक निवाले के लिए अपनी आत्मा बेचने को तैयार हो जाए?" उसने मन ही मन खुद से सवाल किया। *"शायद हाँ। जब पेट की आग जलती है, तो नैतिकता के सारे कागज जलकर राख हो जाते हैं।"*

मच्छरों का एक झुंड उसके कान के पास किसी लड़ाकू विमान की तरह मंडरा रहा था। उनकी भिनभिनाहट उसे चिढ़ा रही थी। उसने झल्लाकर हवा में हाथ चलाया, लेकिन वे अदृश्य शिकारी फिर से लौट आए।

"सालों... तुम भी इसी वक्त का इंतज़ार कर रहे थे," वह बुदबुदाया। उसकी आवाज़ फटी हुई और कमजोर थी।

उसने सलाखों की ओर देखा। पीली रोशनी का एक धुंधला सा घेरा बाहर बरामदे में गिर रहा था। वह रोशनी आज़ादी का प्रतीक थी, जिसे उसने कभी गंभीरता से नहीं लिया था। भोपाल की सड़कों पर भटकते हुए, वीआईपी रोड की ठंडी हवा खाते हुए या अरेरा कॉलोनी की गलियों में बिना किसी मकसद के घूमते हुए, उसने कभी नहीं सोचा था कि 'आज़ादी' का असल मतलब क्या होता है।

"हम आज़ादी को कितने हल्के में लेते हैं?" मोहन ने सोचा। *"सांस लेना, चलना, यहाँ तक कि अपनी मर्जी से पेशाब करने जाना भी एक वरदान है। आज इस कोठरी में मुझे पता चल रहा है कि मैं एक परिंदा था जिसने खुद ही अपने पर काट लिए।"*

कोठरी के बाहर कहीं दूर एक कुत्ता रोया। उसकी आवाज़ सूनेपन को और गहरा कर रही थी। मोहन की यादें अब अनियंत्रित होकर पीछे की ओर भागने लगीं। उसे अपना बचपन याद आया। बारह साल पहले का वह दिन, जब वह अपने पिता के साथ पहली बार भोपाल स्टेशन पर उतरा था। गाँव की धूल और मिट्टी को पीछे छोड़कर वे एक सुनहरे भविष्य की तलाश में आए थे।

उसका पिता एक भूमिहीन मजदूर था, जिसकी आँखों में अपने बच्चों के लिए बड़े-बड़े सपने थे। वह अरेरा कॉलोनी के एक आलीशान बंगले के आउटहाउस में रहने लगे थे। वह बंगला... और उनकी वह छोटी-सी कोठरी। कितना बड़ा अंतर था उन दोनों के बीच।

"बाबूजी हमेशा कहते थे कि शहर में किस्मत चमकती है। पर उन्होंने यह नहीं बताया था कि शहर की चमक में हमारी जैसी परछाइयाँ और काली हो जाती हैं," मोहन के चेहरे पर एक कड़वी मुस्कान तैर गई।

धीरे-धीरे कोठरी के बाहर का रंग बदलने लगा। काली रात अब गहरे नीले रंग में ढल रही थी। सुबह की पहली किरण ने जब सलाखों को छुआ, तो मोहन को लगा जैसे वह कोई धातु नहीं, बल्कि उसकी सज़ा के गवाह हों। चिड़ियों की चहचहाहट शुरू हो गई थी। वे आज़ाद थीं। वे किसी भी पेड़ पर बैठ सकती थीं, कहीं भी उड़ सकती थीं।

अचानक, उसे अपनी माँ की याद आई। माँ... जो हमेशा एक सफेद सूती साड़ी में लिपटी रहती थी। उसका चेहरा पीला पड़ गया था, जैसे बरसों के संघर्ष ने उसका सारा रंग सोख लिया हो। लेकिन उसकी आँखों में एक अजीब सा ठहराव था।

"माँ इतनी शांत कैसे रहती थी?" मोहन ने खुद से पूछा। *"घर में खाने को नहीं होता था, बाबूजी का गुस्सा सातवें आसमान पर रहता था, हम बच्चे बिगड़ रहे थे... पर वह हर सुबह उसी कोने में बैठकर दीया जलाती थी। क्या उसे सच में भगवान पर भरोसा था? या वह सिर्फ उम्मीद के सहारे जी रही थी?"*

मोहन को याद आया कि वह अपनी माँ से नफरत करना चाहता था क्योंकि उसने कभी विरोध नहीं किया। उसने सब कुछ स्वीकार कर लिया। गरीबी, अपमान, और मोहन का आवारापन भी। लेकिन आज, इस भूख और बेबसी के बीच, उसे माँ का वह 'संतोष' एक महान शक्ति जैसा लग रहा था।

उसके पेट में फिर से एक तेज़ मरोड़ उठी। उसे शौचालय जाना था, लेकिन लोहे का भारी दरवाज़ा बाहर से बंद था। चाबी उस संतरी के पास थी जिसका नाम तक वह नहीं जानता था।

"मजबूरी का नाम ही शायद इंसानियत का अंत है," उसने सोचा और खुद को और सिकोड़ लिया। उसने आँखें बंद कर लीं और सोने का ढोंग करने

लगा। उसे डर था कि अगर वह जागता रहा, तो भूख की यह आग उसे अंदर से भस्म कर देगी।

तभी, गलियारे में भारी जूतों की आहट सुनाई दी। 'खट... खट... खट...'

आवाज़ नज़दीक आती गई और उसकी कोठरी के सामने रुक गई। ताले में चाबी घूमने की कर्कश आवाज़ गूंजी। लोहे का दरवाज़ा एक भारी चीख के साथ खुला।

"ऐ! उठ... ओए मोहन!" एक सिपाही की कड़क आवाज़ ने उसे हकीकत में पटक दिया।

मोहन ने धीरे से आँखें खोलीं। तेज़ रोशनी की वजह से उसे धुंधला दिखाई दे रहा था। सिपाही ने उसके पैर पर अपनी लाठी हल्के से मारी।

"उठ जल्दी। बड़े साहब बुला रहे हैं। चेहरा धो ले बाहर जाके, और चल मेरे साथ।"

अध्याय 2
जड़ों से विस्थापन

लॉकअप की उस खुरदरी और ठंडी दीवार से सिर टिकाए मोहन लाल की आँखें तो बंद थीं, पर उसके भीतर यादों का एक भयावह अट्टहास गूँज रहा था। वह अब उस बदबूदार कोतवाली में नहीं था; उसकी चेतना समय की सीमाओं को लांघकर पीछे भाग रही थी, उन धूल भरी पगडंडियों की ओर, जहाँ से उसकी नियति ने एक नया मोड़ लिया था।

गणेशगंज, जिला टीकमगढ़, बुंदेलखंड (बारह साल पहले)

बुंदेलखंड की वह तपती दोपहरी आज भी मोहन की यादों में वैसी ही झुलसाने वाली थी। गणेशगंज गाँव की वह दरकी हुई मिट्टी, जो पानी की एक-एक बूंद के लिए प्यासी रहती थी, मानो मोहन के पिता रामलाल की किस्मत का ही आईना थी। रामलाल एक भूमिहीन मजदूर थे, जिनके हिस्से में सिर्फ मेहनत और दूसरों की ज़मीनों पर बहाया गया पसीना आता था।

उस शाम घर का माहौल भारी था। चूल्हे से उठता धुआँ और माँ की सूखी खाँसी के बीच रामलाल घर लौटे। उनके चेहरे पर छाई गहरी झुर्रियां उनके भीतर चल रहे मानसिक द्वंद्व की गवाही दे रही थीं।

मोहन कोने में बैठा अपनी फटी हुई किताब के पन्ने पलट रहा था, पर उसका पूरा ध्यान अपने माता-पिता की बातचीत पर था।

"का लाए हौं? कछु मिलो का आज?" माँ ने बुझे हुए स्वर में बुंदेली में पूछा।

रामलाल ने अपनी लाठी दीवार से टिकाई और थपकी मारकर ज़मीन पर बैठ गए। उनके शरीर से उठती पसीने की गंध और धूल की परतें उनके संघर्ष की कहानी कह रही थीं।

"कछु नई मिलो धनी... जमींदार कह रओ तो कि अब काम नईया। इहाँ अब कछु नई बचो। जमीन दूसरन की, मेहनत हमार... और पेट फिर भी खाली। ऐसो कईसो चली?" रामलाल की आवाज़ में एक अजीब सी बेबसी और गुस्सा था।

माँ ने चुपचाप पानी का लोटा उनके आगे रखा। "तो का करब अब? कक्का की उधारी भी तो चुकानी है।"

रामलाल ने एक लंबी सांस ली और मोहन की तरफ देखा। उनकी आँखों में एक संकल्प चमक रहा था। "हम भोपाल जईहें। सुनत हैं उहाँ बड़ो शहर है, मजदूरी मिल जात है और बच्चन को भविष्य भी बन जाई। इहाँ तो भूखे मरन के अलावा कछु नई है।"

माँ चौंक गई। "भोपाल? इतनी दूर? अपनो गाँव छोड़ के?"

"गाँव का दओ है हमें? सिवाय गरीबी और अपमान के? हम जईहें... और मोहन को स्कूल भेजहें। हम जईसो मजदूरी नई करने दईहें ओय।"

मोहन उस समय सिर्फ इतना समझ पाया था कि अब उसकी दुनिया बदलने वाली है। उसे नहीं पता था कि 'भविष्य' क्या होता है, लेकिन 'शहर' शब्द में उसे एक अजीब सा रोमांच महसूस हो रहा था।

"बापू के शरीर में उस वक्त तनाव व अवसाद का स्तर शायद अपने चरम पर था," लॉकअप में पड़े मोहन ने सोचा। *"वह तनाव, वह डर कि कल का सूरज क्या लेकर आएगा। और मैं? मैं तो सिर्फ उस ख़ुशी की तलाश में था जो नई जगहों और नए खिलौनों के ख्याल से मिलता है। मुझे क्या पता था कि शहर की रोशनी परछाइयों को और भी डरावना बना देती है।"*

भोपाल, एक नई विद्रूपता

गाँव से भोपाल तक की वह बस यात्रा मोहन के लिए किसी सपने जैसी थी। खिड़की से भागते पेड़, खेतों का खत्म होना और कंक्रीट के जंगलों का शुरू होना, सब कुछ नया था। लेकिन जैसे ही वे हबीबगंज स्टेशन के पास उतरे, शहर की सच्चाई उनके सामने नग्न होकर खड़ी हो गई।

भोपाल, झीलों का शहर, लेकिन मोहन के लिए यह सिर्फ भीड़, शोर और ऊँची इमारतों का कोलाहल था। पहली रात उन्होंने एक खुले आसमान के नीचे बिताई। शहर ने उनका स्वागत किसी लाल कालीन से नहीं, बल्कि सर्द हवाओं और अजनबीपन की चुभन से किया।

अगले कुछ हफ्ते रामलाल के लिए नरक के समान थे। वह अरेरा कॉलोनी की उन चमचमाती सड़कों पर भटकते, जहाँ बड़ी-बड़ी गाड़ियाँ धूल उड़ाती निकल जाती थीं।

एक दिन, अरेरा कॉलोनी की एक शांत सड़क पर, जहाँ गुलमोहर के पेड़ कतारों में खड़े थे, रामलाल एक आलीशान बंगले के सामने रुके। सफेद संगमरमर से बना वह घर किसी महल जैसा लग रहा था।

“अम्मा, देखो! कित्तो बड़ो घर है!” मोहन ने अचरज से कहा।

माँ ने मोहन का हाथ कसकर पकड़ा। “हमार नई है बेटा... ई तो बड़े मानुस को है। देखबे भर को है।”

बंगले के मालिक, एक सौम्य दिखने वाले सज्जन, बाहर टहल रहे थे। रामलाल ने अपनी फटी हुई पगड़ी उतारी और झुककर हाथ जोड़े।

“साहब... राम-राम। कछु काम मिल जाई का? हम टीकमगढ़ से आए हैं... मजदूरी कर लेब, बगिया साफ कर देब... बस कछु काम दई दो।”

मालिक ने कुछ देर तक रामलाल के चेहरे की ईमानदारी और मोहन की भोली आँखों को देखा। शायद उनके भीतर की मानवता जाग उठी थी।

“क्या नाम है तुम्हारा?” मालिक ने पूछा।

“रामलाल, साहब।”

“ठीक है, कल से बागवानी में मदद करना। और तुम्हारी पत्नी... वह घर के कामों में मदद कर सकती है?”

रामलाल की आँखों में जैसे बुझते हुए दीये फिर से जल उठे। “जी साहब! मोरी धनी सब काम कर लेत है। बस आप आसरो दई दो।”

आउटहाउस, दो दुनियाओं के बीच की दीवार

मालिक ने उन्हें बंगले के पीछे बना एक छोटा सा आउटहाउस दे दिया। यह एक कमरा था जिसमें एक छोटा सा कोना रसोई का था। मोहन के लिए यह किसी महल से कम नहीं था, क्योंकि कम से कम उनके पास अब एक छत थी।

लेकिन जैसे-जैसे दिन बीते, मोहन के भीतर एक सूक्ष्म बदलाव आने लगा। आउटहाउस की खिड़की से वह बंगले के अंदर की दुनिया देखता था, चमचमाते सोफे, रंगीन टेलीविजन, और मालिक के बच्चों के महंगे खिलौने। फिर वह अपनी कोठरी की तरफ देखता, जहाँ माँ चूल्हे पर धुएं से जूझ रही होती और बापू दिन भर की थकान के बाद निढाल पड़े रहते।

“यहीं से वह जहर मेरे भीतर घुलना शुरू हुआ था,” मोहन ने लॉकअप की दीवार पर अपना मुक्का मारा। *“सामाजिक असमानता सिर्फ किताबों में नहीं होती, वह आपके पड़ोस की दीवार में होती है। ख़ुशी का वह पुराना एहसास अब ईर्ष्या में बदल रहा था। मुझे वह सब चाहिए था जो उन बच्चों*

के पास था, और मुझे पता था कि बापू की मजदूरी से वह कभी नहीं मिलेगा।"

लॉकअप में लेटे हुए मोहन को महसूस हुआ कि उसके शरीर की नसों में खून का प्रवाह तेज हो रहा है। वह गुस्सा, वह हीन भावना जो बरसों पहले शुरू हुई थी, आज भी वैसी ही ताज़ा थी।

एक शाम, रामलाल ने मोहन को पास बुलाया। उनके हाथों में मिट्टी लगी थी और चेहरा थका हुआ था।

"मोहन... इहाँ देख। हम इहाँ तोरे लाने आए हैं। खूब पढ़ाई करबे... स्कूल जइबे... हम जइसो मजदूरी नई करने तोखे। पढ़ लिख के बड़ो मानुस बनबे।"

मोहन ने उस समय सिर तो हिला दिया, "जी बापू... हम खूब पढ़बे।"

लेकिन उसके मन में कुछ और ही चल रहा था। उसने देखा था कि स्कूल जाने वाले बच्चे उसे कैसे देखते थे, जैसे वह कोई गंदगी का ढेर हो। उसने देखा था कि कैसे बड़े घरों के कुत्ते भी उसे देखकर अजनबियों की तरह भौंकते थे।

"बापू चाहते थे कि मैं शिक्षा के जरिए उस दीवार को लांघूँ," मोहन ने सोचा, उसकी आँखों से एक गरम आँसू बहकर उसके गाल पर आ गिरा। *"लेकिन मुझे लगा कि शॉर्टकट ज्यादा आसान है। मैंने अपनी आज़ादी को आवारागर्दी में ढूंढ लिया, यह सोचकर कि मैं स्वतंत्र हो रहा हूँ। पर मैं तो बस एक अंधेरी खाई में गिर रहा था।"*

कोठरी के बाहर संतरी के जूतों की आवाज़ फिर गूंजी। मोहन की यादों का वह सुनहरा और कड़वा सफर एक पल के लिए थम गया। उसे अहसास हुआ कि वह अब भी उसी लॉकअप में है, भूखा, प्यासा और अपनी जड़ों से कटा हुआ।

उसने अपनी फटी हुई कमीज की आस्तीन से आँखें पोंछीं। उसे पता था कि अब उसे हेड कांस्टेबल के सामने जाना है। लेकिन उसके भीतर का वह बच्चा, जो गणेशगंज की धूल में खेलता था, अब भी ज़ोर-ज़ोर से रो रहा था।

"भरोसा... बापू ने मुझ पर भरोसा किया था कि मैं उनका नाम रोशन करूँगा। और मैंने? मैंने उस भरोसे को अरेरा कॉलोनी की धूल में मिला दिया।"

उसे अब भी याद था वह दिन जब उसने पहली बार स्कूल बंक किया था। वह मोड़... जहाँ से 'विश्वास का जादू' टूटना शुरू हुआ था।

अध्याय 3
पाठशाला और फिसलन

कोतवाली के उस ठंडे फर्श पर लेटे मोहन लाल के कानों में अब भी मच्छरों की भिनभिनाहट गूँज रही थी, लेकिन उसका मानस पटल उसे बरसों पीछे ले गया था। वह समय, जब उसकी पीठ पर स्कूल का बस्ता हुआ करता था और आँखों में वे सपने, जो शायद उसके अपने नहीं, बल्कि उसके पिता के थे।

अरेरा कॉलोनी का वह सरकारी स्कूल

भोपाल की अरेरा कॉलोनी के चमचमाते बंगलों के बीच वह सरकारी स्कूल एक पुराना, बदरंग धब्बा जैसा लगता था। धूल भरा मैदान, जहाँ घास के नाम पर सिर्फ सूखी झाड़ियाँ थीं, और उखड़े हुए प्लास्टर वाली दीवारें। मोहन को याद था उसका पहला दिन।

"देख मोहन... नीके से पढ़िहो। हम चाहत हैं कि तू हम जईसो मजदूरी न करबे। बड़ो मानुस बनिहो, तो सब तोए सलाम करिहें," रामलाल ने मोहन का हाथ कसकर पकड़ते हुए बुंदेली में कहा था। उनके चेहरे पर उम्मीद की एक ऐसी चमक थी जो मोहन को डरा देती थी।

मोहन ने डरते-डरते अपना सिर हिलाया था, "हो बापू... हम खूब पढ़बे।"

लेकिन स्कूल की वह चारदीवारी मोहन के लिए जेल जैसी थी। मास्टर जी की बेंत और ब्लैकबोर्ड पर लिखे वे सफेद अक्षर उसे किसी अबूझ पहेली की तरह लगते थे।

"मेरा दिमाग उस वक्त उन अक्षरों को नहीं, बल्कि बाहर खिड़की से दिखने

वाले नीम के पेड़ पर फुदकती गिलहरियों को पढ़ रहा था," मोहन ने लॉकअप में अपनी आँखें मींचते हुए सोचा। *"मनोवैज्ञानिक कहते हैं कि जब आपके शरीर में 'तनाव' का स्तर किसी चीज़ से नहीं जुड़ता, तो आप उससे दूर भागते हैं। पढ़ाई मेरे लिए ख़ुशी नहीं, बल्कि तनाव पैदा करती थी। मुझे डर लगता था उन किताबों से।"*

दो दुनियाओं का टकराव

स्कूल में अमीर घरों के बच्चे भी आते थे, जो प्रेस किए हुए सफेद कपड़े पहनते थे और महंगी प्लास्टिक की बोतलों में पानी लाते थे। मोहन अपने मटमैले कुर्ते और रबर की चप्पलों में खुद को एक अजनबी महसूस करता था।

एक दिन कक्षा में मास्टर जी ने पूछा, "मोहन, बताओ भारत की राजधानी क्या है?"

मोहन खड़ा हुआ, उसके पैर कांप रहे थे। उसे पता था जवाब, पर वह बोल नहीं पाया। पूरी क्लास हँस पड़ी।

"उस हंसी ने मेरे भीतर खून का तेज बहाव पैदा किया जिसने डर को गुस्से में बदल दिया। मुझे लगा कि मैं इस दुनिया का हिस्सा कभी नहीं बन पाऊंगा। सामाजिक असमानता का वह पहला घाव था, जो किसी मरहम से नहीं भर सकता था।"

फिसलन की शुरुआत: रज्जू और उसकी टोली

यहीं से 'फिसलन' शुरू हुई। स्कूल के पीछे एक पुराना खंडहर था, जहाँ कुछ लड़के अक्सर स्कूल बंक करके बैठते थे। उनका सरदार था, रज्जू। रज्जू उम्र में मोहन से दो-तीन साल बड़ा था और उसकी आँखों में एक अजीब सी आवारागर्दी वाली चमक थी।

एक दोपहर, जब मास्टर जी क्लास में नहीं थे, रज्जू ने मोहन को इशारा

किया। “काए रे मोहन! कब तक ई मास्टर की बक-बक सुनबे? चल बाहर, मौज करबे।”

मोहन हिचकिचाया। “नई रज्जू... बापू मारिहें।”

“अरे कछु नई होइहे। चल तो सही।”

वह पहली बार था जब मोहन ने स्कूल की दीवार फांदी थी। उस वक्त उसके दिल की धड़कनें तेज़ थीं। वह 'थ्रिल', वह डर और आज़ादी का मिला-जुला अहसास... उसके दिमाग में दिमाग की नशों में उत्तेजना का एक धमाका सा हुआ था।

पहली बीड़ी और नकली मर्दानगी

खंडहर के पीछे पहुँचकर रज्जू ने अपनी जेब से बीड़ी का एक बंडल निकाला।

“ले, एकदम लगा। मर्द बनबे तो ई पीना सीख।”

मोहन ने कांपते हाथों से वह बीड़ी पकड़ी। पहला कश लेते ही उसका गला जल गया और वह ज़ोर-ज़ोर से खांसने लगा। रज्जू और उसके साथी ठहाके मारकर हँसने लगे।

“काए रे? अम्मा को दूध पियत है का अभी तक?”

उस अपमान से बचने के लिए मोहन ने दूसरा कश लिया। धीरे-धीरे, वह धुआँ उसके फेफड़ों से होता हुआ उसके दिमाग तक पहुँचने लगा। निकोटीन ने अपना काम शुरू कर दिया था। उसे एक अजीब सा सुकून महसूस हुआ जैसे सारी दुनिया की चिंताएं उस धुएं के साथ उड़ गई हों।

“वह सुकून असली नहीं था। वह तो बस मेरे दिमाग को दिया गया एक

धोखा था। निकोटीन ने मेरे 'रिवॉर्ड सिस्टम' को हाईजैक कर लिया था। अब मुझे पढ़ाई में नहीं, उस धुएं में सुकून मिलने लगा था।"

जुआ: लालच का जाल

बीड़ी से बात आगे बढ़ी जुए तक। रज्जू और उसके दोस्त ताश के पत्तों पर छोटे-छोटे दांव लगाते थे। शुरू में मोहन सिर्फ देखता था, पर एक दिन रज्जू ने उसे उकसाया।

"ले, पांच रुपैया लगा। जीत गओ तो दस मिलिहें। समोसा खइहें फिर।"

मोहन ने बापू की जेब से चुराए हुए पाँच रुपये लगाए। और वह जीत गया।

"जीत की उस पहली लहर ने मेरे दिमाग में 'उत्तेजना' का इतना तेज़ उछाल पैदा किया कि मैं अंधा हो गया। मुझे लगा कि पैसे कमाना कितना आसान है। बापू दिन भर धूप में पसीना बहाते हैं, तब जाकर कुछ मिलता है, और यहाँ? यहाँ तो बस एक सही पत्ता और सब कुछ अपना।"

लेकिन वह नहीं जानता था कि जुआ जीतना सिर्फ एक चारा है, जाल तो अभी बिछना बाकी था।

घर में विद्रोह का स्वर

धीरे-धीरे मोहन के व्यवहार में बदलाव आने लगा। वह स्कूल जाता था, पर वहाँ पहुँचता नहीं था। शाम को जब वह घर लौटता, तो उसकी आँखों में एक अजीब सी बेरुखी होती।

एक शाम रामलाल ने उसे पकड़ लिया। स्कूल से शिकायत आई थी कि मोहन पिछले पंद्रह दिनों से गायब है।

"काए रे! कहाँ मर गओ तो तू? स्कूल काए नई गओ?" रामलाल की आवाज़ में गरज थी।

मोहन ने अपनी नज़रें नहीं झुकाईं। "हमें नई जाने स्कूल। हमें नई पढ़ने।"

रामलाल का हाथ उठा और एक ज़ोरदार तमाचा मोहन के गाल पर पड़ा। "इतनो मरो हम तोरे लाने... और तू गुंडा बन रओ है? पढ़-लिख के मानुस नई बनने तोखे?"

मोहन के गाल पर उंगलियों के निशान उभर आए थे, पर उसकी आँखों में आँसू नहीं, विद्रोह था। "का मिलो पढ़-लिख के? आप पढ़ लो तो, का कर लओ? आज भी तो मालिक के आगे हाथ जोड़त हो। हमें नई बनने ऐसो मानुस!"

रामलाल सन्न रह गए। उनकी वर्षों की तपस्या पर जैसे किसी ने तेज़ाब डाल दिया हो। माँ कोने में खड़ी सिसक रही थी।

"मोहन... बेटा... ऐसो न बोल। बापू तोरे भले की कह रए," माँ ने बुंदेली में उसे समझाने की कोशिश की।

"भलो? का भलो, अम्मा? ई आउटहाउस में मरबे को भलो? हमें अपनो रस्तो खुद बनानो है।"

उस रात मोहन घर नहीं लौटा। वह चाय की टपरी पर चला गया, जहाँ उसने रात भर काम किया और वही बीड़ी पी। वह आज़ाद हो गया था, पर यह आज़ादी उसे एक ऐसे दलदल की ओर ले जा रही थी जहाँ से वापसी का रास्ता उसने खुद ही बंद कर दिया था।

वर्तमान की टीस

लॉकअप में लेटे मोहन ने करवट बदली। उसकी आँखें अब गीली थीं।

"आज़ादी... जिसे मैं आज़ादी समझ रहा था, वह तो सिर्फ एक जंजीर थी जो मुझे गलत आदतों में जकड़ रही थी। मैंने बापू के विश्वास की वह पहली

ईंट गिरा दी थी। अगर उस दिन मैंने उस थप्पड़ की कीमत समझी होती, तो आज इस सड़ी हुई बदबू में अपनी ज़िंदगी के पन्ने न पलट रहा होता।"

तभी सलाखों के बाहर से संतरी की आवाज़ आई, जो उसे हकीकत में वापस खींच लाई।

"ओए मोहन लाल! तैयार हो जा। हेड कांस्टेबल साहब का मूड आज ठीक लग रहा है, शायद तेरी किस्मत खुल जाए।"

अध्याय 4
सपनों का महल

कोतवाली की कोठरी में बिछी धूल अब मोहन के पसीने से मिलकर कीचड़ जैसी चिपचिपी हो गई थी। पेट की भूख ने अब दिमाग को एक अजीब सी सुन्नता में धकेल दिया था। इसी सुन्नता के बीच, मोहन की बंद आँखों के पीछे एक नक्शा उभरने लगा, एक पक्का घर, जिसकी दीवारों पर नीला रंग था और जिसके आँगन में एक छोटा सा, साफ़-सुथरा शौचालय था।

यही था उसका 'सपनों का महल'।

अरेरा कॉलोनी: वैभव और विभेद

भोपाल की अरेरा कॉलोनी सिर्फ एक जगह नहीं थी, वह दो अलग-अलग सभ्यताओं का मिलन स्थल थी। एक तरफ वे ऊंचे सफेद बंगले थे जिनकी छतों पर डिश एंटीना लगे थे और जिनके पोर्टिको में चमचमाती गाड़ियाँ खड़ी रहती थीं। दूसरी तरफ, उन्हीं बंगलों की पिछवाड़े वाली गलियों में बनी वे कच्ची झुग्गियां और आउटहाउस थे, जहाँ मोहन जैसे लोग रहते थे।

मोहन जब चाय की टपरी से लौटता, तो जानबूझकर उन आलीशान बंगलों के सामने से गुजरता। वह देखता कि कैसे उन घरों की खिड़कियों से ठंडी हवा की आवाज़ आती थी, जबकि उसके अपने घर में हवा का आना भी एक संघर्ष था।

"जब मैं उन घरों को देखता था, तो मेरे मस्तिष्क के तंतुओं में खून का एक तेज़ प्रवाह होता था। वह लालच नहीं था, वह एक तीव्र 'रिवॉर्ड' की चाहत थी। मुझे लगता था कि अगर मैं बस एक बार उस दहलीज को पार कर लूं, तो मेरी सारी गरीबी खत्म हो जाएगी। लेकिन जैसे ही मैं अपनी बदबूदार

झुग्गी में कदम रखता, वही डर और अवसाद में बदल जाता, एक गहरा तनाव और हीन भावना।"

मर्यादा का सवाल: एक दर्दनाक स्मृति

उस दिन की याद मोहन को आज भी कांपने पर मजबूर कर देती थी। बरसात का मौसम था। पूरा इलाका कीचड़ से भरा था। उनकी झुग्गी के पास कोई सार्वजनिक शौचालय नहीं था और माँ को बहुत दूर रेलवे ट्रैक के पास जाना पड़ता था।

एक सुबह, माँ जब लौट रही थी, तो कुछ आवारा लड़कों ने उस पर फब्तियां कसी थीं। माँ घर आई, तो उसका चेहरा पहले से भी ज्यादा पीला था। उसने कुछ नहीं कहा, बस अपने पूजा के कोने में जाकर सिर झुकाकर बैठ गई। लेकिन मोहन ने उसकी आँखों में वह अपमान देख लिया था।

उस रात मोहन सो नहीं पाया। उसने अंधेरे में अपनी झुग्गी की छत को देखते हुए कसम खाई थी।

"मेरा दिमाग उस वक्त 'जीजीप्सा' के स्तर पर था। जब इंसान की बुनियादी गरिमा पर चोट लगती है, तो उसके दिमाग का अंदरूनी भाग सक्रिय हो जाता है। भय और क्रोध का वह मिश्रण मुझे कुछ भी कर गुजरने के लिए उकसा रहा था। मैंने तय किया कि मैं एक घर बनाऊंगा। ऐसा घर जिसमें मेरी माँ को कभी अंधेरे में बाहर न जाना पड़े।"

सपनों का साझा: माँ के साथ संवाद

एक शाम, जब बापू काम पर थे और माँ बाहर तुलसी के पास दीया जला रही थी, मोहन उसके पास जाकर बैठ गया।

"अम्मा, एक बात पूछें?" मोहन ने बुंदेली में धीमे से कहा।

माँ ने उसे प्यार से देखा, "पूछ बेटा, का भओ?"

"अगर हमार खुद को एक पक्को घर हो जाए... जइमा बढ़िया कमरा हों, और... और घर के भीतर ही एक शौचालय होए, तो तुमका कैसो लगे?"

माँ की आँखों में एक पल के लिए चमक आई, फिर वे उदास हो गईं। "सपना देखबो तो नीको है मोहन, पर हम गरीब मानुस हैं। पक्को घर तो बड़े लोगन को होत है। हमार तो इही करम है।"

"नई अम्मा! करम बदलत हैं। हम काम कर रए हैं न? हम पइसा जोड़बे। हम ऐसो घर बनाइब कि तुमका कबहुं अंधेरे में बाहर न जाने पड़े। तुमका डर नई लगे फिर," मोहन की आवाज़ में एक जुनून था।

माँ ने मोहन का हाथ अपने हाथ में लिया। "बेटा, घर ईंट-पत्थर से नई, सुमति और ईमानदारी से बनत है। तू बस नेक रस्ते पे चलिहो, घर तो भगवान बनवा दईहे।"

"ईमानदारी... माँ के लिए यह शब्द एक चट्टान की तरह था। लेकिन मेरे लिए? मेरे लिए ईमानदारी एक बहुत धीमा रास्ता थी। चाय की टपरी पर गिलास धोकर मैं दस जन्मों में भी वह घर नहीं बना सकता था। मेरे भीतर धैर्य खत्म हो रहा था। मुझे परिणाम जल्दी चाहिए थे।"

बापू का यथार्थ: कड़वा सच

मोहन ने यही बात एक दिन बापू से कहने की कोशिश की, लेकिन जवाब उम्मीद से कहीं ज्यादा कड़वा था।

"बापू, हम कब तक ई आउटहाउस में रहबे? हमार खुद को कछु होइहे का?"

रामलाल ने अपनी बीड़ी का धुआँ छोड़ा और मोहन की ओर थकी हुई निगाहों से देखा। "काए रे! जादा पर निकल आए तोरे? मालिक ने आसरो

दओ है, ई कम है का? अपनी औकात न भूल मोहन। हम मजदूर हैं, और मजदूर को घर ओखी मेहनत की रोटी में होत है, बंगलन में नई।"

"मजदूरी करत-करत तो आपकी उमर निकल गई बापू! का मिला? आज भी तो हमें डर-डर के जीना पड़त है," मोहन चिल्लाया।

"चुप कर! जादा बोले तो मुँह लाल कर देब तोरो। जा काम पे जा!" रामलाल का गुस्सा सातवें आसमान पर पहुँच गया।

"उस पल, मुझे लगा कि मेरे पिता ही मेरे सपनों के सबसे बड़े दुश्मन हैं। मुझे नहीं पता था कि वह मुझे हकीकत का आईना दिखा रहे थे। उनके शरीर में उत्साह कम हो चुका था और हताशा बढ़ गई थी, जबकि मेरे भीतर युवा रक्त का उबाल था। मैंने सोच लिया था कि अगर सीधे रास्ते से घर नहीं बनेगा, तो मैं टेढ़ा रास्ता अपनाऊंगा।"

भविष्य का नक्शा और वर्तमान की जंजीरें

मोहन ने अपनी एक फटी हुई डायरी में उस घर का नक्शा बनाया था। वह अक्सर टपरी के पीछे बैठकर उस नक्शे को देखता रहता। वह घर उसके लिए सिर्फ चार दीवारें नहीं थीं, वह उसकी 'गरिमा' का किला था।

लेकिन हर बीतते दिन के साथ, वह सपना उसे और दूर होता दिखाई देता। टपरी पर मिलने वाली चवन्नियां उस आलीशान सपने के सामने बहुत छोटी थीं। यहीं से उसके मन में 'अपराध' का विचार पहली बार कौंधा।

"जब लक्ष्य बहुत बड़ा हो और संसाधन बहुत कम, तो मस्तिष्क 'शॉर्टकट' खोजने लगता है। मेरे दिमाग के तंतु अब चोरी और हेराफेरी को 'आवश्यकता' के रूप में देखने लगे थे। मैंने खुद को समझा लिया था कि मैं जो भी करूँगा, वह माँ के लिए करूँगा। और यही वह सबसे बड़ा धोखा था जो मैंने खुद को दिया।"

अध्याय 5
कड़वा मोड़

कोतवाली की सलाखों से छनकर आती सुबह की रोशनी अब दीवारों पर रेंगने लगी थी। भूख की तड़प अब एक सुन्न कर देने वाली थकान में बदल चुकी थी। मोहन लाल ने अपना सिर उस ठंडी ईंट की दीवार से टिकाया और आँखें बंद कर लीं। उसका मन फिर से उसी शाम की ओर भाग गया, जिसने उसकी ज़िंदगी की दिशा हमेशा के लिए बदल दी थी।

वह मनहूस शाम

भोपाल की अरेरा कॉलोनी में उस दिन शाम के वक्त हवा में नमी थी। बड़े बंगलों की क्यारियों में लगे फूलों की महक हवा में तैर रही थी, लेकिन उस आलीशान बंगले के पीछे बने आउटहाउस में माहौल दमघोंटू था। माँ चूल्हे पर रोटियाँ सेंक रही थी, पर उसकी आँखों में एक अजीब सी घबराहट थी।

अचानक दरवाज़ा एक झटके के साथ खुला। रामलाल अंदर आए। उनके चेहरे का रंग उड़ा हुआ था और आँखें गुस्से से लाल थीं। उनके हाथ में एक मोटा डंडा था, जिसे देखकर माँ के हाथ से चिमटा छूट गया।

"मोहन! कहाँ है वो नालायक?" रामलाल की आवाज़ में एक ऐसी गरज थी जिसने घर की कच्ची छतों को हिला दिया।

मोहन ठीक उसी वक्त पिछवाड़े से अंदर आ रहा था। अपने पिता के हाथ में डंडा और उनके चेहरे पर वह रौद्र रूप देखकर मोहन का दिल गले तक आ गया।

"मेरे शरीर में अचानक तनाव तथा डर का ऐसा उछाल आया कि मेरा गला

सूख गया। मेरा दिमाग लड़ो या भागो की स्थिति में था, लेकिन पैर जैसे ज़मीन में जम गए थे। दिल की धड़कन इतनी तेज़ थी कि मुझे अपने कानों में उसकी आवाज़ सुनाई दे रही थी।"

रामलाल ने मोहन का कॉलर पकड़ा और उसे बीच कमरे में खींच लाए।

"का करत रहो तू आज? बता! सच-सच बता!" रामलाल ने बुंदेली में चिल्लाते हुए पूछा। उनकी आवाज़ में बरसों की मेहनत के टूटने की आवाज़ थी।

मोहन चुप रहा। उसका मौन रामलाल के गुस्से में घी का काम कर रहा था।

"मास्टर मिलो रहो आज रस्ते में! कहत रहो कि तुम्हार लड़को महीना भर से स्कूल नई आयो! कहाँ मरत रहो तू?"

माँ घबराकर बीच में आई, "का भओ? काहे मारत हो बच्चन को?"

"हटो धनी! आज इखो हम नई छोड़बे। हम खून पसीना एक करके मालिक की गुलामी करत हैं ताकि ई पढ़-लिख जाए, और ई हबीबगंज स्टेशन पर जुआ खेलत है! बीड़ी, सिगरेट पीत है!" रामलाल ने आव देखा न ताव, डंडा मोहन के कंधे पर दे मारा।

'चटाक!'

विद्रोह का उदय

वह पहला वार था। दर्द की एक लहर मोहन की रीढ़ की हड्डी से होते हुए दिमाग तक पहुँची। लेकिन उस दर्द के साथ कुछ और भी पैदा हुआ - विद्रोह।

"उस पल, मेरे शरीर में दर्द के साथ-साथ तनाव का स्तर भी तेज़ी से बढ़ा।

अब वह डर नहीं था। वह एक अजीब सा अहंकार था। मुझे लगा कि मैं अब वह छोटा बच्चा नहीं रहा जिसे कोई भी पीटकर चला जाए। मेरे स्वाभिमान पर लगी उस चोट ने पिता के प्रति मेरे सम्मान को राख कर दिया।"

"मत मारो हमका!" मोहन अचानक चिल्लाया। उसकी आवाज़ में वह कँपकँपी नहीं थी जो एक बच्चे की होती है।

रामलाल सन्न रह गए। "का कहो? अब तू हमका सिखाएगो?"

उन्होंने फिर डंडा उठाया, पर इस बार मोहन ने अपना हाथ आगे कर दिया। डंडा उसके हाथ पर लगा, पर वह हिला नहीं।

"हओ, नई गए हम स्कूल! हमें नई पढ़ने वो काली किताबें! का मिलो आपको पढ़-लिख के? आज भी तो मालिक के जूता साफ करत हो! हमें नई बनने ऐसो मानुस जो दूसरन की गुलामी करे!" मोहन ने अपने पिता की आँखों में आँखें डालकर कहा।

रामलाल के हाथ से डंडा गिर गया। उनके लिए यह सिर्फ एक पिटाई नहीं थी; यह उनके उस 'विश्वास' की हत्या थी जो उन्होंने अपने बेटे पर किया था। उनकी मेहनत, उनके त्याग, और उनकी उम्मीदों का गला उनके अपने ही बेटे ने घोंट दिया था।

माँ फूट-फूटकर रोने लगी। "मोहन... बेटा... ऐसो न बोल। बापू तोरे भले की कह रए..."

"कछु भलो नई है अम्मा! हमें अपनो रस्तो खुद बनानो है। आज से हम स्कूल नई जईहें।"

स्वतंत्रता का भ्रम और चाय की टपरी

अगले दिन से मोहन ने स्कूल की ड्रेस उतारकर खूँटी पर टांग दी। रामलाल

ने भी उससे बात करना छोड़ दिया। घर में एक खामोश युद्ध छिड़ गया था। कुछ दिनों बाद, रामलाल उसे हबीबगंज स्टेशन के पास एक पुरानी चाय की टपरी पर ले गए।

"मालिक, ई को काम पे रख लो। अब ई पढ़िहे नई, तो गिलास तो धोइहे," रामलाल ने भारी मन से टपरी के मालिक से कहा।

मोहन ने उस दिन से चाय की टपरी पर काम शुरू किया। सुबह पाँच बजे से रात के ग्यारह बजे तक, गिलास धोना, मेज साफ करना, और 'छोटू' बनकर यहाँ-वहाँ दौड़ना।

चाय की टपरी का माहौल घर से बिल्कुल अलग था। वहाँ बीड़ी का धुआँ था, कोयले की भट्टी की गर्मी थी, और शहर के हर किस्म के लोगों की बातें थीं। वहाँ कोई उसे यह नहीं कहता था कि 'पढ़ो'। वहाँ उसकी पहचान उसके काम से थी।

"वहाँ मुझे पहली बार 'स्वतंत्रता' का अहसास हुआ। जब दिन के अंत में मालिक मुझे कुछ सिक्के हाथ में देता, तो मेरे दिमाग में ख़ुशी की लहार दौड़ जाती। मुझे लगा कि मैं आत्मनिर्भर हो गया हूँ। लेकिन वह मेरी सबसे बड़ी भूल थी। मैं आत्मनिर्भर नहीं, बल्कि दिशाहीन हो गया था।"

अरेरा कॉलोनी की वह चमक अब मोहन के लिए बेमानी थी। वह अब झुग्गियों के उन लड़कों का हिस्सा बन चुका था जो रात को टपरी के पीछे बैठकर ताश खेलते थे। अब उसे कोई रोकने वाला नहीं था। बापू का डर खत्म हो चुका था, और माँ की ममता के लिए उसके पास समय नहीं था।

वह कभी-कभी रात भर घर नहीं जाता। टपरी की बेंच पर ही सो जाता था। वह खुद को आज़ाद समझता था, पर असल में वह उन बुरी आदतों की जंजीरों में जकड़ा जा रहा था जो उसे एक अंधेरी खाई की ओर धकेल रही थीं।

वर्तमान की कड़वाहट

लॉकअप में मोहन ने करवट बदली। भूख से उसका पेट फिर मरोड़ उठा।

"यही वह मोड़ था," उसने सोचा। *"अगर उस दिन मैंने बापू के उस डंडे के पीछे का दर्द समझा होता, तो आज मुझे ये सलाखें न देखनी पड़तीं। मैंने सोचा था कि मैं आज़ाद हो रहा हूँ, पर मैं तो सिर्फ अपने ही बनाए जाल में फंस रहा था। विश्वास... बापू का मुझ पर से विश्वास उसी दिन उठ गया था। और आज मुझे समझ आ रहा है कि जिस इंसान पर किसी का विश्वास नहीं होता, वह जीवित होकर भी मृत समान है।"*

उसकी आँखों से एक आँसू निकलकर फर्श की धूल में मिल गया। उसे अपनी माँ का वह चेहरा याद आया जब उसने आखिरी बार उसे देखा था, उम्मीद से खाली और दुखों से भरा हुआ।

बाहर से संतरी के चलने की आवाज़ आई। मोहन सीधा होकर लेट गया। अब उसे हेड कांस्टेबल के सामने अपनी पूरी कहानी रखनी थी। उसे बताना था कि कैसे एक 'स्वतंत्र' होने की चाहत ने उसे 'अपराधी' की कगार पर ला खड़ा किया। लेकिन उससे पहले, उसे उस 'विश्वास के जादू' को समझाना था, जो उसे उस रात प्लेटफॉर्म पर महसूस हुआ था।

अध्याय 6
माँ की मूक साधना

कोतवाली की सलाखों के बाहर सुबह की धूप अब और गाढ़ी हो गई थी। चिड़ियों का शोर बढ़ गया था, जो अपनी आज़ादी का जश्न मना रही थीं। मोहन लाल ने अपनी सूजी हुई आँखें खोलीं। पेट की भूख अब एक स्थिर दर्द बन चुकी थी, लेकिन उसका मस्तिष्क अभी भी उन यादों की जुगाली कर रहा था जो उसे रह-रहकर कचोट रही थीं।

बापू के डंडे और चाय की टपरी के धुएं के बीच एक छवि ऐसी थी, जो कोहरे में छिपे किसी शांत पहाड़ की तरह थी, उसकी माँ।

सफेद साड़ी और पीला चेहरा

मोहन को याद आया, उसकी माँ, पार्वती। वह एक बहुत ही दुबली-पतली स्त्री थी, जिसका अस्तित्व उस पुरानी, बिना कलफ वाली सफेद सूती साड़ी में सिमटा रहता था। उसका चेहरा हमेशा पीला रहता था, जैसे शरीर में खून की कमी हो, और उसकी आँखों में एक अजीब सा खालीपन था। लेकिन वह खालीपन डरावना नहीं था; वह एक अगाध शांति जैसा था।

उसने माँ को कभी शिकायत करते नहीं सुना। चाहे बापू का गुस्सा हो, चाहे खाली पेट काम करना हो, या फिर चिलचिलाती धूप में मालिक के घर के भारी बर्तन मांजना। उसने सब कुछ स्वीकार कर लिया था।

“मैं अक्सर सोचता था कि माँ के शरीर में कौन से रसायन दौड़ते होंगे? विज्ञान कहता है कि आभाव में तनाव बढ़ता है, लेकिन माँ को देखकर लगता था कि उसने अपनी रगों में आनन्द की एक शांत नदी बहा रखी है। वह संतुष्टि कहाँ से आती थी? हमारे पास तो कुछ भी नहीं था, फिर वह इतनी पूर्ण कैसे लगती थी?”

आउटहाउस का वह पावन कोना

अरेरा कॉलोनी के उस आलीशान बंगले के पीछे जो आउटहाउस था, उसका एक छोटा सा कोना माँ ने अपना 'मंदिर' बना लिया था। वहाँ पीतल का एक छोटा सा दीया था और दीवारों पर राम, कृष्ण और शिव की कुछ धुंधली सी तस्वीरें। हर सुबह, जब दुनिया अभी सोई ही होती थी, माँ वहाँ बैठती थी।

माँ तड़के उठ जाती थी। घर में शौचालय नहीं था, इसलिए उसे बहुत दूर खुले मैदान में जाना पड़ता था। पहले के दिनों में यह उतनी बड़ी समस्या नहीं थी, लेकिन जैसे-जैसे शहर का विस्तार हुआ और नई इमारतें खड़ी हुईं, यह माँ के लिए एक बड़ा अपमान बन गया था। फिर भी, वह लौटती, स्नान करती और अपने उस छोटे से कोने में समाधिस्थ हो जाती।

एक सुबह मोहन की नींद जल्दी खुल गई। उसने देखा कि माँ आँखें बंद किए कुछ बुदबुदा रही थी।

“अम्मा, तुम इतनी जल्दी उठ के काए बैठ जात हौ? नींद नइ आवत का?” मोहन ने बिस्तर पर लेटे-लेटे बुंदेली में पूछा।

माँ ने अपनी आँखें खोलीं। उसकी आँखों में एक ऐसी करुणा थी जो मोहन को अंदर तक भिगो देती थी।

“नींद तो आवत है बेटा, पर ई सुख चैन को समय है। दिन भर तो दुनिया की भाग-दौड़ और काम है, बस इही बखत हम अपने राम से बात कर पावत हैं,” माँ ने धीमी आवाज़ में उत्तर दिया।

“राम से बात करके का मिलत है अम्मा? न तो घर में पैसा आ रओ, न बापू को गुस्सा कम हो रओ। हम तो आज भी ई छोटे से कमरा में फँसे हैं,” मोहन के स्वर में कड़वाहट थी।

माँ मुस्कुराई, और उस मुस्कान में हज़ारों दुखों को सोख लेने की शक्ति थी। "पईसा और बड़ा घर ही सब कछु नई होत मोहन। मन को संतोष सबसे बड़ो धन है। जो राम दओ है, ओखे स्वीकार करो और नीके से रहो। जौन कछु जीवन में आवत है, वो भगवान की मर्जी है।"

"स्वीकार्यता ... यही वह तत्व था जिसने माँ को टूटने से बचाया था। मेरी ख़ुशी हमेशा बाहरी चीज़ों की तलाश में रहती थी, बड़ा घर, अच्छे कपड़े, पैसा। लेकिन माँ का आनद और शांति उसके भीतर की उस 'मूक साधना' से उपजती थी। मैं उसे बेवकूफ समझता था, पर आज इस लॉकअप में मुझे समझ आ रहा है कि वह मुझसे कहीं ज्यादा अमीर थी।"

सपनों का वह घर

माँ की उस बेबसी को देखकर मोहन ने अपने मन में एक सपना बुना था। एक सपना, अपने खुद के घर का। एक ऐसा घर जिसमें एक बड़ा सा शौचालय हो, ताकि माँ को रात के अँधेरे में या सुबह तड़के बाहर न जाना पड़े। वह मन ही मन उस घर का नक्शा बनाता रहता था।

"उस वक्त मेरे दिमाग में उथल - पुथल हो रही थी। गरीबी के उस अपमान ने मेरे मस्तिष्क के कुछ हिस्सों को इतना सक्रिय कर दिया था कि मैं किसी भी कीमत पर उस हालात से निकलना चाहता था। लेकिन रास्ता... रास्ता मैंने गलत चुन लिया।"

माँ ने कभी मोहन से कोई शिकायत नहीं की। जब वह स्कूल से भागने लगा, जब उसने पहली बार बीड़ी, सिगरेट पी, या जब उसने घर के पैसे चुराए, माँ शायद सब जानती थी। उसकी आँखों में वह मूक वेदना साफ़ दिखती थी, पर उसकी जुबान चुप थी। वह सिर्फ अपने मंदिर के कोने में जाकर और देर तक हाथ जोड़े बैठी रहती थी।

वर्तमान की पुकार

कोतवाली की कोठरी में सुबह की रोशनी अब एक नई इबारत लिख रही

थी। सलाखों से छनकर आती सुनहरी किरणों ने फर्श की धूल को चमका दिया था, लेकिन मोहन लाल के लिए यह रोशनी उम्मीद से ज्यादा न्याय की पुकार जैसी थी। तीन दिन की भूख और रात भर की अनिश्चितता ने उसके शरीर को पूरी तरह तोड़ दिया था, पर उसके भीतर का 'सत्य' अब कुलांचें भरने लगा था।

अचानक, मोहन की यादों का यह सिलसिला टूटा। कोठरी के भारी लोहे के गेट के खुलने की आवाज़ आई। वह चरमराहट किसी पुराने ज़ख्म के फिर से हरे होने जैसी थी।

एक सिपाही पास आया और सलाखों पर डंडा मारा। "ऐ मोहन! उठ। खड़ा हो जा। हेड कांस्टेबल साहब बुला रहे हैं। चल जल्दी!"

मोहन लड़खड़ाते हुए हड़बड़ाकर खड़ा हुआ। उसके घुटने कांप रहे थे। उसने सलाखों के बाहर कदम रखा। उसका शरीर अकड़ गया था। उसने अपनी फटी हुई कमीज़ झाड़ी। उसे याद आया कि माँ ने हमेशा कहा था, *"सच बोलबे में कभी डरियो मत।"*

मोहन खड़ा हुआ। उसके घुटने अब भी कांप रहे थे, भूख से नहीं, बल्कि उस सच का सामना करने के डर से जो उसे अब बताना था। उसने खुद से वादा किया कि आज वह कोई कहानी नहीं गढ़ेगा। आज वह सिर्फ सच बोलेगा। क्योंकि 'विश्वास का जादू' अब उसे समझ आने लगा था।

सिपाही के पीछे चलते हुए मोहन के पैर भारी थे। गलियारे की दीवारों पर जमी पुरानी पेंट की परतें उसे अपनी पिछली ज़िंदगी की याद दिला रही थीं, टूटी हुई, बदरंग और धूल भरी।

"तो अब फैसला होगा।" मोहन ने एक लंबी सांस ली। "या तो सलाखें... या फिर से वही भूख वाली आज़ादी। पर क्या मैं वाकई आज़ाद होना चाहता हूँ?"

मोहन भारी मन से हेड कांस्टेबल के कमरे की ओर चल दिया। उसे नहीं पता था कि आने वाले कुछ पल उसकी ज़िंदगी की सबसे बड़ी सीख बनने वाले थे। वह 'विश्वास' जिसे वह बरसों पहले खो चुका था, आज एक अजनबी के रूप में उसके सामने खड़ा होने वाला था।

"इस वक्त मेरे मस्तिष्क में उदासीनता का स्तर शायद अपने उच्चतम बिंदु पर था। डर और तनाव ने मेरी मांसपेशियों को जकड़ लिया था। लेकिन जैसे ही मैंने हेड कांस्टेबल के कमरे की दहलीज पार की, मेरे भीतर संतोष की एक शांत लहर दौड़ी। यह वह सुकून था जो केवल सच बोलने का फैसला लेने के बाद मिलता है। विज्ञान कहता है कि झूठ बोलने के लिए मस्तिष्क को ज्यादा ऊर्जा और जटिल मांसपेशियों के तंतुओं के नेटवर्क की ज़रूरत होती है, जबकि सच बोलना मस्तिष्क के लिए सबसे सरल और तनावमुक्त स्थिति है।"

मोहन सिपाही के पीछे-पीछे चलने लगा। पहली बार उसे लगा कि खुली हवा कितनी ठंडी और ताज़ा हो सकती है, भले ही वह एक पुलिस स्टेशन के गलियारे की ही क्यों न हो।

गलियारे से होते हुए वह एक बड़े हॉल में पहुँचा। वहाँ बीच में एक बड़ी मेज़ थी, जिसके पीछे एक बुजुर्गवार हेड कांस्टेबल बैठे थे। उनके चश्मे के पीछे की आँखें थकी हुई पर अनुभवी थीं।

मोहन ने सीधे उनकी आँखों में देखा। उसे डर नहीं लग रहा था। शायद माँ की वह शांति उसके भीतर कहीं काम कर रही थी।

"गुड मॉर्निंग सर," मोहन ने स्पष्ट आवाज़ में कहा।

हेड कांस्टेबल ने चश्मा नाक पर टिकाया और उसे ऊपर से नीचे तक देखा। "गुड मॉर्निंग जेंटलमैन। कब आए यहाँ?"

"कल रात, सर," मोहन ने बिना हिचकिचाए जवाब दिया।

"क्यों लाए गए यहाँ?"

"मुझे नहीं पता, सर," मोहन ने विनम्रता पर दृढ़ता के साथ कहा।

पौरुष और सत्य का द्वंद्व

हेड कांस्टेबल साहब अपनी मेज़ के पीछे बैठे थे। उनकी आँखों पर चढ़ा पुराना चश्मा उनके अनुभव की गवाही दे रहा था। उन्होंने चश्मे के ऊपर से मोहन को देखा।

"तो मोहन लाल... तुमने रात भर क्या सोचा? कोई नई कहानी तैयार की या पुरानी ही दोहराओगे?" हेड कांस्टेबल की आवाज़ में एक व्यंग्य था।

मोहन ने एक गहरी सांस ली। उसने हेड कांस्टेबल की आँखों में आँखें डालीं। अब उसमें वह अपराधी वाली झिझक नहीं थी।

"नहीं साहब। मैंने फैसला किया है कि मैं कोई कहानी नहीं सुनाऊँगा। मैं सिर्फ वो सच बताऊंगा जो कल रात हबीबगंज प्लेटफॉर्म पर हुआ था," मोहन ने बहुत ही विनम्र लेकिन स्पष्ट आवाज़ में कहा।

हेड कांस्टेबल ने मेज़ पर पड़ी फाइलों को पलटा। एक फाइल निकाली और उसे गौर से पढ़ने लगे। कुछ देर सन्नाटा रहा। मोहन के दिल की धड़कन बढ़ गई थी।

"इस वक्त मेरी धमनियों में डर से खून का स्तर फिर से बढ़ रहा था। अनिश्चितता का डर। लेकिन माँ की वह छवि... वह सफेद साड़ी वाली शांत मूरत, मुझे सहारा दे रही थी।"

हेड कांस्टेबल ने फाइल बंद की और फिर से मोहन की ओर देखा। "तो... तुम हबीबगंज रेलवे प्लेटफॉर्म पर पकड़े गए थे। आधी रात को वहाँ क्या कर रहे थे? बिना टिकट, उस प्लेटफॉर्म पर?"

मोहन ने एक पल के लिए सोचा कि कोई कहानी बना दे। कोई बहाना गढ़ ले। लेकिन तभी उसे याद आया, 'विश्वास का जादू'। उसने अपनी आँखें बंद कीं, माँ को याद किया, और फिर अपनी नज़रें हेड कांस्टेबल से मिला दीं।

“सर, मैं सच बताऊँगा। अगर आप सुनना चाहें तो...”

हेड कांस्टेबल ने अपनी कुर्सी के पीछे झुकते हुए कहा, “हाँ, मुझे तुम्हारी सच्ची कहानी ही सुननी है। कोई बनावटी किस्सा नहीं।”

मोहन ने एक गहरी सांस ली। अब उसे वह सब बताना था जो उस रात प्लेटफॉर्म पर हुआ था, वह 'विश्वास', जिसने एक चोर को इंसान बना दिया था।

वर्तमान: लॉकअप की कड़वाहट

अचानक, मोहन की तंद्रा टूटी। हेड कांस्टेबल ने मेज पर जोर से डंडा मारा।

“ओए! सपनों से बाहर आ। हेड कांस्टेबल साहब बोले। फाइल खुल गई है तेरी।”

मोहन खड़ा हुआ। उसके पैर कांप रहे थे। उसने अपने मन में बने उस 'सपनों के महल' को एक आखिरी बार देखा। वह महल अब धुंधला पड़ रहा था और उसकी जगह पुलिस स्टेशन की ये बदरंग दीवारें ले रही थीं।

“गरिमा... मैं गरिमा पाने के लिए निकला था, और आज मेरी स्थिति एक जानवर से भी बदतर है,” उसने सोचा।

वह हेड कांस्टेबल की ओर एकटक देखने की कोशिश करने लगा। उसे पता था कि अब उसे उस रात की बात बतानी है जब उसने हबीबगंज

स्टेशन पर एक बैग चुराने का फैसला किया था। वह रात, जहाँ 'सपनों का महल' और 'ज़मीर' के बीच आखिरी जंग हुई थी।

खुली आँखों से बाद भी माँ की वह बात याद आई, *"विश्वास पे ही दुनिया टिकी है।"*

अब उसे देखना था कि क्या वह हेड कांस्टेबल का विश्वास जीत पाएगा?

अध्याय 7
घर की दहलीज पर अपमान

कोतवाली के कमरे के फर्श पर, हेड कांस्टेबल के सामने, मोहन लाल का शरीर अब जवाब दे रहा था। तीन दिन की भूख ने उसके भीतर के ग्लूकोजके आखिरी कण को भी जला दिया था। अब उसके रक्त में शुगर (ग्लूकोज) का स्तर सामान्य से कम हो गया था, जिससे मस्तिष्क में विचार धुंधले हो रहे थे और वास्तविकता किसी डरावने सपने जैसी लग रही थी।

परंतु, कल रात की वह स्मृति, जब वह अपने ही घर की दहलीज से दुत्कारा गया था, वह किसी ताज़ा ज़ख्म की तरह उसके जेहन में ज़िंदा थी। उसने हैंड साहब को अपनी कहानी सुनना शुरू किया।

अरेरा कॉलोनी: वैभव की चकाचौंध और पेट की आग

कल रात भोपाल की अरेरा कॉलोनी किसी दुल्हन की तरह सजी थी। बड़े बंगलों के अहातों में पीली लाइटें जल रही थीं। हवा में मोगरे की महक के साथ-साथ किसी घर से आ रही छौंकी हुई दाल और गरम रोटियों की सुगंध तैर रही थी। वह सुगंध मेरे दिमाग के लिए किसी जानलेवा हमले जैसी थी।

"जब पेट खाली होता है, तो मस्तिष्क की सारी उच्च क्षमताएं बंद हो जाती हैं। मेरा दिमाग पागलों की तरह सिग्नल भेज रहा था, खाना! सिर्फ खाना! उस वक्त अरेरा कॉलोनी के उन आलीशान बंगलों की चमक मुझे चिढ़ा रही थी। मुझे लग रहा था कि इन ऊँची दीवारों के पीछे जो लोग हँस रहे हैं, वे मेरी भूख का मज़ाक उड़ा रहे हैं। मैरे शरीर में तनाव का स्तर इतना बढ़ गया था कि मुझे अपने हाथों में कंपन महसूस हो रहा था।"

मैं लड़खड़ाते कदमों से उसी पुराने आउटहाउस की ओर बढ़ा। मैंने सोचा था कि चाहे बापू कितना भी गुस्सा करें, पर क्या वे अपने बेटे को भूखा मरते देख पाएंगे? क्या माँ उसे बिना खिलाए जाने देगी?

दहलीज पर दस्तक और पिता का क्रोध

आउटहाउस के उस पुराने लकड़ी के दरवाज़े के सामने पहुँचकर मैं रुक गया। मेरे भीतर एक युद्ध चल रहा था, आत्मसम्मान और भूख के बीच। अंततः, भूख जीत गई। मैंने कांपते हाथों से कुंडी खटखटाई।

'खट... खट... खट...'

भीतर से भारी जूतों की आवाज़ आई। दरवाज़ा खुला और सामने पिता जी खड़े थे। उनके हाथ में वही पुराना डंडा नहीं था, पर उनकी आँखों में जो नफरत थी, वह किसी भी डंडे से ज्यादा गहरी चोट कर रही थी।

"का करे आए? अब काहे को मुँह दिखावे आए?" पिता जी ने बुंदेली में कड़क कर पूछा।

मेरा गला सूख गया था। मैंने बहुत मुश्किल से शब्द जुटाए। "बापू... तीन दिन से कछु नई खाओ। बहुत भूख लगी है। बस... बस आज की रात..."

पिता जी के चेहरे पर कोई शिकन नहीं आई। "भूख लगी है? जब जुआ खेलत रहे, तब नई लगी थी? जब चाय की टपरी पे बैठ के बड़ी-बड़ी बातें करत रहे, तब पइसा कहाँ गए? अब घर याद आयो?"

"उस पल, मेरे भीतर दुःख की जगह अवसाद का स्तर पूरी तरह गिर चुका था। मैं एक ऐसी 'शर्म' का अनुभव कर रहा था जो इंसान को अंदर से खोखला कर देती है। मेरे पिता की आँखों में मुझे अपने लिए कोई जगह नहीं दिखी। वह तिरस्कार... वह अपमान मेरी भूख से भी ज्यादा तेज़ था।"

माँ की बेबसी और अंतिम बिछड़न

भीतर से माँ की आवाज़ आई। उसकी आवाज़ में वही पुरानी ममता थी, पर वह डरी हुई थी। “कौन आयो है? मोहन है का?”

माँ बाहर आने की कोशिश कर रही थी, पर पिता जी ने दरवाज़ा आधा बंद कर रखा था और अपना हाथ फैलाकर उसका रास्ता रोक दिया।

“जाओ भीतर! इखो इहाँ कछु नई मिलिहे। ई मानुस हमार मरो गओ। आज के बाद ई घर के भीतर कदम न धरिहो मोहन!” पिता जी चिल्लाए।

“बापू... बस माँ से मिल लेन दो। एक रोटी दई दो, हम चले जइहें,” मैं गिड़गिड़ाया।

“नई! एक टुकड़ा भी नई। तू अपनी आजादी चाहत तो न? तो भोग अब अपनी आजादी। जा, ढूँढ अपना महलों वाला घर!” रामलाल ने इतना कहकर दरवाज़ा ज़ोर से बंद करने की कोशिश की।

उसी क्षण, माँ ने किसी तरह पिता जी के हाथ के नीचे से झाँका। उसकी आँखें आँसुओं से भरी थीं। उसने मुझे देखा, दुबला, गंदा और हार चुका बेटा।

“मोहन... बेटा... भाग जा इहाँ से। बापू बहुत गुस्से में हैं,” माँ ने सिसकते हुए बुंदेली में कहा।

पिता जी ने माँ को झटके से पीछे किया और दरवाज़ा धड़ाम से बंद कर दिया।

'भड़ाक!'

अपमान की वह काली रात

दरवाज़ा बंद होने की वह आवाज़ मेरे कान के पर्दे फाड़ देने वाली थी। मैं वहीं दहलीज पर बैठ गया। मेरे शरीर में रोने की भी ताकत नहीं थी।

"जब आपका अपना घर आपके लिए दरवाज़े बंद कर लेता है, तो दुनिया की सारी सड़कें डरावनी लगने लगती हैं। मेरा घर से वह प्यार और सुरक्षा का लगाव, पूरी तरह खत्म हो चुका था। मैं अकेला था। उस आलीशान कॉलोनी के बीच, मैं एक कूड़े के ढेर की तरह था जिसे कोई नहीं चाहता था।"

मैं उठा। मेरे भीतर अब भूख नहीं, एक ज्वाला जल रही थी। एक ऐसी नफरत, जिसने मुझे अंधा कर दिया था। मैने मुड़कर अरेरा कॉलोनी की उन सड़कों को देखा और मन ही मन कहा, *"अब कभी नई आऊँगा। कभी नई।"*

मैं भटकते हुए हबीबगंज रेलवे स्टेशन की ओर चल दिया। रात के ग्यारह बज चुके थे। शहर अब सो रहा था, पर मेरी की तकदीर अब जागने वाली थी।

हबीबगंज स्टेशन: नियति का अड्डा

हबीबगंज स्टेशन की चमक-धमक और शोर ने मुझे अपनी ओर खींचा। वहाँ मुझे कोई नहीं जानता था। वहाँ मैं भीड़ का हिस्सा बन सकता था। स्टेशन पर पहुँचते ही मुझे ठंडी हवा के झोंके लगे। मैं प्लेटफॉर्म नंबर एक पर पहुंच गया।

वहाँ मुसाफिर अपनी गठरीयों पर सिर रखकर सो रहे थे। कोई समोसे बेच रहा था, तो कोई चाय। मेरे पास एक ढेला भी नहीं था। मैं एक खाली बेंच पर बैठ गया। मेरे सामने एक परिवार बैठा था जो पूरी मजे से पूरी-सब्जी खा रहा था।

"उस पल, मेरा मस्तिष्क पूरी तरह सक्रिय था। वह मुझे उकसा रहा था,

छीन लो! चुरा लो! तुम्हें ज़िंदा रहना है। नैतिकता? वह तो सिर्फ भरे हुए पेट की बात है। भूखे पेट के लिए तो सिर्फ जिन्दा रहना ही सच है।"

मैंने पास पड़े एक लावारिस बैग की ओर देखा। मुसाफिर सो रहा था। मैंने धीरे से अपना हाथ बढ़ाया। मेरे दिल की धड़कन इतनी तेज़ थी कि मुझे लगा कि पूरा स्टेशन मुझे सुन लेगा।दिमाग में विचारों का बहाव तेज़ था।

मैं बैग उठाने ही वाला था कि तभी... एक अजनबी दौड़ता हुआ मेरे पास आया।

कोतवाली के उस कमरे में मोहन की आँखें खुलीं। हेड कांस्टेबल मोहन को गौर से देख रहे थे।

"तो... तुमने बैग चुरा लिया था?" हेड कांस्टेबल ने पूछा।

मोहन ने एक लंबी सांस ली। *"नहीं सर। मैं चुराने वाला था, पर तभी उस अजनबी ने मुझ पर 'भरोसा' कर दिया। और उस भरोसे ने मेरी भूख, मेरे अपमान और मेरी नफरत... सबको एक पल में राख कर दिया।"*

हेड कांस्टेबल की आँखों में अब एक अलग किस्म की चमक थी। *"बताओ मोहन, क्या हुआ था उस प्लेटफॉर्म पर? वह अजनबी कौन था?"*

हेड कांस्टेबल ने अपनी फाइल बंद की और अपनी कुर्सी के पीछे झुक गए। "ठीक है, सुनाओ। मैं भी देखना चाहता हूँ कि हबीबगंज का 'संदिग्ध' क्या सच बोलता है।"

मोहन ने बताना शुरू किया। उसने अपनी भूख, अरेरा कॉलोनी के आउटहाउस का अपमान, पिता का धक्का और माँ की बेबसी, सब कुछ उगल दिया।

"साहब, मैं वहाँ चोरी करने ही बैठा था। मैंने एक बैग पर हाथ भी रख दिया था। मेरा ईमान भूख के आगे घुटने टेक चुका था। पर तभी... वो अजनबी आया," मोहन की आवाज़ में एक अजीब सा कंपन था।

उसने उस अजनबी और उसके तीन सूटकेसों की कहानी सुनाई। उसने उन पंद्रह मिनटों का ज़िक्र किया जब वह अकेला था।

"साहब, उन पंद्रह मिनटों में मेरे भीतर एक युद्ध चल रहा था। मेरा 'दिमाग' मुझे भागने को कह रहा था, पर मेरा 'दिल' उस अजनबी के 'भरोसे' के बोझ से दबा जा रहा था। उसने मुझ पर बिना शर्त विश्वास किया था। उसने मुझे एक बहुत ऊँचे पायदान पर खड़ा कर दिया था। साहब, विश्वास में एक जादू होता है। जब कोई आप पर इतना ऊँचा भरोसा कर देता है, तो आपके लिए उस ऊँचाई से गिरना मौत से भी बदतर हो जाता है।"

मोहन ने फिर से आँखें बंद कीं। अब उसे उस 'जादू' के बारे में बताना था जिसने उसे इस लॉकअप तक तो पहुँचाया, पर उसे 'इंसान' बना दिया।

अध्याय 8
हबीबगंज की वह काली रात

मोहन लाल ने बताया। हबीबगंज रेलवे स्टेशन, रात के सवा ग्यारह बजे। स्टेशन की पीली सोडियम लाइटें प्लेटफॉर्म की सीमेंटेड फर्श पर एक अजीब सी उदासी बिखेर रही थीं। कहीं-कहीं सीमेंट की बेंचों पर मुसाफिर अपनी चादरें ताने मुर्दों की तरह सो रहे थे। लोहे की पटरियों से आने वाली ग्रीस और ठंडे लोहे की महक हवा में तैर रही थी।

मैं प्लेटफ़ॉर्म नंबर एक के एक सुदूर कोने में बैठा था। मेरी पीठ ठंडी दीवार से टिकी थी, पर मेरे भीतर एक ज्वालामुखी दहक रहा था।

भूख का अट्टहास और मस्तिष्क का विद्रोह

तीन दिन। बहत्तर घंटे से भी ज्यादा समय बीत चुका था जब मोहन के पेट ने अन्न का आखिरी दाना देखा था। अब भूख उसे तड़पा नहीं रही थी; अब वह उसे सुन्न कर रही थी।

"विज्ञान कहता है कि जब शरीर भूख की स्थिति में पहुँचता है, तो मस्तिष्क का सामने का भाग जो तर्क और नैतिकता का केंद्र है, कमज़ोर पड़ने लगता है। मेरा आदिम दिमाग मेरे ऊपर पूरी तरह नियंत्रण ले चुका था। शरीर में ग्लूकोज की भारी कमी की वजह से हाथ-पैर कांप रहे थे। मेरा अस्तित्व अब केवल एक ही चीज़ माँग रहा था - ईंधन। उस पल, दुनिया की सारी नैतिकता, माँ की पूजा और बापू की नसीहतें उस भूख के सामने तुच्छ लग रही थीं।"

मोहन ने अपनी कहानी सुनाते हुए बताया कि मैंने धुंधली नज़रों से प्लेटफ़ॉर्म पर नज़र दौड़ाई। कुछ ही दूरी पर एक अधेड़ उम्र का मुसाफिर गहरी नींद में था। वह खर्राटे ले रहा था और उसका सिर अपनी अटैची के ऊपर टिका था, लेकिन उसके बगल में एक छोटा सा चमड़े का बैग रखा

था। वह बैग थोड़ा सा दूर था, मानो मुसाफिर नींद के आगोश में उसे थोड़ा भूल गया हो।

"उस बैग को देखते ही मेरे मस्तिष्क में खून का एक तेज़ संचार हुआ। डर और उत्तेजना का वह मिश्रण! मुझे लगा कि उस बैग में शायद कुछ पैसे हों, या कम से कम कुछ खाने का सामान। मेरा तर्क मर चुका था, केवल ज़िंदा रहने की लालसा ज़िंदा थी।"

आंतरिक द्वंद्वः संस्कार बनाम जरूरत

मेरा हाथ धीरे से फर्श पर रेंगा। मैं उठने की कोशिश कर रहा था, पर मेरे घुटने जवाब दे रहे थे। उसी क्षण, मेरे कानों में माँ की वह बुंदेली आवाज़ गूंजी जो वह बचपन में पूजा करते समय कहती थी।

"लाल... जीवन में कुछ भी हो जाए, पर कबहूं दूसरों को हक मत मारियो। राम सब देख रए हैं।"

मेरे अंतर मन के भीतर से एक कड़वी आवाज़ आई, *"कहाँ हैं राम? क्या राम देख रहे हैं कि मैं तीन दिन से भूखा हूँ? क्या राम ने देखा जब बापू ने मुझे घर की दहलीज से धक्का देकर निकाल दिया? अगर राम हैं, तो वे मुझे चोर बनने पर मजबूर क्यों कर रहे हैं?"*

मैंने अपने सूखे होंठों पर ज़बान फेरी। कड़वाहट मेरे गले तक भरी थी।

"हओ माँ... राम देख रए हैं, पर वो हम जैसों को नई देखत," मैं बुदबुदाया। मेरी आवाज़ इतनी धीमी थी कि खुद मुझे भी सुनाई नहीं दी।

मैने फिर से उस बैग की ओर देखा। मुसाफिर ने करवट बदली, पर वह जागा नहीं।

"मेरा दिमाग मुझे उकसा रहा था। 'चोरी कर लो! तुम मर रहे हो! यह कोई अपराध नहीं, यह जीवन बचाने की कोशिश है।' वहीं मेरा 'सुपर-ईगो' चिल्ला रहा था कि अगर आज मैंने यह कदम उठाया, तो मैं कभी वापस नहीं लौट पाऊँगा। मैं हमेशा के लिए एक अपराधी बन जाऊँगा।"

अपराध का पहला कदम

मैं धीरे-धीरे रेंगता हुआ उस बेंच की ओर बढ़ा। प्लेटफ़ॉर्म का सन्नाटा मुझे डरा रहा था। दूर कहीं से एक मालगाड़ी के गुजरने की भारी आवाज़ आई, जिसने प्लेटफ़ॉर्म को कँपा दिया। उस शोर का फायदा उठाकर मैं और करीब पहुँच गया।

अब मैं उस मुसाफिर के ठीक बगल में था। मैं मुसाफिर की साँसों की आवाज़ सुन सकता था। वह बैग अब बस एक हाथ की दूरी पर था।

मैंने अपना हाथ धीरे-धीरे बढ़ाया। मेरी उंगलियां कांप रही थीं।

"उस वक्त मेरे शरीर में तनाव का स्तर इतना ऊँचा था कि मेरा पूरा शरीर पसीने से भीग गया था, जबकि रात ठंडी थी। मेरा दिल इतनी ज़ोर से धड़क रहा था जैसे वह सीना चीरकर बाहर आ जाएगा। "करो या मरो की उस स्थिति में, मैं पूरी तरह से 'अपराधी' बनने की कगार पर था।"

मेरी उंगलियों ने बैग के ठंडे चमड़े को छुआ। एक बिजली सी मेरे शरीर में दौड़ गई। मैंने बैग को धीरे से अपनी ओर खींचना शुरू किया। मुसाफिर थोड़ा सा हिला। मैं पत्थर की तरह जम गया। सांस रोक ली। मुसाफिर फिर से खर्राटे लेने लगा।

मैंने एक गहरी सांस ली। मैंने बैग को थोड़ा और खींचा। अब बैग मेरे कब्जे में था। मुझे बस उसे उठाना था और अँधेरे की ओर भाग जाना था।

"बैग का वह स्पर्श... वह वजन... मुझे लग रहा था कि मैं बैग नहीं, बल्कि अपना ज़मीर उठा रहा हूँ। अगर मैं यहाँ से भागा, तो मैं मोहन नहीं रहूँगा। मैं वह 'चोट्टा' बन जाऊँगा जिससे माँ नफरत करती थी। लेकिन भूख... भूख ने ज़मीर का गला घोंट दिया था।"

मैंने बैग की बेल्ट पकड़ी और उसे उठाने ही वाला था कि तभी...

एक साया मेरे ऊपर पड़ा। कोई दौड़ता हुआ मेरी ओर आ रहा था। मेरा दिल जैसे एक पल के लिए रुक गया। मुझे लगा कि पुलिस आ गई। मेरा दिमाग अब मुझे भागने के लिए चीख रहा था, पर पैर जैसे ज़मीन में कील से ठोक दिए गए हों।

मोहन ने अपने भय की बात फिर से कही ।मुझे लगा कि अब उसकी पीठ पर लाठियाँ बरसेंगी।

लेकिन वह साया पुलिस का नहीं था। लेकिन जो उसके सामने आकर रुका, वह एक दूसरा मुसाफिर था, जो हाथ में तीन बड़े सूटकेस लिए हाँफता हुआ आ रहा था। वह पुलिस वाला नहीं था।

वह अजनबी और भरोसे की दस्तक

वह एक मध्यम आयु वर्ग का व्यक्ति था, जिसने सफेद कुर्ता-पायजामा पहन रखा था। उसके माथे पर पसीने की बूंदें चमक रही थीं और वह बुरी तरह हाँफ रहा था, पसीने-पसीने था। उसने अपने तीनों भारी सूटकेस ठीक मेरे सामने पटक दिए। उसके पास तीन बड़े, भारी और कीमती दिखने वाले सूटकेस थे।

मैं हड़बड़ा गया। मैंने जल्दी से वह बैग वापस अपनी जगह खिसका दिया जिसे मैं चुराने वाला था। उसने मेरी की फटी हुई कमीज़, उसकी बिखरी हुई दाढ़ी या उसकी आँखों में छिपे उस 'चोर' को नहीं देखा। उसने बस एक इंसान देखा जो वहां अकेला बैठा था।

"भाई साहब! भाई साहब!" अजनबी ने हाँफते हुए मुझसे कहा।

"भाई साहब! ओ भाई साहब! ज़रा सुनिए!" अजनबी की आवाज़ में एक अजीब सी हड़बड़ाहट थी।

मैंने डरते हुए उसकी ओर देखा। *"जी... जी, भाई साहब?"*

मैं सकपका गया। *"जी... जी?"*

"भाई साहब, मेरा टिकट अभी तक कन्फर्म नहीं हुआ है। चार्ट लग गया है और मेरी ट्रेन बस दस मिनट में आने वाली है। काउंटर पर बहुत भीड़ है और मुझे तुरंत वहाँ जाना होगा। क्या... क्या आप मेरे इन सूटकेसों का ज़रा ध्यान रखेंगे? मैं बस पाँच-सात मिनट में आता हूँ," अजनबी ने एक ही सांस में अपनी बात कह डाली।

"बहुत भीड़ है वहाँ। क्या... क्या आप मेरे इन तीन सूटकेसों का थोड़ा ध्यान रखेंगे? मैं बस पाँच मिनट में आता हूँ," अजनबी ने बिना मेरा चेहरा देखे, बिना मेरा नाम पूछे, अपनी पूरी जायदाद मेरे सामने रख दी।

मैं सन्न रह गया। मेरे दिमाग के सारे न्यूरॉन्स जैसे एक पल के लिए 'शॉर्ट सर्किट' हो गए। मेरे पास तीन बड़े, भारी और कीमती दिखने वाले सूटकेस थे।

"यह क्या हो रहा था? मेरा दिमाग 'नेगेटिव प्रेडिक्शन' कर रहा था, पुलिस, पिटाई, जेल। लेकिन यहाँ? यहाँ एक अजनबी मुझ पर अपना सब कुछ सौंपकर जा रहा था। जिस मोहन को उसके अपने बाप ने 'अविश्वासी' कहकर घर से निकाला था, उस पर एक अजनबी अपनी पूरी ज़िंदगी का सामान छोड़ रहा था।"

मेरी ज़ुबान तालू से चिपक गई। मैं कुछ बोल पाता, उससे पहले ही उस आदमी ने तीनों सूटकेस मेरे सामने पटक दिए।

"भरोसा रखूँ न आप पर? बस पाँच मिनट, भाई साहब!"

बिना मेरे जवाब का इंतज़ार किए, वह आदमी मुड़ा और भीड़ भरे मुख्य हॉल की तरफ दौड़ गया। इससे पहले कि मैं कुछ कह पाता या मना कर पाता, वह अजनबी टिकट खिड़की की ओर भाग चुका था।

प्लेटफ़ॉर्म पर फिर से वही सन्नाटा छा गया। अब वहाँ मैं था, और उसके ठीक मेरे सामने अजनबी की वह पूरी दुनिया, जो उन सूटकेसों में बंद थी।

स्तब्धता और मानसिक विस्फोट

अब नियति ने मेरे सामने एक नहीं, बल्कि चार अवसर खोल दिए थे। वह पुराना बैग और ये तीन नए बड़े सूटकेस हैं। मैं चाहता तो चारों को लेकर स्टेशन के दूसरे अँधेरे गेट से गायब हो सकता था। उन सूटकेसों का वजन बता रहा था कि उनमें कीमती सामान है।

मेरी जान भूख से अभी भी निकल रही थी। मेरा शरीर अभी भी खाना माँग रहा था। लेकिन...

"लेकिन उस अजनबी के 'भरोसे' ने मेरे भीतर एक नया विचार सक्रिय कर दिया। वह विचार सामाजिक जुड़ाव और विश्वास का है। उस विचार ने मेरी भूख के हाहाकार को पूरी तरह शांत कर दिया। मैं अब एक चोर नहीं था। मैं एक 'रक्षक' बना दिया गया था।"

वह सूटकेसों की रखवाली करने लगा। हर गुजरता हुआ सेकंड उसे एक घंटे जैसा लग रहा था। कोई सिपाही गुज़रा, तो मैं डरने के बजाय सीधा होकर बैठ गया। उसे लगा कि वह अब चोर नहीं है; वह एक 'संरक्षक' है। उसकी भूमिका बदल गई थी।

मैं वहीं बैठ गया। मेरी आँखें उन तीन सूटकेसों पर टिकी थीं। अँधेरा अभी भी था, स्टेशन अभी भी सुनसान था, पर मेरे भीतर की रोशनी अब वापस लौट रही थी।

मैं पत्थर की मूरत बन गया था। मेरा दिमाग काम करना बंद कर चुका था।

"यह क्या था? मेरा पूरा 'न्यूरोलॉजिकल' ढांचा ढह गया था। बरसों से मैंने खुद को एक 'मज़दूर का आवारा बेटा', 'एक चोर', 'एक नाकाम इंसान' के रूप में देखा था। दुनिया ने मुझ पर कभी भरोसा नहीं किया था। बापू ने

मुझे 'अविश्वासी' कहा था, मालिक ने मुझे 'चोर' समझा था। लेकिन यह अजनबी? इनने बिना मेरा नाम पूछे, बिना मेरी पहचान जाने, अपनी कीमती चीज़ें मेरे पास छोड़ दीं? क्यों?"

मैंने सूटकेसों की ओर देखा। वे भारी थे। उनमें से एक का लॉक थोड़ा ढीला था। मैं चाहता तो एक झटके में उन्हें उठा सकता था और स्टेशन के अंधेरे पिछवाड़े से गायब हो सकता था। उन सूटकेसों की कीमत उसकी कई महीनों की 'भूख' मिटा सकती थी। उसका 'सपनों का महल' बन सकता था।

"मेरे भीतर का उत्साह फिर से जाग उठा था। 'शॉर्टकट' का लालच! मुझे लगा कि यह तो ईश्वर का इशारा है। उसने खुद ही मेरे सामने खजाना लाकर रख दिया है। लेकिन तभी... कुछ और हुआ। मेरे शरीर में विवेक का स्तर बढ़ने लगा। यह सामाजिक जुड़ाव और भरोसे का ज्ञान है। जब कोई आप पर भरोसा करता है, तो आपका मस्तिष्क उस भरोसे को तोड़ने के खिलाफ एक शारीरिक प्रतिक्रिया देता है।"

सन्नाटा और प्रलोभन का अट्टहास

"मनोविज्ञान कहता है कि प्रलोभन के क्षणों में मस्तिष्क का 'वेंट्रल स्ट्रेटम' पागलों की तरह सक्रिय हो जाता है। मेरा जुनून का स्तर इस वक्त उच्चतम बिंदु पर था। वह मुझे बार-बार उन सूटकेसों की ज़ंजीरों (Zips) को देखने के लिए उकसा रहा था। 'उठा ले! भाग जा! इन सूटकेसों में तेरी माँ का वह सपनों वाला घर बंद है। इसमें वह शौचालय है जिसके लिए वह अपमानित हुई। इसमें तेरी आज़ादी है!' मेरे भीतर का अपराधी चीख रहा था।"

मैंने एक कदम आगे बढ़ाया। मेरे हाथ कांप रहे थे। खून का बहाव इतना तेज़ था कि उसके कानों में साय-साय की आवाज़ हो रही थी। उसने सबसे बड़े सूटकेस के हैंडल को पकड़ा। वह ठंडा और मज़बूत था।

आंतरिक द्वंद्वः दो दुनियाओं का टकराव उसी पल, स्टेशन की ठंडी हवा का एक झोंका उसके चेहरे से टकराया। उसे गणेशगंज की वह रात याद आई जब बापू ने उसे घर से निकाला था।

“बापू ने कहा था कि मैं कभी भरोसे के लायक नहीं बनूँगा। क्या मैं आज उन्हें सही साबित कर दूँ? क्या मैं सचमुच वही 'चोट्टा' हूँ जो दुनिया मुझे समझती है?”

तभी, उसके मस्तिष्क के दूसरे कोने से एक बहुत ही शांत, बुंदेली आवाज़ सुनाई दी। वह उसकी माँ की आवाज़ थी।

“मोहन... देख लाला, गरीबी तो तन की होत है, पर ईमान की गरीबी मानुस को जीते जी मार डालत है। जौन कोऊ तोपे आँख मूँद के भरोसा करे, वो राम को रूप होत है। ऊ को दिल मत तोड़ियो बेटा।”

माँ की बुंदेली यादें और नैतिक संघर्ष

अंधेरे प्लेटफ़ॉर्म पर बैठे मोहन को फिर से गणेशगंज की वह मिट्टी याद आई। उसे याद आया जब वह छोटा था और माँ उसे बापू के बारे में बताती थी।

“देख मोहन... गरीबी कछू नई होत। असली धन तो मानुस को भरोसा होत है। अगर कोऊ तोपे भरोसा कर रओ है, तो समझ ले कि राम तोरी परीक्षा ले रए हैं। कबहूं कोऊ को विश्वास मत तोड़ियो लाला, नई तो अपनी नज़र में गिर जइबे,” माँ की वह बुंदेली आवाज़ उसके कानों में शक्कर की तरह घुली।

मैंने अपनी आँखें जोर से बंद कर लीं। मेरे माथे पर पसीना आ गया था।

“बापू कहते थे कि मैं कभी भरोसे के लायक नहीं बनूँगा। क्या आज मैं उन्हें सच साबित कर दूँ? या इन अजनबियों को, जिन्होंने मुझ पर एक अंधे की तरह विश्वास किया है, उसे गलत साबित करूँ?”

मोहन का हाथ सूटकेस के हैंडल पर जम गया।

“इस वक्त मेरे भीतर 'ऑक्सीटोसिन' और 'कॉर्टिसोल' के बीच एक भीषण युद्ध छिड़ा था। कॉर्टिसोल मुझे डर और भूख की याद दिलाकर भागने को कह रहा था, जबकि ऑक्सीटोसिन, जो उस अजनबी के भरोसे से पैदा हुआ था, मुझे वहीं खड़े रहने के लिए मजबूर कर रहा था। सामाजिक

जुड़ाव का वह हार्मोन इतना शक्तिशाली था कि उसने मेरे 'सर्वाइवल मोड' को चुनौती दे दी थी।"

भरोसे की ऊँचाई से गिरने का डर

मैंने चारों ओर देखा। कोई नहीं था। अँधेरा घना था। वह आसानी से गायब हो सकता था। लेकिन समस्या अब बाहर की नहीं, अंदर की थी।

"उस अजनबी ने मुझसे मेरा नाम नहीं पूछा। उसने मेरी गरीबी नहीं देखी। उसने सिर्फ मुझ पर 'भरोसा' किया। उसने मुझे एक बहुत ऊँचे पायदान पर बिठा दिया था, एक 'ईमानदार इंसान' के पायदान पर। मैं अपनी पूरी ज़िंदगी ज़मीन पर रेंगता रहा था, और आज पहली बार किसी ने मुझे उस ऊँचाई पर खड़ा किया था। मुझे अहसास हुआ कि उस ऊँचाई से गिरना ज़मीन पर गिरने से कहीं ज्यादा दर्दनाक होगा। अगर आज मैं ये सूटकेस लेकर भाग गया, तो मैं अपनी ही नज़रों में इतना गिर जाऊँगा कि फिर कभी माँ की आँखों में आँखें डालकर नहीं देख पाऊँगा।"

मैं वहीं बेंच पर बैठ गया। मैंने उन तीन सूटकेसों को ऐसे देखा जैसे वे कोई निर्जीव वस्तु नहीं, बल्कि तीन जीवित गवाह हों।

वर्तमान: लॉकअप का अहसास

कोतवाली में हेड कांस्टेबल ने अपनी कुर्सी थोड़ी और करीब खिसकाई।

"तो तुमने वे सूटकेस नहीं चुराए? जबकि तुम चोरी करने ही वाले थे?" हेड कांस्टेबल की आवाज़ में अब एक अलग किस्म का अविश्वास तथा द्वन्द था।

मोहन ने आँखें खोलीं। उसकी आवाज़ में अब कँपकँपी नहीं थी। *"नहीं सर। जब कोई आप पर इतना ऊँचा भरोसा कर देता है, तो आपके लिए उस ऊँचाई से गिरना नामुमकिन हो जाता है। मैं भूख से मर सकता था, पर उस अजनबी के भरोसे की हत्या नहीं कर सकता था।"*

हेड कांस्टेबल मुस्कुराए, अविश्वास के भाव उनके चहरे पर उभर आये। पर उन्होंने कहा, *"विश्वास का जादू... सच में अद्भुत है। बताओ मोहन, फिर आगे क्या हुआ? वह अजनबी वापस आया?"*

मोहन ने एक लंबी सांस ली। उसे याद आया कि कैसे उस रात, उन पंद्रह मिनटों ने उसे एक नया जन्म दिया था।

अध्याय 9
अनजाना भरोसा

हबीबगंज स्टेशन के प्लेटफ़ॉर्म नंबर एक पर सन्नाटा अब और गहरा हो गया था। दूर कहीं से आती मालगाड़ी की गड़गड़ाहट और पटरियों के बीच से गुजरती ठंडी हवा मोहन के कानों में किसी रहस्यमयी साज़ की तरह गूँज रही थी। मोहन की नजर अभी भी उस पुराने चमड़े के बैग सहित उन तीन सूटकेसों पर थी, जिन्हें वह चुराने ही वाला था।

"उस वक्त मेरा दिमाग में चोरी का विचार पूरी तरह हावी था। वह मुझे चीख-चीख कर कह रहा था, 'उठा ले! भाग जा! अँधेरे में खो जा!' भूख ने मेरे विवेक को सुन्न कर दिया था। नैतिकता की आवाज़ बहुत धीमी हो चुकी थी। तभी... हवा के रुख के साथ तेज़ जूतों की आहट सुनाई दी।"

मोहन ने बिजली की तेज़ी से अपना हाथ पीछे खींचा। उसका दिल इतना ज़ोर से धड़का कि उसे लगा उसकी पसलियाँ टूट जाएँगी। ऊर्जा का ऐसा उछाल उसने पहले कभी महसूस नहीं किया था। उसे लगा पुलिस आ गई।

माँ की बुंदेली यादें और नैतिक संघर्ष

अंधेरे प्लेटफ़ॉर्म पर बैठे मोहन को फिर से गणेशगंज की वह मिट्टी याद आई। उसे याद आया जब वह छोटा था और माँ उसे बापू के बारे में बताती थी।

"देख मोहन... गरीबी कछु नई होत। असली धन तो मानुस को भरोसा होत है। अगर कोऊ तोपे भरोसा कर रओ है, तो समझ ले कि राम तोरी परीक्षा ले रए हैं। कबहूं कोऊ को विश्वास मत तोड़ियो लाला, नई तो अपनी नज़र में गिर जइबे," माँ की वह बुंदेली आवाज़ उसके कानों में शक्कर की तरह घुली।

मोहन ने अपनी आँखें जोर से बंद कर लीं। उसके माथे पर पसीना आ गया था।

"बापू कहते थे कि मैं कभी भरोसे के लायक नहीं बनूँगा। क्या आज मैं उन्हें सच साबित कर दूँ? या इन अजनबियों को, जिन्होंने मुझ पर एक अंधे की तरह विश्वास किया है, उसे गलत साबित करूँ?"

वह सूटकेसों की रखवाली करने लगा। हर गुजरता हुआ सेकंड उसे एक घंटे जैसा लग रहा था। कोई सिपाही गुजरा, तो मोहन डरने के बजाय सीधा होकर बैठ गया। उसे लगा कि वह अब चोर नहीं है; वह एक 'संरक्षक' है। उसकी भूमिका बदल गई थी।

हबीबगंज स्टेशन के प्लेटफॉर्म नंबर एक पर समय जैसे किसी भारी ज़ंजीर से बंधकर ठहर गया था। वह अजनबी टिकट काउंटर की भीड़ में ओझल हो चुका था, और पीछे छोड़ गया था तीन भारी सूटकेस और एक ऐसा 'भरोसा', जिसका बोझ मोहन को उन सूटकेसों के वज़न से भी ज्यादा महसूस हो रहा था।

वे पंद्रह मिनट। वे महज़ नौ सौ सेकंड नहीं थे; वे मेरे पिछले बाईस सालों के अंधकार और आने वाली पूरी ज़िंदगी के बीच की एक कच्ची दीवार थे।

विश्वास का जादू

पाँच मिनट बीत गए। सात मिनट बीत गए। ट्रेन की सीटी सुनाई दी। मेरी बेचैनी बढ़ने लगी।

"अगर वह नहीं आया तो? क्या मैं इन सूटकेसों को लेकर बैठा रहूँगा? क्या मैं स्टेशन मास्टर को सौंप दूँ? या भाग जाऊँ?"

लेकिन उसके भीतर का वह चोर अब मर चुका था। इन अजनबियों के

मात्र एक वाक्य ने, *"भरोसा रखूँ न आप पर?"* मोहन के बरसों के मानसिक कूड़े को साफ कर दिया था।

प्लेटफॉर्म पर सन्नाटा इतना गहरा था कि मुझे अपनी ही पलकों के झपकने की आवाज़ सुनाई दे रही थी। उसके शरीर की स्थिति किसी धनुष की तनी हुई प्रत्यंचा जैसी थी।

मोहन ने आसमान की तरफ देखा। भोपाल की वह रात अब उसे डरावनी नहीं लग रही थी। उसे लगा जैसे उसके भीतर का वह 'सपनों का महल' अब ईंटों का नहीं, बल्कि 'विश्वास' का बनने लगा है।

भरोसे की ऊँचाई से गिरने का डर

मोहन ने चारों ओर देखा। कोई नहीं था। अँधेरा घना था। वह आसानी से गायब हो सकता था। लेकिन समस्या अब बाहर की नहीं, अंदर की थी।

"उस अजनबी ने मुझसे मेरा नाम नहीं पूछा। उसने मेरी गरीबी नहीं देखी। उसने सिर्फ मुझ पर 'भरोसा' किया। उसने मुझे एक बहुत ऊँचे पायदान पर बिठा दिया था, एक 'ईमानदार इंसान' के पायदान पर। मैं अपनी पूरी ज़िंदगी ज़मीन पर रेंगता रहा था, और आज पहली बार किसी ने मुझे उस ऊँचाई पर खड़ा किया था। मुझे अहसास हुआ कि उस ऊँचाई से गिरना ज़मीन पर गिरने से कहीं ज्यादा दर्दनाक होगा। अगर आज मैं ये सूटकेस लेकर भाग गया, तो मैं अपनी ही नज़रों में इतना गिर जाऊँगा कि फिर कभी माँ की आँखों में आँखें डालकर नहीं देख पाऊँगा।"

वह वहीं बेंच पर बैठ गया। उसने उन तीन सूटकेसों को ऐसे देखा जैसे वे कोई निर्जीव वस्तु नहीं, बल्कि तीन जीवित गवाह हों।

पंद्रह मिनट बीतने को थे। दूर से उस अजनबी को वापस आते देख मोहन के दिल की धड़कन एक पल के लिए रुक गई। वह आदमी हाँफ रहा था, पसीने से तर-बतर था, पर उसकी आँखों में वही अटूट विश्वास था।

तभी, एक अजनबी दौड़ता हुआ वापस आया। उसके चेहरे पर एक बड़ी मुस्कान थी।

"अगर आप नहीं होते तो मैं अपना सामान छोड़कर नहीं जा पाता। आपने मुझ पर बहुत बड़ा उपकार किया है," अजनबी ने सूटकेस उठाते हुए कहा।

"भाई साहब! बहुत-बहुत धन्यवाद! टिकट कन्फर्म हो गया! बहुत शुक्रिया! ये लीजिए मेरा टिकट," अजनबी ने मुस्कुराते हुए अपना टिकट दिखाया, जैसे वह किसी पुराने दोस्त को अपनी जीत बता रहा हो।

मोहन चुपचाप खड़ा रहा। वह कुछ बोल नहीं पाया। उसकी अंतरात्मा इस वक्त एक अजीब सी शांति का अनुभव कर रही थी।

उसने अपनी जेब से दस रुपये का एक नोट निकाला और मेरी ओर बढ़ाया। "ये लीजिए, कुछ खा लीजिएगा।"

मैंने उस नोट को देखा। वह दस रुपये मेरी तीन दिन की भूख मिटा सकता था। लेकिन मैंने अपना हाथ पीछे खींच लिया।

"नहीं साहब। इसकी ज़रूरत नहीं है," मैंने खड़ी बोली में, बहुत ही साफ़ स्वर में कहा।

"जब उसने मुझे रुपये देने चाहे और मैंने मना किया, तब मेरे मस्तिष्क में 'सेरोटोनिन' का एक ऐसा प्रवाह हुआ जो मुझे किसी भी नशीली चीज़ या जुए की जीत से कभी नहीं मिला था। वह आत्मसम्मान का सुख था। मैंने उस रात जाना कि दुनिया में 'विश्वास' से बड़ी कोई दौलत नहीं है।"

अजनबी चौंक गया। उसने मेरी आँखों में देखा। उन आँखों में वह डर नहीं था। वहाँ एक आत्मसम्मान की चमक थी। अजनबी ने सिर हिलाया, मुस्कुराया और ट्रेन की तरफ बढ़ गया।

वह अपने सूटकेस लेकर चला गया। उसकी ट्रेन आ गई थी।

आत्मबोध का क्षण

मैं वहीं खड़ा रहा। ट्रेन चली गई। प्लेटफ़ॉर्म फिर से खाली हो गया।

"मैं आज भी भूखा था। मेरे पास आज भी घर नहीं था। लेकिन उस रात मुझे जो मिला, वह किसी भोजन या मकान से बड़ा था। मुझे 'स्वयं पर विश्वास' मिला था। मुझे पता चला कि मैं भी किसी के भरोसे के लायक हो सकता हूँ। उस अजनबी ने मुझे दस रुपये नहीं दिए, उसने मुझे मेरी 'इंसानियत' वापस लौटा दी थी।"

मोहन ने आसमान की तरफ देखा। भोपाल का यह दिन अब उसे डरावना नहीं लग रहा था । उसे लगा जैसे उसके भीतर का वह 'सपनों का महल' अब ईंटों का नहीं, बल्कि 'विश्वास' का बनने लगा है।उसने उसी आत्मविश्वास से हेड साहब को देखा।

अध्याय 10
कानून का शिकंजा

हबीबगंज स्टेशन के प्लेटफॉर्म नंबर एक पर छाई वह खामोशी अब मोहन के लिए डरावनी नहीं थी। अजनबी जा चुका था, लेकिन उसके पीछे छोड़ गया था एक ऐसा एहसास, जिसने मोहन की रूह को नहला दिया था। ट्रेन की आखिरी सीटी की गूँज अभी भी हवा में तैर रही थी, और पटरी पर दौड़ते पहियों की आवाज़ धीरे-धीरे मद्धम पड़ रही थी।

मोहन वहीं बेंच पर बैठा था। उसका शरीर अभी भी भोजन के लिए तरस रहा था, लेकिन उसके मन की भूख जैसे मिट गई थी।

कोतवाली में हेड कांस्टेबल ने अपनी कलम मेज़ पर रख दी। कमरे में एक भारी सन्नाटा था। यहाँ तक कि बाहर शोर मचाते सिपाही भी शांत हो गए थे।

"तो उन अजनबी के भरोसे ने तुम्हें चोरी करने से रोक दिया?" हेड कांस्टेबल ने धीरे से पूछा।

मोहन की आँखों में आँसू थे। *"हाँ सर। उस रात मैंने जाना कि 'विश्वास' में एक जादू होता है। जब कोई आप पर भरोसा करता है, तो आप इतने ऊँचे पायदान पर पहुँच जाते हैं कि वहाँ से गिरना मौत से भी बदतर लगता है। मैंने भूख बर्दाश्त कर ली, पर उसका विश्वास नहीं गिरने दिया।"*

हेड कांस्टेबल ने एक लंबी सांस ली। *"लेकिन मोहन, अगर तुम इतने ही ईमानदार हो गए थे, तो ये सिपाही तुम्हें चोरी के शक में यहाँ क्यों लाए? आखिर क्या हुआ उस रात के बाद?"*

मोहन ने फटी कमीज के आस्तीन से आँसू पोंछे। *"यही तो विडंबना है, सर। समाज अजनबियों के भरोसे को तो शायद समझ ले, पर वर्दी और*

*कानून अक्सर उस 'जादू' को नहीं देख पाते। मुझे सिर्फ इसलिए पकड़ा गया क्योंकि मेरे पास टिकट नहीं था और मैं प्लेटफॉर्म पर अकेला बैठा था। मेरी ईमानदारी को किसी ने नहीं देखा, सिर्फ मेरी गरीबी को देखा गया।"*मोहन ने बात जारी रखते हुए कहा।

विश्वास की गूँज और आत्म-सम्मान की जागृति

"जब वह आदमी वापस आया और उसने मुझे धन्यवाद कहा, तो मेरे मस्तिष्क के 'रिवॉर्ड पाथवे' में एक ऐसा धमाका हुआ जो किसी भी नशे से बड़ा था। वह ख़ुशी की एक लहर थी, जिसने मेरे बरसों के अपमान को धो दिया था। उसने मुझे दस रुपये देने चाहे, लेकिन मैंने मना कर दिया। उस इनकार में जो ताकत थी, वह मैंने पहले कभी महसूस नहीं की थी। मुझे लगा कि अगर मैंने वह पैसे ले लिए, तो उस 'विश्वास' की कीमत लग जाएगी, जो अनमोल था।"

अजनबी के जाने के बाद मुझे लगा कि मैं अब पूरी तरह आज़ाद हूँ । मैं अब उस 'चोर' की छवि से मुक्त था जिसे मैंने खुद ही अपने ऊपर ओढ़ लिया था। मैंने एक लंबी सांस ली। वह रात अब मुझे काली नहीं, बल्कि सुनहरी लग रही थी।

नियति का क्रूर प्रहार: पुलिस का आगमन

तभी, प्लेटफॉर्म के दूसरे छोर से दो भारी जूतों की 'खट-खट' सुनाई दी। दो सिपाही, हाथों में डंडा लिए, सुस्ती से गश्त कर रहे थे। उनकी नज़र उस कोने में बैठे अकेले मुझ पर पड़ी।

मेरी फटी हुई कमीज़, उसकी उलझी हुई दाढ़ी और आँखों के नीचे पड़े काले घेरे, यह सब पुलिस के लिए 'संदिग्ध' होने की परिभाषा थे।

"सिपाहियों को देखते ही मेरे शरीर में तनाव का स्तर अचानक बढ़ गया। यह वही पुराना डर था। मेरा दिमाग मुझे भागने के लिए उकसा रहा था, लेकिन मेरा विवेक कह रहा था, 'क्यों भागना? मैंने तो कुछ गलत नहीं किया है।' लेकिन कानून की नज़रें विवेक नहीं, चेहरा देखती हैं।"

"ओए! कौन है रे तू? यहाँ क्या कर रहा है इतनी रात को?" एक मोटे सिपाही ने कड़क आवाज़ में पूछा।

मैं हड़बड़ाकर खड़ा हो गया। "जी साहब... मैं... मैं बस बैठा था।"

"बैठा था? प्लेटफॉर्म तेरा घर है क्या? टिकट दिखा अपना!" दूसरे सिपाही ने मोहन का कॉलर पकड़ते हुए कहा।

अविश्वास और अपमान का नया दौर

मेरी ज़ुबान लड़खड़ा गई। "साहब... टिकट तो नहीं है।"

"टिकट नहीं है? तो चोरी के इरादे से बैठा है यहाँ? चल! सीधा थाने चल!" सिपाही ने उसे झटके से अपनी ओर खींचा।

मेरे भीतर का वह नया-नया जागा आत्म-सम्मान आहत हुआ। "साहब, मैं चोर नहीं हूँ। मैं तो अभी एक आदमी के सामान की रखवाली कर रहा था। उसने मुझ पर भरोसा किया था!"

सिपाही ठहाका मारकर हँसा। "भरोसा? तुझे देख के तो कोई अपना कूड़ा भी न छोड़े! चल, अब ये कहानियाँ थाने में सुनाना। हबीबगंज में रोज़ तेरे जैसे दस 'भरोसेमंद' मिलते हैं।"

"विडंबना का स्वाद कड़वा होता है। पंद्रह मिनट पहले, एक अजनबी ने मुझ पर अपनी पूरी ज़िंदगी का सामान छोड़ दिया था, और अब ये रक्षक, जिनका काम सच को देखना है, मुझे सिर्फ मेरे कपड़ों से तौल रहे थे। मेरा भय तथा तनाव का स्तर बढ़ रहा था। अपमान की वह पुरानी टीस फिर से जाग उठी थी।"

बापू और माँ की बुन्देली स्मृतियाँ

सिपाही मुझे घसीटते हुए स्टेशन के बाहर ले जाने लगे। रास्ते में मुझे फिर

से बापू की वह कड़क आवाज़ याद आई।

"देख मोहन... एक बार कोऊ की नज़रों में गिर गयो, तो फिर कोऊ तोपे भरोसा नइ करे। दुनिया तोखे चोर ही समझेगी चाहे तू हीरा काहे न बन जाए," बापू के वे शब्द आज सच साबित हो रहे थे।

मैंने मन ही मन माँ को पुकारा। *"अम्मा... तुम तो कहत रही कि राम सब देखत हैं। फिर आज जब हम नेक रस्ते पे चले, तो इ पुलिस वाले हमें काहे पकड़ रए हैं? का ईमानदारी की सज़ा इही होत है?"*

माँ की कोई आवाज़ नहीं आई। सिर्फ स्टेशन के सन्नाटे में मोहन की चप्पलों के घिसटने की आवाज़ गूँज रही थी।

थाने का सन्नाटा और हार का अहसास

थाने पहुँचते ही उसे एक कोने में धकेल दिया गया। वहाँ पहले से ही दो-तीन आवारा लड़के बैठे थे। मुझे लगा कि मैं फिर से उसी कीचड़ में वापस आ गया हूँ, जिससे मैं निकलने की कोशिश कर रहा था।

"मेरे मस्तिष्क में 'हताशा' का दौर शुरू हो गया था। जब आप सही होते हैं और दुनिया आपको गलत ठहराती है, तो वह मानसिक आघात किसी भी शारीरिक चोट से बड़ा होता है। मेरा 'प्रीफ्रंटल कॉर्टेक्स' अब हार मान रहा था। मुझे लगा कि शायद बापू सही थे, मुझ जैसे लोगों के लिए ईमानदारी एक महंगा सौदा है।"

मैंने रात भर लॉकअप की सलाखों को देखा। भूख अब मर चुकी थी। अब सिर्फ एक ही सवाल ज़िंदा था: क्या यह दुनिया सच में भरोसे के लायक है?

मोहन ने सिर झुका लिया। उसे आज पहली बार लॉकअप में भी आज़ादी महसूस हो रही थी। माँ की वह बुंदेली सीख सच साबित हुई थी, *"भरोसा ही असली धन है।"*

अध्याय 11
अंतरात्मा की जागृति

कोतवाली के उस बड़े हॉल में सन्नाटा इतना गहरा था कि मेज़ पर रखी घड़ी की 'टिक-टिक' किसी हथौड़े की चोट जैसी लग रही थी। हेड कांस्टेबल साहब अपनी कुर्सी पर स्थिर बैठे थे, उनकी उंगलियां मेज़ पर पड़ी मोहन की अधूरी फाइल पर थिरक रही थीं। बाहर सुबह की धूप अब कोतवाली के आँगन में लगे पीपल के पेड़ की पत्तियों से छनकर अंदर आ रही थी, जिससे धूल के कण हवा में नाचते हुए दिखाई दे रहे थे।

मोहन खड़ा था, शांत, मौन और स्थिर। उसके भीतर अब वह छटपटाहट नहीं थी जो कल रात थी।

माँ की बुंदेली सीख और आत्मबोध

बात करते-करते मोहन को फिर से माँ की याद आई। उसे लगा जैसे माँ उसके कान में बुंदेली में बुदबुदा रही है।

"लाल... गरीबी तो तन की होत है, पर ईमान की गरीबी मानुस को जीते जी मार डालत है। जौन कोऊ तोपे आँख मूँद के भरोसा करे, वो राम को रूप होत है। ऊ को दिल मत तोड़ियो बेटा।"

मोहन की आँखों से एक आँसू छलककर गाल पर आ गिरा। *"साहब, मैंने उस रात जाना कि मैं भूखा रह सकता हूँ, पर मैं अपनी ही नज़रों में गिरकर जी नहीं सकता। अगर मैं वो सूटकेस लेकर भाग जाता, तो मैं अपनी माँ की आँखों में कभी नहीं देख पाता। वो अजनबी तो चला गया, पर उसने मुझे मेरी 'इंसानियत' वापस लौटा दी।"*

हेड कांस्टेबल निरुत्तर थे। उनके चेहरे की सख्ती धीरे-धीरे पिघल रही थी।

उन्होंने अपनी तीस साल की नौकरी में हज़ारों अपराधियों को देखा था, हज़ारों बहाने सुने थे, पर ऐसी ईमानदारी और 'विश्वास का दर्शन' उन्होंने कभी नहीं सुना था।

फैसला: सिस्टम बनाम मानवता

हेड कांस्टेबल ने धीरे से अपना चश्मा मेज़ पर रखा। उनकी आँखों में थकान थी, पर एक अजीब सी चमक भी थी, जैसे उन्होंने कोई बहुत पुरानी गुत्थी सुलझा ली हो।

"इस पल मेरे मस्तिष्क में आनंद का स्तर बढ़ने लगा था। यह शांति का अहसास था। हेड कांस्टेबल साहब के चेहरे को देखकर लग रहा था कि उनके भीतर भी आनंद और सामाजिक न्याय का एक गहरा द्वंद्व चल रहा है। नियम कहते थे कि बिना टिकट और संदिग्ध अवस्था में पाए जाने पर मुझे दंड मिलना चाहिए, लेकिन उनकी अंतरात्मा उस 'विश्वास के जादू' के आगे नतमस्तक थी जो मैंने अभी-अभी उन्हें सुनाया था।"

"मोहन," हेड कांस्टेबल की आवाज़ ने सन्नाटे को तोड़ा। "कानून अंधा होता है, ऐसा लोग कहते हैं। पर वर्दी के पीछे बैठा इंसान अगर अंधा हो जाए, तो समाज मर जाता है। तुमने जो कहानी सुनाई, वह सिर्फ एक मुजरिम का बयान नहीं था। वह एक सोई हुई इंसानियत की पुकार थी।"

उन्होंने संतरी को आवाज़ दी। "संतरी! मोहन की बेड़ियाँ खोलो। और हाँ, इसकी फाइल में लिख दो, 'अपराध सिद्ध नहीं हुआ, संदेह का लाभ देकर रिहा किया जाता है'।"

मोहन के घुटने ज़मीन पर टिक गए। उसने अपनी आँखों से खुशी के आँसू पोछे।

"साहब... आपने फिर से मुझ पर भरोसा किया है। मैं वादा करता हूँ, ये जादू अब कभी खत्म नहीं होगा।"

विश्वास का जादू और हेड कांस्टेबल का हृदय परिवर्तन

"इस वक्त मेरे शरीर में रक्त का संचार तीव्र हो रहा था। जिसमें वह हार्मोन है जो माँ और बच्चे के बीच, या दो गहरे मित्रों के बीच विश्वास पैदा करता है। मुझे लगा कि मैं हेड कांस्टेबल से नहीं, बल्कि अपनी अंतरात्मा से बात कर रहा हूँ। मेरे शब्दों में जो सच्चाई थी, उसने शायद उनके मस्तिष्क के 'मिरर न्यूरॉन्स' को सक्रिय कर दिया था। वे मेरी पीड़ा और मेरी शुद्धि को महसूस कर पा रहे थे।"

हेड कांस्टेबल ने अपना चश्मा उतारा और रुमाल से उसे साफ करने लगे। उनकी आँखें भी थोड़ी नम हो गई थीं।

"मोहन... तुमने आज मुझे वह सिखा दिया जो पुलिस की ट्रेनिंग में कभी नहीं सिखाया गया। हम कानून तो जानते हैं, पर इंसानियत अक्सर फाइलों के नीचे दब जाती है। 'Trust has magic'... तुम्हारी ये बात मुझे ताउम्र याद रहेगी," हेड कांस्टेबल की आवाज़ में अब एक पिता जैसा भारीपन था।

हेड कांस्टेबल कुछ देर सोच में डूबे रहे। फिर उन्होंने संतरी को आवाज़ दी। "सुनो! मोहन के लिए कुछ खाने को लाओ। और चाय भी। ये मुजरिम नहीं, ये एक ऐसी कहानी है जो शायद हमें कानून से ज्यादा इंसानियत सिखा सकती है।"

कोतवाली के उस हॉल में अब सन्नाटा था। हेड कांस्टेबल अपनी कुर्सी पर स्थिर बैठे थे। उन्होंने अपना चश्मा उतारा और मेज़ पर रख दिया। उनकी आँखों में अब वह पुलिसिया सख्ती नहीं थी, बल्कि एक नमी थी।

"मोहन... तुमने आज मुझे वह सिखा दिया जो मैंने तीस साल की नौकरी में नहीं सीखा," हेड कांस्टेबल की आवाज़ भारी थी। "हम यहाँ अपराधियों

को पकड़ते हैं, उन्हें सज़ा देते हैं, पर हमने कभी उस 'जादू' को नहीं समझा जो एक इंसान को बदल सकता है।"

हेड कांस्टेबल का हृदय परिवर्तन हो गया था। उन्होंने संतरी की ओर देखा, जो दरवाज़े पर खड़ा यह सब सुन रहा था। "संतरी! जाओ, मोहन की बेड़ियाँ खोलो। और सुनो, इसके लिए चाय और नाश्ता मँगवाओ। और मेज़ पर लगाओ। ये आज हमारा मेहमान है, मुजरिम नहीं।"

मोहन सन्न रह गया। "सर... पर मेरा अपराध? मैं बिना टिकट था..."

"तो उस रात तुमने भागने की कोशिश नहीं की?" हेड कांस्टेबल ने धीरे से पूछा।

"नहीं सर। मैं भागता तो उन्हें लगता कि मैं चोर हूँ। मैं बस ये साबित करना चाहता था कि मैं निर्दोष हूँ। लेकिन किसी ने सुना ही नहीं," मोहन की आवाज़ में अब एक अजीब सा ठहराव था।

हेड कांस्टेबल मुस्कुराए। "कानून की नज़र में तुम दोषी हो सकते हो, पर इंसानियत की अदालत में तुम बरी हो चुके हो। और रहा सवाल टिकट का, तो उसका ज़ुर्माना मैं अपनी जेब से भरूँगा। तुम्हारी कहानी ने मेरे भीतर के उस 'भरोसे' को जगा दिया है जो इस वर्दी के नीचे कहीं दब गया था।"

मोहन की आँखों से आँसू छलक पड़े। उसने झुककर हेड कांस्टेबल के पैर छुए।

"आज फिर वही जादू हो रहा था। एक बार फिर, एक अजनबी मुझ पर भरोसा कर रहा था। और मुझे पता था कि अब मैं कभी नहीं गिरूँगा। माँ... तुम्हारी मूक साधना आज रंग लाई है। बापू... देखो, आपका बेटा आज सच में 'मानुस' बन गया है।"

मोहन को लगा कि उसके सपनों का वह घर, जिसमें शौचालय और गरिमा

हो, अब ज्यादा दूर नहीं है। क्योंकि अब उसके पास वह नींव थी जिस पर कोई भी महल खड़ा किया जा सकता था, 'विश्वास की नींव'।

मोहन ने पहली बार भरपेट खाना खाया। वह खाना किसी अमृत से कम नहीं था। हेड कांस्टेबल ने उसे कुछ पैसे और एक नई कमीज़ भी दी।

“जाओ मोहन, अपने घर जाओ। अपनी माँ से मिलो। और याद रखना, ये दुनिया भरोसे पर टिकी है। इसे टूटने मत देना,” हेड कांस्टेबल ने विदा करते हुए कहा।

यही था 'विश्वास का जादू'।

अध्याय 12
सच की ताकत

वर्तमान: हेड कांस्टेबल की मेज़ पर

हॉल के बाहर सुबह का सूरज अब पूरी तरह निकल आया था। भोपाल की सड़कों पर चहल-पहल शुरू हो गई थी। अरेरा कॉलोनी के बंगले और झुग्गियाँ, दोनों अब एक ही रोशनी में नहा रहे थे।

मोहन की कहानी खत्म हुई। हेड कांस्टेबल के कमरे में एक अजीब सी खामोशी छाई थी। सिपाही जो पहले मोहन को धक्के मार रहा था, अब अपराधी की तरह सिर झुकाए खड़ा था।

हेड कांस्टेबल ने अपनी डायरी बंद की। "समाज की यही सबसे बड़ी त्रासदी है, मोहन। हम अक्सर उन लोगों पर शक करते हैं जो सच बोल रहे होते हैं, और उन पर भरोसा कर लेते हैं जो झूठ बोलने में माहिर होते हैं। तुमने वह जंग जीत ली थी, जो कोई भी कानून हमें नहीं सिखा सकता।"

उन्होंने संतरी की तरफ इशारा किया। "इसकी फाइल बंद करो। और मोहन... ये लो बीस रुपये। ये तुम्हारे काम की मज़दूरी नहीं, ये मेरा तुम्हारे प्रति 'भरोसा' है। इसे संभाल कर रखना और हाँ, इसे बाहर तक छोड़कर आओ।"

मोहन ने उन रुपयों को देखा। उसकी आँखों से आँसू छलक पड़े।

"आज फिर वही जादू हुआ था। 'विश्वास का जादू'। हेड कांस्टेबल ने मुझे सिर्फ रिहा नहीं किया था, उन्होंने मेरी उस टूटी हुई 'ईमानदारी' को फिर से जोड़ दिया था। मुझे लगा कि माँ का राम आज सच में हेड कांस्टेबल के रूप में मेरे सामने बैठा है।"

मोहन के घुटने एक पल के लिए कांपे। रिहाई? क्या सच में?

“मेरे शरीर में उत्साह का एक ज़बरदस्त उछाल आया। यह वह डोपामिन नहीं था जो जुए में जीत कर मिलता था, बल्कि यह वह आनंद था जो एक नए जीवन की दहलीज पर खड़े होने पर मिलता है। तनाव का हार्मोन 'कॉर्टिसोल' अब तेज़ी से गिर रहा था। मैं आज़ाद था, न केवल कोतवाली से, बल्कि उस अपराधी की छवि से भी जो मैंने खुद के लिए चुन ली थी।”

मोहन पुलिस स्टेशन से बाहर निकला। ठंडी हवा ने उसका स्वागत किया। उसने हबीबगंज स्टेशन की दिशा में एक बार देखा और मुस्कुरा दिया। वह लड़का जो कल रात एक चोर बनने निकला था, आज एक 'इंसान' बनकर वापस लौट रहा था।

अंतिम विदाई और नई शुरुआत

हॉल के बाहर भोपाल का आसमान अब पूरी तरह नीला हो चुका था। हबीबगंज स्टेशन की पटरियाँ आज भी वहीं थीं, पर मोहन के लिए अब रास्ता बदल चुका था। उसे पता था कि अब उसे कहाँ जाना है। अब वह अरेरा कॉलोनी के उस आउटहाउस में एक 'चोर' बनकर नहीं, बल्कि एक 'इंसान' बनकर वापस लौटेगा।

धूप अब तेज़ हो गई थी। उसने एक लंबी सांस ली। वह अब भूखा नहीं था। उसे पता था कि उसे कहाँ जाना है। यही था 'विश्वास का जादू'। यही थी 'सच की ताकत'।

अध्याय 13
विश्वास की जीत

रिहाई और भोपाल की नई सुबह

मोहन कोतवाली के भारी दरवाज़े से बाहर निकला। बाहर की हवा में आज एक अलग ही ताज़गी थी। उसने लंबी सांस ली। भोपाल की सड़कें जाग चुकी थीं। एक तरफ अरेरा कॉलोनी की आलीशान कोठियां थीं और दूसरी तरफ दूर दिखती झुग्गियों की कतारें। लेकिन आज, मोहन को उन दोनों के बीच की दीवारें पहले जैसी ऊँची नहीं लग रही थीं।

"मैं समझ गया था कि 'गरिमा' बाहर के घर में नहीं, अंदर के चरित्र में होती है। समाज में ऊँच-नीच हमेशा रहेगी, लेकिन खुद की नज़रों में ऊँचा होना आपके अपने हाथ में है। मेरा 'प्रीफ्रंटल कॉर्टेक्स' अब भविष्य की योजनाएँ बनाने लगा था, शॉर्टकट की नहीं, बल्कि मेहनत की।"

वह धीरे-धीरे अपने पुराने आउटहाउस की ओर चल दिया। उसके पास पैसे नहीं थे, पर उसका सीना गर्व से चौड़ा था।

घर वापसी: माँ के संतोष का अर्थ

जब वह अरेरा कॉलोनी की उस परिचित गली में पहुँचा, तो उसकी धड़कनें तेज़ हो गईं। वह डर रहा था कि बापू क्या कहेंगे। क्या वे फिर से उसे धक्का दे देंगे?

वह दरवाज़े पर पहुँचा। माँ बाहर तुलसी के पास बैठी थी। उसकी वही सफेद साड़ी, वही पीला चेहरा, पर उसकी आँखों में वही अगाध शांति थी। मोहन को देखते ही उसकी आँखों में चमक आ गई।

"मोहन! तू आ गओ बेटा?" माँ ने बुंदेली में पुकारा। उसकी आवाज़ में वही पुरानी ममता थी।

मोहन दौड़कर माँ के चरणों में गिर गया। "अम्मा... हमें माफ कर दियो। हम भटक गए थे।"

तभी बापू अंदर से आए। उनकी आँखों में गुस्सा तो था, पर मोहन की बदली हुई सूरत और उसकी आँखों की चमक देखकर वे भी ठहर गए।

"का भओ? अब काहे आए?" बापू ने कड़क आवाज़ में पूछा, पर उसमें पहले जैसी नफरत नहीं थी।

मोहन खड़ा हुआ और बापू की आँखों में आँखें डालकर बोला, "बापू... हम आज चोर बनके नई आए। हम 'मानुस' बनके आए हैं। हबीबगंज में कल रात एक जादू भओ बापू... 'विश्वास को जादू'।"

मोहन ने उन्हें पूरी कहानी सुनाई, वह अजनबी, वह सूटकेस, वह पंद्रह मिनट और हेड कांस्टेबल की आँखों के आँसू।

रामलाल सन्न रह गए। उनके हाथ से बीड़ी गिर गई। उन्होंने पहली बार अपने बेटे को एक 'इंसान' के रूप में देखा।

"मोहन... बेटा... हमने तोपे भरोसो नई करो, पर उन अजनबी ने कर लओ। इही हमार हार है और तोरी जीत," बापू की आवाज़ भारी हो गई। उन्होंने मोहन के कंधे पर हाथ रखा। वह स्पर्श किसी भी माफी से बड़ा था।

"उस क्षण मेरे भीतर 'ऑक्सीटोसिन' का जो प्रवाह हुआ, उसने परिवार के पुराने सारे घावों को भर दिया। मुझे समझ आया कि माँ क्यों इतनी संतुष्ट रहती थी। माँ का संतोष किसी मजबूरी का नाम नहीं था, वह उसके अटूट 'विश्वास' की शक्ति थी। उसने गरीबी को स्वीकार किया था, पर अपनी आत्मा को कभी मैला नहीं होने दिया। यही वह 'महल' था जो वह रोज़ अपने भीतर बनाती थी।"

नया संकल्प: गरिमा की नींव

मोहन ने माँ की ओर देखा। "अम्मा... हम अब मेहनत करबे। हम चाय की टपरी पे काम करबे, या मजदूरी, पर अब हम कबहूँ कोऊ को भरोसा नई तोड़बे। और एक दिन... एक दिन हम ऐसो घर बनाइब जइमा तुमका गर्व होइहे।"

माँ मुस्कुराई और उसके सिर पर हाथ रखा। "घर तो बन गओ बेटा... आज तोरे भीतर जो सच्चाई जागी है, वही असली महल है।"

विश्वास की चिरंतन शक्ति

"अब मैं अरेरा कॉलोनी में नहीं रहूँगा। अब मैं वापस गणेशगंज जाऊँगा। बापू से कहूँगा कि देखो, मैं भरोसे के लायक बन गया हूँ। और माँ... माँ के लिए मैं वह सपनों वाला घर ज़रूर बनाऊँगा, पर अब वह घर ईंटों से नहीं, मेरे पसीने और ईमानदारी से बनेगा।"

वह हबीबगंज स्टेशन की ओर चल दिया, पर इस बार चोरी के लिए नहीं, बल्कि अपने गाँव की टिकट लेने के लिए।

हवा में अब एक नई ताज़गी थी। 'विश्वास का जादू' अब उसके साथ था, और उसे पता था कि अब वह कभी नहीं गिरेगा। क्योंकि अब उसे खुद पर 'भरोसा' था।

मोहन अब बदल चुका था। उसने जान लिया था कि गरीबी और सामाजिक असमानता समाज की कड़वी हकीकत हो सकती है, लेकिन नैतिक संघर्ष ही वह कसौटी है जिस पर मनुष्य का चरित्र परखा जाता है। सुधार और आत्मबोध का रास्ता कठिन है, पर 'विश्वास' वह मशाल है जो सबसे अंधेरी रात में भी रास्ता दिखा सकती है।

भोपाल का वह सूरज अब आसमान के बीचों-बीच था। हबीबगंज स्टेशन

की पटरियाँ आज भी वहीं थीं, ट्रेनें आज भी आ-जा रही थीं, अजनबी आज भी एक-दूसरे से मिल रहे थे। लेकिन उस भीड़ में अब एक मोहन लाल था, जिसके पास अब 'विश्वास का जादू' था।

यही इस कहानी का अंत था, और मोहन की एक नई ज़िंदगी की शुरुआत।

"कभी-कभी एक अजनबी का बिना शर्त विश्वास, वह कर देता है जो बरसों की नसीहतें और सज़ाएँ नहीं कर पातीं। विश्वास में वह जादू है जो एक पत्थर को इंसान बना सकता है।"

— समाप्त —

अंतिम दलील

भूमिका 335
भाग 1: अतीत की गूँज 337
अध्याय 1 अख़बार की वह सुर्ख़ी 337
अध्याय 2 लौटती हुई परछाइयाँ 342
अध्याय 3 एक रिश्ता या भ्रम? 347
भाग 2: अंधेरा गहराता है 353
अध्याय 4 वह आदमी 353
अध्याय 5 प्यार या कैद? 359
अध्याय 6 काला कोट, काला सच 361
भाग 3: सच्चाई और विस्फोट 369
अध्याय 8 वह काली रात 369
अध्याय 9 दलील और दगा 374
अध्याय 10 अधूरा न्याय 377
अध्याय 11 इंदौर की वो शुरुआत 380
अध्याय 12 प्यार का शहर, या पिंजरा? 384
अध्याय 13 फॉरेंसिक और फरेब 391
अध्याय 14 सुरागों की गवाही 395
अध्याय 15 परछाई का सच 399
अध्याय 16 भागो या लड़ो 405
अध्याय 17 जेल की दीवारें 410
अध्याय 18 सायों का पीछा 415
अध्याय 19 सच की आख़िरी परत 419
अध्याय 20 साक्ष्यों का महासंग्राम 425

भाग 4: अंतिम दलील 430
अध्याय 21 मौत का गलियारा 430
अध्याय 22 पहाड़ों का सन्नाटा 435
अध्याय 23 अदालत का आखिरी प्रहार 440
अध्याय 24 इंसाफ की आखिरी मंज़िल 445
अध्याय 25 अंतिम सत्य 449

भूमिका

कभी-कभी कहानियाँ लिखी नहीं जातीं... वे भीतर से रिसती हैं।

“अंतिम दलील” मेरे लिए सिर्फ एक उपन्यास नहीं है, यह एक सवाल है... जो मैंने खुद से पूछा, और शायद आपसे भी पूछना चाहता हूँ।

क्या सच हमेशा वैसा ही होता है, जैसा हम अदालत में साबित कर देते हैं? या... कुछ सच ऐसे भी होते हैं, जो फाइलों में नहीं, लोगों के भीतर दबे रह जाते हैं?

इस कहानी की शुरुआत मेरे बचपन की एक मासूम याद से हुई। एक ऐसी याद... जिसमें स्नेह था, अपनापन था, और एक चेहरा था, जो हमेशा मुस्कुराता था - सविता।

मेरे लिए वो सिर्फ “भाभी” नहीं थीं... वो मेरे बचपन का सबसे खूबसूरत हिस्सा थीं। लेकिन जैसे-जैसे मैं बड़ा हुआ... वैसे-वैसे उस मुस्कान के पीछे छुपी दरारें दिखाई देने लगीं। और फिर एक दिन, वही कहानी, जो कभी घर की चारदीवारी में कैद थी... अदालत की फाइल बन गई।

एक वकील के रूप में मैंने बहुत से केस देखे हैं। कानून की धाराएँ, सबूत, गवाह, बहस... ये सब मेरे पेशे का हिस्सा हैं। लेकिन यह केस अलग था। क्योंकि इस बार... मैं सिर्फ एक वकील नहीं था। मैं उस कहानी का हिस्सा था।

“अंतिम दलील” एक क्राइम थ्रिलर है, लेकिन उससे पहले यह एक इंसानी कहानी है। यह कहानी है, एक औरत की... जो मासूमियत से शुरू होकर संघर्ष तक पहुँची... संघर्ष से ताकत बनी... और अंत में... एक ऐसे फैसले तक पहुँची, जहाँ सही और गलत के बीच की रेखा धुंधली हो जाती है।

यह कहानी है, जुनूनी प्यार और सच्चे प्यार के बीच की लड़ाई की। यह कहानी है, उस समाज की, जहाँ अक्सर आवाज़ें दबा दी जाती हैं... और जब वो आवाज़ उठती है - तो उसे "अपराध" का नाम दे दिया जाता है।

इस उपन्यास में आपको कोर्टरूम की बहसें मिलेंगी, फॉरेंसिक साइंस की परतें मिलेंगी, और मनोविज्ञान की गहराइयाँ भी। लेकिन सबसे ज्यादा... आपको मिलेगा, एक इंसान का सच। मैंने इस कहानी को लिखते समय कोशिश की है कि हर किरदार सिर्फ एक नाम न रहे... बल्कि एक एहसास बन जाए।

सविता... विजय... और मैं, हम तीनों की यह यात्रा सिर्फ घटनाओं की श्रृंखला नहीं है, यह एक मानसिक, भावनात्मक और नैतिक संघर्ष है। इस कहानी में कुछ फैसले आपको सही लगेंगे... कुछ गलत। लेकिन शायद... अंत तक पहुँचते-पहुँचते आप यह महसूस करेंगे कि हर फैसला परिस्थिति का गुलाम होता है।

मैं आपसे सिर्फ एक विनम्र आग्रह करता हूं, इस कहानी को सिर्फ पढ़ें नहीं... इसे महसूस करें। क्योंकि हो सकता है... किसी मोड़ पर... आप खुद से यह सवाल पूछें -

"अगर मैं उसकी जगह होता... तो क्या करता?"

और शायद... वहीं से इस कहानी का असली मतलब शुरू होता है।

अंत में... मैं यही कहूँगा -

"हर सच अदालत में नहीं जीता जाता... कुछ सच यादों में ज़िंदा रहते हैं।"

लेखक
डॉ. रवीन्द्र पस्तोर

भाग 1: अतीत की गूँज

अध्याय 1
अख़बार की वह सुर्ख़ी

सुबह आज कुछ अलग नहीं थी... या शायद मुझे ऐसा लग रहा था।

रोज़ की तरह मैं बालकनी में बैठा था। भोपाल की सुबहें हमेशा थोड़ी ठंडी और थोड़ी सुस्त होती हैं, खासकर पुराने शहर की तरफ़। दूर से आती अज़ान की आवाज़, सड़क पर सब्जी वालों की पुकार, और मेरे हाथ में गर्म चाय का कप। सब कुछ सामान्य था।

मैंने अख़बार खोला। पहले पन्ने पर राजनीति, दूसरे पर विज्ञापन, तीसरे पर शहर की खबरें...

एक वकील होने के नाते मेरी आदत थी सीधे 'क्राइम सेक्शन' पर जाने की। अपराध... मेरे लिए सिर्फ़ खबर नहीं होते, केस होते हैं। कहानियाँ होती हैं। लोग इसे सनसनी के लिए पढ़ते हैं; मैं इसे सुरागों के लिए पढ़ता हूँ।

मैंने पन्ना पलटा। और तभी... मेरी नज़र एक मोटी, काली हेडलाइन पर जाकर अटक गई -

“महिला वकील की गोली मारकर हत्या - आरोपी पति फरार”

मेरे हाथ अपने आप रुक गए। दिल की धड़कन अचानक तेज़ हो गई। ऐसी खबरें नई नहीं थीं। हर दिन किसी न किसी औरत की ज़िंदगी किसी की

सनक की भेंट चढ़ जाती है। लेकिन... आज कुछ अलग था। शायद उस खबर के शब्दों में कुछ था... या शायद मेरी किस्मत में।

मैंने धीरे-धीरे पूरी खबर पढ़नी शुरू की, “कल रात लगभग 11 बजे, कोहेफिज़ा क्षेत्र में रहने वाली 35 वर्षीय वकील की उसके पति ने कथित तौर पर गोली मारकर हत्या कर दी। पड़ोसियों के अनुसार, घर से तेज़ बहस की आवाज़ें आ रही थीं...”

मेरी उंगलियाँ अख़बार के कोनों को कसकर पकड़ चुकी थीं।

“पुलिस के अनुसार, घटनास्थल से GSR सैंपल, एक 9 mm की पिस्तौल और खून के धब्बे मिले हैं...”

GSR... Gunshot Residue. GSR (Gunshot Residue): आरोपी के हाथों और कपड़ों पर पाए जाने वाले सूक्ष्म कण।

एक वकील के तौर पर मेरा दिमाग तुरंत सक्रिय हो गया। अगर आरोपी ने गोली चलाई है, तो उसके हाथों और कपड़ों पर बेरियम, एंटीमनी और लेड के सूक्ष्म कण होने चाहिए। क्या पुलिस ने समय रहते नमूने लिए होंगे?

मैंने गहरी सांस ली। फिर मेरी नज़र नीचे गई, “मृतका की पहचान - सविता (Savita Sharma), पेशे से वकील...

...और सब कुछ रुक गया। चाय का कप मेरे हाथ से छूट गया। धीरे-धीरे... जैसे किसी फिल्म का स्लो मोशन सीन हो... कप नीचे गिरा... टूटा... और गर्म चाय फर्श पर फैल गई।

लेकिन मेरी नज़र... बस उस नाम पर जमी रह गई, “सविता...”

मेरे कानों में एक आवाज़ गूंजने लगी, “अरे छोटू, इतना धीरे क्यों भाग रहे हो? पकड़ के दिखाओ!”

मेरी आँखों के सामने अचानक एक चेहरा उभरा - हँसता हुआ... मासूम... चूड़ियों की खनक के साथ दौड़ता हुआ... सविता भाभी।

नहीं... ये नहीं हो सकता। मैंने झटके से अख़बार को पास खींचा। तस्वीर को ध्यान से देखने की कोशिश की। धुंधली सी फोटो... पुलिस की पीली क्राइम सीन टेप... और बीच में... एक चेहरा।

वही आँखें। वही माथा। बस... मुस्कान नहीं थी। वहाँ सिर्फ एक ठंडी शून्यता थी।

मेरी सांस अटक गई। "नहीं..." मेरे मुँह से खुद-ब-खुद निकला। मैंने अपने माथे पर हाथ रखा। क्या ये सच है? या मेरा दिमाग मेरे साथ खेल खेल रहा है?

मैंने खुद को संभालने की कोशिश की। एक वकील होने के नाते... मुझे भावनाओं से ऊपर उठना चाहिए था। लेकिन... ये कोई केस नहीं था। ये... मेरा अतीत था। मेरा बचपन। मेरी यादें। और... मेरी सविता भाभी, जिन्होंने मुझे पहला अक्षर लिखना सिखाया था।

मैं कुर्सी पर बैठ गया। हाथ अब भी कांप रहे थे। अख़बार के शब्द अब धुंधले लगने लगे थे, लेकिन मैं खुद को मजबूर कर रहा था -

"पुलिस ने CDR (Call Data Records) खंगालने शुरू कर दिए हैं... आरोपी पति विजय का कोई सुराग नहीं मिला है... घरेलू हिंसा का इतिहास सामने आ रहा है..." CDR (Call Data Records): फोन कॉल्स का रिकॉर्ड जो सविता भाभी के अतीत के राज खोल सकता है।

विजय। नाम सुनते ही मेरे अंदर कुछ सिहर गया। वो चेहरा... वो ठंडी, नियंत्रित मुस्कान। विजय, जो दिखने में जितना आकर्षक था, भीतर से उतना ही जटिल।

मुझे याद आया, विजय अक्सर सविता भाभी के पीछे साए की तरह रहता था। उस समय हम इसे 'जुनूनी प्यार' समझते थे, लेकिन आज एक वकील और साइकोलॉजिकल प्रोफाइलिंग के जानकार के तौर पर मुझे समझ आ रहा था, वह प्यार नहीं, 'Delusional Disorder' था। Delusional Disorder: मानसिक स्थिति जहाँ व्यक्ति वास्तविकता से दूर अपने भ्रम को ही सच मानने लगता है (जैसे विजय का अधिकार जताना)। वह 'Erotomanic' या शायद 'Jealous type' का शिकार था, जहाँ उसे लगता था कि सविता उसकी संपत्ति है।

"तुम्हें लगता है तुम मुझसे बच जाओगी, सविता?" एक पुरानी, दबी हुई आवाज़ मेरे कानों में गूंज उठी।

मैंने आँखें कसकर बंद कर लीं। यादें... एक-एक करके लौटने लगीं, वो पुराना घर... भोपाल की संकरी गलियाँ... सुल्तानिया जनाना अस्पताल के पास वाला वो मोड़... सविता भाभी की हंसी... और... विजय की खामोश, डरावनी निगाहें।

कुछ था उसमें... जो तब समझ नहीं आया था। लेकिन आज... सब कुछ जैसे जुड़ने लगा था।

मैंने अख़बार को मोड़ा। हाथ अब भी कांप रहे थे। अगर ये सच है... तो इसका मतलब है कि वो कहानी, जिसे मैंने बचपन में अधूरा छोड़ दिया था, वो आज फिर मेरे सामने अपनी 'अंतिम दलील' देने खड़ी है।

और इस बार... मैं सिर्फ़ एक दर्शक नहीं हूँ। मैं एक वकील हूँ। एक इन्वेस्टिगेटर हूँ।

मैंने गहरी सांस ली। फोन उठाया। स्क्रीन पर उंगलियाँ कुछ सेकंड तक ठहरी रहीं... फिर मैंने एक नंबर डायल किया -

“हेलो, इंस्पेक्टर चौहान? ...मुझे कोहेफिज़ा वाले मर्डर केस के बारे में बात करनी है। मैं उस महिला को जानता था।”

मेरी आवाज़ धीमी थी... लेकिन अंदर कुछ जाग गया था। एक आग, जो तब तक नहीं बुझेगी जब तक सच सामने न आ जाए।

मैंने आखिरी बार अख़बार की उस तस्वीर को देखा। और दिल के किसी कोने में एक सवाल गूंज उठा -

क्या सच में वह सविता भाभी थीं... या ये किसी गहरी साज़िश की बस एक शुरुआत थी? और अगर विजय फरार है, तो क्या वह मेरे पास भी आएगा?

मेरी आवाज़ धीमी थी... लेकिन अंदर कुछ टूट चुका था। और शायद... कुछ जाग भी गया था।

मैंने आखिरी बार अख़बार की उस तस्वीर को देखा। और दिल के किसी कोने में एक सवाल गूंज उठा, क्या सच में वह सविता भाभी थीं... या मेरा दिमाग मेरे साथ खेल खेल रहा था?

अध्याय 2
लौटती हुई परछाइयाँ

फोन कटने के बाद भी मैं कुछ देर तक उसी तरह बैठा रहा। कमरे में सन्नाटा था... लेकिन मेरे अंदर शोर बढ़ता जा रहा था। अख़बार अब टेबल पर पड़ा था, लेकिन उसकी सुर्ख़ी मेरे दिमाग में चिपक चुकी थी।

"सविता..." मैंने आँखें बंद कीं। और जैसे ही बंद कीं - वो वापस आ गईं। यादें।

(फ्लैशबैक)

मैं तब करीब 10 साल का था। भोपाल का वो पुराना मोहल्ला, जहाँ गलियाँ इतनी संकरी थीं कि दो साइकिलें भी आमने-सामने आ जाएँ तो एक को रुकना पड़ता था। दीवारों पर पान के निशान, छज्जों से लटकते तार, और हर घर के बाहर रखी एक पुरानी कुर्सी। वहीं... मेरी दुनिया थी।

लेकिन मेरी दुनिया थोड़ी अलग थी। मैं स्कूल नहीं जाता था। बीमारी का नाम तो डॉक्टरों ने बहुत कुछ रखा था, कभी कमजोरी, कभी "मेंटल स्ट्रेस"... पर सच ये था कि मैं बस... अकेला था। माँ अक्सर कहती थीं, "ये बच्चा थोड़ा अलग है... ज़्यादा सोचता है।"

और शायद वो सही थीं। मैं ज़्यादातर समय खिड़की से बाहर झांकता रहता था। दूसरे बच्चों को खेलते हुए देखता और खुद को उनके बीच सोचता। लेकिन... मैं कभी उनके साथ नहीं था।

एक दिन... दरवाज़े की घंटी बजी। मैंने आलस से सिर उठाया। माँ किचन में थीं, तो उन्होंने आवाज़ लगाई, "देख तो, बेटा, कौन है?"

मैं धीरे-धीरे दरवाज़े की तरफ गया। कुंडी खोली... और जैसे ही दरवाज़ा खुला - वो खड़ी थीं। सफेद सूती साड़ी, हल्की सी मुस्कान और आँखों में एक अजीब सी चमक।

"नमस्ते... मैं सामने वाले घर में नई आई हूँ।" उनकी आवाज़ इतनी नरम थी कि जैसे किसी ने मेरे अंदर के शोर को एक पल में शांत कर दिया हो।

मैं बस उन्हें देखता रह गया। "माँ हैं?" उन्होंने मुस्कुराते हुए पूछा। मैंने सिर हिलाया और पीछे हट गया।

माँ बाहर आईं, "अरे आइए-आइए! नई पड़ोसन हैं क्या?"

"जी... मेरा नाम सविता है।"

सविता। उस दिन पहली बार मैंने ये नाम सुना था। और शायद... उसी दिन पहली बार मैंने किसी के लिए कुछ महसूस किया था। कुछ... जो तब समझ नहीं आता था। माँ और सविता भाभी की बातें शुरू हो गईं।

"कहाँ से आई हैं आप?" माँ ने पूछा।

"इंदौर से... शादी के बाद यहीं आना हुआ।"

"अच्छा... और घर में कौन-कौन है?"

एक पल के लिए सविता भाभी की मुस्कान हल्की-सी रुक गई। "बस... हम दोनों।" उनकी आवाज़ धीमी हो गई थी। तब मुझे कुछ समझ नहीं आया। लेकिन आज... जब मैं पीछे मुड़कर देखता हूँ, तो वो एक छोटा सा 'Pause' बहुत कुछ कह जाता है।

उस दिन के बाद वो हमारे घर आने लगीं। धीरे-धीरे वो "पड़ोसन" से "भाभी" बन गईं। सविता भाभी।

वो मोहल्ला, जहाँ सुबह होते ही चाय की खुशबू हर घर से आती और शाम को सब छतों पर मिलते। बच्चे गली में क्रिकेट खेलते और औरतें आपस में बातें करतीं। लेकिन सविता भाभी थोड़ी अलग थीं। वो सबके साथ हंसती थीं, बातें करती थीं, मदद भी करती थीं... लेकिन कभी-कभी उनके चेहरे पर एक अजीब सी उदासी आ जाती थी। ऐसी... जो कुछ सेकंड के लिए होती थी और फिर गायब हो जाती थी। जैसे वो उसे छुपा रही हों।

एक बार मैंने उन्हें खिड़की के पास खड़े देखा। फोन पर बात कर रही थीं। आवाज़ बहुत धीमी थी, “नहीं... प्लीज़... ऐसा मत कीजिए... मैंने कहा ना... अब सब खत्म हो चुका है...” उनकी आवाज़ कांप रही थी।

मैं कुछ समझ नहीं पाया। तभी उन्होंने मुझे देख लिया। और अचानक उनका चेहरा बदल गया। “अरे छोटू! तुम यहाँ क्या कर रहे हो?” वो हंसने लगीं, जैसे कुछ हुआ ही नहीं।

मैंने भी कुछ नहीं पूछा। लेकिन... जवाब याद रख लिए।

धीरे-धीरे मैं उनके करीब आने लगा। वो मुझे कहानियाँ सुनातीं, मेरे लिए खाना बनातीं और जब मैं बीमार होता, तो मेरे सिर पर हाथ फेरतीं। “तुम बहुत खास हो...” वो अक्सर कहती थीं।

लेकिन एक चीज़ हमेशा मुझे परेशान करती थी - विजय। उनके पति।

वो बहुत कम दिखते थे। और जब भी दिखते, उनकी आँखें सीधे नहीं देखती थीं। जैसे वो हर चीज़ को 'Control' करना चाहते हों। एक शाम मैंने उन्हें पहली बार करीब से देखा। लंबा कद, साफ-सुथरा कपड़ा और चेहरे पर एक अजीब सी ठंडी मुस्कान।

“तुम ही हो छोटू?” उन्होंने पूछा। मैंने धीरे से सिर हिलाया।

“सविता तुम्हारी बहुत तारीफ करती है।”

उनकी आवाज़ सामान्य थी, लेकिन कुछ था उसमें जो मुझे असहज कर रहा था। तभी अंदर से सविता भाभी आईं। “आप आ गए?” उनकी आवाज़ में हल्की घबराहट थी।

“हाँ... क्यों? नहीं आना चाहिए था?” विजय ने मुस्कुराते हुए कहा। वो मुस्कान अब मुझे याद है। वो मुस्कान प्यार की नहीं थी... वो नियंत्रण की थी। उस दिन पहली बार मैंने सविता भाभी की आँखों में डर देखा।

उसके बाद चीज़ें बदलने लगीं। वो पहले जितनी हंसती नहीं थीं। फोन पर बातें बढ़ गई थीं। और कभी-कभी उनके हाथ पर हल्के निशान दिखते थे। “ये क्या हुआ?” मैंने एक दिन पूछा।

“कुछ नहीं... बस गिर गई थी।” उन्होंने तुरंत जवाब दिया। लेकिन उनकी आँखें कुछ और कह रही थीं।

(वर्तमान)

मैंने आँखें खोल दीं। दिल जोर से धड़क रहा था। अब सब कुछ जुड़ने लगा था। वो फोन कॉल, वो डर, वो निशान... ये सब कोई इत्तेफाक नहीं था। ये एक कहानी थी जो मैं तब नहीं समझ पाया, लेकिन आज मैं एक वकील हूँ और सच को अनदेखा नहीं कर सकता।

मेरे दिमाग में एक शब्द गूंजा - “Delusional Disorder...”

क्या विजय वास्तव में एक जुनूनी, भ्रमित मानसिकता का शिकार था? या वो सिर्फ़ एक क्रूर इंसान था? मैंने गहरी सांस ली और खुद से कहा, “अब ये सिर्फ़ यादें नहीं हैं... ये एक केस है।”

लेकिन एक सवाल अब भी बाकी था -

उस दिन मुझे नहीं पता था कि ये मुस्कान एक दिन खून में डूब जाएगी...
लेकिन क्या उस दिन ही उसकी अंत की शुरुआत हो चुकी थी?

अध्याय 3
एक रिश्ता या भ्रम?

कुछ शब्द होते हैं... जो सिर्फ़ शब्द नहीं होते। उनके अंदर एक पूरा रिश्ता, एक पूरी दुनिया छुपी होती है।

“भाभी...”

मैंने ये शब्द पहली बार तब बोला था, जब मुझे इसका सामाजिक मतलब भी पूरी तरह समझ नहीं था। लेकिन एहसास... वो मुझे उसी दिन हो गया था जब पहली बार उनकी चूड़ियों की खनक ने मेरे सूने घर के सन्नाटे को तोड़ा था।

(वर्तमान)

मैं अपनी स्टडी टेबल पर बैठा था। सामने 'कोहेफ़िज़ा मर्डर केस' की फाइल खुली थी, लेकिन दिमाग कहीं और भटक रहा था। एक वकील होने के नाते, मैं हर रिश्ते को तथ्यों (Facts) और सबूतों (Evidence) में तोलता हूँ। लेकिन कुछ रिश्ते ऐसे होते हैं जो कानून की किताबों में नहीं मिलते। उनमें लॉजिक नहीं होता, बस एक गहरा और कभी न खत्म होने वाला लगाव होता है।

मेरे लिए "भाभी" शब्द एक ढाल की तरह था। या शायद... मुझे ऐसा लगता था।

(फ्लैशबैक)

“अरे छोटू, खाना खाया तुमने?” सविता भाभी ने आंगन से आवाज़ लगाई।

मैंने धीरे से सिर हिलाया, “नहीं...”

“क्यों?” उन्होंने हल्का नकली गुस्सा दिखाते हुए पूछा।

“माँ मंदिर गई हैं... अभी खाना नहीं बना।”

“चलो, मेरे घर आओ।”

उनका हाथ मेरे नन्हे हाथ पर आ गया। वह हाथ गर्म था और एक अजीब सा सुकून देने वाला था। उनका घर हमारे घर से बस दो गली छोड़कर था। एक छोटा सा आँगन, कोने में लगा तुलसी का पौधा और रसोई से आती सोंधी-सी खुशबू।

“बैठो यहाँ,” उन्होंने मुझे लकड़ी की एक पुरानी चारपाई पर बिठाया। फिर वो रसोई में चली गईं। मैं उन्हें वहीं से देख रहा था। उनका पल्लू बार-बार सरकता, वो उसे संभालतीं और फिर फुर्ती से रोटियाँ बेलने लगतीं। एक अजीब सा 'Aesthetic' सुकून था उस दृश्य में। जैसे... मैं अब अकेला नहीं हूँ।

“लो, गरम-गरम रोटी और भिंडी की सब्जी।” उन्होंने मेरे सामने पीतल की थाली रखी।

“इतना सब?” मैंने आश्चर्य से पूछा।

“अरे, तुम खाओ तो सही।”

वो मेरे पास ही जमीन पर बैठ गईं। हर निवाले के साथ पूछतीं, “और चाहिए?” “नमक कम तो नहीं है?” मैं बस सिर हिलाता रहता। उस खाने में स्वाद से ज़्यादा... अपनापन था। जिसे आज की फॉरेंसिक भाषा में 'Oxytocin Boost' कह सकते हैं, पर तब वो सिर्फ प्यार था।

"जानते हो 'भाभी' क्या होती है?" अचानक उन्होंने आँखों में गहराई से झांकते हुए पूछा।

मैंने सिर हिलाया, "नहीं..."

वो हल्के से मुस्कुराईं, पर उस मुस्कान में एक बोझ था। "भाभी मतलब... दोस्त भी... माँ भी... और कभी-कभी... एक ऐसी राज़दार, जिसे खुद अपने राज़ छुपाने पड़ते हैं।"

मैंने उन्हें ध्यान से देखा। तब मुझे ये सिर्फ़ एक दार्शनिक बात लगी थी। लेकिन आज, एक वकील और Behavioural Profiler के तौर पर मैं समझता हूँ, वो उस समय अपना 'Internal Conflict' बयान कर रही थीं। वो अपने इर्द-गिर्द एक सुरक्षित दायरा बना रही थीं ताकि बाहरी दुनिया का अंधेरा उनके भीतर न आ सके।

Victim Profiling: पीड़ितों में 'Social Masking' की प्रवृत्ति होती है, जहाँ वे अपनी चोटों और मानसिक स्थिति को सामान्य दिखाने की कोशिश करते हैं।

शाम ढल रही थी। आसमान में भोपाल का वो मशहूर गुलाबी-नारंगी रंग फैल चुका था।

"अब कहानी सुनाऊँ?" उन्होंने पूछा।

मेरी आँखें चमक उठीं, "हाँ!"

हम दोनों आँगन में बैठ गए।

"एक राजकुमारी थी..." उन्होंने शुरू किया। "जो बहुत बहादुर थी... उसे ऊंचे पहाड़ों पर चढ़ना पसंद था, लेकिन उसे सोने के पिंजरे में बंद कर

दिया गया।" उनकी आवाज़ धीमी और किसी लोरी जैसी थी। मैं कहानी में खो गया।

लेकिन... कुछ देर बाद उनकी आवाज़ अचानक रुक गई।

"फिर क्या हुआ?" मैंने उत्सुकता से पूछा।

कोई जवाब नहीं मिला। मैंने ऊपर देखा। वो... कहीं और देख रही थीं। उनकी आँखें खाली थीं, जैसे वो शरीर से यहाँ थीं पर दिमाग से कोसों दूर किसी गहरे डर में।

"भाभी?" मैंने धीरे से उनका हाथ छुआ।

वो बुरी तरह चौंक गईं। "हाँ... हाँ... फिर... फिर राजकुमारी भाग गई।" उन्होंने जल्दी से कहानी खत्म कर दी। लेकिन अब उनकी आवाज़ में वो खनक नहीं थी। उस दिन पहली बार मुझे लगा कि उनके अंदर एक गहरा दरिया है, जो ऊपर से शांत है पर नीचे पत्थर काट रहा है।

कुछ दिन बाद, मैं अनजाने में उनके घर चला गया। दरवाज़ा आधा खुला था। अंदर से बहस की नहीं, बल्कि गिड़गिड़ाने की आवाज़ आ रही थी।

"मैंने कहा ना... मैं खुश हूँ यहाँ... आप बार-बार फोन क्यों करते हैं? विजय देख लेंगे तो..."

उनकी आवाज़ काँप रही थी। मैं ठिठक गया। वो किससे बात कर रही थीं? क्या विजय उन पर नज़र रखते थे?

तभी मेरी नज़र उनके हाथ पर गई। कलाई के पास एक काला-नीला निशान था। जैसे किसी ने बहुत ताकत से उनकी कलाई मरोड़ी हो।

"भाभी..." मैंने धीरे से पुकारा।

वो झटके से मुड़ीं। फोन तुरंत पीछे छुपा लिया।

“अरे छोटू! आओ... भूख लगी है?” उनकी कृत्रिम मुस्कान वापस आ गई थी।

लेकिन अब मैं बच्चा होकर भी उस मुस्कान के पीछे के 'Fake Persona' को पहचानने लगा था।

“ये क्या हुआ?” मैंने उनके हाथ की चोट की तरफ इशारा किया।

उन्होंने एक सेकंड के लिए निशान को देखा, फिर तुरंत पल्लू के नीचे दबा लिया।

“कुछ नहीं... बस अलमारी से टकरा गई थी। मैं ठीक हूँ।”

“मैं ठीक हूँ...” ये तीन शब्द उस दिन से मेरे दिमाग में किसी पुराने रिकॉर्ड की तरह बजने लगे।

(वर्तमान)

मैंने अपनी मेज़ पर ज़ोर से हाथ मारा। सामने रखी 'Autopsy Report' की कॉपी हवा में उड़कर नीचे गिर गई।

अब सब साफ़ दिख रहा था। ये सिर्फ़ एक रिश्ता नहीं था... ये एक Psychological Facade था। एक ऐसा भ्रम जिसे समाज 'सुखी वैवाहिक जीवन' कहता है।

विजय का प्रोफाइल मेरे दिमाग में साफ हो रहा था, 'Pathological Controller'। ऐसे लोग अपने साथी को अपनी प्रॉपर्टी समझते हैं।

Erotomanic Delusion (संभावित): विजय को शायद यह भ्रम था कि

सविता उसे धोखा दे रही है, जो अक्सर अत्यधिक नियंत्रण का कारण बनता है। फोन कॉल्स की निगरानी, चोट के निशान और सविता भाभी का बार-बार "मैं ठीक हूँ" कहना... ये सब Domestic Abuse के क्लासिक लक्षण थे।

लेकिन एक सवाल अब भी मेरे सीने में सुलग रहा था। अगर वो राजकुमारी बहादुर थी, तो उसने विद्रोह क्यों नहीं किया? या फिर... ये सब किसी और ही खेल का हिस्सा था?

मैंने खिड़की से बाहर देखा। भोपाल की पुरानी सड़कों पर अब नियॉन लाइट्स जल चुकी थीं। पुराना शहर अब भी अपने अंदर कई राज़ दबाए बैठा था। और उनमें से सबसे बड़ा राज़ वो था जो मुझे हर रात सुनाई देता था, जब मोहल्ला सो जाता था।

अगर सब ठीक था... तो वो हर रात छज्जे पर खड़ी होकर अंधेरे में रोती क्यों थीं? और वो फोन पर किससे कहती थीं, "वो मुझे मार डालेगा"?

भाग 2: अंधेरा गहराता है

अध्याय 4
वह आदमी

(वर्तमान)

मैंने अपनी मेज़ पर रखी धूल भरी फाइल को बंद किया। उसके कवर पर बड़े-बड़े अक्षरों में एक नाम लिखा था - "विजय शर्मा - मुख्य आरोपी"।

नीचे पुलिस डायरी के कुछ शुरुआती नोट्स थे: domestic violence, aggressive behavior, unstable personality। मैंने अपनी फाउंटेन पेन उठाई और उन शब्दों के नीचे एक और शब्द जोड़ा - "Dangerous" (खतरनाक)।

लेकिन सच तो यह था कि यह शब्द मेरे लिए नया नहीं था। मैंने इस खतरे को बहुत पहले महसूस किया था। उस समय, जब मुझे 'कानून' और 'अपराध' जैसे भारी शब्दों का मतलब भी नहीं पता था।

(फ्लैशबैक)

वह दोपहर मुझे आज भी बिल्कुल साफ़ याद है। भोपाल की उस संकरी गली में जहाँ धूल और पुरानेपन की महक रची-बसी रहती थी, अचानक एक अजीब सी हलचल शुरू हो गई।

मोहल्ले की औरतें छतों की मुँडेरों से झांक रही थीं। बच्चे गली के मुहाने पर इकट्ठा थे। "आ गए... आ गए..." कोई फुसफुसाया। मैं भी उस भीड़ के पीछे खड़ा था, एक जिज्ञासु मन और सीने में धड़कता एक अनजाना डर लिए।

गली के बाहर एक काली एम्बेसडर कार आकर रुकी। हमारे उस मध्यमवर्गीय मोहल्ले में कार का आना ही किसी बड़ी घटना से कम नहीं था। कार का दरवाज़ा खुला। पहले एक चमकदार पॉलिश किया हुआ जूता बाहर आया, फिर एक लंबा, छरहरा आदमी। विजय।

पहली नज़र में वह किसी फिल्म के हीरो जैसा लगा। साफ़-सुथरे कपड़े, आत्मविश्वास से भरा चेहरा और होंठों पर एक हल्की, थमी हुई मुस्कान। लेकिन जब उसने चश्मा हटाया, तो उसकी आँखों ने सारा खेल बिगाड़ दिया। उसकी आँखें मुस्कुरा नहीं रही थीं; वे किसी को ढूंढ रही थीं, किसी का शिकार कर रही थीं।

"यही है?" किसी पड़ोसी ने धीरे से कहा।

"हाँ... सविता का पति। इंदौर में कुछ बड़ा काम करता है," दूसरी आवाज़ आई।

विजय धीरे-धीरे चल रहा था। उसका हर कदम बहुत नपा-तुला था, जैसे वह ज़मीन को नहीं, बल्कि उस मोहल्ले के लोगों के धैर्य को नाप रहा हो। चलते-चलते उसकी नज़र मुझ पर पड़ी। सिर्फ़ एक सेकंड के लिए। लेकिन उस एक सेकंड में मुझे लगा जैसे किसी ने मेरे अंदर की सारी मासूमियत को झटककर बाहर निकाल दिया हो। मैं तुरंत अपनी नज़रें झुका गया।

तभी सविता भाभी बाहर आईं। "आ गए आप..." उनकी आवाज़ में न तो स्वागत की मिठास थी, न ही कोई उत्साह। वह एक थकी हुई, नियंत्रित आवाज़ थी।

विजय ने उनकी तरफ देखा और एक ठंडी मुस्कान दी। "हाँ... क्यों? इंतज़ार नहीं था?"

सविता भाभी ने मुस्कुराने की कोशिश की, लेकिन मैंने देख लिया था, उनकी साड़ी के पल्लू को पकड़े हुए उनकी उंगलियाँ हल्की-हल्की कांप रही थीं। वह डर की पहली भौतिक गवाही थी जिसे मैंने दर्ज किया था।

उस दिन के बाद मोहल्ले का पूरा 'वाइब' बदल गया। पहले शाम को लोग दरवाज़ों पर बैठकर ठहाके लगाते थे, अब जैसे हर कोई दीवार की ओट लेकर फुसफुसाने लगा। विजय अक्सर घर के बाहर खड़ा रहता, सिगरेट पीते हुए लोगों को घूरता रहता।

“उससे दूर रहना, छोटू,” माँ ने एक दिन मुझे रसोई में खींचते हुए हिदायत दी।

“क्यों माँ? वो तो भाभी के पति हैं,” मैंने मासूमियत से पूछा।

“बस... जैसा कह रही हूँ वैसा करो। कुछ लोग साये की तरह होते हैं, जहाँ जाते हैं अंधेरा साथ ले जाते हैं।” माँ की आवाज़ में जो सिहरन थी, उसने मुझे चुप करा दिया।

धीरे-धीरे बातें छन-छनकर बाहर आने लगीं। “सुना है इंदौर में इस पर कोई पुलिस केस हुआ था,” पड़ोस की आंटी माँ को बता रही थीं। “मारपीट का मामला था। कोई कह रहा था कि इसने अपने ऑफिस की किसी लड़की का जीना हराम कर दिया था।”

तब मुझे 'Stalking' या 'Erotomanic Delusion' जैसे मनोवैज्ञानिक शब्दों का ज्ञान नहीं था। आज समझ आता है कि विजय शायद इसी बीमारी का शिकार था। उसे लगता था कि वह जिसे पसंद करता है, उस पर उसका मालिकना हक है। Behavioural Profiling: विजय का व्यक्तित्व 'Narcissistic personality' और 'Control freak' के लक्षणों को दर्शाता है।

एक रात, जब पूरा मोहल्ला सो चुका था, अचानक एक चीख सुनाई दी।

"तुम समझती क्यों नहीं हो! तुम मेरी हो!" विजय की भारी और कर्कश आवाज़ सन्नाटे को चीर रही थी।

"प्लीज़... धीरे बोलिए... पड़ोसी सुन लेंगे..." सविता भाभी की रुलाई भरी आवाज़ आई।

"पड़ोसी? उन्हें भी पता चलना चाहिए कि तुम किसकी अमानत हो!" इसके बाद कुछ गिरने की ज़ोरदार आवाज़ आई।

मैं अपनी खिड़की के पास गया और उस घर की तरफ झाँकने की कोशिश की। अंधेरे में बस एक परछाई दिख रही थी जो बार-बार हाथ हिला रही थी। वह हाथ किसी को मार रहा था या डरा रहा था, यह साफ़ नहीं था। लेकिन उस रात मेरी नींद उड़ गई।

अगली सुबह जब सविता भाभी हमारे घर आईं, तो उनके चेहरे पर वही पुरानी कृत्रिम मुस्कान थी।

"अरे छोटू! उठ गए? चलो, आज तुम्हें जलेबी खिलाती हूँ," वह चहकीं।

मैंने उनकी आँखों में देखा, वे लाल थीं और नीचे काले घेरे साफ बता रहे थे कि वह रात भर सोई नहीं थीं।

"आप रात को रो रही थीं?" मैंने सीधा सवाल किया।

वह एक पल के लिए पत्थर की मूर्ति जैसी हो गईं। फिर अचानक खिलखिलाकर हँस पड़ीं। "अरे पागल, वो तो बस... आँखों में कुछ चला गया था। तुम भी ना, बड़े जासूस बनते हो!"

झूठ। अब मैं झूठ को पहचानने लगा था। माँ ने भी उनके चेहरे के उस नीले

निशान को देखा जो उन्होंने मेकअप से छुपाने की कोशिश की थी, लेकिन वह निशान उनकी कलाई पर साफ़ चमक रहा था।

माँ और भाभी की नज़रें मिलीं। माँ कुछ कहना चाहती थीं, पर भाभी ने अपनी नज़रें फेर लीं और जल्दी से पल्लू ठीक कर लिया। “मैं चलती हूँ दीदी, साहब नाश्ते का इंतज़ार कर रहे होंगे।”

सविता भाभी चली गईं, लेकिन उनके जाने के बाद घर में जो खामोशी बची, वह बहुत भारी थी।

(वर्तमान)

मैंने अपनी कुर्सी के पीछे सिर टिकाया। आज विजय शर्मा पुलिस की गिरफ्त से बाहर है। कोहेफिज़ा वाले उस फ्लैट में सविता भाभी की लाश मिली, और विजय का गायब होना ही उसे मुख्य संदिग्ध बनाता है।

फॉरेंसिक रिपोर्ट कहती है, GSR (Gunshot Residue) की मौजूदगी सविता के हाथों पर भी थी। क्या उन्होंने खुद को बचाने के लिए संघर्ष किया था? या विजय ने उनके हाथ पकड़कर जबरदस्ती ट्रिगर दबाया था?

मेरे दिमाग में विजय की वह ठंडी मुस्कान फिर से कौंध गई। वह आदमी गुस्से में नहीं, बल्कि एक अजीब सी शांति के साथ वार करता था। इसे ही तो 'Psychological Control' कहते हैं। वह उन्हें तोड़ता था, फिर जोड़ता था, और फिर दोबारा तोड़ने के लिए रख-छोड़ता था। Psychological Abuse: मारपीट से पहले अपराधी अक्सर पीड़ित को सामाजिक रूप से अलग-थलग कर देता है (जैसा विजय ने मोहल्ले में किया)।

लेकिन एक गुत्थी अभी भी अनसुलझी थी। सविता भाभी ने उस रात भी झूठ क्यों बोला था?

क्या सविता भाभी सच में उससे प्यार करती थीं... या उनके पास डरने के अलावा और कोई विकल्प ही नहीं बचा था?

अध्याय 5
प्यार या कैद?

(वर्तमान)

मैंने केस फाइल के अगले पन्ने पलटे। विजय शर्मा के पुराने रिकॉर्ड - "State vs Vijay Sharma - केस नंबर 402/2005"। धाराएँ: मारपीट, धमकी और धोखाधड़ी। इतने आरोप और फिर भी वह आदमी हर बार साफ़ बच निकलता था।

(फ्लैशबैक)

मोहल्ले की किराने वाली दुकान पर फुसफुसाहटें तैर रही थीं, "सुना है सविता के मायके वालों ने उससे रिश्ता तोड़ दिया? लव मैरिज थी, लड़की नहीं मानी।"

'लव मैरिज'... इसका मतलब उन्होंने खुद विजय को चुना था? कुछ दिन बाद, मैंने उन्हें मोहल्ले के कोने पर देखा। "भाभी!" मैं दौड़कर उनके पास गया। वह हाथ कांप रहा था।

"हर चीज़ वैसी नहीं होती जैसी दिखती है, छोटू। और हर चीज़ कभी ठीक नहीं होती।" उस दिन उनकी आवाज़ में एक अजीब सी सच्चाई थी। बाद में समझ आया कि विजय के कानूनी मुकदमों और Financial Strain की वजह से उनकी आर्थिक स्थिति बदतर होती जा रही थी।

एक शाम मैं उनके घर गया। सविता भाभी ज़मीन पर बैठी थीं, उनके चारों ओर कागज़ात बिखरे थे। उनके हाथ में एक मोटी किताब थी - "Indian Penal Code"।

“हाँ छोटू। मैं लॉ (Law) की पढ़ाई शुरू कर रही हूँ। अगर दुनिया उसे अपराधी कहती है... तो मैं उसे निर्दोष साबित करूंगी।”

वह 'Delusional Disorder' का चरम था। इसे ही साइकोलॉजी में 'Trauma Bonding' कहते हैं। वह विक्टिम से अब उसका डिफेंडर बन चुकी थी।

(वर्तमान)

आज जब मैं कोहेफ़िज़ा वाले मर्डर सीन को देखता हूँ, तो मुझे वही कानून की किताबें याद आती हैं। जिस कानून को उन्होंने विजय को बचाने के लिए पढ़ा था, आज वही कानून उन्हें न्याय दिलाने के लिए खड़ा है।

क्या सविता भाभी सच में विजय को निर्दोष मानती थीं, या वह खुद को यह यकीन दिलाने की कोशिश कर रही थीं कि उनका 'प्यार का चुनाव' गलत नहीं था? और सबसे बड़ा सवाल - क्या हर लड़ाई जीतने लायक होती है?

अध्याय 6
काला कोट, काला सच

(वर्तमान)

मैं भोपाल के नए जिला न्यायालय की सीढ़ियों पर खड़ा था। चमचमाती इमारत, कांच की बड़ी दीवारें और चारों तरफ काले कोट वाले वकीलों की भीड़। हवा में फाइलों की धूल और टाइपराइटरों की खटखटाहट का एक अजीब सा शोर था।

मैंने अपनी फाइल खोली। "एडवोकेट सविता शर्मा" - यह नाम अब सिर्फ मेरी पुरानी यादों का हिस्सा नहीं था, बल्कि भोपाल बार एसोसिएशन के रिकॉर्ड में एक चर्चित नाम बन चुका था। सविता भाभी ने वह कर दिखाया था जिसकी किसी ने उम्मीद नहीं की थी। लेकिन उस कामयाबी की नींव जिस 'काले सच' पर टिकी थी, उसकी कीमत अब सामने आ रही थी।

(फ्लैशबैक)

कोर्ट रूम नंबर 3, यह वह दिन था जब मैंने पहली बार सविता भाभी को उनके पेशेवर अवतार में देखा था।

सफेद साड़ी पर वह काला कोट, आंखों में एक धारदार चमक और हाथ में विजय के मुकदमों का पुलिंदा। वह मोहल्ले की डरी हुई सविता भाभी नहीं लग रही थीं। वह एक योद्धा थीं।

"माय लॉर्ड," उनकी आवाज शांत लेकिन अधिकारपूर्ण थी। "अभियोजन पक्ष का पूरा मामला GSR (Gunshot Residue) की जिस रिपोर्ट पर टिका है, वह तकनीकी रूप से दोषपूर्ण है।"

सरकारी वकील ने टोकने की कोशिश की, पर उन्होंने बात जारी रखी। "GSR के सूक्ष्म कण केवल गोली चलाने वाले के हाथ पर ही नहीं मिलते, बल्कि 'Secondary Transfer' के जरिए भी आ सकते हैं। मेरे मुवक्किल विजय शर्मा ने केवल उस पिस्टल को छूने की कोशिश की थी जो पहले से घटनास्थल पर पड़ी थी। इसका मतलब यह नहीं कि उन्होंने ट्रिगर दबाया।"

जज ने चश्मा नाक पर टिकाया और गौर से सुनने लगे।

"इसके अलावा, Ballistic Matching की रिपोर्ट देखिए," उन्होंने एक और पेपर लहराया। "जिस 7.65mm की गोली से हमला हुआ, उसके लैंड्स और ग्रूव्स बरामद की गई पिस्टल के फायरिंग पैटर्न से मेल नहीं खाते। यह सीधा-साधा 'Plantation' का मामला है।"

पूरा कोर्ट रूम सन्नाटे में था। उस दिन मैंने महसूस किया कि सविता भाभी ने केवल कानून नहीं पढ़ा था, उन्होंने विजय को बचाने के लिए अपराध विज्ञान की हर बारीक गली को छान मारा था।

"बेल मंजूर की जाती है," जज का हथौड़ा मेज पर लगा।

विजय की आंखों में कोई पश्चाताप नहीं था, केवल एक क्रूर जीत की चमक थी। उसने पीछे मुड़कर सविता भाभी को देखा और एक ठंडी मुस्कान दी। वह मुस्कान प्यार की नहीं, बल्कि एक ऐसे मालिक की थी जिसे पता था कि उसका 'हथियार' सही काम कर रहा है।

(वर्तमान)

मैंने गहरी सांस ली। विजय को जेल से बाहर लाना सविता भाभी की सबसे बड़ी कानूनी जीत थी, और शायद उनके जीवन की सबसे बड़ी व्यक्तिगत हार।

(फ्लैशबैक)

विजय के बाहर आने के कुछ ही हफ्तों बाद मोहल्ले की शांति फिर से छिन गई। अब वह सिर्फ अपराधी नहीं था, वह एक 'वकील का पति' था। उसे लगता था कि अब वह कानून से ऊपर है।

एक रात मैं उनके घर के पास से गुजर रहा था। अंदर से चिल्लाने की आवाजें आ रही थीं।

"तुम अब बहुत ज्यादा उड़ने लगी हो, सविता!" विजय की आवाज में वही पुराना राक्षसीपन लौट आया था।

"विजय, मैं तुम्हें बचाने के लिए क्या कुछ नहीं कर रही? कोर्ट में लोग मुझ पर उंगली उठाते हैं!" भाभी की आवाज टूट रही थी।

"उंगली? तुम्हें पता है तुम्हारी हर एक सेकंड की खबर मेरे पास है। तुम किससे कोर्ट कैंटीन में बात करती हो, तुम्हारा CDR (Call Data Record) क्या कहता है, सब पता है मुझे। तुम मेरी निगरानी में हो!"

विजय ने Psychological Profiling के हर सिद्धांत को सच कर दिया था। उसने अब CCTV Enhancement AI और जासूसों का सहारा लेना शुरू कर दिया था। वह केवल उसे घर में कैद नहीं करना चाहता था, वह उसके दिमाग पर कब्जा करना चाहता था।

कुछ दिनों बाद मैं भाभी से मिला। उनकी आंखों के नीचे काले घेरे थे। वह कोर्ट जाने के लिए तैयार हो रही थीं, पर उनके हाथ कांप रहे थे।

"छोटू," उन्होंने मुझे देखते ही कहा, "कानून पढ़ना आसान है, पर खुद की जिंदगी की दलील देना सबसे मुश्किल।"

उन्होंने अपना काला कोट उठाया, जो अब एक बोझ जैसा लगने लगा था।

"मैं उसे बचाने निकली थी... पर अब मुझे लगता है कि मैंने एक राक्षस को और ज्यादा ताकत दे दी है।"

(वर्तमान)

मैंने फाइल बंद की और कोर्ट की खिड़की से बाहर देखा। भोपाल के कोहेफ़िज़ा इलाके की वह पुरानी इमारत दिख रही थी जहाँ दो दिन पहले सविता भाभी का खून हुआ था।

जिस कानून को उन्होंने विजय के लिए ढाल बनाया, विजय ने उसी कानून की बारीकियों का इस्तेमाल करके अपनी गिरफ्तारी को अब तक टाले रखा है।

जिसे उसने बचाया... वही अब उसका सबसे बड़ा खतरा था। लेकिन क्या सविता भाभी को इस खतरे का अंदाजा पहले से था? और क्या उन्होंने अपनी मौत से पहले कोई ऐसी 'अंतिम दलील' तैयार की थी जो विजय को कभी चैन से नहीं रहने देगी?

अध्याय 7: बंद दरवाजों के पीछे

(वर्तमान)

मैं जबलपुर उच्च न्यायालय से लौट रहा था। ट्रेन की पटरियों की वह चिर-परिचित खड़खड़ाहट मेरे कानों में गूंज रही थी, लेकिन मेरा दिमाग उस शोर से कहीं ज़्यादा अशांत था। जैसे-जैसे ट्रेन भोपाल के प्लेटफॉर्म पर रुक रही थी, खिड़की से बाहर दिखता नज़ारा मुझे सालों पीछे खींच ले जा रहा था। पुराना शहर, तंग गलियाँ, हवा में तैरता हुआ धुएं और मसालों का वह मिश्रण, सब कुछ वैसा ही था, बस हवा में मासूमियत की जगह अब एक भारी सन्नाटा था।

मैंने अपना बैग कंधे पर लटकाया और प्लेटफॉर्म पर उतरा। एक वकील होने के नाते मुझे सबूतों पर यकीन करना सिखाया गया था, लेकिन आज मेरा 'गट फीलिंग' कुछ और ही कह रहा था। मेरे हाथ में एक पुरानी फाइल थी, जिस पर मैंने खुद लिखा था - “Case: Savita vs Unknown”।

मैं मन ही मन मुस्कुराया। "Unknown तो नहीं है सविता भाभी... बस इस 'Known' को कानून की भाषा में साबित करना बाकी है।"

(फ्लैशबैक)

मुझे याद आया, बरसों पहले एक धुंधली शाम को सविता भाभी ने बहुत ही अजीब ढंग से मुझसे कहा था, "छोटू, अगर कभी कुछ हो जाए... तो मेरी पुरानी लकड़ी वाली अलमारी के ऊपर एक नीली फाइल रखी है। उसे खोलना मत, बस उसे सही हाथों तक पहुंचा देना।"

तब मैं सिर्फ दस साल का था। मुझे लगा था कि शायद कोई प्रॉपर्टी के कागज़ होंगे या कोई पुराना हिसाब। लेकिन आज समझ आ रहा था कि वह कोई रद्दी नहीं, बल्कि उनकी 'जीवन बीमा' (Life Insurance) की तरह थी, एक ऐसी ढाल जो शायद समय पर काम नहीं आई।

(वर्तमान)

मैं सीधे उनके पुराने मोहल्ले की ओर बढ़ा। गली में कदम रखते ही सन्नाटा और गहरा हो गया। मोहल्ले के लोगों की नज़रें मुझ पर ऐसे टिक गईं जैसे मैं कोई अजनबी नहीं, बल्कि उनके दबे हुए राज़ों को खोदने आया कोई मुजरिम हूँ।

सामने चबूतरे पर एक बुजुर्ग बैठे थे, जिन्हें हम सब 'काका' कहते थे।

"काका... पहचाना? मैं वही छोटू," मैंने धीरे से कहा।

उन्होंने अपनी मटमैली आँखों से मुझे ऊपर से नीचे तक देखा। "वकील बन गए हो, सुना है... सविता के केस में आए हो?"

मैंने बस सिर हिलाया।

"अच्छी बच्ची थी वो," उन्होंने गहरी सांस ली और इधर-उधर देखते हुए फुसफुसाए, "पर उस 'राक्षस' से पाला पड़ गया। उस आदमी ने इस मोहल्ले की रौनक ही छीन ली।"

"विजय?" मैंने पूछा।

काका ने तुरंत अपना मुँह सिकोड़ लिया। "उसका नाम मत लो बेटा। वो इंसान नहीं था। वो एक साया था जो बस कंट्रोल करना जानता था। पुलिस भी उसके आगे पानी भरती थी।"

मुझे याद आया कि विजय के दबदबे की वजह से कभी किसी ने गवाही देने की हिम्मत नहीं की थी। पुलिस ने भी मामला 'Accidental Discharge' बताकर रफा-दफा करने की कोशिश की थी। लेकिन एक वकील के तौर पर मैं जानता था कि GSR (Gunshot Residue) की मौजूदगी अगर दोनों के हाथों पर मिली है, तो यह संघर्ष का संकेत है, एक्सीडेंट का नहीं।

मैं सीधे कोहेफ़िज़ा वाले उस फ्लैट पर पहुँचा जहाँ हत्या हुई थी। पुलिस की पीली टेप अभी भी वहां लटकी हुई थी। ताला पुराना था, वकीलों वाला थोड़ा 'जुगाड़' लगाकर मैंने उसे खोला।

अंदर कदम रखते ही एक ठंडी सिहरन मेरे बदन में दौड़ गई। घर के अंदर की हवा में आज भी डर की गंध थी। मैंने सीधे उस अलमारी की ओर रुख किया। धूल की एक मोटी परत के नीचे, ठीक उसी जगह जहाँ भाभी ने बताया था, वह नीली फाइल दबी हुई थी।

मेरे हाथ कांप रहे थे। मैंने फाइल खोली और जो देखा, उसने मेरे पैरों तले ज़मीन खिसका दी।

अंदर बैंक स्टेटमेंट्स थे, हर महीने लाखों रुपये के ट्रांजैक्शन। सविता भाभी की वकालत की कमाई इतनी कभी नहीं थी। एक नाम बार-बार आ रहा था - "V-Enterprises"।

मैंने तुरंत अपने फोन पर CDR (Call Data Records) के उन अंशों को मिलाया जो मैंने इंस्पेक्टर चौहान से 'ऑफ द रिकॉर्ड' लिए थे। विजय और इस शेल कंपनी के बीच के तार जुड़ रहे थे।

विजय केवल एक जुनूनी पति नहीं था, वह एक बड़ा आर्थिक अपराधी था। वह सविता भाभी की वकील वाली छवि का इस्तेमाल करके काली कमाई को सफेद कर रहा था।

फाइल के आखिरी पन्ने पर एक हाथ से लिखा हुआ नोट मिला:

"विजय को लगता है कि वह मुझे कंट्रोल कर रहा है, लेकिन मैंने उसकी हर जालसाजी, हर बेनामी संपत्ति का रिकॉर्ड बना लिया है। वह मुझे मार सकता है, पर मेरी इस 'अंतिम दलील' को नहीं मिटा पाएगा। अगर यह फाइल किसी को मिले, तो समझ लेना कि मैंने अपनी जान की कीमत पर यह सच बचाया है।"

मेरी आँखों से एक आँसू टपककर उस कागज़ पर गिरा। सविता भाभी डर नहीं रही थीं, वह लड़ रही थीं। वह विजय के खिलाफ एक ऐसा केस तैयार कर रही थीं जिसे कोई भी जज खारिज नहीं कर पाता। उन्होंने Psychological Profiling और Behavioural Analysis का इस्तेमाल करके विजय के हर हमले को दस्तावेज़ में बदल दिया था।

विजय को इस बात का पता चल गया था। उसे अपनी 'संपत्ति' के हाथ से

निकलने का डर नहीं था, उसे अपनी 'सच्चाई' के बाहर आने का डर था। इसीलिए उस रात गोली चली।

मैंने फोन निकाला और इंस्पेक्टर चौहान को डायल किया।

"इंस्पेक्टर... केस की फाइल फिर से खोलिए। हमारे पास अब सिर्फ एक मर्डर केस नहीं है, हमारे पास एक बहुत बड़ा Financial Fraud और Premeditated Murder का सबूत है।"

इंस्पेक्टर की आवाज़ दूसरी तरफ से गंभीर आई, "वकील साहब, आप खतरे में हैं। विजय को पता चल गया है कि कोई भोपाल आया है।"

मैंने खिड़की से बाहर देखा। नीचे सड़क पर वही काली कार खड़ी थी जो बरसों पहले मोहल्ले में आई थी। विजय का साया अब मेरे बहुत करीब था।

क्या सविता भाभी ने अपने ही पति के खिलाफ जो 'अंतिम दलील' तैयार की थी, वही उनकी मौत का कारण बनी? और क्या मैं उस फाइल को कोर्ट तक सुरक्षित पहुंचा पाऊंगा, या मैं भी उसी अंधेरे का हिस्सा बन जाऊंगा?

भाग 3: सच्चाई और विस्फोट

अध्याय 8
वह काली रात

(वर्तमान)

मैं कोहेफ़िज़ा वाले उसी फ्लैट के ड्राइंग रूम में खड़ा था जहाँ सब कुछ खत्म हुआ था। कमरा अब सीलन और बंद हवा की गंध से भरा था, लेकिन मेरी कल्पनाओं में यहाँ अभी भी बारूद, सस्ती शराब और मौत के खौफ की महक तैर रही थी।

खिड़की आधी खुली थी और फटे हुए परदे भोपाल की रात की ठंडी हवा में धीरे-धीरे हिल रहे थे। मैंने आँखें बंद कीं। एक वकील और इन्वेस्टिगेटर के तौर पर मुझे 'Crime Scene Reconstruction' की तकनीक पता थी, दिमाग को एक खाली स्क्रीन की तरह इस्तेमाल करो और बिखरे हुए सुरागों को एक फिल्म की तरह जोड़ो।

पुनर्निर्माण - वह काली रात

रात के करीब 11 बज रहे थे। सन्नाटे को चीरते हुए दरवाज़ा धड़ाम से खुला। विजय अंदर आया, उसके कदम लड़खड़ा रहे थे और शर्ट के ऊपर के दो बटन खुले थे। उसके हाथ में शराब की एक आधी खाली बोतल थी।

“सविता...!” उसकी आवाज़ में वही पुराना, डरावना अधिकार था।

सविता भाभी किचन से बाहर आईं। उनके चेहरे पर वही थकान थी जो मैंने

मोहल्ले की गलियों में देखी थी, लेकिन अब उसमें एक ठंडी दृढ़ता भी जुड़ चुकी थी।

“फिर पीकर आए हो विजय? तुम्हें पता है कल सुबह मेरी कोर्ट में बड़ी हियरिंग है?” उन्होंने बहुत ही शांत लहजे में पूछा।

विजय हंसा। वह हंसी नहीं थी, वह एक हिंसक जानवर की गुर्राहट थी। उसने टेबल पर अपना फोन पटका, जिसकी स्क्रीन पहले से ही टूटी हुई थी। “हियरिंग? या किसी से मिलने का बहाना? ये 17 मिस कॉल किसके हैं? कौन है ये क्लाइंट जिसके साथ तुम रात के दो-दो बजे तक Call Data Records (CDR) में नज़र आ रही हो?”

भाभी ने गहरी सांस ली। “वो क्लाइंट था विजय। और तुम्हें मेरे फोन की निगरानी करने का कोई हक नहीं है। तुम इसे 'प्यार' कहते हो, पर साइकोलॉजी की भाषा में यह Delusional Disorder है। तुम बीमार हो विजय!”

“बीमार?” विजय चीखा। उसने झपटकर भाभी की कलाई पकड़ ली। वही कलाई जिस पर कभी नीले निशान हुआ करते थे। “मैं बीमार हूँ क्योंकि मैं अपनी अमानत की हिफाजत करना चाहता हूँ? तुम मेरी हो सविता! सिर्फ मेरी!”

भाभी ने अपना हाथ झटके से छुड़ाया। इस बार वह पीछे नहीं हटीं। उन्होंने विजय की आँखों में सीधे झाँका। “मैं तुम्हारी कोई प्रॉपर्टी नहीं हूँ जिसे तुम अलमारी में बंद कर सको। और सुनो विजय... अब बहुत हो गया। मैंने तुम्हारी 'V-Enterprises' की सारी फाइलों का Financial Audit कर लिया है। मुझे पता है कि तुम कैसे गैरकानूनी संपत्तियों को मेरे नाम पर रजिस्टर कर रहे थे।”

विजय के चेहरे का रंग उड़ गया। उसका अहंकार अब डर में बदलने लगा था, और डरा हुआ अपराधी सबसे ज़्यादा खतरनाक होता है।

"तुम... तुम मुझे जेल भेजोगी? अपनी 'अंतिम दलील' मेरे खिलाफ दोगी?" विजय फुसफुसाया।

"हाँ विजय। अगर तुम्हें रोकने का यही एक तरीका है, तो यही सही।" भाभी ने मुड़कर अलमारी की तरफ कदम बढ़ाया, शायद वही नीली फाइल लेने के लिए।

तभी विजय ने अपनी बेल्ट के पीछे खोंसी हुई 7.65 mm की पिस्टल निकाली।

(वर्तमान)

मैंने दीवार की तरफ देखा। वहाँ खून के सूखे हुए छोटे-छोटे छींटे थे। Blood Spatter Analysis के हिसाब से, ये छींटे बताते थे कि गोली बहुत नज़दीक से (Point-blank range) चलाई गई थी।

लेकिन एक उलझन थी। पुलिस रिपोर्ट के अनुसार, उस रात दो गोलियाँ चली थीं।

(पुनर्निर्माण जारी)

विजय ने ट्रिगर दबाया। एक कान फाड़ देने वाली आवाज़, धांय! गोली भाभी के कंधे को छूती हुई निकल गई। वह फर्श पर गिरीं, लेकिन मरते-मरते भी उन्होंने विजय के हाथ से पिस्टल छीनने की कोशिश की। उनके बीच एक भयंकर हाथापाई हुई। इसी संघर्ष के दौरान सविता भाभी के हाथों और कपड़ों पर GSR (Gunshot Residue) के कण जमा हो गए।

विजय ने उन्हें धक्का दिया और दोबारा निशाना साधा। भाभी के चेहरे पर अब मौत का डर नहीं था, बल्कि एक ऐसी शांति थी जैसे उन्हें पता हो कि उन्होंने अपना काम पूरा कर लिया है।

तभी दूसरी गोली चली।

(वर्तमान)

मैंने आँखें खोल दीं। मेरा दिल तेज़ी से धड़क रहा था। मैंने बेड के नीचे, फर्श की दरारों में कुछ तलाशना शुरू किया। अचानक मेरा हाथ एक ठंडी, सख्त चीज़ से टकराया।

एक छोटी सी पुरानी डायरी। काले रंग का कवर, जिस पर चांदी की स्याही से 'S' लिखा था। यह वही डायरी थी जिसका ज़िक्र सविता भाभी ने एक बार मज़ाक में किया था।

मैंने कांपते हाथों से पहला पन्ना पलटा। तारीख उसी रात की थी -

“आज विजय बहुत गुस्से में है। मुझे डर है कि वह आज सीमा पार कर देगा। अगर मुझे कुछ हो जाए... तो समझ लेना कि मैंने सच के लिए लड़ाई लड़ी थी। अलमारी वाली नीली फाइल और इस डायरी का आखिरी पन्ना विजय के ताबूत की आखिरी कील साबित होगा।”

पन्ने पलटते हुए मेरी नज़र डायरी के बीच में फँसे एक सूखे हुए गुलाब पर पड़ी। यह शायद उस दौर की निशानी थी जब विजय का प्यार सचमुच प्यार लगता था, कैद नहीं।

डायरी का आखिरी पन्ना फटा हुआ था।

मेरा माथा ठनका। अगर डायरी यहाँ है, तो फटा हुआ पन्ना कहाँ है? क्या

विजय उसे अपने साथ ले गया? या फिर भाभी ने उसे कहीं और छुपा दिया?

मैंने कमरे की दीवारों को गौर से देखा। पेंट के नीचे कहीं कुछ उभरा हुआ था। 3D Crime Scene Reconstruction के दौरान मैंने पढ़ा था कि अपराधी अक्सर सबूतों को आँखों के सामने छुपाते हैं।

तभी मुझे अहसास हुआ। उस रात सिर्फ एक औरत का कत्ल नहीं हुआ था। विजय ने उस रात सविता भाभी की पहचान, उनकी मेहनत और उस सच को भी जलाने की कोशिश की थी जिसे वह सालों से दबाए बैठा था।

सविता भाभी का वकील बनना कोई शौक नहीं था, वह एक सुसाइड मिशन था। वह जानती थी कि विजय को कानून के शिकंजे में लाने का मतलब है अपनी जान जोखिम में डालना।

मैंने डायरी को अपने कोट की जेब में सुरक्षित रखा और बाहर की ओर बढ़ा। सीढ़ियों पर उतरते समय मुझे महसूस हुआ कि कोई मेरा पीछा कर रहा है। विजय का साया अब सिर्फ यादों में नहीं था, वह भोपाल की इन गलियों में सचमुच रेंग रहा था।

एक आखिरी सवाल ने मेरे दिमाग में घर कर लिया, अगर पुलिस को कमरे में दो गोलियों के निशान मिले, तो दूसरी गोली विजय ने चलाई थी या... सविता भाभी ने खुद को बचाने के लिए?

उस रात सिर्फ एक औरत नहीं मरी थी... सच भी जलाया गया था। लेकिन राख के नीचे से अभी भी वो 'अंतिम दलील' सुनाई दे रही थी जो इस केस की पूरी बुनियाद हिलाने वाली थी। क्या वह फटा हुआ पन्ना ही विजय का असली चेहरा दुनिया के सामने लाएगा?

अध्याय 9
दलील और दगा

(वर्तमान)

कोर्ट रूम नंबर 3, आज भीड़ सामान्य से ज़्यादा थी। मीडिया के कैमरे बाहर गलियारे में भूखे भेड़ियों की तरह इंतज़ार कर रहे थे, और अंदर वकीलों की काली कतारें किसी खामोश साज़िश जैसी लग रही थीं। कुछ लोग बस तमाशा देखने आए थे, एक सफल महिला वकील की हत्या का तमाशा।

मैं अपनी सीट पर बैठा था। मेरे सामने फाइल खुली थी, 'राज्य बनाम विजय शर्मा'। सबूत थे, पर वे कानून की भाषा में 'ठोस' नहीं लग रहे थे।

जज साहब अंदर आए। "Proceed."

सरकारी वकील खड़ा हुआ, उसकी आवाज़ में एक बनावटी भारीपन था। "माय लॉर्ड, यह एक स्पष्ट मामला है, घरेलू हिंसा, आर्थिक शोषण और अंततः एक सोची-समझी हत्या। मृतका के शरीर पर Antemortem Injuries (मौत से पहले की चोटें) मिली हैं। CDR Analysis से पता चलता है कि अभियुक्त मृतका की लगातार निगरानी कर रहा था।"

उसने फाइल से एक रिपोर्ट निकाली। "GSR (Gunshot Residue) रिपोर्ट के अनुसार, अभियुक्त के हाथों पर बारूद के अंश मिले हैं, जो साबित करते हैं कि ट्रिगर उसने दबाया था।"

मैंने देखा कि डिफेंस वकील के चेहरे पर एक कुटिल मुस्कान थी। वह धीरे से खड़ा हुआ। "Exactly, My Lord... यही तो सबसे बड़ी गुत्थी है। GSR

के अंश केवल विजय के नहीं, बल्कि मृतका सविता के हाथों पर भी मिले हैं। फॉरेंसिक साइंस के हिसाब से, हाथापाई के दौरान बारूद के कण 'Secondary Transfer' से दोनों पर फैल सकते हैं। यह 'Self-defense' या 'Accidental Discharge' भी तो हो सकता है?"

कोर्ट रूम में खुसपुसाहट शुरू हो गई। सच और शक के बीच की वह बारीक रेखा और धुंधली हो गई। कानून अक्सर सच के बजाय उस शक को चुनता है जो आरोपी के पक्ष में हो।

(फ्लैशबैक)

मैंने पहली बार सविता भाभी को कोर्ट में बहस करते देखा था। उन्होंने कहा था, "छोटू, सिर्फ शक के आधार पर किसी को दोषी नहीं ठहराया जा सकता। कानून अंधा नहीं है, वह बस सबूत मांगता है।"

आज वही दलील उनके हत्यारे का कवच बन रही थी।

(वर्तमान)

"Next witness - Forensic Expert."

स्क्रीन पर 3D Crime Scene Reconstruction का मॉडल दिखाया गया। कमरा, मेज, और खून के धब्बों के दो अलग-अलग कोण (Angles)। "पहली गोली सामने से चली, और दूसरी गोली का कोण बदला हुआ था..."

डिफेंस वकील तुरंत चिल्लाया, "Speculation, My Lord! क्या यह मुमकिन नहीं कि पहली गोली मृतका ने चलाई हो?"

जज साहब ने सिर हिलाया। "Accepted."

ब्रेक के दौरान मैं बाहर आया। सांस लेना मुश्किल हो रहा था। तभी वह सामने आया - विजय। सफेद कड़क शर्ट, चेहरे पर एक ठंडी, बेफिक्र मुस्कान। जैसे वह आरोपी नहीं, इस खेल का अंपायर हो।

"वकील साहब..." उसने रुककर कहा, "कैसे हैं?"

"तुम्हे शर्म नहीं आती?" मैंने उसे घूरते हुए पूछा।

वह हंसा। "क्यों? क्योंकि तुम्हारे पास सिर्फ एक भावुक कहानी है और मेरे पास कानून? Proof लाओ वकील साहब, तब बात करेंगे।"

वह चला गया, और मैं वहीं खड़ा रह गया। कोर्ट दोबारा शुरू हुआ। विजय कटघरे में खड़ा हुआ और बिना किसी भाव के बोला, "मैं अपनी पत्नी से प्यार करता था। उस रात उसने खुद पिस्तौल उठाई... मैंने उसे रोकने की कोशिश की और गोली चल गई।"

उसकी आँखों में कोई पछतावा नहीं था। सिर्फ एक बर्फीला ठंडापन।

क्या कानून सच में न्याय देता है... या सिर्फ वही फैसले सुनाता है जिन्हें सबूतों के कागज़ों में लपेटा जा सके?

अध्याय 10
अधूरा न्याय

(वर्तमान)

कोर्ट रूम अब लगभग खाली हो चुका था। सन्नाटा इतना गहरा था कि घड़ी की टिक-टिक भी किसी के चलने की आहट जैसी लग रही थी। मैं उसी कुर्सी के पास खड़ा था जहाँ कभी सविता भाभी बैठती थीं।

मेरी आवाज़ गले में ही अटक गई थी। जज साहब का फैसला मेरे कानों में गूंज रहा था - "Benefit of Doubt... Accused is granted bail."

विजय बाहर जा चुका था। सिस्टम जीत गया था, और न्याय हार गया था।

(फ्लैशबैक)

"छोटू..." उन्होंने एक बार हंसते हुए कहा था, "हर गुनहगार के पीछे एक मजबूर औरत होती है। वो बस... देर से समझती है।"

मैंने तब मतलब नहीं समझा था, पर आज समझ आ रहा है। वह मजबूर नहीं थीं, वह वफादार थीं। उनकी वफादारी ही उनकी सबसे बड़ी दुश्मन बन गई।

(वर्तमान)

मैं कोहेफ़िज़ा वाले उस फ्लैट पर वापस गया। विजय वहां खड़ा था, उसी जगह जहाँ भाभी का खून गिरा था।

"तुम यहाँ क्या कर रहे हो?" मैंने पूछा।

"अपनी यादें ताज़ा कर रहा हूँ छोटू। ये घर मेरा है, यहाँ की हर चीज़ मेरी है।" वह मेरे पास आया और कॉलर पकड़कर फुसफुसाया, "अगली बार यहाँ मत दिखना, वरना बचपन की यादें कड़वी हो जाएंगी।"

उसने मुझे धक्का दिया और चला गया। मैं अकेला उस अंधेरे कमरे में खड़ा रह गया। मेरी आँखों से आँसू बहने लगे। सविता भाभी के लिए, उनकी उस अधूरी लड़ाई के लिए।

तभी, मेरा पैर फर्श के एक ढीले हिस्से से टकराया। मैंने नीचे झुककर देखा। अलमारी के पीछे, दीवार की एक छोटी सी दरार में कुछ फँसा हुआ था।

एक छोटा सा पेनड्राइव। और उस पर भाभी के हाथ से लिखा हुआ एक छोटा सा नोट - "अंतिम दलील"।

मेरी सांसें रुक गईं। शायद खेल अभी खत्म नहीं हुआ था। भाभी ने अपनी मौत के बाद भी एक रास्ता छोड़ दिया था।

मैं अपनी राइटिंग टेबल पर वापस आया। वही पुरानी टेबल, जहाँ उन्होंने मुझे पहला अक्षर सिखाया था। मैंने कलम उठाई। हाथ कांप रहे थे, पर इरादा अब चट्टान जैसा था।

"यह कहानी है उस औरत की... जिसने प्यार में खुद को खो दिया, और सच के लिए सब कुछ दांव पर लगा दिया।"

मैंने फैसला किया, इस बार सविता भाभी की आखिरी दलील मैं लिखूंगा... ताकि उनका सच कभी मर न सके। कोर्ट में भले ही हम हार गए हों, लेकिन समाज की अदालत में सविता भाभी को मरते हुए नहीं, बल्कि लड़ते हुए दिखाया जाएगा। यह सिर्फ एक किताब नहीं थी, यह मेरी 'अंतिम दलील' थी।

भोपाल का वह तालाब आज भी शांत था, पर उसके अंदर कई राज़ दफन थे। मैं लिखता रहा... रात बीतती गई।

क्या सच को लिख देना ही न्याय है... या उस सच के ज़रिए कातिल को उसकी असली जगह पहुँचाना अभी बाकी है?

अध्याय 11
इंदौर की वो शुरुआत

(वर्तमान)

मेरे हाथ में वह छोटा सा पेनड्राइव था। कोहेफ़िज़ा की उस अंधेरी दरार में मिला यह टुकड़ा शायद सविता भाभी की रूह का आखिरी हिस्सा था। मैंने इसे अपने लैपटॉप से जोड़ा। स्क्रीन पर कुछ पुरानी तस्वीरें उभरने लगीं, इंदौर की सड़कें, राजवाड़ा का बैकग्राउंड और हँसती हुई सविता भाभी।

मेरी यादें फिर से उसी आँगन में पहुँच गईं जहाँ भाभी मुझे कहानी सुनाती थीं।

"एक राजकुमारी थी छोटू... जो बहुत बहादुर थी।"

आज मुझे समझ आया कि वह कहानी उनकी अपनी थी। वह राजकुमारी कोई और नहीं, खुद सविता शर्मा थीं।

फ्लैशबैक - इंदौर की वो पहली मुलाक़ात

इंदौर। देवी अहिल्या विश्वविद्यालय का कैंपस।

सविता उस समय कॉलेज की 'गोल्ड मेडलिस्ट' छात्रा थीं, तेज़ तर्रार, हमेशा किताबों में डूबी रहने वाली और इंसाफ के सपने देखने वाली। कॉलेज की लाइब्रेरी में वह अक्सर एक कोने में बैठी रहती थीं।

एक दिन, हवा के झोंके से उनके नोट्स बिखर गए। वह उन्हें समेटने ही वाली थीं कि एक हाथ उनकी मदद के लिए बढ़ा।

"काफी मेहनत करती हो... इतना बोझ उठाकर थकती नहीं?"

सविता ने ऊपर देखा। वह विजय था। चॉकलेटी चेहरा, आँखों में एक अजीब सा खिंचाव और होंठों पर वह मुस्कान जो किसी को भी मुरीद बना ले।

"बोझ उठाने की आदत है मुझे," सविता ने आत्मविश्वास से जवाब दिया।

विजय हंसा। "क्या तुम हमेशा सिपाही बनकर लड़ना चाहती हो? कभी राजकुमारी बनकर राज करने का मन नहीं करता?"

वह शुरुआत थी। विजय ने सविता को वह दुनिया दिखाई जो किताबों से बाहर थी। सराफा की गलियों में रात को चाट खाना, रीगल चौराहे पर लंबी बातें करना और पातालपानी के झरनों के पास घंटों बैठना। विजय का प्यार किसी नशे की तरह था - वह जुनूनी था, पजेसिव था, और सविता को लगा कि यही वह 'प्रिंस चार्मिंग' है जिसका उसने सपना देखा था।

"मैं तुम्हारे लिए पूरी दुनिया से लड़ सकता हूँ सविता," विजय अक्सर कहता था। उस समय वह आवाज़ रक्षक (Protector) की लगती थी, भक्षक (Predator) की नहीं।

(फ्लैशबैक - संघर्ष और विद्रोह)

लेकिन जब यह बात सविता के घर पहुँची, तो जैसे बिजली गिर गई।

सविता के पिता, जो खुद एक स्कूल टीचर थे, ने विजय की आँखों में वह देख लिया था जो सविता नहीं देख पा रही थीं।

"बेटा, वो लड़का तुम्हें प्यार नहीं करता, वो तुम्हें अपनी जागीर बनाना चाहता है। उसका गुस्सा, उसका रिकॉर्ड... सब गलत है।"

"आप उसे समझते नहीं हैं, पापा! वो बस थोड़ा अलग है," सविता ने चिल्लाकर कहा था।

वह पहली बार था जब उस राजकुमारी ने अपने राजा के लिए अपने महल की दीवारें गिरा दी थीं। घर में सन्नाटा पसर गया। "अगर तुम उस लड़के के पास गईं, तो इस घर के दरवाज़े हमेशा के लिए बंद हो जाएंगे," पिता की आखिरी चेतावनी थी।

सविता ने अपना बैग उठाया। उन्होंने प्यार को चुना।

(फ्लैशबैक - कोर्ट मैरिज और भोपाल का सफर)

इंदौर के कलेक्टर कार्यालय में, बिना किसी शोर-शराबे के, सविता और विजय ने एक-दूसरे का हाथ थामा। सिर्फ दो गवाह और एक कागज़ का टुकड़ा।

"अब तुम मेरी हो... हमेशा के लिए," विजय ने उनके कान में कहा था। उस दिन पहली बार सविता को उस शब्द 'मेरी' में प्यार से ज़्यादा एक भारीपन महसूस हुआ।

विजय उन्हें इंदौर से दूर भोपाल ले आया। वह सफर एक नई ज़िन्दगी की शुरुआत जैसा लग रहा था, पर सच तो यह था कि वह एक कैदखाने की ओर जाने वाला रास्ता था। इंदौर की वह चहकती हुई लड़की, जो कभी वकील बनकर दुनिया बदलने निकली थी, भोपाल की संकरी गलियों में एक ऐसी 'भाभी' बन गई जिसके पास अपनी दलील देने का भी हक नहीं था।

विजय का 'जुनून' अब 'Delusional Disorder' में बदल चुका था। उसे लगता था कि हर कोई सविता को उससे छीनना चाहता है। भोपाल

पहुँचते ही उसने सविता का फोन चेक करना, उसे घर से बाहर निकलने से रोकना और छोटी-छोटी बातों पर हाथ उठाना शुरू कर दिया।

(वर्तमान)

मैंने पेनड्राइव में एक फोल्डर खोला जिसका नाम था -'History of Scars' (ज़ख्मों का इतिहास)।

अंदर सविता भाभी की अपनी आवाज़ में एक रिकॉर्डिंग थी। "छोटू, मैं राजकुमारी तो बनना चाहती थी, पर मुझे नहीं पता था कि मेरा राजकुमार ही मेरा जल्लाद बनेगा। इंदौर की वो बस हमें मंज़िल की तरफ नहीं, मौत की तरफ ले जा रही थी।"

मेरी मुट्ठी भिंच गई। विजय ने उसे इंदौर के उस घर से इसलिए निकाला था ताकि वह उसे अकेला (Isolate) कर सके। यही Domestic Abuse का पहला चरण है, पीड़ित को उसके अपनों से दूर कर देना।

मैंने लैपटॉप बंद किया। अब मेरे पास सिर्फ यादें नहीं थीं, मेरे पास वह 'अंतिम दलील' थी जिसे सविता भाभी ने बरसों तक अपने आँसुओं से लिखा था।

क्या प्यार सच में अंधा होता है... या हम अपनी आँखों पर उस समय पट्टी बाँध लेते हैं जब सच हमें डराने लगता है? और क्या भोपाल के इस नए सबूत से विजय का पुराना चेहरा फिर से सबके सामने आएगा?

अध्याय 12
प्यार का शहर या पिंजरा?

(वर्तमान)

मैं अपनी मेज पर बैठा था, सामने लैपटॉप की स्क्रीन पर वह फोल्डर खुला था जिसे सविता भाभी ने 'History of Scars' का नाम दिया था। बाहर भोपाल की शाम गहरी हो रही थी। कोहेफ़िज़ा की पहाड़ियों से आती ठंडी हवा अब मुझे सुकून नहीं, बल्कि सिहरन दे रही थी।

मैंने पेनड्राइव में एक और फाइल खोली। यह एक स्कैन किया हुआ दस्तावेज़ था, एक पुराना बिजली का बिल, भोपाल के 'इतवारा' इलाके का। उस पते को देखते ही यादें फिर से किसी पुरानी फिल्म की तरह चलने लगीं।

वह राजकुमारी, जो इंदौर के खुले आसमान से उड़कर आई थी, उसे अंदाज़ा भी नहीं था कि भोपाल की ये संकरी गलियाँ उसके लिए भूलभुलैया बन जाएँगी।

(फ्लैशबैक - भोपाल का आगमन)

बस धीरे-धीरे हलालपुर बस स्टैंड की भीड़ को चीरते हुए भोपाल में दाखिल हो रही थी। खिड़की के बाहर वीआईपी रोड पर झील का पानी ढलते सूरज की रोशनी में सोने की तरह चमक रहा था।

सविता ने खिड़की से बाहर देखते हुए गहरी सांस ली। "कितना खूबसूरत शहर है न, विजय? यहाँ हम अपनी नई दुनिया बनाएंगे।"

विजय ने उनके कंधे पर हाथ रखा। उसकी पकड़ आज कुछ ज़्यादा ही सख्त थी। "खूबसूरत तो है, पर यहाँ की गहराई में बहुत राज़ दफन हैं, सविता। संभलकर चलना होगा।"

बस से उतरकर जब हम पुराने शहर की उस संकरी गली में पहुँचे, तो सविता के चेहरे की चमक थोड़ी फीकी पड़ गई। चारों तरफ पान की पीक के निशान, लटकते हुए बिजली के नंगे तार और एक-दूसरे से सटी हुई पुरानी इमारतें।

"आ गया तुम्हारा नया घर..." विजय ने एक पुराने से मकान के सामने रुकते हुए कहा। लकड़ी के भारी दरवाज़े पर एक बड़ा सा जंग लगा ताला लटका था।

सविता ने हैरान होकर पूछा, "यहीं...? इंदौर में तो हमारा घर कितना बड़ा और खुला था।"

विजय ने चाबी घुमाते हुए बहुत ठंडे लहजे में कहा, "इंदौर पीछे छूट गया सविता। यहाँ हम नए सिरे से शुरू कर रहे हैं। फिलहाल यहीं रहेंगे, जल्दी ही बड़ा घर लेंगे।"

जैसे ही दरवाज़ा खुला, अंदर से बासी हवा और धूल का एक झोंका बाहर आया। सन्नाटा इतना गहरा था कि सविता के कदमों की आहट भी गूंज रही थी। उन्होंने अंदर कदम रखा, पर उनके मन में अभी भी वह उम्मीद बाकी थी जिसे प्यार कहते हैं। "घर छोटा है विजय, पर हम इसे सँवार लेंगे। सब ठीक हो जाएगा।"

विजय ने उन्हें मुड़कर देखा। उसकी आँखों में एक अजीब सा सूनापन था। "तुम्हें हर चीज़ में 'ठीक' क्यों दिखता है, सविता? कभी हकीकत को भी देख लिया करो।"

सविता ने बात टाल दी। उन्हें लगा कि शायद नए शहर का तनाव विजय को परेशान कर रहा है। पर वह तनाव नहीं था, वह 'Isolating the Victim' की प्रक्रिया का पहला चरण था।

(फ्लैशबैक - नियंत्रण का जाल)

कुछ ही हफ्तों में भोपाल की वह नई ज़िंदगी एक रूटीन में बदल गई।

एक सुबह सविता रसोई में चाय बना रही थीं। विजय तैयार होकर बाहर जाने वाला था।

"सविता, तुम बाहर कम जाया करो। यहाँ के लोग अच्छे नहीं हैं, सब घूरते रहते हैं।"

सविता ने चाय छानते हुए पूछा, "पर विजय, मुझे पास के कॉलेज में वकालत की बची हुई पढ़ाई के लिए पता करने जाना है। वकीलों के चैंबर भी पास ही हैं।"

विजय के हाथ में पकड़ा अखबार अचानक मुड़ गया। "अब उसकी ज़रूरत नहीं है सविता। तुम अब मेरी पत्नी हो, घर सँभालना तुम्हारी पहली प्राथमिकता होनी चाहिए। वकालत पढ़कर क्या करोगी? कोर्ट की गंदगी में जाकर खुद को खराब करोगी?"

सविता के हाथ रुक गए। "पर विजय, इंदौर में तो तुमने कहा था कि तुम मेरे साथ लड़ोगे। वकालत मेरा सपना है।"

विजय उनके पास आया। उसने उनके चेहरे को दोनों हाथों से पकड़ा, पर वह स्पर्श प्यार का नहीं, एक मालिक का था। "सपना मैंने तुम्हें दिया है सविता। और मेरा सपना है कि तुम सिर्फ मेरी रहो। घर के अंदर।"

वह दिन पहला 'Red Flag' था जिसे सविता ने अनदेखा कर दिया। इसे ही मनोविज्ञान में 'Psychological Coercion' कहते हैं, जहाँ प्यार के नाम पर धीरे-धीरे आपकी स्वतंत्र पहचान को खत्म कर दिया जाता है।

(फ्लैशबैक - शक और स्टॉकिंग)

रात के समय माहौल और भी भारी हो जाता। विजय अक्सर देर से आता, उसके शरीर से शराब और कड़वाहट की महक आती।

"आज फिर देर हो गई, विजय? मैं चिंता कर रही थी," सविता ने खाना परोसते हुए कहा।

विजय ने थाली ज़ोर से टेबल पर पटक दी। "चिंता या शक? क्या तुम मेरी जासूसी कर रही हो? या फिर पड़ोस के उस लड़के से मेरे आने-जाने का वक्त पूछती हो?"

सविता डर गईं। "मैं बस-"

"बस क्या? तुम्हें लगता है मैं बेवकूफ हूँ? मुझे पता है तुम दिन भर क्या करती हो। कौन आता है, कौन जाता है, सब खबर है मुझे।"

सविता को तब समझ नहीं आया, पर बाद में जब उन्होंने अपनी डायरी में लिखा, तो वह हकीकत थी- Delusional Jealousy। विजय को लगता था कि हर कोई उसे धोखा दे रहा है।

एक दोपहर सविता ने खिड़की से बाहर देखा। गली के मुहाने पर एक आदमी खड़ा था जो बार-बार उनके घर की ओर झांक रहा था। वह घबरा गईं। रात को विजय के आने पर उन्होंने उसे बताया।

"विजय, कोई आदमी घर के बाहर खड़ा था। मुझे डर लग रहा है।"

विजय शांत रहा। उसने अपनी सिगरेट का धुआं हवा में छोड़ा और धीरे से बोला, "तुमने ही बुलाया होगा। शायद अकेले मन नहीं लग रहा होगा तुम्हारा।"

सविता का दिल जैसे किसी ने मुट्ठी में भींच लिया हो। वह आदमी जिसे उन्होंने अपना खुदा माना था, वह उनकी सुरक्षा करने के बजाय उन पर कीचड़ उछाल रहा था। वह स्टॉकर कोई और नहीं, विजय का ही भेजा हुआ आदमी था - 'Third Party Surveillance'। वह उन्हें डराकर और भी ज़्यादा अपने अधीन करना चाहता था।

(वर्तमान)

मैंने डायरी के उस पन्ने को छुआ जहाँ स्याही आँसुओं से धुंधली हो गई थी।

सविता भाभी ने नीचे छोटे अक्षरों में लिखा था - "भोपाल ने मुझे वह राजकुमारी बना दिया जिसे कैद पसंद नहीं थी, पर जिसकी ज़ंजीरें अदृश्य थीं।"

मैंने फाइल में एक और नोट जोड़ा: Stage-2 Stalking: Psychological Isolation। विजय ने पहले उन्हें समाज से काटा, फिर उनके आत्म-सम्मान पर हमला किया।

लेकिन इसी अध्याय में एक और मोड़ था। सविता ने हार नहीं मानी थी। उन्होंने समझौता किया था, अपनी आज़ादी के बदले अपनी पढ़ाई का।

(फ्लैशबैक - वह घातक समझौता)

एक रात सविता ने विजय के पैर पकड़ लिए। "विजय, मैं घर से बाहर नहीं जाऊंगी। मैं किसी से बात नहीं करूंगी। बस मुझे अपनी वकालत की पढ़ाई पूरी करने दो। मैं घर बैठे पढ़ूँगी, सिर्फ परीक्षा देने जाऊंगी।"

विजय ने उन्हें गौर से देखा। उसे लगा कि अगर सविता कानून पढ़ेगी, तो वह उसके मुकदमों में काम आएगी। उसका अपराधी दिमाग यहाँ भी अपना फायदा देख रहा था।

"ठीक है सविता... एक शर्त पर। तुम्हारी हर किताब, तुम्हारा हर नोट मैं चेक करूँगा। तुम जहाँ जाओगी, मुझे बताओगी। और अगर तुमने झूठ बोला..." उसने उनका हाथ इतने ज़ोर से मरोड़ा कि उनके मुँह से चीख निकल गई, "तो ये वकालत तुम्हारी आख़िरी दलील बन जाएगी।"

सविता ने सिर हिला दिया। वह उस समझौते के ज़रिए खुद को सहेजने की कोशिश कर रही थीं, पर उन्हें नहीं पता था कि वह खुद अपने 'डेथ वारंट' पर साइन कर रही थीं।

(वर्तमान)

मैंने लैपटॉप बंद किया। पेनड्राइव के उस फोल्डर में आखिरी फाइल एक ऑडियो क्लिप थी। मैंने हेडफोन लगाए।

सविता भाभी की आवाज़ गूंजी, "छोटू, भोपाल मेरे लिए प्यार का शहर नहीं, एक ऐसा पिंजरा बन गया जिसकी चाबी विजय ने झील में फेंक दी थी। पर उसने एक गलती कर दी... उसने मुझे कानून पढ़ने की इजाज़त दे दी। उसे लगा वह मुझे इस्तेमाल करेगा, पर उसे नहीं पता था कि मैं अपनी रिहाई की दलील तैयार कर रही थी।"

मैंने खिड़की से बाहर देखा। कोहेफ़िज़ा की रोशनी अब साफ़ दिख रही थी।

विजय अब आज़ाद है, पर उसे नहीं पता कि मेरे पास वह 'पिंजरा' है जिसे उसने कभी बनाया था। और अब, मैं उस पिंजरे का दरवाज़ा उसी के लिए खोलने वाला हूँ।

क्या प्यार सच में इतना अंधा होता है कि हम अपने जल्लाद को ही अपना भगवान मान लेते हैं? या फिर सविता भाभी ने उस पिंजरे में रहकर कोई ऐसा सुराग छोड़ा है जो विजय के 'Delusional' अहंकार को हमेशा के लिए कुचल देगा? जाल की आख़िरी कड़ी अब बिछने वाली थी।

अध्याय 13
फॉरेंसिक और फरेब

(वर्तमान)

रात के दो बज रहे थे। मेरे ऑफिस में सन्नाटा था, लेकिन मेरे लैपटॉप की नीली रोशनी मेरी थकी हुई आँखों को चुभ रही थी। पेनड्राइव के उस डेटा ने मेरे पैरों तले ज़मीन खिसका दी थी। सविता भाभी ने केवल विजय के गुनाहों का कच्चा चिट्ठा ही तैयार नहीं किया था, उन्होंने अपनी मौत के सुरागों को भी वैज्ञानिक सटीकता के साथ पहले ही भांप लिया था।

मैंने वह वीडियो फाइल प्ले की जिसे 'Exhibit-Z' नाम दिया गया था। स्क्रीन पर सविता भाभी का चेहरा उभरा। वह थकी हुई थीं, उनके गाल पर एक ताज़ा नीला निशान था, पर उनकी आवाज़ में एक वकील की धार थी।

"विजय को लगता है कि वह मुझे 'Self-defense' की आड़ में मार देगा और कानून उसे 'Benefit of Doubt' दे देगा," वीडियो में उनकी आवाज़ गूंजी। "पर उसने एक गलती की है। उसने मुझे फॉरेंसिक साइंस पढ़ने से नहीं रोका। आज की रात अगर मैं मरी, तो समझ लेना कि सुराग प्लांट किए गए हैं।"

मेरी मुट्ठी भिंच गई। विजय को बेल इसी आधार पर मिली थी कि भाभी के हाथों पर भी GSR (Gunshot Residue) के अंश थे। डिफेंस ने दलील दी थी कि दोनों के बीच पिस्तौल के लिए हाथापाई हुई।

पर सविता भाभी का वीडियो आगे कह रहा था, "अगर मेरे हाथों पर बेरियम और लेड के कण मिलें, तो समझ लेना कि विजय ने पिस्तौल से पहली गोली हवा में चलाने के बाद ज़बरदस्ती मेरा हाथ उस गर्म बैरल पर

रख दिया था ताकि Secondary Transfer के ज़रिए कण मेरे हाथों पर आ जाएं।"

मैंने तुरंत इंस्पेक्टर चौहान को फोन लगाया। "चौहान, हम गलत दिशा में जा रहे थे। विजय ने सिर्फ हत्या नहीं की, उसने मर्डर सीन को री-इंजीनियर किया था।"

"मतलब?" चौहान की आवाज़ में नींद और हैरानी थी।

"मतलब उस रात की GSR रिपोर्ट एक फरेब है। भाभी ने अपनी आवाज़ में सुराग छोड़े हैं। और वह पिस्तौल? उसकी Ballistic Matching दोबारा करानी होगी। सविता भाभी ने रिकॉर्ड किया है कि विजय ने उस रात दो अलग-अलग पिस्तौलों का इस्तेमाल किया था। एक जिससे उन्होंने हमला किया, और दूसरी वह पुरानी 9 mm की पिस्तौल जो उन्होंने सीन पर 'प्लांट' कर दी।"

मैंने अगले फोल्डर में मौजूद CCTV Enhancement AI की मदद से पड़ोस की दुकान के धुंधले फुटेज को साफ किया। उस रात घर से बाहर एक साया निकल रहा था। विजय के गायब होने से ठीक दस मिनट पहले।

विजय अकेला नहीं था।

"ये कौन है चौहान?" मैंने स्क्रीन पर दिख रहे उस धुंधले चेहरे की ओर इशारा किया, जिसे AI अब धीरे-धीरे पिक्सेल दर पिक्सेल जोड़ रहा था। "विजय का Delusional Disorder उसे इतना पागल बना चुका था कि उसे हर किसी पर शक था। वह अकेले ये सब नहीं कर सकता था। उसे किसी ऐसे की ज़रूरत थी जो सबूतों को मिटा सके।"

विजय का मनोविज्ञान क्लासिक था - 'Possessiveness leading to

Paranoia'। उसे लगता था, "अगर वह मेरी नहीं, तो किसी की नहीं।" और इस वहम को अंजाम देने के लिए उसने एक 'परफेक्ट क्राइम' रचने की कोशिश की थी।

मैने भाभी की उस डायरी का वह आखिरी फटा हुआ पन्ना फिर से देखा जिसे पेनड्राइव में स्कैन किया गया था। उसमें एक CDR (Call Data Record) का ज़िक्र था। एक ऐसा नंबर जिस पर विजय ने उस रात 17 बार कॉल किया था, पर वह नंबर पुलिस की शुरुआती जांच में कहीं नहीं था।

"चौहान, विजय को जो बेल मिली है, वह उसका डेथ वारंट साबित होगी। हमने सिस्टम की आँखों पर पट्टी बाँधी थी, पर सविता भाभी ने सिस्टम की आँखें खोलने के लिए अपनी जान दी है।"

मैंने स्क्रीन पर दिख रहे उस 'Unknown' साये के चेहरे को देखा। वह चेहरा अब धीरे-धीरे साफ हो रहा था। मेरी धड़कन रुक गई।

वह कोई अजनबी नहीं था।

"ये हत्या सिर्फ एक जुनूनी पति का पागलपन नहीं है चौहान... यह एक बहुत बड़ी साज़िश है। विजय तो सिर्फ एक मोहरा है। असली खिलाड़ी कोई और है जिसने DNA Samples को लैब में पहुँचने से पहले ही 'Contaminate' कर दिया था।"

अचानक मेरे ऑफिस की खिड़की का कांच एक तेज़ आवाज़ के साथ टूटा। एक पत्थर अंदर गिरा था, जिस पर खून से सना एक छोटा सा कपड़ा लिपटा था।

विजय का साया अब मेरे कमरे की दीवारों पर रेंग रहा था। उसे पता चल गया था कि मैंने वह 'अंतिम दलील' ढूँढ ली है।

मैंने गहरी सांस ली और पेनड्राइव को कसकर पकड़ लिया। अगर सिस्टम अंधा था, तो अब मुझे उसकी तीसरी आँख बनना होगा। फॉरेंसिक लैब की रिपोर्ट और कानून की किताबें अब मेरा मैदान-ए-जंग थीं।

अगर ये हत्या सिर्फ एक घरेलू झगड़ा नहीं थी... तो फिर वह 'तीसरा' चेहरा कौन था जो उस रात विजय के साथ था? और क्या सविता भाभी ने अपनी 'अंतिम दलील' में उस व्यक्ति का नाम भी रिकॉर्ड किया था?

अध्याय 14
सुरागों की गवाही

(वर्तमान)

कोर्ट की सीढ़ियाँ आज कुछ और भी भारी लग रही थीं। मेरे हाथ में एक नई फाइल थी, पर सीने में वही पुराना डर, क्या सिस्टम उस सच को स्वीकार करेगा जिसे सबूतों की राख से निकाला गया है?

"तुम सच में री-ट्रायल की अर्जी डाल रहे हो?" पीछे से एक सख्त आवाज़ आई।

मैंने मुड़कर देखा। इंस्पेक्टर चौहान अपनी वर्दी के बटन ठीक कर रहे थे; उनकी आँखों में अब भी संदेह था।

"हाँ, इंस्पेक्टर," मैंने सीधा जवाब दिया। "क्योंकि ये केस खत्म नहीं हुआ है। ये सिर्फ एक 'सर्कल' था जो अब पूरा होने जा रहा है।"

वो कुछ सेकंड तक मुझे देखते रहे। "याद रखना, विजय बेल पर बाहर है। अगर तुम्हारी दलीलें कमज़ोर पड़ीं, तो वो फिर से गायब हो जाएगा।"

मैं मुस्कुरा दिया। "सच कभी गायब नहीं होता, चौहान, वो बस सही आवाज़ का इंतज़ार करता है।"

(फ्लैशबैक - डायरी का वो अनदेखा पन्ना)

सविता भाभी की उस नीली फाइल और पेनड्राइव के अंदर एक ऐसी लाइन थी जिसे मैंने पहले नज़रअंदाज़ कर दिया था।

"आज घर के बाहर कोई आया था... वो मुझे जानता था। उसने कहा, सविता, तुम्हें सच नहीं पता। विजय सिर्फ एक परछाई है।"

कोई तीसरा व्यक्ति... जो इस खौफनाक कहानी के बैकग्राउंड में खड़ा था। लेकिन वह कौन था?

(वर्तमान)

कोर्ट रूम के अंदर भारी सन्नाटा था। जज साहब ने चश्मा लगाकर मेरी अर्जी को देखा।

"माय लॉर्ड," मैंने खड़े होते ही कहा, "इस केस में नए साक्ष्य सामने आए हैं जो पिछली जांच को पूरी तरह गलत साबित करते हैं।"

विजय का वकील (डिफेंस) तुरंत खड़ा हुआ। "Objection! माय लॉर्ड, ये केस पहले ही बेल और साक्ष्यों की कमी की वजह से कमज़ोर पड़ चुका है। ये सिर्फ समय की बर्बादी है।"

मैंने उसकी तरफ देखा। "वक्त की बर्बादी वो थी जो अब तक हुई। ये न्याय की शुरुआत है।"

जज ने फाइल उठाई। "क्या नए साक्ष्य हैं आपके पास?"

मैंने गहरी सांस ली और लैपटॉप को प्रोजेक्टर से कनेक्ट किया। "सबसे पहले... CDR (Call Data Records) का विश्लेषण।"

कोर्ट में लगी स्क्रीन चालू हुई। "सविता शर्मा की मृत्यु की रात, 11:47 PM पर एक कॉल आया था। एक अज्ञात नंबर से, जिसने 12 मिनट तक उनसे बात की। ये नंबर पुलिस की उस 'इन्वेस्टिगेशन डायरी' में कभी था ही नहीं।"

जज ने अपनी भौहें चढ़ाईं। "और?"

"CCTV Enhancement AI," मैंने अगला फोल्डर खोला। "गली के उस धुंधले फुटेज को जिसे पहले 'अस्पष्ट' कहकर खारिज कर दिया गया था, हमने उसे आधुनिक तकनीक से साफ किया है।"

स्क्रीन पर वीडियो चला। अंधेरी गली, हल्की बारिश और एक साया। वह विजय नहीं था।

"उस साये की लंबाई 6 फीट से ज़्यादा है। विजय की लंबाई 5'8 है," मैंने कोर्ट में सन्नाटा महसूस किया। "ये साया विजय के भागने से ठीक सात मिनट पहले घर से बाहर निकला था।"

डिफेंस वकील चिल्लाया, "ये सब एडिटेड है! Fake evidence!"

मैंने शांत स्वर में कहा, "फॉरेंसिक लैब की प्रमाणीकरण रिपोर्ट फाइल के साथ है। ये एडिटेड नहीं, 'एनहांस्ड' है।"

"और अब सबसे ज़रूरी साक्ष्य, GSR (Gunshot Residue) की नई व्याख्या," मैंने फाइल का अगला हिस्सा खोला। "मृतका सविता शर्मा के हाथों पर जो बारूद के अंश मिले थे, वे ट्रिगर दबाने से नहीं आए थे। Microscopic Analysis से पता चलता है कि वे कण 'Static' थे, न कि 'Velocity' के साथ आए हुए। मतलब, विजय ने गोली मारने के बाद सविता भाभी का हाथ ज़बरदस्ती गरम बैरल पर रखा था ताकि इसे 'आत्मरक्षा' या 'संघर्ष' दिखाया जा सके।"

कोर्ट रूम में एकदम सन्नाटा छा गया। विजय, जो पीछे बैठा था, उसकी मुस्कान अब गायब थी। उसकी आँखों में अब वह ठंडापन नहीं, बल्कि एक शिकारी का डर था।

मैंने सीधे जज की आँखों में झांका। "माय लॉर्ड... सविता भाभी ने गोली नहीं चलाई थी। उनके पास बंदूक थी ही नहीं। ये आत्महत्या का नाटक था जिसे विजय और उस 'तीसरे' व्यक्ति ने मिलकर रचा था।"

जज ने फाइल बंद की और गंभीर आवाज़ में कहा, "कोर्ट इस अर्जी पर विचार करेगा। केस की अगली तारीख तय की जाती है।"

बस... इतना ही। लेकिन ये एक बहुत बड़ी जीत थी।

कोर्ट के बाहर इंस्पेक्टर चौहान मेरे पास आए। "अगर ये सच है... तो हमने बहुत बड़ी लापरवाही की है। वो तीसरा आदमी कौन है?"

मैंने आसमान की तरफ देखा। भोपाल के काले बादल फिर से बरसने को तैयार थे।

"वो तीसरा चेहरा वही है चौहान, जो विजय को पैसे और ताकत दे रहा था। विजय सिर्फ एक मोहरा है, असली दरिंदा तो अभी भी आज़ाद है।"

मैंने डायरी का आखिरी पन्ना कसकर पकड़ा। सविता भाभी की आवाज़ मेरे कानों में गूंज रही थी, "जो परछाई में रहता है, उसे रोशनी में लाओ।"

वो तीसरा चेहरा कौन था... जो सविता भाभी के हर सच को मिटाना चाहता था? और क्या विजय उस आदमी को बचाने के लिए खुद को कुर्बान कर देगा या वो भी एक मोहरा बनकर रह जाएगा?

अध्याय 15
परछाई का सच

(वर्तमान)

रात के 11 बज रहे थे। भोपाल की सड़कों पर वह मशहूर हल्की ठंड उतर चुकी थी। नए शहर (न्यू भोपाल) की नियॉन लाइटें और चौड़ी सड़कें अपनी चमक बिखेर रही थीं, लेकिन मेरा सफर पुराने शहर की उन तंग गलियों की ओर था जहाँ वक़्त जैसे ठहर गया था।

मेरे हाथ में वह फोन नंबर था जिसे मैंने पेनड्राइव के ज़रिए ढूँढा था। वह अनजान कॉल, जिसने उस रात की पूरी कहानी बदल दी थी।

"लोकेशन ट्रेस हो गई है, वकील साहब," इंस्पेक्टर चौहान ने गाड़ी चलाते हुए धीमे से कहा।

"कहाँ?"

"यहीं... पुराने भोपाल के इतवारा इलाके में। एक पुराना गोडाउन है।"

मैंने खिड़की से बाहर देखा। तंग गलियाँ, ढलती हुई इमारतें और हर अंधेरे कोने में छिपा एक शक। "नंबर किसके नाम पर रजिस्टर है, चौहान?"

चौहान कुछ सेकंड तक चुप रहे, फिर धीरे से बोले, "राकेश मल्होत्रा।"

नाम सुनते ही मेरे दिमाग में बिजली की तरह कुछ कौंधा। 'Cognitive Association' एक वकील के तौर पर मेरा दिमाग तुरंत पुरानी फाइलों के पन्ने पलटने लगा।

(फ्लैशबैक - विजय की बिजनेस फाइल)

केस फाइल के एक पुराने पन्ने पर लिखा था, "Business Partner: Vijay & Rakesh"। नीचे एक लाल पेन से नोट लिखा था, "Major Financial Dispute (आर्थिक विवाद)"।

(वर्तमान)

"विजय का पुराना पार्टनर..." मैंने खुद से कहा। तो वह 'तीसरा आदमी' कोई अजनबी नहीं था। विजय का साया वही आदमी था जिसे उसने सालों पहले बिजनेस में धोखा दिया था।

"वह अभी वहीं है?" मैंने पूछा।

"शायद... या शायद वह हमें देख रहा है। वह बहुत शातिर है," चौहान ने सर्विस रिवॉल्वर चेक की।

हवा अचानक भारी लगने लगी थी। जैसे-जैसे हम उस पुराने मकान के करीब पहुँच रहे थे, मुझे महसूस हो रहा था कि हम एक ऐसे सच के करीब हैं जो बहुत कड़वा होने वाला है।

(फ्लैशबैक - सविता भाभी की डायरी)

डायरी का वह पन्ना जिसे मैंने कोहेफ़िज़ा वाले फ्लैट में पढ़ा था, "आज घर के बाहर वह आदमी फिर आया था... उसने कहा, सविता, विजय पर कभी भरोसा मत करना। वह सिर्फ तुम्हारा नहीं है, वह एक दरिंदा है जिसने मुझे सड़क पर ला खड़ा किया।"

(वर्तमान)

हम एक लकड़ी के पुराने दरवाज़े के सामने रुके। दरवाज़ा आधा खुला

था। अंदर से सड़ी हुई लकड़ी और सिगरेट के धुएँ की गंध आ रही थी।

हम अंदर गए। कमरे के बीचों-बीच एक कमज़ोर सी रोशनी में एक आदमी बैठा था। उसकी आँखों में वह चमक नहीं थी जो किसी अपराधी में होती है, वहाँ सिर्फ एक गहरा डर और 'Paranoia' था।

"राकेश मल्होत्रा?" इंस्पेक्टर ने कड़क आवाज़ में पूछा।

वह आदमी बुरी तरह चौंक गया। "कौन...? क्या चाहिए तुम लोगों को?"

"पुलिस। और ये है मृतका सविता शर्मा के वकील," चौहान ने मेरी तरफ इशारा किया।

राकेश के हाथ कांपने लगे। उसने अपनी सिगरेट ज़मीन पर फेंक दी। "मुझे कुछ नहीं पता... मैं वहां नहीं था।"

"झूठ मत बोलो, राकेश," मैं आगे बढ़ा और मेज़ पर वह CDR (Call Data Record) की रिपोर्ट पटकी।

"तुम्हारा नंबर उस रात विजय के कॉल लॉग में 17 बार था। और तुम्हारे DNA Samples के अंश उस कमरे की खिड़की के पास मिले हैं।"

राकेश ने मेरी तरफ देखा। उसकी आँखों में जैसे कोई बाँध टूट गया हो। "मैंने उसे नहीं मारा... खुदा की कसम, मैंने उसे नहीं मारा।"

चौहान ने कुर्सी खींची और उसके सामने बैठ गए। "तो फिर किसने मारा? विजय ने? या तुम दोनों ने मिलकर?"

राकेश ने अपना सिर झुका लिया और रोने लगा। "उस रात... मैं सिर्फ अपना पैसा लेने गया था। विजय ने मुझे बुलाया था कि आओ और अपना

हिसाब ले जाओ। पर वहाँ जो हो रहा था, वह बिजनेस नहीं था... वह नफरत थी।"

(फ्लैशबैक - उस काली रात का सच)

विजय और राकेश कमरे के दो कोनों में खड़े थे। सविता भाभी बीच में थीं; उनके चेहरे पर चोट के निशान थे।

"पैसे कहाँ गए विजय? तूने शेल कंपनियों के ज़रिए सारा फंड अपनी पत्नी के नाम कर दिया!" राकेश चिल्लाया था।

विजय हंसा। वह डरावनी, उन्मादी हंसी। "बिजनेस में सब जायज़ है राकेश। और मेरी पत्नी? वह सिर्फ मेरी वकील नहीं है, वह मेरी तिजोरी है। मैंने उसे बनाया है!"

सविता भाभी पीछे हट रही थीं। "मैं तुम्हारी तिजोरी नहीं हूँ विजय! मैं एक इंसान हूँ। और राकेश, इसने तुम्हें ही नहीं, मुझे भी धोखा दिया है। मेरे नाम पर जो फर्जी संपत्तियाँ इसने ली हैं, मैंने उन सबकी 'अंतिम दलील' तैयार कर ली है।"

विजय का चेहरा गुस्से से काला पड़ गया। उसने अपनी 9 mm की पिस्तौल निकाली। "तुम मुझे जेल भेजोगी, सविता? तुम, जिसे मैंने फर्श से उठाकर अर्श तक पहुँचाया?"

"मैंने खुद को बनाया है विजय!" सविता भाभी की आवाज़ गूंजी।

तभी विजय ने गोली चलाई। वह पहली गोली थी जो दीवार में जा लगी। सविता भाभी बालकनी की ओर भागीं। विजय ने उन्हें पकड़ा और एक भयंकर ताकत के साथ धक्का दिया। सविता भाभी का सिर मेज़ के कोने से टकराया।

(वर्तमान)

"वह... वह मर गईं?" मेरी आवाज़ भारी हो गई थी।

राकेश की आवाज़ कांप रही थी। "नहीं... वह ज़िंदा थीं। वह तड़प रही थीं। पर विजय... विजय ने मेरी तरफ देखा और बोला, 'राकेश, अगर ये ज़िंदा रही, तो हम दोनों जेल जाएंगे। इसकी 'अंतिम दलील' हमारा अंत कर देगी'।"

मैंने अपनी मुट्ठियाँ इतनी ज़ोर से भींचीं कि नाखून हथेली में गड़ गए।

"विजय ने... उसने अपना हाथ उनके गले पर रखा। उसने Behavioural Analysis की सारी हदें पार कर दी थीं। वह अब पति नहीं, एक 'Psychopath' बन चुका था। उसने अपनी ही पत्नी का दम घोंट दिया। और मुझसे बोला कि अगर मैंने मुंह खोला, तो अगला नंबर मेरा होगा।"

कमरे में सन्नाटा छा गया। अब सब कुछ साफ था। यह सिर्फ एक एक्सीडेंट नहीं था, यह Premeditated Murder था जिसे एक जुनूनी पति ने अपने आर्थिक अपराधों को छुपाने के लिए अंजाम दिया था।

"तुम गवाही दोगे राकेश?" मैंने पूछा।

राकेश ने अपनी आँखें पोंछीं। "इस बोझ के साथ मैं और नहीं जी सकता। मैं सच बोलूँगा।"

(वर्तमान - बाहर)

हम उस पुराने मकान से बाहर आए। रात और भी गहरी हो चुकी थी, पर मेरे अंदर जैसे एक मशाल जल उठी थी। विजय को बेल मिली थी क्योंकि पुलिस के पास कोई प्रत्यक्ष गवाह (Eyewitness) नहीं था। अब हमारे पास राकेश था।

मैंने आसमान की तरफ देखा। भोपाल की झील का पानी अब शांत था, जैसे वह भी इंसाफ का इंतज़ार कर रहा हो।

"भाभी..." मैंने धीरे से कहा, "आपका सच अब फाइलों में दफन नहीं रहेगा।"

लेकिन तभी मेरी नज़र दूर खड़ी एक काली कार पर पड़ी। उसकी हेडलाइट्स अचानक जलीं और वह तेज़ी से हमारी तरफ बढ़ने लगी। विजय का Delusional Disorder उसे अब और भी खतरनाक बना चुका था। उसे पता चल गया था कि उसका पार्टनर टूट चुका है।

क्या राकेश कोर्ट पहुँचने से पहले ज़िंदा बच पाएगा? और क्या विजय अपनी आज़ादी को बचाने के लिए एक और कत्ल करने की हिम्मत करेगा? अब असली 'अंतिम दलील' शुरू होने वाली थी।

अध्याय 16
भागो या लड़ो

(वर्तमान)

रात के 1 बज रहे थे। मैं अपनी राइटिंग टेबल पर झुका हुआ था, चारों तरफ फाइलों का ढेर लगा था। पर मेरी आँखें... वे बार-बार कमरे के दरवाज़े की तरफ जा रही थीं। आज पहली बार मुझे भोपाल की उस जानी-पहचानी रात से डर लग रहा था। यह अब सिर्फ एक केस नहीं रह गया था; यह ज़िंदगी और मौत के बीच खड़ा एक नंगा सच था।

अचानक मेरा फोन टेबल पर वाइब्रेट हुआ।

"हाँ, चौहान?" मैंने झपट्टा मारकर फोन उठाया।

"वकील साहब, गवाह को तुरंत शिफ्ट करना होगा," इंस्पेक्टर चौहान की आवाज़ में एक अजीब सी हड़बड़ाहट थी। "लोकेशन बदलनी पड़ेगी।"

"क्यों? क्या हुआ?"

कुछ सेकंड की खामोशी के बाद जवाब आया, "इंटेलिजेंस इनपुट मिला है... आज रात हमला हो सकता है। विजय के गुर्गे राकेश तक पहुँचने की कोशिश कर रहे हैं।"

मेरे हाथ ठंडे पड़ गए। "मैं तुरंत आता हूँ।"

(वर्तमान - भोपाल की सुनसान सड़क)

भोपाल की सड़कें रात के इस पहर में बिल्कुल खाली थीं, पर मेरी कार की

रफ़्तार 100 के पार थी। हर स्ट्रीट लाइट जैसे किसी अनहोनी का इशारा दे रही थी। वीआईपी रोड के अंधेरे कोने मुझे आज डरा रहे थे।

पुलिस वैन इतवारा की एक तंग गली के पास खड़ी थी। राकेश अंदर बैठा था, उसका चेहरा पीला पड़ चुका था। उसकी आँखों में वह 'Paranoia' साफ़ दिख रहा था जो किसी ऐसे आदमी में होता है जिसे मौत अपनी खिड़की के बाहर खड़ी दिख रही हो।

“सब ठीक रहेगा राकेश, हम तुम्हें एक सेफ़ हाउस में ले जा रहे हैं,” मैंने उसका हौसला बढ़ाने की कोशिश की।

वह हल्का सा मुस्कुराया, पर उसकी आँखों ने मेरा झूठ पकड़ लिया था।

“निकलते हैं...” इंस्पेक्टर चौहान ने वैन के ड्राइवर को इशारा किया। वैन आगे बढ़ी और मैं अपनी कार से पीछे-पीछे चलने लगा।

(अटैक सीक्वेंस - हाई स्पीड थ्रिलर)

हम हमीदिया अस्पताल वाले टर्निंग पर पहुँचे ही थे कि अचानक अंधेरे से दो तेज़ रफ़्तार स्पोर्ट्स बाइक निकलीं। उन्होंने वैन को दोनों तरफ से घेर लिया।

“अलर्ट!” इंस्पेक्टर चौहान वैन के अंदर से चिल्लाए।

अगले ही पल, धांय! एक गोली वैन के पिछले शीशे को चीरती हुई निकल गई। मेरा दिल जैसे सीने से बाहर आ जाएगा। “नीचे झुको राकेश!” मैं अपनी कार के अंदर से चिल्लाया।

बाइक सवारों ने अब मेरी कार को निशाना बनाया। एक हमलावर के हाथ में पिस्तौल थी और दूसरे के पास एक लंबा, चमकता हुआ चाकू। यह कोई सामान्य हमला नहीं था; यह 'Targeted Hit' था।

मैंने कार को अचानक साइड में झटका दिया और टायर जलने की आवाज़ के साथ कार रुकी। मैं बाहर कूदा।

“वकील साहब! अंदर रहिए!” चौहान चिल्लाए और उन्होंने अपनी सर्विस रिवॉल्वर से जवाबी फायरिंग शुरू की।

लेकिन राकेश... वह वैन से बाहर निकलने की कोशिश कर रहा था। एक हमलावर चाकू लेकर उसकी तरफ झपटा। मैं बिना सोचे उसकी तरफ दौड़ा।

“छोड़ दो उसे!” मैंने हमलावर का हाथ पकड़ लिया। हम दोनों ज़मीन पर गिरे और कंकड़ वाली सड़क पर रगड़ते चले गए। चाकू मेरे कंधे को छू गया। एक तेज़ जलन... और फिर गर्म खून की धार मेरे कुर्ते को भिगोने लगी।

दर्द असहज था, पर गुस्सा उससे कहीं ज़्यादा बड़ा था। “ये केस यहीं खत्म होगा वकील साहब!” हमलावर गुर्राया।

तभी चौहान की एक गोली हमलावर के पैर के पास लगी। वे दोनों बाइक स्टार्ट करके अंधेरे में ओझल हो गए। सायरन की आवाज़ें पास आने लगी थीं। पुलिस की बैकअप टीम पहुँच रही थी।

(इन्वेस्टिगेशन और फॉरेंसिक - मौके पर)

कुछ देर बाद माहौल थोड़ा शांत हुआ, पर मेरा कंधा बुरी तरह टीस रहा था।

“सैंपल लो! हर एक चीज़ का!” चौहान अपनी टीम को निर्देश दे रहे थे। “GSR (Gunshot Residue) किट कहाँ है? इन कारतूसों को ज़ब्त करो।”

मैंने ज़मीन पर गिरे पीतल के खोखों को देखा। "ये 9 mm की नहीं हैं चौहान... ये किसी इम्पोर्टेड वेपन की लग रही हैं," मैंने दर्द दबाते हुए कहा।

पास की एक किराने की दुकान पर लगे पुराने कैमरे की ओर इशारा करते हुए मैंने कहा, "CCTV Enhancement AI का इस्तेमाल करना होगा। उन बाइक्स के नंबर प्लेट पर मिट्टी लगी थी, पर एआई उसे साफ कर देगा।"

(कुछ घंटों बाद - पुलिस स्टेशन)

इन्वेस्टिगेशन टीम ने कुछ ही घंटों में रिपोर्ट टेबल पर रख दी।

"बाइक चोरी की थी चौहान साहब," एक कॉन्स्टेबल ने बताया। "लेकिन एक लीड मिली है। इन हमलावरों को हत्या के प्रयास से ठीक दस मिनट पहले एक कॉल आया था।"

"किसका नंबर है?" मैंने उत्सुकता से पूछा।

इंस्पेक्टर चौहान ने मेरी तरफ देखा, उनकी आँखों में हैरानी और डर का मिश्रण था। "कॉल की लोकेशन ट्रेस हुई है... वह भोपाल सेंट्रल जेल के उसी टावर से आ रही है जहाँ विजय बंद है।"

मेरे पैरों तले ज़मीन खिसक गई। विजय जेल के अंदर था, फिर भी उसके पास फोन पहुँच गया था? यह उसका 'Delusional Control' था। वह जेल की दीवारों के पीछे से भी हमारी ज़िंदगी का रिमोट कंट्रोल अपने हाथ में रखना चाहता था।

अचानक मेरा फोन वाइब्रेट हुआ। एक अननोन नंबर से मैसेज था।

"अगर वह मेरी नहीं थी... तो सच भी मेरा नहीं होगा। अगली दलील खुदा के पास देनी होगी, वकील साहब।" विजय

मेरे हाथ कांपने लगे। यह सिर्फ एक धमकी नहीं थी; यह एक मनोरोगी (Psychopath) का एलान-ए-जंग था। उसके दिमाग में 'Possessive Paranoia' इस हद तक बढ़ चुका था कि वह सच को मिटाने के लिए किसी भी हद तक जा सकता था।

मैंने खिड़की से बाहर देखा। सूरज की पहली किरण भोपाल की झील पर पड़ रही थी, पर मेरे अंदर की रात और भी काली हो गई थी। राकेश ज़िंदा था, पर अब वह पहले से ज़्यादा टूट चुका था।

मैंने अपने कंधे की पट्टी को देखा और फिर फाइल को कसकर पकड़ लिया। अब ये जंग सिर्फ कोर्ट रूम की नहीं थी।

“डर लग रहा है?” चौहान ने पूछा।

मैंने गहरी सांस ली। “हाँ... बहुत। पर अब भागना नहीं है। अब लड़ना है। क्योंकि अगर मैं रुक गया, तो सविता भाभी का सच हमेशा के लिए मर जाएगा।”

क्या राकेश कोर्ट पहुँचने तक ज़िंदा बच पाएगा? और क्या जेल के अंदर बैठे विजय का अगला हमला लेखक की जान ले लेगा? सच अब बारूद के ढेर पर खड़ा था।

अध्याय 17
जेल की दीवारें

(वर्तमान)

भोपाल सेंट्रल जेल की वह भारी लोहे की दीवारें दोपहर की धूप में और भी डरावनी लग रही थीं। ऊपर लगे कँटीले तारों के घेरे और हर मोड़ पर खड़े संतरी, ये सब मुझे याद दिला रहे थे कि मैं किसी अपराधी से नहीं, बल्कि एक ज़हरीली मानसिकता से मिलने जा रहा हूँ।

मेरे हाथ में वह फाइल थी जिसमें कल रात हुए हमले की CCTV Enhancement AI रिपोर्ट और CDR (Call Data Records) के पन्ने थे। ये कागज़ नहीं, विजय के खिलाफ मेरी सबसे बड़ी दलीलें थीं।

“तैयार हो वकील साहब?” इंस्पेक्टर चौहान ने मुख्य द्वार पर मेरा पास चेक करते हुए पूछा।

मैंने बस सिर हिलाया। अंदर कदम रखते ही हवा बदल गई। वहाँ एक अजीब सी सीलन और इंसानी घुटन की गंध थी। जेल की खामोशी शोर से भी ज़्यादा शोर करती है। हर दीवार जैसे कोई दबा हुआ राज़ सुनाना चाहती थी।

(जेल के अंदर - इंटरोगेशन रूम)

इंटरव्यू रूम की मेज़ के पार वह पहले से बैठा था। विजय।

उसे देखकर कोई नहीं कह सकता था कि वह एक अपराधी है। साफ़-सुथरे कपड़े, चेहरे पर एक स्थिर, ठंडी मुस्कान। वह मुझे ऐसे देख

रहा था जैसे उसने पहले ही इस मुलाक़ात की Psychological Profiling कर ली हो।

“वकील साहब... आखिर अपनी यादों के पीछे भागते-भागते यहाँ तक आ ही गए,” उसने बहुत धीरे से कहा। उसकी आवाज़ में वही पुराना खिंचाव था।

मैं उसके सामने वाली कुर्सी पर बैठा। मेरा दिल तेज़ी से धड़क रहा था, पर मैंने अपने चेहरे पर वकीलों वाला वह मुखौटा पहन लिया जो जज़्बात को ज़ाहिर नहीं होने देता।

“कल रात राकेश पर हमले का आदेश तुमने दिया था, विजय। जेल के टावर लोकेशन से हुए कॉल्स के रिकॉर्ड मेरे पास हैं,” मैंने सीधा वार किया।

वह हँसा। एक लंबी, गहरी साँस लेकर। “प्रूफ है? सिर्फ एक टावर लोकेशन से यह साबित नहीं होता कि ट्रिगर मैंने दबाया था। और वैसे भी, राकेश? वह तो बेचारा शुरू से ही कमज़ोर दिल का था।”

उसकी आँखें अचानक मेरी आँखों में गड़ गईं। “तुम्हें पता है वकील साहब, सबसे बड़ा झूठ क्या होता है? जब कोई इंसान खुद को मसीहा मान ले। सविता भी यही कर रही थी।”

सविता भाभी का नाम सुनते ही मेरे अंदर कुछ टूटा।

(फ्लैशबैक - बचपन की एक याद)

मोहल्ले की वह शाम। सविता भाभी मुझे अपनी छत पर ले गई थीं। उन्होंने मुझे दूर दिखती जेल की दीवारें दिखाई थीं।

“छोटू, असली जेल वो नहीं होती जिसकी दीवारें पत्थर की हों। असली जेल वो होती है जो हम अपने दिमाग में बना लेते हैं,” उन्होंने मुस्कुराते हुए कहा था।

आज मुझे समझ आ रहा था कि वह अपनी ही ज़िंदगी की बात कर रही थीं।

(वर्तमान)

“सविता भाभी ने सच का साथ दिया था, विजय। और तुम्हारा Delusional Disorder तुम्हारी वह सनक कि वह तुम्हारी संपत्ति है, इसने सब बर्बाद कर दिया,” मैंने मेज़ पर हाथ मारकर कहा।

विजय की मुस्कान अब गायब थी। उसकी मुट्ठियाँ कस गईं। यह वही स्टेज था जिसे क्रिमिनोलॉजी में 'Possessive Paranoia' कहते हैं।

“वो मेरी थी! सिर्फ मेरी!” उसकी आवाज़ अब भारी और कर्कश थी। “तुम्हें क्या लगता है, वो वकालत पढ़ रही थी क्योंकि वो इंसाफ चाहती थी? नहीं! वो मुझसे दूर भागने का रास्ता ढूँढ रही थी। और मैं... मैंने उसे बनाया था।”

उसने अचानक अपनी कुर्सी आगे खींची। “तुम्हें सच चाहिए ना? तो सुनो... उस रात एक तीसरा आदमी भी वहाँ था।”

मेरे शरीर में एक सिहरन दौड़ गई। “कौन?”

विजय मुस्कुराया, पर इस बार उसकी मुस्कान में खौफ था। “वो आदमी, जिसके लिए सविता ने वह नीली फाइल बनाई थी। वो, जो परछाइयों में रहकर खेलता है। उस रात गोली चली थी, पर ट्रिगर किसने दबाया... यह तुम कभी साबित नहीं कर पाओगे।”

मैंने तुरंत अपनी फाइल पलटी। Ballistic Matching की रिपोर्ट कहती थी कि गोली 7.65 mm की पिस्टल से चली थी, जो विजय की थी। लेकिन GSR (Gunshot Residue) की वह नई थ्योरी, कि विजय ने भाभी का हाथ ज़बरदस्ती बैरल पर रखा था, अब और भी उलझ गई थी।

"उसने गोली चलाई... और सारा दोष मुझ पर डाल दिया," विजय ने फुसफुसाते हुए कहा। "और अब, तुम बहुत करीब आ गए हो, वकील साहब। तुम अगला टारगेट हो।"

(वर्तमान - चुप्पी)

रूम के बाहर संतरी की लाठी की आवाज़ आई। मुलाक़ात का समय खत्म हो चुका था।

मैं उठ खड़ा हुआ। "ये खेल अब खत्म होगा, विजय। चाहे वह तीसरा आदमी कोई भी हो, मैं उसे रोशनी में लाऊँगा।"

विजय अपनी जगह पर बैठा रहा, उसकी आँखों में अब एक अजीब सी चुनौती थी। "खेल तो अभी शुरू हुआ है, छोटू। याद रखना, भोपाल की झील में सिर्फ पानी नहीं, बहुत सारे गवाह दफन हैं।"

(जेल के बाहर)

जब मैं जेल से बाहर आया, तो सूरज डूब रहा था। आसमान का रंग बिल्कुल वैसा ही था जैसा उस रात था, खूनी लाल।

इंस्पेक्टर चौहान बाहर खड़े मेरा इंतज़ार कर रहे थे। "क्या बोला वो?"

मैंने अपनी फाइल को कसकर सीने से लगाया। "चौहान, हमें उस अज्ञात नंबर की CDR फिर से देखनी होगी। विजय सिर्फ एक मोहरा है। असली शिकारी कोई और है जो अब भी बाहर घूम रहा है।"

मेरे दिमाग में विजय की वह आखिरी बात गूँज रही थी, “तुम अगला टारगेट हो।”

तभी मेरी कार की हेडलाइट्स पर किसी ने पत्थर मारा। एक छोटा सा कागज़ उसमें लिपटा था। मैंने उसे खोला। उस पर लिखा था, “अंतिम दलील तुम्हारी मौत होगी।”

वह तीसरा चेहरा कौन था जो जेल की दीवारों के पार भी विजय को कंट्रोल कर रहा था? और क्या लेखक का अगला कदम उसे इंसाफ दिलाएगा या उसकी अपनी कब्र खोदेगा?

अध्याय 18
सायों का पीछा

(वर्तमान)

फोन की स्क्रीन पर वही नंबर चमक रहा था। कोई नाम नहीं, कोई पहचान नहीं। बस एक डिजिटल साया, जो भोपाल की इन अंधेरी गलियों में मेरे पीछे रेंग रहा था। मैंने गहरी सांस ली और अपने कांपते हाथों को स्थिर करने की कोशिश की।

"यही है चौहान..." मैंने बगल में बैठे इंस्पेक्टर से कहा। "यही वह तीसरा चेहरा है जिसने इस पूरी बिसात को बिछाया है।"

टेबल पर फैली CDR (Call Data Records) की फाइलें किसी उलझी हुई पहेली जैसी लग रही थीं। इंस्पेक्टर चौहान ने अपनी उंगली एक नक्शे पर रखी। "ये नंबर स्मार्ट है वकील साहब। इसके टावर पिंग्स कभी एक जगह नहीं रुकते। ये हमेशा भीड़ वाले इलाकों में रहता है, पुराना भोपाल, रेलवे स्टेशन, चौक बाज़ार।"

मैंने पन्ने पलटे। Behavioural Analysis का एक साफ पैटर्न दिख रहा था। यह आदमी जानबूझकर भीड़ का इस्तेमाल अपनी ढाल की तरह कर रहा था ताकि पुलिस की 'Live Tracking' मुश्किल हो सके। इसे मनोविज्ञान में 'Delusional Support Personality' कहते हैं, एक ऐसा व्यक्ति जो खुद सामने नहीं आता, लेकिन मुख्य अपराधी के पागलपन को सही साबित करने के लिए उसे रसद और साज़िशें मुहैया कराता है।

"मतलब विजय अकेला नहीं था," चौहान बुदबुदाया।"विजय कभी

अकेला था ही नहीं, चौहान," मैंने जवाब दिया। "उसका जुनून तो सिर्फ एक औज़ार था, उसे चलाने वाला हाथ ये साया था।"

(फ्लैशबैक - एक दफन याद)

अचानक मेरे दिमाग की किसी दराज से एक पुरानी तस्वीर बाहर निकली। वह दिन, जब मैंने पहली बार विजय को सविता भाभी के घर के बाहर देखा था। उसके साथ एक और आदमी खड़ा था। उसका चेहरा याद नहीं आ रहा था, लेकिन उसकी आँखें... वे किसी ठंडी गिनती जैसी थीं।

वह सविता भाभी से कह रहा था, "विजय तुझसे प्यार करता है सविता, तू ज़्यादा मत सोचा कर। वह जो भी करता है, तेरे भले के लिए करता है।"

तब मुझे वह आवाज़ एक 'शुभचिंतक' की लगी थी, पर आज समझ आ रहा था कि वह एक 'जाल' था।

(वर्तमान)

"चौहान, लोकेशन पिंग कहाँ की है अभी?" मैंने पूछा।

"चौक बाज़ार। पुराना भोपाल," चौहान ने गाड़ी स्टार्ट की।

पुराने भोपाल का चौक बाज़ार - जहाँ तंग गलियाँ और मसालों की तेज़ खुशबू किसी को भी भ्रमित कर सकती है। हम वहाँ पहुँचे। बाज़ार की हलचल अपने चरम पर थी। हर चेहरा संदिग्ध लग रहा था। तभी मेरा फोन वाइब्रेट हुआ।

वही नंबर।

मैंने फोन उठाया, "कौन हो तुम? सामने क्यों नहीं आते?"

दूसरी तरफ से एक शांत, लेकिन बर्फीली हँसी सुनाई दी। "तुम बहुत करीब आ गए हो, वकील साहब। पर सच कभी रोशनी में नहीं आता, वह सिर्फ अपनी कीमत मांगता है।"

"सामने आओ! हिम्मत है तो!" मैं चिल्लाया, और बाज़ार के लोग मुझे पागल समझकर देखने लगे।

"हिम्मत... वह तुम्हें जल्द ही दिखेगी।" कॉल कट गया।

"लोकेशन ट्रेस हो गई! गली नंबर 7!" चौहान अपनी रिवॉल्वर संभालते हुए दौड़ा।

हम उस संकरी गली में घुसे। आधे बंद शटर और पुरानी इमारतों के साये। अचानक मेरी नज़र एक आदमी पर पड़ी जो एक खंभे के पीछे खड़ा फोन पर बात कर रहा था। जैसे ही उसने हमें देखा, वह भागा।

(चेज़ सीक्वेंस - रोंगटे खड़े कर देने वाली भाग-दौड़)

मैं उसके पीछे भागा। दिल की धड़कनें कानों में गूंज रही थीं। वह आदमी उस भूलभुलैया जैसी गलियों को ऐसे जानता था जैसे उसने खुद उन्हें बनाया हो।

"रुको!" मैं चिल्लाया, पर वह ओझल हो गया।

मैं एक तिराहे पर रुक गया। सामने दो रास्ते थे। पसीने से भीगा मेरा माथा और कंधे का वह ज़ख्म अब टीसने लगा था। तभी पीछे से एक आवाज़ आई, "ढूंढ नहीं पाओगे, वकील साहब... क्योंकि जिसे तुम ढूंढ रहे हो, वह मर चुका है।"

मैं झटके से पलटा। वहाँ कोई नहीं था। बस दीवार पर एक पुरानी, धूल से

सनी फोटो चिपकी थी। मैंने उसे उतारा। वह फोटो उस इंदौर वाले कॉलेज की थी।

फोटो में विजय था, सविता भाभी थीं और वही साया भी। पर सबसे बड़ा झटका अभी बाकी था। मैंने फोटो को पलटा, पीछे लिखा था - “हमेशा साथ...आनंद।”

आनंद? यह नाम तो मर्डर केस की पूरी चार्जशीट में कहीं नहीं था।

मैने कांपते हाथों से अपनी फाइल निकाली और पुराने वकीलों की लिस्ट देखी। आनंद शर्मा... विजय का बड़ा भाई, जिसके बारे में पुलिस ने बताया था कि वह सालों पहले एक एक्सीडेंट में मर चुका है।

अगर आनंद मर चुका है, तो ये साया कौन है? और वह सविता भाभी की मौत के पीछे क्यों पड़ा है?

क्या आनंद सच में मर चुका था, या विजय के इस खतरनाक 'Delusional' खेल का असली मास्टरमाइंड वही था? और क्या वह नाम जो फाइल में नहीं था, वही इस पूरी मिस्ट्री की आख़िरी दलील साबित होगा?

अध्याय 19
सच की आख़िरी परत

(वर्तमान)

मेरे हाथ अब भी कांप रहे थे। उस पुरानी, धूल भरी फोटो ने मेरे यकीन की बुनियाद हिला दी थी। पीछे लिखा वह नाम -'आनंद'।

मैंने धीरे से फुसफुसाया, “आनंद... आनंद शर्मा।”

इंस्पेक्टर चौहान ने मेरी तरफ देखा। "वकील साहब, आप इस नाम पर क्यों अटक गए? पुलिस रिकॉर्ड के हिसाब से आनंद शर्मा की मौत तो आठ साल पहले इंदौर-भोपाल हाईवे पर एक सड़क हादसे में हो गई थी।"

मैंने जवाब नहीं दिया। क्योंकि मैं उसे पहचानता था। लेकिन शायद कभी समझ नहीं पाया था। वह साया, जो बचपन में विजय के साथ साये की तरह चलता था, वह मरा नहीं था। वह बस ओझल हो गया था।

(फ्लैशबैक - बचपन की धुंधली यादें)

वह अक्सर हमारे मोहल्ले में आता था। हम सब उसे “आनंद भैया” कहते थे। वह विजय से बिल्कुल अलग था, शांत, कम बोलने वाला, और बहुत ही सौम्य। लेकिन वह हमेशा आसपास रहता था।

सविता भाभी के साथ उसकी बातें अक्सर गहरी और निजी होती थीं। मुझे याद है, एक शाम जब विजय घर पर नहीं था, आनंद भाभी के साथ आँगन में बैठा था।

“तुम खुश नहीं हो, सविता...” उसने बहुत धीमी आवाज़ में कहा था।

भाभी ने हल्का सा मुस्कुराकर पल्लू ठीक किया। “हर कोई खुश नहीं होता आनंद... कुछ लोग बस जीना सीख लेते हैं।”

तब ये बातें मुझे बड़ों की सामान्य बातचीत लगी थीं। लेकिन आज, एक वकील के तौर पर हर शब्द एक सुराग की तरह मेरे दिमाग में बज रहा था। आनंद भाभी का हमदर्द नहीं था, वह उनका 'Silent Manipulator' था।

(वर्तमान - पुलिस स्टेशन की फाइलें)

"चौहान, मुझे आनंद मिश्रा (उसका बदला हुआ नाम) का पूरा बैकग्राउंड चाहिए। अभी!"

फाइल खुली। आनंद मिश्रा... कोई क्रिमिनल रिकॉर्ड नहीं। समाज में एक प्रतिष्ठित बिजनेसमैन। लेकिन जैसे ही हमने CDR (Call Data Records) को गहराई से खंगाला, पैटर्न साफ हो गया।

विजय और आनंद के बीच मृत्यु की रात से पहले लगातार संपर्क था। विजय अगर एक 'Obsessive Lover' था, तो आनंद एक 'Silent Manipulator'। एक सामने से पागलपन कर रहा था, और दूसरा पीछे से उस पागलपन को खाद-पानी दे रहा था। इसे ही क्रिमिनोलॉजी में 'Dual Personality Crime Pattern' कहते हैं।

(फ्लैशबैक - सविता भाभी का दर्द)

एक शाम, जो अब मुझे साफ़ याद आ रही थी... मैंने देखा था कि भाभी रो रही थीं। आनंद उनके सामने बैठा था।

“तुम निकल सकती हो, सविता... विजय से दूर,” वह कह रहा था।

भाभी ने सिर हिलाया। “इतना आसान नहीं है आनंद... वह मुझे मार डालेगा।”

आनंद थोड़ा और करीब झुका। “मैं हूँ ना... मैं सब संभाल लूँगा।”

उसकी आवाज़ में जो सांत्वना थी, उसके पीछे कंट्रोल की एक मज़बूत ज़ंजीर छिपी थी। वह भाभी को विजय से छुड़ाना नहीं चाहता था, वह उन्हें विजय के पिंजरे से निकालकर अपने पिंजरे में डालना चाहता था।

(वर्तमान - फॉरेंसिक का नया मोड़)

मैंने फॉरेंसिक रिपोर्ट उठाई। DNA Analysis के वो पन्ने जिन्हें पहले 'Unknown Contamination' कहकर नज़रअंदाज़ कर दिया गया था।

"चौहान, घटना स्थल पर मिले उन तीसरे DNA ट्रेसेस को आनंद के सैंपल से मैच करो।"

कुछ घंटों बाद रिपोर्ट आई। और मेरी सांसें जैसे थम गईं।

Match – Confirmed.

आनंद उस रात उस कमरे में मौजूद था। अब सवाल यह नहीं था कि वह वहाँ था या नहीं, सवाल यह था कि उसने क्या किया?

(जेल – विजय से अंतिम आमना-सामना)

मैं फिर से विजय के सामने था। सलाखों के पीछे उसका चेहरा अब और भी डरावना लग रहा था।

"आनंद..." मैंने बस यह नाम लिया।

विजय की आँखों में एक अजीब सी चमक आई। "आखिर मिल ही गया तुम्हें मेरा 'बड़ा भाई'। वह मेरा पार्टनर नहीं है वकील साहब... वह मेरा दिमाग है।"

मेरे अंदर एक तेज़ झटका लगा। "मतलब?"

"मतलब यह कि मैं जो सोचता था, वह उसे सच बना देता था। सविता को वकील बनाने का आइडिया उसका था। उसे कंट्रोल करने के तरीके उसने सिखाए थे। वह कहता था कि सविता एक ऐसी चिड़िया है जिसे सोने के पिंजरे में नहीं, बल्कि 'कानून' के पिंजरे में बंद करना चाहिए।"

(फ्लैशबैक - उस खूनी रात का पूरा सच)

बारिश तेज़ थी। कोहेफिज़ा वाले फ्लैट के अंदर विजय और सविता के बीच चीख-पुकार मची थी। तभी दरवाज़ा खुला और आनंद अंदर आया। वह बिल्कुल शांत था।

"बस करो, विजय," आनंद ने कहा। विजय रुक गया, जैसे किसी पालतू जानवर ने अपने मालिक की आवाज़ सुन ली हो।

"तू बीच में मत आ, आनंद... यह मेरा और मेरी पत्नी का मामला है!" विजय चिल्लाया।

आनंद ने सविता भाभी की तरफ देखा। उनकी आँखों में मौत का खौफ था। आनंद ने धीरे से कहा, "सविता, मैं तुम्हें आज़ाद कर दूँगा।"

सविता भाभी को लगा कि वह शायद विजय को रोक रहा है। लेकिन आनंद के दिमाग में 'Delusion - Savior Complex' चल रहा था। उसे लगा कि सविता को 'बचाने' का इकलौता तरीका उसकी मौत है।

उसने टेबल से वही 9 mm की पिस्टल उठाई। विजय हक्का-बक्का रह गया। सविता भाभी पीछे हटीं, "रुको आनंद! यह क्या कर रहे हो?"

आनंद ने सविता भाभी का हाथ मरोड़ा और ज़बरदस्ती उन्हें पिस्टल

पकड़वा दी। विजय घबराकर पीछे हटा। आनंद ने अपना हाथ भाभी के हाथ पर रखा और ज़ोर से ट्रिगर दबा दिया।

धाँय!

पहली गोली चली। फिर दूसरी। खामोशी। सविता भाभी ज़मीन पर गिर गईं। आनंद ने शांति से पिस्टल साफ की और विजय के हाथ में थमा दी। "अब वह हमेशा के लिए आज़ाद है, विजय... और अब वह सिर्फ तुम्हारी है।"

(वर्तमान)

मेरी आँखों में आँसू थे और सीने में भयंकर गुस्सा।

"तुमने उसे रोका क्यों नहीं विजय? तुम तो उससे प्यार करते थे ना?" मैंने चिल्लाकर पूछा।

विजय ने धीरे से सिर उठाया। "क्योंकि... मैं भी चाहता था कि वह सिर्फ मेरी रहे। चाहे वह मौत की आगोश में ही क्यों न हो।"

यह प्यार नहीं था। यह दो बीमार दिमागों का एक घिनौना खेल था।

(वर्तमान - अंतिम सेटअप)

अब सब कुछ साफ़ था। असली कातिल आनंद था और सह-अपराधी विजय था। लेकिन एक बहुत बड़ी समस्या अब भी खड़ी थी।

आनंद अभी भी बाहर है। और वह मुझे देख रहा है।

मेरे फोन पर फिर से एक मैसेज आया, "अब सच पूरा हो गया वकील साहब... अब तुम्हारी बारी है। तुम्हारी अंतिम दलील का इंतज़ार रहेगा।"

मैंने अपनी फाइल कसकर पकड़ी। अब भागने का कोई रास्ता नहीं था। आखिरी लड़ाई शुरू हो चुकी थी।

क्या मैं इस फॉरेंसिक सच और चश्मदीद राकेश मल्होत्रा को कोर्ट तक ज़िंदा पहुँचा पाऊँगा... या आनंद मुझे रास्ते में ही खामोश कर देगा?

अध्याय 20
साक्ष्यों का महासंग्राम

(वर्तमान - कोर्टरूम)

आज भोपाल जिला अदालत का माहौल बिल्कुल अलग था। गैलरी में वकीलों की काली कतारें और मीडिया की खुसपुसाहटें पहले से कहीं ज़्यादा तेज़ थीं। हवा में एक अजीब सा तनाव था, जैसे सबको पता हो कि आज सालों से दफन एक राज़ अपनी कब्र फाड़कर बाहर निकलने वाला है।

मैंने अपने काले कोट के बटन बंद किए और गहरी सांस ली। मेरे हाथ हल्के कांप रहे थे, पर आँखों में सिर्फ़ एक ही चीज़ थी - सविता भाभी का वह अधूरा सच।

जज साहब ने हथौड़ा बजाया। "Case No. 47/21 - Re-trial Application based on new evidence. Proceed."

(कोर्टरूम - कानूनी मुठभेड़)

सरकारी वकील तुरंत खड़े हुए, उनकी आवाज़ में अहंकार था। "माय लॉर्ड, यह केस पहले ही 'Benefit of Doubt' के आधार पर तय हो चुका है। बचाव पक्ष नई कहानियाँ बुनकर और मनगढ़ंत 'तीसरे आदमी' का डर दिखाकर सिस्टम का कीमती समय बर्बाद कर रहा है।"

मैं धीरे से अपनी जगह से उठा। "माय लॉर्ड, ये कोई कहानी नहीं है... यह वह सच है जिसे दबाने के लिए एक जान ली गई और एक गवाह पर जानलेवा हमला किया गया। हमारे पास ऐसे फॉरेंसिक साक्ष्य हैं जो

साबित करते हैं कि असली अपराधी अब तक कानून की पहुँच से बाहर है।"

जज ने चश्मा ठीक किया और मेरी तरफ देखा। "Present your evidence, Mr. Advocate."

(साक्ष्य - पहला वार: CDR और जाल)

मैंने अपना लैपटॉप कोर्ट के स्क्रीन से कनेक्ट किया।

"Exhibit 1 - CDR (Call Data Records) Analysis। माय लॉर्ड, घटना की रात 11:47 PM पर एक अज्ञात नंबर से कॉल आया था। यह नंबर आनंद मिश्रा का है, जो कि विजय शर्मा का बड़ा भाई है और जिसे आधिकारिक रिकॉर्ड में आठ साल पहले मृत घोषित कर दिया गया था।"

कोर्ट रूम में ज़ोरदार खुसपुसाहट शुरू हो गई। सरकारी वकील चिल्लाया, "Objection! यह नाम पूरी चार्जशीट में कहीं नहीं है!"

"Exactly, My Lord!" मैंने आवाज़ बुलंद की। "यही तो सबसे बड़ा फरेब है। जिस व्यक्ति को मरा हुआ मान लिया गया, वह परछाई बनकर विजय के Delusional Disorder को कंट्रोल कर रहा था। आनंद मिश्रा उस रात उसी कमरे में था।"

(साक्ष्य - दूसरा वार: DNA की गवाही)

"Exhibit 2 - DNA Analysis। क्राइम सीन से मिले खून और त्वचा के सूक्ष्म नमूने, जिन्हें पहले 'Unknown Contamination' कहकर नज़रअंदाज़ किया गया था, अब उनका मिलान आनंद मिश्रा के उपलब्ध नमूनों से हो चुका है। रिपोर्ट स्पष्ट है - Match Confirmed।"

मैंने देखा कि विजय, जो सुरक्षा घेरे में बैठा था, उसका चेहरा अब पीला पड़ने लगा था। आनंद का नाम उजागर होना उसके लिए हार की पहली घंटी थी।

(साक्ष्य - तीसरा वार: Ballistic और GSR का सच)

"Exhibit 3 - Ballistic Matching और GSR (Gunshot Residue) की नई व्याख्या। माय लॉर्ड, सविता भाभी के हाथों पर बारूद के कण 'Velocity' के साथ नहीं आए थे। 3D Crime Scene Reconstruction से पता चलता है कि आनंद ने सविता भाभी का हाथ मरोड़कर ज़बरदस्ती ट्रिगर दबवाया था। बंदूक विजय की थी, पर उसे चलाने वाला हाथ आनंद का था।"

जज साहब आगे झुके। "मतलब यह एक 'Coordinated Act' था?"

"जी हाँ माय लॉर्ड। यह हत्या सिर्फ एक जुनूनी पति का पागलपन नहीं थी, बल्कि दो शातिर दिमागों का एक 'Perfect Crime' रचने का प्रयास था।"

(गवाह - राकेश की अंतिम दलील)

तभी राकेश मल्होत्रा को कटघरे में बुलाया गया। वह डरा हुआ था, कंधे पर पट्टी बंधी थी, पर आज उसकी आँखों में वह अपराधी भाव नहीं था।

"राकेश, उस रात तुमने जो देखा, सच-सच बताओ," मैंने उससे कहा।

राकेश की आवाज़ कांप रही थी। "उस रात... विजय और भाभी का झगड़ा हो रहा था। तभी आनंद अंदर आया। उसने सविता मैडम को 'आज़ाद' करने की बात की। उसने बंदूक उठाई और भाभी का हाथ ज़बरदस्ती

पकड़कर ट्रिगर दबा दिया। मैं दरवाज़े पर खड़ा सब देख रहा था। आनंद ने ही मुझसे कहा था कि अगर मैंने मुंह खोला, तो मेरा अंजाम भी यही होगा।"

कोर्ट रूम में सन्नाटा इतना गहरा था कि सुई गिरने की आवाज़ भी सुनाई दे जाती। विपक्षी वकील के पास अब कोई दलील नहीं बची थी।

(अचानक ट्विस्ट)

तभी कोर्ट का भारी दरवाज़ा खुला और एक पुलिस कॉन्स्टेबल दौड़ता हुआ अंदर आया। उसने जज साहब के पास जाकर एक कागज़ थमाया। जज के चेहरे के भाव अचानक बदल गए।

"Court attention!" जज ने हथौड़ा बजाया। "अभी-अभी सूचना मिली है कि मुख्य संदिग्ध आनंद मिश्रा को भोपाल रेलवे स्टेशन के पास से गिरफ्तार कर लिया गया है। लेकिन..."

वे रुके, और मेरा दिल जैसे धड़कना भूल गया।

"गिरफ्तारी के समय आनंद ने खुद पर गोली चलाकर आत्महत्या का प्रयास किया है। उसे हमीदिया अस्पताल ले जाया गया है, उसकी हालत अत्यंत नाज़ुक है।"

कोर्ट में अफरातफरी मच गई। विजय अपनी कुर्सी से गिर पड़ा। मेरा सिर घूमने लगा। अगर आनंद मर गया... तो वह सच जो अभी-अभी बाहर आना शुरू हुआ था, वह फिर से खामोश हो जाएगा।

(वर्तमान)

मैंने अपनी कुर्सी का सहारा लिया। ये जंग अब आखिरी मोड़ पर थी। आनंद ज़िंदा रहेगा या नहीं, यह अब सिर्फ डॉक्टरों के हाथ में था। लेकिन एक वकील के तौर पर मेरी 'अंतिम दलील' अभी बाकी थी।

जज ने कार्यवाही स्थगित की। "Court adjourned till the status of the second accused is clear."

मैं कोर्ट रूम से बाहर आया। भोपाल का आसमान अब साफ हो रहा था, पर मेरे अंदर की बेचैनी बढ़ रही थी। क्या आनंद मरते-मरते भी सच को साथ ले जाएगा?

क्या आनंद ज़िंदा बचेगा और कोर्ट में वह 'अंतिम दलील' देगा जो विजय का चेहरा हमेशा के लिए बेनकाब कर देगी? या फिर साज़िश की यह आखिरी कड़ी भी टूट जाएगी?

भाग 4: अंतिम दलील

अध्याय 21
मौत का गलियारा

(वर्तमान - हमीदिया अस्पताल)

उस गलियारे की हवा आज भी मेरे सीने में अटक जाती है। फिनाइल की तीखी गंध, खून की हल्की सड़ांध और मशीनों की वह अंतहीन आवाज - बीप... बीप... बीप...।

मैं दीवार से टिककर खड़ा था। कोर्ट का शोर पीछे छूट चुका था, और यहाँ सिर्फ एक ही लड़ाई बची थी, ज़िंदगी और मौत के बीच का आख़िरी फैसला।

आईसीयू के बाहर पुलिस की कड़ी सुरक्षा थी। इंस्पेक्टर चौहान बार-बार अपनी घड़ी देख रहे थे। "टाइम निकल रहा है, वकील साहब..." उन्होंने बुदबुदाया। उनकी पेशानी पर पसीना साफ दिख रहा था।

मैंने कांच की खिड़की से अंदर झाँका। आनंद... वह ऑक्सीजन मास्क के नीचे बुरी तरह संघर्ष कर रहा था। उसका शरीर पूरी तरह मशीनों पर निर्भर था, लेकिन असली लड़ाई उसके टूटे हुए ज़मीर के अंदर चल रही थी।

(मनोवैज्ञानिक परत)

मैंने उसे देखा और मेरा वकील वाला दिमाग खुद-ब-खुद उसका विश्लेषण करने लगा। यह सिर्फ आत्महत्या की एक नाकाम कोशिश नहीं थी। यह एक जाना-पहचाना पैटर्न था - 'Delusional Savior Complex'। जहाँ

अपराधी खुद को कोई विलेन नहीं, बल्कि एक 'मुक्तिदाता' समझने लगता है।

उसे लगा होगा कि वह गलत नहीं है, बल्कि वह सविता भाभी को 'आज़ाद' कर रहा है। उसकी सनक में सविता भाभी उसका 'मिशन' बन गई थीं और विजय? विजय तो सिर्फ एक 'हथियार' था जिसे वह अपनी उंगलियों पर नचा रहा था।

(फ्लैशबैक - बचपन की याद)

मुझे वह पुरानी दोपहर याद आई। गाँव की वह तपती हुई चौखट, जहाँ सविता भाभी बैठी थीं और मैं उनके पास लेटा हुआ था।

“छोटू...” उन्होंने बहुत धीरे से कहा था, “लोग कहते हैं ना कि प्यार अंधा होता है... पर असल में प्यार नहीं, बल्कि जुनून अंधा होता है। प्यार तो आँखें खोल देता है, पर जुनून सब कुछ धुंधला कर देता है।”

तब मुझे उनकी बात समझ नहीं आई थी, पर आज आनंद को देखकर सब साफ़ था।

(वर्तमान - कानूनी दबाव)

“वकील साहब...” एक आवाज़ आई।

मैंने मुड़कर देखा। विजय का वकील खड़ा था, उसके चेहरे पर वही पुराना, नकली आत्मविश्वास था।

“देखिए, अगर आनंद मर गया, तो हम पूरा केस उसी पर डाल देंगे। मेरा क्लाइंट (Vijay) साफ़ बच जाएगा। आखिर गोली तो आनंद ने ही चलवाई थी।”

मैं मुस्कुराया। एक ऐसी मुस्कान, जो शायद उसे डराने के लिए काफी थी।

“आप एक चीज़ भूल रहे हैं वकील साहब... Section 34 IPC। Common Intention (समान आशय)। कानून की नज़र में सिर्फ गोली चलाने वाला ही कातिल नहीं होता, बल्कि वह भी उतना ही दोषी है जो उस अपराध के दौरान वहाँ हाथ बाँधकर खड़ा रहा। विजय ने उसे रोका नहीं, वह उस साज़िश का हिस्सा था।”

विजय के वकील के चेहरे का रंग उड़ गया।

(आईसीयू - अंतिम बयान)

अचानक आईसीयू का दरवाज़ा खुला और डॉक्टर बाहर आए। “वह होश में है... लेकिन ज़्यादा देर नहीं। जो भी पूछना है, जल्दी कीजिए।”

इंस्पेक्टर चौहान ने तुरंत मजिस्ट्रेट को फोन किया। यह समय था 'Dying Declaration' (मृत्युपूर्व कथन) का कानून में सबसे मज़बूत साक्ष्य, जो किसी भी केस को पलट सकता है।

मैं चौहान के साथ अंदर गया। कमरा बर्फ़ जैसा ठंडा था और वहाँ सिर्फ मौत की गंध तैर रही थी। आनंद ने बहुत मुश्किल से अपनी आँखें खोलीं। मैंने उसका हाथ पकड़ा।

“आनंद... सच बोलो। सविता भाभी के लिए। अपनी आत्मा पर ये बोझ लेकर मत जाओ,” मैंने फुसफुसाया।

उसकी आँखों में आँसू आए। शायद पश्चाताप था या मौत का डर।

“मैं... मैं उसे बचाना चाहता था...” ऑक्सीजन मास्क के अंदर से उसकी आवाज़ टूटी हुई थी। “विजय उसे मार रहा था... मैंने सोचा कि अगर वो नहीं रहेगा, तो सविता आज़ाद हो जाएगी।”

यही उसका सबसे बड़ा भ्रम था।

“तो तुमने विजय को उकसाया?” मैंने पूछा।

उसने बहुत मुश्किल से सिर हिलाया। “मैंने उसे बताया... कि कैसे करना है। Gun, Angle, GSR... सब मैंने सेट किया था।”

मेरा माथा ठनका। Ballistic match की सारी गुत्थियाँ अब सुलझ रही थीं।

“और सविता?” मैंने धीरे से पूछा।

आनंद की सांसें तेज़ हो गईं। मशीनें ज़ोर-ज़ोर से बजने लगीं। “वो... वो नहीं मान रही थी। वो विजय को जेल भेजना चाहती थी... तो मैंने उसका हाथ पकड़ा और... ज़बरदस्ती ट्रिगर दबवाया।”

कमरे में सन्नाटा छा गया। यह हत्या नहीं थी, यह एक साज़िश के तहत करवाया गया अपराध था।

(सबसे बड़ा खुलासा)

मैंने आखिरी सवाल पूछा, “आनंद, पचमढ़ी का क्या चक्कर है?”

उसकी आँखें हल्की सी खुलीं। “पचमढ़ी वाला वो घर... तिजोरी... सविता की असली डायरी... उसमें सब कुछ है। विजय और मेरे खिलाफ सबूत... और...”

वह अचानक रुक गया। उसकी आँखों की पुतलियाँ फैल गईं।

“और क्या? आनंद, बताओ!” मैं चिल्लाया।

उसकी आवाज़ बिल्कुल धीमी हो गई, जैसे कोई परछाई बोल रही हो। "और... तीसरा नाम... वो सब उसी का..."

मैं जम गया। "कौन? किसका नाम है?"

लेकिन मशीनों की आवाज़ एक लंबी टीं... में बदल गई। बीप.....।

मशीन की लाइन सीधी हो गई। आनंद की पकड़ मेरे हाथ पर ढीली पड़ गई। डॉक्टर दौड़े। "Cardiac arrest!"

कुछ ही सेकंड में सब खत्म हो गया। आनंद मिश्रा मर चुका था।

(बाहर – गलियारा)

मैं अस्पताल से बाहर आया। दुनिया वैसी ही थी, पर मेरा सब कुछ बदल चुका था। इंस्पेक्टर चौहान ने पूछा, "क्या बोला वो?"

मैंने उनकी आँखों में देखा। "विजय दोषी है, चौहान। पर वह अकेला नहीं है। वह 'तीसरा नाम'... जो पचमढ़ी वाली डायरी में है, वही इस पूरी बर्बादी की असली वजह है।"

(अंतिम दृश्य)

रात गहरी हो चुकी थी। भोपाल की सड़कें सन्नाटे में डूबी थीं। मेरे पास अब सिर्फ एक ही सुराग था, पचमढ़ी का वह गुमनाम घर और वह तिजोरी।

लेकिन एक सवाल मेरे कलेजे को चीर रहा था,

वो तीसरा नाम कौन है जिसने सविता भाभी की ज़िंदगी को एक शतरंज की बिसात बना दिया था? क्या उस डायरी का मिलना मेरी जीत होगी या मेरी अपनी मौत की दावत?

अध्याय 22
पहाड़ों का सन्नाटा

(वर्तमान – पचमढ़ी की ओर)

सुबह की पहली रोशनी भी आज भारी लग रही थी। हमारी जीप पचमढ़ी के उन घुमावदार पहाड़ी रास्तों पर धीरे-धीरे चढ़ रही थी। खिड़की से नीचे देखो तो धुंध में डूबे गहरे जंगल और ऊपर देखो तो मौन खड़े विशाल पहाड़, जैसे हर चीज़ किसी पुराने राज़ को अपनी गोद में छुपाकर बैठी हो।

इंस्पेक्टर चौहान सामने वाली सीट पर बैठे थे। उनके चेहरे पर एक अजीब सी गंभीरता थी। "लोकेशन कन्फर्म है?" उन्होंने ड्राइवर से पूछा।

"जी सर, GPS पिन यहीं का है। घने जंगल के बीच एक पुराना फार्महाउस है," ड्राइवर ने जवाब दिया।

मैं खिड़की से बाहर देख रहा था। पचमढ़ी... सविता भाभी की सबसे पसंदीदा जगह। वह अक्सर कहती थीं कि पहाड़ों की ऊंचाई इंसान को अपनी छोटी-छोटी मुश्किलों से ऊपर उठना सिखाती है। लेकिन आज वे पहाड़ मुझे रास्ता नहीं, बल्कि चुनौती दे रहे थे।

(फ्लैशबैक - सविता भाभी)

मुझे याद आया, एक बार उन्होंने छत पर टहलते हुए कहा था, “छोटू, पहाड़ों में एक अजीब सी शांति होती है... एक ऐसी शांति जो बाहर के शोर को खत्म कर देती है और तुम्हारे अंदर का सच सुनने पर मजबूर कर देती है।”

आज वह शांति डरा रही थी। मुझे डर था कि कहीं वह सच इतना भयानक न हो कि मैं उसे संभाल ही न पाऊँ।

(वर्तमान - घर के बाहर)

करीब दो घंटे की मशक्कत के बाद जीप रुकी। सामने पत्थरों से बना एक पुराना, पुश्तैनी सा घर था। उसकी दीवारों पर काई जमी थी और आधा हिस्सा टूट चुका था। दरवाज़े पर लगा वह भारी ज़ंग लगा ताला चीख-चीखकर कह रहा था कि यहाँ सालों से कोई नहीं आया।

"यही है आनंद का वह गुप्त ठिकाना," चौहान ने उतरते हुए कहा।

मैंने उस घर को देखा। यह सिर्फ एक मकान नहीं था... यह सविता भाभी की स्मृतियों की कब्र जैसा लग रहा था।

(तलाशी शुरू - फॉरेंसिक साक्ष्य)

पुलिस ने ताला तोड़ा। दरवाज़ा एक कर्कश आवाज़ के साथ खुला। अंदर घना अंधेरा था और धूल की एक इतनी मोटी परत थी कि हमारे कदमों के निशान मिट्टी पर छप रहे थे। हवा में एक अजीब सी गंध थी, बंद पड़े कमरों, पुरानी फाइलों और दफन हो चुके राज़ों की।

"सावधान रहना..." चौहान ने अपनी टीम को निर्देश दिया। "कोई भी चीज़ छूने से पहले फोटो और फिंगरप्रिंट्स। हमें DNA Analysis के लिए ताज़ा नमूने चाहिए।"

फॉरेंसिक टीम अंदर आई। कैमरों की फ्लैश लाइट अंधेरे कमरों को कुछ पलों के लिए रोशन कर रही थी। मैं धीरे-धीरे अंदर बढ़ा। हर कदम जैसे किसी भारी बोझ के नीचे था।

(कमरा - पहला सुराग)

मैं कोने वाले एक छोटे कमरे में गया। वहाँ एक टूटी हुई लकड़ी की कुर्सी पड़ी थी और दीवार पर किसी चीज़ से खरोंचकर कुछ लिखा गया था। मैंने मोबाइल की टॉर्च जलाकर पास से देखा।

दीवार पर धुंधले अक्षरों में लिखा था - “S... A...”

सविता और आनंद? या सविता 'अकेली'?

“ये खरोंचें (scratches) बहुत पुरानी नहीं हैं,” एक फॉरेंसिक ऑफिसर ने पास आकर जाँच की। “हो सकता है यहाँ किसी को लंबे समय तक रोककर रखा गया हो।”

(मनोवैज्ञानिक परत - Control Zone)

एक वकील के तौर पर मैं समझ पा रहा था, यह जगह आनंद का “Control Zone” थी। यहाँ वह अपने उस भ्रम (delusion) को सच साबित करता था जहाँ वह खुद को 'रक्षक' और सविता भाभी को अपनी 'अमानत' समझता था। विजय को उसने भोपाल में रखा, पर सविता भाभी के वजूद का एक हिस्सा उसने यहाँ इन पहाड़ों में कैद कर रखा था। इसे साइकोलॉजी में 'Isolational Possession' कहते हैं।

(तलाशी - तिजोरी और पेनड्राइव)

अचानक एक कॉन्स्टेबल चिल्लाया, “सर! यहाँ फर्श के नीचे कुछ ढीला लग रहा है!”

बेड के नीचे के लकड़ी के हिस्से को हटाया गया। वहाँ एक छोटी सी लोहे की तिजोरी (Safe) छिपी थी। चौहान ने उसे सावधानी से बाहर निकलवाया।

तिजोरी खोली गई। अंदर एक पुरानी डायरी थी और दो पेनड्राइव। मैंने वह डायरी उठाई। उस पर चांदी की स्याही से लिखा था - "सविता।"

(फ्लैशबैक - भावनात्मक)

मेरे हाथ कांपने लगे। यह वही लिखावट थी जो मुझे बचपन में स्कूल के होमवर्क में सुधारते समय दिखती थी। "छोटू, तुम बड़े होकर वकील बनना... और सच के लिए लड़ना।" भाभी की आवाज़ मेरे कानों में गूंज गई। आज मैं वही कर रहा था, पर कीमत बहुत ज़्यादा थी।

(डायरी - कड़वा सच)

मैंने डायरी का पहला पन्ना खोला।

"अगर ये डायरी किसी को मिले... तो समझ लेना कि मैं हार गई हूँ। विजय मुझे शारीरिक रूप से तोड़ता है, और आनंद मुझे मानसिक रूप से खत्म कर रहा है। वह मुझे बचाने के नाम पर मुझे अपनी परछाई बना चुका है।"

कमरे में सन्नाटा छा गया। डायरी का अगला पन्ना और भी भयानक था।

"लेकिन असली खेल इन दोनों से भी बड़ा है। विजय और आनंद तो सिर्फ मोहरे हैं। वह 'तीसरा आदमी' जिसने मेरे परिवार को मुझसे छीना और मुझे विजय की नफरत की आग में झोंका... वह है -"

जैसे ही मैं वह नाम पढ़ने वाला था, बाहर से एक तेज़ आवाज़ आई, "सर! कोई भाग रहा है!"

(बाहर - पीछा और सस्पेंस)

हम सब झटके से बाहर दौड़े। घने जंगल की ढलान पर एक काला साया

तेज़ी से नीचे की ओर भाग रहा था। उसके हाथ में कुछ चमक रहा था, शायद वह तीसरी पेनड्राइव जो तिजोरी के पास नहीं मिली थी।

"रुको! पुलिस!" चौहान चिल्लाया और हवा में फायर किया।

लेकिन वह साया बिजली की फुर्ती से झाड़ियों में ओझल हो गया। पुलिस की टीम उसके पीछे जंगल में उतर गई। मैं वहीं खड़ा उस अधूरी डायरी को देख रहा था।

हम वापस घर के अंदर आए। चौहान हाँफ रहे थे। "वह बहुत शातिर है। उसे पता था कि हम यहाँ आने वाले हैं।"

मैंने डायरी की आखिरी पंक्ति पर अपनी उंगली रखी। नाम अभी भी अधूरा था। स्याही वहाँ पर कुछ ऐसे फैली थी जैसे उसे जानबूझकर मिटाया गया हो।

मैंने धीरे से कहा, "चौहान, वह तीसरा आदमी... वह आनंद या विजय नहीं है। वह कोई ऐसा है जो कानून की किताबों से भी ज़्यादा चालाक है। और वह हमसे एक कदम आगे चल रहा है।"

अब सवाल यह था कि क्या वह साया वही 'तीसरा व्यक्ति' था? और क्या उस पेनड्राइव में ऐसा कुछ है जो इस पूरे केस की दिशा ही बदल देगा?

सविता भाभी की 'अंतिम दलील' उस नाम तक पहुँचने ही वाली थी कि उसे काट दिया गया। अब भोपाल की अदालत और पचमढ़ी के इस पहाड़ के बीच की लड़ाई आर-पार की थी। वह तीसरा चेहरा कौन है जिसका डर आनंद को भी था?

अध्याय 23
अदालत का आखिरी प्रहार

(वर्तमान - सेशन कोर्ट, भोपाल)

आज भोपाल का सेशन कोर्ट किसी किले जैसा लग रहा था। भारी पुलिस बल, मीडिया की ओबी वैन और वकीलों की भीड़ के बीच हवा में एक अजीब सी भारीपन थी। मैंने अपनी काली फाइल को सीने से सटा लिया। पचमढ़ी से लाई गई वह डायरी और वह पेनड्राइव आज मेरी सबसे बड़ी ताकत थे।

जज साहब ने अपनी कुर्सी संभाली और हथौड़ा बजाया। "Proceed with final evidence."

(शुरुआत - कानूनी प्रहार)

मैं कटघरे के पास खड़ा हुआ। मेरी आवाज़ आज पहले से ज़्यादा गहरी और स्थिर थी।

"माय लॉर्ड, आज हम इस केस की वह आखिरी परत खोलने जा रहे हैं जिसे साज़िश के अंधेरे में सालों से छुपाया गया था। आज सिर्फ गवाह नहीं बोलेंगे, आज विज्ञान और मृतका की अपनी आवाज़ बोलेगी।"

सरकारी वकील ने व्यंग्य से मुस्कुराते हुए कहा, "या शायद बचाव पक्ष की एक और काल्पनिक कहानी?"

मैंने उनकी आँखों में सीधे झाँका। "आज कहानी नहीं... हिसाब होगा।"

(साक्ष्य 1 - डायरी का सच)

मैंने डायरी पेश की। "Exhibit 21 - Victim's Personal Diary। माय लॉर्ड, यह सविता शर्मा की अपनी लिखावट है। यह डायरी चीख-चीखकर बता रही है कि वह दो पाटों के बीच पिस रही थी। एक तरफ विजय की हिंसा और दूसरी तरफ आनंद का Savior Complex। आनंद उसे 'बचाने' के नाम पर मानसिक रूप से अपाहिज बना रहा था।"

मैंने देखा, पीछे बैठे विजय के चेहरे का रंग सफ़ेद पड़ गया था। उसका अहंकार अब पसीने की बूंदों में बदल रहा था।

(साक्ष्य 2 - फॉरेंसिक लिंक)

"डायरी में बताए गए घरेलू झगड़ों का समय और प्रकार, मृतका के शरीर पर मिली Antemortem Injuries से पूरी तरह मेल खाते हैं। और GSR (Gunshot Residue) की रिपोर्ट अब स्पष्ट है, सविता के हाथों पर बारूद के कण हाथापाई के नहीं, बल्कि 'Forced Triggering' के थे। उन्हें मजबूर किया गया था खुद पर गोली चलाने के लिए।"

(साक्ष्य 3 - डिजिटल और मनोवैज्ञानिक सबूत)

मैंने लैपटॉप का स्क्रीन कोर्ट की तरफ मोड़ा। "CCTV Enhancement AI के ज़रिए हमने वह फुटेज साफ़ किया है। घटना की रात विजय और आनंद दोनों घर के अंदर थे। यह कोई 'Accidental Discharge' नहीं था, यह एक Planned Execution था।"

मैंने विजय की तरफ रुख किया। "विजय... क्या तुम अब भी कहोगे कि तुम वहां अकेले थे?"

विजय की आँखें अचानक पत्थर जैसी हो गईं। वही पुराना ठंडापन लौट आया। वह बहुत धीरे से बुदबुदाया, "मैं अकेला नहीं हूँ वकील साहब... वह आपके बहुत करीब है।"

(सबसे बड़ा प्रहार - पेनड्राइव का खुलासा)

मेरा दिल तेज़ी से धड़का। मैंने आखिरी पेनड्राइव उठाई। "माय लॉर्ड, यह पेनड्राइव पचमढ़ी के घर की एक गुप्त दीवार से मिली है। इसमें आनंद ने एक हिडन कैमरा रिकॉर्डिंग सेव की थी।"

कोर्ट की स्क्रीन पर वीडियो चला। धुंधली सी रिकॉर्डिंग थी। एक अंधेरा कमरा। सविता भाभी डरी हुई थीं और सामने आनंद खड़ा था। लेकिन फ्रेम के कोने में एक और साया दिख रहा था। वह साया विजय नहीं था।

वीडियो में एक भारी, रौबदार आवाज़ गूंजी - "Finish it... इसे खत्म करो आनंद, वरना हम सब फंसेंगे।"

पूरा कोर्ट सन्नाटे में डूब गया। जज साहब चश्मा हटाकर स्क्रीन की ओर झुक गए।

"माय लॉर्ड," मैंने भारी आवाज़ में कहा, "हमने इस आवाज़ का Forensic Voice Analysis कराया है। यह आवाज़ किसी अपराधी की नहीं है... यह आवाज़ उस व्यक्ति की है जिस पर हम सबने सबसे ज़्यादा भरोसा किया।"

मैंने धीरे से मुड़कर पुलिस की बेंच की तरफ देखा।

"किसकी आवाज़ है ये?" जज ने पूछा।

मैंने अपनी उंगली उठाई और सीधे निशाना साधा। "Inspector... चौहान!"

(ट्विस्ट - गद्दारी का सच)

पूरा कोर्ट रूम जैसे किसी धमाके से दहल गया। इंस्पेक्टर चौहान, जो अब तक केस में मेरी मदद कर रहे थे, अपनी जगह पर जम गए। उनके चेहरे का रंग पलक झपकते ही बदल गया।

"ये झूठ है! ये एडिटेड है!" चौहान चिल्लाए।

"झूठ Location Match नहीं बोलता, चौहान साहब," मैंने फाइल आगे बढ़ाई। "उस रात आपकी मोबाइल लोकेशन कोहेफिज़ा के उसी टॉवर पर थी। CDR Analysis बताता है कि आपने विजय को भागने में मदद की और आनंद के सुसाइड को मैनेज किया। आप 'तीसरे आदमी' नहीं थे, आप इस पूरे खेल के 'निर्देशक' थे।"

चौहान की आँखों में अब वह रक्षक वाला भाव नहीं था। वह अचानक हँस पड़ा। एक ऐसी हँसी जिसने सबके रोंगटे खड़े कर दिए।

"Finally... तुमने ढूँढ ही लिया वकील साहब," चौहान ने बहुत ही निर्लज्जता से कहा। "हाँ, मैं था मास्टरमाइंड। Power और Control का अपना ही नशा होता है। मैंने विजय के डर को इस्तेमाल किया और आनंद के पागलपन को। सविता बहुत ज़्यादा जान गई थी... उसे तो मरना ही था।"

(अंतिम मोड़)

कोर्ट में अफरातफरी मच गई। पुलिस के जवानों ने अपने ही इंस्पेक्टर को घेर लिया और पकड़ लिया। विजय अपनी कुर्सी पर ढह गया, मानो उसकी रीढ़ की हड्डी टूट गई हो।

मैं वहीं खड़ा रहा। मेरे हाथ में सविता भाभी की डायरी थी। सच अब रोशनी में था, पर उसकी कीमत बहुत भारी थी।

जज ने हथौड़ा बजाया। "Order! Order! The case is proven beyond a reasonable doubt. Final arguments and sentencing in the next hearing."

मैं कोर्ट से बाहर निकला। भोपाल का तालाब आज कुछ ज़्यादा ही गहरा और खामोश लग रहा था। साज़िश की सारी परतें खुल चुकी थीं, लेकिन एक आख़िरी दलील अभी भी बाकी थी।

क्या कानून उन तीनों को वह सज़ा देगा जिसकी सविता भाभी हक़दार थीं? और क्या लेखक उस बचपन की यादों के बोझ से कभी आज़ाद हो पाएगा? अगली सुनवाई... 'अंतिम दलील' होगी।

अध्याय 24
इंसाफ की आखिरी मंज़िल

(वर्तमान - सेशन कोर्ट, भोपाल)

आज भोपाल की सेशन कोर्ट में एक अजीब सा सन्नाटा पसरा हुआ था। ना वकीलों की वैसी फुसफुसाहट थी, ना ही मीडिया का वह पुराना शोर। हवा में एक भारीपन था, जैसे दीवारों को भी पता हो कि आज सालों से दफन एक रूह को उसका हक़ मिलने वाला है।

मैं अपनी जगह पर बुत बना खड़ा था। हाथ में सविता भाभी की वही डायरी थी, उनकी "अंतिम दलील"।

जज साहब अपनी कुर्सी पर आकर बैठे। उन्होंने चश्मा साफ़ किया और गंभीर आवाज़ में कहा, "Final Arguments are concluded. Court is now ready for sentencing."

(मेरी आखिरी दलील)

इससे ठीक पहले जब मुझे बोलने का मौका मिला, तो मेरा गला भर आया था। पर मैंने खुद को संभाला। मेरी आवाज़ आज स्थिर थी, क्योंकि यह मेरी नहीं, सविता भाभी की आवाज़ थी।

"माय लॉर्ड..." मैंने कोर्ट की छत की ओर देखते हुए कहा, "यह केस सिर्फ एक महिला की हत्या का नहीं है। यह हमारे उस समाज और सिस्टम का आईना है जहाँ एक औरत की चीख को 'घरेलू मामला' कहकर दबा दिया जाता है। सविता सिर्फ एक पीड़ित नहीं थी, वह एक योद्धा थी जिसने अपने ही हत्यारों के खिलाफ सबूत जुटाए।"

मैंने डायरी का एक पन्ना लहराया। "विजय, उसका पति, जो उसे अपनी जागीर समझता था। आनंद, उसका रक्षक, जो असल में उसके मन का सबसे बड़ा शिकारी था। और इंस्पेक्टर चौहान... जिसने वर्दी की आड़ में इस पूरी साज़िश को अंजाम दिया।"

मैंने जज की आँखों में सीधे झाँका। "यह Common Intention (Section 34, IPC) का सबसे घिनौना उदाहरण है। सविता भाभी को मारा नहीं गया, उन्हें मजबूर किया गया। उनके हाथ से ट्रिगर दबवाना मर्डर की सबसे क्रूर तकनीक थी।"

(फॉरेंसिक का अंतिम वार)

"GSR रिपोर्ट, DNA Analysis और Ballistic Matching, ये तीनों एक ही सच की गवाही दे रहे हैं। सविता उस कमरे में अकेली नहीं थी। वह तीन दरिंदों के बीच फँसी हुई थी और हर तरफ से हार रही थी। पर मरते-मरते उन्होंने वह सच पेनड्राइव और डायरी में छोड़ दिया जिसे आज विज्ञान ने सच साबित कर दिया है।"

(भावनात्मक चरम)

मैंने डायरी का आखिरी फटा हुआ पन्ना पढ़ा। आवाज़ धीमी और कांपती हुई थी। "अगर मैं नहीं बची, तो मेरे सच को बचा लेना छोटू। दुनिया को बताना कि मैं कमजोर नहीं थी, मैं बस वफादार थी।"

मेरी आँखों से एक आंसू टपक कर डायरी पर गिरा। "माय लॉर्ड... मैं आज किसी मुवक्किल के लिए नहीं लड़ रहा। मैं उस मासूमियत के लिए लड़ रहा हूँ जो भोपाल की इन गलियों में खो गई थी।"

(फैसले का पल)

जज साहब ने कुछ मिनटों तक फाइलों को देखा। वे मिनट सदियों जैसे लग रहे थे। फिर, हथौड़ा मेज़ पर लगा - टप!

"अभियुक्त विजय शर्मा को धारा 302 और धारा 34 के तहत अपनी पत्नी की हत्या की साज़िश और प्रताड़ना का दोषी पाया जाता है। उसे आजीवन कारावास (Life Imprisonment) की सज़ा सुनाई जाती है।"

विजय अपनी कुर्सी पर ढह गया। उसका वह 'Delusional' अहंकार अब मिट्टी में मिल चुका था।

"आनंद शर्मा, जो मृत है, उसे मरणोपरांत इस अपराध का मुख्य सूत्रधार घोषित किया जाता है। और इंस्पेक्टर चौहान..." जज की आवाज़ और सख्त हो गई, "आपको पुलिस विभाग की गरिमा को कलंकित करने, साक्ष्यों को मिटाने और आपराधिक साज़िश (Criminal Conspiracy) के लिए 14 साल के सश्रम कारावास की सज़ा सुनाई जाती है।"

कोर्ट में हल्की हलचल हुई। इंसाफ की जीत हुई थी।

(अंदर का खालीपन)

सब खत्म हो गया था। या शायद कुछ नया शुरू हुआ था। कोर्ट धीरे-धीरे खाली होने लगा, पर मैं वहीं खड़ा रहा। मेरे हाथ में सविता भाभी की डायरी अब भी थी, पर दिल में एक अजीब सा खालीपन महसूस हो रहा था। क्या सच में यह वही इंसाफ था जिसका सपना मैंने बचपन में देखा था?

(फ्लैशबैक - सविता भाभी की हंसी)

मुझे वह याद आया जब भाभी हंसते हुए कहती थीं, "छोटू, जब तू बड़ा वकील बनेगा ना, तो मुझे इस पिंजरे से आज़ाद करा देना।" आज मैंने वह वादा निभा दिया था, पर आज़ादी की कीमत उनकी जान थी।

(अंतिम दृश्य)

मैं कोर्ट की सीढ़ियों से नीचे उतरा। शाम की ठंडी हवा चेहरे से टकराई। मैंने आसमान की तरफ देखकर धीरे से फुसफुसाया, “भाभी... अब आप सच में आज़ाद हैं।”

तभी मेरी जेब में मेरा फोन वाइब्रेट हुआ। एक मैसेज आया था। Unknown Number।

मैंने मैसेज खोला और मेरे पैरों तले ज़मीन खिसक गई।

“इंसाफ अधूरा है वकील साहब। जिसे तुम जीत समझ रहे हो, वह उस बड़े सच का सिर्फ एक हिस्सा है जिसे सविता कभी नहीं बता पाई। सच की पूरी कीमत अभी बाकी है।”

मैं वहीं जम गया। मेरा सिर घूमने लगा। अगर सब गुनहगार जेल में हैं, तो यह मैसेज किसने भेजा? क्या सविता भाभी की कहानी में अब भी कोई ऐसा गहरा राज़ छुपा है जो मैंने नहीं देखा?

क्या यह मैसेज किसी नए खतरे का संकेत था? या फिर इस पूरी मिस्ट्री का 'असली मास्टरमाइंड' अभी भी बाहर है? 'अंतिम दलील' अभी खत्म नहीं हुई थी।

अध्याय 25
अंतिम सत्य

(वर्तमान - भोपाल, रात)

सड़कें खाली थीं और कोहेफ़िज़ा की पहाड़ियों से टकराती हवा में एक अजीब सी सरसराहट थी। लेकिन मेरे अंदर एक भयंकर तूफान उठ रहा था। मेरे फोन की स्क्रीन अब भी उस रहस्यमयी संदेश को दिखा रही थी, "Truth is never complete..."

मैंने उस नंबर को फिर से देखा। Unknown। पर अब मेरे अंदर डर नहीं, एक हताश कर देने वाली जिज्ञासा थी। मैंने कॉल बैक किया। रिंग... रिंग... और फिर, कॉल उठा लिया गया।

"तुमने देर कर दी, वकील साहब..." एक बहुत ही धीमी, बूढ़ी और जानी-पहचानी आवाज़ आई। मेरे कदम वहीं रुक गए।

"कौन हो तुम? और अब क्या बाकी रह गया है? सब गुनहगार तो जेल में हैं!" मैं चिल्लाया।

कुछ सेकंड की खामोशी के बाद जवाब आया, "सच हमेशा दो-तरफा होता है बेटा। एक वो जो दुनिया देखती है, और एक वो जो रूहें छुपा लेती हैं। डायरी का वह आखिरी पन्ना... उसे रोशनी के सामने नहीं, बल्कि अंधेरे में ढूँढो।"

कॉल कट गया।

(डायरी - आखिरी परत)

मैं बदहवास होकर अपने घर पहुँचा। मैंने सविता भाभी की वह फटी हुई डायरी अपनी मेज़ पर रखी। वही आखिरी पन्ना, जिस पर लिखा था, “वो है...”

मैंने ध्यान से कागज़ को देखा। पन्ने पर स्याही तो नहीं थी, पर लिखने के दबाव की हल्की रेखाएँ मौजूद थीं। वकील होने के नाते मैंने तुरंत Impression Analysis (दबाव विश्लेषण) की तकनीक अपनाई। मैंने एक पेंसिल उठाई और बहुत हल्के हाथ से उस कागज़ पर शेडिंग करना शुरू किया।

धीरे-धीरे, सफ़ेद कागज़ पर ग्रे रंग के बीच कुछ अक्षर उभरने लगे।

“...छो... टु...”

मेरा दिल धड़कना भूल गया। मेरा गला सूख गया। “छोटू...” यह मेरा नाम था। भाभी ने अपनी मौत से पहले मेरा नाम क्यों लिखा था?

(सच का झटका - दफन अतीत)

मैंने डायरी के गत्ते के बीच छिपे एक बहुत ही पतले कागज़ को महसूस किया। उसे निकाला तो मेरी आँखों के सामने अंधेरा छा गया। वह एक 'एडॉप्शन सर्टिफिकेट' (गोद लेने का दस्तावेज़) की पुरानी कॉपी थी।

नाम: आनंद शर्मा। पिता: [मेरे पिता का नाम]।

मेरे हाथ कांपने लगे। आनंद... आनंद मेरा सगा बड़ा भाई था? जिसे घर वालों ने सालों पहले खोया हुआ या मृत मान लिया था, वह असल में विजय का साया बनकर मेरे ही शहर में था?

डायरी के उस गुप्त पन्ने पर भाभी की आखिरी लिखावट थी: “छोटू, अगर तुम यह पढ़ रहे हो, तो समझ लेना कि तुम्हें बचाने के लिए मैंने सब कुछ

छुपाया। आनंद तुम्हारा असली भाई है। विजय का उस पर मानसिक प्रभाव इतना गहरा था कि वह पागल हो गया था। आनंद तुम्हें बचपन से देखता रहा, पर उसका दिमाग तुम्हें 'बचाने' के नाम पर नफरत से भर गया था। वह मुझे तुम्हारे और उसके बीच का खतरा मानता था।"

(मनोवैज्ञानिक परत - Family Delusion)

अब सब कुछ एक डरावनी फिल्म की तरह साफ हो रहा था। आनंद का Delusional Disorder सिर्फ सविता भाभी तक सीमित नहीं था; वह एक 'Family Delusion' का हिस्सा था। वह चाहता था कि मैं उसकी तरह बनूँ, पर सविता भाभी मुझे कानून और सच की राह पर ले जा रही थीं। आनंद के लिए यही सबसे बड़ा अपराध था।

(सबसे बड़ा और कड़वा सच)

मैंने पन्ने को पलटकर आखिरी लाइन पढ़ी और मेरे पैरों तले ज़मीन खिसक गई।

"उस रात... विजय या आनंद ने गोली नहीं चलाई थी। ट्रिगर मैंने ही दबाया था। जब आनंद ने मेरा हाथ पकड़ा, तो मैंने खुद को या विजय को नहीं, बल्कि तुम्हें सुरक्षित करने के लिए निशाना बदला था। मैंने अपनी मौत खुद चुनी ताकि आनंद के हाथ खून से रंग जाएँ और वह हमेशा के लिए कानून की कैद में चला जाए, जिससे वह कभी तुम्हें नुकसान न पहुँचा सके।"

मैं वहीं ज़मीन पर बैठ गया। सब कुछ टूट गया। जिसे मैं हत्या मान रहा था, वह एक माँ जैसी 'भाभी' का आत्म-बलिदान था। वह कातिल नहीं थीं, वह एक ढाल थीं। उन्होंने कानून का इस्तेमाल किया ताकि एक अपराधी को सज़ा मिले, भले ही इसके लिए उन्हें खुद की जान देनी पड़ी।

(फ्लैशबैक - आखिरी मुलाकात)

बचपन की वह आखिरी शाम याद आई। भाभी मुझे देख रही थीं, उनकी आँखों में एक अजीब सा दर्द और प्यार था।

“छोटू... कभी-कभी सच बहुत महंगा होता है। और हर सच बोलना ज़रूरी नहीं होता, बस उसे जीना ज़रूरी होता है।”

(वर्तमान - अंतिम निर्णय)

मेरे सामने अब दो रास्ते थे। मैं यह नया 'सच' और आनंद के साथ अपने रिश्ते का राज़ कोर्ट में ले जाऊँ और सविता भाभी की उस कुर्बानी (Sacrifice) को बेनकाब कर दूँ, या फिर उस सज़ा को बरकरार रहने दूँ जो विजय और चौहान को मिल चुकी है।

मैंने फोन उठाया और उस 'Unknown' नंबर पर मैसेज किया, “मैं समझ गया।”

कुछ सेकंड बाद जवाब आया, “तो अब क्या करोगे... वकील साहब?”

मैंने अपनी आँखें बंद कीं और भाभी की हँसती हुई तस्वीर को याद किया। फिर लिखा, “मैं वही करूँगा... जो उन्होंने मुझे सिखाया। मैं सच के लिए लड़ूँगा, पर उनके बलिदान को अपमानित नहीं करूँगा। सज़ा सही लोगों को मिली है, पर वजह अब मेरा राज़ है।”

(अंतिम दृश्य)

मैं अपनी छत पर खड़ा था। भोपाल का बड़ा तालाब अब चाँदनी में चमक रहा था। हवा में वह फिनाइल की गंध नहीं थी, बल्कि मोगरे की हल्की खुशबू थी। मैंने आसमान की तरफ देखकर धीरे से कहा, “भाभी... आपकी 'अंतिम दलील' पूरी हुई। आप जीत गईं।”

हवा का एक झोंका आया, जैसे कोई मेरे सिर पर हाथ फेर रहा हो।

लेकिन जैसे ही मैं मुड़ा, फोन फिर से वाइब्रेट हुआ। वही नंबर।

“The game never ends. Some shadows stay forever.”

मेरे चेहरे पर एक फीकी मुस्कान आई।

क्या सच कभी पूरा होता है... या हर कहानी में एक अधूरी परछाई हमेशा के लिए दफन रह जाती है? मैंने अपनी 'अंतिम दलील' बंद कर दी थी, पर ज़िंदगी की अदालत अभी भी खुली थी।

विश्वासघात की परछाइयां

अविश्वासी दोस्त

प्रस्तावना	457
भाग 1: रक्त और रहस्य	459
अध्याय 1 बेतवा का विलाप	459
अध्याय 2 साक्ष्यों की भाषा	464
अध्याय 3 बिना चेहरे का सच	469
अध्याय 4 पत्थरों की गवाही	474
अध्याय 5 चांद, नदी और दो चेहरे	479
अध्याय 6 स्याही में छिपा सच	484
अध्याय 7 चौखट के अंदर का डर	490
भाग 2: झूठ की परतें	496
अध्याय 8 कॉल्स का जाल	496
अध्याय 9 विदेशी परछाइयाँ	502
अध्याय 10 डीएनए की गूंज	507
अध्याय 11 दिमाग का नक्शा	512
अध्याय 12 नदी का सच	517
अध्याय 13 जन्नत का पर्दा	522
अध्याय 14 कानून की दीवार	527
अध्याय 15 अधूरा इकबाल	532
भाग 3: जुनून, भ्रम और अपराध	537
अध्याय 16 परछाई का पीछा	537
अध्याय 17 भ्रम का साम्राज्य	542
अध्याय 18 अवचेतन की आवाज	547
अध्याय 19 हथियार की कहानी	552
अध्याय 20 इतिहास की परछाईं	557
अध्याय 21 विदाई का सबूत	563

अध्याय 22 डिजिटल पुनर्जन्म 569
अध्याय 23 मृतक का अंधेरा 575
अध्याय 24 दिमाग का युद्ध 581
भाग 4: न्याय का रण 586
अध्याय 25 आरोप पत्र 586
अध्याय 26 अदालत का मंच 591
अध्याय 27 गवाहों का सच 596
अध्याय 28 विज्ञान बनाम बचाव 601
अध्याय 29 पत्नी का सच 606
अध्याय 30 डिजिटल हमला 611
अध्याय 31 निर्णय का भार 617
अध्याय 32 फैसला 622
भाग 5: अंतिम विस्फोट 627
अध्याय 33 सजा के बाद 627
अध्याय 34 असली खेल 632
अध्याय 35 बेतवा का मौन 637

प्रस्तावना

मनुष्य का मस्तिष्क एक ऐसी जटिल भूलभुलैया है, जहाँ अक्सर 'सत्य' और 'भ्रम' की सीमाएं धुंधली पड़ जाती हैं। अपराध की दुनिया में हम अक्सर कातिल को ढूंढते हैं, लेकिन उस 'सोच' को समझना भूल जाते हैं जिसने एक साधारण हाथ में पत्थर थमाया या ट्रिगर पर उँगली रखने को मजबूर किया। "विश्वासघात की परछाइयाँ: अविश्वासी दोस्त" केवल एक मर्डर मिस्ट्री नहीं है, बल्कि यह मानवीय संवेदनाओं के पतन और 'डेल्यूजनल डिसऑर्डर' (Delusional Disorder) की उस भयावह गहराई की पड़ताल है, जहाँ एक दोस्त ही सबसे बड़ा दुश्मन बन जाता है।

इस उपन्यास की परिकल्पना ओरछा की उन ऐतिहासिक गलियों और बेतवा के शांत तटों पर की गई है, जहाँ पत्थर भी सदियों के राज दबाए बैठे हैं। बुंदेला इतिहास के पन्नों में जहाँ अटूट वफादारी की गाथाएँ हैं, वहीं विश्वासघात की ऐसी परछाइयाँ भी हैं जो आज के दौर में फिर से जीवित होती प्रतीत होती हैं। वीर सिंह देव और अबुल फ़ज़ल के दौर से शुरू हुआ यह द्वंद्व, आज के आधुनिक फॉरेंसिक विज्ञान, डीएनए एनालिसिस (DNA Analysis) और एआई सिम्युलेशन (AI Reconstruction) के युग में कैसे अपनी जगह बनाता है, यही इस कहानी का सार है।

बतौर लेखक, मेरा उद्देश्य पाठक को केवल एक रोमांचक सफर पर ले जाना नहीं था, बल्कि अपराध के पीछे छिपे मनोवैज्ञानिक पहलुओं को उजागर करना भी था। विकास का वह 'मसीहा जुनून' (Savior Complex), कुसुम का सामाजिक दबाव और चुप्पी, और महेश के अतीत के वे काले साये, ये सभी पात्र हमारे समाज के उन हिस्सों का प्रतिनिधित्व करते हैं जिन्हें हम अक्सर अनदेखा कर देते हैं।

इस लेखन यात्रा में मैंने आधुनिक फॉरेंसिक तकनीकों जैसे GSR (Gunshot Residue) टेस्ट, बैलिस्टिक मैचिंग और साइबर फॉरेंसिक्स

का सूक्ष्म विवरण शामिल किया है ताकि पाठक न्याय की प्रक्रिया को एक नई और वैज्ञानिक दृष्टि से देख सकें। कोर्टरूम ड्रामा के माध्यम से कानून और नैतिकता के बीच के उस 'ग्रे एरिया' (Grey Area) को छूने का प्रयास किया गया है, जहाँ जज के सामने केवल सबूत नहीं, बल्कि टूटे हुए दिमागों की दास्तानें होती हैं।

मैं उन सभी विशेषज्ञों और सहयोगियों का आभारी हूँ जिन्होंने इस उपन्यास की तकनीकी सटीकता और शोध में मेरा साथ दिया। ओरछा की मिट्टी और बेतवा का शोर इस कहानी में एक मूक पात्र की तरह मौजूद है, जो हमें बार-बार याद दिलाता है कि -

“विश्वासघात कभी मरता नहीं... वह बस चेहरा बदलता है।”

आशा है कि यह उपन्यास आपको न केवल रोमांचित करेगा, बल्कि सोचने पर भी मजबूर कर देगा कि क्या हम वाकई उन लोगों को पहचानते हैं जिन्हें हम अपना 'दोस्त' कहते हैं?

लेखक
डॉ. रवींद्र पस्तोर

भाग 1: रक्त और रहस्य

अध्याय 1
बेतवा का विलाप

ओरछा की सुबह किसी पुरानी, अधूरी कविता की तरह खुलती है, धीरे, शांत, लेकिन भीतर कहीं एक गहरी बेचैनी समेटे हुए। जब सूरज की पहली मद्धम किरणें बेतवा के बर्फीले और पारदर्शी पानी को छूती हैं, तो ऐसा लगता है जैसे सदियों पुरानी कोई सुप्त चेतना अंगड़ाई लेकर जाग रही हो। बुंदेला राजाओं की यह प्राचीन राजधानी आज भी अपने पत्थरों, खंडहरों और छतरियों में इतिहास को कैद किए हुए है।

मैं टीकमगढ़ से यहाँ एक ऐसे मामले की तफ्तीश करने आया था जिसने पुलिस महकमे के गलियारों में सन्नाटा पसरा दिया था। बेतवा की लहरों ने किनारे पर एक ऐसी सौगात छोड़ी थी जिसे देखकर मज़बूत कलेजे वालों की भी रूह कांप जाए। नदी के किनारे एक लाश मिली थी, जिसका चेहरा किसी ने इतनी नफरत और वहशीपन से कुचला था कि उसे पहचानना नामुमकिन था। पुलिस की भाषा में इसे 'ब्लाइंड मर्डर' (Blind Murder) कहा जाता है, जहाँ न मृतक की पहचान होती है, न कातिल का सुराग और न ही हत्या का मकसद।

राम राजा मंदिर के बाहर मेरी मुलाकात आचार्य राम प्रसाद से हुई। उनके चेहरे पर एक सात्विक तेज था और उनकी आँखों में वह स्थिरता थी जो केवल उन लोगों के पास होती है जिन्होंने समय को बहुत करीब से गुजरते देखा हो।

"साहब, यह ओरछा है," आचार्य ने मंदिर की ऊँची दीवारों की ओर इशारा करते हुए कहा। "यहाँ राम सिर्फ भगवान नहीं, राजा हैं। यह भारत का इकलौता स्थान है जहाँ उन्हें आज भी सशस्त्र सलामी (Martial Honors) दी जाती है।"

मंदिर के बाहर का वातावरण बेहद भक्तिमय था। अगरबत्ती और लोबान की भीनी-भीनी खुशबू हवा में तैर रही थी। श्रद्धालु रामचरितमानस की चौपाइयां गा रहे थे, लेकिन मेरे मस्तिष्क के एक कोने में फॉरेंसिक रिपोर्ट की वे शुरुआती पंक्तियाँ हथौड़े की तरह बज रही थीं, 'Mutilation with extreme prejudice' (अत्यधिक घृणा के साथ अंग-भंग)।

आचार्य मुझे राजा मधुकर शाह और उनकी रानी की कहानी सुना रहे थे। कैसे रानी की भक्ति ने अयोध्या से राम को यहाँ आने पर विवश कर दिया। लेकिन मेरा ध्यान मंदिर की दीवार के किनारे खड़े उस विशाल बरगद के पेड़ पर था। उस पर बैठे पक्षी अचानक बहुत शोर मचा रहे थे। वे चहचहा नहीं रहे थे, बल्कि ऐसा लग रहा था जैसे वे किसी आसन्न खतरे की चेतावनी दे रहे हों।

"आचार्य जी," मैंने धीरे से पूछा, "क्या आपको लगता है कि इस शांति और भक्ति के पीछे कोई भयानक सच छुपा हो सकता है?"

आचार्य हल्के से मुस्कुराए, लेकिन उनकी आँखों में एक अजीब सा सूनापन तैर गया। "इतिहास गवाह है साहब, सबसे ज्यादा खून उन्हीं महलों में बहा है जहाँ सबसे ज्यादा पहरे और सबसे ज्यादा भक्ति थी। विश्वासघात हमेशा अपनों की तरफ से आता है।"

तभी मेरी टीम के सदस्य मंदिर से बाहर आए। फोटोग्राफर और फॉरेंसिक एक्सपर्ट के चेहरे सूखे हुए थे। अब हमें उस असल जगह जाना था जहाँ मौत ने अपना तांडव किया था।

मैं जीप में बैठने ही वाला था कि मेरी 'सिक्स्थ सेंस' (Sixth Sense) ने मुझे पीछे मुड़ने पर मजबूर किया। सड़क किनारे एक आदमी खड़ा था। फटे हुए मटमैले कपड़े, कई दिनों की बढ़ी हुई दाढ़ी और आँखों में एक ऐसा सूनापन जैसे उसने दुनिया का सारा गम पी लिया हो। हमारी जीप जैसे ही उसके पास से गुज़री, वह अचानक किसी परछाई की तरह मुड़ा और घने जंगलों के बीच गायब हो गया।

"रुको!" मैंने ड्राइवर को टोकते हुए कहा।

जीप रुकी, मैंने पीछे मुड़कर देखा लेकिन वहाँ सिर्फ पेड़ों का सन्नाटा था।

"क्या हुआ सर?" लोकल कांस्टेबल ने पूछा।

"कुछ नहीं... बस एक एहसास कि इस केस का जवाब शायद मंदिर की मूर्तियों में नहीं, उस जंगल के सायों में छुपा है।"

अपराध स्थल नदी के एक सुनसान किनारे पर था, जो छोटी पहाड़ियों और घने पेड़ों से घिरा था। गर्मी का मौसम था और सूरज की तपिश अब हवा को गर्म कर रही थी। जमीन सूखी थी और पेड़ पत्तों से विहीन होकर कंकाल जैसे लग रहे थे। अचानक झाड़ियों से दो सियार (Jackals) हमारी आहट पाकर भागे।

"सर, यहाँ देखिए," फॉरेंसिक एक्सपर्ट ने जमीन पर बने चूने के सफेद घेरे की ओर इशारा किया। "यह एक 'Primary Crime Scene' लग रहा है। मिट्टी की स्थिति और खून के छींटों का फैलाव (Blood Spatter Pattern Analysis) बता रहे हैं कि मृतक और हत्यारे के बीच जबरदस्त संघर्ष हुआ था। हत्यारे ने जिस हथियार का इस्तेमाल किया, उसका प्रहार (Impact Force) बहुत ज्यादा था।"

मैंने देखा कि एक्सपर्ट बड़े ध्यान से जमीन से छोटे-छोटे सबूत उठा रहा

था, एक टूटा हुआ धागा, मिट्टी के कुछ नमूने और... एक आधा जला हुआ कागज़ का टुकड़ा। उसने उसे चिमटी से उठाकर एक प्लास्टिक बैग में सुरक्षित रख लिया।

तभी मेरी नज़र भीड़ में फिर उसी आदमी पर पड़ी। वही मुसाफिर। वह हमें नहीं देख रहा था, वह उस जगह को देख रहा था जहाँ शव पड़ा था। उसकी आँखों में डर नहीं था, बल्कि एक गहरा, रूह को झकझोर देने वाला दुख था।

मैंने उसे पास बुलाया। वह धीरे-धीरे आगे आया, उसके हाथ कांप रहे थे। 'Body Language Analysis' के अनुसार उसके झुके हुए कंधे और चुराई गई नज़रें स्पष्ट रूप से 'High-Anxiety' और 'Guilt' (ग्लानि) का संकेत दे रही थीं।

"तुम यहाँ क्या कर रहे हो?" मैंने कड़क आवाज़ में पूछा।

"साहब... मैं तो बस दर्शन करने आया था। यहाँ पुलिस को देखकर जिज्ञासा वश आ गया।" उसकी आवाज़ में एक अजीब सा कंपन था।

"नाम क्या है?"

"नाम... कुछ भी रख लीजिए साहब। मैं तो बस एक मुसाफिर हूँ।" उसने अपनी पहचान छुपाते हुए कहा और धीरे-धीरे वहाँ से हट गया। फोटोग्राफर ने चुपके से उसकी तस्वीर खींच ली थी।

दोपहर हो चुकी थी। भूख और गर्मी से टीम बेहाल थी, लेकिन मुझे पहले अस्पताल जाना था। डॉ. मोहन शर्मा ने जब अस्पताल के छोटे से कमरे में सफेद चादर हटाई, तो मेरा कलेजा मुंह को आ गया।

चेहरा... चेहरा बचा ही नहीं था। वह सिर्फ मांस और हड्डियों का एक

वीभत्स ढेर था। इसे 'Identity Concealment' (पहचान छुपाने का प्रयास) कहा जाता है। कातिल जानता था कि अगर चेहरा पहचान लिया गया, तो उस तक पहुँचना बहुत आसान होगा।

"डॉक्टर, मौत का वक्त और कोई विशेष निशान?" मैंने पूछा।

"करीब 36 से 48 घंटे पहले। और हाँ..." डॉक्टर ने मृतक के हाथ की ओर इशारा किया, "इसके बाएं हाथ पर एक छोटा सा टैटू (Tattoo) है, जो काफी धुंधला पड़ चुका है।"

मैं चुपचाप उस टैटू को देखता रहा। यह सिर्फ एक निशान नहीं था, यह इस गुमनाम कहानी का पहला सिरा था। ओरछा की धूप अब तीखी हो चुकी थी और बेतवा की लहरें अब भी शांत बह रही थीं, जैसे वे सब जानती हों लेकिन खामोश रहने का वादा कर चुकी हों।

मैंने खुद से एक सवाल पूछा, वह मुसाफिर कौन था? क्या वह वाकई एक राहगीर था, या उस 'अविश्वासी दोस्त' की पहली झलक जिसने इस खौफनाक वारदात को अंजाम दिया?

“क्या वह सिर्फ एक राहगीर था... या इस कहानी का पहला और सबसे बड़ा झूठ?”

अध्याय 2
साक्ष्यों की भाषा

बेतवा के किनारे सुबह की नमी अब धूप में सूख चुकी थी, लेकिन यहाँ की जमीन अब भी कुछ बोल रही थी। मैं फिर से उसी जगह खड़ा था जहाँ कल उस वीभत्स लाश को पाया गया था। अब यहाँ भीड़ नहीं थी, सिर्फ हम थे और वे अधूरे सच जो खामोशी से हमारे पैरों के नीचे दबे थे।

"सर, आज हम पूरा सीन क्लियर तरीके से मैप करेंगे," फॉरेंसिक एक्सपर्ट अरविंद ने अपने लैटेक्स ग्लव्स पहनते हुए कहा। उसके हाथ में एक फॉरेंसिक किट थी, जिसमें साक्ष्यों को सहेजने के लिए दुनिया भर की तकनीकें कैद थीं।

मैंने सिर हिलाया। "कोई जल्दबाज़ी नहीं, अरविंद। आज हम इस जमीन की हर आहट और हर कतरे को सुनेंगे। साक्ष्य कभी झूठ नहीं बोलते, बस उन्हें समझने वाली आँखें चाहिए।"

पीले रंग की 'Crime Scene' टेप से पूरा क्षेत्र घेर दिया गया था। कल जो एक आम सुनसान जगह थी, आज वह एक “कहानी” बन चुकी थी, जिसका हर हिस्सा एक शब्द था और हमें उसे एक मुकम्मल वाक्य में पिरोना था।

साक्ष्यों का वैज्ञानिक विश्लेषण (Blood Spatter Analysis)

अरविंद जमीन पर झुका हुआ था। उसने अपनी किट से एक मैग्निफाइंग ग्लास और एक लेज़र लाइट निकाली।

"सर, आप यहाँ आइए..." उसने मुझे पास बुलाया।

उसने एक छोटे स्केल से जमीन पर बने खून के धब्बों की दिशा और उनके आकार को नापा।

"देखिए," उसने खून की एक छोटी सी बूंद की ओर इशारा किया जो एक 'टियरड्रॉप' (आँसू) के आकार में थी। "ये जो छोटे droplets हैं, ये 'Low velocity impact' के हैं। यानी यहाँ हाथापाई हुई है।"

मैंने ध्यान से देखा। "मतलब?"

"मतलब यह, सर, कि शुरुआती संघर्ष यहीं हुआ। लेकिन..." वह अचानक रुक गया। उसकी भौंहें तन गईं।

"लेकिन क्या, अरविंद?"

"सर, 'High velocity spatter' यहाँ गायब है। जब किसी चेहरे को पत्थर या भारी हथियार से कुचला जाता है, तो खून की फुहारें काफी दूर तक और एक खास पैटर्न में फैलती हैं। यहाँ वैसा कुछ नहीं है।"

मेरे अंदर कुछ खिंच गया। 'सिक्स्थ सेंस' फिर से सक्रिय हो रही थी। "इसका मतलब है कि हत्या यहाँ नहीं हुई?"

उसने धीरे से सिर हिलाया। "यह 'Secondary Crime Scene' या 'Dump Site' हो सकता है। शव को यहाँ बाद में लाया गया है, लेकिन हाथापाई के निशान बताते हैं कि शायद वह मरने से पहले यहाँ जीवित था, या कातिल ने उसे यहाँ घसीटा है।"

पदचिह्न और मिट्टियों का मिलान (Footprint Casting)

"सर, यहाँ देखिए!" एक कांस्टेबल ने थोड़ा दूर, झाड़ियों के पास से आवाज़ दी।

हम उस तरफ बढ़े। मिट्टी में दो अलग-अलग पदचिह्न थे।

एक भारी शिकारी जूते का निशान, जो जमीन में काफी गहराई तक धंसा था।

दूसरा एक हल्का, लगभग घिसा हुआ निशान।

अरविंद ने 'Casting Kit' निकाली और प्लास्टर ऑफ पेरिस का घोल तैयार करने लगा।

"हम इनका 'Cast' बनाएंगे और फिर इसे संदिग्ध के जूतों से 'Compare' करेंगे। भारी निशान यह बताता है कि चलने वाला व्यक्ति या तो बहुत भारी था, या उसने अपने कंधों पर कोई भारी वजन उठा रखा था।"

"जैसे कि एक लाश?" मैंने सवाल किया।

"बिल्कुल सही, सर। यह 'Drag Mark' (घसीटने के निशान) के साथ मेल खा रहा है।"

मिट्टी की तुलना (Soil Comparison)

अरविंद ने दो अलग-अलग जगहों से मिट्टी के सैंपल उठाए। एक जहाँ खून था, और दूसरा करीब दस फीट दूर की सूखी मिट्टी।

"सर, दोनों मिट्टी के 'Texture' और 'Mineral Composition' में फर्क लग रहा है। यहाँ की मिट्टी पूरी तरह सूखी है, लेकिन जहाँ शव पड़ा था, वहाँ की मिट्टी में कुछ अजीब सी नमी और चिकनाई है।"

"चिकनाई?" मैंने उसे सूंघा। "क्या यह पेट्रोल है या कोई तेल?"

"हो सकता है। कातिल ने शायद सबूत मिटाने के लिए किसी 'Chemical' का इस्तेमाल किया हो।"

क्राइम सीन मैपिंग और ड्रोन व्यू

हमने पूरा एरिया मार्क करना शुरू किया। एक छोटा सा ड्रोन कैमरा हवा में उड़ाया गया। मेरे टैबलेट पर उसकी 'Live Feed' आने लगी। ऊपर से देखने पर वह पूरा इलाका एक नक्शे की तरह दिख रहा था।

"ज़ूम करो..." मैंने निर्देश दिया।

स्क्रीन पर एक हल्की सी लकीर दिखी, जो झाड़ियों से होते हुए सीधे नदी की ओर नहीं जा रही थी, बल्कि एक पुराने, सूखे कुएं की तरफ मुड़ रही थी।

"वह रास्ता टेढ़ा क्यों है? अगर शव को नदी किनारे फेंकना था, तो कातिल सीधे रास्ते से क्यों नहीं गया?" मैंने खुद से पूछा।

वहाँ कुछ और हुआ था। हम उस दिशा में बढ़े। एक पुराने पेड़ के नीचे मुझे कुछ चमकता हुआ दिखा। अरविंद ने उसे चिमटी से उठाया। वह एक छोटा सा 'धात्विक टुकड़ा' था।

"सर, यह तो 'Firearm' का हिस्सा लग रहा है... क्या यहाँ गोली भी चली थी?"

"लेकिन पोस्टमार्टम में तो गोली का कोई ज़िक्र नहीं था," मैंने याद करते हुए कहा।

विरोधाभास: खून की दो दिशाएं

मैं फिर से शुरुआती जगह पर गया। खून के धब्बों को फिर से गौर से

देखा। वे एक दिशा में नहीं थे। वे विपरीत दिशाओं में थे।

"अरविंद, यह देखो... खून के छींटे इधर भी जा रहे हैं और उधर भी।"

वह झुका और कुछ सेकंड तक अपनी लेज़र लाइट से कोण (Angle) नापता रहा।

उसका चेहरा सफेद पड़ गया। "सर... इसका मतलब है कि यहाँ दो अलग-अलग 'Movements' हुए हैं। या तो यहाँ दो बार खून गिरा है, या..."

"या यहाँ दो लोग घायल हुए थे," मैंने उसकी बात पूरी की।

हवा अचानक भारी हो गई। ओरछा की गर्मी में भी मुझे एक सिहरन महसूस हुई। अगर दो लोग घायल हुए थे, तो दूसरा व्यक्ति कौन था? और अगर वह घायल था, तो वह कहाँ गया?

मैंने आखिरी बार पूरे दृश्य को देखा। बेतवा की शांत लहरें, वे सूखे पेड़, और जमीन पर बिखरे हुए ये वैज्ञानिक शब्द। मेरे दिमाग में एक ही सवाल हथौड़े मार रहा था,

“खून की दिशा कुछ और कहानी कह रही थी... अगर हत्या यहाँ नहीं हुई, और यहाँ दो लोग घायल थे, तो फिर असली कहानी क्या है? क्या कातिल भी घायल हुआ था, या कोई और है जो इस खौफनाक खेल को छुपकर देख रहा था?”

अध्याय 3
बिना चेहरे का सच

अस्पताल की मोर्चरी (शवगृह) का सन्नाटा बाहर की चिलचिलाती धूप से कहीं ज्यादा चुभने वाला था। यहाँ की हवा में फॉर्मलिन और फिनाइल की एक ऐसी तीखी गंध बसी थी जो सीधे नसों में उतरकर बेचैनी पैदा कर देती थी। बाहर ओरछा के मंदिरों से शंख और भजनों की आवाज़ आ रही थी, लेकिन इस ठंडे कमरे में सिर्फ मशीनी सन्नाटा था।

लोहे की उस ठंडी टेबल पर वह शव पड़ा था, जिसे मैंने कल बेतवा के किनारे देखा था। सफेद चादर के नीचे एक पूरा जीवन दबा हुआ था, जो अब केवल एक 'केस नंबर' बनकर रह गया था।

डॉ. मोहन शर्मा ने अपने सर्जिकल मास्क को ठीक किया और मेरी ओर देखा। उनकी आँखों में थकान थी, लेकिन काम के प्रति एक अजीब सी निष्ठा भी। "साहब, हर लाश कुछ कहती है... बस उसे सुनने वाला और समझने वाला चाहिए। आज देखते हैं कि यह बेचेहरा इंसान हमें क्या सुनाता है।"

मैंने सिर हिलाया। मेरा आंतरिक मन (Investigator's Instinct) इस समय एक अजीब द्वंद्व में था। एक तरफ पेशेवर कर्तव्य था और दूसरी तरफ वह मानवीय संवेदना जो उस विकृत चेहरे को देखकर बार-बार विचलित हो रही थी।

शव-परीक्षा और चोटों का विश्लेषण (Autopsy & Trauma Analysis)

डॉ. शर्मा ने धीरे से सफेद चादर को चेहरे की तरफ से हटाया। दृश्य कल से भी ज्यादा वीभत्स था।

"चेहरे पर 'Blunt Force Trauma' (भारी वस्तु से प्रहार) के स्पष्ट निशान हैं," डॉक्टर ने एक छोटी टॉर्च से हड्डियों के ढाँचे का निरीक्षण करते हुए कहा। "Zygoma (गाल की हड्डी), Mandible (जबड़े की हड्डी) और Nasal Bone (नाक की हड्डी)... सब चकनाचूर हो चुकी हैं। हत्यारे ने किसी पत्थर या भारी हथौड़े से एक-दो नहीं, बल्कि दर्जनों वार किए हैं।"

मैंने करीब जाकर देखा। "डॉक्टर, फॉरेंसिक साइंस में इसे क्या कहते हैं?"

"इसे 'Overkill behavior' (अत्यधिक हिंसा) कहा जाता है, साहब," डॉ. शर्मा ने गंभीर स्वर में बताया। "जब हत्यारा मौत के बाद भी वार करना जारी रखता है, तो इसका मतलब है कि वह सिर्फ जान नहीं लेना चाहता था, वह उस वजूद को ही मिटा देना चाहता था। 'Overkill' अक्सर एक गहरे 'Emotional Connection' या 'Personal Rage' (व्यक्तिगत नफरत) का संकेत होता है। रैंडम मर्डर में कोई इतनी मेहनत नहीं करता।"

पहचान छुपाना बनाम नफरत (Psychological Profiling)

मेरे दिमाग में विचारों का चक्रवात चलने लगा।

"डॉक्टर... अगर कोई सिर्फ पहचान छुपाना चाहता है (Identity Concealment), तो क्या वह चेहरे को इतना क्षत-विक्षत करेगा?"

डॉक्टर कुछ पल के लिए रुके, फिर बोले, "पहचान छुपाने के लिए एक या दो प्रहार काफी होते हैं। लेकिन इतनी बार वार वही करता है... जिसे वह चेहरा याद रह जाता है। जिसे उस चेहरे से नफरत होती है, या शायद वह चेहरा उसे बार-बार किसी अपमान की याद दिलाता है।"

यहीं से 'Delusional Disorder' (भ्रम का विकार) का वह सूक्ष्म बीज मेरे मन में पनपने लगा। क्या हत्यारा इस व्यक्ति को केवल एक इंसान नहीं, बल्कि किसी 'प्रतीक' के रूप में देख रहा था?

मृत्यु के समय का अनुमान (Time of Death Estimation)

डॉ. शर्मा ने शव के हाथ और पैरों को हिलाकर देखा। "Rigor Mortis (शव का अकड़ना) अब खत्म होने की कगार पर है। Post-mortem Lividity (मृत्यु के बाद खून का जमाव) पूरी तरह फिक्स (Fix) हो चुकी है। शरीर का तापमान और आँखों की स्थिति बता रही है कि मृत्यु करीब 36 से 48 घंटे पहले हुई थी।"

"एक मिनट, डॉक्टर," मैंने टोका। "अगर 'Lividity' पीठ के निचले हिस्से में फिक्स है, लेकिन शव पेट के बल मिला था, तो इसका मतलब क्या है?"

"इसका मतलब साफ है, साहब," डॉक्टर ने मेरी ओर देखते हुए कहा, "मृत्यु के बाद शरीर को शिफ्ट (Shift) किया गया है। मृत्यु कहीं और हुई, शरीर घंटों तक किसी और पोजीशन में रहा, और बाद में इसे बेतवा किनारे लाकर फेंका गया।"

शव स्थल में मिले 'Drag Marks' (घसीटने के निशान) अब इस फॉरेंसिक थ्योरी से पूरी तरह मेल खा रहे थे।

आंतरिक निष्कर्ष और संघर्ष के निशान

पोस्टमार्टम आगे बढ़ा। डॉ. शर्मा ने मृतक के नाखूनों के नीचे से कुछ नमूने (Nail Scrapings) लिए। "यहाँ कुछ स्किन फ्रैग्मेंट्स (Skin Fragments) मिले हैं। मतलब मरने से पहले इसने संघर्ष किया था। यह हमारे लिए 'DNA Analysis' का सबसे बड़ा सुराग हो सकता है।"

जांच के दौरान गर्दन पर कुछ गहरे निशान (Ligature Marks) भी मिले।

"इसे बांधा गया था," मैंने धीरे से कहा।

"हाँ, और बांधने का तरीका बहुत पेशेवर था। इसे 'Restraint' (नियंत्रण) में रखकर प्रताड़ित किया गया था," डॉक्टर ने पुष्टि की।

हथियार की संभावना और GSR

मैंने कल घटनास्थल पर मिले उस छोटे से 'धात्विक टुकड़े' के बारे में डॉक्टर को बताया।

"क्या कोई गोली का निशान है?"

डॉक्टर ने पूरे शरीर का एक्स-रे देखा। "अंदर कोई बुलेट नहीं है, लेकिन बाएं कंधे पर एक 'Graze Wound' (खरोंच जैसा घाव) है, जो किसी तेज़ रफ़्तार चीज़ के छूकर निकलने से बना है। हमने हाथों पर 'GSR (Gunshot Residue) Test' के लिए स्वाब ले लिए हैं। अगर यहाँ गोली चली थी, तो रिपोर्ट में साफ हो जाएगा।"

एक अनकहा सुराग

जब कपड़ों की तलाशी ली गई, तो मृतक की शर्ट के कॉलर पर एक हल्की सी चमक दिखी।

"यह क्या है?" मैंने चिमटी से उसे उठाया।

यह एक नीला सिंथेटिक रेशा (Synthetic Fiber) था। साथ ही, शव से एक बहुत ही धीमी लेकिन विशिष्ट खुशबू आ रही थी, एक महंगा विदेशी परफ्यूम।

यह गंध मोर्चरी की बदबू में भी अपनी मौजूदगी दर्ज करा रही थी। मेरे दिमाग में तुरंत होटल बुंदेलखंड रिवरसाइड और वहां रुकी 'सुजान' और 'जन्नत' की छवि कौंधी। क्या इस मुसाफिर, इस लाश और उन विदेशियों के बीच कोई कड़ी थी?

अंत: नफरत की इंतहा

मैंने आखिरी बार उस बेचेहरे शरीर को देखा। वह अब सिर्फ मांस का लोथड़ा नहीं था, वह एक सवाल था।

"डॉक्टर..." मैंने भारी आवाज़ में पूछा, "अगर कोई पहचान छुपाना चाहता है, तो वह चेहरा मिटाता है। लेकिन अगर कोई नफरत करता है, तो वह क्या करता है?"

डॉक्टर ने सर्जिकल ग्लव्स उतारते हुए मेरी आँखों में देखा। उनकी आवाज़ में एक ठंडी सिहरन थी।

"तो वह चेहरा खत्म नहीं करता, साहब... वह उस चेहरे को सजा देता है। वह उसे आईने में देखने लायक भी नहीं छोड़ता।"

मैंने धीरे से अपनी डायरी बंद की। यह डर नहीं था जिसने उस चेहरे को कुचला था। यह एक भयानक, जुनूनी और बीमार कर देने वाली नफरत थी। या शायद उससे भी ज्यादा कुछ...

“तो यह डर नहीं था... यह नफरत थी... या क्या यह उस 'अविश्वासी दोस्त' का अपने भ्रम को सच साबित करने का एक तरीका था?”

अध्याय 4
पत्थरों की गवाही

जहांगीर महल की विशाल दहलीज पर कदम रखते ही ऐसा महसूस होता है जैसे समय की गति अचानक थम गई हो। पत्थरों की वह भारी और ठंडी गंध, जो सदियों की नमी और राजों को अपने भीतर समेटे हुए है, सीधे फेफड़ों में उतरती है। यह महल सिर्फ ईंट और पत्थर का ढांचा नहीं है; यह एक मूक गवाह है, उन वादों का जो निभाए गए, और उन पीठों का जिन पर खंजर घोंपे गए।

मैं अपने दल के साथ महल के मुख्य आंगन में खड़ा था। ऊँची छतरियाँ, बारीक नक्काशी वाली जालियाँ और वे पत्थर के हाथी जो आज भी सीढ़ियों की रखवाली कर रहे थे। ऐसा कहा जाता है कि जब राजा यहाँ आते थे, तो इन हाथियों के गले में बंधी घंटियाँ बजाई जाती थीं। आज वहां सिर्फ सन्नाटा था, जिसे हमारे जूतों की आहट रह-रहकर भंग कर रही थी।

"साहब, यह महल सिर्फ एक रात के लिए बना था," होटल के मैनेजर ने मेरे पास आकर धीरे से कहा। वह इतिहास का शौकीन था और उसकी आँखों में वह चमक थी जो केवल उन लोगों में होती है जो अतीत को वर्तमान से बेहतर समझते हैं।

मैंने उसकी ओर देखा। "सिर्फ एक रात के लिए?"

"जी। महाराजा वीर सिंह देव ने इसे मुगल सम्राट जहांगीर के स्वागत के लिए बनवाया था। लेकिन इस भव्यता के पीछे एक खौफनाक सच भी है। वीर सिंह देव ने जहांगीर की दोस्ती और सत्ता पाने के लिए अकबर के

सबसे करीबी सलाहकार, अबुल फ़ज़ल की हत्या की थी। यह महल उस 'पुरस्कार' की तरह है जो एक कत्ल के बदले मिला था।"

इतिहास और वर्तमान के समांतर सूत्र (Historical Parallels)

मैनेजर की बातों ने मेरे दिमाग में एक चिंगारी सुलगा दी। मैं अपनी डायरी में कुछ नोट करने लगा। इतिहास खुद को दोहराता है, बस चेहरे बदल जाते हैं।

1605 में एक हत्या हुई थी, सत्ता के लिए।

2024 में एक हत्या हुई है, जिसका मकसद अभी भी अंधेरे में है।

लेकिन एक शब्द दोनों में साझा था: विश्वासघात (Betrayal)।

जहांगीर महल की ऊपरी मंजिल की ओर बढ़ते हुए मैंने उन झरोखों को देखा जहाँ से कभी रानियां नीचे का दृश्य देखती होंगी। आज वहां से सिर्फ बेतवा का शांत विस्तार दिख रहा था। वह नदी, जो सदियों से बह रही है और जिसने न जाने कितने गवाहों को अपनी लहरों में डुबो दिया है।

मनोवैज्ञानिक प्रतिबिंब (Psychological Reflection)

मैं सोचने लगा, क्या उस 'मुसाफिर' का चेहरा, जिसे मैंने कल देखा था, वीर सिंह देव के उस अपराधी बोध (Guilt) जैसा ही था?

पोस्टमार्टम रिपोर्ट में 'Overkill' का जो ज़िक्र था, उसका संबंध यहाँ की दीवारों से जुड़ता दिख रहा था। मनोवैज्ञानिक रूप से, जब कोई किसी की पहचान मिटाता है (Facial Mutilation), तो वह केवल उस व्यक्ति को नहीं मारता, बल्कि उस 'छवि' को मारता है जिसे वह बर्दाश्त नहीं कर पा रहा।

वीर सिंह देव ने अबुल फ़ज़ल को मारा क्योंकि वह जहांगीर और उनके बीच की दीवार था। इस केस में, क्या मृतक किसी और के रास्ते की दीवार था? या क्या यह 'Ownership' (स्वामित्व) का मामला था?

'Delusional Disorder' के मरीज़ अक्सर यह मानने लगते हैं कि कोई चीज़ या इंसान उनका है, और जब उन्हें लगता है कि वे उसे खो रहे हैं, तो वे उसे पूरी तरह नष्ट कर देते हैं। "अगर वह मेरा नहीं, तो उसे दुनिया में किसी और का होने का हक नहीं", यह विचार नफरत से कहीं ज्यादा खतरनाक है।

तहखाने का सन्नाटा और सूक्ष्म सुराग

महल के एक सुदूर कोने में, जहाँ पर्यटकों की आवाजाही कम थी, एक संकरा रास्ता नीचे की ओर जाता था। मैनेजर ने बताया कि यह पुराना 'सर्वेंट क्वार्टर' या शायद कोई गुप्त रास्ता था। वहां की हवा भारी और घुटन भरी थी।

दीवारों पर मशालों के स्टैंड आज भी मौजूद थे। एक कोने में, जहाँ रोशनी बहुत कम थी, मेरी नज़र दीवार पर बने एक ताज़ा खरोंच के निशान पर पड़ी। मैंने अपनी टॉर्च जलाई।

वह कोई पुरानी नक्काशी नहीं थी। पत्थरों पर किसी नुकीली चीज़ से कुछ उकेरा गया था। आधा मिटा हुआ, लेकिन पढ़ने योग्य:

"वह मेरा था..."

मेरे रोंगटे खड़े हो गए। यह इबारत पुरानी नहीं लग रही थी। क्या कातिल यहाँ आया था? क्या उसने यहाँ बैठकर अपनी साजिश बुनी थी?

मैंने फॉरेंसिक टीम को बुलाया। "अरविंद, यहाँ से नमूनों की जांच करो।

मुझे लगता है यहाँ कोई आधुनिक गतिविधि हुई है।"

अरविंद ने मैग्निफाइंग ग्लास से देखा। "सर, यहाँ सिगरेट की राख (Cigarette Ash) के कुछ कण हैं और... यह देखिए, एक नीला रेशा (Blue Fiber)।"

नीला रेशा! वही रेशा जो अस्पताल में मृतक के कपड़ों पर मिला था।

कड़ियों का जुड़ना

कड़ियाँ जुड़ने लगी थीं। जहांगीर महल, वह मुसाफिर, वह नीला रेशा और वह रहस्यमयी जन्नत, सब एक ही जाल का हिस्सा थे।

मैनेजर फिर से बोलने लगा, "साहब, यहाँ के पत्थरों के बारे में एक बात कही जाती है। जो विश्वासघात यहाँ एक बार होता है, वह जगह उसे याद रखती है। यहाँ की हवाएं आज भी उन चीखों को दोहराती हैं जिन्हें इतिहास ने दबा दिया।"

मैंने महल की ऊँची दीवारों को देखा। ऐसा लग रहा था जैसे वे पत्थर मुझ पर झुक रहे हों, जैसे वे कुछ कहना चाहते हों जो शब्दों में बयान नहीं किया जा सकता।

मेरे मन में एक भारीपन सा भर गया। यह केस अब सिर्फ एक 'ब्लाइंड मर्डर' नहीं रहा था। यह एक मनोवैज्ञानिक भूलभुलैया थी जहाँ हर मोड़ पर एक नया राज और एक नया धोखा इंतज़ार कर रहा था।

महल से बाहर निकलते समय सूरज डूब रहा था और उसकी लालिमा जहांगीर महल को ऐसा दिखा रही थी जैसे वह खून में नहाया हो।

मैंने धीरे से अपनी टीम की ओर देखा और खुद से कहा -

“क्या यह वही जगह है जहाँ इतिहास फिर से खुद को दोहरा रहा है? या यह सिर्फ शुरुआत है उस खौफनाक अंत की, जिसकी पटकथा सदियों पहले ही लिखी जा चुकी थी?”

अध्याय 5
चांद, नदी और दो चेहरे

बुंदेलखंड रिवरसाइड होटल की रात किसी रहस्यमयी तिलिस्म की तरह थी। टीकमगढ़ के राजा ने इसे शिकारगाह के तौर पर बनवाया था, और आज यह 50 एकड़ में फैला एक ऐसा स्थान था जहाँ इतिहास और आधुनिकता एक दूसरे के गले लग रहे थे। जब मैं शाम को वापस आया, तो ओरछा की गर्मी बेतवा के ठंडे पानी से टकराकर एक हल्की धुंध पैदा कर रही थी।

मेरा कमरा नदी की ओर था। रात गहरी हो चुकी थी और आसमान में पूर्णिमा का चाँद अपनी पूरी भव्यता के साथ चमक रहा था। वेटर ने मेरे कमरे के बाहर दो कुर्सियाँ लगा दी थीं। मैं वहाँ आँखें बंद करके बैठ गया। बेतवा की लहरों का संगीत और पत्थरों से टकराते पानी की कलकल मेरे कानों में किसी प्राचीन लोरी की तरह गूँज रही थी। दूर कहीं किसी कुत्ते के भौंकने की आवाज़ और उल्लू की डरावनी बोली रात के सन्नाटे को और गहरा बना रही थी।

अचानक, हवा में एक विशिष्ट खुशबू तैरी। यह वही परफ्यूम था जिसकी हल्की सी गंध मुझे मोर्चरी में उस 'बेचेहरा' लाश के कपड़ों से मिली थी।

मैंने आँखें खोलीं। मेरे सामने एक युवती खड़ी थी।

सुजान: उजाले का चेहरा

"क्या मैं यहाँ बैठ सकती हूँ?" उसने बड़ी शालीनता से पूछा।

मैंने सिर हिलाया। उसने सामने वाली कुर्सी संभाली। वेटर हमारे लिए वेलकम ड्रिंक्स और स्नैक्स लेकर आया।

"मेरा नाम सुजान है," उसने मुस्कुराते हुए हाथ बढ़ाया। "मैं वाशिंगटन डी.सी. से हूँ। हम दस लोगों का एक समूह हैं, जो भारत के बाज़ार को समझने के लिए आए हैं।"

सुजान एक 'बबली' (Bubbly) लड़की थी। उसकी आँखों में जीवन की चमक थी और उसकी बातों में तर्क। वह एक मल्टीनेशनल कंपनी में काम करती थी और थॉमस कुक के माध्यम से इस एक महीने के भारत दौरे पर थी। उसने बताया कि उनके समूह के 17 कमरे नदी की ओर हैं।

'Body Language Analysis' के अनुसार, सुजान बहुत सहज थी। उसकी हथेलियाँ खुली हुई थीं, जो ईमानदारी का संकेत देती हैं। लेकिन मेरा पुलिसिया दिमाग यह सोच रहा था कि क्या एक कॉर्पोरेट टूर पर आई लड़की का परफ्यूम उस 'ब्लाइंड मर्डर' के शिकार व्यक्ति तक पहुँच सकता है?

"भारत बहुत रहस्यमयी है," सुजान ने बेतवा की ओर देखते हुए कहा। "यहाँ की मिट्टी में कुछ ऐसा है जो आपको अपनी ओर खींचता है।"

वह थोड़ी देर बाद अपने ग्रुप के साथ डिनर के लिए चली गई। लेकिन मेरा मन बेचैन था।

बेतवा का सम्मोहन और दूसरी परछाई

डिनर के बाद मैंने नदी किनारे टहलने का फैसला किया। चाँदनी रात में बेतवा का पानी चाँदी की पिघली हुई चादर जैसा लग रहा था। मैं रेत के बिस्तर पर चल रहा था कि तभी दूर मुझे एक 'सिलुएट' (Silhouette) - एक काली आकृति, दिखी।

मेरा दिल ज़ोर से धड़कने लगा। इस इलाके में डकैतों की कहानियाँ मशहूर थीं। लेकिन जैसे-जैसे मैं पास पहुँचा, वह आकृति साफ़ होने लगी। वह एक लड़की थी।

दूर से देखने पर वह बिल्कुल सुजान जैसी लग रही थी। चाँदनी में उसके बाल चमक रहे थे और वह किसी अप्सरा की तरह लग रही थी जो स्वर्ग से बेतवा में स्नान करने उतरी हो। लेकिन जब मैं उसके बिल्कुल करीब पहुँचा, तो मेरा भ्रम टूट गया।

वह सुजान नहीं थी।

जन्नत: साये का रहस्य

"नमस्ते," मैंने झिझकते हुए कहा।

उसने मुड़कर देखा। उसकी आँखें सुजान की तरह चमकती हुई नहीं थीं; वे गहरी, उदास और रहस्यमयी थीं।

"मेरा नाम जन्नत है," उसने धीमी आवाज़ में कहा। "मैं सुजान के ही ग्रुप में हूँ। मुझे भूख नहीं थी, इसलिए मैं यहाँ अकेले टहलने चली आई।"

जन्नत और सुजान में ज़मीन-आसमान का अंतर था। सुजान 'उजाला' थी, तो जन्नत 'छाया'। जन्नत ने बताया कि वह भारतीय किलों और उनकी वास्तुकला (Architecture) की शोधकर्ता है।

"क्या आप जानती हैं?" जन्नत ने जहांगीर महल की ओर इशारा करते हुए कहा, "इस होटल में जो पत्थर और लकड़ी की नक्काशी है, वह ग्वालियर और दतिया के किलों जैसी है। मध्यकालीन युग के सिरेमिक टाइल्स का इतना बेहतरीन इस्तेमाल और कहीं नहीं मिलता।"

उसकी जानकारी अचंभित करने वाली थी। लेकिन उसकी आवाज़ में एक 'Depression' (अवसाद) था। वह बात करते-करते अचानक चुप हो जाती और लहरों को ऐसे देखती जैसे वे उसे कुछ बता रही हों।

मनोवैज्ञानिक अंतर्विरोध (Psychological Conflict)

जांच अधिकारी के तौर पर मेरा दिमाग 'Cognitive Dissonance' (संज्ञानात्मक असंगति) का शिकार हो रहा था।

सुजान और जन्नत एक ही ग्रुप में हैं। दोनों का व्यक्तित्व एक-दूसरे से बिल्कुल उलट है। सुजान ने जन्नत का ज़िक्र क्यों नहीं किया? क्या जन्नत का किलों के गुप्त रास्तों का ज्ञान उस 'तहखाने' से जुड़ता है जहाँ मुझे 'वह मेरा था' लिखा मिला था?

तभी जन्नत ने कुछ ऐसा कहा जिसने मेरे रोंगटे खड़े कर दिए।

"कभी-कभी लोग मरते नहीं हैं, इंस्पेक्टर... उन्हें उनके अपनों के विश्वासघात द्वारा 'मिटाया' जाता है। क्या आपने कभी किसी ऐसे इंसान को देखा है जिसके पास अपना चेहरा ही न बचा हो?"

मैं सन्न रह गया। उसे उस लाश के बारे में कैसे पता? अभी तो यह खबर अखबारों में भी नहीं आई थी।

एक साथ दो जगहें?

मिडनाइट होने वाली थी। जन्नत ने अलविदा कहा और होटल की ओर बढ़ गई। मैं कुछ देर वहीं खड़ा रहा, लहरों को देखता रहा। जब मैं वापस अपने कमरे की बालकनी में पहुँचा, तो मैंने देखा कि बगल वाले कमरे की खिड़की से एक परछाई दिख रही थी, वह सुजान थी, जो अपनी कुर्सी पर बैठी चाय पी रही थी।

लेकिन उसी पल, होटल के बगीचे के दूसरे छोर से मुझे जन्नत की सफेद पोशाक लहराती हुई दिखी।

मेरे दिमाग में एक भयानक सवाल कौंधा। सुजान और जन्नत... क्या ये दो अलग लड़कियाँ हैं, या एक ही वजूद के दो हिस्से? या फिर कोई ऐसा खेल खेला जा रहा है जहाँ परछाइयाँ इंसानों से ज्यादा सच बोल रही हैं?

अगले दिन सुबह, जब वेटर अखबार लेकर आया, तो मेरी नज़र दूसरे पन्ने की एक खबर पर थमी। एक महिला ने अपने पति की गुमशुदगी की रिपोर्ट दर्ज कराई थी। उस फोटो को देखते ही मेरे दिमाग में उस लाश के हाथ का वह टैटू (Tattoo) चमक उठा।

लेकिन मेरा ध्यान अभी भी उन दो कमरों पर था।

“उन दोनों कमरों के बंद दरवाजों के पीछे कौन सा सच छुपा था? सुजान का उजाला या जन्नत का अंधेरा... असली रहस्य किसके पास है?”

अध्याय 6
स्याही में छिपा सच

ओरछा की सुबह जितनी शांत दिखती है, उतनी होती नहीं। रात भर बेतवा की लहरों और 'सुजान-जन्नत' के दोहरे व्यक्तित्व की पहेली ने मेरी नींद उड़ा रखी थी। जब सुबह की पहली किरण होटल के झरोखे से मेरे कमरे में दाखिल हुई, तो मेरे सामने दो कमरे थे और उन कमरों के पीछे छुपे अनगिनत सवाल। क्या जन्नत और सुजान वाकई वही हैं जो वे दिख रही हैं, या वे इस मर्डर मिस्ट्री के किसी बड़े कैनवास का छोटा सा हिस्सा मात्र हैं?

वेटर जब सुबह की चाय के साथ स्थानीय समाचार पत्र 'बुंदेलखंड केसरी' लेकर आया, तो मेरी नज़रें थकी हुई थीं। मैंने बेतवा की ओर चेहरा करके चाय का पहला घूँट लिया। तभी दूसरे पन्ने पर एक छोटी सी सुर्खी ने मेरा ध्यान खींचा, "दो दिन से लापता युवक की पत्नी ने दर्ज कराई रिपोर्ट।"

मेरा पुलिसिया दिमाग झटके से जाग गया। खबर में लिखा था कि टीकमगढ़ और उत्तर प्रदेश की सीमा पर स्थित एक गाँव का निवासी, 'महेश सिंह', पिछले 48 घंटों से लापता है। उसकी पत्नी 'कुसुम' ने पास के थाने में शिकायत दर्ज कराई थी। खबर के साथ एक छोटा, धुंधला सा फोटो था। यद्यपि चेहरा साफ़ नहीं था, लेकिन कद-काठी उस लाश से मेल खा रही थी जो अस्पताल की मोर्चरी में पड़ी थी।

फॉरेंसिक रिकॉल: वो धुंधली स्याही

अचानक मुझे डॉ. शर्मा की वो बात याद आई, "साहब, इसके बाएं हाथ पर एक छोटा सा टैटू है।"

मैंने तुरंत अपने फॉरेंसिक एक्सपर्ट अरविंद को फोन लगाया। "अरविंद, जल्दी तैयार हो जाओ। उस मिसिंग रिपोर्ट की फोटो और हमारे पास मौजूद लाश के टैटू का मिलान करना है। हमें ओरछा थाने निकलना है।"

आधे घंटे के भीतर हम थाने पहुँच चुके थे। ओरछा थाना एक पुरानी इमारत में स्थित था, जहाँ फाइलों के ढेर और धूल की एक पतली परत व्यवस्था की धीमी गति को बयां कर रही थी। थाना प्रभारी (एस.ओ.) एक अधेड़ उम्र के व्यक्ति थे, जो सुबह-सुबह के इस हंगामे से थोड़े हैरान दिखे।

"साहब, ऐसी गुमशुदगी की रिपोर्टें तो आती रहती हैं," उन्होंने एक उबासी लेते हुए कहा।

"लेकिन हर गुमशुदगी लाश में तब्दील नहीं होती, एस.ओ. साहब," मैंने सख्त लहजे में कहा। "मुझे वो शिकायत देखनी है।"

फाइल निकाली गई। शिकायत पत्र के साथ महेश सिंह की एक पासपोर्ट साइज फोटो नत्थी थी। फोटो में वह एक सीधा-सादा, ग्रामीण युवक लग रहा था। लेकिन मेरी तलाश फोटो की नहीं, उस पहचान की थी जिसे मिटाया नहीं जा सकता था।

शिकायत पत्र के निचले हिस्से में 'विशेष पहचान' के कॉलम में लिखा था, "बाएं हाथ की कलाई पर 'ॐ' के साथ 'K' अक्षर का टैटू।"

अरविंद और मैंने एक-दूसरे की ओर देखा। मोर्चरी में हमने वही टैटू देखा था। वह 'K' शायद उसकी पत्नी 'कुसुम' के नाम का पहला अक्षर था। 'ब्लाइंड मर्डर' अब एक 'टारगेटेड केस' बन चुका था। हमें मृतक की पहचान मिल चुकी थी, वह महेश सिंह था।

गाँव का दौरा: रहस्य की गहराइयों में

"गाँव की ओर चलो," मैंने जीप में बैठते हुए आदेश दिया।

महेश का गाँव सीमा पर स्थित था। ऊबड़-खाबड़ रास्ते और चारों ओर फैले सूखे खेत एक अजीब सी वीरानी का अहसास करा रहे थे। गाँव छोटा था, मुश्किल से 100 घर। पुलिस की जीप को देखकर गाँव के बच्चे पीछे भागने लगे और बड़े लोग संशय भरी नज़रों से हमें देखने लगे। यह 'ग्रामीण मनोविज्ञान' है, यहाँ पुलिस का आना शुभ नहीं माना जाता।

स्थानीय पुलिस अधिकारी हमें एक बड़े और पक्के मकान के सामने ले गया। यह महेश का घर था। घर की बनावट बताती थी कि परिवार आर्थिक रूप से सक्षम था। हमने दरवाज़ा खटखटाया।

कुछ देर बाद एक युवती बाहर आई। वह कुसुम थी। उसकी आँखों में आँसू थे, लेकिन चेहरा बहुत शांत था, शायद जरूरत से ज्यादा शांत। फॉरेंसिक साइकोलॉजी में इसे 'Controlled Emotion' कहा जाता है, जो या तो गहरे सदमे का संकेत होता है या फिर किसी छुपे हुए सच का।

"जी? क्या मेरे पति का कुछ पता चला?" उसने बहुत धीमी आवाज़ में पूछा।

"हम उसी सिलसिले में आए हैं, कुसुम जी। क्या हम अंदर बैठ सकते हैं?"

अविश्वासी दोस्त: एक पुराना चेहरा

हम उसके ड्राइंग रूम में बैठे। कुसुम ने पानी और चाय ऑफर की। मैं उसकी 'Body Language' का निरीक्षण कर रहा था। वह बात करते समय अपनी उँगलियों को मरोड़ रही थी और नज़रें बार-बार दरवाज़े की ओर जा रही थीं।

तभी भीतर के कमरे से एक युवक बाहर आया। उसे देखते ही मेरे दिमाग

में बिजली सी कौंधी। यह वही व्यक्ति था! वही फटे-पुराने कपड़े, वही बढ़ी हुई दाढ़ी और वही उदास चेहरा जिसे मैंने कल ओरछा के मंदिर और फिर क्राइम सीन पर देखा था।

"नमस्ते साहब," उसने हाथ जोड़कर कहा।

"तुम!" मैंने उसे गौर से देखा। "कल तुम ओरछा में थे, और आज यहाँ?"

कुसुम तुरंत बीच में बोली, "साहब, यह 'विकास' है। मेरे पति का सबसे जिगरी दोस्त। यह तो अभी आज सुबह ही झांसी से आया है जब इसे महेश के लापता होने की खबर मिली।"

मेरे कान खड़े हो गए। टाइमलाइन का विरोधाभास (Timeline Conflict)। अगर विकास अभी आज सुबह आया है, तो कल वह ओरछा में क्या कर रहा था? और वह क्राइम सीन पर क्यों खड़ा था जहाँ महेश की लाश मिली थी?

विकास ने नज़रें नीची कर लीं। "नहीं साहब, भाभी को गलतफहमी हुई होगी। मैं तो कल शाम ही आ गया था।"

झूठ। वह साफ़ झूठ बोल रहा था।

मनोवैज्ञानिक विश्लेषण और संदिग्ध माहौल

मैंने विकास को गौर से देखा। उसके जूतों पर लाल मिट्टी लगी थी, वही मिट्टी जो बेतवा के उस किनारे पर थी जहाँ महेश की लाश मिली थी। घर के भीतर भी वही विशिष्ट खुशबू आ रही थी... वही परफ्यूम जो होटल बुंदेलखंड के कमरों में था और वही जो महेश की लाश के कपड़ों पर था।

"विकास, तुम महेश के साथ क्या काम करते थे?" मैंने पूछा।

"साहब, हम साथ में ठेकेदारी करते थे। महेश मेरा भाई जैसा था। उसका जाना... मेरे लिए मौत जैसा है।" उसकी आवाज़ में रुआंसापन था, लेकिन उसकी आँखें 'Behavioral Analysis' के अनुसार कोई दुख नहीं, बल्कि एक 'Calculated Fear' (नपा-तुला डर) दिखा रही थीं।

कुसुम और विकास के बीच का मौन संवाद बहुत कुछ कह रहा था। उनके बीच एक ऐसी समझ थी जो केवल 'दोस्त और भाभी' के रिश्ते तक सीमित नहीं लग रही थी।

जब हम बाहर निकले, तो अरविंद ने मुझे धीरे से कहा, "सर, घर के पीछे वाले हिस्से में एक गाड़ी खड़ी है। उसके टायर पर जो निशान हैं, वे क्राइम सीन के 'Drag Marks' से मेल खा सकते हैं। और एक और बात... घर के कचरे के डिब्बे में मुझे एक नीले रंग का रेशा (Blue Fiber) मिला है।"

वही नीला रेशा!

अंत: पहचान का बोझ

जीप वापस ओरछा की ओर मुड़ रही थी। सूरज ढल रहा था और आसमान का रंग वैसा ही गहरा लाल हो गया था जैसा महेश का खून।

मृतक की पहचान मिल गई थी। महेश सिंह। एक संपन्न किसान और ठेकेदार। उसकी पत्नी कुसुम और उसका सबसे वफादार दोस्त विकास। लेकिन यह पहचान अपने साथ कई भयानक सवाल लेकर आई थी।

विकास कल ओरछा में क्या कर रहा था? कुसुम उसके झूठ पर पर्दा क्यों डाल रही थी? और सबसे बड़ा सवाल, उस 'अविश्वासी दोस्त' ने महेश के

चेहरे को इतनी बेरहमी से क्यों मिटाया कि उसकी अपनी पत्नी भी उसे पहचान न सके?

मैंने जीप की खिड़की से बाहर झांका। बेतवा अब भी चुपचाप बह रही थी। मुझे अहसास हुआ कि यह केस अब 'ब्लाइंड मर्डर' नहीं रहा। अब यह 'धोखे' और 'जुनून' की एक ऐसी त्रिकोणीय गाथा बन चुका था जिसका केंद्र शायद इसी गाँव की गलियों में छुपा था।

"क्या मृतक की पहचान मिल जाना ही जीत है... या असली डरावना खेल तो अब शुरू हुआ है?"

अध्याय 7
चौखट के अंदर का डर

महेश सिंह के घर की चौखट पार करना किसी ठंडी गुफा में प्रवेश करने जैसा था। बाहर सूरज की तपिश थी, लेकिन घर के भीतर एक ऐसी सिहरन थी जो तापमान से नहीं, बल्कि वहां व्याप्त 'अदृश्य डर' से पैदा हो रही थी। गाँव की गलियों में धूल और फुसफुसाहटों का शोर था, लेकिन इस पक्के मकान के ड्राइंग रूम में सन्नाटा इतना गहरा था कि घड़ी की टिक-टिक भी किसी हथौड़े की तरह सुनाई दे रही थी।

मैं सोफे पर बैठा कुसुम और विकास का अवलोकन कर रहा था। मेरी डायरी में 'Behavioral Analysis' (व्यवहार विश्लेषण) का पन्ना खुला था। एक जांच अधिकारी के रूप में मेरी नज़रें केवल शब्दों को नहीं सुनतीं, वे आँखों की पुतलियों के फैलने, होठों के कांपने और हाथों की अनैच्छिक हलचल को पढ़ती हैं।

दृश्य 1 : कुसुम और 'नियंत्रित दुख'

कुसुम मेरे सामने बैठी थी। उसकी आँखों के नीचे काले घेरे थे, जो शायद रातों की नींद उड़ने का नतीजा थे। लेकिन एक बात खटक रही थी, उसका दुख बहुत 'सुनियोजित' (Calculated) लग रहा था।

"कुसुम जी, महेश जी तीन दिन से घर नहीं आए थे, आपने तुरंत रिपोर्ट क्यों नहीं की?" मैंने अपना स्वर नरम रखते हुए पूछा।

"वो... वो अक्सर काम के सिलसिले में झांसी या टीकमगढ़ जाते रहते थे," उसने साड़ी का पल्लू उँगलियों में लपेटते हुए कहा। 'Micro-expression' के अनुसार, उसकी उँगलियों की यह मरोड़

'High-Stress' और 'Anxiety' का सूचक था। "मुझे लगा कि शायद काम में फंस गए होंगे।"

"लेकिन दो दिन तक फोन भी बंद था?"

उसने अपनी नज़रें नीचे कर लीं। "बैटरी खत्म हो गई होगी, ऐसा पहले भी हुआ है।"

यह एक 'अधूरा सच' था। जब कोई व्यक्ति झूठ बोलता है या कुछ छुपाता है, तो वह अक्सर 'oversimplification' (चीजों को बहुत सरल बनाना) का सहारा लेता है।

दृश्य 2: विकास और 'जुनूनी परछाई'

तभी विकास, जो कोने में खड़ा था, अचानक बोल पड़ा। "साहब, महेश बहुत लापरवाह था। मैं उसे हमेशा टोकता था कि भाई, घर बताकर जाया करो। लेकिन वह सुनता ही नहीं था।"

मैंने विकास की ओर देखा। वह अपनी हथेलियाँ अपनी पैंट से रगड़ रहा था, पसीना पोंछने की एक कोशिश।

"विकास, तुम कल ओरछा में क्या कर रहे थे?"

वह थोड़ा सकपकाया। "साहब, मैंने बताया न... मैं उसे ढूंढने ही गया था। मुझे लगा शायद वह राम राजा मंदिर के दर्शन करने गया हो।"

"लेकिन तुमने कुसुम जी से कहा कि तुम आज सुबह झांसी से आए हो?" मैंने तीखा सवाल किया।

कुसुम ने तुरंत विकास की ओर देखा। उनके बीच एक सेकंड के लिए 'Eye Contact' हुआ, एक ऐसा मौन संवाद जिसमें चेतावनी और डर

दोनों थे। इसे 'Cognitive Dissonance' कहते हैं; जब दो लोग एक-दूसरे के झूठ को बचाने की कोशिश करते हैं, तो उनके बीच एक 'Invisible Thread' (अदृश्य धागा) बन जाता है।

"वो... भाभी परेशान थीं, इसलिए मैंने बस उन्हें ढांढस बंधाने के लिए कह दिया," विकास ने सफाई दी।

मनोवैज्ञानिक विश्लेषण: त्रिकोणीय संघर्ष (The Triangle)

मैंने अपनी डायरी में कुछ नोट्स लिखे:

कुसुम (The Dependent): वह विकास की ओर बार-बार प्रतिक्रिया के लिए देख रही है। वह स्वतंत्र रूप से बोलने से डर रही है।

विकास (The Controller): वह हर सवाल का जवाब देने के लिए उतावला है। वह स्थिति को 'Control' करना चाहता है। 'Delusional Disorder' के शुरुआती संकेत यहाँ दिख रहे है, वह खुद को घर का रक्षक और महेश को 'लापरवाह' साबित करने पर तुला है।

मृतक (The Shadow): महेश इस बातचीत में एक 'विलेन' की तरह पेश किया जा रहा है।

"महेश के साथ आपके संबंध कैसे थे, विकास?"

"भाई जैसा था मेरा वो!" विकास की आवाज़ में एक अचानक तीव्रता आई। "लेकिन वह भाभी को खुश नहीं रख पाता था। शराब, जुआ... और ठेकेदारी की उधारी। मैंने ही इस घर को संभाला है।"

यही वह 'Key Sentence' था जिसका मुझे इंतज़ार था। "मैंने ही इस घर को संभाला है", यह स्वामित्व (Ownership) का भाव 'Obsessive

Love' की पहली सीढ़ी है। उसे महेश से नफरत थी, क्योंकि महेश वह पा रहा था जिसे विकास अपना हक समझता था।

दृश्य 3: दीवारों की गवाही

पूछताछ के दौरान मेरी टीम घर के बाकी हिस्सों का मुआयना कर रही थी। अरविंद ने मुझे इशारा किया। मैं अंदर के कमरे में गया। वहां दीवार पर हाथ के पंजों के घसीटने के निशान थे।

"सर, यहाँ संघर्ष हुआ है," अरविंद ने फुसफुसाते हुए कहा। "और फर्श पर मौजूद इन सूक्ष्म निशानों को देखिए... इन्हें 'Luminol' से चेक करना होगा। लगता है खून साफ करने की कोशिश की गई है।"

तभी मेरी नज़र कुसुम के हाथ पर पड़ी। उसकी कलाई पर हल्का सा नीला निशान था।

"यह चोट कैसे लगी, कुसुम जी?"

उसने झटके से अपनी कलाई पल्लू से ढक ली। "वो... अलमारी का कोना लग गया था।"

झूठ। वह निशान उँगलियों की पकड़ का था। किसी ने उसे बहुत ज़ोर से दबोचा था।

दृश्य 4: पूछताछ का खेल (Separate Interrogation)

मैंने दोनों को अलग-अलग कमरों में बैठाने का आदेश दिया।

कुसुम के साथ अकेले में: "कुसुम, हम जानते हैं कि महेश की हत्या बेतवा किनारे नहीं हुई। उसे इसी घर में मारा गया है। अगर तुम सच बताओगी, तो हम तुम्हारी मदद कर सकते हैं।"

कुसुम की आँखों में एक पल के लिए डर की लहर दौड़ी। वह टूटने ही वाली थी कि तभी बाहर से विकास के ज़ोर से चिल्लाने की आवाज़ आई, "साहब! मेरे पास महेश के आखिरी कॉल की रिकॉर्डिंग है!"

कुसुम अचानक पत्थर की तरह ठंडी पड़ गई। वह 'Emotional Breakdown' जो होने वाला था, तुरंत 'Emotional Shutdown' में बदल गया। विकास ने उसे बाहर से ही 'Signal' दे दिया था कि चुप रहो।

दृश्य 5: जाते समय का सस्पेंस

जब हम बाहर निकल रहे थे, गाँव की शाम ढल चुकी थी। कुसुम हमें छोड़ने के लिए दरवाजे तक आई। जब विकास थोड़ा पीछे था, कुसुम ने धीरे से मेरा हाथ पकड़ा और मेरी हथेली में एक मुड़ा हुआ कागज़ थमा दिया। उसकी आँखों में एक ऐसी खौफनाक याचना थी जो मैंने पहले कभी नहीं देखी थी।

जैसे ही विकास पास आया, उसने झटके से हाथ पीछे कर लिया और अंदर चली गई।

जीप में बैठते ही मैंने वह कागज़ खोला। उसमें केवल एक शब्द लिखा था - "बचाइए।"

मैंने पीछे मुड़कर देखा। विकास दरवाजे पर खड़ा था, उसकी परछाई घर की चौखट के अंदर बहुत लंबी और डरावनी दिख रही थी।

"अरविंद," मैंने गहरी साँस लेते हुए कहा।

"जी सर?"

"महेश की पत्नी कुसुम, महेश की मौत से दुखी नहीं है। वह विकास से

आतंकित है। और विकास... वह खुद को इस घर का राजा समझ बैठा है।"

अब मामला साफ था। हमें कॉल डेटा रिकॉर्ड्स (CDR) की ज़रुरत थी। महेश, कुसुम और विकास के बीच उन तीन दिनों में जो बातें हुईं, वे ही इस कत्ल की गुत्थी सुलझाएंगी।

“उस घर में सिर्फ एक हत्या का राज नहीं था... वहाँ डर की दो परछाइयाँ थीं। लेकिन सबसे बड़ा सवाल यह था, कुसुम विकास से डर रही थी, या विकास को खोने के डर से वह इस अपराध में साझीदार बन गई थी?”

भाग 2: झूठ की परतें

अध्याय 8
कॉल्स का जाल

गाँव के उस डरावने सन्नाटे और कुसुम के उस गुप्त संदेश -"बचाइए" - ने मेरी रातों की नींद छीन ली थी। अब मामला केवल एक हत्या का नहीं रह गया था; यह एक मनोवैज्ञानिक चक्रव्यूह था जिसमें 'दोस्त', 'पत्नी' और 'मृतक' के बीच के रिश्ते किसी जहरीली बेल की तरह उलझे हुए थे।

अगली रात, मैं ओरछा पुलिस स्टेशन के एक छोटे से केबिन में बैठा था। कमरे में सन्नाटा था, जिसे केवल कंप्यूटर के CPU की घरघराहट तोड़ रही थी। कमरे की नीली रोशनी मेरे चेहरे पर पड़ रही थी। मेरे सामने 'साइबर सेल' का एक्सपर्ट, अमित, बैठा था। उसकी आँखों में स्क्रीन की चमक प्रतिबिंबित हो रही थी।

"सर, डेटा आ गया है," अमित ने माउस क्लिक करते हुए कहा। "महेश, कुसुम और विकास... इन तीनों के पिछले छह महीनों के Call Data Records (CDR) और टावर लोकेशन की मैपिंग तैयार है।"

मैंने एक गहरी सांस ली। फॉरेंसिक विज्ञान की दुनिया में, डिजिटल पदचिह्न कभी झूठ नहीं बोलते। इंसान अपनी ज़ुबान से सच छुपा सकता है, लेकिन उसका मोबाइल फोन उसकी हर हरकत का गवाह होता है।

दृश्य 1: रिश्तों का डिजिटल ग्राफ (Triangle Analysis)

अमित ने स्क्रीन पर एक ग्राफ खोला। यह कॉल्स का एक जटिल जाल था।

"सर, सबसे पहले इस पैटर्न को देखिए," उसने ग्राफ की ओर इशारा किया।

पैटर्न 1: महेश (मृतक) और कुसुम (पत्नी)

हैरानी की बात यह थी कि पति और पत्नी के बीच दिन भर में मुश्किल से एक या दो कॉल होते थे। वे भी बहुत छोटे, 'खाना खा लिया?' या 'घर कब आओगे?'। उनके बीच वह संवाद गायब था जो एक स्वस्थ वैवाहिक रिश्ते में होना चाहिए।

पैटर्न 2: कुसुम (पत्नी) और विकास (दोस्त)

यहाँ कहानी पूरी तरह बदल गई। कुसुम और विकास के बीच कॉल्स की फ्रीक्वेंसी (आवृत्ति) चौकाने वाली थी। दिन में 15 से 20 कॉल्स और अधिकांश कॉल्स देर रात के थे। कॉल की अवधि कभी-कभी घंटों तक चलती थी।

"साइकोलॉजिकल प्रोफाइलिंग' (Psychological Profiling) के अनुसार, यह स्पष्ट रूप से एक 'Emotional Dependency' या 'Secret Relationship' का संकेत था," मैंने डायरी में नोट किया। "जहाँ पति के साथ संवाद कम हो और उसके दोस्त के साथ ज्यादा, वहां विश्वासघात की नींव पहले ही रखी जा चुकी होती है।"

पैटर्न 3: विकास (दोस्त) और महेश (मृतक)

इन दोनों के बीच कॉल्स लगभग न के बराबर थे। एक 'जिगरी दोस्त' होने के बावजूद, डिजिटल रिकॉर्ड्स में उनकी दोस्ती का कोई निशान नहीं था।

दृश्य 2: हत्या की रात का डिजिटल मैप (Timeline)

अब असली काम शुरू हुआ, उस काली रात का सच खोजना। अमित ने 'Location Pings' और 'Tower Lats/Longs' के आधार पर एक '3D Crime Scene Reconstruction' मैप तैयार किया।

"सर, अब इस टाइमलाइन को गौर से देखिए," अमित ने स्क्रीन पर तीन अलग-अलग रंगों के डॉट्स दिखाए।

9:15 PM: कुसुम और विकास के बीच 11 मिनट की बात होती है। टावर लोकेशन बताती है कि विकास गाँव के पास ही था।

9:45 PM: विकास का फोन लोकेशन बदलता है। वह बेतवा नदी के उस सुनसान किनारे की ओर बढ़ रहा है जहाँ बाद में लाश मिली।

10:02 PM: महेश का फोन आखिरी बार एक्टिव होता है। वह भी उसी टावर की रेंज में पहुँचता है जहाँ विकास पहले से मौजूद है।

10:15 PM से 10:45 PM: तीनों फोंस (महेश, विकास और कुसुम) का टावर लोकेशन एक ही 'Sector' में ओवरलैप (Overlap) करता है।

"Coincidence? (इत्तेफाक?)" मैंने सवाल किया।

"बिल्कुल नहीं, सर," अमित ने उत्तर दिया। "यह एक सुनियोजित मुलाकात थी। तीनों उस रात उस नदी किनारे मौजूद थे।"

दृश्य ३: सर्वर लॉग्स और डिलीटेड सच

"सर, एक और चीज़ है," अमित ने रुकते हुए कहा।

"विकास के फोन से उस रात के 7 मैसेजेस डिलीट किए गए थे। लेकिन हमने क्लाउड सर्वर लॉग्स से उन्हें रिकवर कर लिया है।"

मैसेजेस स्क्रीन पर फ्लैश हुए। वे मैसेज विकास ने कुसुम को भेजे थे:

"आज सब खत्म हो जाएगा।"

"वह रास्ते से हट जाएगा, तो हम आज़ाद होंगे।"

"उसे नदी किनारे बुला लिया है।"

मेरे रोंगटे खड़े हो गए। यह केवल हत्या नहीं थी, यह एक 'Premeditated Conspiracy' (सुनियोजित साजिश) थी। लेकिन एक बात अभी भी खटक रही थी। पोस्टमार्टम रिपोर्ट में 'Overkill' (अत्यधिक हिंसा) का ज़िक्र था। अगर यह केवल रास्ते से हटाने की साजिश थी, तो चेहरा इतनी बेरहमी से क्यों कुचला गया?

"अमित, क्या किसी और का लोकेशन भी वहां मिला है?"

अमित ने डेटा को फिर से फ़िल्टर किया। "सर, एक विदेशी नंबर का टावर पिंग भी उसी टावर से आ रहा है... होटल बुंदेलखंड रिवरसाइड की रेंज से।"

मेरा दिमाग तुरंत सुजान और जन्नत पर गया। क्या वे भी उस रात वहां थीं?

मनोवैज्ञानिक विश्लेषण: अपराधी का भ्रम (Delusional Disorder)

मैंने कुर्सी के पीछे सिर टिकाया और अपनी आँखें बंद कर लीं। 'Behavioral Analysis' कह रही थी कि विकास केवल एक अपराधी नहीं है। वह 'Delusional Disorder' के उस चरण में है जहाँ वह खुद को कुसुम का 'मुक्तिदाता' (Savior) मान रहा है। उसे लग रहा था कि महेश को मारकर वह कुसुम पर अहसान कर रहा है और अब कुसुम उसकी हो जाएगी।

लेकिन क्या कुसुम भी यही चाहती थी? या वह विकास के इस 'Obsessive' जुनून की शिकार बन गई थी?

"सर, एक अजीब बात है," अमित ने अचानक कहा। "11:30 PM पर, यानी हत्या के संभावित समय के बाद, विकास के फोन से एक 'Unknown' नंबर पर कॉल गया था। वह कॉल केवल 4 सेकंड का था।"

"नंबर चेक करो।"

"सर... वह नंबर स्विच ऑफ है, लेकिन उसकी लास्ट लोकेशन 'जहांगीर महल' के अंदर दिखा रही है।"

महल के पत्थरों की गवाही और यह डिजिटल सबूत अब एक साथ मिल रहे थे।

दृश्य 4: अंतर्विरोध और सस्पेंस

मैंने मेज पर हाथ पटका। "अमित, कल सुबह विकास और कुसुम को अलग-अलग पूछताछ के लिए उठाओ। हमें उन्हें यह नहीं बताना है कि हमारे पास उनके कॉल्स का चिट्ठा है। हम उन्हें उनके ही झूठ के जाल में फंसाएंगे।"

लेकिन मेरे मन में एक नया डर पैदा हो रहा था। अगर वे तीनों उस रात वहां थे, तो बेतवा किनारे मिले वे 'दो दिशाओं वाले खून के धब्बे' किसके थे? क्या महेश अकेला नहीं मरा था?

जब मैं स्टेशन से बाहर निकला, ओरछा की रात बहुत ठंडी थी। बेतवा का शोर दूर से सुनाई दे रहा था। मुझे लगा जैसे वे लहरें फिर से मुझे कुछ बता रही हों।

अचानक, मेरे फोन पर एक अनजान नंबर से मैसेज आया।

"जन्नत का सच पानी में नहीं, पत्थरों में छुपा है। संभलकर।"

“यह कोई साधारण प्रेम त्रिकोण नहीं था। यह कॉल्स, झूठ और विश्वासघात का एक ऐसा जाल था जिसमें हर सिरा एक नई लाश की ओर ले जा रहा था। लेकिन उस रात... तीनों में से सच में शिकार कौन था? और यह जन्नत कौन है जो हर बार अंधेरे में एक नया सुराग छोड़ जाती है?”

अध्याय 9
विदेशी परछाइयाँ

ओरछा की रातें जितनी खूबसूरत होती हैं, उतनी ही भारी भी। बेतवा की लहरें पत्थरों से टकराकर जो संगीत पैदा कर रही थीं, वह अब सुकून देने के बजाय मेरे दिमाग में एक शोर पैदा कर रहा था। प्रकरण की डिजिटल जांच ने यह तो साफ कर दिया था कि महेश, कुसुम और विकास उस रात उस खूनी किनारे पर साथ थे, लेकिन वह 'Unknown' कॉल और 'जहांगीर महल' की लोकेशन ने एक नया सिरा खोल दिया था।

मैं होटल बुंदेलखंड रिवरसाइड की अपनी बालकनी में बैठा था। रात के 11 बज रहे थे। नीचे गार्डन में सुजान का ग्रुप अभी भी बैठा था। वे धीमी आवाज़ में बात कर रहे थे, लेकिन उनकी 'Body Language' में एक अजीब सी सतर्कता थी। सुजान, जो कल तक बहुत चुलबुली और सरल दिख रही थी, आज एक अलग ही रूप में थी। वह अपने समूह को कुछ निर्देश दे रही थी, और उसका चेहरा किसी अनुभवी रणनीतिकार की तरह सख्त था।

मैंने अपनी डायरी में नोट किया, 'Behavioral Shift'. जब कोई व्यक्ति अपनी स्वाभाविक पहचान से हटकर व्यवहार करने लगे, तो समझ लेना चाहिए कि वह किसी मिशन पर है।

दृश्य 1: सीसीटीवी और एआई की आँख (CCTV Enhancement AI)

अगली सुबह, मैं होटल के सिक्योरिटी रूम में बैठा था। मैंने पिछले तीन दिनों के फुटेज मंगवाए थे। होटल के पुराने कैमरों की क्वालिटी बहुत

अच्छी नहीं थी, लेकिन हमारे पास 'CCTV Enhancement AI' सॉफ्टवेयर था।

"सर, फुटेज को एन्हांस (Enhance) कर रहे हैं," साइबर एक्सपर्ट अमित ने कहा।

स्क्रीन पर पिक्सेल्स धीरे-धीरे साफ़ होने लगे। हमने देखा कि हत्या वाली रात को, रात के लगभग 10:30 बजे, सुजान और उसके ग्रुप के तीन सदस्य बहुत ही चुपचाप होटल के पिछले दरवाज़े से बाहर निकले थे। उनके पास भारी बैग थे और एक बड़ा सा रोल किया हुआ कागज़।

"इसे ज़ूम करो," मैंने आदेश दिया।

एआई ने इमेज को प्रोसेस किया। वह कागज़ कोई सामान्य पोस्टर नहीं था। वह एक 'Ancient Map' (प्राचीन नक्शा) था। उस पर लाल स्याही से कुछ खास जगहों पर निशान (Marks) बने थे।

"ये लोग रात के अंधेरे में कहाँ जा रहे थे?" मैंने खुद से पूछा। "क्या यह वही प्राचीन नक्शा है जिसका ज़िक्र जन्नत ने किलों की वास्तुकला की बात करते समय किया था?"

दृश्य 2: सुजान और जन्नत, विरोधाभास का मनोविज्ञान

दोपहर में, मैंने सुजान और जन्नत को चाय पर आमंत्रित किया। यह एक 'Casual Interrogation' (अनौपचारिक पूछताछ) थी, जहाँ मेरा उद्देश्य उनके बयानों के विरोधाभासों को पकड़ना था।

सुजान बहुत शांत और नियंत्रित थी। उसने बताया कि वे एक 'Historical Survey' के लिए आए हैं। लेकिन जब मैंने उससे उस प्राचीन नक्शे के बारे में पूछा, तो उसकी आँखों की पुतलियाँ एक सेकंड के लिए फैलीं,

'Pupillary Dilation', जो अक्सर तब होती है जब कोई व्यक्ति किसी महत्वपूर्ण सच को छुपाने की कोशिश करता है।

"ओह, वह?" सुजान ने मुस्कुराते हुए कहा। "वह तो बस ओरछा के मंदिरों का एक स्केच मैप है। हमें पुरानी जगहों को एक्सप्लोर करना अच्छा लगता है।"

वहीं दूसरी ओर, जन्नत का व्यवहार बिल्कुल अलग था। वह बहुत जिज्ञासु लग रही थी, लेकिन उसके सवाल बहुत 'Specific' थे।

"इंस्पेक्टर, क्या यहाँ के किलों में कोई गुप्त तहखाने (Secret Chambers) आज भी सुरक्षित हैं? क्या आपने कभी जहांगीर महल के नीचे की सुरंगों के बारे में सुना है?"

उसकी बातों में एक 'Obsession' (जुनून) था। 'Psychological Profiling' के अनुसार, जन्नत केवल एक पर्यटक नहीं लग रही थी। वह कुछ ढूंढ रही थी। क्या वह महेश की हत्या के पीछे के असली मकसद से जुड़ी थी? या महेश उसकी खोज में कोई रुकावट बन रहा था?

दृश्य 3: जीपीएस ट्रैकिंग और लोकेशन डेटा (GPS Analysis)

जब वे दोनों चली गईं, अमित मेरे पास एक और चौंकाने वाली रिपोर्ट लेकर आया।

"सर, हमने उनके द्वारा इस्तेमाल किए गए किराए की गाड़ी का GPS डेटा निकाला है। जिस रात महेश की हत्या हुई, उसी रात उनकी गाड़ी की लोकेशन बेतवा के उसी 'Isolated' किनारे पर पिंग (Ping) हुई थी।"

मेरे रोंगटे खड़े हो गए। "कितने बजे?"

"रात के 10:45 बजे। ठीक उसी समय जब महेश का फोन स्विच ऑफ हुआ था।"

यह कोई 'Coincidence' (इत्तेफाक) नहीं हो सकता था। अब कहानी में केवल तीन नहीं, बल्कि पाँच चेहरे थे - महेश, कुसुम, विकास, सुजान और जन्नत।

दृश्य 4: विश्वासघात का एक नया आयाम

शाम को मैंने अकेले में फिर से जन्नत को देखा। वह होटल की लाइब्रेरी में कुछ पुरानी किताबें पलट रही थी। मैंने चुपके से उसे देखा। वह एक किताब के पन्ने के बीच से एक फोटो निकाल रही थी। वह फोटो महेश की थी। लेकिन फोटो में महेश अकेला नहीं था, उसके साथ विकास और सुजान भी थे। वे तीनों किसी पुराने खंडहर के सामने खड़े मुस्कुरा रहे थे।

विश्वासघात की परतें अब एक-दूसरे के ऊपर चढ़ रही थीं। सुजान और विकास एक-दूसरे को पहले से जानते थे? अगर ऐसा था, तो उन्होंने होटल में यह नाटक क्यों किया कि वे अजनबी हैं?

'Mind Reading' और 'Behavioral Analysis' कह रही थी कि यह हत्या केवल 'Unfaithful Friend' (अविश्वासी दोस्त) की कहानी नहीं है। यह उससे कहीं बड़ी और गहरी साजिश है। क्या महेश को किसी खजाने या प्राचीन गुप्त रास्तों के राज की वजह से मारा गया? और क्या विकास केवल सुजान का एक मोहरा (Pawn) था?

पत्थरों का सच

मैंने अपनी डायरी में लिखा, "जन्नत का सच पानी में नहीं, पत्थरों में छुपा है।"

उस रात, मैंने जहांगीर महल की ओर जाने का फैसला किया। मुझे पता था कि वह 'Unknown' कॉल जो वहां से आया था, वही इस केस की आखिरी कड़ी है। महल के पत्थर गवाही देने के लिए तैयार थे, लेकिन क्या मैं उस सच को सुनने के लिए तैयार था?

जब मैं महल के पास पहुँचा, तो मैंने देखा कि सुजान और विकास झाड़ियों के पीछे छुपकर बात कर रहे थे। सुजान के हाथ में वही प्राचीन नक्शा था और विकास के चेहरे पर एक डरावना जुनून।

"वह मर चुका है, सुजान," विकास ने फुसफुसाते हुए कहा। "अब हमें वह रास्ता मिल जाएगा।"

मैंने सांस रोक ली। क्या विकास ने अपने दोस्त को केवल प्यार के लिए नहीं, बल्कि किसी और बड़े लालच के लिए मारा था? और सुजान... वह इस खेल की असली मास्टरमाइंड थी?

“अब कहानी में सिर्फ तीन नहीं, पाँच चेहरे थे। और हर चेहरा कुछ डरावना छुपा रहा था। लेकिन सबसे खतरनाक सवाल यह था, क्या यह हत्या एक जुनूनी प्यार का नतीजा थी, या किसी और बड़ी अंतर्राष्ट्रीय साजिश का हिस्सा? क्या जन्नत वाकई हमें सुराग दे रही थी, या वह खुद इस खेल की सबसे बड़ी खिलाड़ी थी?”

अध्याय 10
डीएनए की गूंज

फॉरेंसिक लैब का वातावरण बाहर की दुनिया से बिल्कुल अलग होता है। बाहर भावनाएं होती हैं, रिश्ते होते हैं और झूठ की अनगिनत परतें होती हैं। लेकिन इस ठंडी, सफेद दीवारों वाली लैब में केवल 'तथ्य' होते हैं। मशीनों की हल्की सी घरघराहट और रसायनों की तीखी गंध यहाँ की हकीकत हैं। मैं, अरविंद और हमारी टीम के कुछ सदस्य उस अंतिम रिपोर्ट का इंतज़ार कर रहे थे जो इस केस की दिशा बदल सकती थी।

"सर, डीएनए रिपोर्ट तैयार है," लैब इंचार्ज डॉ. वर्मा ने अपनी चश्मा ठीक करते हुए कहा। उनके हाथ में एक नीली फाइल थी, एक ऐसी फाइल जिसमें महेश सिंह की मौत का वैज्ञानिक सच बंद था।

दृश्य 1: पहचान की पुष्टि (DNA Confirmation)

डॉ. वर्मा ने फाइल खोली। "सबसे पहले, प्राथमिक पहचान की पुष्टि। हमने शव से लिए गए बोन मैरो (Bone Marrow) और दांतों के नमूनों का मिलान महेश सिंह की पत्नी कुसुम और उसके पैतृक घर से मिले नमूनों से किया है। रिपोर्ट पॉज़िटिव (Positive) है।"

यह कोई चौंकाने वाली खबर नहीं थी। टैटू और हुलिए से हम पहले ही महेश की पहचान कर चुके थे। लेकिन कानूनी रूप से यह 'DNA Confirmation' अनिवार्य था।

"लेकिन सर," डॉ. वर्मा रुके, उनके चेहरे पर एक गंभीर लकीर उभरी। "असली कहानी यहाँ से शुरू होती है। हमने मृतक के कपड़ों और उसके शरीर पर मिले 'Trace Evidence' की भी जांच की है।"

दूसरा डीएनए: एक अनजाना साया

"हमें मृतक के नाखूनों (Nail Scrapings) और शर्ट के पिछले हिस्से से एक 'Unknown Male DNA Profile' मिला है," डॉ. वर्मा ने बताया। "यह डीएनए न तो महेश का है और न ही विकास का, जिसका नमूना हमने कल चुपके से लिया था।"

मेरे कान खड़े हो गए। "मतलब घटना स्थल पर कोई तीसरा व्यक्ति भी मौजूद था?"

"संभवतः," अरविंद ने हस्तक्षेप किया। "या फिर विकास ने बड़ी चालाकी से अपने निशान मिटा दिए हैं। लेकिन नाखूनों के नीचे मिला डीएनए संघर्ष (Struggle) का संकेत देता है। महेश ने मरने से पहले किसी को खरोंचा था। अगर वह विकास नहीं है, तो हमें उस 'Unknown Male' को ढूंढना होगा।"

दृश्य 2: रेशा स्थानांतरण साक्ष्य (Fibre Transfer Evidence)

अरविंद ने माइक्रोस्कोप की ओर इशारा किया। "सर, अब इस 'Fibre Analysis' को देखिए। मृतक के कपड़ों पर हमें कुछ नीले रंग के सिंथेटिक रेशे (Synthetic Fibres) मिले थे।"

"वही रेशे जो हमें जहांगीर महल और कुसुम के घर के कचरे में मिले थे?" मैंने पूछा।

"वही, सर। लेकिन यहाँ एक पेंच है। ये रेशे किसी सामान्य ग्रामीण कपड़े के नहीं हैं। ये 'High-grade Automotive Upholstery' के हैं। यानी ये किसी कार की सीट या उसके अंदरूनी हिस्से से आए हैं।"

अरविंद की इस बात ने मेरे दिमाग में एक विस्फोट किया। 'Locard's

Exchange Principle' के अनुसार, जब भी दो वस्तुएं संपर्क में आती हैं, वे एक-दूसरे पर कुछ निशान छोड़ती हैं।

"अगर ये रेशे कार के हैं," मैंने तर्क दिया, "तो इसका मतलब है कि महेश को उसकी मौत के आसपास किसी कार में ले जाया गया था। बेतवा किनारे वह जहाँ मिला, वहां कार का पहुंचना मुश्किल है। रास्ता पथरीला और संकरा है।"

दृश्य 3: स्टैज्ड सीन और खून का विरोधाभास (The Staged Scene Theory)

शव मिलाने के स्थान पर मुझे खून के धब्बों की दिशा (Blood Spatter Direction) को लेकर जो संदेह हुआ था, वह अब और पुख्ता हो रहा था।

"सर, हमने 'Blood Pattern Analysis' को फिर से देखा है," अरविंद ने टैबलेट पर 3D इमेज दिखाते हुए कहा। "नदी किनारे जहाँ शव मिला, वहाँ खून का 'Pool' बहुत कम था। उस तरह की चोट, जहाँ चेहरा पूरी तरह कुचला गया हो, वहां कम से कम 1.5 से 2 लीटर खून बाहर आना चाहिए था। लेकिन वहां मिट्टी में केवल 200-300 मिलीलीटर खून के ही अवशेष मिले।"

"इसका क्या अर्थ है, अरविंद?"

"इसका अर्थ सीधा है, सर - 'The crime scene was staged' (घटना स्थल को तैयार किया गया था)। महेश की हत्या बेतवा किनारे नहीं हुई थी। उसे कहीं और मारा गया, उसके शरीर से खून किसी और जगह बहा, और फिर उसे एक कार में डालकर वहां लाया गया। नदी किनारे किए गए प्रहार केवल हमें गुमराह करने के लिए थे ताकि हम उसे 'Primary Crime Scene' समझें।"

दृश्य 4: मनोवैज्ञानिक पुनर्निर्माण (Psychological Reconstruction)

मैं अपनी कुर्सी पर पीछे की ओर झुका और आँखें बंद कर लीं। 'Behavioral Analysis' अब एक नई कहानी बुन रही थी।

कातिल 'Calculated' (नपा-तुला) भी है और 'Delusional' (भ्रमित) भी।

Calculation: उसने हत्या कहीं और की, शव को सुरक्षित तरीके से शिफ्ट किया, और साक्ष्यों को मिटाने के लिए नदी किनारे का एकांत चुना।

Delusion: चेहरा कुचलना, यह 'Overkill' का लक्षण है। वह महेश के वजूद को न केवल शारीरिक रूप से, बल्कि पहचान के स्तर पर भी मिटाना चाहता था।

"कातिल चाहता था कि हम गाँव की पुरानी दुश्मनी या किसी राहजनी (Robbery) के पीछे भागें," मैंने बुदबुदाते हुए कहा। "लेकिन वह यह भूल गया कि विज्ञान कभी झूठ नहीं बोलता।"

दृश्य 5: एक नया संदिग्ध पथ

अमित, साइबर एक्सपर्ट, कमरे में दाखिल हुआ। उसके हाथ में सीसीटीवी की कुछ नई रिपोर्ट्स थीं।

"सर, आपने जो 'Automotive Upholstery' की बात की, उससे जुड़ा एक सुराग मिला है। ओरछा से टीकमगढ़ जाने वाले टोल नाके पर हत्या वाली रात एक सफेद 'SUV' देखी गई थी। वह गाड़ी उस विदेशी ग्रुप (सुजान का ग्रुप) की ट्रैवल कंपनी से रजिस्टर्ड है।"

मेरा दिल धड़कने लगा। सुजान, विकास और वह नीला रेशा... सब एक ही धागे से बंधे थे।

"तो वह 'Unknown DNA' उस कार में मौजूद किसी और का हो सकता है," मैंने निष्कर्ष निकाला। "या शायद सुजान के ग्रुप का कोई सदस्य।"

असली जगह की तलाश

जांच अब एक चौराहे पर खड़ी थी। महेश सिंह की हत्या हो चुकी थी। उसकी पत्नी कुसुम डरी हुई थी। उसका दोस्त विकास झूठ बोल रहा था। और विदेशी पर्यटकों का वह समूह साए की तरह हर जगह मौजूद था।

"अरविंद," मैंने अपनी टीम की ओर देखा। "हमें उस जगह को ढूंढना होगा जहाँ महेश का असली खून बहा है। अगर वह बेतवा का किनारा नहीं है, तो वह या तो महेश का अपना घर है... या फिर वह 'जहांगीर महल' का वह गुप्त तहखाना।"

मैंने अपनी डायरी में अंतिम नोट लिखा, "दृश्य केवल वह दिखाते हैं जो कातिल चाहता है। सच वह है जो अदृश्य है।"

जब हम लैब से बाहर निकले, बेतवा की गूँज हवा में वैसी ही थी। लेकिन अब मुझे पता था कि वह नदी विलाप नहीं कर रही थी, वह हंस रही थी, हमारे उस अधूरे सच पर जिसे हमने 'सच' मान लिया था।

“हत्या बेतवा किनारे नहीं हुई थी... वह केवल एक मंच था जिसे दुनिया को दिखाने के लिए सजाया गया था। असली खेल कहीं और, किसी बंद कमरे या महलों के सन्नाटे में खेला गया था। लेकिन सवाल अब और खतरनाक था, अगर हम गलत जगह ढूंढ रहे थे, तो असली हत्यारा अब तक कितने और सबूत मिटा चुका होगा?”

अध्याय 11
दिमाग का नक्शा

फॉरेंसिक लैब से बाहर निकलते समय मेरे हाथ में वह रिपोर्ट थी जिसने घटनास्थल को एक 'मंच' साबित कर दिया था। बेतवा किनारे मिली लाश केवल एक 'धोखा' थी। असली हत्या कहीं और हुई थी, और हत्यारा कोई साधारण अपराधी नहीं, बल्कि एक 'Organized' और 'Obsessed' दिमाग था। अब हमें केवल सुरागों की नहीं, बल्कि उस 'दिमाग के नक्शे' की ज़रूरत थी जिसने इस खौफनाक वारदात को अंजाम दिया।

अगली सुबह, मैंने डॉ. अनन्या को आमंत्रित किया, जो एक प्रसिद्ध 'Criminal Psychologist' हैं। हमारा उद्देश्य सरल था, विकास की 'Psychological Profiling' करना। विकास, जो महेश का सबसे करीबी दोस्त होने का दावा करता था, लेकिन जिसकी आँखें कुछ और ही कह रही थीं।

दृश्य 1: प्रोफाइलिंग रूम - मानसिक जांच की शुरुआत

पुलिस स्टेशन के एक शांत कमरे में, जहाँ केवल फाइलों का ढेर और दीवारों पर महेश की हत्या की तस्वीरें थीं, डॉ. अनन्या ने विकास के पहले के इंटरव्यू की वीडियो रिकॉर्डिंग देखना शुरू किया।

"इंस्पेक्टर, किसी भी अपराधी को समझने के लिए उसके 'Behavioural Pattern' को देखना ज़रूरी है," डॉ. अनन्या ने स्क्रीन की ओर इशारा करते हुए कहा। "देखिए, जब भी विकास महेश का नाम लेता है, वह अपनी आँखें नीचे कर लेता है। यह शर्म (Guilt) नहीं है, यह 'Victim

Blaming' का एक रूप है। उसके अवचेतन में महेश एक 'विलेन' बन चुका है।"

"क्या यह 'Delusional Disorder' की ओर इशारा करता है?" मैंने पूछा।

"संभवतः। ऐसे लोग एक अपनी काल्पनिक दुनिया बना लेते हैं। वे हकीकत को तोड़-मरोड़ कर देखते हैं," डॉ. अनन्या ने विस्तार से बताया।

दृश्य 2: 'जुनून' के चार चरण (Stalking Phases)

हमने विकास के CDR (Call Data Record) और उसकी सोशल मीडिया गतिविधियों का फिर से विश्लेषण किया। डॉ. अनन्या ने विकास के व्यवहार को चार चरणों में विभाजित किया:

Phase 1: Constant Presence (निरंतर उपस्थिति) विकास हर उस जगह मौजूद रहता था जहाँ महेश और कुसुम होते थे। वह एक 'सहायक' के रूप में उनके जीवन में इतना घुल-मिल गया कि उसकी उपस्थिति सामान्य लगने लगी।

Phase 2: Over-Concern (अत्यधिक चिंता) "भाभी, भैया शराब बहुत पीते हैं," या "भाभी, आपको अकेले बाज़ार नहीं जाना चाहिए।" डॉ. अनन्या ने समझाया, "यह चिंता नहीं, बल्कि 'Control' (नियंत्रण) हासिल करने का पहला कदम है।"

Phase 3: Boundary Violation (सीमाओं का उल्लंघन) विकास ने कुसुम के निजी स्पेस में घुसपैठ शुरू कर दी थी। वह महेश की अनुपस्थिति में कुसुम के फैसलों में दखल देने लगा था।

Phase 4: Possession (स्वामित्व) यहीं से 'Delusion' शुरू होता है।

विकास को लगने लगा कि महेश एक बाधा है और कुसुम वास्तव में उसकी (विकास की) है।

"यह प्यार नहीं है, इंस्पेक्टर," डॉ. अनन्या ने कड़ाई से कहा। "यह 'Possessive Obsession' है। वह खुद को एक 'मसीहा' (Savior) समझ रहा है जो कुसुम को महेश के 'जुल्मों' से बचाएगा।"

दृश्य 3: व्यवहारिक विश्लेषण (Interrogation Clips)

हमने पूछताछ की, उन क्लिप्स को फिर से देखा जहाँ विकास ने कहा था, "मैंने ही इस घर को संभाला है।"

"इस वाक्य को देखिए," डॉ. अनन्या ने पॉज़ किया। "यह 'Hero Complex' का संकेत है। विकास के दिमाग में महेश एक 'राक्षस' है और वह खुद एक 'नायक'। 'Delusional Disorder' के मरीज़ कभी भी अपने अपराध को गलत नहीं मानते। वे उसे 'न्याय' (Justice) का नाम देते हैं।"

तभी मेरी टीम का एक सदस्य विकास के कमरे से मिली कुछ चीज़ें लेकर आया। वहां से कई ऐसी तस्वीरें मिलीं जो दूर से खींची गई थीं, कुसुम की तस्वीरें, महेश की अकेले में ली गई तस्वीरें जिन पर लाल निशान थे।

"यह 'Stalking' का पुख्ता सबूत है," मैंने कहा। "वह महीनों से उन पर नज़र रख रहा था।"

दृश्य 4: ट्रिगर पॉइंट की तलाश (The Trigger)

"तो हत्या इसी समय क्यों हुई?" मैंने पूछा।

"कोई न कोई 'Trigger' ज़रूर हुआ होगा," डॉ. अनन्या ने तर्क दिया। "शायद महेश को उनकी नज़दीकियों का अहसास हो गया हो, या शायद

कुसुम ने विकास को दूर जाने के लिए कहा हो। ऐसे लोग 'अस्वीकृति' (Rejection) बर्दाश्त नहीं कर पाते। जब उनका भ्रम (Delusion) टूटने लगता है, तो वे हिंसक हो जाते हैं।"

'Unknown DNA' अब एक नई पहेली बन रहा था। क्या वह डीएनए विकास का ही था, लेकिन किसी मानसिक उत्तेजना के कारण उसने अपनी पहचान के निशान मिटा दिए थे? या क्या सुजान के ग्रुप का कोई व्यक्ति विकास के इस 'Obsession' का फायदा उठा रहा था?

दृश्य 5: एक डरावनी भविष्यवाणी

डॉ. अनन्या ने फाइल बंद की और मेरी आँखों में देखा। उनकी आवाज़ में एक चिंता थी।

"इंस्पेक्टर, अगर विकास का 'Delusional Disorder' इस स्तर पर है, तो वह अगला कदम और भी खतरनाक उठा सकता है। वह कुसुम को भी नुकसान पहुँचा सकता है अगर उसे लगा कि कुसुम उसके 'भ्रम' का हिस्सा नहीं बनना चाहती।"

मेरे दिमाग में तुरंत कुसुम का वह मैसेज चमका - "बचाइए।"

वह महेश से नहीं डर रही थी। वह विकास के उस 'पागलपन' से डर रही थी जो प्यार का चोला पहने उसे धीरे-धीरे निगल रहा था।

"हमें विकास को उसके ही बनाए हुए जाल में फंसाना होगा," मैंने अरविंद से कहा। "उसकी मानसिक प्रोफाइलिंग कह रही है कि वह खुद को 'अजेय' समझता है। और यही उसका सबसे कमज़ोर बिंदु है।"

हकीकत और भ्रम की धुंध

मैंने अकेले बैठकर विकास की तस्वीर को देखा। उसका वह मासूम चेहरा अब एक नकाब की तरह लग रहा था। 'Psychological Profiling' ने साफ़ कर दिया था कि यह मामला केवल एक हत्या का नहीं, बल्कि एक टूटे हुए दिमाग की कहानी है।

"उसने उसे चाहा नहीं था... उसने उसे 'अपना' मान लिया था। और जब कोई इंसान हकीकत और अपने भ्रम में फर्क करना भूल जाए, तो वह सबसे खतरनाक बन जाता है।"

डीएनए रिपोर्ट और इस 'दिमाग के नक्शे' ने मिलकर एक खौफनाक तस्वीर तैयार कर दी थी। लेकिन सवाल अब भी हवा में तैर रहा था, क्या विकास केवल एक विक्षिप्त हत्यारा था, या वह किसी और की बिछाई हुई शतरंज का केवल एक प्यादा था?

“क्या वह सिर्फ जुनूनी था... या सच में कातिल? और अगर वह कातिल है, तो उसने उस 'Unknown DNA' वाले व्यक्ति के साथ मिलकर क्या योजना बनाई थी?”

अध्याय 12
नदी का सच

ओरछा की शाम बेतवा के पानी में घुलते हुए एक गहरे नारंगी रंग में तब्दील हो रही थी। सूरज की आखिरी किरणें उन खंडहरों पर पड़ रही थीं जो सदियों से इस नदी के गवाह रहे थे। लेकिन आज, बेतवा की कलकल में एक अलग ही बेचैनी महसूस हो रही थी।

मैं फिर से उसी स्थान पर खड़ा था जहाँ महेश सिंह की लाश मिली थी। पिछली बार जब मैं यहाँ आया था, तो यह जगह मेरे लिए सिर्फ एक 'मर्डर सीन' थी, साक्ष्यों और खून के धब्बों का एक ठंडा विस्तार। लेकिन आज, यह एक अनकही 'कहानी' थी जिसे मुझे तकनीकी बारीकियों के साथ फिर से जीवित करना था।

"सर, ड्रोन मैपिंग पूरी हो गई है। डेटा सर्वर पर अपलोड हो गया है," अरविंद ने अपने लैपटॉप की स्क्रीन की ओर इशारा करते हुए कहा।

मैंने सिर हिलाया। आज हम साधारण जांच नहीं कर रहे थे। आज हम 3D Crime Scene Reconstruction का उपयोग कर रहे थे, एक ऐसी तकनीक जो उस खौफनाक रात की हर हलचल को डिजिटल रूप में हमारे सामने ला सकती थी।

3D क्राइम सीन रिकंस्ट्रक्शन (AI आधारित)

अरविंद ने सॉफ्टवेयर चालू किया। स्क्रीन पर बेतवा का वह किनारा एक डिजिटल ग्रिड में बदल गया। लेजर स्कैनिंग और ड्रोन से लिए गए डेटा ने पत्थरों, झाड़ियों और ढलानों का एक हूबहू मॉडल तैयार कर दिया था।

"शुरू करो," मैंने आदेश दिया।

स्क्रीन पर छोटे-छोटे लाल बिंदु उभरने लगे। "सर, ये लाल डॉट्स 'Blood Impact Points' हैं," अरविंद ने समझाया। "हमने खून के छींटों के कोण (Impact Angle) और उनकी ऊँचाई का विश्लेषण किया है। AI के अनुसार, महेश को पहली बार उस बड़े पत्थर के पास मारा गया था।"

सॉफ्टवेयर ने उन निशानों को जोड़ना शुरू किया। सफ़ेद लकीरें उन रास्तों को दर्शा रही थीं जहाँ से शव को घसीटा गया था (Drag Marks)। विजुअल वर्णन इतना सटीक था कि मुझे अपनी आँखों के सामने वह रात दिखने लगी। ग्रिड पर महेश की स्थिति को एक 3D मॉडल के रूप में रखा गया।

"सर, यहाँ देखिए," अरविंद ने एक विशेष हिस्से को ज़ूम किया। "खून का फैलाव (Blood Spatter Pattern) और शरीर की स्थिति में एक विसंगति (Anomaly) है। अगर महेश को वहां कुचला गया होता, तो खून की फुहारें झाड़ियों की ओर जानी चाहिए थीं, लेकिन यहाँ खून जमीन के अंदर दबा हुआ है। इसका मतलब है कि हमलावर ने साक्ष्य मिटाने के लिए मिट्टी पलटी थी।"

मूवमेंट टाइमलाइन एनालिसिस

हमने CDR डेटा और फॉरेंसिक सबूतों को मिलाकर उस रात की एक 'Movement Timeline' तैयार की। स्क्रीन के कोने में घड़ी टिक-टिक कर रही थी।

8:15 PM: महेश की लोकेशन टावर 45 के पास पिंग होती है। वह नदी के किनारे पहुँचता है।

8:25 PM: संघर्ष के शुरुआती निशान। मिट्टी में जूतों की रगड़ बताती है

कि वह अपनी जान बचाने के लिए भागा था।

8:35 PM: मुख्य हमला। प्रहार की तीव्रता इतनी थी कि महेश का फोन वहीं गिर गया।

8:45 PM: हलचल का बंद होना। शरीर को घसीटकर उस झाड़ी के पीछे ले जाया गया जहाँ वह पाया गया था।

"सब कुछ मेल खा रहा है सर, लेकिन..." अरविंद रुका।

"लेकिन क्या?" मैंने पूछा। मेरी छठी इंद्री का एक हिस्सा (Sixth Sense) पहले ही चौकन्ना हो गया था।

"सर, टाइमलाइन में 5 मिनट का गैप है। रात के 8:50 से 8:55 के बीच। कोई और हलचल हुई थी जो विकास या महेश के पदचिह्नों से मेल नहीं खाती।"

पदचिह्न विश्लेषण (The Fourth Dot)

"ज़ूम इन ऑन सेक्टर B," मैंने निर्देश दिया।

ग्रिड पर पदचिह्नों (Footprints) का पैटर्न उभरा।

मृतक के जूते: हल्के और घिसे हुए।

भारी शिकारी जूते: जो विकास के होने का संदेह था।

एक तीसरा जोड़ा: जो शायद कुसुम के सैंडल के निशान हो सकते थे।

लेकिन झाड़ियों के पीछे, जहाँ से रास्ता ऊँची ढलान की ओर मुड़ता था, कुछ और भी था।

"सर, ये देखिए," अरविंद ने एक बहुत ही सूक्ष्म पदचिह्न को हाइलाइट किया। "इन निशानों की गहराई (Depth) बहुत कम है, जिसका मतलब है कि चलने वाला व्यक्ति बहुत हल्का था या बहुत सावधानी से चल रहा था। जूतों का पैटर्न पूरी तरह अलग है, महंगे स्पोर्ट शूज जैसा।"

मैंने अपनी भौहें सिकोड़ीं। "क्या यह विकास के जूते हो सकते हैं?"

"नहीं सर, विकास के जूतों का वजन और पैटर्न इससे मेल नहीं खाता। और महेश तो उस समय तक मर चुका था या मरणासन्न था।"

मेरे दिमाग में एक विस्फोट हुआ। "मतलब उस रात वहां तीन नहीं... शायद चार लोग थे?"

अदृश्य उपस्थिति (Hidden Presence Theory)

3D मॉडल को घुमाते समय एक अजीब 'Shadow Angle Mismatch' दिखाई दिया। एक पत्थर के पीछे की मिट्टी दबी हुई थी, लेकिन वहां कोई संघर्ष नहीं हुआ था। ऐसा लग रहा था जैसे कोई वहां घंटों खड़ा होकर तमाशा देख रहा था।

"सर, यह Accidental Overlap नहीं हो सकता," फॉरेंसिक एक्सपर्ट ने कहा। "यहाँ किसी की स्थिर उपस्थिति (Static Presence) थी। कोई था जो रिकॉर्ड में नहीं आना चाहता था, लेकिन उसने सब कुछ देखा।"

जांच अधिकारी के रूप में मेरा दिमाग 'Mind Reading' की दिशा में दौड़ने लगा। क्या वह चौथा व्यक्ति सुजान के ग्रुप का था? या शायद जन्नत, जो खुद को एक शांत शोधकर्ता बताती थी?

"सर, अगर चौथा व्यक्ति था, तो उसने महेश को बचाया क्यों नहीं?" कांस्टेबल ने झिझकते हुए पूछा।

"शायद वह बचाने नहीं, बल्कि यह पक्का करने आया था कि महेश मर जाए," मैंने धीरे से कहा। "यह हत्या केवल जुनून का परिणाम नहीं है, यह एक 'Orchestration' (सुनियोजित व्यवस्था) है। कातिल ने महेश को मारा, लेकिन उस चौथे व्यक्ति ने शायद उस कातिल को नियंत्रित किया।"

मैंने डायरी में एक बड़ा सा प्रश्नवाचक चिह्न लगाया।

चौथा व्यक्ति = मास्टरमाइंड? या सफाईकर्मी (Cleaner)?

बेतवा का सच

अंधेरा पूरी तरह ओरछा को अपनी आगोश में ले चुका था। लैपटॉप की नीली रोशनी में बेतवा का वह डिजिटल किनारा अब किसी रहस्यमयी नक्शे जैसा लग रहा था।

"अरविंद, हमें उस चौथे व्यक्ति के पदचिह्नों का पीछा करना होगा। वे झाड़ियों के बाद कहाँ गए?"

"सर, वे सड़क की ओर जाते हैं जहाँ उस रात वह सफेद SUV देखी गई थी।"

कड़ियाँ जुड़ रही थीं। सुजान, विकास, कुसुम और अब यह रहस्यमयी 'चौथा' चेहरा।

मैंने नदी की लहरों को देखा। सच हमेशा सामने नहीं होता, कभी-कभी वह साए की तरह किनारे पर खड़ा होकर आपके हारने का इंतज़ार करता है।

“अगर उस रात वहां तीन नहीं... चार लोग थे, तो वह चौथा कौन था? और अगर उसने सब कुछ देखा था, तो वह अब तक कानून की पकड़ से बाहर कैसे है? क्या वह हमारे बीच ही था, हमारी हर चाल पर नज़र रखे हुए?”

अध्याय 13
जन्नत का पर्दा

ओरछा की रात अब पहले जैसी शांत नहीं रह गई थी। कल रात के '3D Crime Scene Reconstruction' ने एक ऐसी सच्चाई को जन्म दिया था जिसने पूरी जांच की दिशा बदल दी। वह 'चौथा व्यक्ति' कौन था? वह अदृश्य साया, जो न तो कातिल के पदचिह्नों से मेल खाता था और न ही शिकार के। मेरा मन बार-बार एक ही चेहरे पर आकर रुक रहा था - जन्नत।

रात के दो बज रहे थे। बेतवा का शोर अब किसी फुसफुसाहट जैसा लग रहा था। मैं होटल के अंधेरे बरामदे में खड़ा था, मेरी नज़रें जन्नत के कमरे की खिड़की पर टिकी थीं। तभी वह बाहर निकली। उसने गहरे रंग के कपड़े पहने थे और उसके चलने के अंदाज़ में एक अजीब सी 'सैन्य सतर्कता' (Military Alertness) थी।

वह चुपचाप सीढ़ियों से उतरकर गार्डन की ओर बढ़ी। मैंने दूरी बनाए रखते हुए उसका पीछा किया। वह नदी के उस किनारे की ओर जा रही थी जहाँ महेश की लाश मिली थी।

दृश्य 1: आधी रात की बातचीत

जन्नत नदी किनारे एक बड़े पत्थर के पास रुकी। उसने अपना फोन निकाला। सन्नाटे में उसकी आवाज़ स्पष्ट सुनाई दे रही थी, यद्यपि वह बहुत धीमी थी।

"हाँ... वह यहीं है। उसे अभी तक कुछ पता नहीं चला है," जन्नत ने अंग्रेज़ी में कहा। उसकी आवाज़ में एक 'Emotional Detachment'

(भावनात्मक अलगाव) था। "नहीं, 'The Fourth Man' वाली थ्योरी अभी कच्ची है। मुझे और समय चाहिए। याद रहे, महेश के पास जो था, वह अब हमारे लिए एकमात्र कड़ी है।"

वह किससे बात कर रही थी? क्या 'The Fourth Man' का ज़िक्र उसने इसलिए किया क्योंकि वह खुद वही साया थी? या वह किसी और के लिए काम कर रही थी?

दृश्य 2: डिजिटल अतीत की खुदाई (Background Check)

अगली सुबह, मैंने अपनी साइबर टीम को जन्नत के पासपोर्ट और डिजिटल डेटा की गहन जांच करने का आदेश दिया।

"सर, एक बहुत बड़ा विरोधाभास (Inconsistency) मिला है," साइबर एक्सपर्ट अमित ने स्क्रीन की ओर इशारा करते हुए कहा। "जन्नत का पासपोर्ट 'जन्नत मिर्ज़ा' के नाम से बना है, लेकिन 'Interpol' के डेटाबेस में उसके बायोमेट्रिक्स एक और प्रोफाइल से मैच हो रहे है, 'कैथरीन वॉटसन', एक पूर्व कनाडाई खुफिया अधिकारी (Ex-Intelligence Officer) और वर्तमान 'Independent Investigative Journalist'।"

मेरे पैरों तले जमीन खिसक गई।

"वह यहाँ बिजनेस सर्वे के लिए नहीं आई है?" मैंने पूछा।

"बिल्कुल नहीं, सर। वह पिछले छह महीनों से दक्षिण एशिया के उन रूट्स को ट्रैक कर रही थी जहाँ 'Historical Artifacts' (ऐतिहासिक पुरावशेषों) की तस्करी होती है। और महेश सिंह... वह उसकी 'Watchlist' पर था।"

दृश्य 3: सीसीटीवी और एआई का खुलासा (CCTV AI Enhancement)

अमित ने 'CCTV Enhancement AI' सॉफ्टवेयर चलाया। हमने जहांगीर महल और गाँव के रास्तों के फुटेज को 'Merge' किया।

"सर, एआई ने जन्नत के मूवमेंट को ट्रैक किया है,"

अमित ने बताया। "महेश की हत्या से ठीक 4 घंटे पहले, जन्नत की लोकेशन महेश के गाँव के बाहरी हिस्से में देखी गई थी। वह वहां एक 'Compact GPS' डिवाइस के साथ थी। और देखिए..."

स्क्रीन पर इमेज साफ़ हुई। जन्नत उसी सफेद एसयूवी के पास खड़ी थी जिसे हमने टोल नाके पर देखा था। लेकिन वह अकेली नहीं थी। उसके साथ विकास भी था।

'Behavioral Analysis' के अनुसार, उनकी बॉडी लैंग्वेज यह नहीं बता रही थी कि वे प्रेमी हैं। वे किसी 'लेन-देन' या 'समझौते' पर बात कर रहे थे। विकास के चेहरे पर वही 'Delusional' आत्मविश्वास था, जबकि जन्नत के चेहरे पर एक ठंडी 'Investigative' नज़र।

दृश्य 4: मनोवैज्ञानिक टकराव (The Confrontation)

शाम को मैंने जन्नत को होटल की छत पर चाय के लिए बुलाया। वातावरण तनावपूर्ण था। मैंने सीधे मुद्दे पर आने का फैसला किया।

"कैथरीन वॉटसन? या जन्नत?" मैंने सीधे उसकी आँखों में देखकर पूछा।

उसके चेहरे की एक मांसपेशी भी नहीं हिली। इसे 'Micro-expression Control' कहते हैं, अत्यधिक प्रशिक्षण का परिणाम। वह धीरे से

मुस्कुराई। "नाम में क्या रखा है, इंस्पेक्टर? सच तो यह है कि हम दोनों एक ही मंज़िल की ओर बढ़ रहे हैं, बस हमारे रास्ते अलग हैं।"

"महेश की हत्या में तुम्हारा क्या हाथ है?"

"हाथ?" जन्नत ने चाय का घूँट लिया। "मेरा हाथ केवल साक्ष्यों को सहेजने में है। महेश कोई मासूम किसान नहीं था। वह बुन्देलखण्ड और ओरछा के महलों से कीमती मूर्तियों की तस्करी का एक सिरा था। विकास... वह केवल एक प्यादा है, जिसका उपयोग महेश के 'Obsessive' दोस्त के रूप में किया गया ताकि हत्या को 'Personal Vendetta' (व्यक्तिगत बदला) का रंग दिया जा सके।"

दृश्य 5: फॉरेंसिक लिंक और 'चौथा व्यक्ति'

"तुमने शव स्थल में मिले उन पदचिह्नों के बारे में क्या सुना?" मैंने पूछा। "वे स्पोर्ट शूज तुम्हारे हैं?"

जन्नत की आँखों में एक चमक आई। "वे मेरे नहीं हैं, इंस्पेक्टर। मैं उस रात वहां थी, लेकिन मैंने 'Tactical Boots' पहने थे। वह चौथा व्यक्ति... वह कोई और है। कोई ऐसा जो विकास को भी नहीं पता था। कोई ऐसा जो सुजान के ग्रुप का हिस्सा नहीं है, लेकिन सुजान उसे नियंत्रित कर रही है।"

'Digital Forensics' की एक रिपोर्ट उसी समय आई। जन्नत के फोन से एक 'Encrypted' फाइल मुझे भेजी गई थी। उसमें विकास और महेश के बीच हुई पुरानी बातचीत की रिकॉर्डिंग्स थीं। विकास कह रहा था, "वह मूर्ति मेरी होगी, और कुसुम भी।"

यह 'Delusional Disorder' और 'Greed' (लालच) का एक घातक मेल था।

खिलाड़ी या जांचकर्ता?

जब जन्नत जाने लगी, तो वह मुड़ी और बोली, "साहब, सच हमेशा अदालत में नहीं मिलता। कभी-कभी वह उन लोगों के डर में छुपा होता है जिन्हें लगता है कि वे कानून से ऊपर हैं। महेश को इसलिए नहीं मारा गया क्योंकि वह 'अविश्वासी' था... उसे इसलिए मारा गया क्योंकि वह 'अति-विश्वासी' (Over-confident) हो गया था।"

मैं अकेला खड़ा सोचता रहा। जन्नत ने मेरी मदद की थी या वह मुझे गुमराह कर रही थी? क्या वह वाकई एक इंवेस्टिगेटर थी, या वह इस खेल की वह 'Mastermind' थी जो खुद को साफ़ रखकर दूसरों को प्यादों की तरह इस्तेमाल कर रही थी?

वह 'चौथा व्यक्ति' अभी भी एक रहस्य था। अगर जन्नत वह साया नहीं थी, तो फिर उस रात झाड़ियों के पीछे कौन खड़ा था?

“जन्नत ने पर्दा तो हटाया था, लेकिन उसके नीचे एक और नकाब था। वह इंवेस्टिगेटर थी या इस खूनी शतरंज की सबसे खतरनाक खिलाड़ी? और सबसे बड़ा सवाल - वह 'चौथा व्यक्ति' कौन था जिसे जन्नत भी 'खतरा' मान रही थी?”

अध्याय 14
कानून की दीवार

ओरछा की रातें अब डरावनी होने लगी थीं। बेतवा का पानी अब शांति नहीं, बल्कि एक गहरी साजिश का शोर मचा रहा था। जन्नत के नकाब उतरने के बाद (जो वास्तव में कैथरीन वॉटसन निकली), जाँच एक ऐसे मोड़ पर खड़ी थी जहाँ हमारे पास सबूत तो थे, लेकिन एक ठोस स्वीकारोक्ति (Confession) का अभाव था।

रात के 2:00 बज रहे थे। टीकमगढ़ पुलिस मुख्यालय के जाँच कक्ष में सिगरेट के धुएं और कॉफी की महक घुली हुई थी। मेज पर बिखरी हुई CDR (Call Data Record) की फाइलें, DNA रिपोर्ट्स और विकास की 'Psychological Profile' चीख-चीख कर कह रही थी कि वह अपराधी है। लेकिन कानून केवल चीखों पर नहीं, सुबूतों और संवैधानिक प्रक्रियाओं पर चलता है।

"सर, विकास टूट नहीं रहा है," अरविंद ने अपनी थकान भरी आँखों को रगड़ते हुए कहा। "वह एक ऐसी 'Constructed Reality' में जी रहा है जहाँ उसने खुद को बेगुनाह मान लिया है। 'Delusional Disorder' के मरीज़ों के साथ यही समस्या है; वे झूठ नहीं बोलते, वे अपने ही सच को सच मानते हैं।"

मैंने खिड़की के बाहर देखा। सन्नाटा गहरा था। "हमें 'Narco-Analysis' की ज़रूरत होगी, अरविंद। उसके अवचेतन (Subconscious) में वह सच दबा हुआ है जिसे उसका सचेत मन (Conscious mind) स्वीकार करने से इनकार कर रहा है।"

दृश्य 1: कानूनी बिसात की तैयारी

अगली सुबह का सूरज अपने साथ नई चुनौतियाँ लेकर आया। नार्को टेस्ट के लिए अदालत की अनुमति अनिवार्य थी, और उससे भी बड़ी चुनौती थी, अभियुक्त की सहमति।

"अमित, पूरी फाइल तैयार करो," मैंने साइबर एक्सपर्ट से कहा। "हमें कोर्ट को यकीन दिलाना होगा कि यह केवल एक साधारण संदिग्ध नहीं है। हमारे पास DNA Mismatch, 3D Reconstruction की विसंगतियां और जन्नत द्वारा दिए गए वो 'Encrypted' कॉल रिकॉर्डिंग्स हैं। इन सबको 'Circumstantial Evidence' की एक मज़बूत कड़ी के रूप में पेश करो।"

हमने फाइल में 'Behavioural Analysis' की रिपोर्ट भी जोड़ी, जिसमें स्पष्ट किया गया था कि विकास का 'Hero Complex' उसे समाज के लिए खतरनाक बनाता है।

दृश्य 2: जिला अदालत का सन्नाटा और शोर

टीकमगढ़ की जिला अदालत में पैर रखने का मतलब था, एक ऐसी दुनिया में प्रवेश करना जहाँ हर शब्द के सौ मायने निकाले जाते हैं। पुरानी फाइलों की गंध, वकीलों की काली कोट की भीड़, और पुराने छतों वाले पंखों की धीमी घरघराहट ने माहौल को बोझिल बना दिया था।

कोर्ट रूम नंबर 5 में तनाव चरम पर था। जज साहब, न्यायमूर्ति अवस्थी, अपनी चश्मा ठीक करते हुए हमारे द्वारा पेश किए गए दस्तावेजों को देख रहे थे।

"माई लॉर्ड," सरकारी अभियोजन पक्ष (Prosecution) के वकील, एडवोकेट पाठक ने जिरह शुरू की। "मामला 'Blind Murder' का है।

आरोपी विकास के बयानों में भारी विरोधाभास है। वैज्ञानिक साक्ष्य (Scientific Evidences) बताते हैं कि वह हत्या की रात घटनास्थल पर मौजूद था, लेकिन वह इसे मानने से इनकार कर रहा है। 'सत्य' तक पहुँचने के लिए 'Narco-Analysis' एकमात्र रास्ता बचा है।"

बचाव पक्ष (Defence) के वकील, एडवोकेट शर्मा तुरंत खड़े हुए। "विरोध है माई लॉर्ड! भारतीय संविधान का अनुच्छेद 20(3) (Article 20(3)) किसी भी व्यक्ति को अपने ही खिलाफ गवाही देने के लिए मजबूर करने से रोकता है। 'Self-incrimination' के विरुद्ध यह मौलिक अधिकार है। 'Selvi vs State of Karnataka' के ऐतिहासिक फैसले के अनुसार, बिना अभियुक्त की सहमति के नार्को टेस्ट करना अवैध है।"

दृश्य 3: न्याय की तुला और मनोवैज्ञानिक दबाव

अदालत में सन्नाटा छा गया। जज साहब ने विकास की ओर देखा, जो कटघरे में खड़ा था। उसका चेहरा शांत था, लेकिन उसके हाथों की उँगलियाँ लगातार हिल रही थीं - एक सूक्ष्म 'Micro-expression' जो 'High-Anxiety' को दर्शाता था।

"विकास," जज साहब की आवाज़ गूँजी। "क्या आप नार्को टेस्ट के लिए अपनी सहमति (Consent) देते हैं?"

विकास ने एक पल के लिए कुसुम की ओर देखा, जो कोर्ट रूम की आखिरी बेंच पर बैठी थी। उसकी आँखों में एक अजीब सा डर था। फिर उसने मेरी ओर देखा। 'Mind Reading' की कला मुझे बता रही थी कि वह भीतर से डरा हुआ है, लेकिन उसका 'Delusion' उसे विश्वास दिला रहा था कि वह बच जाएगा।

"साहब... अगर इससे मेरा सच बाहर आता है, तो मुझे मंज़ूर है," विकास ने धीरे से कहा।

बचाव पक्ष के वकील हक्के-बक्के रह गए। विकास का यह 'Over-confidence' ही उसकी सबसे बड़ी कमज़ोरी थी। उसे लग रहा था कि उसका 'सच' (कि उसने महेश को कुसुम की भलाई के लिए मारा) भगवान की नज़रों में सही है, इसलिए मशीन भी उसे सही बताएगी।

दृश्य 4: कानून की शर्तें और जन्नत की उपस्थिति

जज साहब ने आदेश लिखना शुरू किया। "अदालत शर्तों के साथ नार्को टेस्ट की अनुमति देती है। परीक्षण के दौरान चिकित्सा विशेषज्ञों की उपस्थिति अनिवार्य होगी। कोई भी सवाल अभियुक्त के निजी जीवन से संबंधित नहीं होगा, केवल अपराध स्थल और घटनाक्रम तक सीमित रहेगा।"

अदालत से बाहर निकलते समय मैंने जन्नत (कैथरीन) को कॉरिडोर के एक कोने में खड़ा पाया। वह बड़ी गौर से विकास को देख रही थी।

"तुम्हें क्या लगता है, इंस्पेक्टर?" उसने पास आकर फुसफुसाया। "क्या नार्को उस 'चौथे व्यक्ति' (The Fourth Man) का नाम उगलवा पाएगा जिसे जन्नत भी नहीं ढूंढ पाई?"

मैंने जन्नत की ओर देखा। "कानून ने रास्ता तो दे दिया है, जन्नत। अब देखना यह है कि सच उस रास्ते पर चल पाता है या सिस्टम की पेचीदगियों में हमेशा के लिए दब जाता है।"

दृश्य 5: व्यवस्था की सीमाएं

थाने वापस पहुँचते ही एक नई बाधा खड़ी हो गई। राज्य की एकमात्र फॉरेंसिक लैब में नार्को के लिए वेटिंग लिस्ट बहुत लंबी थी। और तब तक, विकास को न्यायिक हिरासत (Judicial Custody) में भेजना था।

"सर, अगर वह जेल गया, तो उसे 'Influence' किया जा सकता है," अरविंद ने चिंता जताई। "सुजान का ग्रुप अभी भी ओरछा में सक्रिय है।"

रात के अंधेरे में, मैंने अपनी डायरी में नोट किया: 'Case is transitioning from Investigation to Legal Battle. The suspect is not just Vikas; it's his broken psyche.'

नार्को टेस्ट की तैयारी शुरू हो गई थी। मशीनों, रसायनों (Sodium Pentothal) और सवालों की एक सूची तैयार थी। लेकिन क्या विकास का अवचेतन (Subconscious) हमें वह सच देगा जिसे हम ढूंढ रहे हैं? या उसका भ्रम इतना गहरा है कि वह विज्ञान को भी मात दे देगा?

“कानून की दीवार में एक छोटी सी दरार तो हो गई थी, लेकिन क्या उस दरार से रोशनी आएगी या और गहरा अंधेरा? क्या वह 'अविश्वासी दोस्त' नार्को के नशे में अपना नकाब उतार देगा, या सच हमेशा के लिए पत्थरों के नीचे दब जाएगा?”

अध्याय 15
अधूरा इकबाल

ओरछा की उस रात आसमान से बरसता पानी केवल बारिश नहीं थी, ऐसा लग रहा था जैसे प्रकृति उन सारे गुनाहों को धो डालना चाहती है जो बेतवा के किनारों पर हुए थे। टीकमगढ़ पुलिस स्टेशन का पूछताछ कक्ष (Interrogation Room) आज ज़रूरत से ज्यादा ठंडा और भारी महसूस हो रहा था। कमरे की दीवारें पीली और सीलन भरी थीं, और ऊपर घूमता पुराना पंखा एक ऐसी आवाज़ कर रहा था जैसे वह खुद भी इस मामले के बोझ से थक चुका हो।

मैं मेज के एक तरफ बैठा था, और मेरे सामने कुसुम बैठी थी। महेश की पत्नी। वह अब वह शांत और नियंत्रित महिला नहीं लग रही थी जिसे मैंने गाँव के घर में देखा था। उसके बिखरे हुए बाल, सूजी हुई आँखें और कांपते हुए हाथ उसकी आंतरिक उथल-पुथल की गवाही दे रहे थे।

"कुसुम," मैंने बहुत धीमी और गंभीर आवाज़ में कहा। "बाहर बारिश हो रही है, और यहाँ इस कमरे में सच का इंतज़ार है। कब तक तुम अपनी खामोशी के पीछे उन सायों को छुपाओगी?"

दृश्य 1: मानसिक पतन (The Emotional Collapse)

कुसुम ने अपनी नज़रें नहीं उठाईं। वह अपनी साड़ी के पल्लू को अपनी कांपती उँगलियों में लपेट रही थी। 'Body Language Analysis' के अनुसार, उसका यह 'Defensive Posture' (रक्षात्मक मुद्रा) और 'Unstable Breathing' (अस्थिर श्वसन) संकेत दे रहे थे कि वह टूटने की कगार पर है।

"साहब... मैंने उसे बहुत समझाया था," वह अचानक फुसफुसायी। उसकी आवाज़ इतनी धीमी थी कि मुझे उसे सुनने के लिए आगे झुकना पड़ा। "मैंने कहा था कि जो हम कर रहे हैं, वह गलत है। लेकिन वह... वह नहीं माना।"

"किसने समझाया था, कुसुम? विकास को?"

अचानक कुसुम ने अपनी आँखें उठाईं। उनमें जो 'Micro-expression' दिखा, वह केवल डर नहीं था; वह एक 'ग्लानि' (Guilt) और 'बलिदान' का मिश्रण था।

"नहीं, साहब!" वह अचानक चिल्लाई, और उसके बाद वह फफक-फफक कर रो पड़ी। उसका रोना ऐसा था जैसे कोई बाँध टूट गया हो। कमरे में मौजूद अरविंद और अमित ने एक-दूसरे की ओर देखा। मैंने उन्हें शांत रहने का इशारा किया। मनोविज्ञान कहता है कि ऐसे 'Breakdown' के बाद ही सबसे बड़ा सच बाहर आता है।

दृश्य 2: इकबालिया बयान (The Confession)

करीब पाँच मिनट के उस चीखते सन्नाटे के बाद, कुसुम ने अपनी आँखें पोंछीं और मेरी ओर सीधे देखा। उसकी आँखों में अब एक अजीब सी रिक्तता थी।

"महेश को मैंने ही मारा है, साहब। मैंने ही उसे बेतवा किनारे बुलाया था और... और उसका चेहरा कुचल दिया।"

कमरे में सन्नाटा छा गया। अमित ने रिकॉर्डर की ओर देखा, जो इस 'Confession' को डिजिटल रूप में सहेज रहा था। यह वह मोड़ था जिसका हम इंतज़ार कर रहे थे, लेकिन मेरे अंदर का जाँचकर्ता (Investigator) इस सच को स्वीकार करने के लिए तैयार नहीं था।

"तुमने उसे मारा?" मैंने दोहराया। "क्यों?"

"वह मुझ पर शक करता था। वह विकास के साथ मेरी दोस्ती को गलत समझता था। उस रात बहस बढ़ गई और... मैंने पत्थर उठा लिया।"

दृश्य 3: फॉरेंसिक और तर्क का टकराव (Forensic Mismatch)

मैं अपनी कुर्सी पर पीछे की ओर झुका। 'Logical Analysis' शुरू हो चुका था।

"कुसुम, महेश का कद 5 फीट 10 इंच था और उसका वजन लगभग 80 किलो। फॉरेंसिक रिपोर्ट कहती है कि चेहरे पर जो प्रहार हुए, उनकी 'Impact Force' (प्रहार की शक्ति) कम से कम 1500 न्यूटन थी। एक मध्यम कद-काठी की महिला के लिए, बिना किसी संघर्ष के निशान छोड़े, इतना बड़ा वार करना नामुमकिन है।"

अरविंद मेरे करीब आया और धीरे से फुसफुसाया, "सर, 'Blood Spatter Pattern' भी यही कहता है कि प्रहार किसी ऊँचाई से और बहुत मज़बूत हाथों से किया गया था। कुसुम की ऊँचाई और शारीरिक क्षमता इस फॉरेंसिक डेटा से मेल नहीं खाती।"

"और वह 'Unknown DNA'?" मैंने अरविंद से पूछा। "क्या वह कुसुम का है?"

"नहीं, सर। वह एक पुरुष का डीएनए है।"

दृश्य 4: 'Protective Lie' और मनोवैज्ञानिक जाल

मैं फिर से कुसुम की ओर मुड़ा। "तुम झूठ बोल रही हो, कुसुम। तुम किसी को बचा रही हो। क्या यह 'Coerced Confession' (दबाव में दिया गया बयान) है? क्या विकास ने तुम्हें यह कहने के लिए मजबूर किया है?"

कुसुम का चेहरा पीला पड़ गया। "नहीं साहब! मैंने ही किया है... मैं ही गुनहगार हूँ।"

यह एक 'Protective Lie' (रक्षात्मक झूठ) था। 'Delusional Disorder' का शिकार विकास शायद कुसुम के दिमाग को इस कदर नियंत्रित कर चुका था कि उसे लग रहा था कि खुद को बलिदान करके ही वह बच सकती है। विकास का 'Obsessive' प्यार अब एक ऐसे 'Emotional Blackmail' में बदल चुका था जहाँ शिकार ही खुद को अपराधी मानने लगा था।

"कुसुम, अगर तुमने उसे मारा, तो बताओ वह 'नीला रेशा' (Blue Fiber) तुम्हारे घर के कचरे में क्या कर रहा था? और वह सफेद SUV, जिसमें वह विदेशी ग्रुप था, वह उस रात वहां क्या कर रही थी?"

कुसुम इन तकनीकी सवालों के सामने निरुत्तर थी। उसकी 'Rehearsed Story' (रटी-रटाई कहानी) अब वैज्ञानिक तथ्यों के सामने बिखर रही थी।

दृश्य 5: जन्नत की खामोश उपस्थिति

कक्ष के बाहर, शीशे के पीछे से जन्नत (कैथरीन) यह सब देख रही थी। उसके चेहरे पर कोई आश्चर्य नहीं था। जब मैं बाहर निकला, तो उसने केवल इतना कहा -

"इंसान अक्सर उन लोगों के लिए मरना चाहता है जिनसे वह सबसे ज्यादा डरता है, इंस्पेक्टर। कुसुम का यह बयान सच नहीं, यह एक 'बलिदान' है। वह विकास के उस 'Hero Complex' को हवा दे रही है जिसने महेश को मारा।"

दृश्य 6: 'Unknown DNA' की नई कड़ी

तभी अमित एक नई रिपोर्ट लेकर दौड़ता हुआ आया। "सर, एक बड़ा ब्रेकथ्रू! वह 'Unknown DNA' जो महेश के नाखूनों से मिला था... वह विकास का नहीं है। वह सुजान के ग्रुप के एक तीसरे सदस्य का है जो अब तक हमारे रडार से बाहर था।"

मेरे दिमाग में बिजली सी कौंधी। इसका मतलब था कि उस रात वहां केवल पति-पत्नी और दोस्त नहीं थे। वहां एक पेशेवर अपराधी भी था।

"तो कुसुम किसका गुनाह अपने सिर ले रही है?" मैंने खुद से पूछा। "विकास का? या उस तीसरे व्यक्ति का, जिसके साथ शायद विकास का कोई गुप्त सौदा था?"

सच या बलिदान?

मैं फिर से उस बारिश को देखने लगा। कुसुम के उस 'अधूरे इकबाल' ने केस सुलझाने के बजाय और उलझा दिया था। उसने जुर्म तो कबूल कर लिया था, लेकिन विज्ञान कह रहा था कि वह कातिल नहीं हो सकती।

विकास अब भी हिरासत में था, और वह कुसुम के इस बयान की खबर सुनकर शायद अब खुद को और भी ज्यादा सुरक्षित महसूस कर रहा होगा। उसका 'Delusion' जीत रहा था।

“उसने कबूल तो कर लिया था... लेकिन क्या वह सच बोल रही थी, या वह किसी और के लिए खुद को सूली पर चढ़ा रही थी? और अगर वह कातिल नहीं थी, तो असली कातिल उस समय कहाँ बैठा मुस्कुरा रहा था? क्या 'अविश्वासी दोस्त' ने केवल महेश को ही नहीं, बल्कि कुसुम के सच को भी मार दिया था?”

भाग 3: जुनून, भ्रम और अपराध

अध्याय 16
परछाई का पीछा

कुसुम के उस झूठे इकबाल ने हवा में कई सवाल छोड़ दिए थे। एक पत्नी का अपने पति के कातिल को बचाने के लिए खुद को सूली पर चढ़ाना, यह केवल प्यार नहीं हो सकता था; यह खौफ था। वह खौफ, जो विकास के उस 'Obsessive' व्यवहार से पैदा हुआ था।

मैंने अपनी डायरी में लिखा - 'Victim is not just Mahesh. Kusum is a living victim of a psychological predator.'

उस 'Unknown DNA' और 'नीले रेशे' ने हमें विकास के उस निजी कमरे तक पहुँचा दिया था, जिसे उसने ओरछा के एक पुराने हिस्से में किराए पर ले रखा था। यह कमरा जहांगीर महल से कुछ ही दूरी पर था। बाहर से यह एक साधारण सा कमरा दिखता था, लेकिन भीतर जो था, वह किसी भी सामान्य इंसान की रूह कंपा देने के लिए काफी था।

दृश्य 1: डिजिटल तीर्थ (The Digital Shrine)

जब हम कमरे में दाखिल हुए, तो वहां की हवा में वही 'विशिष्ट परफ्यूम' की गंध थी जो महेश की लाश पर मिली थी। कमरा बेहद व्यवस्थित था, इतना व्यवस्थित कि वह स्वाभाविक नहीं लग रहा था। 'Psychological Profiling' के अनुसार, अत्यधिक व्यवस्था अक्सर एक 'Control Freak' (नियंत्रण के शौकीन) व्यक्ति की निशानी होती है।

"सर, यहाँ देखिए," अरविंद ने एक अलमारी की ओर इशारा किया जो दीवार में छिपी हुई थी।

जब हमने उसे खोला, तो वहां 'Hidden Surveillance' (गुप्त निगरानी) का एक पूरा नियंत्रण केंद्र था। तीन बड़े मॉनिटर्स, कई हार्ड ड्राइव्स और खिड़की के पास रखा एक हाई-रेंज टेलीस्कोप, जिसका रुख सीधे महेश के घर के पिछले हिस्से की ओर था।

"यह केवल जासूसी नहीं है, सर," अरविंद ने फुसफुसाते हुए कहा। "यह 'Level 4 Stalking' है।"

दृश्य 2: पीछा करने के चरण (The Stalking Phases)

हमने विकास के लैपटॉप को 'Forensic Image' के जरिए एक्सेस किया। अमित, हमारे साइबर एक्सपर्ट ने फोल्डर्स को खंगालना शुरू किया। वहां जो डेटा मिला, उसने विकास के 'Delusional Disorder' के विकासक्रम को पूरी तरह स्पष्ट कर दिया।

Phase 1: The Voyeur (निरीक्षक)

2022 के फोल्डर्स में कुसुम की हज़ारों तस्वीरें थीं। ये तस्वीरें तब की थीं जब वह बाज़ार जाती थी, मंदिर जाती थी या अपने बगीचे में होती थी। कुसुम को पता भी नहीं था कि कोई उसे इतनी दूर से 'कैप्चर' कर रहा है।

Phase 2: The Intruder (घुसपैठिया)

2023 के डेटा में ऑडियो फाइल्स मिलीं। विकास ने महेश के घर के ड्राइंग रूम और बेडरूम में 'Spy Bugs' (गुप्त माइक्रोफोन) लगा रखे थे। वह उनकी निजी बातचीत सुनता था। वह जानता था कि कब महेश और कुसुम के बीच झगड़ा होता है।

"सर, यह रिकॉर्डिंग सुनिए," अमित ने एक फाइल प्ले की।

रिकॉर्डिंग में महेश चिल्ला रहा था और कुसुम रो रही थी। तभी विकास की अपनी आवाज़ आई, जो खुद से ही बात कर रहा था, "वह तुम्हें रुला रहा है कुसुम... लेकिन चिंता मत करो, तुम्हारा मसीहा करीब है।"

'Hero Complex' और 'Erotomania' (यह भ्रम कि कोई आपसे प्यार करता है) का यह क्लासिक मेल था।

दृश्य 3: गुप्त निगरानी (Hidden Surveillance)

जांच के दौरान हमें एक और खौफनाक चीज़ मिली। विकास ने महेश की कार में एक 'GPS Tracker' और एक 'Real-time Audio Streamer' लगा रखा था।

"इसका मतलब है," मैंने अपनी टीम को समझाया, "कि विकास को हर पल पता था कि महेश कहाँ है। उस रात जब महेश बेतवा किनारे पहुँचा, तो वह कोई इत्तेफाक नहीं था। विकास उसे वहां 'लीड' (Lead) कर रहा था। उसने शायद महेश को किसी बिजनेस डील या किसी 'Artifact' (पुरावशेष) के बहाने वहां बुलाया था।"

हमने देखा कि विकास ने कुसुम के फोन को भी 'Mirror' कर रखा था। वह उसके हर मैसेज, हर कॉल को पढ़ सकता था। इसीलिए कुसुम पुलिस स्टेशन में कुछ बोल नहीं पा रही थी, उसे पता था कि विकास उसे 'डिजिटल' तरीके से देख रहा है।

दृश्य 4: मनोवैज्ञानिक विश्लेषण, भ्रम का सच

डॉ. अनन्या, हमारी साइकोलॉजिस्ट, ने उन फाइलों को देखकर अपना सिर हिलाया। "इंस्पेक्टर, विकास 'Delusional Disorder:

Erotomanic Type' का मरीज़ है। उसे लगता है कि महेश एक राक्षस है जिसने कुसुम को कैद कर रखा है। उसके दिमाग में, वह महेश को मारकर कोई अपराध नहीं कर रहा, बल्कि वह एक 'बचाव अभियान' (Rescue Mission) चला रहा है।"

"लेकिन वह 'चौथा व्यक्ति' (The Fourth Man) कौन है, डॉक्टर?" मैंने पूछा।

"वही, जो उसके इस जुनून का फायदा उठा रहा है। सुजान का ग्रुप।" डॉ. अनन्या ने एक फोटो की ओर इशारा किया जो विकास के डेस्क पर मिली थी। वह फोटो जहांगीर महल के उस गुप्त तहखाने की थी, जिस पर 'लाल निशान' बने थे।

दृश्य 5: फॉरेंसिक साक्ष्य, बाल और रेशा

अरविंद ने कमरे के एक कोने से कुछ बाल और वही 'नीला रेशा' बरामद किया। "सर, ये बाल महेश के नहीं हैं। ये उस 'Unknown Male' के हैं जिसका डीएनए हमें नाखूनों के नीचे मिला था। विकास ने उसे इस कमरे में पनाह दी थी।"

यह साफ था कि विकास अकेला नहीं था। उसका जुनून और सुजान का लालच, इन दोनों ने मिलकर महेश की मौत की पटकथा लिखी थी।

दृश्य 6: खौफनाक अहसास

तभी अमित ने एक ऐसी फाइल खोली जिसने मेरे पैरों तले ज़मीन खिसका दी। वह एक 'Live Feed' थी। विकास ने महेश के घर में एक कैमरा अभी भी एक्टिव छोड़ रखा था।

स्क्रीन पर हमने कुसुम को देखा। वह अपने कमरे में बैठी थी, हाथ में एक

फोटो लिए रो रही थी। अचानक, कमरे का दरवाजा खुला। कैमरा उस व्यक्ति का चेहरा नहीं दिखा पा रहा था, लेकिन उसकी परछाई दीवार पर पड़ रही थी।

कुसुम उस परछाई को देखकर सहम गई। उसने अपने हाथ जोड़ लिए।

"सर! यह रिकॉर्डिंग नहीं है, यह 'Live' है!" अमित चिल्लाया।

अंत: वह कब से देख रहा था?

मैंने तुरंत टीम को जीप की ओर दौड़ने का इशारा किया। विकास तो हिरासत में था, तो वह परछाई किसकी थी? क्या वह सुजान का कोई आदमी था? या वह 'चौथा व्यक्ति' जिसका ज़िक्र जन्नत ने किया था?

गाड़ी की रफ़्तार बढ़ाते हुए मेरे दिमाग में एक ही ख्याल आ रहा था, विकास ने केवल पिछले कुछ महीनों से नहीं, बल्कि सालों से उनकी ज़िंदगी के हर निजी पल को एक कैमरे की आँख से देखा था। वह उनके बेडरूम के झगड़ों से लेकर उनकी खामोशियों तक का गवाह था।

“विकास ने महेश को उस रात नहीं मारा था... उसने उसे मानसिक रूप से सालों पहले ही मार दिया था। वह हर पल, हर साये की तरह उनके पीछे था। लेकिन सवाल अब और भी डरावना था, अगर विकास जेल में है, तो कुसुम के कमरे में वह परछाई किसकी है? वह कब से उन्हें देख रहा था?”

अध्याय 17
भ्रम का साम्राज्य

ओरछा की पुलिस चौकी के पूछताछ कक्ष में जली वह अकेली पीली रोशनी विकास के चेहरे पर पड़ रही थी। बाहर बारिश अब भी धीमी लय में बरस रही थी, लेकिन कमरे के भीतर का सन्नाटा किसी तूफ़ान के आने की आहट दे रहा था।

हमने उसके कमरे से जो 'डिजिटल तीर्थ' बरामद किया था, उसने यह साफ़ कर दिया था कि विकास केवल एक अपराधी नहीं, बल्कि एक समांतर वास्तविकता का राजा है, एक ऐसी दुनिया जहाँ वह नायक है और बाकी सब केवल पात्र।

डॉ. अनन्या शीशे के पीछे से उसे गौर से देख रही थीं। "इंस्पेक्टर, वह अब अपने 'भ्रम के साम्राज्य' के सबसे ऊँचे शिखर पर है। उसे लगता है कि उसने एक महान कार्य किया है।"

मैंने भीतर कदम रखा। विकास ने सिर उठाया। उसकी आँखों में कोई ग्लानि नहीं थी, बल्कि एक ऐसी शांति थी जो डरावनी लग रही थी।

दृश्य 1: मसीहा ग्रंथि (The Savior Complex)

"विकास, तुमने महेश को क्यों मारा?" मैंने सीधे सवाल किया। "वह तुम्हारा सबसे अच्छा दोस्त था।"

विकास की आँखों में एक चमक आई, जैसे उसे इसी सवाल का इंतज़ार हो। "दोस्त? साहब, वह एक राक्षस था। वह उस कोमल कली (कुसुम)

को हर रोज़ कुचल रहा था। मैंने उसे मारा नहीं है... मैंने उसे उस नरक से आज़ाद किया है जिसे वह अपनी ज़िंदगी समझ रही थी।"

यह 'Savior Complex' (मसीहा ग्रंथि) का चरम था। मनोविज्ञान में, जब कोई व्यक्ति यह मानने लगता है कि केवल वही किसी दूसरे को 'बचा' सकता है, और इसके लिए वह हिंसा का सहारा लेता है, तो वह खुद को कानून और नैतिकता से ऊपर समझने लगता है।

"कुसुम ने तो तुमसे मदद नहीं मांगी थी?" मैंने तर्क दिया।

"उसे पता ही नहीं था कि उसे मदद चाहिए!" विकास चिल्लाया। उसके चेहरे की नसें तन गई थीं। "वह डरी हुई थी। वह उस ज़ालिम के प्यार का ढोंग सह रही थी। मैंने सालों तक खिड़की से देखा है कि वह कैसे उसे रुलाता था। क्या आप जानते हैं कि कैसा लगता है जब आप जिससे प्यार करते हैं, उसे किसी और की बाहों में रोते हुए देखें?"

दृश्य 2: भ्रम संबंधी विकार (Delusional Disorder)

'Delusional Disorder: Erotomanic Type' के मरीज़ों के लिए हकीकत वह नहीं होती जो दिखती है, बल्कि वह होती है जो वे महसूस करते हैं। विकास को पक्का यकीन था कि कुसुम भी उससे प्यार करती है, लेकिन महेश के डर से बोल नहीं पा रही।

डॉ. अनन्या ने माइक्रोफोन के जरिए मुझे निर्देश दिया, "इंस्पेक्टर, उसे उसके 'भ्रम' की बारीकियों में ले जाइए। पूछिए कि उसे कब लगा कि कुसुम उसकी है।"

"विकास, क्या कुसुम ने कभी तुमसे कहा कि वह तुमसे प्यार करती है?" मैंने पूछा।

विकास धीरे से मुस्कुराया। "उसे कहने की ज़रूरत नहीं थी, साहब। उस दिन जब उसने मुझे चाय दी थी और उसकी उँगलियाँ मेरी उँगलियों से छुई थीं... उस स्पर्श में एक पुकार थी। जब वह अपनी बालकनी में खड़ी होकर बेतवा को देखती थी, तो वह दरअसल मुझे याद कर रही होती थी। मैंने उसके हर मौन शब्द को पढ़ा है।"

यह 'Mind Reading' का वह विकृत रूप था जहाँ व्यक्ति दूसरों के साधारण इशारों को अपने पक्ष में अर्थ दे देता है। विकास के लिए, कुसुम का हर छोटा व्यवहार एक 'Signal' था।

दृश्य 3: नायक का निर्माण (Constructing the Hero)

हमने मेज पर वे तस्वीरें रख दीं जो उसके कमरे से मिली थीं। वे तस्वीरें जहाँ उसने महेश के चेहरे पर काँटे के निशान बनाए थे।

"तुमने उसका चेहरा क्यों कुचला, विकास? क्या केवल नफरत थी?"

विकास ने उन तस्वीरों को ऐसे देखा जैसे वे उसकी वीरता के पदक हों। "चेहरा ही तो वह मुखौटा था जिसे पहनकर वह कुसुम को धोखा देता था। मैंने उस मुखौटे को उतार दिया। मैंने उसे बेचेहरा कर दिया ताकि कुसुम उसे याद न रख सके। केवल मैं रहूँ... उसका रक्षक।"

यही वह 'Overkill' व्यवहार था जिसे हमने शव-परीक्षा के दौरान देखा था। यह केवल हत्या नहीं थी, यह एक 'प्रतीकात्मक शुद्धिकरण' (Symbolic Purification) था।

दृश्य 4: फॉरेंसिक और साइकोलॉजी का मिलन

अमित ने इंटरकॉम पर सूचना दी, "सर, विकास के फोन से मिले डिलीटेड

डेटा में एक 'Secret Journal' मिला है। वह उसमें खुद को 'V-The Protector' लिखता था।"

डायरी के पन्ने स्क्रीन पर फ्लैश हुए:

12 जून: आज महेश ने उसे फिर से डांटा। मेरा हाथ काँप रहा था। उसे जाना होगा।

15 अगस्त: ओरछा के पत्थरों ने मुझसे कहा है कि समय आ गया है। 'जन्नत' ने वादा किया है कि वह मेरी मदद करेगी।

'जन्नत' (कैथरीन) का नाम फिर से सामने आया था।

"विकास, जन्नत ने तुम्हारी क्या मदद की?" मैंने पूछा।

विकास का चेहरा अचानक ठंडा पड़ गया। "वह... वह सच जानती थी। उसने मुझसे कहा कि अगर मैं महेश को रास्ते से हटा दूँ, तो वह मुझे वह सब देगी जिसकी मुझे ज़रूरत है। वह नक्शा... वह रास्ता... सब मेरा होगा।"

दृश्य 5: वास्तविकता का टूटना

तभी मैंने वह वीडियो प्ले किया जो हमने कुसुम के घर से लाइव स्ट्रीम किया था। वीडियो में कुसुम रो रही थी और वह परछाई उसके कमरे में दाखिल हो रही थी।

"विकास, देखो। तुम यहाँ हो, तो कुसुम के पास कौन है?"

विकास ने स्क्रीन की ओर देखा। उसकी आँखें फटी की फटी रह गई। "नहीं! यह नहीं हो सकता! मैं ही उसे बचा सकता हूँ! वह कौन है? वह उसे छू नहीं सकता!"

उसकी 'Heroic Identity' अचानक ढहने लगी। उसका पूरा शरीर कांपने लगा। उसे लग रहा था कि उसका साम्राज्य हाथ से निकल रहा है। वह चिल्लाने लगा, अपनी कुर्सी पटकने लगा।

"उसे बचाओ! वह मेरा है! वह मेरी है!"

नायक या खलनायक?

डॉ. अनन्या ने इशारा किया कि पूछताछ रोक दी जाए। विकास एक 'Psychotic Breakdown' की स्थिति में था। उसे सेल में ले जाया गया, जहाँ वह लगातार दीवार पर अपना सिर मार रहा था और बड़बड़ा रहा था, "मैं नायक हूँ... मैंने उसे बचाया है... मैं अविश्वासी नहीं हूँ।"

मैं बाहर बारिश में खड़ा था। विकास की वह परछाई, जो वह खुद को समझता था, और वह सच, जो वह असल में था, के बीच एक गहरी खाई थी। उसने एक जान ली थी, एक घर बर्बाद किया था और एक औरत को खौफ के साये में जीने पर मजबूर कर दिया था, सब कुछ केवल अपने 'भ्रम' को पालने के लिए।

“विकास ने एक ऐसी दुनिया रची थी जहाँ वह मसीहा था, लेकिन उस दुनिया की नींव खून और विश्वासघात पर टिकी थी। उसने महेश को मारा क्योंकि वह उसके 'भ्रम' के बीच खड़ा था। लेकिन सबसे बड़ा सवाल अब भी अनुत्तरित था, क्या यह हत्यारा सच में खुद को एक 'हीरो' समझता है, या यह केवल उसकी अपनी घृणा को छुपाने का एक नकाब है?”

अध्याय 18
अवचेतन की आवाज

ओरछा के सरकारी अस्पताल का वह विशेष परीक्षण कक्ष किसी अंतरिक्ष यान के आंतरिक हिस्से जैसा लग रहा था। चारों ओर मॉनिटर्स, तारों का जाल और मशीनों की एक लयबद्ध बीप-बीप की आवाज़। कमरे में तापमान काफी कम रखा गया था ताकि उपकरण सही ढंग से काम कर सकें। सफेद एप्रन पहने डॉक्टरों की एक टीम विकास के चारों ओर खड़ी थी, जो एक विशेष झुकी हुई मेज पर लेटा हुआ था।

'साइकोटिक ब्रेकडाउन' के बाद, यह हमारा आखिरी दांव था, 'नार्को-एनालिसिस' (Narco-Analysis)। कोर्ट के कड़े निर्देशों और मेडिकल सुपरविजन के बीच, हम विकास के उस अवचेतन (Subconscious) में प्रवेश करने वाले थे, जहाँ सच और भ्रम के बीच की रेखा धुंधली हो जाती है।

"तैयार हैं, इंस्पेक्टर?" डॉ. सान्याल ने पूछा, उनके हाथ में 'सोडियम पेंटोथल' (Sodium Pentothal) की एक शीशी थी, जिसे 'ट्रुथ सीरम' भी कहा जाता है।

मैंने सिर हिलाया। शीशे के दूसरी तरफ से डॉ. अनन्या और अरविंद पूरे घटनाक्रम को देख रहे थे।

दृश्य 1: रसायनों का प्रवेश और सुप्त अवस्था

नर्स ने विकास की बांह में सुई चुभोई। धीरे-धीरे वह नशीला तरल उसकी नसों में उतरने लगा। नार्को टेस्ट का उद्देश्य व्यक्ति को पूरी तरह बेहोश करना नहीं, बल्कि उसे 'हिप्नोटिक' (Hypnotic) अवस्था में ले जाना होता

है, जहाँ उसका तार्किक मस्तिष्क (Logical Brain) काम करना बंद कर दे और वह झूठ बोलने के लिए आवश्यक 'क्रिएटिविटी' खो दे।

विकास की आँखों की पुतलियाँ धीरे-धीरे ऊपर की ओर चढ़ने लगीं। उसकी साँसों की गति धीमी हो गई।

"विकास... क्या तुम मुझे सुन सकते हो?" डॉ. सान्याल ने बहुत ही शांत और मधुर आवाज़ में पूछा।

"हाँ... गूँज रही है... आवाज़ गूँज रही है," विकास की आवाज़ में एक भारीपन था, जैसे वह बहुत गहरी नींद से बोल रहा हो।

दृश्य 2: टूटी हुई यादों का गलियारा

मैंने माइक्रोफोन संभाला। "विकास, हम ओरछा में हैं। रात का समय है। तुम कहाँ हो?"

विकास के चेहरे पर एक तनाव उभरा। "अँधेरा है... बेतवा का शोर बहुत तेज़ है। पत्थर... ठंडे पत्थर। मैं खड़ा हूँ।"

"तुम्हारे साथ कौन है?"

"वह... वह रो रही है। नहीं, वह गा रही है। कुसुम। वह सफेद साड़ी में है। लेकिन उसके चेहरे पर खून है। क्यों? मैंने तो उसे बचाया था।"

डॉ. अनन्या ने इंटरकॉम पर फुसफुसाया, "इंस्पेक्टर, वह हकीकत और अपनी कल्पना को मिला रहा है। उसे उस रात के असली विवरणों की ओर मोड़िए।"

"विकास, बेतवा किनारे उस रात क्या हुआ था? महेश कहाँ था?"

विकास का शरीर अचानक कांपने लगा। मॉनिटर पर उसकी 'Heart Rate' (हृदय गति) बढ़ने लगी। "महेश... वह चिल्ला रहा था। वह कह रहा था कि मैं पागल हूँ। उसने मुझ पर हाथ उठाया। लेकिन तभी... तभी वहां कोई और आया।"

दृश्य 3: चौथा व्यक्ति और सुजान का साया

"कौन आया, विकास? क्या वह सुजान थी?"

"नहीं... सुजान दूर थी। वह महल के झरोखे से देख रही थी। वह हँस रही थी। वहां वह 'परछाई' थी। लम्बा कद... काले जूते। उसने महेश को पकड़ लिया। उसने मुझसे कहा, 'इसे सजा दो विकास, यह तुम्हारे और कुसुम के बीच का काँटा है'।"

'The Fourth Man' का ज़िक्र फिर से आया था। नार्को के नशे में व्यक्ति अक्सर उन किरदारों को 'रूपक' (Metaphors) के तौर पर देखता है जिन्हें वह असल जिंदगी में पहचान नहीं पाता।

"उसने तुम्हें क्या दिया, विकास?"

"पत्थर... उसने मुझे वह भारी पत्थर दिया। उसने कहा कि चेहरा मिटा दो, ताकि यादें मिट जाएँ। मैंने... मैंने मारना शुरू किया। आवाज़ आ रही थी... हड्डियों के टूटने की। लेकिन वह आवाज़ महेश की नहीं थी, वह मेरे ही अंदर के किसी हिस्से के टूटने की थी।"

दृश्य 4: फॉरेंसिक और अवचेतन का टकराव

अरविंद ने शीशे के पीछे से नोट किया, "सर, वह 'GSR' वाले हिस्से पर नहीं जा रहा। क्या उस रात गोली भी चली थी?"

"विकास, क्या वहां कोई हथियार था? कोई बंदूक?"

विकास अचानक चुप हो गया। उसकी 'REM' (Rapid Eye Movement) बढ़ गई। "चमक... एक तेज़ रोशनी। जन्नत के हाथ में कुछ था। उसने हवा में कुछ छोड़ा। धुंआ... नीला धुंआ। मुझे कुछ दिखाई नहीं दे रहा था। बस एक आवाज़ आई, 'काम हो गया'।"

नीला धुंआ? क्या यह वही 'नीला रेशा' था जो एक रासायनिक हमले का संकेत था? या विकास का दिमाग उस रात की किसी 'Traumatic' घटना को रंगों और धुंए के रूप में याद कर रहा था?

दृश्य 5: कल्पना बनाम हकीकत (Fact vs Fiction)

"विकास, तुमने महेश को कहाँ मारा? क्या वह वाकई नदी का किनारा था?"

विकास ने अपना सिर हिलाया। "नहीं... दीवारें। ऊँची दीवारें। गूँज। वह महल था। हम महल के अंदर थे। वह गुप्त रास्ता... जहाँ मूर्तियाँ रखी थीं। हमने उसे वहां मारा, फिर उसे गाड़ी में डाला।"

यही वह सबसे बड़ा खुलासा था। 'Primary Crime Scene' वाकई जहांगीर महल का वह गुप्त तहखाना था। नार्को ने उस 'Staged' सेटिंग का पर्दाफाश कर दिया था जिसे विकास ने बेतवा किनारे तैयार किया था।

"लेकिन वह 'Unknown DNA' किसका है?" मैंने आख़िरी कोशिश की।

विकास की साँसें उखड़ने लगीं। "वह... वह दोस्त नहीं था। वह 'खिलाड़ी' था। सुजान का सबसे बड़ा मोहरा। उसने महेश को पकड़ा था ताकि मैं वार कर सकूँ। उसका नाम... उसका नाम..."

इससे पहले कि विकास नाम ले पाता, अलार्म बजने लगा। उसकी

मेडिकल स्थिति बिगड़ने लगी थी। डॉक्टरों ने तुरंत परीक्षण रोकने का फैसला किया।

यादें सच हैं या कल्पना?

परीक्षण कक्ष के बाहर, हम सब निशब्द खड़े थे। नार्को टेस्ट की रिकॉर्डिंग हमारे पास थी, लेकिन उसने जवाबों से ज्यादा सवाल खड़े कर दिए थे।

विकास ने 'महल' का ज़िक्र किया, 'परछाई' की बात की और एक 'नीले धुंए' का रहस्य बताया।

"डॉक्टर, क्या वह सच बोल रहा था?" मैंने डॉ. अनन्या से पूछा।

"नार्को में व्यक्ति अपना 'सच' बोलता है, इंस्पेक्टर। लेकिन विकास का सच उसके 'Delusion' से इतना जुड़ा हुआ है कि हमें यह तय करना होगा कि इसमें से कितनी उसकी यादें हैं और कितनी उसकी कल्पना," डॉ. अनन्या ने गंभीरता से कहा।

मैंने अपनी डायरी में लिखा, 'The subconscious has spoken, but it speaks in riddles. The Fourth Man exists, but he is not a person, he is a shadow of a bigger conspiracy.'

जब मैं अस्पताल से बाहर निकला, सूरज ढल रहा था। ओरछा का आकाश वैसा ही 'नीला' लग रहा था जैसा विकास ने अपने नार्को में बताया था।

“यादें कभी-कभी हकीकत से ज्यादा डरावनी होती हैं। विकास ने महल के उस तहखाने का राज तो खोल दिया, लेकिन वह 'खिलाड़ी' अभी भी अंधेरे में था। क्या विकास की ये यादें वाकई उस रात का सच थीं, या उसके विक्षिप्त दिमाग द्वारा रची गई एक और खौफनाक कल्पना?”

अध्याय 19
हथियार की कहानी

नार्को टेस्ट की रिकॉर्डिंग्स ने हमारी रातों की नींद और बढ़ा दी थी। विकास के अवचेतन ने जिस 'तेज़ रोशनी' और 'धमाके' का ज़िक्र किया था, वह किसी भी तरह से पत्थरों से कुचले जाने की आवाज़ नहीं थी। अगर चेहरा पत्थर से कुचला गया था, तो उस धमाके का मतलब क्या था? क्या उस रात वहां कोई गोली भी चली थी?

पोस्टमार्टम रिपोर्ट में चेहरे की हड्डियों के चकनाचूर होने की बात तो थी, लेकिन किसी बुलेट इंजरी (Bullet Injury) का कोई स्पष्ट सुराग नहीं मिला था। इसका एक ही मतलब हो सकता था, चेहरा इसलिए कुचला गया था ताकि 'बैलिस्टिक साक्ष्य' (Ballistic Evidence) को मिटाया जा सके।

जांच अधिकारी के रूप में मेरे सामने अब दो बड़ी चुनौतियां थीं: पहला, उस हथियार को ढूंढना और दूसरा, यह साबित करना कि उस रात गोली किसने चलाई।

दृश्य 1: फॉरेंसिक लैब और जीएसआर टेस्ट (GSR Test)

मैं और अरविंद फॉरेंसिक लैब के 'बैलिस्टिक्स विभाग' में खड़े थे। मेज पर विकास के वे कपड़े रखे थे जो उसने गिरफ्तारी के वक्त पहने थे।

"सर, हमने विकास के हाथों और शर्ट की आस्तीन से स्वाब (Swabs) लिए थे," अरविंद ने माइक्रोस्कोप की ओर इशारा करते हुए कहा। "रिपोर्ट आ गई है। यह GSR (Gunshot Residue) के लिए 'पॉजिटिव' है।"

"मतलब विकास ने गोली चलाई थी?" मैंने पूछा।

"ज़रूरी नहीं, सर," अरविंद ने फॉरेंसिक बारीकी समझाते हुए कहा। "GSR तब भी हाथ पर आ सकता है जब आप शूटर के बहुत करीब खड़े हों। इसे 'Secondary Transfer' कहते हैं। लेकिन विकास की दाहिनी हथेली के 'Web Area' (अंगूठे और तर्जनी के बीच का हिस्सा) पर एंटीमनी और बेरियम के कणों का घनत्व बहुत ज्यादा है। यह संकेत देता है कि हथियार उसके हाथ में था।"

दृश्य 2: हथियार की तलाश और बैलिस्टिक मैचिंग (Ballistic Matching)

नार्को के खुलासे के बाद हमने जहांगीर महल के उस गुप्त तहखाने की फिर से तलाशी ली। इस बार हमारे साथ 'मेटल डिटेक्टर्स' (Metal Detectors) और अत्याधुनिक '3D स्कैंनर्स' थे। तहखाने की दीवारों की दरारों और वहां जमा पुरानी धूल के बीच, अरविंद को एक छोटी सी सफलता मिली।

"सर! यहाँ देखिए!"

दीवार के एक कोने में, एक पत्थर के पीछे, पीतल का एक खाली खोखा (Cartridge Case) फँसा हुआ था। .32 बोर की पिस्तौल का खोखा।

"बैलिस्टिक मैचिंग शुरू करो," मैंने आदेश दिया।

लैब में, उस खोखे का विश्लेषण किया गया। अरविंद ने समझाया, "सर, हर बंदूक की नली (Barrel) के अंदर कुछ 'Rifling' (धारियाँ) होती हैं। जब गोली बाहर निकलती है, तो उस पर वे धारियाँ अपने विशिष्ट निशान छोड़ती हैं, जिन्हें 'Striations' कहते हैं। यह बिल्कुल इंसान के

फिंगरप्रिंट जैसा होता है। अगर हमें वह पिस्तौल मिल जाए, तो हम दावे के साथ कह सकते हैं कि यह खोखा उसी का है।"

दृश्य 3: वह छुपा हुआ हथियार

जन्नत (कैथरीन) के इनपुट्स और विकास के घर की तलाशी के दौरान हमें एक पुरानी संदूक मिली। उस संदूक के गुप्त खाने में एक 'देसी कट्टा' और एक परिष्कृत .32 बोर की पिस्तौल बरामद हुई। पिस्तौल की बनावट विदेशी थी, जो शायद सुजान के ग्रुप द्वारा तस्करी कर लाई गई थी।

हमने उस पिस्तौल से एक 'टेस्ट फायर' (Test Fire) किया और उससे निकले खोखे की तुलना घटनास्थल से मिले खोखे से की।

"मैचिंग परफेक्ट है, सर," बैलिस्टिक एक्सपर्ट ने रिपोर्ट पेश की। "घटनास्थल पर मिली गोली इसी पिस्तौल से चली थी।"

दृश्य 4: मनोवैज्ञानिक विरोधाभास (The Psychological Conflict)

अब सवाल यह था कि अगर विकास के हाथ पर GSR मिला और पिस्तौल भी उसी के पास से बरामद हुई, तो नार्को में उसने 'परछाई' और 'जन्नत' के हाथ में कुछ होने की बात क्यों की?

'Delusional Disorder' का एक और पहलू सामने आया। डॉ. अनन्या ने विश्लेषण किया, "हो सकता है कि विकास ने गोली चलाई हो, लेकिन उसका दिमाग उस खौफनाक सच को स्वीकार नहीं कर पा रहा। उसने खुद को 'रक्षक' (Savior) मान लिया है, और रक्षक गोलियां नहीं चलाता, वह तो केवल 'सजा' देता है। इसलिए उसके दिमाग ने उस 'गोली' वाली घटना को एक 'नीले धुएँ' या 'परछाई' में बदल दिया।"

लेकिन तभी फॉरेंसिक रिपोर्ट का एक और पन्ना पलटा गया।

दृश्य 5: एक दूसरा GSR स्वाब

"सर, एक और जानकारी है," अमित ने बताया। "हमने जन्नत (कैथरीन) के उन दस्तानों (Gloves) की भी जांच की थी जो उसके बैग से मिले थे। उन पर भी GSR के अंश मिले हैं।

मैं सन्न रह गया। अगर विकास और जन्नत दोनों के पास बारूद के अवशेष थे, तो क्या उस रात दो गोलियां चली थीं? या फिर जन्नत ने विकास का हाथ पकड़कर गोली चलवाई थी?

बैलिस्टिक रिपोर्ट ने एक और पहेली सुलझाई। "सर, घटनास्थल पर मिली गोली महेश के शरीर के अंदर नहीं मिली थी, वह दीवार से टकराकर गिर गई थी। महेश की मौत गोली से नहीं, बल्कि चेहरे पर हुए उन भारी पत्थरों के प्रहार से हुई थी।"

इसका मतलब साफ था, गोली केवल डराने के लिए या 'Execution' के एक हिस्से के रूप में चली थी।

गोली किसने चलाई?

रात के सन्नाटे में मैं थाने की छत पर खड़ा था। विकास हिरासत में था, जन्नत आज़ाद थी, और सुजान अपने होशियार दिमाग के साथ खेल रही थी।

बैलिस्टिक मैचिंग ने हथियार तो दे दिया था, लेकिन 'इरादा' अभी भी धुंधला था। विकास ने गोली चलाई थी ताकि वह खुद को 'नायक' साबित कर सके, या जन्नत ने उसे उकसाया था ताकि महेश डरकर वह राज उगल दे जो सुजान को चाहिए था?

अचानक, अरविंद दौड़ता हुआ आया। "सर, पिस्तौल पर फिंगरप्रिंट्स की रिपोर्ट आ गई है।"

"किसके हैं?"

अरविंद ने एक फोटो मेरी ओर बढ़ाई। उस पर फिंगरप्रिंट्स न विकास के थे, न जन्नत के। वे किसी 'चौथे व्यक्ति' के थे, जिसके रिकॉर्ड्स हमारे डेटाबेस में मौजूद ही नहीं थे।

“हथियार ने अपनी कहानी तो कह दी थी, लेकिन उस पर बने निशान एक नए शिकारी की ओर इशारा कर रहे थे। GSR विकास के हाथ पर था, पिस्तौल उसके घर में थी, लेकिन उंगलियों के निशान किसी और के थे। तो उस रात उस ट्रिगर पर दबाव किसका था? क्या विकास केवल एक 'Fall Guy' (बलि का बकरा) था, जिसे असली हत्यारे ने बड़ी सफाई से फँसा दिया था?”

अध्याय 20
इतिहास की परछाईं

ओरछा की रात अब भी बेतवा के शोर और मंदिरों के सन्नाटे के बीच झूल रही थी। लेकिन आज का सन्नाटा कुछ अलग था। बैलिस्टिक रिपोर्ट ने ट्रिगर पर किसी अज्ञात उंगलियों के निशान होने की बात कहकर पूरी जांच को एक ऐसे अंधेरे मोड़ पर खड़ा कर दिया था, जहाँ रोशनी केवल इतिहास की गलियों से आ सकती थी।

मैं पुलिस मुख्यालय के अपने कमरे में बैठा था, सामने मेज पर जहांगीर महल का नक्शा और आचार्य राम प्रसाद की वे बातें थीं जो उन्होंने पहली मुलाकात में कही थीं। मेरा मस्तिष्क बार-बार एक ही विचार पर लौट रहा था, 'Parallels of History'। क्या 1605 में जो हुआ था, वही 2024 में दोहराया जा रहा है?

"सर, आचार्य राम प्रसाद बाहर आए हैं। वे आपसे कुछ ज़रूरी बात करना चाहते हैं," कांस्टेबल ने आकर सूचना दी।

मैंने अपनी डायरी बंद की और उन्हें अंदर बुलाने का इशारा किया। आचार्य जब अंदर आए, तो उनकी आँखों में वही स्थिरता थी, लेकिन उनके माथे की रेखाएं गहरी थीं।

"साहब, आप पत्थरों में सच ढूंढ रहे हैं, लेकिन ओरछा के पत्थरों का सच केवल खून में भीगने के बाद ही समझ आता है," आचार्य ने बिना किसी भूमिका के कहा।

दृश्य 1: इतिहास और वर्तमान के धागे (The Historical Analogy)

मैंने उन्हें बैठने का इशारा किया और चाय का आदेश दिया। "आचार्य जी, आपने पहली मुलाकात में वीर सिंह देव और जहांगीर की दोस्ती की बात की थी। आज मुझे वह बात किसी पहेली की तरह लग रही है।"

आचार्य धीरे से मुस्कुराए। "इतिहास केवल राजाओं की वंशावली नहीं है, साहब। यह इंसानी फितरत का आईना है। वीर सिंह देव ने जहांगीर की दोस्ती और सत्ता पाने के लिए अबुल फ़ज़ल का सिर कलम किया था। क्या आपको लगता है कि वह केवल एक हत्या थी? नहीं, वह एक 'विश्वासघात' था जिसे 'प्रेम' और 'वफादारी' का नाम दिया गया था।"

मैंने अपनी 'Psychological Profiling' के पन्ने पलटे। "विकास का व्यवहार भी कुछ ऐसा ही है, आचार्य जी। वह खुद को कुसुम का 'रक्षक' और महेश का 'भाई' कहता है, लेकिन उसने महेश का चेहरा मिटा दिया।"

"यही तो पेंच है, साहब," आचार्य ने कुर्सी पर झुकते हुए कहा। "वीर सिंह देव ने अबुल फ़ज़ल को मारा क्योंकि वह जहांगीर और उनके बीच की दीवार था। विकास ने महेश को मारा क्योंकि वह उसके और कुसुम के बीच की दीवार थी। लेकिन क्या आपने कभी सोचा है कि जहांगीर ने वीर सिंह देव को उकसाया क्यों था? क्या वह केवल दोस्ती थी, या जहांगीर को अपना रास्ता साफ़ करना था?"

मेरा दिमाग तुरंत सुजान और जन्नत पर गया। क्या वे सुजान और जन्नत इस कहानी की 'जहांगीर' थीं? क्या विकास केवल वीर सिंह देव की तरह एक प्यादा था, जिसे सत्ता (कुसुम) का लालच दिया गया था?

दृश्य 2: शक्ति बनाम प्रेम (Power vs. Love)

'Behavioral Analysis' के अनुसार, विकास का पागलपन 'Erotomanic Delusion' से प्रेरित था, उसे लगा कि वह प्रेम के लिए यह सब कर रहा है। लेकिन सुजान का ग्रुप... उनके लिए यह 'Power'

(शक्ति और पैसा) का मामला था। उन प्राचीन मूर्तियों की तस्करी का अंतरराष्ट्रीय सिंडिकेट, जिसका ज़िक्र जन्नत ने किया था।

"आचार्य जी, क्या ओरछा के महलों में आज भी वे गुप्त रास्ते मौजूद हैं जहाँ मूर्तियाँ छुपाई जाती थीं?" मैंने पूछा।

"हाँ साहब। जहांगीर महल के नीचे एक ऐसा तहखाना है जिसे 'रक्त कुआँ' कहा जाता था। मान्यता है कि वहां उन लोगों की आत्माएं आज भी भटकती हैं जिन्होंने विश्वासघात किया। लेकिन वैज्ञानिक भाषा में, वह स्थान मूर्तियों को 'Store' करने के लिए सबसे सुरक्षित था क्योंकि वहां का तापमान और नमी स्थिर रहती है।"

यह एक बहुत बड़ा सुराग था। 'Automotive Upholstery' के रेशे और वे अदृश्य पदचिह्न... क्या वे सब उस 'रक्त कुआँ' तक पहुँचने की कोशिश कर रहे थे?

दृश्य 3: फॉरेंसिक साक्ष्य और ऐतिहासिक सत्य

अरविंद, मेरा फॉरेंसिक एक्सपर्ट, उसी समय कमरे में दाखिल हुआ। उसके हाथ में 'X-Ray Fluorescence (XRF)' की एक रिपोर्ट थी।

"सर, हमने जहांगीर महल के उस तहखाने से मिली मिट्टी और महेश के नाखूनों के नीचे फंसी धूल का 'Elemental Analysis' किया है," अरविंद ने सांस लेते हुए बताया। "दोनों में 'Sandstone' के साथ-साथ 'Ancient Mortar' (प्राचीन गारा) के अवशेष मिले हैं, जिसमें चूना और गुड़ की मात्रा बहुत ज्यादा है। यह गारा केवल बुंदेला निर्माण में इस्तेमाल होता था।"

"मतलब महेश उस तहखाने के अंदर था?"

"बिल्कुल सर। और सबसे बड़ी बात... वहां हमें कुछ 'Micro-Splinters' मिले हैं जो किसी प्राचीन पत्थर की मूर्ति के लग रहे हैं। महेश केवल मर नहीं रहा था, वह किसी चीज़ को पकड़कर संघर्ष कर रहा था।"

मैंने आचार्य की ओर देखा। "तो महेश भी इस तस्करी में शामिल था?"

"विश्वासघात की परछाइयाँ बहुत लंबी होती हैं, साहब," आचार्य ने अपनी माला जपते हुए कहा। "महेश शायद वह 'सिरा' था जिसे सुजान ने पकड़ा था। जब वह सिरा टूटने लगा, तो उन्होंने विकास के पागलपन का इस्तेमाल किया उसे खत्म करने के लिए।"

दृश्य 4: मनोवैज्ञानिक टकराव (The Philosophical Conflict)

मेरे दिमाग में अब एक स्पष्ट चित्र बन रहा था। यह मामला केवल 'Unfaithful Friend' का नहीं था। यह 'Triple Betrayal' था:

विकास का विश्वासघात: उसने अपने जिगरी दोस्त महेश को मारा (प्रेम के भ्रम में)।

सुजान का विश्वासघात: उसने विकास का इस्तेमाल किया (पैसे और मूर्तियों के लिए)।

महेश का विश्वासघात: उसने अपने परिवार और समाज के इतिहास (मूर्तियों) को बेचा।

"आचार्य जी, क्या यह प्रेम की कहानी है या बदले की?" मैंने अपनी डायरी में लिखा।

"यह 'अहं' की कहानी है, साहब," आचार्य ने उठते हुए कहा। "जब इंसान का भ्रम उसके सच से बड़ा हो जाता है, तो वह सबसे खतरनाक बन जाता है। विकास को लगता है कि वह प्रेम कर रहा है, सुजान को लगता है कि

वह व्यापार कर रही है, और महेश को लगा था कि वह चालाक है। लेकिन बेतवा सब जानती है।"

दृश्य 5: सस्पेंस का नया मोड़

आचार्य के जाने के बाद, मैंने खिड़की से बाहर झांका। रात अब और गहरी हो गई थी। तभी मेरा फोन बजा।

"सर, सुजान के ग्रुप ने होटल चेक-आउट कर दिया है! वे टीकमगढ़ बॉर्डर की ओर भाग रहे हैं!" अमित, साइबर सेल एक्सपर्ट, की आवाज़ में घबराहट थी।

"क्या? लेकिन हमने तो उनकी निगरानी का आदेश दिया था!"

"सर, उन्होंने अपनी गाड़ी बदल ली है। और सबसे चौंकाने वाली बात... कुसुम भी उनके साथ है!"

मेरा कलेजा मुँह को आ गया। कुसुम? क्या वह विकास के डर से भाग रही थी, या वह खुद इस खेल की मास्टरमाइंड थी? वह 'अधूरा इकबाल' अब एक नई रौशनी में चमक रहा था। क्या उसने खुद को गुनहगार इसलिए बताया था ताकि वह पुलिस को विकास में उलझा कर खुद सुजान के साथ निकल सके?

मैंने तुरंत अरविंद को देखा। "अपनी टीम तैयार करो। हमें बॉर्डर तक पहुँचना होगा। और हां, बैलिस्टिक रिपोर्ट के उन अज्ञात फिंगरप्रिंट्स को फिर से चेक करो... क्या वे कुसुम के फिंगरप्रिंट्स से मैच हो सकते हैं?"

अरविंद सन्न रह गया। "सर... लेकिन वह एक महिला है, और ट्रिगर पर दबाव..."

"दबाव उंगलियों का नहीं, दिमाग का होता है, अरविंद! अगर वह सुजान के साथ है, तो इसका मतलब है कि असली विश्वासघात अभी सामने आना बाकी है।"

इतिहास की परछाइयाँ अब वर्तमान के चेहरे पर हावी हो रही थीं। ओरछा के पत्थर गवाही दे रहे थे, लेकिन खून की गंध अब कुसुम के आँचल से आ रही थी। क्या यह प्रेम की कहानी थी, या एक ऐसी सोची-समझी साजिश जिसका मकसद ओरछा के इतिहास को ही मिटा देना था?

“अगला स्टेशन टीकमगढ़ बॉर्डर था, जहाँ सच और झूठ का अंतिम मुकाबला होना था। लेकिन क्या कुसुम वाकई शिकार थी, या वह इस खूनी शतरंज की रानी?”

अध्याय 21
विदाई का सबूत

टीकमगढ़ की ओर जाने वाली सड़क पर घने पेड़ों के साये किसी लंबी उंगलियों की तरह फैले हुए थे। रात के 3:00 बज रहे थे। हवा में एक अजीब सी ठंडक थी, लेकिन जीप के भीतर का तापमान मेरे गुस्से और बेचैनी से उबल रहा था। पिछली रात की बैलिस्टिक रिपोर्ट और विकास के इकबालिया बयान के बीच का जो अंतर था, वह अब एक खाई बन चुका था। सुजान और जन्नत, वे दो चेहरे जो इस पूरे खूनी खेल की धुरी थे, अब हमारे हाथों से फिसल रहे थे।

"अमित, उनकी लोकेशन कहाँ है?" मैंने वायरलेस पर चिल्लाते हुए पूछा।

"सर, वे टीकमगढ़ बॉर्डर पार करने वाले हैं। उनकी सफेद SUV टोल नाके से बस 500 मीटर दूर है," अमित की आवाज़ में घबराहट साफ़ थी।

मैंने ड्राइवर को और तेज़ चलने का इशारा किया। मेरे मस्तिष्क में 'Criminal Profiling' के नक्शे दौड़ रहे थे। सुजान, रणनीति और शक्ति। जन्नत, रहस्य और सूचना। क्या वे वाकई जा रही थीं, या यह एक और चाल थी?

दृश्य 1: टोल नाके का सन्नाटा (The Border Standoff)

जब हमारी जीप टोल नाके पर पहुँची, वहाँ सन्नाटा पसरा हुआ था। पीली लाइटों के नीचे धूल के कण नाच रहे थे। सुजान की SUV वहाँ रुकी हुई थी। दो पुलिसकर्मी उनके कागज़ात चेक कर रहे थे।

मैं गाड़ी से उतरा। जूतों की आहट पत्थरों पर गूँजी। सुजान खिड़की से

बाहर देख रही थी, उसके चेहरे पर वही ठंडी मुस्कान थी जो मैंने होटल की पहली मुलाकात में देखी थी।

"इंस्पेक्टर, इतनी रात को विदाई देने आए हैं?" उसने अंग्रेज़ी में पूछा, आवाज़ में रत्ती भर भी डर नहीं था।

"जांच अभी पूरी नहीं हुई है, सुजान। आप शहर छोड़कर नहीं जा सकतीं," मैंने कड़क आवाज़ में कहा।

तभी जन्नत, जो पिछली सीट पर बैठी थी, आगे की ओर झुकी। उसकी आँखें अंधेरे में चमक रही थीं। "कानून प्रक्रियाओं पर चलता है, इंस्पेक्टर। हमारे पास दूतावास के दस्तावेज़ हैं और पुलिस मुख्यालय से मिली 'क्लीयरेंस' भी। आप हमें रोक नहीं सकते।"

मेरे पास कोई वारंट नहीं था। 'Legal Constraint' (कानूनी बाधा) ने मेरे हाथ बांध दिए थे। 'Body Language Analysis' के अनुसार, वे दोनों जीत का अनुभव कर रही थीं। सुजान की उंगलियां स्टायिरिंग व्हील पर लयबद्ध तरीके से थपकी दे रही थीं, अत्यधिक आत्मविश्वास का संकेत।

गाड़ी धीरे-धीरे आगे बढ़ी और अंधेरे में ओझल हो गई। मैंने उन्हें जाते देखा, लेकिन मेरा 'Investigative Instinct' कह रहा था कि वे कुछ पीछे छोड़ गई हैं।

दृश्य 2: खाली कमरा और फॉरेंसिक साक्ष्य (Room 107)

अगली सुबह, मैं होटल बुंदेलखंड रिवरसाइड के उस कमरे में खड़ा था जहाँ सुजान रुकी थी। कमरा पूरी तरह साफ़ था, जैसे वहाँ कभी कोई रहा ही न हो। लेकिन फॉरेंसिक विज्ञान की भाषा में 'Nothing is ever truly clean' (कुछ भी पूरी तरह साफ़ नहीं होता)।

अरविंद अपनी टीम के साथ 'Alternate Light Source' (ALS) और 'Luminol' स्प्रे लेकर मौजूद था।

"सर, उन्होंने कमरा 'Deep Clean' करवाया है। लेकिन हम दीवारों और फर्श के माइक्रो-लेवल की जांच कर रहे हैं," अरविंद ने बताया।

हमने खिड़कियों के पर्दों, कालीन के कोनों और बाथरूम के ड्रेन की बारीकी से जांच शुरू की। अचानक, अरविंद ने बाथरूम के सिंक के पास एक छोटी सी चमक देखी।

"सर, यहाँ देखिए!"

उसने चिमटी से एक बहुत ही छोटा, लगभग पारदर्शी प्लास्टिक का टुकड़ा उठाया। यह किसी 'Micro-SD' कार्ड का टूटा हुआ कोना था।

"इसे नष्ट करने की कोशिश की गई है," मैंने गौर से देखा। "लेकिन क्यों? और यहाँ क्या है?"

अरविंद ने वैक्यूम फ़िल्टर का उपयोग करके कालीन से कुछ और 'Trace Evidence' उठाए। उनमें एक 'नीला रेशा' और एक छोटा सा काग़ज़ का कतरा था जिस पर 'GSR' (Gunshot Residue) के काले महीन कण चिपके थे।

दृश्य 3: डिजिटल साक्ष्य - मिटाया गया सच (CDR & AI Recovery)

होटल के वाई-फाई लॉग्स और सुजान द्वारा इस्तेमाल किए गए 'IP Addresses' की जांच के लिए अमित ने 'CCTV Enhancement AI' और 'Cyber Forensic Tool' का इस्तेमाल किया।

"सर, सुजान के जाने से ठीक 20 मिनट पहले, इस कमरे से एक बड़ा डेटा

पैकेट अपलोड किया गया था," अमित ने स्क्रीन की ओर इशारा किया। "लोकेशन, एक अज्ञात सर्वर जो डार्क वेब से जुड़ा है।"

हमने उस डेटा को 'Intercept' करने की कोशिश की। एआई ने अपलोड की गई फाइलों के 'Metadata' को डिकोड किया। वहाँ कुछ 'Voice Clips' थे।

एक क्लिप प्ले की गई। आवाज़ विकास की थी।

"...वह मर गया है। मैंने वह सब किया जो तुमने कहा था। अब मुझे कुसुम चाहिए। तुमने वादा किया था!"

और फिर सुजान की ठंडी आवाज़,"धैर्य रखो, विकास। इतिहास बलिदान मांगता है। तुम नायक हो।"

यह 'Delusional Disorder' को हवा देने का पुख्ता सबूत था। सुजान ने विकास के पागलपन का इस्तेमाल एक हथियार की तरह किया था। उसने उसके 'Erotomanic Delusion' को पाला ताकि वह महेश को रास्ते से हटा सके।

दृश्य 4: विकास का मानसिक पतन (The Psychological Breakdown)

जब मैंने जेल में विकास को बताया कि सुजान और जन्नत उसे छोड़कर चली गई हैं, तो उसका चेहरा पीला पड़ गया। उसकी 'Reality' जो उसने अपने दिमाग में बनाई थी, वह ताश के पत्तों की तरह ढहने लगी।

"नहीं! वह मुझसे झूठ नहीं बोल सकती! उसने कहा था कि वह कुसुम को मेरे पास लाएगी!" विकास चिल्लाया, और अपनी हथेलियों को दीवार पर मारने लगा।

'Behavioural Analysis' के अनुसार, विकास अब 'Psychotic Depression' के चरण में था। वह अब एक 'Hero' नहीं, बल्कि एक 'Betrayed Victim' महसूस कर रहा था।

"विकास, उसने तुम्हें केवल इस्तेमाल किया। वह 'विदाई का सबूत' जो उसने छोड़ा, वह तुम्हारी मौत का वारंट है," मैंने उसकी आँखों में देखकर कहा।

उसने मेरी ओर देखा। उसकी आँखों में वह जुनून अब एक खौफनाक नफरत में बदल गया था। "अगर मैं डूबूँगा... तो सबको साथ लेकर डूबूँगा, इंस्पेक्टर। वह नक्शा... वह अभी भी ओरछा में ही है।"

दृश्य 5: निर्णायक सुराग - वह कागज़ (The Crucial Clue)

वापस लैब में, अरविंद ने उस छोटे से कागज़ के कतरे को 'Chemical Vapor' तकनीक से ट्रीट किया। धीरे-धीरे उस पर कुछ अक्षर उभरने लगे।

यह कोई सामान्य पत्र नहीं था। यह एक 'Logistics Manifest' था जिसमें ओरछा से कुछ प्राचीन मूर्तियों के 'International Export' का विवरण था। और उस लिस्ट में सबसे ऊपर एक नाम था जो देखकर मेरे रोंगटे खड़े हो गए।

वह नाम महेश सिंह का था।

महेश केवल शिकार नहीं था। वह इस सिंडिकेट का हिस्सा था, जो शायद सुजान के साथ मिलकर ओरछा के गौरव को बेच रहा था। लेकिन उसे क्यों मारा गया? क्या उसने अंत में 'विश्वासघात' करने की कोशिश की थी?

विदाई या शुरुआत?

रात की खामोशी में मैंने उस टूटे हुए एसडी कार्ड और कागज़ के कतरे को देखा। सुजान और जन्नत जा चुकी थीं, लेकिन उन्होंने पीछे एक ऐसा सच छोड़ दिया था जो महेश को एक 'बेगुनाह पीड़ित' से एक 'अपराधी' बना रहा था।

"अरविंद," मैंने धीरे से कहा। "यह केस अब केवल एक हत्या का नहीं रहा। यह एक बड़े अंतरराष्ट्रीय अपराध की केवल एक परत है।"

मैंने खिड़की के बाहर देखा। बेतवा का शोर अब और भी तेज़ हो गया था। सुजान और जन्नत ने सच छोड़ दिया था, या उन्होंने मुझे एक ऐसे जाल में उलझा दिया था जहाँ से निकलना नामुमकिन था?

सवाल: अगर महेश खुद तस्कर था, तो विकास ने उसे प्रेम के लिए मारा या सुजान ने उसे गवाह मिटाने के लिए उकसाया? और वह 'चौथा व्यक्ति' जो अभी भी साए में है, क्या वह इन सबके बीच कहीं छुपा है?

अगला स्टेशन था, डिजिटल पुनर्जन्म, जहाँ एआई की मदद से हम उस रात की हर धड़कन को दोबारा महसूस करने वाले थे।

अध्याय 22
डिजिटल पुनर्जन्म

ओरछा की रात का सन्नाटा अब टीकमगढ़ की अत्याधुनिक फॉरेंसिक लैब के भीतर मशीनी भिनभिनाहट में बदल चुका था। बाहर बारिश रुक चुकी थी, लेकिन लैब के भीतर का माहौल किसी आने वाले तूफान की पूर्व संध्या जैसा था। मेज पर रखी नीली लाइटें और बड़े-बड़े मॉनिटर्स से छनकर आती रोशनी मेरे चेहरे पर एक अजीब सा साया बना रही थी।

पिछली रात जन्नत और सुजान के जाने के बाद, विदाई के उन सबूतों ने कहानी को एक ऐसे मोड़ पर लाकर खड़ा कर दिया था जहाँ अब केवल मानवीय गवाही पर भरोसा करना मूर्खता होती। विज्ञान ही एकमात्र सहारा था।

"सर, 'Neural-Link AI' और '3D LiDAR' डेटा सिंक हो चुका है," अमित ने अपनी उंगलियों को कीबोर्ड पर नचाते हुए कहा। उसकी आँखों में वह चमक थी जो किसी जटिल पहेली को सुलझाने से पहले आती है।

आज हम 'Crime Scene Reconstruction' के सबसे उन्नत चरण में थे। हम उस रात को फिर से जीने वाले थे, लेकिन इस बार हमारी आँखों से नहीं, बल्कि 'Artificial Intelligence' की शुद्ध, पक्षपातरहित आँखों से।

दृश्य 1: पॉइंट क्लाउड का निर्माण (Digital Framework)

अमित ने मुख्य स्क्रीन पर एक कमांड दी। अचानक, ओरछा के जहांगीर महल और बेतवा के किनारे का एक डिजिटल ढांचा उभरने लगा। यह कोई साधारण एनीमेशन नहीं था। यह 'Laser Scanning' से लिया गया

'Point Cloud Data' था, करोड़ों छोटे-छोटे बिंदुओं का एक समूह जिसने हर पत्थर, हर झाड़ी और हर ढलान को 1 मिलीमीटर की सटीकता के साथ फिर से बना दिया था।

"सर, हमने इस सिम्युलेशन में उन सभी 'Trace Evidences' और पदचिह्नों को भी फीड किया है," अरविंद ने मॉनिटर की ओर इशारा करते हुए समझाया। "AI अब यह गणना करेगा कि उस रात की 'Physics' और 'Human Anatomy' के हिसाब से क्या हुआ था।"

स्क्रीन पर अँधेरा छा गया। फिर, एक टाइमर शुरू हुआ: 10:42 PM - 14 अगस्त।

दृश्य 2: सायों का खेल (The Simulation)

डिजिटल स्क्रीन पर एक सफेद 'SUV' (वही SUV जो सुजान की थी) बेतवा की ओर जाती दिखी। सिम्युलेशन में वह गाड़ी बिल्कुल पारदर्शी थी, ताकि हम उसके भीतर की हलचल देख सकें।

"इसे स्लो-मोशन में करो," मैंने आदेश दिया।

गाड़ी रुकी। उसमें से तीन 'अवतार' (Avatars) बाहर निकले। AI ने उनके कद-काठी के आधार पर उन्हें लेबल किया:

सस्पेक्ट 1 (विकास): जिसकी 'Body Language' में 'High Agitation' (अत्यधिक बेचैनी) साफ़ दिख रही थी।

सस्पेक्ट 2 (अज्ञात पुरुष - 'The Fourth Man'): एक लंबा, सुगठित साया।

पीड़ित (महेश): जो लड़खड़ाता हुआ गाड़ी से बाहर निकला।

'Behavioural Simulation AI' ने दिखाया कि महेश को ज़बरदस्ती घसीटा जा रहा था। "यहाँ रुकिए," मैंने टोका। “बैलिस्टिक रिपोर्ट के अनुसार, यहाँ एक गोली चली थी।"

सिम्युलेशन में एक नीली चमक कौंधी। गोली दीवार से टकराकर गिरी। लेकिन वह गोली महेश को डराने के लिए चलाई गई थी। असली हमला अभी बाकी था।

दृश्य 3: प्रहार की भौतिकी (Physics of Trauma)

अगला दृश्य रूह कंपा देने वाला था। AI ने प्रहार की दिशा और बल (Force) का विश्लेषण किया। विकास का अवतार आगे बढ़ा। उसके हाथ में एक भारी पत्थर का डिजिटल मॉडल था।

"सर, गौर कीजिए," अरविंद ने आवाज़ दी। "प्रहार की 'Velocity' (वेग) और 'Impact Force' (आघात बल) 1800 न्यूटन से अधिक है। यह एक सामान्य हत्यारे का बल नहीं है। यह 'Delusional Disorder' से उपजा 'Psychotic Surge' है।"

विकास के अवतार ने बार-बार प्रहार किया। सिम्युलेशन में महेश का चेहरा 'Digital Fragments' में बदल गया। यह वही 'Overkill' था जिसका ज़िक्र पोस्टमार्टम रिपोर्ट में था। लेकिन तभी AI ने एक लाल घेरा (Error Warning) दिखाया।

"असंगति (Anomaly) मिली है!" अमित चिल्लाया।

"क्या हुआ?"

"सर, विकास का अवतार जिस कोण (Angle) से वार कर रहा है, उससे खून के छींटे (Blood Spatter) जूतों पर आने चाहिए थे। लेकिन विकास

के जूतों पर वे छींटे नहीं थे। वे छींटे उस 'चौथे व्यक्ति' के कपड़ों पर जा रहे थे जो पीछे खड़ा था।"

इसका मतलब साफ़ था, विकास को केवल मोहरा बनाया गया था। प्रहार वह कर रहा था, लेकिन महेश की मौत की 'Positioning' कोई और कर रहा था।

दृश्य 4: मनोवैज्ञानिक पुनर्निर्माण (Psychological Mirror)

मैंने अपनी कुर्सी पीछे खिसकाई। 'Mind Reading' के ज़रिए मैं विकास के दिमाग के भीतर का नक्शा बनाने की कोशिश कर रहा था।

"अमित, क्या हम विकास के नार्को टेस्ट की आवाज़ों को इस सिम्युलेशन के साथ सिंक कर सकते हैं?"

"जी सर।"

जैसे ही विकास की कांपती हुई आवाज़, "वह मेरा था... मैंने उसे बचाया..." सिम्युलेशन के साथ जुड़ी, पूरा दृश्य और भी खौफनाक हो गया। वह पत्थर नहीं मार रहा था, वह अपने दिमाग में बसे उस 'राक्षस' को मार रहा था जिसे उसने महेश का नाम दे दिया था।

'Stalking' के उन चरणों ने उसे इतना अंधा कर दिया था कि उसे महेश के चेहरे में अपना ही डर दिख रहा था। लेकिन AI ने दिखाया कि वह 'चौथा व्यक्ति' लगातार विकास के कान में कुछ फुसफुसा रहा था।

"वह फुसफुसाहट... वह सुजान का प्रभाव हो सकता है," मैंने अपनी डायरी में नोट किया।

दृश्य 5: डिजिटल पुनर्जन्म का अंत

सिम्युलेशन खत्म हुआ। स्क्रीन पर केवल एक शांत, नीला पानी और एक डिजिटल लाश पड़ी थी। सब कुछ साफ़ था:

हत्या जहांगीर महल के पास हुई, फिर शव को बेतवा लाया गया।

विकास ने वार किया, लेकिन उसे सुजान और उस चौथे व्यक्ति ने 'Trigger' किया था।

कुसुम का 'अधूरा इकबाल' पूरी तरह झूठ था, वह केवल विकास के डर से बोल रही थी।

"सर, सब कुछ तो आँखों के सामने है," अरविंद ने कहा। "हमने अपराध को डिजिटल रूप में फिर से जी लिया है। अब तो केस सुलझ गया, है न?"

मैंने स्क्रीन की ओर देखा। वहाँ एक छोटा सा 'Pixelation' था जो अभी भी स्पष्ट नहीं हुआ था। जन्नत (कैथरीन) का चेहरा उस सिम्युलेशन में कहीं भी साफ़ नहीं था। वह हमेशा 'Shadows' में रही।

"नहीं अरविंद," मैंने धीरे से कहा। "अभी तो हमने केवल वह देखा है जो कैमरों और मिट्टी ने सहेजा था। वह 'सच' अभी भी गायब है जो इंसानी इरादों (Intentions) के पीछे छुपा है।"

अंत: सच आँखों के सामने है... फिर भी छिपा क्यों?

जैसे ही मैंने कंप्यूटर शटडाउन किया, स्क्रीन काली होने से पहले एक आखिरी बार झपकी। मुझे वह 'विदाई का सबूत' याद आया जो सुजान छोड़ गई थी। क्या यह सिम्युलेशन भी उसी योजना का हिस्सा था? क्या हमें जानबूझकर विकास को ही कातिल के रूप में देखने के लिए मजबूर किया जा रहा है?

"अमित, एक आखिरी बार डेटा चेक करो। उस 'चौथे व्यक्ति' का बायोमेट्रिक्स... क्या वह ओरछा के किसी और रिकॉर्ड से मैच होता है?"

अमित ने कुछ देर सर्च किया और फिर उसके चेहरे का रंग उड़ गया।

"सर... यह बायोमेट्रिक्स तो महेश सिंह के ही एक 'पुराने दुश्मन' के हैं, जिसकी मौत पाँच साल पहले हो चुकी है!"

सवाल: अगर कातिल मर चुका है, तो वह सिमुलेशन में कैसे आया? क्या यह AI की गलती थी, या किसी ने डिजिटल डेटा के साथ भी 'विश्वासघात' किया था?

मृतक का अंधेरा, जहाँ महेश के वे राज खुलेंगे जो उसने कब्र तक ले जाने की कोशिश की थी।

अध्याय 23
मृतक का अंधेरा

ओरछा की पुलिस चौकी का वह छोटा सा कमरा आज केवल फाइलों और कंप्यूटरों से नहीं भरा था, बल्कि वहां एक ऐसी खामोश सच्चाई जन्म ले रही थी जो इस पूरे केस की दिशा बदलने वाली थी। बाहर बेतवा का शोर आज भी वैसा ही था, अविचलित और निरंतर। लेकिन कमरे के भीतर, मेज पर पड़ा महेश सिंह का वह लैपटॉप एक डिजिटल ताबूत की तरह था, जिसके खुलने का मतलब था, एक मरे हुए इंसान के चरित्र की हत्या।

अमित की आँखें स्क्रीन पर गड़ी थीं। साइबर सेल ने महेश के घर से एक गुप्त लॉकर से इस डिवाइस को बरामद किया था। "सर, 'Digital Forensics' की यह रिपोर्ट किसी डरावनी फिल्म की स्क्रिप्ट जैसी है," अमित ने चश्मा ठीक करते हुए कहा। उसकी उँगलियाँ कीबोर्ड पर किसी जादुई गति से चल रही थीं। "महेश सिंह केवल एक मामूली ठेकेदार नहीं था। उसके बैंक खातों में पिछले दो सालों में ऐसी ट्रांजेक्शन हुई हैं जिनका कोई कानूनी आधार नहीं है।"

मैंने गौर से स्क्रीन की ओर देखा। 'Forensic Accounting' के ग्राफ़्स पर लाल रंग की रेखाएँ किसी मरते हुए इंसान की ईसीजी (ECG) की तरह ऊपर-नीचे हो रही थीं।

दृश्य 1: वित्तीय फॉरेंसिक और डार्क वेब (Financial Audit)

अमित ने कई सुरक्षा घेरों को तोड़ते हुए एक 'Encrypted' फ़ोल्डर

खोला। "सर, यह देखिए। 'Artifact Smuggling' (पुरावशेष तस्करी)।"

फोल्डर के अंदर दर्जनों फोटो थे, ओरछा के पुराने खंडहरों से चुराई गई चंदेलकालीन मूर्तियाँ, बेशकीमती प्राचीन सिक्के और महलों की दीवारों से उखाड़ी गई ऐतिहासिक नक्काशी। महेश इन पुरावशेषों को अंतरराष्ट्रीय बाज़ार में ऊँची कीमतों पर बेचने का काम कर रहा था। उसके संपर्क 'रविंद्र प्रताप' नाम के एक व्यक्ति से थे, जो दुबई में बैठकर इस 'Artifact' माफिया को चला रहा था।

'Money Laundering' का यह जाल उम्मीद से कहीं ज्यादा गहरा था। महेश के गुमनाम खातों में लगभग 50 करोड़ रुपये के संदिग्ध ट्रांजेक्शन मिले थे।

मैंने अपनी डायरी में नोट किया, "महेश सिंह केवल एक शिकार नहीं था, वह एक अपराधी भी था। विकास का वह 'Delusion' कि महेश एक राक्षस है, पूरी तरह गलत नहीं था। महेश आर्थिक और सांस्कृतिक रूप से अपराधी था। उसने ओरछा की विरासत का सौदा किया था।"

दृश्य 2: छिपे हुए दुश्मन (The Business Rivalry)

जांच के दौरान हमें महेश के पुराने व्यावसायिक प्रतिद्वंद्वी, 'ठाकुर भानु प्रताप' के बारे में पता चला। भानु प्रताप भी इसी अवैध धंधे में था, लेकिन महेश की बढ़ती महत्वाकांक्षा ने उसे हाशिए पर धकेल दिया था।

"सर, CDR (Call Data Record) एनालिसिस से पता चला है कि हत्या वाली रात से दो दिन पहले भानु प्रताप ने महेश को दस बार कॉल किया था," अमित ने स्क्रीन की ओर इशारा किया। "हर कॉल की अवधि एक मिनट से कम थी, ये बातचीत नहीं, धमकियाँ थीं।"

'Psychological Profiling' के अनुसार, महेश इस समय 'High-Pressure' में था। वह न केवल पुलिस के रडार पर आने से डर रहा था, बल्कि अपने ही खूंखार व्यावसायिक पार्टनर्स से भी आतंकित था। क्या उसकी हत्या किसी पुरानी उधारी या किसी बेशकीमती मूर्ति के सौदे की वजह से हुई थी? क्या विकास केवल एक मोहरा था जिसका इस्तेमाल भानु प्रताप जैसे किसी 'चौथे व्यक्ति' ने किया?

दृश्य 3: फॉरेंसिक साक्ष्य - क्रॉस-फायर का सच (GSR & Ballistics)

अरविंद, हमारा फॉरेंसिक एक्सपर्ट, एक नई रिपोर्ट लेकर दाखिल हुआ। उसके चेहरे पर एक अजीब सी गंभीरता थी। "सर, हमने उस 'देसी कट्टे' (अध्याय 19) की फिर से सूक्ष्म जांच की है। एक बहुत बड़ी बात सामने आई है, उस कट्टे की मूठ पर महेश के खुद के फिंगरप्रिंट्स (Fingerprints) मिले हैं।"

"मतलब?" मैंने चौंककर पूछा। "महेश उस रात निहत्था नहीं था?"

"जी नहीं, सर। बैलिस्टिक रिपोर्ट (Ballistic Matching) के अनुसार, महेश ने भी उस रात गोली चलाई थी। घटनास्थल पर मिला जो दूसरा खोखा (Cartridge Case) था, वह महेश के कट्टे का है। यानी वहां 'Cross-fire' हुआ था। महेश ने अपनी जान बचाने के लिए हमलावर पर गोली चलाई थी, लेकिन वह निशाना चूक गया।"

यह जानकारी 'Self-defense' (आत्मरक्षा) के कानूनी पक्ष को बहुत मज़बूत कर रही थी। क्या विकास ने महेश को इसलिए मारा क्योंकि उसे अपनी जान का खतरा था? या फिर उस 'चौथे व्यक्ति' ने महेश को उकसाया ताकि वह हथियार उठाए और विकास को उसे मारने का 'न्यायसंगत' बहाना मिल जाए?

दृश्य 4: मनोवैज्ञानिक विश्लेषण - लालच बनाम जुनून

डॉ. अनन्या ने इन नए तथ्यों को विकास की 'Delusional Disorder' से जोड़कर एक नई थ्योरी पेश की।

"इंस्पेक्टर, यहाँ दो अलग-अलग तरह के अपराधी टकरा रहे थे," डॉ. अनन्या ने विश्लेषण किया। "महेश 'Greed' (लालच) से संचालित था; वह सब कुछ पैसे के लिए कर रहा था। दूसरी ओर, विकास 'Obsession' (जुनून) से संचालित था। विकास के बीमार दिमाग के लिए, महेश का यह 'अपराधी' रूप उसके 'Savior Complex' को और खाद-पानी दे रहा था। उसे लग रहा था कि वह एक अपराधी को मारकर समाज और कुसुम का भला कर रहा है। ऐसे मरीज़ों में अक्सर 'Moral Superiority' (नैतिक श्रेष्ठता) का भाव आ जाता है। उन्हें लगता है कि वे कानून से ऊपर हैं क्योंकि उनका उद्देश्य 'पवित्र' है।"

दृश्य 5: कुसुम का सच - मूक साझीदार?

मैंने कुसुम को फिर से पूछताछ के लिए बुलाया। अब तक वह एक डरी हुई पत्नी लग रही थी, लेकिन अब सवाल अलग थे।

"कुसुम, क्या तुम्हें पता था कि तुम्हारा पति मूर्तियों की तस्करी करता है? क्या तुम्हें उन 50 करोड़ रुपये के बारे में पता था?" मैंने कड़ाई से पूछा।

कुसुम का चेहरा पीला पड़ गया। उसकी आँखें झुक गईं। "साहब... मुझे शक था। वह अक्सर रात को गुप्त रास्तों से महल जाता था। उसने मुझसे कहा था कि अगर मैंने किसी को बताया, तो वह मुझे और विकास को जान से मार देगा।"

'Social Pressure' और 'Domestic Violence' का यह एक और काला अध्याय था। कुसुम केवल विकास के जुनून की शिकार नहीं थी, वह महेश के अपराधों की मूक गवाह और उसके आतंक की बंदी भी थी।

क्या उसने विकास को इसीलिए उकसाया ताकि वह महेश के इस 'अंधेरे' से आज़ाद हो सके?

दृश्य 6: 3D Reconstruction की नई व्याख्या

3D मॉडल में हमने उन नए 'Ballistic points' को फिट किया। स्क्रीन पर अब वह रात एक फिल्म की तरह चल रही थी।

"सर, अब यह सीन पूरी तरह साफ है," अरविंद ने डिजिटल मॉडल दिखाते हुए कहा। "महेश ने पहली गोली चलाई, जो झाड़ियों में लगी। उसके बाद विकास या उस 'चौथे व्यक्ति' ने जवाबी हमला किया। महेश जख्मी होकर गिरा, और उसके बाद... नफरत की इंतहा शुरू हुई। उस पर पत्थरों से प्रहार किया गया।"

यह केवल एक 'Cold-blooded Murder' नहीं था; यह 'Criminal Duel' (अपराधियों का द्वंद्व) था।

न्याय का काँटा

रात के 11:00 बज रहे थे। मैंने मेज पर रखी महेश की उस मुस्कुराती हुई फोटो को देखा। एक तरफ वह 'ॐ' और 'K' का टैटू था जो प्यार का प्रतीक था, और दूसरी तरफ उसके डिजिटल साम्राज्य में छिपे करोड़ों के काले सौदे और ओरछा के साथ किया गया विश्वासघात।

महेश सिंह एक पीड़ित था, लेकिन वह एक अपराधी भी था। उसने इतिहास के साथ विश्वासघात किया था, और अंत में उसे अपने ही 'अविश्वासी दोस्त' के हाथों मौत मिली।

"अरविंद," मैंने धीरे से अपनी डायरी बंद करते हुए कहा। "न्याय की तराजू

में अब पलड़ा बराबर हो रहा है। कातिल विक्षिप्त है, और शिकार खुद एक गुनहगार। इस केस में कोई भी पूरी तरह मासूम नहीं है।"

महेश का अपना काला अतीत अब विकास के लिए 'बचाव' (Defence) का रास्ता खोल सकता था। क्या अदालत एक मूर्ति तस्कर की हत्या को उतनी ही गंभीरता से लेगी जितनी एक आम नागरिक की?

“क्या महेश की मौत ओरछा के लिए एक क्षति थी, या एक श्राप का अंत? कातिल और शिकार, दोनों ही अँधेरे के मुसाफिर निकले। लेकिन सबसे बड़ा सवाल अब भी उस 'चौथे व्यक्ति' पर अटका था, क्या वह भानु प्रताप था, या कोई और जो इस पूरी बिसात का असली खिलाड़ी था?”

अध्याय 24
दिमाग का युद्ध

टीकमगढ़ पुलिस मुख्यालय का 'Interrogation Room' आज एक रणक्षेत्र बन चुका था। कमरे की दीवारों पर लगा 'One-way mirror' (एक तरफा शीशा) बाहर खड़े अधिकारियों के लिए एक खिड़की था, लेकिन भीतर बैठे विकास के लिए वह केवल अपनी ही हार का प्रतिबिंब। एसी (AC) की हल्की घरघराहट के अलावा वहां केवल सन्नाटा था, एक ऐसा सन्नाटा जो भारी और दमघोंटू था।

पिछली रात की बैलिस्टिक रिपोर्ट ने ट्रिगर पर 'अज्ञात उंगलियों के निशान' की बात कहकर इस मामले को एक 'Triple-Cross' में बदल दिया था। विकास मेज के उस पार बैठा था, उसके हाथ हथकड़ियों में जकड़े हुए थे, लेकिन उसकी आँखों में अब भी वही 'मसीहा' वाला गर्व था।

"विकास, कॉफी पियोगे?" मैंने बहुत धीरे से पूछा, अपना लहजा पूरी तरह सामान्य रखते हुए। 'Behavioural Analysis' के अनुसार, आरोपी को सहज महसूस कराना उसके बचाव तंत्र (Defence Mechanism) को ढीला करने का पहला कदम है।

"साहब, आप ज़हर भी देंगे तो मैं कुसुम के लिए पी लूँगा," विकास ने मुस्कुराते हुए कहा। उसकी आवाज़ में वही 'Delusional' आत्मविश्वास था।

दृश्य 1: बैलिस्टिक प्रहार (Ballistic Confrontation)

मैंने मेज पर वह .32 बोर की पिस्तौल और वह खाली खोखा (Cartridge) रख दिया।

"विकास, यह पिस्तौल तुम्हारे घर से मिली है। और तुम्हारे हाथों पर 'GSR' (Gunshot Residue) के निशान मिले है, एंटीमनी और बेरियम का वही मिश्रण जो इस पिस्तौल की गोलियों में है। बैलिस्टिक रिपोर्ट कहती है कि गोली इसी से चली थी।"

विकास ने पिस्तौल को देखा, लेकिन उसके चेहरे पर कोई शिकन नहीं आई। "साहब, रक्षक को हथियार उठाना ही पड़ता है। मैंने केवल उसे डराने के लिए गोली चलाई थी।"

"लेकिन उंगलियों के निशान तुम्हारे नहीं हैं, विकास," मैंने उसकी आँखों में सीधे देखते हुए कहा। "उस ट्रिगर पर किसी ऐसे व्यक्ति के निशान हैं जिसका रिकॉर्ड हमारे डेटाबेस में नहीं है। और वह 'चौथा व्यक्ति' (The Fourth Man) उस रात झाड़ियों के पीछे खड़ा था, जिसे तुमने नार्को में 'परछाई' कहा था।"

विकास की आँखों की पुतलियाँ एक सेकंड के लिए फैलीं, 'Pupillary Dilation'। वह डर गया था।

दृश्य 2: मनोवैज्ञानिक विखंडन (Psychological Deconstruction)

"तुम जिसे अपनी जीत समझ रहे हो विकास, वह दरअसल तुम्हारा सबसे बड़ा विश्वासघात है," मैंने अपनी कुर्सी आगे खिसकाते हुए कहा। "सुजान ने तुम्हें केवल एक 'Fall Guy' (बलि का बकरा) बनाया। उसने तुम्हें वह पिस्तौल दी, तुम्हें उकसाया, और जब तुमने महेश को मारा, तो पीछे खड़ा वह 'चौथा व्यक्ति' सब कुछ रिकॉर्ड कर रहा था।"

"नहीं! सुजान मेरी दोस्त है! उसने वादा किया था कि वह मुझे और कुसुम को ओरछा के बाहर एक नई दुनिया देगी!" विकास चिल्लाया। उसके 'Delusional Disorder' की दीवार में पहली दरार दिख रही थी।

मैंने 'CDR Analysis' (Call Data Records) की फाइल खोली। "विकास, देखो। जिस रात तुम महेश का इंतज़ार कर रहे थे, सुजान जन्नत के साथ ओरछा से निकलने की तैयारी कर रही थी। और वह 'Unknown Call' जो तुम्हारे फोन पर आया था? वह सुजान का नहीं था। वह उस 'चौथे व्यक्ति' का था, जो तुम्हें देख रहा था जब तुम महेश का चेहरा कुचल रहे थे।"

दृश्य 3: माइंड रीडिंग और बॉडी लैंग्वेज (Mind Games)

मैंने मेज पर वे तस्वीरें रख दीं जो हमें महेश के 'गुप्त गोदाम' से मिली थीं। वहां महेश की तस्करी का रिकॉर्ड था।

"विकास, तुम जिस महेश को 'राक्षस' कह रहे थे, वह सुजान का बिजनेस पार्टनर था। उसने तुम्हें इसलिए मारा क्योंकि वह मूर्तियों के सौदे में गवाह मिटाना चाहती थी। उसने तुम्हारे 'प्यार' का इस्तेमाल एक हथियार की तरह किया।"

विकास का चेहरा पसीने से तर-बतर हो गया। वह अपनी हथेलियों को बार-बार रगड़ रहा था, 'Displacement Behavior'। उसे अहसास हो रहा था कि उसका 'Heroism' केवल एक रची हुई साजिश थी।

"जन्नत... जन्नत ने कहा था कि वह मेरी गवाह बनेगी," विकास ने कांपती आवाज़ में कहा।

"जन्नत (कैथरीन) एक इंवेस्टिगेटर है, विकास। उसने तुम्हें बचाने के लिए नहीं, बल्कि सुजान तक पहुँचने के लिए तुम्हारा पीछा किया था। तुम किसी के नायक नहीं हो, तुम केवल एक प्यादा हो जिसे इस्तेमाल करके फेंक दिया गया।"

दृश्य 4: 'चौथे व्यक्ति' का रहस्योद्घाटन

"वह कौन है?" विकास ने फुसफुसाते हुए पूछा। उसकी आँखों में वह जुनून अब एक खौफनाक हकीकत में बदल चुका था।

"वह 'रविंद्र प्रताप' का आदमी है," मैंने धमाका किया।

"वही रविंद्र जिसे महेश ने मरा हुआ समझ लिया था। वह अभी भी ज़िंदा है, विकास। और सुजान उसी के लिए काम कर रही है। महेश की मौत केवल एक शुरुआत थी, असली निशाना ओरछा का वह 'गुप्त खजाना' है जिसका नक्शा तुम्हारे पास था।"

विकास अचानक हँसने लगा। एक पागलों वाली हँसी। "तो सब खेल रहे थे? महेश मुझे खेल रहा था, सुजान मुझे खेल रही थी... और आप? आप भी तो मुझे खेल रहे हैं, इंस्पेक्टर!"

दृश्य 5: निर्णायक मोड़ (Who is playing whom?)

उसने मेज पर मुक्का मारा। "अगर मैं मोहरा हूँ, तो मैं वह मोहरा हूँ जो रानी को साथ लेकर डूबेगा! वह नक्शा... वह नक्शा मेरे पास नहीं है। वह कुसुम के पास है! सुजान कुसुम के पीछे है, क्योंकि उसे पता है कि महेश ने आखिरी चाबी कुसुम को दी थी।"

मेरा दिल धड़क उठा। अगर सुजान कुसुम के साथ है, तो कुसुम की जान को खतरा है!

"अमित! कुसुम की लाइव लोकेशन ट्रैक करो!" मैंने वायरलेस पर चिल्लाया।

"सर, कुसुम का फोन बंद है! उसकी आखिरी लोकेशन 'रक्त कुआँ' (जहांगीर महल का तहखाना) के पास मिली है!" अमित की आवाज़ में घबराहट थी।

कौन किसे खेल रहा है?

मैंने विकास की ओर देखा। वह अब शांत था, उसके चेहरे पर एक ऐसी मुस्कान थी जैसे उसने अपनी हार में भी जीत ढूंढ ली हो।

"जल्दी जाइए इंस्पेक्टर। इतिहास दोहराया जा रहा है। वीर सिंह देव ने अबुल फ़ज़ल को मारा था, लेकिन वह खुद भी कभी चैन से नहीं सो पाया। आज कुसुम उस खजाने की कीमत चुकाएगी।"

मैं कमरे से बाहर भागा। पीछे विकास की हँसी गूँज रही थी। फॉरेंसिक साक्ष्य, मनोवैज्ञानिक प्रोफाइलिंग और डिजिटल ट्रैकिंग, सब कुछ हमें एक ही जगह ले जा रहे थे। ओरछा का वह अंधेरा तहखाना, जहाँ सदियों का विश्वासघात और वर्तमान का खून एक साथ मिलने वाले थे।

सवाल: क्या कुसुम वाकई शिकार है, या वह भी इस 'दिमाग के युद्ध' में एक खिलाड़ी थी? और सुजान उसे कहाँ ले गई थी?

भाग 4: न्याय का रण

अध्याय 25
आरोप पत्र

टीकमगढ़ पुलिस मुख्यालय का कमरा आज फाइलों के अंबार और कड़कती हुई चाय की गंध से भरा था। मेज पर रखी उस काली फाइल पर मोटे अक्षरों में लिखा था - 'राज्य बनाम विकास एवं अन्य'। यह केवल कागजों का पुलिंदा नहीं था, यह पिछले अध्यायों का निचोड़ था। इसमें बेतवा की लहरों का विलाप था, ओरछा के पत्थरों की गवाही थी, और उन अदृश्य घावों का हिसाब था जो महेश सिंह के चेहरे पर पत्थर बनकर बरसे थे।

पुलिस की भाषा में इसे 'आरोप पत्र' या 'Chargesheet' कहते हैं। धारा 173 CrPC के तहत तैयार यह दस्तावेज किसी अपराधी की किस्मत का अंतिम फैसला लिखने की पहली सीढ़ी होती है।

"सर, यह कुल 2000 पन्नों की चार्जशीट है," अमित ने अपनी थकी हुई आँखों को मलते हुए कहा। "इसमें 45 गवाह, 12 फॉरेंसिक रिपोर्ट्स, 3D क्राइम सीन रिकंस्ट्रक्शन का डेटा और विकास के नार्को टेस्ट का विश्लेषण शामिल है।"

मैंने फाइल के पन्ने पलटना शुरू किया। मेरी उंगलियां उन शब्दों पर रुकीं जहाँ विज्ञान ने विश्वासघात का गला घोंटा था।

दृश्य 1: धाराओं का जाल (The Legal Framework)

सरकारी वकील, एडवोकेट पाठक मेरे सामने बैठे थे। वे एक अनुभवी व्यक्ति थे जिनकी आँखें हर शब्द में एक 'Loophole' (छेद) ढूंढने की आदी थीं।

"इंस्पेक्टर, आपने विकास पर धारा 302 (हत्या), 201 (साक्ष्य मिटाना) और 120B (आपराधिक साजिश) लगाई है," पाठक जी ने चश्मा ठीक करते हुए कहा। "लेकिन क्या हमारे पास विकास के 'Motiveless' मर्डर को 'Pre-planned' साबित करने के लिए पर्याप्त सबूत हैं? बचाव पक्ष इसे 'Sudden Provocation' (अचानक उत्तेजना) या 'Insanity' (पागलपन) का रंग देने की कोशिश करेगा।"

मैंने मेज पर 'Psychological Profiling' की रिपोर्ट रखी। "पाठक जी, यह 'Sudden' नहीं था। विकास पिछले 2 सालों से महेश और कुसुम की 'Stalking' कर रहा था। उसके पास महेश की कार का लाइव जीपीएस डेटा था। उसने हत्या से 15 दिन पहले ही वह .32 बोर की पिस्तौल खरीदी थी। यह एक ठंडा, नपा-तुला और क्रूर कत्ल है।"

दृश्य 2: साक्ष्यों की कड़ी (The Forensic Chain)

चार्जशीट के मुख्य भाग में फॉरेंसिक साक्ष्यों को एक मज़बूत जंजीर की तरह पिरोया गया था:

GSR (Gunshot Residue) रिपोर्ट: विकास की दाहिनी हथेली और शर्ट की आस्तीन पर एंटीमनी, बेरियम और लेड के सूक्ष्म कणों की मौजूदगी। यह साबित करता है कि ट्रिगर पर दबाव के समय वह सक्रिय था।

Ballistic Matching: घटनास्थल (जहांगीर महल का तहखाना) से मिले खाली खोखे (Cartridge) का विकास के घर से बरामद पिस्तौल से 100% मिलान। पिस्तौल की नली के 'Striation marks' बिल्कुल मेल खाते थे।

DNA Analysis: महेश के नाखूनों के नीचे मिला वह 'Unknown DNA'। यद्यपि यह विकास का नहीं था, लेकिन हमने इसे 'संदेह' के दायरे में सुजान के ग्रुप से जोड़ा था। चार्जशीट में हमने साफ़ लिखा था कि हत्या में विकास के साथ एक 'अज्ञात पेशेवर' शामिल था।

3D Reconstruction: एआई सिमुलेशन ने दिखाया कि प्रहार की दिशा और बल (Force) केवल विकास के 'Psychotic Rage' से मेल खाते थे।

"और वह 'नीला रेशा' (Blue Fiber)?" पाठक जी ने पूछा।

"वह 'Automotive Upholstery' का रेशा है, जो सुजान की SUV और विकास के कमरे, दोनों जगह मिला। यह साबित करता है कि हत्या की साजिश में अंतरराष्ट्रीय सिंडिकेट का हाथ था," मैंने उत्तर दिया।

दृश्य 3: मनोविज्ञान का काला पक्ष (Delusional Disorder in Record)

चार्जशीट का सबसे विवादास्पद हिस्सा था, विकास का मानसिक स्वास्थ्य। डॉ. अनन्या की रिपोर्ट के अनुसार, विकास 'Delusional Disorder: Erotomanic Type' का मरीज़ था।

हमने चार्जशीट में स्पष्ट किया कि विकास का 'भ्रम' उसके लिए एक 'औचित्य' (Justification) था। वह खुद को 'Hero' समझता था, लेकिन उसके कार्य 'Calculated' थे। 'Stalking' के चरणों ने यह साबित किया कि वह जानता था कि वह क्या कर रहा है। वह महेश के बेडरूम की बातें सुनता था, वह उसके आने-जाने के समय को ट्रैक करता था। यह 'Insanity' नहीं, यह 'Obsession' था।

"साहब, अगर कोर्ट ने उसे पागल मान लिया, तो वह 'Mental Asylum'

चला जाएगा, जेल नहीं," अरविंद ने चिंता जताई।

"इसीलिए हमने 'Criminal Intent' (आपराधिक इरादा) पर ज़ोर दिया है। उसने सबूत मिटाने के लिए शव को शिफ्ट किया, चेहरा कुचला ताकि पहचान न हो सके। एक पागल व्यक्ति साक्ष्य नहीं छुपाता, पाठक जी," मैंने तर्क दिया।

दृश्य 4: कुसुम का विरोधाभास (The Witness Conflict)

चार्जशीट में कुसुम का बयान सबसे कमज़ोर कड़ी था। उसने पहले जुर्म कबूल किया था, फिर मुकर गई। अब वह 'अभियोजन पक्ष की गवाह' (Prosecution Witness) थी, लेकिन उसका डर अब भी साफ़ था।

"कुसुम पर सामाजिक दबाव है," मैंने डायरी में नोट किया। "वह विकास से डरती है, और महेश के तस्कर होने की हकीकत उसे समाज में शर्मिंदा कर रही है। हमें उसे कोर्ट में टूटने से बचाना होगा।"

अमित ने तभी एक और फाइल बढ़ाई। "सर, सुजान और जन्नत के खिलाफ अभी तक 'Proclaimed Offender' (भगोड़ा) का नोटिस नहीं मिला है। वे बॉर्डर पार कर चुकी हैं, लेकिन उनके खिलाफ डिजिटल साक्ष्य इस चार्जशीट को अंतरराष्ट्रीय स्तर पर मज़बूत बनाते हैं।"

दृश्य 5: अंतिम हस्ताक्षर और अनकहा डर

रात के 12:00 बज रहे थे। मैंने चार्जशीट के आखिरी पन्ने पर अपने हस्ताक्षर किए और मुहर लगाई। यह 2000 पन्नों का पुलिंदा अब न्याय की देवी के सामने पेश होने के लिए तैयार था।

जैसे ही मैं थाने से बाहर निकला, मुझे ओरछा के मंदिर की घंटियाँ सुनाई दीं। शांति थी, लेकिन एक ऐसी शांति जो बेचैन कर रही थी। नार्को टेस्ट में

विकास ने जिस 'नीले धुएं' और 'चौथे व्यक्ति' का ज़िक्र किया था, वह अभी भी पूरी तरह साफ़ नहीं था। क्या यह चार्जशीट उस अदृश्य मास्टरमाइंड को पकड़ने के लिए काफी थी?

तभी मेरे फोन पर एक अनजान नंबर से मैसेज आया।

"आरोप पत्र अधूरा है, इंस्पेक्टर। जिस हाथ ने ट्रिगर दबाया, वह विकास का था... लेकिन जिस दिमाग ने आदेश दिया, वह अभी भी आपके साथ चाय पी रहा है।"

मेरे रोंगटे खड़े हो गए। मैंने पीछे मुड़कर देखा। थाने के अँधेरे गलियारे में कोई नहीं था। लेकिन वह 'विशिष्ट परफ्यूम' की गंध हवा में तैर रही थी।

न्याय की शुरुआत या साजिश का विस्तार?

आरोप पत्र दाखिल हो चुका था। कल सुबह 11:00 बजे टीकमगढ़ की सत्र अदालत (Sessions Court) में विकास को पेश किया जाना था। विज्ञान अपनी गवाही देने के लिए तैयार था, लेकिन क्या कानून उस 'परछाईं' को देख पाएगा जो साक्ष्यों के पीछे छुपी थी?

सवाल: अगर विकास केवल मोहरा था, तो असली मास्टरमाइंड कौन है? और वह मैसेज भेजने वाला 'शुभचिंतक' है या अगला हत्यारा?

अध्याय 26
अदालत का मंच

टीकमगढ़ की सत्र अदालत (Sessions Court) की इमारत किसी पुरानी हवेली जैसी थी, ऊँची छतें, भारी खंभे और हर कोने में तैरती पुरानी फाइलों और स्याही की महक। बाहर चिलचिलाती धूप थी, लेकिन अदालत के गलियारों में एक अजीब सा ठंडा सन्नाटा था, जो केवल वकीलों के जूतों की आहट और मुवक्किलों की दबी-कुची फुसफुसाहटों से टूट रहा था।

आज 'राज्य बनाम विकास' (State vs. Vikas) केस की पहली सुनवाई थी। ओरछा के उस खौफनाक हत्याकांड का सच अब न्याय की तराजू पर चढ़ने वाला था।

जैसे ही जज साहब, न्यायमूर्ति अवस्थी, ने अपनी कुर्सी संभाली, कोर्ट रूम में 'ऑर्डर-ऑर्डर' की गूँज के साथ ही एक युद्ध का आगाज़ हो गया।

दृश्य 1: कानूनी योद्धाओं का परिचय (The Gladiators)

कटघरे में विकास खड़ा था। उसका चेहरा साफ़-सुथरा था, बाल संवरे हुए थे। 'Psychological Profiling' के अनुसार, वह खुद को 'Victim' (पीड़ित) नहीं, बल्कि एक 'Martyr' (शहीद) की तरह पेश कर रहा था। उसके चेहरे पर डर के बजाय एक अजीब सा आत्मसंतोष था।

अभियोजन पक्ष (Prosecution) की ओर से सरकारी वकील एडवोकेट पाठक खड़े हुए। पाठक जी तथ्यों के धनी थे। उनके पास फॉरेंसिक रिपोर्ट्स का अंबार था और वे विज्ञान की भाषा में बात करने के आदी थे।

तभी बचाव पक्ष (Defense) के वकील एडवोकेट रघुवंशी ने प्रवेश किया। रघुवंशी शहर के सबसे महंगे और शातिर वकीलों में से थे। उनकी विशेषता थी, मामले को 'कानूनी' से 'मानवीय' और 'मनोवैज्ञानिक' मोड़ देना। वे साक्ष्यों को झुठलाते नहीं थे, बल्कि उनकी व्याख्या (Interpretation) ही बदल देते थे।

दृश्य 2: धाराओं का जाल (IPC Sections and Charges)

पाठक जी ने औपचारिक रूप से आरोप तय करना शुरू किया।

"माई लॉर्ड, अभियुक्त विकास पर भारतीय दंड संहिता (IPC) की धारा 302 के तहत हत्या, धारा 201 के तहत साक्ष्य मिटाने और धारा 120B के तहत आपराधिक साजिश रचने का आरोप है। यह केवल एक हत्या नहीं है, यह एक 'Cold-blooded Premeditated Murder' है, जिसे अत्यधिक घृणा (Overkill) के साथ अंजाम दिया गया।"

पाठक जी की आवाज़ में एक धार थी। उन्होंने कोर्ट के सामने महेश सिंह के कुचले हुए चेहरे की फॉरेंसिक तस्वीरें पेश कीं। कोर्ट रूम में एक सामूहिक सिसकी गूँज उठी।

"साहब, अभियुक्त ने न केवल महेश की जान ली, बल्कि उसकी पहचान को मिटाने की कोशिश की। यह एक 'Unfaithful Friend' की कहानी है जिसने अपने ही दोस्त की पीठ में खंजर घोंपा।"

दृश्य 3: बचाव पक्ष का पहला दांव (The Insanity Gambit)

रघुवंशी अपनी जगह से उठे। उन्होंने बड़ी शांति से चश्मा उतारा और जज साहब की ओर देखा।

"माई लॉर्ड, मेरे विद्वान मित्र ने बहुत सुंदर चित्र खींचा है। लेकिन क्या यह

मुमकिन है कि एक व्यक्ति, जो अपने दोस्त से इतना प्यार करता हो, वह बिना किसी मानसिक विक्षिप्तता के ऐसा कर दे?"

उन्होंने विकास की ओर इशारा किया। "विकास अपराधी नहीं है, माई लॉर्ड। वह एक मरीज़ है। वह 'Delusional Disorder' के उस गंभीर चरण में है जहाँ उसे हकीकत और कल्पना के बीच का अंतर नहीं पता। उसने जो किया, वह उसके बीमार दिमाग की एक प्रतिक्रिया थी, जिसे वह 'प्रेम' समझ बैठा था।"

रघुवंशी का संकेत साफ़ था, वे IPC की धारा 84 (पागलपन के आधार पर बचाव) का रास्ता साफ़ कर रहे थे। 'Behavioural Science' में इसे 'Diminished Responsibility' कहा जाता है।

दृश्य 4: फॉरेंसिक साक्ष्यों की गूँज

पाठक जी ने तुरंत पलटवार किया। "माई लॉर्ड, यदि अभियुक्त विक्षिप्त था, तो उसने GSR (Gunshot Residue) के निशानों को मिटाने की कोशिश क्यों की? उसने शव को 'Shift' क्यों किया? एक पागल व्यक्ति साक्ष्य (Evidence) नहीं मिटाता। उसने हत्या के लिए .32 बोर की पिस्तौल का उपयोग किया और फिर पत्थर से चेहरा कुचला ताकि बैलिस्टिक साक्ष्य छुप जाएँ। यह 'Calculated' दिमाग का काम है, किसी विक्षिप्त का नहीं।"

कोर्ट रूम में 'GSR', 'Ballistic Striations' और 'DNA Mismatch' जैसे तकनीकी शब्दों की बौछार होने लगी। गाँव के लोग, जो कोर्ट में मौजूद थे, इन शब्दों को किसी मंत्र की तरह सुन रहे थे, यद्यपि उनके लिए यह सब जादू जैसा था।

"साहब, विज्ञान कभी झूठ नहीं बोलता," पाठक जी ने मज़बूती से कहा।

दृश्य 5: विकास का मौन विद्रोह (The Accused's Mind)

कटघरे में खड़े विकास के दिमाग में एक अलग ही युद्ध चल रहा था। उसे पाठक जी की बातें अपने 'मसीहा' वाले रूप पर हमला लग रही थीं। उसे रघुवंशी का 'पागलपन' वाला बचाव भी पसंद नहीं आ रहा था। उसके दिमाग में एक ही आवाज़ गूँज रही थी, "तुम नायक हो... तुमने कुसुम को बचाया है।"

तभी कुसुम गवाहों के स्टैंड (Witness Stand) की ओर बढ़ी। कोर्ट रूम का तापमान जैसे अचानक गिर गया। कुसुम की आँखों में आँसू थे, लेकिन वह विकास की ओर नहीं देख रही थी।

रघुवंशी ने कुसुम से पहला सवाल पूछा, "कुसुम जी, क्या विकास ने कभी आपसे सीधे तौर पर अपनी भावनाओं का इज़हार किया था?"

कुसुम काँप उठी। 'Body Language Analysis' के अनुसार, वह 'Extremely Terrified' (अत्यधिक भयभीत) थी। उसने धीरे से कहा, "नहीं... वह बस हमेशा आस-पास रहता था। साये की तरह।"

"साये की तरह?" रघुवंशी ने शब्दों को हवा में छोड़ा। "क्या वह साया सुरक्षा का था, या खौफ का?"

अदालत का पहला सन्नाटा

बहस गर्म थी, लेकिन तभी एडवोकेट रघुवंशी ने एक ऐसा दस्तावेज़ पेश किया जिसने पाठक जी के माथे पर पसीना ला दिया।

"माई लॉर्ड, मेरे पास महेश सिंह के कुछ 'Financial Records' हैं, जो यह साबित करते हैं कि वह स्वयं एक अपराधी था। विकास ने जो किया,

वह आत्मरक्षा (Self-defense) का एक चरम रूप भी हो सकता है। क्योंकि महेश सिंह ने उस रात विकास पर भी हमला किया था।"

जज साहब ने चश्मा ठीक किया। "इसकी पुष्टि के लिए आपको फॉरेंसिक सबूत देने होंगे, रघुवंशी जी।"

"बिल्कुल, साहब। अगली सुनवाई में हम उन 'Unknown Fingerprints' का रहस्य भी खोलेंगे जो पिस्तौल पर थे।"

सस्पेंस:

सुनवाई स्थगित हो गई, लेकिन जाते-जाते विकास ने कुसुम की ओर देखा और एक ऐसा इशारा किया जिसे केवल मैं समझ पाया। वह 'Mind Reading' का संकेत नहीं था, वह एक वादा था, एक ऐसा वादा जो अदालत की चारदीवारी से बाहर किसी नए खतरे की आहट दे रहा था।

क्या रघुवंशी महेश की तस्कर वाली छवि का इस्तेमाल विकास को बचाने के लिए करेंगे? और वह 'चौथा व्यक्ति' जिसके फिंगरप्रिंट्स पिस्तौल पर थे, क्या वह कोर्ट में हाज़िर होगा?

गवाहों का सच, जहाँ फॉरेंसिक एक्सपर्ट्स और डॉक्टरों की वैज्ञानिक गवाही इस कानूनी इमारत की बुनियाद हिला देगी।

अध्याय 27
गवाहों का सच

अदालत की कार्यवाही का दूसरा दिन था। बाहर टीकमगढ़ की सड़कों पर हलचल थी, लेकिन कोर्ट रूम नंबर 5 के भीतर एक भारी सन्नाटा पसरा हुआ था। आज का दिन 'अभियोजन पक्ष' (Prosecution) के लिए सबसे महत्वपूर्ण था, क्योंकि आज फॉरेंसिक विशेषज्ञों को अपनी रिपोर्ट की 'सत्यता' (Validation) सिद्ध करनी थी।

कटघरे में विकास वैसे ही शांत खड़ा था, जैसे वह किसी और की कहानी सुन रहा हो। जज साहब ने आदेश दिया, "गवाह को बुलाया जाए।"

दृश्य 1: अरविंद की गवाही (The Forensic Stand)

"गवाह नंबर 4, फॉरेंसिक एक्सपर्ट अरविंद," बेलीफ ने पुकारा।

अरविंद अपने हाथ में एक बड़ी नीली फाइल और एक छोटा सा बॉक्स लेकर गवाह स्टैंड पर पहुँचा। शपथ लेने के बाद, सरकारी वकील एडवोकेट पाठक ने सवाल शुरू किए।

"अरविंद जी, आप इस केस के 'Primary Forensic Investigator' रहे हैं। क्या आप कोर्ट को बता सकते हैं कि घटनास्थल (Betwa River Bank) और जहांगीर महल के तहखाने में आपको क्या मिला?"

अरविंद ने आत्मविश्वास के साथ बोलना शुरू किया। "माई लॉर्ड, हमारे पास तीन प्रमुख वैज्ञानिक साक्ष्य हैं जो अभियुक्त विकास को सीधे तौर पर इस अपराध से जोड़ते हैं। पहला, GSR (Gunshot Residue)। विकास की दाहिनी हथेली पर एंटीमनी और बेरियम के कणों का घनत्व यह

साबित करता है कि उसने उस रात गोली चलाई थी। दूसरा, DNA Analysis। यद्यपि महेश के नाखूनों के नीचे मिला 'Unknown DNA' विकास का नहीं है, लेकिन विकास के जूतों पर मिली मिट्टी और महेश के कपड़ों पर मिले 'Blue Fiber' (नीला रेशा) का मिलान 100% सही पाया गया है।"

अरविंद ने वह 'नीला रेशा' कोर्ट को दिखाया। "यह रेशा उसी 'Automotive Upholstery' का है जो सुजान की कार और विकास के कमरे में मिली थी।"

दृश्य 2: रघुवंशी की शातिर जिरह (Cross-examination)

एडवोकेट रघुवंशी अपनी कुर्सी से धीरे से उठे। उनके चेहरे पर एक ऐसी मुस्कान थी जो किसी शिकारी की जीत का संकेत देती है।

"मिस्टर अरविंद, आपने कहा कि जूतों की मिट्टी मेल खाती है," रघुवंशी ने फाइल देखते हुए कहा। "क्या यह सच नहीं है कि ओरछा की पूरी बेल्ट में 'Red Sandstone' और चूने वाली मिट्टी ही पाई जाती है? क्या यह मुमकिन नहीं है कि विकास वहाँ केवल टहलने गया हो?"

"मिट्टी का 'Mineral Composition' (खनिज संरचना) बहुत विशिष्ट है, सर," अरविंद ने उत्तर दिया। "उसमें 'Ancient Mortar' (प्राचीन गारा) के अवशेष हैं जो केवल जहांगीर महल के तहखाने में पाए जाते हैं।"

"अच्छी बात है," रघुवंशी ने आवाज़ ऊँची की। "लेकिन उस 'Unknown DNA' का क्या? अगर विकास कातिल है, तो महेश के नाखूनों के नीचे किसी और का मांस (Skin Fragments) क्यों मिला? क्या इसका मतलब यह नहीं कि महेश किसी और से लड़ रहा था, विकास से नहीं?"

पाठक जी ने विरोध किया (Objection), लेकिन जज साहब ने रघुवंशी

को जारी रखने का इशारा किया। रघुवंशी ने विज्ञान की ही एक 'खामी' को ढाल बना लिया था।

दृश्य 3: डॉ. अनन्या और मनोवैज्ञानिक प्रोफाइल (Psychological Validation)

अगली गवाह थीं डॉ. अनन्या, क्रिमिनल साइकोलॉजिस्ट।

"माई लॉर्ड," डॉ. अनन्या ने स्पष्ट आवाज़ में कहा। "विकास 'Delusional Disorder' के उस चरण में है जिसे 'Savior Complex' कहते हैं। वह खुद को एक 'मसीहा' समझता है। उसके लिए कानून के नियम कोई मायने नहीं रखते क्योंकि उसे लगता है कि उसका 'नैतिक उद्देश्य' (Moral Purpose) सबसे ऊपर है।"

"डॉक्टर," रघुवंशी ने बीच में टोका। "क्या एक 'Delusional' व्यक्ति यह समझ सकता है कि वह जो कर रहा है वह 'IPC' की धाराओं के तहत अपराध है?"

"यही तो पेंच है, सर," डॉ. अनन्या ने मुड़कर विकास की ओर देखा। "विकास जानता है कि वह हत्या कर रहा है, लेकिन वह इसे 'हत्या' नहीं, 'आज़ादी' कहता है। वह साक्ष्य (Evidence) मिटाता है क्योंकि वह 'Hero' बना रहना चाहता है। एक पागल व्यक्ति (Insane person) कभी भी 'CCTV Enhancement' से बचने या साक्ष्य छुपाने की कोशिश नहीं करता।"

दृश्य 4: नार्को टेस्ट का डिजिटल प्रदर्शन

अदालत में एक बड़ी स्क्रीन लगाई गई। अमित ने नार्को टेस्ट के मुख्य अंशों का प्रदर्शन शुरू किया।

स्क्रीन पर विकास की धुंधली आवाज़ गूँजी, "वह 'परछाई' थी... उसने महेश को पकड़ा था... नीला धुआं... जन्नत मुस्कुरा रही थी।"

पूरे कोर्ट रूम में सन्नाटा छा गया। विकास की खुद की आवाज़ उसके खिलाफ गवाही दे रही थी। एडवोकेट पाठक ने मज़बूती से कहा, "माई लॉर्ड, यह 'नीला धुआं' और 'परछाई' उस 'चौथे व्यक्ति' (The Fourth Man) की ओर इशारा करते हैं जो सुजान के अंतरराष्ट्रीय सिंडिकेट का हिस्सा है। विकास ने वार किया, लेकिन उसे हथियार और मौका उस 'चौथे व्यक्ति' ने दिया।"

दृश्य 5: रघुवंशी का 'मास्टर स्ट्रोक'

जिरह के अंत में, रघुवंशी ने एक ऐसा दस्तावेज़ निकाला जो अब तक पुलिस की नज़रों से ओझल था।

"माई लॉर्ड, अभियोजन पक्ष फॉरेंसिक की बात कर रहा है। लेकिन मेरे पास ओरछा के सरकारी अस्पताल की एक गोपनीय मेडिकल रिपोर्ट है। महेश सिंह की मृत्यु से 2 साल पहले, उसका इलाज 'गंभीर मानसिक तनाव' और 'हिंसक व्यवहार' के लिए चल रहा था। महेश सिंह अपनी पत्नी कुसुम को प्रताड़ित (Abuse) करता था। विकास ने जो किया, वह कानून की नज़र में अपराध हो सकता है, लेकिन मानवीय रूप से वह एक 'Self-defense of a third party' (किसी तीसरे की रक्षा) का मामला है।"

पाठक जी सन्न रह गए। यह 'Case-law' का एक बहुत ही सूक्ष्म मोड़ था।

विज्ञान बनाम कानून

सुनवाई खत्म होने वाली थी। जज साहब ने अगली तारीख 'विज्ञान बनाम

बचाव' के लिए तय की, जहाँ 'DNA Challenge' और 'Insanity Plea' पर अंतिम बहस होनी थी।

जैसे ही विकास को पुलिस वैन की ओर ले जाया जा रहा था, वह अचानक रुका और मेरी ओर देखकर फुसफुसाया, "इंस्पेक्टर, विज्ञान केवल वह देखता है जो हो चुका है। वह यह नहीं देख सकता कि आगे क्या होने वाला है। वह 'चौथा व्यक्ति' अभी भी ओरछा की गलियों में है।"

मैंने पीछे मुड़कर देखा, जन्नत (कैथरीन) कोर्ट के गेट पर खड़ी थी। उसकी आँखों में एक ऐसी चेतावनी थी जो किसी फॉरेंसिक लैब में नहीं मिल सकती थी।

सवाल: क्या रघुवंशी महेश के आपराधिक अतीत और मानसिक स्थिति का इस्तेमाल करके विकास को एक 'Hero' की तरह पेश कर देंगे? और वह 'Unknown DNA' जो अभी भी अनसुलझा है, क्या वह किसी और लाश की आहट दे रहा है?

अध्याय 28
विज्ञान बनाम बचाव

अदालत का माहौल आजकल से कहीं अधिक तनावपूर्ण था। खिड़की से छनकर आती धूप की लकीरें धूल के कणों को नचा रही थीं, ठीक वैसे ही जैसे वकील तथ्यों को अपनी दलीलों में नचा रहे थे। न्यायमूर्ति अवस्थी ने कार्यवाही शुरू करने का संकेत दिया।

कटघरे में विकास वैसे ही निर्लिप्त खड़ा था। उसकी आँखों में एक अजीब सी चमक थी जैसे वह अपनी ही मौत के मुकदमे का आनंद ले रहा हो। आज दो बड़े 'पहाड़' टकराने वाले थे: विज्ञान की मज़बूत दीवार और मानवीय पागलपन की ओट।

दृश्य 1: डीएनए की चुनौती (The DNA Mismatch Challenge)

सरकारी वकील एडवोकेट पाठक ने 'DNA Analysis Report' को मज़बूती से पेश किया। "माई लॉर्ड, हमारे पास अभियुक्त विकास के जूतों पर मिली मिट्टी और मृतक महेश के नाखूनों के नीचे मिले 'Trace Evidence' के बीच का वैज्ञानिक लिंक है। यह साबित करता है कि विकास उस रात महेश के संपर्क में था।"

एडवोकेट रघुवंशी मुस्कुराते हुए उठे। "मिस्टर पाठक, आप 'मिट्टी' की बात कर रहे हैं, लेकिन क्या आप उस 'मांस के टुकड़े' (Skin Fragment) के बारे में बात करेंगे जो महेश के नाखूनों के नीचे मिला था?"

रघुवंशी ने जज साहब की ओर रुख किया। "माई लॉर्ड, फॉरेंसिक रिपोर्ट के पेज नंबर 14 को देखिए। महेश के नाखूनों से बरामद डीएनए विकास के डीएनए से मैच नहीं होता। इसका सीधा और वैज्ञानिक मतलब यह है

कि मरने से पहले महेश जिस व्यक्ति से लड़ रहा था, वह विकास नहीं था। क्या पुलिस हमें बता सकती है कि वह 'चौथा व्यक्ति' (The Fourth Man) कौन है, जिसका डीएनए वहां मौजूद है?"

कोर्ट रूम में सन्नाटा छा गया। 'DNA Sequencing' और 'STR Analysis' (Short Tandem Repeat) की ये बारीकियां अब विकास को बचाने का रास्ता बना रही थीं। "अगर डीएनए मैच नहीं है, तो विकास कातिल कैसे हो सकता है?" यह सवाल हवा में तैरने लगा।

दृश्य 2: पागलपन का बचाव (The Insanity Plea - IPC Section 84)

रघुवंशी ने अपनी चाल बदली। उन्होंने डॉ. अनन्या (क्रिमिनल साइकोलॉजिस्ट) की ओर रुख किया, जो फिर से गवाह स्टैंड पर थीं।

"डॉक्टर, आपने अपनी रिपोर्ट में स्पष्ट लिखा है कि विकास 'Delusional Disorder: Erotomanic Type' का मरीज़ है। क्या ऐसे व्यक्ति के लिए 'सही' और 'गलत' के बीच की रेखा मिट नहीं जाती?"

"महोदय, वह भ्रमित है, लेकिन विक्षिप्त नहीं," डॉ. अनन्या ने स्पष्ट किया।

"कानूनी भाषा में बात करते हैं, डॉक्टर," रघुवंशी ने आवाज़ ऊँची की। "भारतीय दंड संहिता (IPC) की धारा 84 कहती है कि यदि कोई व्यक्ति अपने कृत्य की प्रकृति (Nature of the act) को समझने में अक्षम है, तो वह अपराधी नहीं है। विकास को लगा कि वह एक 'मसीहा' है। उसके दिमाग में वह हत्या नहीं, एक 'पवित्र बचाव' (Sacred Rescue) कर रहा था। क्या यह 'कानूनी पागलपन' (Legal Insanity) की श्रेणी में नहीं आता?"

'Insanity Plea' के इस वार ने अभियोजन पक्ष को रक्षात्मक स्थिति में ला दिया। 'Mind Reading' के ज़रिए रघुवंशी यह साबित करना चाहते

थे कि विकास का दिमाग एक ऐसी जेल है जहाँ वह खुद ही कैदी और खुद ही जज है।

दृश्य 3: फॉरेंसिक पलटवार (Science Fights Back)

एडवोकेट पाठक ने हार नहीं मानी। उन्होंने अरविंद (फॉरेंसिक एक्सपर्ट) को दोबारा बुलाया।

"मिस्टर अरविंद, क्या एक 'पागल' व्यक्ति GSR (Gunshot Residue) के सबूत मिटाने के लिए अपने हाथों को रासायनिक घोल से धोता है?"

"नहीं, सर," अरविंद ने उत्तर दिया। "फॉरेंसिक साक्ष्य बताते हैं कि विकास ने साक्ष्य मिटाने (Section 201) के लिए 'Calculated' कदम उठाए। उसने जूतों की मिट्टी झाड़ी, उसने पिस्तौल को एक गुप्त संदूक में छुपाया। एक व्यक्ति जो यह नहीं जानता कि वह क्या कर रहा है, वह कभी भी साक्ष्य छुपाने (Concealment) की योजना नहीं बना सकता।"

"बिल्कुल!" पाठक जी चिल्लाए। "माई लॉर्ड, 'McNaughten Rule' के अनुसार, यदि अभियुक्त को पता है कि उसका कृत्य 'कानून के विपरीत' है, तो वह पागलपन का लाभ नहीं ले सकता। साक्ष्य मिटाने का प्रयास ही यह साबित करता है कि विकास जानता था कि उसने अपराध किया है।"

दृश्य 4: जन्नत की गवाही का साया

सुनवाई के बीच में, जन्नत (कैथरीन) गैलरी में बैठी सब देख रही थी। रघुवंशी ने अचानक उसकी ओर इशारा किया।

"माई लॉर्ड, हमारे पास एक स्वतंत्र गवाह है जिसने जन्नत उर्फ कैथरीन को उस रात घटनास्थल के पास देखा था। जन्नत, जो खुद को एक पत्रकार बताती है, वास्तव में एक इंवेस्टिगेटर है। क्या यह मुमकिन नहीं कि वह

'चौथा व्यक्ति' जिसके पदचिह्न (Footprints) वहां मिले थे, वह जन्नत का ही कोई साथी हो? क्या विकास को सुजान के ग्रुप ने केवल एक 'Fall Guy' (बलि का बकरा) बनाने के लिए वहां बुलाया था?"

यह एक नया विस्फोट था। 'Ballistic Matching' और 'CCTV AI' की रिपोर्ट्स अब एक बड़ी साजिश की ओर इशारा कर रही थीं। विकास अब कातिल से ज्यादा एक 'मोहरा' दिख रहा था।

दृश्य 5: विकास का आत्म-विनाश

तभी एक अजीब घटना हुई। कटघरे में खड़ा विकास, जो अब तक शांत था, अचानक हँसने लगा।

"झूठ! सब झूठ!" वह चिल्लाया। "किसी चौथे व्यक्ति ने उसे नहीं मारा! मैंने मारा है! मैंने महेश का चेहरा इसलिए कुचला क्योंकि वह कुसुम को गंदी नज़रों से देखता था! मुझे किसी 'धारा 84' की ज़रूरत नहीं है! मैं नायक हूँ!"

रघुवंशी का चेहरा पीला पड़ गया। उनका अपना ही मुवक्किल उनकी रक्षात्मक दीवार को गिरा रहा था। विकास का 'Delusion' इतना शक्तिशाली था कि वह आज़ादी के बजाय अपनी 'वीरता' को स्वीकार करना चाहता था।

"शांति!" जज साहब ने हथौड़ा चलाया। "अभियुक्त की मानसिक स्थिति का फिर से मेडिकल परीक्षण करने की ज़रूरत लग रही है।"

विज्ञान की जीत या कानून की हार?

सुनवाई स्थगित कर दी गई। कोर्ट के बाहर, मैंने अरविंद और डॉ. अनन्या के साथ चाय पी।

"सर, डीएनए का वह 'Mismatch' अभी भी एक पहेली है," अरविंद ने कहा। "अगर विकास ने ही मारा है, तो महेश के नाखूनों में किसका मांस था? वह चौथा व्यक्ति कौन था जिसने उसे पकड़ा था?"

मैंने बेतवा की ओर देखा। "विकास को लग रहा है कि वह जीत गया है, लेकिन रघुवंशी ने आज एक बीज बो दिया है। 'Insanity' और 'DNA Mismatch' मिलकर एक ऐसा 'Reasonable Doubt' (उचित संदेह) पैदा कर रहे हैं जो विकास को फांसी से बचा सकता है।"

तभी मुझे अहसास हुआ। जन्नत वहाँ से गायब थी। और सुजान? वह ओरछा के इतिहास को फिर से लिखने की तैयारी कर रही थी।

सवाल: अगर विकास खुद जुर्म कबूल कर रहा है, तो कानून उसे 'पागल' मानकर छोड़ देगा या 'अपराधी' मानकर सज़ा देगा? और वह 'चौथा व्यक्ति' जिसका डीएनए वहां मौजूद है, क्या वह अगली हत्या की तैयारी कर रहा है?

अध्याय 29
पत्नी का सच

अदालत का कमरा आज किसी ठंडे तहखाने की तरह महसूस हो रहा था। बाहर मानसून की पहली फुहारों ने मिट्टी को गीला कर दिया था, लेकिन भीतर की हवा खुश्क और भारी थी। न्यायमूर्ति अवस्थी ने चश्मा उतारकर मेज पर रखा और एक लंबी साँस ली। विकास के अचानक किए गए 'वीरतापूर्ण' इकबालिया बयान ने कानून की बुनियाद हिला दी थी। लेकिन आज, सत्य की कसौटी पर वह खड़ी थी, जिसे समाज 'बेचारी विधवा' कह रहा था और जिसे विकास अपनी 'प्रेरणा' मानता था।

"गवाह नंबर 7, कुसुम सिंह, कटघरे में हाज़िर हों," बेलीफ की आवाज़ गूँजी।

सफेद साड़ी में लिपटी कुसुम जब आगे बढ़ी, तो पूरे कोर्ट रूम में एक फुसफुसाहट फैल गई। गाँव के बड़े-बुजुर्ग, जो पीछे की बेंचों पर बैठे थे, उसकी ओर हिकारत और सहानुभूति के मिले-जुले भाव से देख रहे थे। ग्रामीण परिवेश में एक विधवा का अदालत आना ही उसके चरित्र पर एक अघोषित प्रश्नचिह्न लगा देता है।

दृश्य 1: सामाजिक दबाव की दीवार (The Weight of Society)

कुसुम ने कटघरे की लकड़ी को मजबूती से पकड़ लिया। उसके हाथ कांप रहे थे। 'Behavioural Analysis' के अनुसार, उसका झुककर खड़ा होना और बार-बार पल्लू को ठीक करना 'Extreme Social Anxiety' (अत्यधिक सामाजिक चिंता) का संकेत था।

सरकारी वकील एडवोकेट पाठक धीरे से उसके करीब आए। "कुसुम जी, घबराइए मत। आप यहाँ न्याय के लिए आई हैं। क्या आप कोर्ट को बता सकती हैं कि महेश जी के साथ आपके संबंध कैसे थे?"

कुसुम की आँखों में आँसू भर आए। उसने पीछे मुड़कर गाँव के उन लोगों को देखा जो उसे घूर रहे थे। उसे वह दिन याद आया जब महेश की मौत के बाद गाँव की औरतों ने उसके श्रृंगार को 'अपशकुन' कहा था। सामाजिक दबाव का वह बोझ उसकी आवाज़ में घुट रहा था।

"साहब... महेश जी अच्छे आदमी थे, लेकिन..." वह रुक गई।

"लेकिन क्या?" एडवोकेट रघुवंशी (बचाव पक्ष) ने बीच में ही टोका। "लेकिन क्या वे आप पर हाथ उठाते थे? क्या वे शराब के नशे में ओरछा के खंडहरों में अपनी 'मूर्तियों की तस्करी' का गुस्सा आप पर निकालते थे?"

"ऑब्जेक्शन, माई लॉर्ड!" पाठक जी चिल्लाए। लेकिन नुकसान हो चुका था। कोर्ट रूम में महेश की छवि एक 'तस्कर' और 'शोषक' के रूप में उभरने लगी थी।

दृश्य 2: विकास की परछाईं (The Stalker's Presence)

जिरह के दौरान कुसुम की नज़र कटघरे में खड़े विकास पर पड़ी। विकास उसे ऐसे देख रहा था जैसे वह कोई शिकार हो जिसे उसने बचाया है। उसकी आँखों में वह 'Delusional' गर्व अब भी बरकरार था।

"कुसुम जी," रघुवंशी ने अपनी आवाज़ नरम की। "विकास आपका देवर जैसा था। वह आपके घर की रक्षा करता था। जब महेश आप पर हमला करते थे, तब विकास ही आपको बचाता था, है न?"

कुसुम का गला सूख गया। उसे वे रातें याद आईं जब वह अपने बेडरूम की

खिड़की के पास विकास की परछाईं को घंटों खड़े देखती थी। वह सुरक्षा नहीं थी, वह 'कैद' थी। लेकिन कोर्ट में यह साबित करना कितना कठिन था।

"वह... वह हमेशा वहीं रहता था," कुसुम ने फुसफुसाते हुए कहा। "मुझे कभी-कभी लगता था कि महेश जी से ज्यादा डर मुझे विकास से लगता है।"

कोर्ट रूम में सन्नाटा छा गया। यह एक बड़ा मोड़ था। 'Psychological Profiling' के अनुसार, कुसुम अब 'Stockholm Syndrome' से बाहर निकलकर अपनी आवाज़ ढूंढ रही थी।

दृश्य 3: भावनात्मक विस्फोट (The Emotional Breakdown)

"झूठ!" विकास अचानक कटघरे से चिल्लाया। "कुसुम, मैंने तुम्हारे लिए खून किया है! मैंने उस जानवर को इसलिए मारा क्योंकि वह तुम्हें मारना चाहता था! तुम ऐसे कैसे बोल सकती हो?"

जज साहब ने हथौड़ा चलाया, "ऑर्डर! अभियुक्त को शांत किया जाए!"

लेकिन कुसुम अब टूट चुकी थी। वह फूट-फूट कर रोने लगी। उसका रोना एक बांध टूटने जैसा था।

"साहब, सच तो यह है कि उस रात बेतवा किनारे मैं ही महेश जी को लेकर गई थी," कुसुम ने हिचकिचाहट के साथ कहा। "विकास ने मुझे धमकी दी थी कि अगर मैं महेश को वहां नहीं लाई, तो वह मेरे पूरे परिवार को खत्म कर देगा। वह पागल हो चुका था! उसे लगता था कि महेश को मारकर वह मुझे पा लेगा। मैंने महेश जी को बचाने की कोशिश की थी, लेकिन विकास ने पत्थर उठा लिया..."

दृश्य 4: फॉरेंसिक और सच का मिलन

अदालत में सन्नाटा इतना गहरा था कि कुसुम की सिसकियों की आवाज़ भी गूँज रही थी।

एडवोकेट पाठक ने 'CDR Timeline' की ओर इशारा किया। "माई लॉर्ड, कुसुम का यह बयान उस 'Unknown Call' की पुष्टि करता है जो विकास ने किया था। यह 'Premeditated Murder' (सुनियोजित हत्या) थी जिसमें कुसुम को एक हथियार की तरह इस्तेमाल किया गया।"

रघुवंशी ने अंतिम वार किया, "कुसुम जी, अगर विकास इतना ही बुरा था, तो आपने पहले इकबालिया बयान क्यों दिया था कि हत्या आपने की है?"

कुसुम ने अपनी आँखें पोंछीं और सीधे जज साहब की ओर देखा। "क्योंकि साहब, ओरछा जैसे गाँव में एक औरत के लिए यह स्वीकार करना कि उसका पति तस्कर था और उसका दोस्त उसका 'स्टाकर' (Stalker), मौत से बदतर है। मुझे डर था कि समाज मुझे जीने नहीं देगा। लेकिन आज... आज मुझे महेश जी की आत्मा और ओरछा के इतिहास के लिए सच बोलना ही होगा।"

दृश्य 5: निर्णय की ओर बढ़ते कदम

कुसुम कटघरे से उतरी, लेकिन उसके चलने के अंदाज़ में अब एक अलग ही मज़बूती थी। उसने सामाजिक दबाव की वे बेड़ियाँ तोड़ दी थीं जो उसे सालों से जकड़े हुए थीं।

विकास उसे नफरत भरी नज़रों से देख रहा था। उसका 'Hero Complex' अब एक 'Villainous Rage' में बदल चुका था। 'Behavioral Analysis' के अनुसार, विकास अब खुद को एक

'Betrayed Lover' (धोखा खाया हुआ प्रेमी) मान रहा था, जो और भी खतरनाक हो सकता है।

अंत: क्या सच ने रास्ता पा लिया?

सुनवाई समाप्त हुई। कोर्ट के बाहर निकलते समय, गाँव के लोगों ने कुसुम के लिए रास्ता छोड़ दिया, लेकिन उनकी नज़रों में अब भी वही ठंडापन था।

अरविंद मेरे पास आया। "सर, कुसुम की गवाही ने केस मज़बूत कर दिया है। लेकिन एक पेंच अभी भी फँसा है। वह 'नीला रेशा' और वह 'Unknown DNA'... अगर विकास ने ही मारा है और कुसुम वहां थी, तो वह तीसरा पुरुष कौन था जिसका डीएनए महेश के नाखूनों में था?"

मैंने बेतवा की ओर देखा, जहाँ बादल काले हो रहे थे। "कुसुम ने सच तो बोला है, अरविंद... लेकिन उसने 'पूरा' सच नहीं बोला। उसने उस 'चौथे व्यक्ति' का नाम अभी भी छुपाया है।"

सवाल: कुसुम ने विकास के खिलाफ तो बोल दिया, लेकिन वह किस 'तीसरे साए' से अभी भी डर रही है? क्या वह सुजान का कोई आदमी था, या महेश का वह 'मृत दुश्मन' जो लौट आया है?

अध्याय 30
डिजिटल हमला

अदालत का कमरा आज एक 'वॉर रूम' (War Room) में तब्दील हो चुका था। खिड़कियों पर गहरे रंग के पर्दे गिरा दिए गए थे ताकि प्रोजेक्टर की रोशनी साक्ष्यों को साफ़ तौर पर दिखा सके। हवा में एक अजीब सी 'इलेक्ट्रो-मैग्नेटिक' बेचैनी थी। कुसुम की गवाही ने भावनाओं का सैलाब तो ला दिया था, लेकिन एडवोकेट रघुवंशी ने उसे 'दबाव में दी गई गवाही' (Coerced Testimony) बताकर उसे कमज़ोर करने की कोशिश की थी।

आज, अभियोजन पक्ष (Prosecution) अपनी सबसे घातक तोप चलाने वाला था, 'डिजिटल इंटेलिजेंस'।

"गवाह नंबर 12, साइबर फॉरेंसिक एक्सपर्ट अमित, कटघरे में हाज़िर हों," न्यायमूर्ति अवस्थी की आवाज़ गूँजी।

अमित, जिसके पास टीकमगढ़ और दिल्ली की साइबर लैब का अनुभव था, अपने साथ दो लैपटॉप और एक विशेष डेटा ड्राइव लेकर आगे बढ़ा।

दृश्य 1: सीसीटीवी और एआई की आँख (CCTV Enhancement AI)

"माई लॉर्ड," एडवोकेट पाठक ने शुरुआत की। "हम अक्सर कहते हैं कि धुंधली तस्वीरें सच नहीं बता सकतीं। लेकिन आज का विज्ञान उन पिक्सेल्स (Pixels) के पीछे छुपे चेहरों को भी पढ़ सकता है।"

अमित ने प्रोजेक्टर चालू किया। स्क्रीन पर होटल बुंदेलखंड रिवरसाइड और टीकमगढ़ टोल नाके के धुंधले फुटेज दिखाई दिए।

"साहब, ये मूल फुटेज (Raw Footage) हैं," अमित ने लेज़र पॉइंटर से

इशारा किया। "रात के 10:45 PM, 14 अगस्त। यहाँ एक सफेद SUV और दो साये दिख रहे हैं। लेकिन सामान्य आँखों के लिए ये केवल परछाइयाँ हैं।"

अमित ने अपने लैपटॉप पर 'Super-Resolution AI' कमांड रन की। देखते ही देखते, स्क्रीन पर मौजूद पिक्सेल्स एक-दूसरे से जुड़ने लगे। एआई ने प्रकाश के परावर्तन (Light Reflection) और मानव शरीर के ढाँचे (Skeleton Mapping) का उपयोग करके उन सायों को सजीव कर दिया।

पूरे कोर्ट रूम में सन्नाटा छा गया। स्क्रीन पर साफ़ दिख रहा था विकास, सुजान और वह 'चौथा व्यक्ति'। उनके चेहरों की रेखाएं, उनके जूतों का ब्रांड और यहाँ तक कि विकास के हाथ में मौजूद वह .32 बोर की पिस्तौल भी साफ़ झलक रही थी।

"यह डीपफेक (Deepfake) हो सकता है!" रघुवंशी चिल्लाए। "एआई डेटा को 'मैनिपुलेट' (Manipulate) कर सकता है।"

"माई लॉर्ड," अमित ने शांति से उत्तर दिया। "यह जेनेरेटिव एआई नहीं है, यह 'Analytical Forensic AI' है। हमने 'Hash Value' और 'Metadata' को लॉक कर दिया है। ये तस्वीरें उसी रात के डिजिटल फुटप्रिंट्स की वैज्ञानिक सफाई हैं।"

दृश्य 2: सीडीआर टाइमलाइन का जाल (The CDR Timeline)

अमित ने दूसरी स्लाइड खोली। यह 'Call Data Records' (CDR) का एक जटिल लेकिन रंगीन ग्राफ था।

"सर, अब हम 'डिजिटल बिहेवियर' (Digital Behavior) की बात करेंगे। 14 अगस्त की रात, रात के 8:00 बजे से लेकर सुबह 4:00 बजे तक, इन

चार मोबाइल फोन्स (महेश, विकास, कुसुम और सुजान) की लोकेशन एक ही 'Sector Map' में थी।"

अमित ने एक एनीमेशन प्ले किया। स्क्रीन पर चार डॉट्स चलने लगे:

लाल डॉट (महेश): जो ओरछा से बेतवा के किनारे जा रहा था।

नीला डॉट (विकास): जो पहले से ही वहां घात लगाकर बैठा था।

सफेद डॉट (सुजान): जो जहांगीर महल के पास रुकी थी।

"रात के 10:12 PM पर," अमित ने पॉज़ किया। "महेश और विकास के फोन्स के बीच एक 4-सेकंड का कॉल हुआ। लोकेशन, 'रक्त कुआँ' (तहखाना)। यही वह समय था जब महेश को झांसे से अंदर बुलाया गया था।"

'Behavioral Analysis' के अनुसार, यह टाइमलाइन साबित करती थी कि यह 'Sudden Provocation' नहीं, बल्कि एक 'Cold-blooded Coordination' थी। विकास का 'Savior Complex' उसे वहां ले गया था, लेकिन सुजान का डिजिटल निर्देश उसे 'ट्रिगर' कर रहा था।

दृश्य 3: वह 'Unknown Number' का रहस्य

"अमित जी," पाठक जी ने पूछा। "क्या आपको उस रहस्यमयी 'चौथे व्यक्ति' के फोन का कोई सुराग मिला?"

अमित के चेहरे पर गंभीरता छा गई। "सर, वह फोन एक 'Burner Phone' (अस्थायी फोन) था, जिसे सैटेलाइट लिंक के ज़रिए इस्तेमाल किया गया था। लेकिन हमने उसके 'Signal Intercept' का एक टुकड़ा रिकवर किया है।"

अमित ने एक ऑडियो फाइल प्ले की। भारी शोर और मशीनी आवाज़ के बीच एक धीमी आवाज़ गूँजी,

"...बेतवा में पानी बढ़ रहा है। सबूत गहरा दफन करना। विकास को लगने देना कि जीत उसकी है।"

विकास, जो कटघरे में अब तक शांत था, अचानक अपनी जगह पर खड़ा हो गया। उसकी आँखों में वह 'Delusional' चमक अब खौफ में बदल रही थी। "यह आवाज़... यह तो 'उसकी' है!" वह बड़बड़ाया।

"किसकी, विकास?" जज साहब ने पूछा।

विकास चुप हो गया, लेकिन उसके चेहरे के 'Micro-expressions' साफ़ बता रहे थे कि वह इस आवाज़ को पहचानता है। वह आवाज़ न सुजान की थी, न जन्नत की। वह आवाज़ किसी ऐसे व्यक्ति की थी जो महेश का दुश्मन था और जिसे सब मरा हुआ मान चुके थे।

दृश्य 4: डिजिटल हमला और बचाव की बहस

एडवोकेट रघुवंशी ने अंतिम कोशिश की। "माई लॉर्ड, सीडीआर और एआई केवल 'परिस्थितिजन्य' (Circumstantial) साक्ष्य हैं। क्या डिजिटल डेटा यह बता सकता है कि महेश के नाखूनों के नीचे वह डीएनए (अध्याय 28) किसका था?"

"हाँ!" अमित ने धमाका किया। "हमने उस डीएनए के 'Phenotyping' डेटा को ग्लोबल डेटाबेस से क्रॉस-चेक किया है। वह डीएनए 'रविंद्र प्रताप' के 'Genetic Marker' से मेल खाता है।"

पूरा कोर्ट रूम कांप उठा। रविंद्र प्रताप, जिसकी 5 साल पहले मौत की खबर आई थी।

"मतलब कातिल एक लाश है?" रघुवंशी ने उपहास किया।

"नहीं साहब," पाठक जी ने मज़बूती से कहा। "मतलब यह कि अपराध की दुनिया में 'डिजिटल पुनर्जन्म' संभव है। और यह 'डिजिटल हमला' हमें उस मास्टरमाइंड तक ले जा रहा है जिसने विकास के पागलपन को अपनी ढाल बनाया।"

दृश्य 5: सस्पेंस का नया स्तर

सुनवाई खत्म होने के करीब थी। न्यायमूर्ति अवस्थी ने आदेश दिया कि रविंद्र प्रताप की पुरानी फाइल्स और फिंगरप्रिंट्स को फिर से कोर्ट में पेश किया जाए।

जैसे ही कोर्ट स्थगित हुआ, अमित मेरे पास आया और फुसफुसाया, "सर, एक और चीज़ मिली है। कुसुम के फोन पर एक 'Hidden App' था जो हर 15 मिनट पर बैकअप ले रहा था। उस बैकअप का आखिरी सर्वर लोकेशन... आपके खुद के पुलिस मुख्यालय के भीतर है!"

मेरे रोंगटे खड़े हो गए। इसका मतलब था कि विभाग के अंदर ही कोई 'अविश्वासी दोस्त' बैठा था जो साक्ष्यों को मिटाने या बदलने की ताकत रखता था।

डिजिटल नकाब और असली चेहरा

अदालत के गलियारे में चलते हुए मुझे जन्नत (कैथरीन) दिखी। वह मुस्कुरा रही थी।

"डिजिटल हमला मज़बूत था, इंस्पेक्टर," उसने कहा। "लेकिन एआई केवल 'क्या' हुआ है, यह बता सकता है। 'क्यों' हुआ है, वह तो केवल

इंसान का दिल जानता है। क्या आप तैयार हैं उस 'अंतिम विश्वासघात' के लिए जो आपकी अपनी वर्दी के पीछे छुपा है?"

सवाल: क्या विभाग के भीतर का वह 'गद्दार' सुजान का साथी है? और रविंद्र प्रताप अगर ज़िंदा है, तो वह अब तक कहाँ छुपा था?

अध्याय 31
निर्णय का भार

टीकमगढ़ जिला अदालत की लाइब्रेरी में पुराने कागजों और चमड़े की जिल्द वाली किताबों की एक विशिष्ट गंध तैर रही थी। बाहर मूसलाधार बारिश हो रही थी, जिसकी आवाज़ छतों पर किसी पुराने वाद्य यंत्र की तरह बज रही थी। न्यायमूर्ति अवस्थी अपने निजी चैंबर में अकेले बैठे थे। उनके सामने मेज पर 'राज्य बनाम विकास' (State vs. Vikas) केस की वह विशाल फाइल खुली थी, जिसे उन्होंने पिछले छह महीनों से जिया था।

न्याय करना आसान होता है जब सबूत काले और सफेद हों, लेकिन जब विज्ञान (Science) और मनोविज्ञान (Psychology) एक-दूसरे के विपरीत खड़े हो जाएँ, तो 'निर्णय का भार' रीढ़ की हड्डी को झुका देता है।

दृश्य 1: न्यायाधीश का एकांत (The Judge's Monologue)

न्यायमूर्ति अवस्थी ने अपनी चशमा उतारा और खिड़की के बाहर ओरछा की दिशा में देखा। उनके दिमाग में वे डिजिटल साक्ष्य गूँज रहे थे, एआई द्वारा रिकंस्ट्रक्ट की गई वह रात, वह 'नीला रेशा', और वह रहस्यमयी 'बर्नर फोन' की आवाज़।

"क्या एक 'भ्रम' (Delusion) किसी व्यक्ति को हत्या के दायित्व से मुक्त कर सकता है?" उन्होंने खुद से पूछा।

फाइल में डॉ. अनन्या की रिपोर्ट स्पष्ट थी: विकास 'Delusional Disorder' का मरीज़ है। लेकिन एडवोकेट पाठक की दलील भी उतनी ही मज़बूत थी: विकास ने साक्ष्य मिटाने (Section 201 IPC) की पूरी

कोशिश की, जो साबित करता है कि उसे अपने कृत्य की 'प्रकृति' और उसके 'गलत' होने का पूरा अहसास था।

दृश्य 2: अदालत की अंतिम जिरह (The Final Rebuttal)

अगली सुबह, कोर्ट रूम खचाखच भरा था। आज अंतिम बहस (Final Arguments) का दिन था।

एडवोकेट पाठक (Prosecution) ने अपना पक्ष रखते हुए कहा, "माई लॉर्ड, अभियुक्त का 'मसीहा बनने का जुनून' (Savior Complex) उसे कानून से ऊपर नहीं रखता। GSR (Gunshot Residue) की रिपोर्ट और Ballistic Matching यह साबित कर चुके हैं कि विकास ने ही गोली चलाई थी। यदि वह पागल था, तो उसने 'CCTV' कैमरों से बचने की योजना क्यों बनाई? यह एक 'Calculated Cold-blooded Murder' है।"

एडवोकेट रघुवंशी (Defense) ने अपनी जगह से उठते हुए शांति से कहा, "माई लॉर्ड, अभियोजन पक्ष जिसे 'कैलकुलेशन' कह रहा है, वह वास्तव में एक बीमार दिमाग का 'Defence Mechanism' है। विकास को लगा कि वह कुसुम को बचा रहा है। IPC की धारा 84 स्पष्ट कहती है कि यदि अभियुक्त कृत्य की 'वैधता' को समझने में असमर्थ है, तो वह दोषी नहीं है। और सबसे बड़ा सवाल, वह 'Unknown DNA'? अगर विकास ही कातिल है, तो महेश के नाखूनों में वह तीसरा डीएनए कहाँ से आया? क्या पुलिस ने उस 'चौथे व्यक्ति' (The Fourth Man) को पकड़ने की कोशिश की?"

दृश्य 3: विभाग के भीतर का विश्वासघात (The Internal Betrayal)

न्यायमूर्ति अवस्थी की नज़रें बार-बार अध्याय 30 के उस खुलासे पर टिक रही थीं, कुसुम के फोन का बैकअप पुलिस मुख्यालय के भीतर के सर्वर

से जुड़ा था। यह साक्ष्य केवल विकास को नहीं, बल्कि पूरी व्यवस्था को कटघरे में खड़ा कर रहा था।

"इंस्पेक्टर," जज साहब ने अचानक मुझे (जांच अधिकारी को) संबोधित किया। "क्या यह सच है कि इस केस के कुछ साक्ष्य विभाग के भीतर से ही 'मैनिपुलेट' (Manipulate) किए गए हैं?"

पूरे कोर्ट रूम में सन्नाटा छा गया। 'Internal Affairs' और 'Police Corruption' की यह परत इस मिस्ट्री को और डार्क बना रही थी। मैंने खड़े होकर जवाब दिया, "माई लॉर्ड, जांच जारी है। लेकिन साक्ष्यों की 'Digital Integrity' (डिजिटल अखंडता) अक्षुण्ण है।"

न्यायमूर्ति अवस्थी ने एक गहरी सांस ली। उन्हें अहसास हो रहा था कि यह केस केवल महेश की हत्या का नहीं है। यह ओरछा के उस प्राचीन इतिहास (मूर्तियों की तस्करी) और वर्तमान के 'अविश्वासी दोस्तों' के बीच का एक ऐसा जाल है जिसे काटना नामुमकिन लग रहा था।

दृश्य 4: मानवीय बनाम कानूनी सत्य (Moral vs Legal Truth)

चैंबर में वापस लौटकर, जज साहब ने रविंद्र प्रताप की पुरानी फाइलें देखीं। वह व्यक्ति जिसे मृत मान लिया गया था, लेकिन जिसका डीएनए अब महेश की लाश पर मिला था।

"अगर मैं विकास को सज़ा देता हूँ," अवस्थी जी ने सोचा, "तो क्या मैं न्याय करूँगा? या मैं केवल उस 'असली मास्टरमाइंड' (The Real Mastermind) की मदद करूँगा जिसने विकास को ढाल बनाया?"

'Psychological Profiling' के अनुसार, विकास अब 'Paranoia' की स्थिति में था। वह कटघरे में खड़ा होकर भी अपनी परछाईं से लड़ रहा था।

'Mind Reading' की तकनीक का उपयोग करते हुए डॉ. अनन्या ने बताया था कि विकास अब सुजान और जन्नत के नामों से डरने लगा है।

न्यायमूर्ति अवस्थी के सामने अब तीन रास्ते थे:

धारा 302: उम्रकैद या फांसी (यदि हत्या साबित हो जाए)।

धारा 84: पागलपन के आधार पर रिहाई (मेंटल असाइलम)।

Reasonable Doubt (उचित संदेह): उस चौथे व्यक्ति और डीएनए विसंगति के कारण केस को रिओपन करना।

दृश्य 5: अंतिम निर्णय की तैयारी

रात के 2:00 बज रहे थे। न्यायमूर्ति अवस्थी ने अपना फाउंटेन पेन उठाया। उन्होंने पहली लाइन लिखी, "न्याय केवल तथ्यों पर नहीं, बल्कि उन तथ्यों के पीछे छिपे 'इरादे' (Intent) पर निर्भर करता है।"

तभी उनके मेज पर रखे फोन पर एक अज्ञात संदेश चमक गया। वही संदेश जो मुझे मिला था।

"सत्य वह नहीं है जो आपने एआई सिम्युलेशन में देखा। सत्य वह है जो कुसुम की खामोशी में दफन है। फैसला सोच-समझकर कीजिएगा, क्योंकि ओरछा का इतिहास गद्दारों को माफ़ नहीं करता।"

न्यायमूर्ति अवस्थी का हाथ कांप गया। विश्वासघात की परछाइयाँ अब न्याय की कुर्सी तक पहुँच चुकी थीं।

निर्णय का भार

अगली सुबह का सूरज कोहरे में लिपटा हुआ था। जज साहब कोर्ट रूम में

दाखिल हुए। विकास कटघरे में था, कुसुम की आँखों में एक अजीब सा सूनापन था, और जन्नत पीछे की बेंच पर बैठी एक रहस्यमयी मुस्कान के साथ सब देख रही थी।

"यह अदालत अपना निर्णय देने के लिए तैयार है," न्यायमूर्ति अवस्थी की आवाज़ भारी थी।

सवाल: क्या जज साहब विज्ञान की जीत का ऐलान करेंगे या मानवीय भ्रम को ढाल बनाएंगे? और वह 'चौथा व्यक्ति' जिसने जज साहब को धमकी दी, क्या वह कोर्ट रूम के भीतर ही मौजूद है?

अध्याय 32
फैसला

टीकमगढ़ की सत्र अदालत के बाहर आज सुरक्षा के पुख्ता इंतजाम थे। ओरछा के इस बहुचर्चित हत्याकांड का फैसला सुनने के लिए न केवल गाँव के लोग, बल्कि दूर-दराज के इलाकों से भी भीड़ जुटी थी। आसमान में बादलों का रंग गहरा स्लेटी था, जैसे प्रकृति भी किसी भारी वजन को ढोने की तैयारी कर रही हो। न्यायमूर्ति अवस्थी ने जो 'निर्णय का भार' महसूस किया था, आज वह शब्दों के माध्यम से न्याय की अंतिम मुहर बनने वाला था।

जैसे ही जज साहब ने कोर्ट रूम में प्रवेश किया, वहाँ मौजूद हर शख्स की साँसें थम गईं। कटघरे में विकास वैसे ही निर्लिप्त भाव से खड़ा था, लेकिन उसकी आँखों की पुतलियाँ आज कुछ ज्यादा फैली हुई थीं। 'Psychological Profiling' के अनुसार, यह 'Extreme Delusional Anticipation' (अत्यधिक भ्रमित प्रत्याशा) का संकेत था। उसे अभी भी लग रहा था कि अदालत उसे एक 'नायक' घोषित करेगी।

दृश्य 1: मौन की गूँज (The Silence Before the Verdict)

"ऑर्डर, ऑर्डर!" न्यायमूर्ति अवस्थी की आवाज़ शांत थी, लेकिन उसमें एक ऐसी गंभीरता थी जिसने शोर को एक पल में सोख लिया।

उन्होंने अपने चश्मे को ठीक किया और मेज पर रखी उस मोटी फाइल को खोला। "राज्य बनाम विकास एवं अन्य। इस मामले में पुलिस द्वारा प्रस्तुत साक्ष्य, फॉरेंसिक रिपोर्ट्स, डिजिटल सिमुलेशन और गवाहों के बयानों का इस अदालत ने सूक्ष्मता से अध्ययन किया है।"

कुसुम, जो पीछे की बेंच पर बैठी थी, ने अपने पल्लू को कसकर पकड़ लिया। 'Body Language Analysis' के अनुसार, वह 'Fight or Flight' मोड के बीच झूल रही थी। जन्नत (कैथरीन) कोर्ट के अंतिम कोने में खड़ी थी, उसकी चेहरे पर एक रहस्यमयी स्थिरता थी, जैसे वह पहले से ही जानती हो कि क्या होने वाला है।

दृश्य 2: साक्ष्यों का अंतिम विश्लेषण (Legal and Forensic Recapitulation)

न्यायमूर्ति अवस्थी ने फैसला पढ़ना शुरू किया। "अभियोजन पक्ष का मामला मुख्य रूप से वैज्ञानिक साक्ष्यों पर टिका है। GSR (Gunshot Residue) की उपस्थिति यह साबित करती है कि अभियुक्त विकास घटनास्थल पर सक्रिय था। Ballistic Matching ने यह पुख्ता किया है कि .32 बोर की पिस्तौल से चली गोली उसी के घर से बरामद हथियार की थी।"

उन्होंने एक पल का विराम लिया और एडवोकेट रघुवंशी की ओर देखा। "बचाव पक्ष ने IPC की धारा 84 के तहत 'पागलपन' (Insanity Plea) का तर्क दिया है। डॉ. अनन्या की रिपोर्ट स्पष्ट करती है कि अभियुक्त 'Delusional Disorder' का मरीज़ है। वह मानता है कि उसने जो किया, वह प्रेम के लिए किया।"

"लेकिन," जज साहब की आवाज़ अचानक सख्त हो गई। "कानून केवल 'भ्रम' पर नहीं चलता। कानून 'इरादे' (Intent) को देखता है। धारा 201 के तहत साक्ष्य मिटाने का प्रयास, शव को शिफ्ट करना और चेहरे को कुचलना ताकि पहचान न हो सके, ये सभी कार्य एक 'Calculated Brain' (नपे-तुले दिमाग) की निशानी हैं। एक पागल व्यक्ति अपराध करने के बाद उसे छुपाने की इतनी विस्तृत योजना नहीं बनाता।"

दृश्य 3: वह 'तीसरा डीएनए' और 'चौथा व्यक्ति' (The Reasonable Doubt)

पूरे कोर्ट रूम में सुगबुगाहट बढ़ गई जब जज साहब ने उस विवादित पहलू को छुआ।

"अदालत के सामने सबसे बड़ी चुनौती वह 'Unknown DNA' था जो मृतक महेश के नाखूनों से मिला था। वैज्ञानिक रूप से यह साबित हो चुका है कि महेश ने मरने से पहले किसी 'तीसरे व्यक्ति' से संघर्ष किया था। पुलिस की जांच इस 'चौथे व्यक्ति' तक पहुँचने में असफल रही है।"

न्यायमूर्ति अवस्थी ने मेरी (जांच अधिकारी की) ओर देखा। "जांच में विसंगतियां हैं। विभाग के भीतर से साक्ष्यों के साथ छेड़छाड़ की आहट भी मिली है। लेकिन, क्या ये विसंगतियां मुख्य अभियुक्त को दोषमुक्त करने के लिए पर्याप्त हैं? इसका जवाब 'न' है। विकास के अपने बयानों और उसके पास से बरामद डिजिटल साक्ष्यों ने 'कड़ियों की जंजीर' (Chain of Circumstances) को पूरा कर दिया है।"

दृश्य 4: निर्णय का क्षण (The Verdict)

अदालत में सन्नाटा इतना गहरा था कि न्यायमूर्ति अवस्थी के पेन के चलने की आवाज़ भी साफ़ सुनी जा सकती थी।

"अतः, यह अदालत अभियुक्त विकास को भारतीय दंड संहिता की धारा 302 (हत्या), धारा 201 (साक्ष्य मिटाना) और धारा 120B (आपराधिक साजिश) के तहत दोषी करार देती है।"

विकास के चेहरे पर अचानक एक झटका लगा। उसका 'मसीहा' वाला भ्रम पल भर में कांच की तरह टूट गया। उसने कुसुम की ओर देखा, लेकिन कुसुम की नज़रें फर्श पर टिकी थीं। 'Delusional Disorder' का

वह बुलबुला फट चुका था और हकीकत का कड़वा स्वाद उसकी जुबान पर था।

"सज़ा के प्रश्न पर," जज साहब ने जारी रखा। "यद्यपि यह 'Overkill' है, लेकिन अभियुक्त की मानसिक स्थिति और 'चौथे व्यक्ति' की अनसुलझी पहेली को देखते हुए, यह मामला 'Rarest of Rare' की श्रेणी में नहीं आता। इसलिए, अदालत विकास को आजीवन कारावास (Life Imprisonment) की सज़ा सुनाती है।"

दृश्य 5: न्याय बनाम सत्य (Justice vs. Truth)

हथौड़ा मेज पर गिरा। "कोर्ट स्थगित किया जाता है।"

पूरे कमरे में कोहराम मच गया। विकास को पुलिसकर्मी खींचकर ले जाने लगे। वह चिल्ला रहा था, "कुसुम! मैंने तुम्हारे लिए किया! वे सब गद्दार हैं! जन्नत... सुजान... उन्होंने मुझे फँसाया है!"

मैं कुसुम के पास गया। वह हिल नहीं रही थी।

"कुसुम, सज़ा हो गई," मैंने धीरे से कहा।

उसने मेरी ओर देखा, उसकी आँखों में कोई खुशी नहीं थी। "साहब, न्याय तो मिल गया... लेकिन क्या 'सच' भी मिल गया? वह जो 'चौथा आदमी' था, जिसका डीएनए महेश के पास था... वह तो अब भी बाहर है न?"

मैंने पीछे मुड़कर जन्नत की ओर देखा, लेकिन वह जा चुकी थी। उसकी जगह बेंच पर एक छोटा सा कागज़ पड़ा था। मैंने उसे उठाया। उस पर लिखा था:

"न्याय केवल उन लोगों को सज़ा देता है जो पकड़े जाते हैं। 'अविश्वासी

दोस्त' केवल वह नहीं था जो जेल गया, बल्कि वह भी है जो अभी आपकी बगल में खड़ा है।"

विश्वासघात का नया चेहरा

रात को जब मैं अपनी डायरी लिख रहा था, ओरछा की बेतवा की लहरें फिर से वही सवाल पूछ रही थीं। विकास जेल जा चुका था, केस कानूनी रूप से बंद था। लेकिन वह 'डिजिटल हमला', वह विभाग के भीतर का गद्दार और वह 'तीसरा डीएनए', ये सब एक बड़ी साजिश के हिस्से थे।

सवाल: क्या विकास वाकई महेश का असली कातिल था, या उसने केवल अंतिम प्रहार किया था? और वह 'चौथा व्यक्ति' जिसका डीएनए महेश के शरीर पर था, क्या वह मास्टरमाइंड अब अगला निशाना कुसुम को बनाने वाला है?

न्याय हो चुका था, लेकिन 'विश्वासघात की परछाइयाँ' अभी भी ओरछा की गलियों में लम्बी हो रही थीं।

भाग 5: अंतिम विस्फोट

अध्याय 33
सजा के बाद

अदालत का फैसला आए हुए एक हफ्ता बीत चुका था। टीकमगढ़ और ओरछा की हवाओं में अब उस हत्याकांड की चर्चा कम होने लगी थी, लेकिन मेरे सीने में उठने वाला बेचैनी का ज्वार शांत नहीं हुआ था। मेज पर रखी मेरी पुरानी डायरी का पन्ना अभी भी उस 'चौथे व्यक्ति' के प्रश्नचिह्न पर अटका था। कानून ने विकास को 'आजीवन कारावास' (Life Imprisonment) की सजा सुनाकर अपनी फाइल बंद कर दी थी, पर विज्ञान और मनोविज्ञान के वे अधूरे जवाब मेरी रातों की नींद छीन रहे थे।

दृश्य 1: समाज का दूसरा चेहरा (Social Reaction)

ओरछा की गलियों में आज सन्नाटा कुछ अलग तरह का था। जब मैं महेश के गाँव पहुँचा, तो देखा कि कुसुम के घर के बाहर लोगों का जमघट अब वैसा नहीं था जैसा केस के दौरान हुआ करता था। अब वहाँ 'सहानुभूति' की जगह एक 'ठंडा अलगाव' (Cold Isolation) था।

"साहब, अदालत ने तो फैसला सुना दिया, पर गाँव का फैसला अभी बाकी है," स्थानीय चाय वाले ने कुल्हड़ भरते हुए कहा। उसकी आवाज़ में ग्रामीण परिवेश का वह रूखापन था जो अक्सर विधवाओं और विवादित परिवारों के प्रति समाज रखता है।

मैंने देखा कि कुसुम अपने आँगन में अकेली बैठी थी। गाँव की महिलाएँ उसके घर के सामने से गुज़रते समय अपनी नज़रें फेर लेती थीं। 'Social

Pressure' (सामाजिक दबाव) और 'Stigma' (कलंक) ने उसे एक ऐसे सामाजिक एकांतवास में धकेल दिया था जहाँ वह जीवित होकर भी एक 'लाश' जैसी लग रही थी।

दृश्य 2: जांच अधिकारी की डायरी (Investigator's Diary)

रात को जब मैं अपने कमरे में अकेला था, मैंने अपनी डायरी खोली। मेरे नोट्स अब केवल साक्ष्य नहीं, बल्कि मेरी अपनी हार का स्वीकारोक्ति बन रहे थे।

18 अप्रैल, 2026:

केस डायरी प्रविष्टि #402:

विकास जेल में है। वह अपनी सजा काट रहा है, लेकिन क्या वह सच में 'अकेला' गुनहगार था? 'GSR' (Gunshot Residue) उसके हाथ पर मिला, पर वह 'Unknown DNA' (अध्याय 10) किसका था? वह 'नीला रेशा' और वह 'विशिष्ट परफ्यूम' की गंध... क्या वे केवल सुजान और जन्नत के थे?

मैंने 'CCTV Enhancement AI' के ज़रिए उस रात के फुटेज फिर से देखे। वह 'चौथा साया' सिम्युलेशन में धुंधला था, पर उसकी 'Body Language' किसी पेशेवर की तरह थी। क्या वह साया रविंद्र प्रताप का था? और अगर वह ज़िंदा है, तो वह अदालत की नज़रों से कैसे बच गया?

'Forensic Audit' में एक और विसंगति थी, महेश की कार का वह 'GPS Tracker'। उसे किसी ने हत्या के ठीक 2 घंटे बाद 'Remote' तरीके से डिसेबल (Disable) कर दिया था। विभाग के भीतर का वह 'गद्दार' कौन है जिसने विकास की मदद की?

दृश्य 3: सलाखों के पीछे का भ्रम (Prison Visit)

अगले दिन, मैं टीकमगढ़ जेल के 'High Security Ward' में विकास से मिलने पहुँचा। विकास अब 'Psychiatric Cell' में था। उसकी आँखों का वह चमकता हुआ 'Delusion' (भ्रम) अब एक गहरे सन्नाटे में बदल गया था।

"विकास, तुम्हें अब सब समझ आ गया होगा," मैंने सलाखों के पास खड़े होकर कहा।

विकास ने सिर उठाया। उसके चेहरे पर एक अजीब सी शांति थी, जो पागलपन और हकीकत के बीच की किसी धुंधली जगह से आ रही थी। "साहब, फैसला अदालत का है, न्याय मेरा नहीं। मुझे यहाँ इसलिए भेजा गया क्योंकि मैंने उसे 'बचाया' था। लेकिन वह... वह अभी भी खतरे में है।"

"कौन? कुसुम?"

विकास हँसने लगा, वही डरावनी हँसी। "नहीं साहब। वह नक्शा... वह 'चाबी'। सुजान अभी भी ओरछा के पत्थरों में उसे ढूंढ रही है। 'The Mastermind' (असली खिलाड़ी) को सज़ा नहीं मिली है, साहब। उसे तो केवल एक 'बलि का बकरा' चाहिए था।"

'Behavioral Analysis' के अनुसार, विकास अब 'Self-Destruction' के मोड में था। उसे पता था कि उसे इस्तेमाल किया गया है, पर उसका 'Erotomanic Disorder' उसे सुजान के खिलाफ बोलने से रोक रहा था।

दृश्य 4: जन्नत की रहस्यमयी वापसी

जेल से बाहर निकलते समय, मेरी कार के वाइपर पर एक छोटा सा

लिफाफा फंसा हुआ था। यह वही 'विशिष्ट परफ्यूम' की गंध थी जो पूरी कहानी में मेरा पीछा कर रही थी।

लिफाफे के अंदर एक पुरानी 'Polaroid' फोटो थी। फोटो जहांगीर महल के उस 'रक्त कुआँ' की थी। फोटो के पीछे काले स्केच पेन से लिखा था:

"सजा केवल एक परदा है। नाटक का असली पात्र अब अपने नकाब उतारने वाला है। कल रात बेतवा के पुराने घाट पर मिलना। - कैथरीन (जन्नत)"

मेरा दिल धड़क उठा। क्या जन्नत (कैथरीन) ने उस 'चौथे व्यक्ति' को ढूंढ लिया था? या वह मुझे भी उसी जाल में फंसाने वाली थी जहाँ विकास और महेश पहले ही गिर चुके थे?

दृश्य 5: विभाग का सच (Internal Investigation)

वापस मुख्यालय पहुँचकर मैंने अमित (साइबर एक्सपर्ट) से गुप्त बैठक की।

"अमित, क्या तुमने उस सर्वर लोकेशन का पता लगाया जो कुसुम के फोन से बैकअप ले रहा था?"

"सर," अमित ने फुसफुसाते हुए कहा, "उस सर्वर का एक्सेस कोड हमारे एडिशनल एसपी (ASP) के कार्यालय से मिला है। किसी ने जानबूझकर साक्ष्यों को 'Alter' (बदलने) की कोशिश की थी ताकि 'DNA Mismatch' की बात अदालत में दब जाए।"

यह एक 'Internal Betrayal' था। विश्वासघात की परछाइयाँ अब मेरी अपनी वर्दी पर पड़ रही थीं। ओरछा का वह हत्याकांड केवल एक प्रेम

त्रिकोण नहीं था, वह एक बड़े 'Art Theft Syndicate' और 'Political Corruption' की केवल एक परत थी।

क्या सच कभी पूरा सामने आता है?

मैंने अपनी डायरी बंद की। कल रात बेतवा का वह पुराना घाट मेरा इंतज़ार कर रहा था। विकास जेल में था, महेश की लाश राख हो चुकी थी, कुसुम सामाजिक मौत मर रही थी, और मैं... मैं उस 'चौथे व्यक्ति' के पीछे भाग रहा था जो शायद मेरे ठीक बगल में खड़ा था।

सवाल: क्या वह 'चौथा व्यक्ति' विभाग का ही कोई बड़ा अधिकारी है? और जन्नत मुझे बचाने के लिए बुला रही है या वह अंतिम विस्फोट की तैयारी कर रही है?

अध्याय 34
असली खेल

बेतवा का पुराना घाट आधी रात के सन्नाटे में किसी श्मशान जैसा लग रहा था। कोहरा इतना घना था कि अपनी ही परछाईं भी दुश्मन जैसी महसूस हो रही थी। जन्नत (कैथरीन) ने जो संदेश छोड़ा था, वह मुझे यहाँ ले आया था। मेरे हाथ में सर्विस रिवॉल्वर थी और दिमाग में अमित द्वारा दिए गए वे 'Internal Server Logs' के आंकड़े, जो पुलिस मुख्यालय के भीतर मौजूद एक गद्दार की ओर इशारा कर रहे थे।

हवा में वही 'विशिष्ट परफ्यूम' की गंध तैरी। मैंने पीछे मुड़कर देखा। जन्नत अंधेरे से बाहर निकली, उसके हाथ में एक टैबलेट था जिस पर कुछ ग्राफ्स और वीडियो क्लिप्स चल रहे थे।

"आप आ गए, इंस्पेक्टर," जन्नत की आवाज़ में वह पुरानी रहस्यमयी खामोशी नहीं थी, बल्कि एक जीत का भाव था। "आज इस शतरंज की आखिरी चाल चलने का समय है।"

दृश्य 1: चौथा व्यक्ति, परछाईं से हकीकत तक (The Identity of the Fourth Man)

"कैथरीन, वह चौथा व्यक्ति कौन है? वह जिसका डीएनए महेश के नाखूनों में मिला था?" मैंने कड़क आवाज़ में पूछा।

जन्नत ने टैबलेट मेरी ओर बढ़ाया। "वह व्यक्ति कभी मरा ही नहीं था, इंस्पेक्टर। जिसे आप 'रविंद्र प्रताप' समझ रहे हैं और जिसकी मौत की फाइल आपके विभाग ने 5 साल पहले बंद कर दी थी, वह आज भी ज़िंदा है। और वह आपके बहुत करीब है।"

टैबलेट पर एक 'Facial Recognition' सॉफ्टवेयर रन हो रहा था। एआई ने 5 साल पुरानी रविंद्र की फोटो को आज के एक धुंधले सीसीटीवी फुटेज से मैच किया। जब परिणाम 100% 'Match' पर रुका, तो मेरा कलेजा मुंह को आ गया।

वह चेहरा 'आचार्य राम प्रसाद' का था।

"आचार्य?" मैं हक्का-बक्का रह गया। "वह तो एक साधारण मंदिर का पुजारी है!"

"यही तो 'असली खेल' है," जन्नत ने ठंडी हंसी हंसते हुए कहा। "रविंद्र प्रताप ने 5 साल पहले महेश के साथ मिलकर अपनी मौत का नाटक रचा था ताकि वह पुलिस की नज़रों से ओझल होकर ओरछा के पुरावशेषों (Artifacts) की तस्करी का अंतरराष्ट्रीय सिंडिकेट चला सके। आचार्य का भेष उसका सबसे बड़ा सुरक्षा कवच था।"

दृश्य 2: विश्वासघात की पहली परत, महेश और रविंद्र (The First Layer)

'Criminal Psychology' के अनुसार, "एक अपराधी दूसरे अपराधी का कभी दोस्त नहीं हो सकता।" 5 साल पहले महेश और रविंद्र ने मिलकर 'Art Smuggling' का साम्राज्य खड़ा किया था। लेकिन लालच ने विश्वासघात को जन्म दिया।

"महेश को लगा कि वह रविंद्र से बड़ा खिलाड़ी बन गया है," जन्नत ने समझाना शुरू किया। "उसने उन गुप्त मूर्तियों का नक्शा अपने पास रख लिया और रविंद्र को हिस्सा देने से मना कर दिया। यही वह दिन था जब 'आचार्य' उर्फ रविंद्र ने महेश को मिटाने की पटकथा लिखनी शुरू की थी।"

उसने विकास का उपयोग नहीं किया; उसने विकास के 'भ्रम'

(Delusional Disorder) को पाला। वह विकास को मंदिर में बुलाकर उसे कहानियों के माध्यम से उकसाता था, उसे यकीन दिलाता था कि वह कुसुम का 'मसीहा' है।

दृश्य 3: विश्वासघात की दूसरी परत, सुजान का असली चेहरा (The Agent of Chaos)

"तो सुजान कौन है?" मैंने पूछा।

"सुजान रविंद्र की 'Buyer' और 'Fixer' है," जन्नत ने डिजिटल साक्ष्य पेश किए। "वह वाशिंगटन से बिजनेस सर्वे के लिए नहीं आई थी। वह उस नक्शे को लेने आई थी जिसे महेश ने कुसुम को दिया था। उसने विकास को वह .32 बोर की पिस्तौल दी थी। विकास ने ट्रिगर दबाया, लेकिन उंगलियों के निशान रविंद्र (आचार्य) के थे क्योंकि उसने विकास का हाथ पकड़कर उसे 'Execution' सिखाया था।"

यही वह कारण था कि ट्रिगर पर 'अज्ञात उंगलियों के निशान' मिले थे। रविंद्र ने साक्ष्यों के साथ विभाग के भीतर मौजूद अपने गद्दार (ASP) के ज़रिए छेड़छाड़ की थी।

दृश्य 4: मास्टरमाइंड का खुलासा और टकराव (The Mastermind Reveal)

अचानक, घाट की सीढ़ियों पर जूतों की आहट गूँजी। 'आचार्य राम प्रसाद' अंधेरे से बाहर आए, लेकिन आज उनके चेहरे पर वह सात्विक तेज नहीं था। उनकी आँखों में वही क्रूरता थी जो मैंने महेश के कुचले हुए चेहरे पर देखी थी।

"इतिहास हमेशा विजेताओं द्वारा लिखा जाता है, इंस्पेक्टर," आचार्य (रविंद्र) ने अपनी माला घुमाते हुए कहा। "विकास तो केवल एक विक्षिप्त

बच्चा था जिसे लगा कि वह प्यार कर रहा है। महेश एक लालची कुत्ता था जिसे मरना ही था। और आप? आप केवल एक मोहरा थे जिसने इस पूरी हत्या को 'कानूनी जामा' पहना दिया।"

'Behavioral Analysis' के अनुसार, रविंद्र अब 'Megalomania' (अहंकार का पागलपन) के दौर में था। उसने स्वीकार किया कि उसने ही विकास को वह 'नीला धुआं' दिखाया था ताकि उसका दिमाग उलझ जाए।

"कुसुम कहाँ है?" मैंने रिवॉल्वर तानते हुए पूछा।

"कुसुम उस नक्शे की चाबी है," रविंद्र ने हंसते हुए कहा। "वह अभी जहांगीर महल के उस 'रक्त कुआँ' में है, जहाँ ओरछा का असली खजाना दबा है। और आपकी पुलिस की टीम? वे अभी भी विकास की 'साइकोसिस' की रिपोर्ट पढ़ रहे हैं।"

दृश्य 5: विभाग का गद्दार और अंतिम गड़बड़ी

तभी जन्नत के टैबलेट पर एक अलार्म बजा। "इंस्पेक्टर! अमित का मैसेज है! ASP ने फाइल को सर्वर से पूरी तरह डिलीट कर दिया है! हमारे पास अब कोई कानूनी सबूत नहीं बचा!"

रविंद्र ने एक सीटी बजाई और अंधेरे से चार लोग बाहर निकले। ये वही 'Unknown DNA' वाले पेशेवर थे।

"विश्वासघात की सबसे गहरी परत यह है, इंस्पेक्टर," रविंद्र ने मेरे पास आकर फुसफुसाया, "कि आपकी अपनी व्यवस्था ने मुझे पाल रखा है। आप जिसे न्याय समझते हैं, वह केवल मेरी सत्ता का एक औजार है।"

विश्वासघात की जीत?

एक ज़ोरदार धमाका हुआ, वही 'नीला धुआं' जिसका ज़िक्र विकास ने नार्को में किया था। मेरी आँखों के सामने अंधेरा छाने लगा। जब धुंआ छंटा, रविंद्र और जन्नत दोनों गायब थे। घाट पर केवल मेरा रिवॉल्वर पड़ा था और बेतवा का शांत शोर था।

मैंने महसूस किया कि विकास को सज़ा दिलवाना इस खेल का अंत नहीं, बल्कि शुरुआत थी। हम सब खेले गए थे। विकास अपने भ्रम में, महेश अपने लालच में, और मैं... मैं अपने 'न्याय' के अहंकार में।

सवाल: क्या कुसुम अभी भी ज़िंदा है? और रविंद्र प्रताप (आचार्य) ने जन्नत को अपने साथ क्यों लिया? क्या जन्नत वाकई मेरे साथ थी, या वह भी विश्वासघात की एक और परत थी?

अध्याय 35
बेतवा का मौन

ओरछा की सुबह आज कोहरे में लिपटी हुई नहीं थी, बल्कि ऐसा लग रहा था जैसे पूरा आसमान ही धुएँ के किसी नीले गुबार (Blue Smoke) में डूबा हुआ हो। बेतवा की लहरें आज शोर नहीं कर रही थीं; वे एक भारी सन्नाटे के साथ पत्थरों से टकरा रही थीं, एक ऐसा सन्नाटा जो केवल तब आता है जब इतिहास अपनी गवाही पूरी कर चुका होता है।

उस 'अंतिम विस्फोट' और मास्टरमाइंड रविंद्र प्रताप (आचार्य) के गायब होने के बाद, मैं फिर से वहीं खड़ा था जहाँ से यह सब शुरू हुआ था। बेतवा का वह किनारा, जहाँ महेश की लाश मिली थी। मेरे हाथ में जन्नत द्वारा छोड़ा गया वह अंतिम कागज़ का टुकड़ा था, जिसकी स्याही अब ओस की बूंदों से फैल रही थी।

दृश्य 1: रक्त कुआँ और अंतिम बचाव (The Final Rescue)

जहांगीर महल का वह 'रक्त कुआँ' आज भी वैसा ही डरावना लग रहा था। जब मैं अपनी टीम के साथ वहाँ पहुँचा, तो हमें वहाँ कुसुम मिली। वह बेहोश थी, लेकिन सुरक्षित। रविंद्र उसे मारना नहीं चाहता था; वह उसे केवल एक 'ढाल' और उस नक्शे की 'चाबी' के रूप में इस्तेमाल कर रहा था।

"सर, यहाँ देखिए," अरविंद ने तहखाने की एक गुप्त दीवार की ओर इशारा किया जो अब खुली हुई थी।

वहां प्राचीन अष्टधातु की मूर्तियाँ नहीं थीं। वहां केवल खाली संदूक थे और उन पर वही 'नीले रेशे' (Blue Fibers) बिखरे हुए थे। रविंद्र प्रताप ने न

केवल महेश को मिटाया, बल्कि ओरछा के उस खजाने को भी देश से बाहर भेजने में सफल रहा।

"वह जीत गया है न, सर?" अमित ने हताशा में पूछा।

मैंने खाली संदूकों को देखा। "वह मूर्तियाँ ले गया, अमित... लेकिन वह उस 'विश्वासघात' को यहीं छोड़ गया जिसने ओरछा की मिट्टी को और भी डार्क बना दिया है।"

दृश्य 2: जेल की सलाखें और अमर भ्रम (Psychological Closure)

सजा के ऐलान के बाद, मैं एक आखिरी बार टीकमगढ़ जेल में विकास से मिलने पहुँचा। विकास अब 'Isolation Cell' में था। उसकी दीवारों पर उसने कोयले से हज़ारों बार एक ही नाम लिखा था - 'कुसुम'।

'Behavioral Analysis' के अनुसार, विकास अब पूरी तरह अपनी 'Constructed Reality' में डूब चुका था। उसे अब फर्क नहीं पड़ता था कि वह जेल में है।

"साहब, आप अभी भी बाहर सच ढूंढ रहे हैं?" विकास ने सलाखों से अपनी आँखें सटाते हुए पूछा। उसकी आवाज़ में एक दिव्य पागलपन था। "सत्य तो मेरे साथ यहाँ कैद है। रविंद्र ने मुझे आज़ाद किया था, और आपने मुझे फिर से बांध दिया। लेकिन याद रखियेगा, रक्षक कभी हारता नहीं।"

उसका 'Delusional Disorder' अब उसकी ढाल बन चुका था। वह कभी नहीं समझ पाएगा कि वह केवल एक 'मोहरा' (Pawn) था। उसके लिए, वह अभी भी वह 'नायक' है जिसने कुसुम को 'बचाया' है।

दृश्य 3: कुसुम का मौन और समाज का न्याय (Female Freedom vs Security)

ओरछा लौटते समय, मैंने कुसुम को उसके घर के बाहर देखा। वह अब 'सफेद साड़ी' में नहीं थी। उसने एक रंगीन साड़ी पहनी थी और वह अपने बगीचे में पानी दे रही थी। समाज की फुसफुसाहटें अभी भी जारी थीं, लेकिन उसने अब उन्हें सुनना बंद कर दिया था।

"साहब, महेश जी के जाने का दुख है," कुसुम ने बिना मेरी ओर देखे कहा। "लेकिन विकास के डर से मिली यह आज़ादी... क्या इसकी कीमत एक जान ही थी? क्या मुझे आज़ाद होने के लिए एक मर्डर की ज़रूरत थी?"

यह सवाल 'Gender Psychology' और 'Social Pressure' की सबसे गहरी परत थी। कुसुम को न्याय तो मिल गया था, लेकिन सुरक्षा के नाम पर उसे जिस 'दमघोंटू प्यार' (Obsessive Love) में कैद किया गया था, वह उसे ताउम्र याद रहने वाला था।

"रविंद्र प्रताप को हम पकड़ लेंगे, कुसुम," मैंने उसे सांत्वना देने की कोशिश की।

"किसे पकड़ेंगे, साहब?" वह मुस्कुराई, पर उसकी मुस्कान में कोई चमक नहीं थी। "रविंद्र कोई इंसान नहीं है। वह एक सोच है। वह हर उस दोस्त में है जो पीठ पीछे हाथ में पत्थर रखता है।"

दृश्य 4: फॉरेंसिक अधूरापन और अंतिम सत्य (Forensic Incompleteness)

मुख्यालय लौटकर मैंने अपनी अंतिम रिपोर्ट (Case Closure Report) तैयार की। 'DNA Analysis', 'GSR', 'Ballistic Matching' और 'CCTV AI' इन सबने विकास को अपराधी साबित कर दिया था। लेकिन 'The Fourth Man' (रविंद्र प्रताप) की फाइल 'Proclaimed Offender' की श्रेणी में डाल दी गई।

अरविंद ने मेरे कमरे में प्रवेश किया। "सर, विभाग के भीतर के उस ASP का क्या हुआ?"

"उसका तबादला मुख्यालय कर दिया गया है, अरविंद। सबूतों के अभाव में उसे केवल 'प्रशासनिक लापरवाही' का दोषी माना गया।"

यही वह 'न्याय व्यवस्था पर सवाल' था जिसका ज़िक्र डॉ. अनन्या ने किया था। विज्ञान अपनी जगह सही था, लेकिन सत्ता और विश्वासघात के गठबंधन ने 'सत्य' को एक बार फिर हारने पर मजबूर कर दिया था।

दृश्य 5: बेतवा का अंतिम मौन (The Philosophical Ending)

सूरज अब ओरछा के महलों के पीछे डूब रहा था। मैं बेतवा के उसी घाट पर खड़ा था जहाँ से सब शुरू हुआ था। हवा में अब कोई परफ्यूम की गंध नहीं थी, केवल पानी की नमी और पुराने पत्थरों की महक थी।

जन्नत (कैथरीन) का कोई पता नहीं चला। वह शायद किसी और सरहद पर, किसी और 'विश्वासघात' का पीछा कर रही होगी। सुजान का ग्रुप भी कब का भारत छोड़ चुका था।

मैंने अपनी डायरी निकाली और अंतिम पृष्ठ पर कुछ शब्द लिखे। मेरे मस्तिष्क में आचार्य राम प्रसाद (रविंद्र) की वह आवाज़ गूँज रही थी - "इतिहास हमेशा विजेताओं द्वारा लिखा जाता है।"

क्या महेश का कत्ल वाकई एक जुनूनी प्यार का नतीजा था?

या वह एक तस्कर का अपने पार्टनर से लिया गया बदला था?

या फिर वह एक पुलिसिया व्यवस्था की नाकामी थी?

इसका कोई एक जवाब नहीं था। सत्य की परछाइयाँ इतनी धुंधली थीं कि

उन्हें साक्ष्यों के उजाले में भी पूरी तरह नहीं देखा जा सकता था।

मैंने पेन उठाया और अंतिम पंक्ति लिखी:

“विश्वासघात कभी मरता नहीं... वह बस चेहरा बदलता है।”

मैं मुड़ा और अपनी जीप की ओर चल दिया। पीछे बेतवा खामोश थी। ओरछा के पत्थर आज भी गवाही दे रहे थे, लेकिन उन्हें सुनने वाला अब वहां कोई नहीं था। इतिहास ने एक और सच को अपने भीतर दफन कर लिया था।

अंतिम प्रश्न: क्या सच कभी पूरा सामने आता है?

शायद नहीं। कभी-कभी सच को बेतवा की लहरों की तरह मौन रहना ही बेहतर होता है।

— समाप्त —

www.ingramcontent.com/pod-product-compliance
Lightning Source LLC
LaVergne TN
LVHW052207200926
848481LV00001B/50